# 한국
# 아동문학비평사
# 자료집

**6**

1935.2~1945.6

# 한국
# 아동문학비평사
# 자료집

## 6

1935.2~1945.6

류덕제 엮음

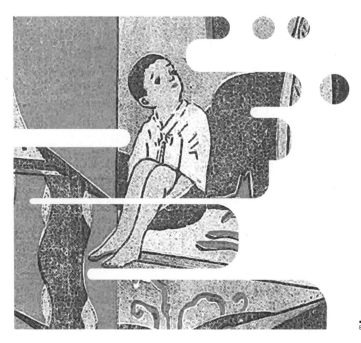

보고사
BOGOSA

# 서문

# 아동문학 연구의 토대 구축을 위하여

『한국 아동문학비평사 자료집』은 이십세기 초부터 한국전쟁 직전까지의 아동문학 관련 비평문을 모아 전사(轉寫)한 것이다. 주로 일제강점기와 해방기의 비평문이다. 한국전쟁 이후의 비평문도 일부 포함되어 있는데, 대체로 사적(史的)인 정리나 회고 성격의 글이라 아동문학을 이해하는데 도움이 되는 것들이다. '아동문학 관련 비평문'이라 한 것은 이론비평과 실제비평, 서평(書評), 서발비평(序跋批評) 등 아동문학 비평뿐만 아니라 소년운동과 관련된 비평문들도 다수 포함하였기 때문이다.

문학 연구는 문학사로 귀결된다. 사적 연구(史的研究)는 일차 자료 확보가 무엇보다 중요하다. 그중에서도 비평 자료는 작가와 작품에 대한 이해를 위해 반드시 필요하다. 이것이 『한국 아동문학비평사 자료집』을 편찬하는 이유다. 지금까지 아동문학에 관한 비평 자료는 방치되었거나 매우 제한된 범위 내에서 소수의 연구자들이 관심을 가졌을 뿐이다. 최근까지 아동문학에 대한 연구는 현대문학 연구자들의 관심분야가 아니었다. 아동문학과 가장 친연성이 강한 교육대학에서는 작품을 활용하는 실천적인 교육 방법에는 관심이 많았지만 학문적 접근은 대체로 소홀했었다.

원종찬이 '한국아동문학 비평자료 목록'(『아동문학과 비평정신』)을 올려놓은 지도 벌써 20여 년이 가까워 오지만, 아동문학 비평에 대한 연구는 여전히 미흡하다. 아동문학 작가나 작품에 대한 서지(書誌)는 오류가 많고, 작가연보(作家年譜)와 작품연보(作品年譜)가 제대로 작성되어 있지 못한 경우가 태반이다.

최근 현대문학 연구자들이 대거 아동문학 연구로 눈을 돌리면서 일정한 성과가 있었다. 하지만 연구 토대가 불비하다 보니 한계가 많다. 토대가 불비한 아동문학 연구의 현황을 타개하자면 누가, 언제, 무엇을 썼는지에 대한 자료의 정리가 필수적이다. 정리된 자료는 목록화하고 찾아보기 쉽게 검색 기능을 제공해야 할 것이다.

이 자료집은 일차적으로 아동문학 비평문을 찾아 전사하여 모아 놓은 것이다. 언뜻 보면 찾아서 옮겨 적는 단순한 일이라, 다소 품이 들긴 하겠지만 별반 어려울 게 없을 것이라 생각하기 쉽다. 그러나 실제 작업을 진행해 보면 난관이 한둘이 아니라는 것을 알게 된다. 먼저 아동문학 비평 자료의 목록화 작업이 녹록하지 않았다. 원종찬의 선행업적이 큰 도움이 되었지만 보완해야 할 것이 많았기 때문이다. 게다가 일제강점기의 통일되지 못한 맞춤법과 편집 상태는 수없는 비정(批正)과 각주(脚註) 달기를 요구하였다.

자료의 소장처를 확인하는 것도 지루한 싸움이었다. 소장처를 안다 하더라도 입수하는 것은 생각만큼 용이하지 않았다. 자료를 선뜻 제공하지도 않지만, 제공한다 하더라도 까다로운 규정 때문에 어려움이 많았다. 1920년대 잡지 대여섯 권을 복사하는데 10여 차례 같은 도서관을 찾아야 했다. 지방에 있는 편자로서는 시간과 비용과 노력이 여간 아니었다.

자료를 입수했다 하더라도 문제는 또 있었다. 원자료(原資料)의 가독성을 높이기 위해 영인(影印)이 아니라 전사를 하고자 한 데서 비롯된 것이다. 암호 판독 수준의 읽기 작업이 필요했다. 1회분 신문 자료를 읽어내는 데 하루 종일 걸린 적이 한두 번이 아니었다. 마이크로필름 자료의 경우 한글도 그렇지만 한자(漢字)의 경우 그저 하나의 점(點)에 다름없는 것들이 허다했다.

10여 년 동안 이 작업을 진행해 오면서 공동작업의 필요성이 간절했지만 현실적인 여건이 따르지 못해 여러모로 아쉬웠다. 전적으로 홀로 전사 작업을 수행하느라 십여 년이나 작업이 천연(遷延)될 수밖에 없었다.

그러나 나선 길을 성과 없이 중동무이할 수는 없었다. 매일 늦은 밤까지 수업을 제외한 대부분의 시간을 신문 자료와 복사물 그리고 영인본들을 뒤져서 자료를 가려내고 옮겨 적는 작업에 매달렸다. 시간이 갈수록 자료의 양이 늘어가고 욕심 또한 커졌다. 새로운 자료를 하나둘씩 발견하다 보니 좀 더 완벽을 기하고 싶었던 것이다. 자료 발굴에 대한 강박증이 돋아났다. 그러다 보니 범위가 넓어지고 작업량이 대폭 늘었다. 석사과정 당시 자료의 중요성을 강조하던 선생님들 덕분에 수많은 영인본을 거의 무분별하게 구입해 두었는데, 새삼 많은 도움이 되었다.

일제강점기의 아동문학은 소년운동과 분리되지 않는다. 소년운동은 사회운동의 일 부문 운동이었다. 이 자료집에 '소년회순방기(少年會巡訪記)'를 포함한 소년운동 관련 자료들이 많은 이유다. 소년운동이나 소년문예운동에 관한 기사 형태의 자료들이 아동문학을 이해하는 데 요긴하지만, 이 자료집에서는 갈무리하지 못했다. 따로 정리할 기회가 있을 것으로 생각한다.

자료를 전사하면서 누군지도 모르는 수많은 필자들을 만났다. 각종 사전을 두루 찾아도 그 신원을 알 수가 없었다. 잡지의 독자란과 신문 기사를 통해 필자들의 신원을 추적하였다. 아직 부족한 점이 많지만, 대강은 가늠할 수 있는 정도가 되어 자료집의 말미에 '필자 소개'를 덧붙일 수 있게 되었다. 하지만 분량 때문에 '작품연보'는 뺄 수밖에 없었다. 일제강점기 다수의 필자들은 본명 이외에 다양한 필명(호, 이명)으로 작품 활동을 하였다. 이들의 신원을 밝혀 '아동문학가 일람'을 덧붙였는데, 연구자들에게 많은 도움이 될 것으로 생각한다.

이 자료집을 엮는데 여러 기관과 사람의 도움을 받았다.

신문 자료는 국사편찬위원회의 '한국사데이터베이스'와 한국언론진흥재단의 '미디어가온', 국립중앙도서관의 원문 자료 서비스와 네이버(NAVER)의 '뉴스 라이브러리', '조선일보 아카이브' 등의 도움이 컸다. 인터넷을 통해 확인할 수 있고, 검색 기능까지 제공되기 때문에 무척 편리했다. 그러나 다 좋을 수는 없듯이 결락된 지면과 부실한 검색 기능 때문에 아쉬움 또한 컸다. 결락된 부분은 『조선일보』, 『동아일보』, 『시대일보』, 『중외일보』, 『중앙일보』, 『조선중앙일보』, 『매일신보』 등의 영인 자료를 찾아 보완할 수 있었다. 부실한 검색 기능을 보완하기 위해 지루하기 이를 데 없는 신문 지면의 목록화 작업을 오랜 시간 동안 수행해야만 했다.『조선일보 학예기사 색인(朝鮮日報學藝記事索引)』은 부실한 검색 기능을 보완하는데 큰 도움이 되었다. '조선일보 아카이브'가 제공되기 전 마이크로필름 자료를 수시로 열람할 수 있게 해 준 경북대학교 도서관의 도움도 잊을 수 없다.

잡지 자료는『한국아동문학 총서』의 도움이 컸다. 경희대학교 한국아동문학연구센터에 소장되어 있는 이재철(李在徹) 선생 기증 자료와 연세대학교 학술정보원 국학자료실의 이기열(李基烈) 선생 기증 자료, 서울대학교, 고려대학교, 서강대학교, 이화여자대학교 도서관의 여러 자료들에 힘입은 바가 크다. 이주홍문학관(李周洪文學館)에서도『별나라』와『신소년』의 일부를 구할 수 있었다. 아단문고(雅丹文庫)에서 백순재(白淳在) 선생 기증 자료를 통해 희귀 자료를 많이 찾을 수 있었다.

자료를 수집하는데 많은 분들의 도움을 받았다. 부산외국어대학교의 류종렬 교수는 애써 모은『별나라』와『신소년』복사본을 아무런 조건 없이 하나도 빼지 않고 전량 건네주었다. 이 작업을 시작할 수 있게 밑돌을 놓아 주어 고맙기 이를 데 없다. 신현득 선생으로부터『별나라』,『신소년』,『새벗』등의 자료를 보완할 수 있었던 것도 생광스러웠다. 한국아동문학연구센터의 자료를 마음대로 이용할 수 있도록 도와주었을 뿐 아니라, 빠진 자료를 찾아달라는 무례한 부탁조차 너그럽게 받아 준 김용희 선생의 고마움을 잊을 수 없다. 희귀 자료의 소장처를 알려주거나 제공해 준 근대서지학회의 오영식 선생과 아단문고의 박천홍 실장에게도 고맙다는 말을 전해야 한다.

막판에『가톨릭少年』을 찾느라 애를 썼다. 성 베네딕트(St. Benedict) 수도원 독일 오틸리엔(St. Ottilien) 본원이 한국 진출 100주년을 맞아 소장 자료를 공개하였다. 베네딕트 수도원의 선 신부님과 서강대 최기영 교수를 거쳐 박금숙, 장정희 선생으로부터 자료를 입수할 수 있었다. 자신들의 연구가 끝나지 않았음에도 흔쾌히 자료를 제공해 주어 귀중한 비평문을 수습할 수 있었다.

자료 입력이 끝나갈 즈음, 마무리 확인을 하는데 수시로 새로운 자료가 불쑥불쑥 나타났다. 많이 지쳐 있던 터라 타이핑 자체가 싫었다. 이때 장정훈 선생의 도움이 없었으면 마무리 작업이 훨씬 더뎠을 것이다. 학교 일이랑 공부랑 겹쳐 힘들었을 텐데 무시로 하는 부탁에 한 번도 싫은 내색을 하지 않고 도와주었다. 자료를 찾기 위해 무작정 동행하자는 요구에 흔쾌히 따라주었고, 수많은 자료를 사진으로 찍어 주었던 김종헌 선생의 고마움도 밝혀 두어야 한다.

수민, 채연, 그리고 권우는 나의 자료 복사 요구를 수행하느라 자기 대학 도서관뿐만 아니라 이웃 대학의 도서관을 찾아다녀야 했고, 심지어 다른 대학 친구들을 동원해 자료를 복사해야 했다. 언제 벚꽃이 피고 지는지도 모르고 산다며 푸념을 하면서도, 주말과 휴일마다 도시락을 싸고 일상의 번다한 일을 대신한 집사람에게도 고마운 인사를 해야겠다.

10년이 넘는 시간을 이 일에 매달렸는데, 이제 벗어난다고 생각하니 한 편 홀가분하면서도 아쉬운 점이 없지 않다. 자료 소장처를 몰라서, 더러는 알면서도 이런저런 어려움 때문에 수습하지 못한 자료가 적지 않기 때문이다. 눈 밝은 연구자가 뒤이어 깁고 보태기를 바란다. 학문의 마당에서 '나를 밟고 넘어서라'는 자세는 선학과 후학 모두에게 꼭 필요하다고 생각한다.

끝으로 이 자료집은 1920년대까지 다른 출판사에서 첫째 권이 간행된 후 여러 사정으로 중단되었다. 새로 보고사에서 완간하게 되었다. 많은 자료를 보완했고, 아동문학과 소년운동을 나누어 편집했다. 자료집의 발간을 흔쾌히 맡아준 보고사 김흥국 사장과 박현정 편집장, 부실한 교정(校正)과 번거로운 자료 추가 요구를 빈틈없이 처리해 준 황효은 씨에게 감사를 드린다.

2019년 정월
대명동 연구실에서 류덕제

# 일러두기

1. 이 자료집에 수록된 모든 글은 원문(原文)을 따랐다. 의미 분간이 어려운
   경우는 각주(脚註)로 밝혔다. 다만 다음과 같은 경우에는 각주를 통해 따
   로 밝히지 않고 바로잡았다.

   가) 편집상 오류의 교정: 문맥상 '文明'을 '明文'으로 하거나, '꼿꼿하게 直立하
       여 잇지 아니하며/고 卷髮로써 他物에다 감어가하/'와 같이 세로조판에서
       행별로 활자가 잘못 놓인 경우, '꼿꼿하게 直立하여 잇지 아니하고 卷髮로
       써 他物에다 감어가며'로 바로잡았다.

   나) 괄호와 약물(約物)의 위치, 종류, 층위 오류의 교정: '(a), (B), (C), (D)'
       나 '(가), (2), (3), (4)'와 같은 경우, '(A), (B), (C), (D)'나 '(1), (2),
       (3), (4)'로 바로잡았다. 같은 층위이지만 '◀'이나 '◎' 등과 같이 약물이
       뒤섞여 있거나, 사용해야 할 곳이 빠져 있는 경우, 일관되게 바로잡았다.

2. 띄어쓰기는 의미 분간을 위해 원문과 달리 현재의 국어표기법을 따랐다.
   다만 동요(童謠), 동시(童詩) 등 작품을 인용하는 경우 원문대로 두었다.

3. 문장부호는 원문을 따르되, 일관성과 통일성을 위해 추가하거나 교체하
   였다.

   가) 마침표와 쉼표: 문장이 끝났으나 마침표가 없는 경우 마침표를 부여하고,
       쉼표는 의미 분간이나 일관성을 위해 필요한 경우 추가하였다.

   나) 낫표(「 」), 겹낫표(『 』): 원문에 없지만 작품에는 낫표, 신문과 잡지와
       같은 매체, 단행본 등에는 겹낫표를 부여하였다.(『별나라』, 『동아일보』,
       「반달」, 『어깨동무』 등)

   다) 꺾쇠(〈 〉): 단체명에는 꺾쇠를 부여하였다.

라) 큰따옴표(" ")와 작은따옴표(' '): 원문에 외국 인명, 지명 등에 낫표나 겹낫표를 사용한 경우가 있어 작은따옴표로 통일하였다. 한글 인명이나 지명, 강조나 인용 등의 경우에 사용된 낫표와 겹낫표는 모두 큰따옴표로 구분하였다. 다만 본문을 각주에서 인용하는 경우에는 한글이라 하더라도 작은따옴표를 사용하였다.

4. 오식(誤植)이 분명한 경우 본문은 원문대로 하되 각주를 통해 오식임을 밝혔다. 이 자료집의 모든 각주는 편자 주(編者註)이다.

5. 원문에서 판독할 수 없는 글자는 대략 글자의 개수(個數)만큼 '□'로 표기하였다. 원문 자료의 훼손이나 상태불량으로 판독이 불가능한 글자의 개수를 헤아리기 어려운 경우에는 '한 줄 가량 해독불가' 식으로 표시해 두었다. '×××'나 'ㅇㅇㅇ'와 같은 복자(伏字)의 표시는 원문대로 두었다.

6. 인용문이 분명하고 장문인 경우, 본문 아래위를 한 줄씩 비우고 활자의 크기를 한 포인트 줄여 인용문임을 쉽게 알아보도록 하였다.

7. 잡지나 책에서 가져온 자료일 경우 해당 쪽수를 밝혔고(예: '이상 5쪽'), 신문의 경우 수록 연월일을 밝혀놓았다. 단, 원문에 연재 횟수의 착오가 있는 경우 각주로 밝혔으나, 오해의 소지가 없을 경우에는 그대로 두었다.

8. 외국 아동문학가들의 성명 표기는 필자와 매체에 따라 뒤죽박죽이다. 일본어 가타카나[片仮名]를 한글로 표기하는 데서 비롯된 것으로 보인다. 이해의 편의를 위해 원문 아래 각주로 간단하게 밝혔다. 자세한 것은 자료집의 말미에 실은 '외국 아동문학가 일람'을 참조하기 바란다.

# 차례

# 아동문학

# 소년운동

# 아동문학

朴八陽, "내가 조와하는 동요", 『소년중앙』, 제1권 제2호, 1935년 2월호.

고드름 고드름 수정고드름
고드름 따다가 발을엮어서
각시방 영창에 달아노아요
○
각씨님 각씨님 안령하십쇼
낮에는 햇님이 문안오시고
밤에는 달님이 놀러오시네
○
고드름 고드름 녹질말어요
각씨님 방안에 바람들면은
손시려 발시려 감기드실라

이것은 "버들쇠"라는 별호를 가진 유지영(柳志永) 씨가 지으신 「고드름」이라는 동요입니다.

고드름 따다가 발을엮어서
각시방 영창에 달아노아요

하는 아름다운 공상(空想)부터가 어린이의 생각(童心 世界)에서만 볼 수 잇는 일이며

각씨님 각씨님 안령하십쇼

하고 낮의 햇님과 밤의 달님이 문안 오시고 놀러오신다는 것이 얼마나 어린이다운 귀여운 생각입니까. 그리고 마지막으로

손시려 발시려 감기드실라

하면서 각씨님을 위하여 주는 다정한 마음 —— 이런 것들을 생각할 때 이 동요는 진실로 어린이들의 모든 아름다운 점을 음악적(音樂的)으로 잘 노래하엿다 할 수 잇습니다. 나는 이 동요가 조와서 어린이들과 놀 때에는 가끔 같이 부르는 때가 잇습니다.(이상 49쪽)

李軒求, "내가 조와하는 노래 2 「어미새」", 『소년중앙』, 제1권 제3호, 1935년 3월호.

봄철이 찾아옵니다. 따뜻한 해빛이 살포시 토실토실한 웃음 띠인 여러분의 얼골을 입 마추어 줍니다. 이럴 때면 금잔디 어린 풀이 싹트는 들에서 또는 언덕에서 강가에서 동무들과 해지는 줄도 모르고 즐거웁고 씩씩한 하로를 보내게 됩니다. 어떤 때는 동무와 피가 나고 상처가 나도록 싸호고 떠들고 야단칩니다. 어머님이 애써 지여주신 옷을 진흙과 먼지로 더럽히는 줄도 몰르고. 그러나 차차 배가 고픈 것 같습니다. 서쪽 하늘을 처다보면 빨간 노을 속으로 둥근 해가 누엇누엇 넘어가랴고 합니다.

그럴 때 여러분은 그러케 자유롭게 날라다니는 어미새들이 나무 우에 깃드릴 보금자리를 찾아 빨리빨리 돌아가는 것을 유심히 처다보게 되지 안습니까?

이럴 때 여러분은 무슨 노래를 불르면서 저녁밥을 분주히 짓고 게신 어머님을 찾아 또는 어린 누이동생의 웃는 얼골을 그리워하면서 힘세인 거름을 옴기게 되겟습니까? 자, 여기 이런 노래(童謠)가 잇습니다.(이상 52쪽)

넘어가는 저녁해에
　　　　어미새들은
어린아가 집에서
　　　　기달린다고
빨리날러 집으로
　　　　돌아갑니다.

하로종일 그립든
　　　　엄마아가가
서로조와 하는걸
　　　　보고가랴고

저녁해가 西山에
　　기달립니다.

누가 지은 노래인지 몰르겠습니다. 그러나 누구든지 어깨동무와 발을
마추어 저절로 불러질 노래입니다.

저녁해가 서산에 기달립니다.

이 한 줄이 얼마나 아름답고도 따뜻한 사랑에 가득 차 잇습니까? 어미새
와 작은새가 한 보금자리에서 포근한 잠 속에 무치는 것만을 보고 가랴는
저녁해가 아닙니다. 실로 하로 종일 집도 부모도 형제도 잠시 잊어버리고
뛰놀다가 그리운 자기 집을 찾아가는 저녁때 여러분 어린이의 씩씩한 얼골
과 커 가는 그 마음을 바라보고 빙긋이 웃는 저녁해의 한없이 크고도 정다
운 사랑의 표현이 이 속에 숨어 잇는 것입니다.

여러분은 이 자애(慈愛)에 넘치는 석양을 바라보면서 여러분은 자연(自
然)의 커다란 사랑 속에 잠겨지는 것입니다. 이러한 단순한 듯하면서도
생명이 빛나는 노래, 이 노래를 언제나 소리 크게 함께 불러 보실 이가
없읍니까? (이상 53쪽)

## 金素雲, "童謠에 나타난 '어머니'", 『가톨릭靑年』, 제3권 제3호, 가톨릭靑年社, 1935년 2월호.

"사랑" 중에도 제일 귀한 사랑, 어머님의 사랑에 이길 사랑이 세상에 또 어듸 잇슬 것입니까.

抱石의[1] 詩에 길가에 안진 녀편네 거러지를 읊은 것이 잇습니다. 헐벗고 주린 거러질지라도 애기를 안은 그 거러지의 얼골에는 "聖母의 우슴이 떠돌드이다"고 햇습니다.

"조선의 어머니"와 "조선의 애기" 이 두 사이의 사랑으로 얽힌 매즘을 알냐면 "조선의 동요"를 들추어 보는 것이 제일 갓가운 첩경일 것입니다. 동요에도 어룬의 思想이 슴이여 잇지 안홈은 아니나 이것이 바로 백년 이백년을 두고 조선의 애기들이 불너온 노래인 것만은 틀림업는 사실입니다.

①
새는 새는 낭게자고
쥐는 쥐는 궁게자고 ──
돌에 부튼 땅갑지야
낭게 부튼 솔빵울아
나는 나는 어데잘고
우리 엄마 품에자지.

②
숭어색기 물에놀고
미꾸라지 뻘에놀고
나는 나는 우리얼마[2] 품에놀지.

---

1  '抱石'은 조명희(趙明熙)의 필명이다.
2  '우리엄마'의 오식이다.

둘이 다 慶尙道 동요입니다. 사투리를 그냥 쓴 것이니 혹시 뜻을 깨닷기 어려운이[3] 잇슬지 모릅니다. 一(이상 242쪽)과 二가 한가지로 어머니의 품속에 안기는 기쁨과 행복을 노래한 점에 잇서서 共通되는 것이나 첫재 것은 "가지에 달린 솔방울"과 "돌에 붙은 굴껍데기"를 빌어 어머니와 애기의 密接한 상관을 나타낸 것이 特色이요 다음 것은 "물과 숭어" "벌구덱이와 미꾸래미"처럼 어머니와 애기의 調和는 그러케도 合理的이오 必然的이란 것을 說明한 것이 特色입니다.

돌에 붙흔 굴껍데기는 뗄지언정 어머니의 사랑에서 애기를 떼여 내기는 과연 어려울 것입니다. 얄미웁도록 手法이 묘하야 이 동요 둘은 "조선의 어머니"를 禮讚함에 잇서서 흡족한 빙고가 되겟습니다.

그러나 동요에 나타나는 "어머니"는 매양 歡喜와 平和의 對象만 되여 주지 안슴니다. 내 어머니의 사랑을 지극히 흠모하는 애기의 매슨 마음은 "어머니 아닌 어머니" "거즛 어머니"에 대할 때 칼보다도 더 날카롭게 찔너 주는 가시를 또한 예비하고 잇슴니다.

③
우리오마이 들어온다
널대문 찍국 여러노라
금방석을 내노아라.

당신오마이 들어온다
개구녕을 터노아라
바눌방석 내노아라.

④
우리 오마이 산수에 가니까니
함박꽃이 픠엿서두
눈물겨워 못꺽거왓네.

---

3 '어려움이'의 오식이다.

다신오마이 산수에 가니까니
찔넝꽃이 픠엿서두
찔너서야 못꺽거왓네.

黃海道 동요입니다. "사랑"과 "미움"을 이토록 야속하게 분별하는 그 聰明
이 얼마나 굇심합니까. "당신 어머니"에도 어즐고 착한 어머니가 응당 잇스
런마는 "나흔 어머니" "참어머니"의 사랑을 오즉 사모하는 그들은 사정업시
고개를 내흔들며 거즛 사랑 앞에 한갈가치 고개를 숙이려고 하지 안습니다.
"죽은 어머니"에 대한 애닯흔 追慕 이것도 조선 동요의 한 特色입니다.

⑤
꼬분네야 꼬분네야
너어드메 울고가니
우리오만 산수앞에 (이상 243쪽)
젓먹으러 나는간다.

한번가신 우리엄마
어데가고 못오시나
우리엄마 우리엄마
언제다시 오시려나

저녁해가 저무르니
날이새면 오시려나
금음밤이 어두우니
달이뜨면 오시려나

겨울날에 눈이오니
봄이되면 오시려나
우리엄마 가신엄마
언제다시 오시려나.

한번 가고는 못 오시는 어머니 달 밝고 눈이 개인들 도라올 리 만무한 그 어머니를 그들은 이러케도 애처럽게 기다리며 사모합니다. 어머니의 사랑이 크면 클사록 어머니를 여윈 슯음이 또한 클 것도 정한 리치겟습니다.

조선 동요 중에도 이런 종류의 것은 수업시 만습니다. 「자장 노래」도 다른 나라에 비할 수 업시 구슯으고 애닲습니다. 그런 것을 두루 引用하기는 너무 장황하니 그만두고 마지막으로 약간 異色 잇는 資料 하나를 소개하겟습니다.

⑥

타박 타박 다방머리
송금 송금 속거내여
영석새라 금보되에
곱다랏케 베를노아
남원장에 팔아다가
엄마사려 갓섯드니
수박전에 수박나고
오이전에 오이나되
엄마전은 아니낫네
밋치고도 긔든년아
엄마전이 어듸잇노.

"어머니"를 노래하는 솜씨도 가지⌒입니다. 이 노래는 全羅道 谷城에서 차즌 "아가씨노래"인데 結句에다 슬적 諧謔을 加味식힌 것이 아당하고 다정한 맛을 살려내는데 썩 效果를 이루윗습니다.

겨우 資料를 羅列한데 지나지 못햇습니다.

"사랑을 밧는" 편의 노래는 대개 이러하거니와 "사랑을 주는" 편의 노래 어머니 그 自體의 노래는 民謠의 領域에 屬하기로 여겨서는 미치지 안습니다. (一月 十日) (이상 244쪽)

## 李定鎬, "속간호를 내면서", 『어린이』, 제13권 제1호, 1935년 3월호.

붓을 잡엇으나 무슨 말슴으로 여러분께 사죄를 해야 할지 두서를 차릴 수가 없읍니다.

작년 六月호를[4] 내인 이후 社 안에 부득이한 사정으로 인하야 책을 발행하지 못한 지가 꼭 반개년! 그동안 社 자체는 물론이요 나 개인으로 이보다 더 안탑갑고 이보다 더 괴로운 일이 없엇읍니다.

『어린이』가 과거 十여 년 동안 조선 어린이들에게 낏처 온 공적이나 자랑보다도 단 하나의 이 귀여운 존재가 충분하게 힘을 뻿지 못하고 중도에 끈어지고 말 가장 불행한 역경에 부댓첫을 때 아모보다도 책임자의 나로서는 이보다 더 설고 원통한 일이 없엇읍니다.

이러한 고정(苦情)이 잇는 줄은 전혀 모르고 하로에도 수십 통씩 『어린이』의 소식을 뭇고 심지어는 욕설까지 써서 보내는 독자들의 투서를 받을 때마다 실로 가슴이 뻑애지는 것 같앳읍니다.

그러나 우리들의 일이란 원래가 뜻과 정성만으로 이루어지는 것이 아니라 마음만 괴롭힐 뿐- 생각대로 일이 진행되지 못하엿읍니다.

       ×

소파 방정환 선생이 운명 시에 나에게 "어린이를 부탁하오- 아모것보다도 『어린이』가 마음에 걸려서 더구나 죽기가 원통하구려!" 하는 말슴을 듯고 나는 울면서 "염려 마십시요. 선생이 가시고 또 내가 갈 때까지는 『어린이』를 위하야 내 마음과 몸을 밧치오리다" 하고 분명히 대답하엿읍니다. 선생의 말슴이 없드라도 내 임의 마음으로 작정한 바가 잇거니 어찌 선생의 이 마지막 유지를 잊을 리가 잇겟읍니까? 그리하야 그 후 몇 해 동안 여러 가지로 곤란한 중에도 이것 하나만은 꾸준히 끌고 왓읍니다.

---

4 '작년 六月호'는 『어린이』(제12권 제6호, 1934년 6월호)를 가리킨다.

몇 해 전브터 나 역 건강 문제 기타 문제로 이 귀중한 『어린이』를 내 손으로 직접 편즙하지 못하고 다른 이의 손을 비러 가면서 이 일을 계속시 켯습니다. 그리든 것이 이번에는 정말 말못할 사정 때문에 제대로 발행이 못 되고 여러 달 동안 쉬이게 되엇든 것입니다.

×

하여간 지나간 일은 더 여기다 번거롭게 쓰지 안켓습니다. 앞으로는 되 도록 이러한 불상사가 없이 또 부득이한 경우가 아니고는 남의 손을 빌지 안코 직접 내 손으로 편집을 하야 보다 나은 보다 훌륭한 잡지를 만들 작정 입니다.

이 점을 량해하시고 여러분도 전보다 몇 갑절 더 만흔 사랑과 도음을 주시기 바라고 이상 간단한 말슴으로 속간 인사에 대신합니다.

—— (李 定 鎬) —— (이상 9쪽)

宋昌一, "兒童文藝 創作講座－童謠篇(三)", 『아이동무』, 제3권
제3호, 1935년 3월호.[5]

第二章. 동요의 취재에 대하야(계속)

二. 추억시(追憶詩)로써의 동요

공명으로 생기는 동요는 어른들이 아이들을 사랑하는 가운데 흥미를 주
랴거나 혹은 어떤 교훈적(敎訓的) 의사(意思)에서 만들어진 노래이지만
추억시로서의 동요는 다만 작자 자신의 유년시대의 기억(記憶)이나 그 밖
에 과거 경험을 추억하는 데서 나온 노래이다. 이 노래의 특징(特徵)은 아
동에게 주랴고 무리하게 만든 무감동(無感動)적 작품이 아니라 예술적 가
치가 있는 훌륭한 시가 된다는 것이다. 이제 추억에서 취재가 된 다음의
몇 편의 동요를 음미(吟味)하여보기로 한다.

 고향생각　(金柳岸 氏)
　저산넘어 새파란 하눌아레는
　그리운 내고향이 있으련만은
　철리만리 먼땅에 떠난이몸은
　고향생각 그리워 눈물지누나
　　　　　◇
　버들숲 두던에 모여앉어서
　풀피리 불며놀든 그리운동무
　오늘은 무엇하며 놀고있을가 (이상 19쪽)
　생각사록 내고향이 그리웁고나

이 동요는 고향을 그리는 생각에서 산넘어 고향하눌을 바라보면서 어릴

5　『아이동무』를 전부 확인하지 못해 「童謠篇」(三, 四)만 수록하였다.

때 버들숲 두던에서 동무들과 피리 불며 놀든 아름다운 시절을 회상하는
노래이다.

● 울지않는종　(南宮浪 氏)

종로거리 큰종은 어째안울가
깨여젔나 목쉬였나 잠이들었나
엣적에는 저종이 하도잘울어
서울장안 백성들은 잠을깻다네　(以下 一節 略)

　종로 네거리에 쓸쓸이 가쳐 있는 크다란 인경을 볼 때 어른들은 물론
눈으로 목격한 가지가지 사실을 련상(聯想)하며 옛날 인경이 울든 시절을
추억하겠으나 아동도 역시 한번도 울지 않는 인경을 볼 때 부형에게서 얻어
들은 지식을 기초(基礎)로 넉넉히 그들의 상상(想像) 속에서 저 종이 전에
는 잘 울었다는데 지금은 어찌하여 안 우는가 하고 의아(疑訝)하게 여기게
되는 것이다. 추억을 제재(題材)로 한 동요가 옛말이나 전설이나 우화(寓
話)에서 취재한 것보다 아동에게 흥미를 주지 못할는지도 모른다. 그러나
동요는 단지 흥미 중심이여서는 안 되는 것이다. 이 점에서 추억시로서의
동요는 예술미(藝術美)가 많이 포함되었다고 볼 수가 있다.
　추억을 제재로 한 동요가 아동의 환영을 받고 안 받는 문제보다도 동요의
생명인 동심을 토대로 한 시적이라는 점에 많은 가치가 있는 것이다.
　동요 시인은 결코 아동 흥미 본위(本位)로 흘러서는 안 되겠다. 진정한
자기의 동심 속에서 울어나오는 시를 읊어야 하겠다.
　참으로 이런 작품이 있다면 아동은 아직 자기가 경험하지 못하였거나
경험하고 있는 사실이거나를 물론하고 작자와 가튼 마음으로 노래할 수
있으며 감상(鑑賞)할 수 있을 것이다.

　三. 상징시(象徵詩)로써의 동요 (이상 20쪽)
　상징시라는 말은 무형(無形)한 것을 유형(有形)한 것으로 표시하는 시

를 말함인데 아동은 무한한 상상세계에서 사는이만큼 보이지 않는 사실을
유형한 사실과 부합시킬 때 얼마나 큰 흥미를 가질는지 모른다.

공명으로 생기는 동요가 예술미는 적으나 아동의 취미를 끄는 데는 힘이
있고 추억시로써의 동요가 조금 더 예술적이면서도 아동에게 신통한 느낌
을 주지 못하는 데 비(比)하여 상징시로써의 동요가 이 두 가지 결점을
다— 만족시킬 수 있다고 하겠다. 그 이유는 결코 교육적 수단으로나 혹은
흥미본위로 만들어지는 동요가 아니라 예술적 가치가 풍부한 동심예술의
표현이기 때문이다. 다음 몇 편의 동요를 들어 좋은 예(例)를 삼으려 한다.

 뜻　(朱耀翰 氏)
나는 조고만 봉사씨외다
까만 몸홀로 튀여굴러서
검은 흙속에 썩이는뜻은
봄에 고은싹 나렴이외다
◇
나는 풀잎에 이슬한방울
해빛 찬란한 아침떠나서
어둔 돌틈에 스러지는뜻
넓은 바다로 가렴이외다
◇
나는 조선의 어린이외다
몸과 정성을 아낌이없이
하로하로 또하로 배우는뜻은
조선을 빛내 보렴이외다

이 노래는 벌서 작곡이 되어 방방곡곡이 어린이들의 애창(愛唱)하는 바
인데 작자는 조선의 어린이들의 장차 히망이 크다는 것을 상징적으로 읊었
다고 본다.

봉사 씨가 땅속에 들어가서 썩는 듯하나 봄볕 아레서 생생한 싹을 내며
풀잎의 이슬이 볏 아레에는 없어지는 듯하나 큰바다로 가는 것과 같이 비록

어린이들이 보잘것없어도 하로하로 배우는 뜻은 조선을 빛내여 보려는 때문이(이상 21쪽)라는 말이다. 작자는 조선의 지보(至寶)인 시인으로써 조선 아동들의 감명 깊은 작품을 많이 상징적으로 만들어 주고 있다.

유치원 같은 곳에서 흖이 「가나리아」 노래를 가르키는 것을 본다. "노래를 잊어버린 가나리아는 뒷동산숲풀속에 내버릴가요 아니아니 그것은 안된말이오" 하고 부를 때 아동의 마음속에는 불상한 가나리아의 신세를 생각하며 눈물을 자연히 흘릴 것이다. 아마 유치원에서 이 노래를 교재로 쓰는 것은 동물에 대한 애호심(愛護心)을 넣어주랴는 목적인 줄 안다.

그러나 작자인 서조 씨(西條氏)[6]의 주(註)를 보면 단순히 동물애호의 목적으로 쓴 것이 아니라 노래를 잊어버린 가나리아는 당시 작자 자신의 신세(身勢)를 말함이요 여러 가지로 가나리아의 대한 문답은 자신의 자민자책(自悶自責)의 이야기라 한다. 지금도 길가에서 아동들이 이 노래를 부르면 작자는 쓸쓸하든 당시의 생활을 추상하고 눈물을 금할 수 없다고 한다. 현재 우리의 동요 시인 중에도 작자의 생활을 그대로 상징화한 것이 퍽 많이 있다고 생각한다.

**◉ 바다가에서**　　(尹福鎭 氏)

바다가에 모래밭에 어여쁜돌 주어보면
다른돌만 못해보여 다시새것 바꿉니다

바다가에 모래밭에 수도모를 둥근차돌
어여뻐서 바꾼것도 주서들면 싫여저요

바다가에 모래밭엔 돌멩이도 너무많아
맨처음에 바린것을 다시찾다 해가저요

이 작품은 윤 씨의 작품 중에 우수한 작품의 하나이라고 본다. 작자의

---

6　일본의 아동문학가 사이조 야소(西條八十)를 가리킨다.

인생에 대한 심오(深奧)한 관찰은 이 작품 속에 상징적으로 잘 표현되어 있다고 본다. 우견(愚見)을 가하는 것이 작자의 본의에 억으러지는 점이 있을는지는 모르나 이 작품은 분명히 작자의 인생관(人生觀)을 여실히 표현하였다고 본다. 사람에게는 만족이 없다. 그리고 언제나 욕망(慾望) 속에서 산다. 수

(二七 페지 계속) (이상 22쪽)

(二二 페지에서 계속)

많은 돌 중에서 하나를 주었다가는 다른 것만 못해 보여 다시 바꾸며 바꾼 것이 또 싫여저서 맨 처음에 내버린 돌을 다시 찾다. 그만 해가 저믈고 마는 것이 인생의 생활 전부이라고 본다.

작자는 이렇게도 훌륭한 제재(題材)를 아동의 세계에서 그들이 이해(理解)할 수 있는 범위 안에서 구하였다.

동요의 생명은 아동의 이해할 수 있는 단순한 사물에서 제재를 구하며 자유롭고 쾌활하며 공리적 립장을 떠나 자연과 소박(素朴)으로 돌아가 참된 진선미(眞善美)의 지경에 도달(到達)할 수 있는 곳에 있다. (계속)

(이상 27쪽)

---

**宋昌一, "兒童文藝 創作講座 – 童謠篇(四)", 『아이동무』, 제3권 제4호, 1935년 4월호.**

### 第三章 동요 표현 형식(表現形式)에 대하야

동요가 일종의 자유시(自由詩)인만큼 창작함에 있어서 별로 형식의 구속(拘束)을 받을 필요가 없다고 하겠으나 좀 더 아동의 마음에 자미스러운 감흥을 주며 좀 더 아동에게 노래하고 싶은 정서(情緖)를 일으키려면, 어떤 형식과 기교(技巧)로 표현할까 하는 문제를 또한 연구하지 않을 수 없다.

아무리 구상(構想)은 좋다 할지라도 표현이 자미없으면 그 동요는 아동의 마음에 도무지 환영을 받을 수 없을 것이며 따라서 생명을 잃은 노래가 될 것밖에 없다. 이제 다음의 몇 조목을 들어 표현 형식을 생각하여 보기로 한다.

一. 아동의 말

동요는 어룬의 말이 아니고 아이의 말로 써야 한다는 것은 이 우에서 여러 번 말한 것이며 또한 누구나 잘 아는 사실이다.

대체 아이의 말이란 무엇일까? 하고 반문하는 분이 게실른지도 모른다. 어룬의 쓰는 말이나 아이의 쓰는 말이나 다— 같은 나라말(이상 15쪽)이 아닐까 하고 의아(疑訝)를 가질 분도 있을른지 모른다. 그러나 거기에는 말의 쉽고 어렵다는 조건이 붙는다. 가령 대동강의 흐르는 물을 볼 때 어룬은 "청류(淸流)가 용용(溶溶)히 흐른다" 이렇게 표현할 것이나 아동은 같은 물을 보면서도 "파—란물이 좔—좔 나려간다"라고 극히 쉬운 말로밖에는 표현하지 못하는 것이다.

아동의 생활은 감각적(感覺的)이니만큼 그들의 표현하는 말도 모다가 감각적이다. 아동이 사물(事物)을 관찰(觀察)하는 직관력(直觀力)은 말할 수 없이 날카롭다. 어룬들이 보고 심상히 역이는 일이라도 아동은 극히 감각적인 관찰을 가지고 본다.

이런 생활환경 속에서 울어나오는 동요는 아무래도 어룬이 생각해 낼 수 없을 만한 훌륭한 동요작품이 되겠다. 어떤 때는 아동의 말 가운데는 문법상(文法上)으로 해석하기 어려운 말도 있을른지도 모르나 이— 해석하기 곤란한 천진스러운 말 가운데 오이려 심각(深刻)한 아동생활을 드려다보는 맛이 있다고 하겠다.

二. 선률(旋律)

동요는 자유시인 동시에 노래하기 쉬운 '리듬'(韻)을 가저야 한다. 이— '리듬'을 만족시키려면 음을 잘 배치(配置)하여 놓아야 한다. 가령 아레로 가야 좋을 말이나 음이 우에로 가도 자미없을 것이고 우에로 가야 좋을 말이나 음이 아레가 붙어도 자미가 없을 것이다.

음이 잘 배치된 동요는 읽을 때에 거침없이 리듬에 대한 감정이 좋아지는 것이다.

이렇게 '리듬'을 붙여 만드는 법을 압운법(押韻法)이라 하는데 압운법에 또다시 두운(頭韻) 각운(脚韻) 두 가지가 있다.


　　◉ 달팽이　　(金長連 氏)
　달-달 달팽이 집이좋다고
　두눈을 갸웃갸웃 자랑하면서
　달-달 말려서는 집에들고요 (이상 16쪽)
　달-달 풀려서는 또나옵니다
　　　　◇……◇
　달-달 달팽이 집이없어서
　이리갸웃 저리갸웃 업고다니며
　달-달 말려서는 집에들고요
　달-달 풀려서는 또나옵니다.


이 동요를 보면 "달-달"이란 말이 여섯 번 씨여저 있는데 여섯 마디가 다- 첫머리에 있다. 즉 다시 말하면 두운(頭韻)을 달어 만든 것이라 하겠다. 이와 같이 같은 말이나 형용사(形容詞)를 곱잡어 되푸리하는 데서 고은 리듬이 생기며 동요를 읽고 싶고 노래하고 싶은 정서(情緖)가 발생되는 것이다.

따라서 "달-달" 말려들었다 펼처젔다 하는 달팽이의 모양을 눈앞에 완연히 그리여보는 듯한 느낌을 줄 것이다.

이렇게 리듬을 가춘 동요는 아동이 따로 외이려고 노력하지 않을지라도 절로 깊이 머리속에 인상되고 마는 것이다.


　　◉ 봄　　(韓晶東 氏)
　낮에붙어 간질랑 봄바람이지
　어린누이 풀뜯어 세간놉니다.

◇

먼갯뚝에 아리장 봄햇볕이치
돛단배 간들간들 졸며갑니다.

◇

가는가지 파르랑 봄버들이치
꾀고리 오소오소 손을칩니다.

각운법(脚韻法)으로 된 적당한 동요를 얻지 못하여 미안하나 우에 기록한 동요 「봄」이 가장 근사(近似)하기에 예(例)로 들었는데 맨 첫줄 끝에는 "이지"가 붙고, 맨 둘재 줄 끝에는 "니다"의 운이 붙어 있음을 볼 수 있다.

운(韻)이란 읽어서 선률적(旋律的) 미(美)가 생기는 고로 아동의 노래인 동요에는 제일 필요하겠다. 일정한 '리듬'이 붙은 동요는 작곡자(作曲者)에게도 퍽 쉬우리라고 믿는다.

옛날 한시(漢詩)와 같은 것은 이― 운이라는(이상 17쪽) 것을 가지고 대단히 시끄럽게 문제삼어 왔다. 자유시인 동요에 있어서 운을 가지고 중요시하여야 된다는 의미는 결코 아니다. 결코 운에 구속을 받어서는 불가하다고 생각한다. 다만 자연히 일어나는 감흥에서 울어나온 작품이 고은 '리듬'을 자연히 가지게 되면 동요의 맛이 좀 더 선률적이면서 고와진다는 점에서 찬성한다는 것이다.

그리고 압운법 비슷한 반복법(反覆法)이 있는데 이것 역시 선률적 동요의 일종이다.

반복으로 된 동요는 어(語) 구(句) 절(節) 등을 되푸리하는 것인데 아동이 처음 말을 연습할 때는 흔이 반복하는 말을 한다.

그 이유는 반복하는 말이 발음하기가 쉬운 것과 또는 자연게의 모든 소리가 흔이 반복되는 것이 많이 있는 관게상 모방(模倣)을 잘하는 아동은 그대로 숭내를 내는 것이다. 서양 아동들이 어머니를 '마마' 아버지를 '파파' 하고 불으는 것이나 우리 나라 아동들에게 유희를 가르칠 때 "조암조암" "짝작궁, 짝작궁" "도근, 도근" 하고 반복하는 예는 다― 우에 든 예에 속한다.

그러므로 아동이 불러야 할 동요는 음(音), 어(語), 구(句), 절(節) 등의 반복이 얼마나 필요하며 그들 머리속에 깊이 인상될 것인지 모른다.


　　　● 도는것　(崔鎭弼 氏)[7]

바람에 도는것은 바람개비
　　◇　　　　◇
냇가에 도는것은 물내방아
　　◇　　　　◇
채찍에 도는것은 팽이지만
　　◇　　　　◇
고초먹고 도는것은 뒷집애기


　이― 작품을 처음 읽을 때 아동은 퍽 취미가 있을 것이다. "도는것은"이란 말이 자꾸 반복될 때 이번에는 도는 것이 무엇일까 하고 기다리는 자미도 있을 것이다. 이런 작품은 무엇보다도 어(이상 18쪽)린 사람들 머리속에 뿌리 깊이 인상이 되는 것이다.


　　　● 방울소리　　(筆者)

딸랑딸랑 방울소리
앞산기슭 돌아갈때
살아지는 저―소리


---

7　이 작품은 윤복진(尹福鎭)의 작품(동요 「도는것」, 『중외일보』, 27.4.28)인데 최진필(崔鎭弼)이 표절한 것이다. 원문은 다음과 같다.
　동요 도는것
　　　　　尹福鎭
　바람에도는것은
　바람개비(風車)
　냇가에도는것은
　물레방아
　채찍에도는것은
　팽구지만
　고초먹고도는건
　뒷집아가

우리압바 장에가는
짐당나귀 방울소리
◇
딸랑딸랑 방울소리
앞산기슭 돌아들제
반겨지는 저—소리
우리압바 타고오는
짐당나귀 방울소리

　　　　九. 一二

　졸작(拙作) 「방울소리」는 권태호 선생의 작곡으로 현금 많은 아동들의
애창(愛唱)하는 노래 중에 하나인데 내용으로 보면 아무것도 없다. 그러나
한번 읽을 때에 방울소리를 듣는 듯한 감이 생기며 경쾌(輕快)한 맛이 있
다. 그리고 내용이 복잡치를 않어 얼른 기억하기가 쉽게 되였다. 이 작품
역시 선률적이고 또한 반복법으로 되여 있다. (본장 계속) (이상 19쪽)

韓晶東, "어렷슬 때의 노래 「범나비」 뒷등에", 『소년중앙』, 제1권 제4호, 1935년 4월호.

봄이 온다. 이제 곳 봄이 온다.

봄을 기다리는 이가 오직 나뿐일까.

아니다. 언덕의 마른 풀, 못가의 수염버들, 집근처의 살구 복송아, 이 모든 것들도 파라우리한 기쁨을 띠고 간엷은 바람에 모다 움지기고 잇다.

그리고 나는 소학교 뜰 한구석에서 어린이들이 기다리고 잇는 것을 들엇다. 무엇을 기다릴까 하고 자세 들어보니 역시 봄을 기다리는 모양이다. 아직도 어름이 채 풀리지도 안핫것만 벌서부터 풀싸홈을 하자느니 뱃노리를 하자느니 의논이 만타.

나는 지금 어렷슬 때를 생각하여 「봄」의 한 구절을 적어보려고 한다.

먼 산에는 아지랑이가 춤을 추고 들에는 농부들이 농사를 시작하려고 움지기기 시작하고 소년들은 뛰며뛰며 갖 돋는 쑥을 뜯어 서로서로 향내를 자랑하고 소녀들은 바구미를 끼고 허메를 들고 나물캐기에 정신이 없는 따스한 봄날이엿다.

나는 두세 동무와 한 각지 작반하야 산으로 들로 꽃을 찾아 기나긴 하로 해를 다 지우고도 오히려 모자라서 저녁 늦게야 집으로 돌아왔다. 그도 하로뿐이 아니라 몇 날을 계속하엿다. 그리하야 아버님한테 "끼 때를 모르는 사람은 사람구실하기 힘드니라" 이러한 꾸중의 말슴을 들은 일이 잇다. 그러나 나는 꽃을 잊을 수가 없엇다. 이튼날부터는 집 근처에서(이상 76쪽) 또 꽃을 차젓다.

나는 놀래지 안흘 수가 없엇다. 집 뒤 조고마한 밭에는 장다리(여깃말로 장배기)가 홈박 피여 잇슬 뿐 아니라 거기에는 나비조차 날라 드는 것을 보앗기 때문이다.

나는 동무들과 어깨를 겻고 매일도 매일처럼 장다리꽃밭에서 놀앗다. 그때에 나는 무심코 다음과 같은 노래를 부르며 손에 손을 마주 잡고 닐리리 닐리리 춤을 추든 일이 아직도 내 눈앞에 선―하다.

　　나비나비 범나비
　　　　　너어디가니
　　뒷동산은 아직도
　　　　　칩다드라야―.

　　나비나비 범나비
　　　　　이리오너라
　　우리밭엔 장다리
　　　　　홈박폇단다―.

　　장다리 꽃밭에서
　　　　　춤추며놀자
　　춤추다 실커드란
　　　　　앉아서놀자―.


　그러면 나는 이 노래에 대하야 더 만흔 말을 쓰랴고 아니 하고 노래란 그 뜻을 그 마음을 소리로 나타내임에 지나지 안는 것으로 소리는 본래 고저장단(高低長短)이 잇서 자연 음률에 화합되는 것이다. 따라서 나는 노래란 짓는 것이 아니오 불러지는 것이라야 참된 노래라고 한다.

　그러므로 나는 나의 이 노래를 어렷슬 때의 생각 그것보다도 어린 마음의 자연 발로 다시 말하면 노래하지 안코는 견딜 수 없어 불리워진 것을 찬양한다.

　그리하야 나는 이 노래를 내가 을픈 노래 가운대서 내가 사랑하는 한 구절이 된다는 것을 말하여 둘 뿐이다. (끝) (이상 77쪽)

# 一步生, "(探照燈)童謠에 對한 愚見", 『조선일보』, 1935.5.3.

라듸오를 通하야 들리는 童謠 或은 幼稚園에서 부르는 童謠를 드를 때마다 나는 크게 不快한 感情을 갓게 된다. 웨냐하면 그中에는 童心의 純情的 發露가 업는 때문이다. 이제 그 童謠 作者를 보면 그 大部分이 아즉도 文章에 對한 또 詩에 對한 또 兒童心理學에 對한 아―모런 硏究도 업시 그저 直興的으로 또는 그 어떤 淺薄한 模倣으로 그 童說을 만드러 내는 少年들이다. 그리하야 그 童說에서 우리는 그 未熟된 글句에 얼골을 쯩기리지 안흘 수 업스며 또 兒童의 純情的 童心의 薰香이 업스메 놀래이지 안흘 수가 업는 것이다.

그것은 結局 한 개의 藝術이란 참된 情의 發露를 形象을 通하야 表現하는 것이니만치 그들 作者의 力量이 不足한 데에 그 原因이 잇다 할 수 잇다는 것으로 좀 더 朝鮮의 兒童을 硏究하는 作家가 이에 留意하여야 할 것이다. 그리고 그 曲에 잇서서는 좀 더 이에 硏究를 싸흔 作曲家의 出現을 待望하지 안흘 수 업는 것이다.

天眞한 兒童이 자미잇고 쉽게 부를 노래와 曲! 이것이 當面의 兒童藝術運動의 喫緊事가 안일가 한다. (一步生)

宋昌一, "兒童劇 小考 - 特히 兒童性을 主로 - (1)", 『조선중앙일보』, 1935.5.25.

## 一. 緖言

童謠, 童話運動에 뒤따러 兒童劇運動이 漸次 發展하야 가는 傾向을 볼 수 잇다.

紙面을 通하야 發表되는 作品의 量을 보거나 '라듸오'를 通하야 放送되는 數가 實로 不少하다. 그리고 學校에서나 兒童團體 等의 會合에서 種種 兒童劇의 演出을 目睹하고 잇다. 外國에서는 兒童劇運動이 相當히 오랜 歷史를 가진 이때 뒤떨어진 感이 업지 안흐나 모든 文化 程度가 그럿코 보니 至今이라도 兒童의 情操敎育을 위하야 크게 기뻐할 現象이라고 아니 할 수 업다.

筆者 多少 感한 바 잇서 짤막한 私考를 發表하는 바 이것은 作法이나 指導的 理論이 아니라 다만 兒童性에 關聯하야 兒童劇에 對한 一小考에 不過하다는 것을 말하야 둔다.

## 二. 兒童劇의 意義와 種類

兒童劇이라는 말은 兒童을 위하야 만든 劇 다시 말하면 兒童 自身이 實演할 수 잇는 劇을 말함인데 참으로 兒童의 所有하고 잇는 純潔한 理想을 그대로 表現할 수 잇는 藝術이라 하겟다.

그럼으로 兒童은 兒童劇의 觀覽者만 되는 것이 義務가 아니라 眞實한 意味에서 劇作家가 되여야 하며 鑑賞者 批評家가 되여야 한다.

兒童劇의 起源은 文獻上으로 考察하야 보면 西洋에서는 十四世紀頃부터 創始되엿다 하며 四世紀 後인 十八世紀에는 佛蘭西 가튼 나라는 兒童劇이 盛히 提唱되여섯다 한다.

其後 二十世紀인 今日은 實로 兒童의 世界라 할 만큼 兒童을 重要視하며 兒童藝術의 發展을 促進하고 잇다. 따라서 兒童劇의 發展도 漸次 社會的으로 進展되는 現象이다. 最近 歐米諸國을 비롯하여 가까히 日本 內地

만 보더래도 兒童劇을 學校와 家庭에서까지 奬勵하며 兒童을 爲한 團體마다 劇의 重要性을 늣기여 指導에 만흔 努力을 하고 잇는 것이 事實이다. 그 主要 目的은 兒童이 本能的으로 所有하고 잇는 遊戱心을 演劇的으로 善導함에 따러 그들의 機能을 啓發 增進케 하며 心性의 陶冶를 圖謀하야 劇의 機能과 그 應用으로써 兒童의 娛樂과 敎育과를 融合시겨서 完全한 敎育的 效果를 주라는 것이다. 坪內[8] 博士의 提唱한 兒童劇에 對한 論의 一節을 들면 다음과 갓다.

—— 在來의 兒童劇은 兒童本位라는 것보다도 차라리 널리 社會를 相對로 하여 大槪 얼마쯤은 營利 目的이 따르고 成人의 主觀의 表現이 잇기 때문에 脚本이나 演出에 잇서서 넘우도 만히 成人의 心境・觀察・解釋・理論・趣味・意匠・技巧 等이 加하여 잇섯다. 그보다도 퍽 無邪氣하고 無技巧인 兒童 自身을 위하야 兒童 自身이 演出할 수 잇는 劇 —— 卽 저들의 創造本能과 藝術的 衝動을 善導해서 저들의 心性을 될수록 多方面으로 自然스럽게 또는 圓滿히 啓發하며 撫育하며 陶冶할 수 잇는 劇 —— 兒童의 마음에서 自發的으로 일어나는 純眞하고 自然스러운 遊戱와 同脈인 兒童劇이 참으로 時代의 要求가 되지 안홀 수 업다.

以上에 述한 一節을 보아 兒童劇은 絶對로 成人의 意思로 만든 劇이 될 수 업고 다만 天眞爛漫한 兒童本位로 되여야 한다는 것을 넉넉히 알 수가 잇다.

---

**宋昌一, "兒童劇 小考 —特히 兒童性을 主로—(2)", 『조선중앙일보』, 1935.5.27.**

이제 兒童劇을 簡單히 分類하야 본다면

---

8  쓰보우치 쇼요(坪內逍遙, 1859~1935)를 가리킨다.

## 1. 假面劇

假面劇은 假面의 種類에 따러 各其 性格을 表現할 수 잇는 劇인데 東西洋을 勿論하고 初期 演劇時代에 盛行되엿다.

兒童들이 "노리"를 할 때 俳役에[9] 適當한 假面을 쓰는 것을 무엇보다도 더 興味잇게 생각하는 것은 그들의 心理에 가장 附合하는 理由이겟다.

假面劇은 한 개의 假面으로써 複雜한 紛裝을 避할 수 잇스며 돌이어 觀衆에게 주는 效果는 크다.

이 點에서 兒童藝術家는 假面劇에 對한 硏究를 하야 조흔 假面과 脚本을 製作하기에 努力할 必要가 잇다고 하겟다.

## 2. 對話劇

對話로서 構成된 劇을 말함인데 二人 以上의 兒童이 相對하야 이야기를 주고밧는 簡單한 劇이다.

學校에서 敎科書 中에 씨여저 잇는 敎材의 內容을 對話體로 만들어 가지고 別로 意匠도 업시 學藝會 가튼 때를 利用하야 演出함을 본다.

敎師가 兒童에게 敎材를 無理하게 暗誦을 시기려는 것보다는 內容을 對話劇로 만들어 問答式으로 멷 번 시겨 보는 것이 퍽 興味도 잇고 效果도 만히 나타날 것이다.

## 3. 兒童劇

對話劇이 조곰 複雜하게 된 劇을 말함인데 어떤 程度까지는 適當한 舞臺와 劇으로써의 構成을 갓추어야 한다.

그러나 兒童이 할 劇인 만큼 成人劇과 가티 相當한 舞臺와 裝置가 不必要하다. 왜 그러냐 하면 兒童劇은 本能的으로 타고난 兒童의 遊戱心을 조곰 延長한 데 지나지 안는 까닭이다.

萬一 兒童劇을 指導할 때 裝置와 粉裝을[10] 度에 넘치게 한다면 돌이어 兒童의 虛榮心을 發作시킬 念慮가 업지 안타.

---

9  '配役에'의 오식이다.
10  '扮裝을'의 오식이다. 아래도 같다.

兒童劇에 出演하는 兒童이 種種 劇場이나 活動寫眞에서 보는 俳優의 숭내를 내랴고 하는 實例를 볼 수 잇는데 筆者의 생각 가태서는 劇을 始作하기 前에 먼저 兒童劇과 一般劇의 다른 點을 理解시겨 놋는 것이 조흘 줄 안다.

兒童劇을 한다고 俳優가 되라는 法은 업슬 것이며 粉裝을 하얏다고 俳優의 숭내를 꼭 내여야 한다는 法은 업다. 언제나 兒童劇을 演出함에 잇서서 注意할 일은 兒童의 根本精神인 純眞性을 이저서는 안 되겟다.

---

宋昌一, "兒童劇 小考－特히 兒童性을 主로－(3)", 『조선중앙일보』, 1935.5.30.

### 4. 童話劇

童話는 想像 全盛期에 잇는 兒童에게 藝術的 陶冶의 無限한 生命力을 너어 준다. 어릴 때에 어룬들에게서 들은 童話처럼 잇처지지 안는 것은 업스며 感銘 기픈 것은 업다.

여긔에서 在來童話나 創作童話를 材料로 하여 만든 劇이 얼마나 兒童에게 큰 效果를 줄가 하는 것을 생각할 수가 잇다.

童話의 世界는 兒童 最高의 理想境이라 할 수 잇느니만큼 童話의 劇化는 兒童의 情操敎育上 必須物이 안일 수 업다.

### 5. 歌劇

言語로 表現하는 代身에 歌詞를 노래함으로 意思를 發表하는 劇인데 노래도 되니 만큼 音樂과 舞踊의 助演이 必要하다. 歌劇이 다른 兒童劇에 比하여 달리 效果的인 點은 音樂의 伴奏와 노래의 '멜로듸'가 聽衆의 마음을 陶醉시기며 動的으로 表現되는 舞踊이 또한 그들의 時刻을 사로잡어 聽衆을 딴 世界인 無我境으로 꼬러드리는 때문이다.

學校에서 學藝會 가튼 때를 利用하여 歌劇을 重要 順序의 하나로 넛는

理由도 無意義한 일은 아니다.

우리에게도 몃 卷의 歌劇集이 잇다 하겟스나 別로 時代에 맛지 안는 듯한 卑俗的인 感이 업지 안타.

하로밧비 相當한 童心藝術家들이 輩出하여 만흔 努力이 잇섯스면 한다.

### 6. 人形劇

人形劇은 人形을 音樂伴奏에 따러 여러 모양으로 動作케 하여 만든 人形을 산 人間과도 가티 感覺케 하는 劇이다.

東西洋을 勿論하고 옛날에 만히 流行되엿다 하며 現今에는 別로 盛行하지 안는 모양이다.

人形劇은 成人보다도 兒童의 世界에서 만흔 歡迎을 바들 만한 劇이라 하겟다. 其 理由는 兒童이 人形에 對하야 얼마나 큰 愛着心을 가젓는지 모르는 때문이다. 室內에서나 路傍에서 兒童들의 노는 것을 보면 알 수 잇다. 반드시 말 못하는 人形을 차려 노코 제법 산 인간으로 取扱하고 잇지 안는가?

참으로 兒童時代에는 人形처럼 조흔 伴侶者는 업슬 것이다.

以上 枚擧한 外에 더 細別할 수 잇슬는지 몰으겟스나 大體로 보아 그만하면 重要한 種類는 略述할 줄로 밋는다.

---

宋昌一, "兒童劇 小考－特히 兒童性을 主로－(4)", 『조선중앙일보』, 1935.5.31.

### 三. 兒童性과 劇

兒童은 想像世界에 살고 感情 속에 生活함으로 그들의 생각은 詩的이요 劇的이다.

兒童의 感官知覺은 理論的이나 觀察的이 아니라 心情의 活動과 行爲를 事物 가운데 그대로 移入하며 表現하랴는 것이다.

童謠나 童話가 想像 全盛期에 處한 兒童時代에 잇서서 藝術的 陶冶에 큰 힘을 주거니와 兒童劇 또한 큰 힘을 가젓다고 하겟다.

참으로 兒童劇이야말로 兒童의 創造性을 助長케 하며 眞實한 文化人을 만드는 原動力이 된다.

兒童은 本能的으로 模倣性을 가지는 同時에 劇的 本能을 所有하엿다.

成人이 兒童時代의 經驗上으로 보거나 子女의 日常行動에서 본다면 兒童은 스스로 놀랄 만한 劇을 創作하며 實演할 수 잇는 素質을 先天的으로 所有하엿다는 것을 알 수가 잇는 것이다.

假令 男兒들로 말하면 "戰爭遊戱" 가튼 快活한 노름을 잘하며 그리고 女兒들로 말하면 참말 女性답게 흙을 파다 놋코 풀닙을 따다가 "소꿉노리"나 "각씨노리"와 가튼 優雅한 遊戱를 하며 놀 때 누구나 어머니가 될 수 잇스며 딸, 손님, 주인, 할머니……가 될 수 잇다.

어느 것이나 다ー 꿈임업는 兒童이 가진 劇的 本能의 表現이 아닐 수 업다.

兒童의 이ー 簡單한 遊戱 속에는 舞台나 脚本이 必要가 업다.

엇던 幼稚園에서 男兒 一名과 女兒 一名式을 짝을 지은 뒤에 家庭生活에 一切 形式을 갓춘 조고마한 房으로 各各 들어가게 하엿드니 몃 時間 後에 巡視하든 保姆는 놀라운 事實을 만히 發見하엿다고 한다.

勿論 夫婦生活을 숭내 내는 點은 共通되여 잇섯스나 各其 行動에 잇서서는 各異하얏다고 한다.

그중에 甚한 例를 들면 一男兒는 房 中央에 비스듬이 누어 건방진 語態로 "어이어이" 女兒를 부르며 제법 醉漢의 行勢를 하얏다는 것이다.

그래서 後에 家庭을 調査하얏드니 果然 그 男兒의 아버지는 갈데업는 주정꾼이어서 집에 들어오면 無罪한 婦人을 따리며 家具를 모다 깨트리는 不道德한 人物이엿다 한다.

宋昌一, "兒童劇 小考-特히 兒童性을 主로-(5)", 『조선중앙일보』, 1935.6.1.

이처럼 兒童의 生命인 遊戲性을 助長시기는 데서 兒童精神 發表에 큰 效果를 주게 된다. 몃 만 마대 訓話보다도 한 개의 兒童劇이 돌이어 큰 感銘을 줄 수 잇다는 말도 否認할 수 업는 事實일 것이다.

우리 家庭에서는 兒童들에게 "점잔어야 한다" 무서운 號令을 하야 兒童의 遊戲本能을 抑壓시기는 일이 만타. 이런 家庭敎育은 畢竟 兒童의 進就性 創造性 勇敢性을 抹殺시기는 故로 成人이 되여서도 시원시원히 意思하나도 發表치 못하고 마는 膽力 업는 人物이 되여버리는 것이다.

우리 家庭에서도 速히 兒童性을 理解하며 兒童의 遊戲本能을 尊重하는 생각이 잇서야 하겟다.

兒童의 遊戲를 善解치 못하는 社會는 아직도 兒童을 虐待하는 因襲에 사로잡혀 잇다고 하여도 過言이 아니겟다.

우리에게는 兒童에게 對하야 이러타 할 만한 保護機關이 別로 업스나 歐米諸國을 보며 少年勞働法이나 工場法 또는 幼年者法 等을 規定하야 노코 兒童虐待防止會 또는 保護所를 施設하야 兒童을 優待하고 잇지 안는 가? 그뿐 아니라 藝術的으로 그들의 情操敎育에 努力하는 바도 다 말할 수 업스리 만큼 크다고 하겟다.

#### 四. 兒童劇의 價值

兒童劇이 兒童精神敎養에 잇서서 效果的이냐 하는 問題를 暫論한다면 첫재로 兒童이 兒童劇을 通하야 自發的으로 自己의 心理現象을 充分히 表現할 수 잇스며 身體를 規律的으로 調理잇게 動作시김으로 生理的으로 또한 利益되는 바가 만타.

그리고 脚本 如何에 따라서 兒童의 不充分한 初步的 知識에다 自然界의 모든 現象이라든지 物理化學의 應用인 모든 科學的 知識을 注入시기며 英雄聖者의 傳記를 通하야 歷史的 知識과 또는 地理的 乃至 道德的 知識

을 不知不識間에 習得하도록 만드는 것이다. 따라서 事物에 對한 審美心과 倫理的 情操를 涵養시기는 效果까지도 나타나게 되는 것이다.

그뿐 아니라 兒童이 劇에 나오는 配役에 따라 各自의 特殊한 才能을 發見할 수 잇스며 發見할 뿐 아니라 漸漸 發展시기는 同時에 各各 마튼 바 配役에 役割은 다를지언정 한 개 劇을 잘하야 보겟다는 目的은 하나일 것임으로 協同的 精神이 또한 생길 것이 事實이다.

사람은 어느 民族임을 莫論하고 表現 本能이 强하다. 이 本能의 發露는 文明人이나 野蠻人이나 成人이나 幼兒를 區別할 것 업다. 모다 同一하다. 或 敎養 程度에 따라 多少 差別이 잇겟스나 人間生活이 複雜하야지며 社會가 發展함에 따라 表現本能의 欲求가 漸次 多方面으로 放射되고 잇는 것은 嚴然한 現象이다.

---

**宋昌一, "兒童劇 小考 – 特히 兒童性을 主로 – (6)", 『조선중앙일보』, 1935.6.2.**

表現本能이야말로 人間의 實生活을 支配할 수 잇다고 할 만한 큰 힘을 가젓다.

表現本能을 發表하는 데는 言語, 表情, 動作, 文字, 其他, 美術, 音樂, 彫刻, 建築 等을 通하야서만 될 수 잇다고 한다.

萬一 그러타면 劇은 무엇인가. 即 人間의 表現本能과 엇던 關係가 잇는가 하는 것이 問題가 되겟다.

이제 劇의 定義를 再論할 必要가 업시 劇은 以上의 諸 條件을 綜合 表現할 수 잇는 藝術임에 틀림업다.

그럼으로 兒童을 指導함에 잇서서 兒童劇과 가티 조흔 方便이 업다고 하겟다.

이런 意味에서 映畵敎育도 切實히 提唱될 것이나 本論에서는 略하려

한다.

더욱이 學校敎育에 잇서서 모든 敎材는 劇의 材料가 될 수 잇는 것이니까 趣味만 가젓다면 敎師가 材料를 選擇하야 兒童에게 提供하거나 兒童自身이 旣存의 敎材 中에서 選擇할 수도 잇겟다.

敎材를 中心으로 한 劇 材料 選擇은 兒童에게 學科에 對한 愛着心을 發生케 하며 先生의 敎訓을 귀담어 들으려 하는 注意力을 强하게 하야 自然히 旣習한 敎材를 記憶하게 될 것이다.

그뿐 아니라 敎師와 兒童 間에 親密性을 나타낼 수 잇는 것도 조흔 일이라 하겟다.

成人 中에는 多數가 劇을 한 작란으로 認識하고 잇다.

그러기 때문에 子女가 兒童劇을 한다거나 하면 큰 못된 짓이나 하는 것처럼 挽留하고 잇다. 甚至於 敎育者들 中에서도 가튼 現象을 發見하는 때가 만타.

이― 原因은 모도가 兒童劇을 善解하지 못하는 때문이 아닌가 한다.

萬一 그들이 兒童의 心理를 理解하며 童心藝術에 조곰이라도 硏究가 잇섯다면 兒童劇을 이가티 惡戲視하지는 안흐리라고 밋는다. 獨逸서는 都市마다 兒童을 위한 劇場이 設置되어 잇서 每週 土曜日과 日曜日에는 兒童劇을 公然하고 잇다는 말을 엇던 冊子에서 본 일이 잇다.

이런 實例를 보아 兒童的 指導를 바로 하며 兒童의 情操敎育을 完全히 하려면 무엇보다도 兒童劇運動이 必要하다고 하겟다.

## 五. 結論

兒童은 肉體的으로나 精神的으로나 恒常 變化하는 過程에 잇다. 卽 다시 말하면 發達하고 잇는 時期에 잇다는 말이다.

이 時期에 藝術的 洗禮를 바더야만 훌륭한 人物이 될 수 잇다.

엇던 文藝作品이나 偉人의 傳記 逸話 等을 劇化하여 보여 준다면 兒童은 더욱 깨끗한 理想을 가지게 된다.

이제 終結로 兒童劇 作家에게 一言하는 바는 兒童情操敎育의 要素가 되는 劇을 創作함에 잇서서 그 態度를 明確히 하여 달라는 것이다.

어떤 作品을 보면 舞臺도 생각지 안코 劇의 效果性도 別로 생각지 안흔 듯한 眞實 업는 作品들이 잇다.

그리고 臺試[11]에 퍽 注意할 必要를 늣긴다. 兒童의 劇인만큼 身分에 넘치는 말 野卑한 말은 퍽 注意하여야 될 줄 안다.

兒童劇도 다른 兒童文藝作品과 가티 成人의 意思로 만들어진 作品이 아니라 純潔한 童心을 根本精神으로 한 作品이라야 生命 잇는 兒童劇이 될 수 잇는 것이다. (끗)

一九三五. 五. 一三

---

11 맥락으로 볼 때, '臺詞'의 오식으로 보인다.

金恒兒, "(評記)朝鮮少女藝術硏究協會 第一回 童謠·童劇·舞踊의 밤을 보고……", 『四海公論』, 제1권 제1호, 1935년 5월호.

○

二月 九日 午後 七時에 太平通 來靑閣에서 〈朝鮮少女藝術硏究協會〉第一回 童謠, 童劇, 舞踊의 밤이 開催되니 오라는 招待狀을 받은 筆者는 저녁을 먹고 허둥지둥 간 것이 겨오 開會 時間 三分 前이엿다.

갑븐 숨을 "휘一" 쉬고 場內에 들어스자 筆者의 마음을 답々하게 하는 것은 場內가 너머나 混雜한 것이엿다.

舞臺 兩 前面에 禁煙, 脫帽라 씨웟건만도 모자도 벗지 않고 담배를 피워 물고 왓다갓다 하는 光景은 演劇場 以上에 感이 든다. 이는 主催者 側에도 一部分의 責任이 없는 바 않이겟지마는 觀客도 좀 더 어린이 모임에 理解가 잇기를 바라는 바이다.

또 한 가지는 準備 不充分으로 當日 主催者 側 關係者들이 밧버서 舞臺 前面으로 왓다갓다 하는 것이 너머나 허순〜해 보이엿다. 그리고 舞臺幕 같은 것은 좀 더 힘써 주엇스면 아담스러웟슬 것이라고 하겟다.

그리고 男女席을 階上 階下로 區別해 놓은 것이 이날 場內 混雜에 한 原因이라 하겟다.

主催者 側에서는 얻떠한 理由인지는 몰으겟스나 이날 모임에 있어서는 男女席別를 이와 같치 할 必要는 없다고 생각한다.

이날은 어린이들의 모임이니만치 어린이들의 特別席을(이상 54쪽) 定해 주워야 할 것이며 모-든 것이 어린이 中心이 되여야 할 것인데 이날은 모-든 것이 大衆 本位로 돌아가고 만 感이 생기게 되는 것은 매우 섭섭한 일이다.

定刻에 幕이 열리자 金英鎭 氏의 開會辭로 푸로는 進行되엿으나 司會者가 없섯는 것이 답々하엿다. 푸로의 하나〜를 어린이들에게 紹介하는 것이 이날에 잇어서 무엇보다도 重要햇슬 것이다.

○

이날 어린이들의 노래는 全體로 보아서 오늘까지에 童謠의 밤 中에서는 第一 成績이 좋왓다고 하겠다.

그러나 피아노 伴奏는 피아노를 舞臺 아래다가 내려놓앗섯기 때문에 피아노 건반을 너머 놀너서 그랫든지 처음부터 끝까지 聲大에 比해서 强한 맛이 잇섯다.

그러나 朴銀鳳 孃의 「나의 집」 獨唱은 참으로 훌능햇다. 聲量도 豊富하거니와 態度로 보아도 天眞 그대로엇고 練習도 充分한 듯 조금도 틔 한 점 없이 곱고 아름다웁게 불넛다. 聽衆도 同 孃의 노래로 하여금 옛날의 童心으로 도라갓섯든 것이라 하겠다.

또 한 가지 第一部 六番에 珍淑 孃의 「메밀꽃」, 「기럭기」 獨唱은 朴銀鳳 孃에게 比하야서는 좀 더 修養을 要할 點이 있으나 昨年度까지 童謠界에 第一人者이엇드니만큼 複雜한 피아노 伴奏에도 조곰도 틀님없이 잘 불넛다. 또한 再昨年度 金愚寸童謠發表會 出演 當時보다는 多分에 進步된 點이 보인다.

今年에도 변함없이 朴銀鳳 孃과 한가지 斯道에 精進 努力함으로써 修練을 게을리하지 말기를 바라는 바이다.

○

律動으로는 慈光幼稚園々兒生 田邊淑子 애기의 「繪日傘」,[12]가(이상 55쪽) 이날의 觀客 全部를 童心에 푹 젓게 하엿든 것이다. 兒童藝術에 對해서 等閑視해 오든 筆者도 이 애기춤에는 驚歎하지 않을 수 없섯다.

더구나 겨오 六歲밧게 안 된 애기가 蓄音器에 맛처서 손, 발, 몸을 規律 있게 動作하는 것이 참으로 놀나운 일이엿다. 또한 田邊淑子 애기의 舞踊에 對한 奇巧的 天才的 才能도 才能이려니와 애기의 熱心이 보이며 이 律動을 指導하신 申玉濬 金惠淑 兩 先生의 苦心과 努力도 어느 程度까지 넉々히 엿볼 수 있엇다.

筆者는 여기서 田邊淑子 애기의 有望한 앞날을 祝福해 마지않으며 아울

---

12 '에히가사(えひがさ〔繪日傘〕)'라는 일본어로 "그림이 있는 양산"이란 뜻이다.

러 申 金 兩 先生의 곧님없는[13] 硏究와 努力이 잇기를 비는 바이다.

第二部 三番의 聯隊行(이상 56쪽)進曲은 그리 感心할 빠 적엇스나 充分된 練習에는 感歎한다.

○

이날 가장 筆者에게 큰 刺戟을 준 것은 中央體育硏究所에 게신 李德興 氏 指揮에 丁抹 基本體操이엿다. 그러나 幕이 열리자 벌거버슨 어린아이들 이 웃둑〜 나와서 스는 바람에 筆者와 觀客은 爆笑할 번한 것을 억지로 참엇다. 이것은 勿論 벌거벗은 아이들이 나와 스는 바람에 우슬 번하였으나 이는 司會者가 없엇든 까닭이다. 이와 가치 特別한 푸로에 있어서는 간단 하게라도 紹介가 있으면 더욱 좋와겠다고 생각한다. 如何間 어린이들의 씩씩하게 나서서 號令에 맞어 움직이는 것은 참말 筆者로 하여금 알 수 없는 힘에 빈주먹을 꽉 쥐도록 만드르 주엇다.

여기서 特別히 크게 늣긴 바는 어린들의 精神的 統一이 完全히 實行되 는 것을 보아 오날날 썩어 가는 少年運動의 現勢를 回想해 가면서 憤起의 침을 생키고 바라보게 되엿든 것이다.

여기서 特別히 筆者가 말할랴는 것은 이를 指導한 李德興 氏의 숨은 力 量이 社會的으로 進出되여서 우리 體育界는 勿論이오 어린이運動에 있어 서도 多大한 貢獻함에 機會가 밧비 있기를 비는 바이다.

○

이날에 童劇은 童謠 律動에 比하야 너머나 幼稚한 點이 보인다. 어린이 들 各 個人技能에 있어서도 不完全함이 勿論 만치만은 무엇보다도 이를 指導한 사람의 力量 技能이 疑心된다.

脚本 選擇에 있어서도 왜! 「개미와 벳쟁이」 「잠 앉아는 人形」을 擇햇 는지!

그러나 「개미와 벳쟁이」에서 수개미로 出演한 柳慶孫 孃의 活潑한 氣 象이 마음에 든다. 그(이상 57쪽)리고 聲量의 不足은 늣겻섯으나 벳쌩이로

---

13 '끝님없는'(끊임없는)의 오식이다.

出演한 金仁圭 孃의 臺詞 表現方法이 조화라고 하겟다. 그 外는 모-도가 어색하고 거북한 맛이 잇엇다. 珍淑 孃의 態度는 極評을 하면 너머 까부럿다고 할가. 이는 指導者 出演者에게 큰 責任이 잇다고 보겟다. 童劇의 成功 失敗 그 出演者에게 잇음으로 다 勿論 經濟에 困難한 問題도 없는 바 않이겟지만은 背景에 없어서는 좀 더 留意해 주엇드면 한다. 그리고 이날 童劇에 對해서 무엇보다도 不感을 늣긴 것은 幕間이 너머나 길엇든 것이다. 그래서 그 사이에 場內가 混亂해지며 觀客들이 劇에 對한 緊張味를 잃은 것이엇다.

何如間 童劇에 잇어서는 좀 더 專門的으로 硏究하는 분들이 많이 나와서 이에 對한 健實한 組織體를 갓인 童劇硏究所 같은 것이 速히 出現하야 그 發展을 圖謀함이 잇기를 바란다.

○

〈朝鮮少女藝術硏究協會〉第一回 童謠, 童劇, 舞踊의 밤은 大體로 보아서 成績이 優良한 편이다. 그러나, 이와 같은 모임의 開催하시는 분들은 좀 더 進步된 모임을 자조 開催하야 줌으로써 兒童學藝 向上에 盡力하야 주기를 비는 바이다.

評記를 좀 더 具體的으로 적어 보랴 햇으나 時間도 없을 뿐만 않이라 紙面도 용서치 안키에 이것으로 그만 끛이다.

一九三五. 二. 一○ (이상 58쪽)

## 알파, "(偵察機)傳來童謠 民謠曲의 採集", 『동아일보』, 1935.6.30.

童謠와 民謠는 詩인 同時에 音樂이다. 차라리 詩로서보다도 音樂으로서 그 價値와 生命이 잇는 것이다. 그리고 사람의 사는 땅 치고 童謠, 民謠 없는 대는 없으리라. 朝鮮에도 世界의 어대에 내노하도 부끄럽지 안흘 만 치 조흔 童謠와 民謠가 옛적부터 잇엇다. 그러나 近來 生活의 劇甚한 變遷 은 모든 固有한 것에 對한 尊敬과 關心을 날로 일케 하야 傳來童謠, 民謠도 따라 거이 看過되어 온 形便이다. 或 詩로서의 童謠, 民謠에 留意하야 이의 採集에 盡力한 人士가 없은 바는 아니엇으나 이는 新文學의 建設에 多少의 寄與가 잇음에 그치고 말앗다. 이리하야 音樂으로서의 童謠, 民謠는 閑却 된 채로 잇엇고 더구나 最近에 와서는 레코드를 通한 所謂 流行歌의 氾濫 때문에 더욱 그 氣息이 奄奄한 狀態에 잇다. 섭섭한 일이다. 여기서 우리는 音樂家 諸氏에게 一言을 提起한다. 演奏家로서 스테이지를 憧憬하는 것도 조흔 일 아님이 아니로되 諸氏 中에 或 노-트를 들고 山間이나 海邊에 가서 나날이 가늘어 가는 우리의 귀 익은 聲韻을 적어 가지고 오는 그 숨은 努力으로써 一生의 기쁨과 자랑을 삼는 분이 계시다면 우리는 그를 敬仰하 야 마지안켓다. 그리고 레코드 會社나 放送局이 各地에 無名歌手를 찾어 그 입에서 傳來童謠, 民謠를 고대로 吹込 또는 放送해 봄이 意義 잇는 試驗 인 줄을 알아 준다면 이 또한 기쁠 일이다. (알파)

## 咸大勳, "兒童藝術과 雜感 片片", 『조선일보』, 1935. 7. 15.

'톨스토-이'는 그의 偉大한 文學的 生涯 中에서 兒童을 爲해 쓴 諸 作品이 그의 文學藝術 가운데 한 개의 빗나는 星群이 안일 수 업다.

'톨스토-이'이는 『어린이의 智慧』에서 그 時代의 道德, 宗敎에 對하야 惑은 그 時代 社會 制度에 對하야 人生에 對하야 童心世界에 自身이 드러가 珠玉 가튼 作品을 비저내엇다.

나는 이 『어린이의 智慧』를 『아이生活』에 半年남아 飜譯하다가 그 어떤 事情에 依하여 中斷햇거니와 이 中에도 特히 宗敎에 對하야

∥祖國∥에 對하야 戰爭에 對하야 租稅에 對하야 監獄에 對하야 等等 몃 篇은 더욱 내게 깁픈 感銘을 주엇다. 그것은 文章이 어려운 것도 안이오 또 難解할 句節이 잇는 것도 안인 平易한 것으로 우리는 이것을 읽음으로써 童心世界에서 이 社會를 좀 더 유모러스하게 洞察할 수가 잇는 것이다. 그리고 「少年科學物語」 其他에서도 또한 그 作家의 透徹한 科學觀을 엿볼 수 잇는 同時 少年으로 하여금 不知不識間에 科學的 思索을 갓게 하는 것이다.

元來 露文學上에 잇서서

∥兒童∥藝術은 '크르이톱흐'란 寓話作家 等 그 有名한 것이 만커니와 나는 佛文學에 잇서 로맹·롤구랑의 『장·크리스톱흐』[14]가 가진 그 兒童藝術에 또한 感銘을 깁게 바덧다. 그리고 『톰 소야의 冒險』은 映畵化까지 된 것이지만 이 作品에 나타난 少年들의 冒險的 行動은 그 가진 바 作家의 피 끌른 情熱의 所産이 안일 수 업는 同時 우리는 또 여기서 두 少年이 가진 바 冒險과 約束에서 行動하는 피 끌른

∥少年∥의 面貌를 엿볼 수 잇는 것이다.

---

14 로맹 롤랑(Romain Rolland, 1866~1944)의 오식이다. 대하소설의 선구가 된 『장 크리스토프(Jean Christophe)(전10권)』(1904~1912)로 1915년 노벨문학상을 수상하였다.

最近에 朝鮮에서도 上映된 「폴街의 少年團」도 兒童文學의 最高峰이라 할 수 잇나니 우리는 이 作品에서 最後까지 同志와 國旗를 爲하야 病든 몸을 가지고 "戰場"으로 나아가는 억세인 少年의 熱血의 行動性에서 크게 感銘을 밧는 것이다.

少年의 純眞性 少年의 熱意 그리고 그 少年이 가진 바 同志的 義俠心 그리고 最後의 勝利로 爲해 싸우는 鬪爭性에서 그 純潔한 童心의

∥世界∥에 안윽히 나를 잇끄러 가는 것이다.

그리고 米國의 女流文人 '루이자 · 메이 · 올코트' 女史의 『Little Women』[15]에서는 또한 그 女史의 處女時節을 聯想하는 主人公 '조—'와 其外 三兄弟 어린 處女들이 父母를 생각하고 동생을 생각하는 그 情的 發露에는 눈물 업시 볼 수 업는 것이다. 이것은 純全히 家庭的인 兄弟愛 父母愛를 中心삼은 어린 處女들의 幸福과 平和 속에 惑은 悲哀와 不幸 속에서 얼크러진 情에서 나온 作品이다.

그리고

∥丁抹∥의 童話作家로써 有名한 안데로센의 『그림 업는 그림책』[16]이나 數年 前에 쓴 林房雄의 『그림 업는 그림책』[17]에서도 나는 그들의 가진 바 少年의 世界에서 본 人生과 民族과 階級觀을 感銘 잇게 늣기게 되엿다.

무릇 文學이 그 가진 바 그 애필하는 힘은 世界名作에서 우리는 恒常 늣길 수 잇는 바이지만 特히 나는 外國의 兒童文學에서 더한층 童心의 純眞性과 愛情과 熱意와 鬪爭性을 힘차게 感銘 바들 때 우리 朝鮮의 兒童文學의 世界가 너무도

∥幼稚∥한테 커—다란 幻滅을 늣기지 안흘 수 업는 것이다.

---

15  루이자 메이 올컷(Louisa May Alcott, 1832~1888)은 미국의 소설가이다. 1868~1869년에 걸쳐 지은 『Little Women』은 『작은 아씨들』로 번역되었다.

16  한스 크리스티안 안데르센(Hans Christian Andersen, 1805~1875)의 단편 동화집 『그림없는 그림책(Billedbog uden Billeder)』을 가리킨다. 초판은 1840년에 발간되었고 재판, 3판에 작품이 더 추가되었다.

17  하야시 후사오(林房雄, 1903~1975)의 『繪のない繪本』(春陽堂, 1926)을 가리킨다.

첫재 外國의 兒童文學은 大槪 偉大한 文學家가 그 老熟期에 잇서서 兒童의 世界를 心理學的 敎育學的 乃至 社會學的 見地에서 硏究한 結果로써 圓熟된 筆致로 쓰고 잇기 때문에 그 作品이 가진 바 價値尺度는 自然히 놉흐게 評價되는 바이지만 오늘날 朝鮮의 兒童文學은 아즉도 二十 前後의 文學修業 途程에도 드러가지 못한 靑少年들이 아-모런

‖ **兒童** ‖ 硏究도 업시 未熟된 筆致로 쓰는이만큼 그 作品이 가진 바 價値는 批評할 餘地가 업시리라는 것이다.

未來의 靑年 未來의 活動家인 少年을 爲하야 좀 더 朝鮮의 文壇과 敎育界는 關心을 크게 가저 그들이 읽을 만한 作品을 주도록 努力하여야 할 것이다.

이는 그들 少年의 將來 發展上 크게 影響되는 바이기 때문이다.

## 알파, "(偵察機)兒童文學과 理論 缺如", 『동아일보』, 1935.7.28.

한동안 少年運動이 熾烈하고 따라서 兒童에 對한 關心이 부쩍 늘어 兒童
文藝 方面에 提唱, 批評, 勞作이 相當히 만히 보이더니 最近 數三年來로는
二三 少年讀物 作家의 作品이 散見될 뿐이오 이 方面을 좀 더 高度에로
끌어올리기 爲한 理論의 提示와 같은 것은 기다려도 나오지 아니한다. 그
러고 少年運動 또는 兒童文學에 關心하든 사람들 中에는 年齡이 더해 감을
따라 童心과 및 童心에 對한 熱愛를 일허 方向을 轉換한 사람도 잇고 한편
으로는 라디오 等을 通하야 단지 技術的인 方面에 잇어서 月一二回의 童話
放送이나 하는 것으로써 우리 少年들을 爲한 커다란 奉仕나 하는 듯이 스스
로 생각하고 잇다. 만일 우리로 하여금 極言함을 許케 한다면 그 放送조차
放送謝禮金의 收入이 없으면 아마 하지 안고 말리라 하고 싶다. 우리의
이러한 苦言이 無用의 辯이 될 때는 어서 오지 안는가.

한 개의 適切한 理論이 그 共鳴者를 얻을 때에는 그로부터 생기는 效果
는 무섭게 큰 것이다. 조흔 作品을 내노키 爲하야 全心力을 傾注하는 것은
더없이 貴한 일이어니와 그러한 作品을 나코저 하는 作家들에게 조흔 刺戟
과 指示가 될 만한 適切한 理論이 先行하는 것은 이 또한 바라서 마지안흘
일이다. 文壇 全體에 아무 이러타 한 支配的 理論이 없는 이때에 兒童文學
에만 그것이 잇으라 할 것은 못될는지 모르겟다마는 最近 兒童文學界의
理論 貧困은 明確히 指摘될 만한 現象임을 認하므로 該 方面의 人士에게
一言을 보내는 바이다. (알파)

一記者, "아기들의 永遠한 동무 안델센 六十週忌－童話集 處女 刊行 百週年", 『조선중앙일보』, 1935.7.28.

한스·크리스찬·안델센(一八〇五~一八七五)이 世上을 떠난 지 오는 八月 四日로 六十週年이 된다. 그리고 또한 今年은 어려운 貧寒한 구두쟁이의 아들로써 그가 세상에 나서 처음 『童話集』을 세상에 내노흔 지 百년재 되는 해이다. 그럼으로 금년은 그의 丁抹國에서는 勿論 各國에서 그를 追憶하기 爲하야 여러 가지 會合과 紀念事業을 企劃 中이라 한다. 勿論 안델센이 世界의 兒童文學을 爲하야 끼친 바 貢獻이 非常히 巨大할 뿐 아니라 그가 世界의 兒童에게 동무가 되고 指導者가 되고 情緒와 空想의 리-다-가 되여 왓섯고 또 금후에도 兒童敎育에 잇서서 한 개의 巨大한 歷史的 模範이 될 것이 事實이지만 그의 童話에도 또한 儼然한 時代性은 不可避한 바 百年 以後의 지금의 새로운 世代들에게는 그대로 勸할 수 업슬 數만흔 要素를 가지고 잇는 것이 事實이다. 朝鮮에 잇서서는 안델센의 飜譯은 散在하여 잇스나 그를 歷史的으로 正當히 硏究하는 兒童硏究家는 希奇함으로 이해 이날을 당하야 우리들은 兒童에 對한 文化敎育的 關心을 一層 더 하게 하는 동시에 안델센을 正當히 硏究하야 그의 遺業을 繼承하는 努力에 拍車를 加하야 할 것이다. 이러케 하는데 依하야서만 안델센의 六十週忌와 童話百年祭를 眞實로 意義잇게 맛는 것이□ □□라 할 것이다.

文順榮, "「푸른하눌」讀後感", 『소년중앙』, 제1권 제7호, 1935년 7월호.[18]

먼저 白 선생님께 사례하나이다.

저는 불효입니다. 죽어도 마땅한 불효입니다. 白 선생님께서 四월호부터 써 주시는 그 눈물겨운 「푸른하눌」을 읽을 때 나의 두 눈에서는 눈물이 자꾸 흘러내렷습니다. 명학 군의 지극한 "효성"을 볼 때 불효자인 나는 가슴이 콱 매켜버렷습니다. 그리고 나의 마음은(이상 64쪽) 날카로운 화살에 콱 찔닌 것 같앳습니다. 오— 나도 어찌하면 명학 군과 같이 효자가 될 수 잇슬까? 명학 군은 그 부모동생을 위하야 굶주림을 무릅쓰고 효도하지 안헛는가? 이 글을 볼 때 白 선생님께서는 이 불효의 자식인 나를 좀 정신 차리라고 써 주신 글이나 아닌가 하는 생각이 듭니다. 나도 이제부터는 부모, 형님, 동생을 위하여 효도하겟다는 것을 스스로 맹서하고 날마다날마다 부즈런히 일할 것을 결심햇습니다. 그리고 푸른 하눌과 같은 크고 넓고 싱싱한 일꾼이 되리라고 주먹을 부르쥐면서 외첫습니다.(이상 65쪽)

---

18 원문에 "載寧明新學校 文順榮"이라 되어 있다.

## "동화의 할아버지 '안데르센' 선생 ─ 오늘은 도라가신 지 六十년 되는 날, 어린 때 이야기 몇 가지", 『동아일보』, 1935.8.4.

오늘 八월 四일은 어린이들을 위하야 조흔 동화를 만히 지어 준 '한스·크리스티안·안데르센' 선생이 이 세상을 떠난 지 꼭 六十 년째 되는 날입니다. 선생의 동화가 조선말로도 더러 번역이 되어 우리 어린이들에게도 퍽 재미잇게 읽혀져 왓스니까, 선생의 일생에 대하여서도 벌서 대강은 다 알고 잇을 줄로 압니다마는 오늘이 마침 우리 어린이 페이지가 잇는 날이자 또 안데르센 선생이 돌아가신 날이므로 이날을 기렴하는 뜻으로 선생의 어릴 때 이야기나 몟 가지 적어 보겟습니다.

안데르센 선생은 '덴마크' 나라 '퓌-넨'이란 섬의 '오덴스'라는 곳에서 지금으로부터 一백 三十년 전인 一八〇五년 四월 二일에 낫습니다.

◇…**아버지는** 신기리장수요 어머니는 어렷을 때에 거지 노릇까지 하엿다는 불상한 여자엿습니다. 아버지와 어머니는 퍽으나 사이가 조흔 부부엿습니다. 그러고 선생은 아버지 어머니의 사랑을 독차지하엿습니다. 그러나 원래 구차한 살림이엇으니까, 우리 안데르센 선생은 나면서부터 고생은 타고난 것이엇습니다.

어려서 너무도 울고 보채고 하므로 어머님께서 성가시어 하니까, 동네 마나님들이 위로하노라고 "어려서 큰소리 내어 우는 아이는 자라서 목소리가 조타오" 하드랍니다. 그래서 그런지는 모르지마는 선생은 목소리가 조하서 그 뒤에 목소리 덕을 만히 보앗습니다.

그는 성가시게 울 뿐만 아니라 얼굴이 너무도

◇…**못생겨서** 동리 사람들에게 귀염을 받지 못하엿습니다. 머리는 작고 이마는 불숙 나오고 매부리코에 입술까지 숭하게 생긴 데다나[19] 콩나물처럼 멋없이 자란 키로 두 팔을 날캐같이 휘저으며 다니는 양은 참아 볼

---

19 '데다가'의 오식이다.

수 없엇다 합니다. 선생의 동화에 못생긴 집오리 새끼가 놀림을 받는 것이 잇는데 이것은 그때의 기억에서 써낸 것일지도 모릅니다.

남들은 그를 못생겻다 할지라도 아버지가 아들을 귀엽게 보는 마음에는 변함이 없엇습니다. 아버지는 구두창을 두들기든 손이 조금이라도 놀기만 하면 그 나라의 유명한 시인 '홀베르크[20]의 시를 읽어 아들에게 들려주기도 하고 날세 조흔

◇…**봄날 아침**이나 가을 저녁에는 아들을 데리고 숲속을 거닐다가 『아라비아 야화(夜話)』 속에 잇는 재미스런 이야기도 읽어 주고 또 어떤 때에는 자긔가 들은 옛날얘기도 하여 주고 하엿습니다. 또 어떤 때에는 인형을 맨들어 가지고 모형무대(模型舞臺) 우에서 춤도 추이어 보이고 연극도 시켜 보엿습니다. 이리하야 안데르센은 꿈과 이야기 속에서 어린 때를 자랏습니다. 뒷날 그가 유명한 동화작가가 된 것은 그러한 소질을 타고난 까닭인 것은 물론이지만 아버지가 이러케 길른 공덕도 적지 안흔가 합니다.

◇…**아버지는** 살림을 좀 잘살아 보겟다고 병정이나 되면 큰 수가 날 것같이 생각하야 나폴레온 전쟁에 나갓다가 바라든 훈장은 타지 못하고 병을 얻어 가지고 고향에 돌아와 그만 세상을 떠나고 말앗습니다. 아버지가 도라가신 뒤에는 살림이 더욱 어려워져서 어머니는 안데르센더러 재봉소 일을 하라고 하엿습니다. 그러나 안데르센은 재봉소 일은 하구 싶지가 안헛습니다. 그래서 고향을 떠나 버렷습니다.

이것이 그의 열다섯 살 때요 이때부터 그는 정처 없이 여러 나라를 떠돌아다녓습니다.

처음에는 그 나라 서울 코펜하-겐에 가서 배우 노릇을 하려 하엿스나 못생긴 얼굴 때문에 그것도 뜻대로 되지 안헛고 겨우 그 고운 목소리 덕으로 가극의 무대를 밟어 보기는 하엿습니다.

◇…**이럭저럭** 고생하는 동안에 고마운 보호자를 만나 겨우 대학에 들

---

20 홀베르그(Ludvig Holberg, 1684~1754)를 가리킨다. 노르웨이의 베르겐(Bergen)에서 출생하여 덴마크에 정착한 철학자이자 극작가이다.

어가 늦게나마 공부를 하엿고 나이 三十이 넘어서야 겨우 예술가로서의 자리잡힌 생활을 하게 되엇습니다.

안데르센은 글쓰기와 돌아다니기를 한평생 일로 삼엇습니다. 시도 썻고 소설도 썻고 히곡도 썻고 동화도 썻습니다. 그중에서도 一백 五,六十 편이나 되는 동화는 안데르센의 이름을 영원히 우리들 어린이에게 잊혀지지 안케 한 보배입니다. 그러고 안데르센은 집도 없고 안해도 없고 자식도 없고

◇⋯단 한 몸이 바람같이 여러 나라를 떠돌아다녓습니다.

그는 一八七五년 즉 지금으로부터 六十년 전 오늘에 七十세의 일생을 덴마-크 나라 전 국민의 슬픔 속에서 마치기까지 세계를 자기의 집같이 여기고 세계의 어린이를 자기의 어린이같이 여겻습니다. 지금 덴마크 나라 서울 코-펜하-겐의 공원에는 선생의 동상이 서 잇습니다. (끝)

李定鎬, "허고 만흔 童話 가운데 안데르센의 作品이 特히 優越한 點-作品發表 百年記念을 당해서", 『조선일보』, 1935.8.6.

---

**안데르센 略傳**

'안데르센'은 一八〇五年(지금으로브터 一百三十年前) 四月 三日에 丁抹 '오덴스'라는 洞里의 洋靴店主人의 아들로 태여나서 一八七五年-卽 七十歲에 逝去하엿습니다. 그는 듬을게 보는 天才的 作家로 家庭은 비록 貧寒하엿스나 여러 사람의 도음으로 大學까지 맛친 後 政府의 費用으로 '伊太利' '希臘' '西班牙' '瑞典' 等 諸國을 巡遊하고 도라와서 二十六歲까지 前後 三冊의 異彩 잇는 旅行記를 썻습니다. 同時에 小說로 有名한 『卽興詩人』이란 名作을 내엿습니다. 童話는 一八三五年(三十歲)에 第一集을 出刊한 것을 비롯하야 三年 後에 第二集 七年 後에 第三集을 내고 繼續해서 一千八百七十二年(六十七歲)까지 童話를 執筆하엿습니다. 그는 一八七五年 八月 四日(六十年 前 今日) 午前 十一時에 잠자는 듯이 平和한 얼골로 조용하게 逝去하엿는데 葬禮 當日은 首都의 店鋪는 모조리 休業을 하엿고 男女老幼를 勿論하고 다 가치 이 國民的 文豪의 죽엄을 哀悼하엿스며 國王, 皇后, 皇太子는 그의 棺 뒤를 쫏첫답니다.

---

藝術童話란 말은 '하우푸'로부터 始作되엿다고 하지만 모-든 口碑童話에 對해서 藝術的 創作童話를 指稱할 때는 먼저 '페로-'는 一六二八年 巴里에서 태여난 사람으로 當時 總理大臣(콜벨-)의 祕書官 兼 學士會 會員이엿습니다. 그의 作品인 八篇의 童話는 지금까지도 童話文學史上에 잇서서 가장 잇지 못할 尊貴한 寶玉입니다.

'페로-'의 다음으로 '도-노아'夫人 '세귤-'夫人 等의 閨秀作家가 생겻고 '하우푸'의

**童話만** 하드래도 '안데르센'보다 三年마지로 태여나서 '안데르센'의 童話가 世上에 나오든 一八三五年에 十年을 압서서 一八二五年에 出刊되엿습니다.

이걸로 본다면 藝術童話 作家로서 '안데르센'에게는 임의 그 先輩가 만헛고 또 그 後에 잇서서도 '와일드' '라-케레프' '스트린드벨그' '메텔링크' '푸란스' '소로구브'와[21] 가튼 優秀한 作家가 만히 생겨서 童話史上 不朽의 名作을 만히 産出하엿습니다.

그러나 이들

**諸 作家** 의 作品을 가지고 '안데르센'의 것과 比較할 때에 우리는 거기에서 커-다란 差異를 發見할 수가 잇는 것입니다. 다른 作家는 거의 大部分이 從來 作家의 構想이나 技術을 模倣하는 거긔에 그치고 말엇스나 '안데르센'은 如斯한 童話의 槪念을 根本으로 破壞하야 童話로 하여금 좀 더 深奧한 藝術的, 敎育的 意義를 包含하엿든 것입니다.

그리하야 '안데르센' 以前의 童話가 歐羅巴 兒童들에게 준 것은

**純全한** 娛樂! 거기에 긋치고 말엇지만 '안데르센' 代에 와서는 娛樂 以外에 思想 한 가지를 더 寄與하게 되엿습니다.

그뿐 아니라 歐羅巴의 만흔 文藝作品 中에서도 '안데르센'의 童話가티 깁고 또 넓게 思想的 感化를 준 것은 그 類例가 업다고 해도 過言이 아닐 것입니다.

人性의 尊貴, 愛의 威力, 信仰의 勝利는 '안데르센'에 依해서

**더 高調** 되엿습니다. 弱한 사람에게 힘을 주고 —— 슯흔 사람에게 깁붐을 주고 —— 失望하는 사람에게 希望을 주엇든 것입니다.

高尙한 意味로 말하면 '데모크라시'! 이것이 '안데르센'의 精神이엿습

---

21 이상 언급된 작가들은, 하우프(Wilhelm Hauff, 1802~1827), 페로(Charles Perrault, 1628~1703), 돌느와 부인(마리-카트린 돌느와 Marie-Catherine d'Aulnoy, 1650~1705), 세귀르 백작부인(Sophie Rostopchine, Comtesse de Ségur, 1799~1874), 안데르센(Hans Christian Andersen, 1805~1875), 와일드(Oscar Fingal O'Flahertie Wills Wilde, 1854~1900), 라겔뢰프(Selma Ottiliana Lovisa Lagerlöf, 1858~1940), 스트린드베리(Johan August Strindberg, 1849~1912), 마테를링크(Maurice Maeterlinck, 1862~1949), 프랑스(Anatole France, 1844~1924), 솔로구프(Fëdor Sologub, 1863~1927)를 가리키는 것으로 보인다.

니다.

童話는 敎育的이 아니면 안 됩니다. 그러나 敎育的이란 敎訓的 意味는 아닙니다. 人生에 對해서 어떠한 暗示가 잇다. 思想的 背景을 가지고 製作되는 그것을 가르키는 말입니다.

童話에 잇서 藝術至上主義는

<u>到底히</u> 잇슬 수 업는 일입니다. 藝術至上主義者는 童話作家가 될 수 업습니다.

갓가운 例로는 童話的 空想의 要素를 多分히 가지고 잇는 日本의 谷崎潤一郎[22] 氏가 童話作家 노릇을 못하고 小川未明 氏가 童話作家로서의 그 存在가 뚜렷한 原因은 純全히 여기에 잇는 것입니다.

그러나 이 思想的이라는 것도 안데르센 童話에 잇서서는

<u>한 特長</u>의 一面뿐이지 決코 그 生命의 全部는 아닙니다. 이 作者에게는 이 外에 또한 豊富한 童心—卽 다시 말하면 深刻한 生活體驗으로부터 産出된 徹底한 人道主義와 如何한 苦難에도 消失되지 안는 어린이의 마음! 그것이 作品 全體에 넘처흐르는 것입니다.

爲先 그 實例를 든다면 「樅木」[23] 「쥐」 「개고리」 「白鳥」 「꾀꼬리」 「中國皇帝」 「煙筒掃除部」 「벌거버슨 임금」 等이 모다 兒童化한데 反하야 다른 童話作家에 잇서서는 거의 大部分이

<u>成人化</u> 된 것이 만습니다. '와일드'의 取扱한 病弱한 神經衰弱的 兒童이라든지 '라-게푸'의 陰鬱한 傳說的인 空氣 — '스트린드벨그'의 敗殘의 老人 — 이러한 世界로부터 눈을 돌리여 '안데르센'의 그 明朗한 空氣 希望과 信念으로 充滿한 氣分, 活氣 活潑한 兒童의 性格 描寫를 볼 때에 우리는

---

22 다니자키 준이치로(谷崎潤一郎, 1886~1965)는 일본의 소설가다. 메이지(明治) 말기부터 제2차 세계대전 전후의 쇼와(昭和) 중기까지, 왕성한 집필 활동을 계속하여 일본 내외에서 작품의 예술성이 높이 평가를 받고 있다.
23 '樅木'은 '전나무'를 가리킨다.

비로소 爽快한 氣分을 어들 수 잇습니다.

　거기에 童話家로서 '안데르센'이 本質的으로 다른 諸 作家보다 卓越한 것이 잇슴을 알 수 잇습니다. ― (끗) ―

咸大勳, "感銘 속에 읽은『그림 업는 그림책』의 記憶",『조선일보』,
1935.8.6.

'안데르센'을 알게 되기는 내가 퍽 어린 時節이라고 생각합니다. 똑똑히
는 긔억되지 안치만 아마도 그의 名著『그림 업는 그림책』[24]을 읽은 것이
내가 '안데르센'을 알게 된 첫 機會인 것 갓습니다.

只今은 特別히 兒童文學에 對한 硏究도 갓지 안흔 나이지만 世界的인
童話作家로 이름 노픈 그의 童話 出版 百年祭에 잇서서 나는 지난 少年時
節에 읽엇든 童話의 記憶을 더듬어 그의 追慕의 情을 다시 한 번 새롭피는
것도 決코 헛된 일이 안일가 합니다.

그는 一八三五年 처음으로 童話集을 내엿습니다. 그리하여 今年이 百年
째 되는 記念할 해요 또 그가 一八七五年 八月 四日 世上을 떠낫스니 死後
六十年 記念도 됩니다.

그의 童話集의 出版은 우리가 오늘날에 잇서서도 잇지 못하리만치 有名
한 것은 '고ㅅ스'의 批評을 기다릴 것도 업시 "깁피"에 잇서서나 '페소스'에
잇서서나 現代 兒童文學에 잇서서 驚異의 存在로써 每年 크리스마쓰마다
이 童話集을 發行케 되엿습니다만 '안데르센'은 그마-치 "어린이"의 할아버
지가 되기에는 충분합니다.

×

『그림 업는 그림책』은 一八四〇年에 出版이 된 것으로 '안데르센'이 創作
的 情熱이 가장 놉흔 때 썻든 만큼 그의 各國에서 본 該博한 見聞을 三十三
夜로 分하여 얼거 노아 비단결가티 부드럽고 솜가티 날신한 그 香氣한 우리

---

24 『그림 없는 그림책(Billedbog uden Billeder)』은 안데르센의 단편동화집이다. 지붕 밑 방에
서 사는 가난하고 고독한 화가에게 달님이 이야기를 해 주는 형식으로, 33편의 짤막한 이야
기와 짧은 서문으로 되어 있다. 초판(1840년)은 20 밤까지, 재판은 31 밤까지 수록되어
있으며, 제3판부터는 지금과 같은 내용이 되었다. 제3, 9, 10, 16 밤 등에는 인생비평이
들어 있고, 제2, 17, 31, 33 밤 등은 동화의 정수로 평가되고 있다.

의 心琴을 울리는 바가 만습니다.

이 童話는 每夜 한 篇式 달님이 보고 온 것을 이야기하는 形式으로 썻습니다. 그리하야 三十三夜 동안에는 每日 달은 이야기가 展開됩니다.

나는 아즉도 잇치지 아는 셋재 밤의 이야기가 내 머리에 떠오르고 잇습니다. 그것은 나어린 少女의 半生을 그린 것으로 거긔는 崎山嶇한[25] 運命에 飜弄되는 女子의 半生의 悲劇的인 一面이잇습니다.

十六年 前에는 어린아이든 한 少女! 그 少女는 只今 울타리나무 밋에서 幸福된 꿈속에 조희로 만든 人形에게 키쓰를 하며 꼿 時節 지난 新綠의 芳香을 고히 맛고 잇섯습니가. 그 少女는 牧師의 딸로써 이 天眞한 少女時節을 幸福과 平和 속에 지내인 뒤 十年이 지난 그 어느날에는 어떤 商人의 神父로써 華麗한 舞蹈室에 안저 잇게 되엿습니다.

東에서 떠서 西에서 지는 달! 그달은 億千萬年 끄님업시 世上의 變遷을 알리라. 이리하야 어린이의 우름소리로부터 그의 少女時節의 자라온 經路를 본 달님은 十年이 지난 後 그 少女가 어엽뿐 新婦로써 舞蹈室에 아담하게 핀 뜰 百合과도 가티 淸楚한 그의 模樣을 본 것입니다.

그러나 그 달님은 變함업건만 그 少女 그 新婦의 生活은 變化無雙하야 그 女子는 只今 病드러 누어 蒼白한 얼골로 달님의 銀빗실을 바라보고 잇는 것입니다. 그러나 病든 그 女子의 몸을 싼 이불은 惡의 化身인 主人에게 가업시도 벗겨지고 일어나서 化粧을 하고 손님을 끄을 것을 强要하야 그의 피人기 업는 얼골에는 뜨거운 눈물이 흐릅니다.

"죽엄이 내 가슴을 파헤치고 잇서요. 가만히 좀 내버려두세요" 하는 哀願聲도 듯는 듯 마는 듯 그 主人은 모질게도 그 病든 女子 몸을 寢臺에서 끄러내려 두 볼에 化粧을 식히고 머리에 薔薇꼿을 꼬자 들창가에 내세웁니다.

그러나 그 女子는 손을 무릅 우에 언고 조금도 음직이지 안습니다. 그 女子는 벌서 죽은 것입니다.

---

25 '崎嶇한'에 "山"이 잘못 들어간 오식으로 보인다.

나는 이 "셋재 밤"을 닑다가 책상에 업드려 운 일이 잇습니다. 少年時節 그 순진한 少年時節에 잇서서 女子의 生涯가 그러케 崎嶇한 一面이 잇는 것을 想像하고 나는 人生의 악착한 아니 男性의 악착의 마음을 極度로 미워햇습니다.

오늘날 '안데르센'의 童話出版 百年 記念日에 際하여 나는 그의 오즉 한 篇의 童話가 얼마나 내 가슴에 찍힌 바 感銘이 기펏다는 것을 우리 朝鮮 兒童 諸位와 함께 回想해 볼 뿐입니다. (八月 三日)

流星, "(第三回)童謠 月評 - 아이동무 九월호", 『아이동무』, 제3권 제10호, 1935년 10월호.[26]

### 고초쌍아 韓相震 作

전날 작품에 비하여 많이 진보되엿다. 내용이나 리듬의 부족한 것이 없다. "어둔 밤에 식색……"이라는 절을 흔히 쓰는 "쌕-쌕"으로 하였으면 좋겟다. 「물장구」 「매아미」는 이만 못하다.

### JODK 魚珍吉[27] 作

내용의 어떤 것을 말하지 않으련다. 'JODK'를 상식적으로 어린 동요의 수요자(需要者)들이 리해할까가 문제이다. 기묘한 말의 라렬만으로 동요라고 일커르기에 가능할까? 다음 작품을 기다리고 이만 한다.

### 잠들은 바다 湖星 作

"저녁의 노을도 이리저리로 간얄피 비치는 여름의 바다." 하엿으니 저녁 노을이 바다 우에 웨 한결같이 아니 비치고 이리저리 비칠까? 또 간얄피 비친다는 말이 절대로 부자연하고 첫 절과 마즈막 절은 렬결이[28] 안 된다. 발표하기 전 많이 고치라.

### 봄비 梁石岡 作

보기 듬을게 아름답게 된 노래다. 흠잡(이상 45쪽)을 데가 없다. 무엇보다 리듬이 아릿답다.

### 호박닙 禹鳳翊 作

호박닙피라 문제를 부치지지 말고 개미 형제라고 햇스면 조흘 뻔하였다.

---

26 '流星'은 강승한(康承翰)의 필명이다.
27 JODK는 1927년 2월 16일 설립된 사단법인 경성방송국의 호출부호이다. 이는 도쿄(東京) 가 JOAK, 오사카(大阪)가 JOBK, 나고야(名古屋)가 JOCK로 개국한 다음 경성방송국이 네 번째로 개국했다.
   '魚珍吉'은 김성도(金聖道)의 필명이다.
28 '련결이'의 오식이다.

"유희" "위로"라는 말들은 동요에 넣기에 적당치 못하다. 동요에 쓰는 말이 따로 있는 것이다. 많이 읽으라.

### 여름 李澤垵 作

처음 보는 이다. 그래도 이 작품은 서트른 곳이 다소간 있어도 깨끗이 거짓없이 진실하게 되엿다. 이것이 마음을 끈다.

보라! "김고랑 조밭고랑 더듬어 가면 나의 몸은 짬으로 먹을 감아요" 이 속임없은 글을…… 앞으로. 더욱 힘써 생생한 글을 쓰라.

### 알는 어머니 裵先權 作

"보시옵소서" "자식이 앉었나이다"를 다른 글로 바꾸어 넣으면 좋겠다. 아직도 많이 읽어야 하겠다. 요전에 발표한 것보다 별로 낫지 못한 작품이라겠다.

— ◇ —

이번엔 몇 게만 뽑아서 평하여 보았다. 필자의 시간 관게로 세세히 뜨더서 평하지 못하는 것이 유감이다. 전달의 것보다 이달의 노래는 대범적으로 쀠어나는 것이 많었다. 韓相震 군 梁石岡 군 李澤俊 군에게서 그런 의미의 것을 발견할 수 있었다. 禹 군 裵 군의 다독 다작을 바라며 魚 군의 노력이 헛되지 않기를 부탁한다. 생생한 노래를 보여주기를 바라면서 이만.(이상 46쪽)

李園友, "(隨感隨想)眞正한 少年文學의 再起를 痛切이 바람(1)",
『조선중앙일보』, 1935.11.3.


새빨가케 끌흔 情熱의 해가 西山에 꼬리를 감추자 必然的으로 차저오는
暗黑이 이 小說의 한 相對物이 된 것을 나는 눈물겹게 넉인다. 一部의 憎
惡를 다닥다닥 질머지고 近十年이란 歲月을 쓰라린 눈물과 鬪爭하야 온
우리들의 『별나라』와 『新少年』이 瀕死狀態에 빠지든 昨年 —— 그때부터
희미하든 촛불이나마 慘絶한 死海의 激浪에 휩싸이고 말엇나니 그 後에도
兒童文學을 硏究한다는 群小誌가 업슨 것은 아니엇다. 『아이생활』, 『어린
이』, 『少年中央』 等이 그러나 그것들도 이제는 다 넘어가고 남어 잇다는
그것은 크리스도 機關인 『아이생활』뿐이니 이 山河 곳곳에서 眞正한 少年
文學을 硏究하는 벗들이여! 꿈나라와 하늘나라의 예전 東山을 갑싼 象牙
의 끄트로 파고 잇는 그 무리들마저 이제는 사러지고 말지 안헛는가.

이것이 筆者의 곱으라운 視野라면 오즉 조켓는가만은 —— 이것은 넘우
나 똑똑한 現實이 아닌가? 그러면 그동안 退步의 途程을 밟고 잇든 兒童文
壇은 永永 깨여지려는가? 누가 이것을 해 넘어간 後에 차저오는 暗黑에
比하지 안흐며 주먹을 들어 왜치지 안흘 게냐.

두 갈래의 흐름 우에 섯든 兒童文壇! 이제는 어느 쪽을 勿論하고 모두
죽엄의 길을 걸으랴는가. 더구나 들에 山에 거리에서 굶주린 하로하로를
쓸아린 生活 속에 어린이답게 지내지 못하는 百萬의 아기네들에게 한술
이밥 代身에 한 자의 옷감 代身에 드리려고 애써 오는 精神의 糧食 - 그것
을 꾸준히 創造하든 그들은 다 어대 갓나.

꼿포기와 가티 아름답고 달빗과 가티 優雅해야 되고 비단옷과 가티 아름
다워야 된다는 저들이 童謠, 詩, 童話들을 보기 조케 깔보며 氣運 조케
行進하든 슬기로운 作品들이여! 너이들은 지금 太平洋 기픈 물속에 숨엇는
가 거리의 집웅 미테서 苦難에 지고 말엇는가. 아! 눈물겹다. 呼日 三大新
聞이라는 그 紙面에서도 눈 가는 곳 아무대서도 永永 볼 수가 업구나. 그들

은 덜 깐 중이 되엇는가 그러치 안흐면 손몽동아리가 되여서 글을 쓸 수가
업는가.

---

李園友, "(隨感隨想)眞正한 少年文學의 再起를 痛切이 바람(2)",
『조선중앙일보』, 1935.11.5.

이 땅 山河 南北 三千里에 젓을 달라고 웨치는 간난아가들의 우름 소리
는 저러케도 놉건만—.

　　　　×

오늘의 이 現象 그거야말로 우리 朝鮮이 아니라도 다 가지는 風景이라
하겟지만 그러타고 黑을 論하든 少年誌이건 白과 靑을 말하던 誌이건 요러
케 맑게 쓰러 가는 法이 어대 잇슬고. 나는 이런 것들을 生覺할 때 經濟的
條件 外에도 二種, 三種의 條件을 가지고 잇는 이 땅에서는 아마 不可能한
일인 게다 하고 그 멧 번 落望햇든고마는 나의 벗들이여 山에 가야 범을
잡고 바다에 나가서야 고기를 낙구지 안나.

이 땅의 곳곳에 제 아모리 天下的 文學家가 숨어 잇고 素質 잇는 才人이
뎀뎀이 싸혓다 한들 그것을 담어 주는 그릇이 잇서야 되지 안나.

　　　　×

全國의 옛 벗들이여!

한때 紙上으로 만히 相面햇든 群少 作家여! 우리들이 즐겨 부르는 工場
의 노래 農村의 노래 그네들의 길 ——

그것이 이제 回想되지 안는가.

부대 眞正한 少年文學은 再起하라. 일어나라. 그 미웁기 짝이 업는 象牙
의 塔을 차저가는 兒童文學을 부서 노흘 우리 文學아!

　　　　×

그리하야 하로밧비 녹쓰른 연장을 갈며 어떤 有志여! 그대 주머니를 기
우려라. (끗)

宋昌一, "兒童不良化의 實際－特히 學校兒童을 中心으로 한 私稿(一)", 『조선중앙일보』, 1935.11.3.

## 緒言

現今 文化生活이 人類에게 表面的으로 만은 惠澤을 주는 反面에 또한 副産物로써 苦痛的 事實도 적지 안케 주고 잇는 것이다.

今日과 가티 學校教育과 社會的 施設이 長足 進步함에도 不拘하고 不良兒童이 增加한다는 事實도 그中의 하나인 바 이런 事實은 우리가 享樂한다는 文化生活의 缺陷性을 말하고 잇다고 하겟다. 兒童의 不良化 問題 가튼 것은 아모리 보아도 學校나 社會教育만으로는 防止上 圓滿을 期할 수 업슬 것 갓다.

以上의 教育이 決코 人間教育의 全部가 아닌 때문이다. 여긔에서 우리는 새삼스러우나마 첫재로

‖不良兒童‖ 發生의 責任을 人間의 基礎教育이라고 할 만한 家庭教育에다 돌니고 십다.

實로 우리의 家庭이란 貴重이 녁여야 할 兒童指導에 얼마나 無關心하다는 것은 周知하는 바 事實이 되어 잇는 것이다.

아모리 學校教育이 圓滿히 나아간다고 하여도 學校教育은 知識 注入에 置重하는 以上 兒童의 道德的 精神을 支配하며 完全한 心理的 感動을 줄 수는 업는 것이다.

여긔에 比하여 家庭教育은 感情과 意志教育으로써 그야말로 훌륭한 感化教育의 中心 主體인 父母는 兒童에게 感化의 對象이 될 만한 人格과 修養이 잇서야 하겟다.

父親은 父親다운 威嚴이 잇고 母親은 母親다운 愛情이 잇서서 不知不識間에 兒童은 兩親의 人格的 感化를 바더 自然 父親을 敬畏하며 母親을 思慕하게 됨으로 父母와 子息 間에 끈을 수 업는 愛情의 줄이 連結되여야만 圓滿한

‖家庭教育‖이 成立될 것이다.

學校에는 固有한 傳來的 校風이 學校의 全 精神을 支配하여 나아가는 것이지만 家庭에는 또한 家風이라고 하는 것이 잇서서 其 家庭의 獨特한 냄새를 낫타내이는 것이다.

"兒童은 父母의 거울이다"라는 俗談을 알지만 박게 나와 行動하는 兒童을 보아 父母를 알 수 잇스며 家風 如何를 斟酌할 수 잇는 것이다.

이제 兒童이 不良化하는 原因 中에 첫재는 家風不良 그것이다.

적어도 夫婦는 愛情과 理想을 主體로 結合하여야 할 것인데 世間에는 往往이 偏見的 어떤 條件으로 結合하여 結局은 家庭에 風波를 일으켜 家風을 紊亂하게 만드나니 이런 家庭에 태여난 兒童이 不良하게 되는 것은 當然한 事實이다.

우리는 이— 不良(兒童)에 對하야 다만 惡評을 加하며 敵視하여야 할가? 그럿치 안타면 其 原因을 究明하여 豫防에 努力을 하여야 할가? 成人된 ‖우리들의‖ 考慮할 問題라 하겟다.

내 子息이 不良兒童이 안이니 생각할 必要가 업는 問題이라고 簡單하게 拒絕할 수는 업다. 筆者別로 深奧한 硏究는 업스나 過去에 兒童을 取扱하는 中 切感한 바 잇서 草稿하엿든 바를 敢히 내여놋는 바 兒童問題 硏究가 諸賢의 一考 되기를 바라는 바이다.

## ○ 兒童不良化의 原因

### 1. 家庭敎育 殆無

兒童에게 참다운 敎育을 주랴면 胎內에서부터 始作하여야 한다는 말은 줌 極端의 論이 될는지 모르나 적어도 未就學 時代를 지나 幼稚園과 普通學校를 卒業하고 中學校에 入學할 때까지 家庭에서 父母된 者가 家庭敎育에 特別 留意하야 兒童의 素質에 適合한 指導를 하며 幼時로부터 善良한 習慣을 養成하도록 힘써 自然 道德的 生活을 가지게 할 必要를 늣긴다.

그럼에도 不拘하고 우리들의 家庭을 보라! 붓그러운 말이지만 家庭敎育

이 얼마나 理論을 實踐하고 잇는지가 疑問이다.

勿論 우리에게도 生活 程度에 따라 各異하다. 知識階級의 家庭에서는 얼마큼 家庭敎育에 留意하는 모양이나 無識階級인 勞働層과 農民會에 잇서서는 家庭敎育이란 殆無한 現狀이라 하겟다.

---

## 宋昌一, "兒童不良化의 實際－特히 學校兒童을 中心으로 한 私稿(二)", 『조선중앙일보』, 1935.11.5.

어찌 생각하면 우리의 生活이 複雜하고 貧困하여 그럿켓다 하겟지만 大部分이 兒童敎育에 對한 根本精神이 薄弱한 탓이다.

兒童을 敎育하는 것은 學校에서 先生이 할 것이고 家庭에서는 밥이나 버러 먹이면 責任을 다하는 줄로 아는 그릇된 觀念은 아직도 우리들의 머리에 뿌리 기피 印象되어 잇다.

아－ 얼마나 矛盾된 生覺인가! 世界가 兒童을 무엇보다도 愛護하며 重要視하는 理由를 우리도 알어야 한다.

强하고 直正한 意志와 明朗한 性格과 健全한 體格을 만드러 남부럽지 안흔 生活을 하려면 먼저

‖ **家庭에서** ‖ 부터 兒童을 善導하기에 効力하여야 하겟다.[29]

經驗上으로 보면 兒童이 不良케 되는 原因 中 十分之八九는 父母가 一年가도 敎訓 한마대 하지 안는 다시 말하면 개나 도야지 기르듯 먹을 것이나 주고는 精神敎育에 着念치 안는데 잇다고 생각한다.

兒童이 就學時期(八九才)에 이르러서야 비로서 意志가 싹트기 始作하지만 全然 家庭時代인 乳兒 時期에는 本能的이요 衝動的인 生活을 하기 때문에 父母는 이때에 더욱 注意할 必要가 잇다.

---

29 '努力하여야 하겟다.'의 오식이다.

樹木도 어려서 잘 휘일 수 잇는 것가티 사람도 幻稚時代에[30] 家庭에서 잘 指導하여야만 훌륭한 人格을 일울 수가 잇는 것이다.

## 2. 環境의 影響과 貧困

"人間은 環境이 만든 存在物이라"고 하는 말은 環境 如何에 따라 人間의 精神이 支配를 밧게 되며 性格까지도 變하게 된다는 意味일 것이다. 흔이 孟母의

∥三遷之敎∥를 例로 들어 말하지만 孟子와 가튼 聖賢도 環境이 만든 人物이라고 아니 할 수 업다.

經驗한 바로 보면 遊廓 近傍과[31] 酒店 附近과 妓生村(普通 말하는 대로) 附近과 貧民窟에 居住하는 兒童들이 不良하여진다.

以上에 枚擧한 環境 中 貧民窟을 除한 外의 諸 環境은 兒童들에게 放蕩한 惡影響을 주어 遊興에 對한 好奇心과 性的衝動을 이르키는 바 이런 種類의 環境은 아모 敎育的 要素를 가지지 못하엿기 때문에 아모리 善良한 素質을 가진 兒童이라도 곳 不良하여지는 것이다.

언젠가 大路上에서 不過 十二三 歲 된 兒童이 卷煙을 붓처 물고도 붓그러운 氣色 업시 지나가는 것을 보고 나는 無意誠中에[32] 따라가 그 卷煙을 빼앗서 발로 비벼 놋코 뺨을 갈기며 訓戒한 일이 잇다.

이것은 大路上에서 본 稀少한 例이지만 便所간이나 人跡 업는 곳에서 發見되는 事實은 넘우나 만타.

그러면 이러케 된 兒童이 煙草를 사기 爲하야 金錢이 必要하게 될 것은 定한 理致이니 아모 짓을 해서라도 돈을 엇기 위하야 活動하게 된다.

여긔에서 벌서

∥犯罪行爲∥는 싹트기 始作하는 것이다.

---

30 '幼稚時代에'의 오식이다.
31 '遊廓 近方과'의 오식이다.
32 '無意識中에'의 오식이다.

한번은 내가 가르키는 兒童 하나가 나의 名啣을 한 장 請하얏다. 그 理由
는 父親이 先生의 住所를 알겟다는 懇曲한 付托이라고 하기에 나는 서슴지
안코 한 장을 내여 주엇다.

두어 時間 後 어떤 書店에서 電話가 왓는데 行動이 疑心스러운 兒童이
先生의 名啣을 가지고 敎科書와 學用品을 外上으로 달라는 터이니 어떠케
하라느냐는 놀라운 말이엇다.

그 이튼날 나는 父兄의 아페서 其 兒童을 退學시키며 將來를 爲하야 눈
물을 흘렷다.

멋 달 後 消息을 들으니 不良少年들과 水泳하다가 溺死하얏다고 한다.

이제 이 두 兒童이 이처럼 大膽하게도 不良化한 原因은 家庭에서 全然
無責任하얏슬 뿐 아니라 居住地의

‖ **周圍環境** ‖이 무엇보다도 그러케 만드럿든 것이다.

그리고 家庭의 貧困 ― 이것이 多數의 兒童을 不良케 만드는 原因이
된다.

勿論 貧困한 家庭일지라도 父母가 充分한 道德的 思想으로 兒童을 敎訓
한다면 例外이겟지만 極貧한 家庭에서는 周圍 事情이 全然 非敎育的이어
서 必然的으로 不良兒童이 發生하게 된다.

사람에게는 貪慾이 第一 큰 本能인데 이것을 채움에는 반다시 金錢이
必要하다.

極貧家庭에 태여난 兒童이 一年 가도 銅錢 한 푼 못 쥐여 보는 身勢니
路傍이나 店頭에 아모리 맛나는 果實과 빵이 잇스나 마치 畵中之餠밧게는
될 것이 업다.

여기에 그들의 貪慾은 度를 넘어 犯罪의 結果를 짓는 일이 만타.

어떤 幼稚園에서 兒童 하나가

‖ **點心 먹고** ‖올 때는 사과 한 개식 먹으며 오는 것을 保姆는 멧 번
보고도 父母가 사 준 것으로만 녁이고 心常히 보앗드니 하로는 路傍에서
사과를 파는 老婆가 숨이 차 뛰여와서 其 兒童을 가르키며 자기의 파는
것을 훔처 먹엇다고 야단을 하얏다. 保姆가 兒童의 母親을 불러왓슬 때

그 母親은 "아이가 사과를 먹겟다는 것을 한 번도 못 사 주엇드니 이러케 되엇서요" 하며 눈물을 흘리드란다.

---

### 宋昌一, "兒童不良化의 實際 — 特히 學校兒童을 中心으로 한 私稿(三)", 『조선중앙일보』, 1935.11.6.

이— 얼마나 同情의 餘地가 잇는 哀話인지 모르겟다.

3. 惡友와 交際

兒童時期에는 父母의 感化보다도 同伴의 感化를 밧기 쉽다.

不良少年 中에는 同伴 選擇에 注意치 안키 때문에 惡友의 誘引을 바더 漸次로 不良行爲를 始作하게 되는 事實이 不少하다.

兒童이 不良少年의 魔手에 걸려들면 精神이 痲痺가 되여 家具를 盜賊해 내가며 甚至於 父母 주머니를 뒤지기를 例事로 하게 된다. 農村보다도 ‖都會地는‖ 不良少年의 集居하는 魔窟이 만허 活動寫眞館 카-페, 劇場 等을 舞臺로 크게 橫行하고 잇다.

이런 일은 흔히 잇는 일이지만 한번은 平時에 順良하든 兒童(十六才) 하나가 學校 缺席을 자조 하며 授業料를 滯納하기 始作하엿다.

그 理由를 알기 위하야 兒童을 불럿더니 學校에 오면 頭痛이 나서 몃칠 缺席하엿고 授業料는 父親이 商業에 失敗를 보고 村으로 돈을 마련하러 갓스니 몃 달만 참어 달라고 하엿다. 其後 나는 其 兒童의 行動이 異常스러워서 家庭을 二三次 訪問하엿는데 訪問할 때마다 그 兒童이 大門에 섯다가는 아모도 집에 업스니 後日 다시 와 달라는 것이엇다.

그리고 自己는 授業料를 마련해 가지고야 登校를 하겟다는 것이 學校에 왜 안 오느냐는 質問에 대한 對答이엇다.

얼마 後 偶然하게도 그 兒童의 父親을 맛나 웨 學校를 그만두게 하느냐고 물엇드니 그 父親은 깜작 놀라며 兒童은 每日 변도를[33] 가지고 時間 따라 登校를 하엿스며 授業料와 學用品代를 이달에도 三圓이나 주엇다는 것이엇다.

이 얼마나 驚嘆할 事實인가!

이제 그럿케도 溫順하고 正直하든 兒童이 先生과 父每를[34] 속이고 ‖大膽하게‖도 虛僞 行爲를 始作하게 된 原因을 그 兒童이 自白한 바대로 記錄하면 이러하다.

兒童이 學校에 가는 時間이면 길가에 自己보다 二三才 年長되는 퍽 壯大하고 험상스러운 少年 하나이 직히고 섯다가는 여러 가지 甘言으로 學校에 가지 말라고 誘惑하엿다.

처음에는 몃 번 拒絶을 하여 왓는데도 不拘하고 每日 繼續하여 가튼 場所에서 기다리고 잇섯다.

이런 일이 始作된 지 한 週日쯤 되는 어떤 날 授業料를 가지고 가는데 그날은 半強制的으로 가방을 뒤저 돈을 빼앗고는 보기에도 무시무시한 短刀를 끄내 보이며 오날부터는 나의 하라는 대로 안 하면 죽인다고 威脅을 하는 바람에 그만 끌리워 간 곳이 엇던 公園 한 모통이엇다.

조용한 이곳에를 그 不良少年은 每日 끌고 와서는 自己와 가튼 不良 ‖少年黨이‖ 되기를 勸誘하엿다.

그때부터 父母를 속여서는 金錢을 詐取하여다가 그 不良少年을 주어 왓다는 것이다.

그러면 웨 그 事實을 最初에 先生이나 父母에게 告하지 안헛느냐는 무름에 대하아 그럴 맘도 잇섯지만 不良少年에게 사로잡힌 날부터는 도모지 제 精神대로 살 수가 업고 그놈의 하라는 대로 하게 되니까 겁이 나서 못하엿다는 것이다.

이런 例를 들자면 限이 업슬 것이니 이만하기로 한다. 少女들의 墮落하

---

33 일본어 "벤토(べんとう〔弁当〕)", 곧 "도시락"을 가리킨다.
34 '父母를'의 오식이다.

는 原因도 大部分은 魔手의 網에 걸리어서 되는 事實이 만타.

### 4. 不良映畫·書籍·流行歌의 影響

敎育的 價値를 目的하고 製作된 映畫는 例外이지만 普通 興行하는 活動寫眞은 兒童이 보아서 有害한 것이 不少하다.

兒童의 模倣力과 想像力을 挑發함에 잇서서 映畫 以上으로 速한 힘을 가지는 것은 업겟다.

그럼으로 映畫에 나오는 場面을 實際化하려고 努力하는 것은 兒童들의 항용 하는 짓이다. 數年 前에 東京에서 생긴

‖**少女被殺**‖ 事件을 우리는 記憶하고 잇다.

一少年이 大路上에서 길 가는 少女를 理由 업시 殺害하엿다는데 其 動機는 映畫에서 본 場面을 實驗하여 보겟다는 생각에서라고 한다. 참말 孟浪한 事實 가트나 크게 關心할 問題가 아닐 수 업다.

兒童의 好奇心과 模倣性을 惡用하면 이러케 무서운 犯罪의 結果를 낫타내는 것이다.

善良한 兒童이라도 劇場이나 映畫 常設館에 멋번 出入하게 되면 곳 不良性을 띄게 되는 것이 事實이다.

映畫뿐 아니라 書籍의 影響도 크다.

兒童이 十歲 未滿 時에는 童話에 대한 好奇心을 가지는 것이 事實인바 童話 속에 낫타나는 허풍성 가튼 이야기를 實際的인 事實과 符合케 하려 하며 天使와 惡魔를 現實에서 차즈려 하기 때문에 敎育者는 迷信的 內容이나 非敎育的 內容을 가진 童話를 紹介하거나 口演하야서는 안 되겟다.

그리고 十歲를 지나 十五六歲의 少女期에 드러가면 童話의 世界에서 떠나 冒險談 探偵小說에 無限한 愛著心을 가지게 된다. 以上의 讀物은

‖**兒童心理**‖에 滿足을 주는 것인 바 其 興味 잇는 內容은 兒童의 不良性을 發作케 하는 要素가 되는 것이다.

어떤 兒童이 探偵小說을 耽讀한 結果 竊盜를 犯하엿다는 事實을 들엇거니와 아직 思想과 意志가 堅固치 못한 兒童들의게는 書籍 選擇에 愼重 考

慮치 안흐면 안 되겟다.

여긔에서 兒童文學 創作人이나 兒童雜誌 編輯者들의 十分 留意할 必要를 늣겨 마지안는 바이다.

---

## 宋昌一, "兒童不良化의 實際－特히 學校兒童을 中心으로 한 私稿(四)", 『조선중앙일보』, 1935. 11. 7.

그리고 兒童을 不良化하게 만드는 要素로 流行歌의 影響을 들지 안을 수 업다.

流行歌는 文字가 보여 주는 대로 普遍性을 가진 노래로써 大衆이 부르기에 適當하도록 平易한 歌詞와 曲으로 되어 잇기 때문에 兒童들도 短時間에 記憶하게 된다.

現今 流行歌 中에는 頹廢的 노래가 만허 良風美俗을 壞亂케 만한 危險性을 띄인 것이 업지 안흘 뿐더러 大部分이 教育을 밧는 兒童에게는 불러서는 안 될 禁物이라고 본다

‖成人은‖ 主觀的으로 事物을 批評할 意志를 가젓스니까 別 問題일는지 모르나 周圍의 影響을 밧기 쉬운 意志가 弱한 兒童들은 流行歌를 부름으로써의 惡影響이란 말할 수 업시 크다.

間或 校庭에서 兒童이 陰蕩한 歌詞의 流行歌를 無意識中에 부르는 것을 듯고는 不快한 感情이 떠오르는 때가 잇다.

더구나 "술은 눈물이냐……"[35]를 부를 때는 그야말로 苦笑할 수 업다.

---

[35] "酒わ淚か ため息か: さけは なみだか ためいきが"(술은 눈물인가 한숨인가)로 이어지는 일제 강점기에 유행했던 노래다. 고가 마사오(古賀政男, 1904~1978)가 1931년 9월에 발표한 노래다. 이광수(李光洙)의 『흙』(1932), 염상섭(廉想涉)의 『무화과』(1932), 이태준(李泰俊)의 「달밤」(1933), 방인근(方仁根)의 『魔都의 香불』(『동아일보』, 1932~33), 현진건(玄鎭健)의 『적도』(1939)에도 당시 유행했던 이 노래가 언급되고 있다.

어찌 생각하면 兒童이 무슨 意味를 알고 부르겟는가! 그러나 惡影響이니 무어니 問題될 것이 업다 하겟지만 決코 이가티 單純히 解釋할 수는 업는 것이다.

‖歌詞의‖ 意味를 알고 부르는던[36] 모르고 부르던 간에 學校에서 배운 唱歌를 除外하고 流行歌를 잘 부른다는 것부터 우리 社會의 무엇을 말함인가? 再三 硏究할 問題가 안일가 생각한다.

저녁 먹은 후 樂器店 아픈 無料 公衆音樂會場이 되고 만다. 거긔에 모인 무리를 보라! 老人과 지겟군보다는 머리에 기름이 흐르는 靑少年들이 大部分임은 可嘆할 노릇이다.

나는 就寢하기 前에 近處의 골목을 한 박휘 돌아오는 버릇이 잇는데 잇다금 靑少年들이 어두은 골목에 뭉켜 서서 流行歌를 부르며 지나가는

‖婦女들‖을 戱弄하는 것을 볼 때 不良少年이기 때문에 流行歌(頹廢的인 노래에 限함)를 부르는가? 流行歌를 배움으로 不良化하엿는가? 하고 생각하여 보는 때가 종종 잇다.

5. 過度한 干涉과 사랑

父母가 兒童을 保護 指導할 責任者인 만큼 行動을 監察하며 一切을 干涉할 權利와 義務를 가진 것은 事實인 바 그 度를 지나치면 도리여 惡感情을 이르켜 結局은 父母의게 대한 反抗心까지 發하게 할 憂慮가 업지 안타.

---

전문은 다음과 같다.

| | |
|---|---|
| 酒は涙か溜息か | 술은 눈물인가 한숨인가 |
| 心の憂さの捨て所 | 마음의 근심을 버리는 곳 |
| 遠い緣の彼の人に | 먼 인연의 그 사람을 |
| 夜每の夢の切なさよ | 밤마다 꿈꾸는 애달픔이여. |
| 酒は涙か溜息か | 술은 눈물인가 한숨인가 |
| 悲しい戀の捨て所 | 슬픈 사랑을 버리는 곳 |
| 忘れた筈の彼の人に | 잊어야 할 그 사람에게 |
| 殘る心を何としょう | 남은 이 마음을 어이 하리오 |

36 '부르던'의 오식이다.

‖그러기‖ 때문에 繼父와 繼母를 가진 兒童이 苛酷한 干涉에 奮慨하여 放浪少年이 되거나 그럿치 안흐면 不良少年이 되여 不道德한 行動을 하거나 神經이 過敏한 兒童은 自殺까지도 꾀하는 것이다.

年前에 어떤 兒童이 父母의게서 苛酷한 責望을 듯고 自殺하려는 것을 發見하얏다는 事實을 들엇거니와 이런 實例는 얼마든지 잇는 일이다.

兒童을 責할 일이 잇슬 境遇에는 父母는 公平無私한 裁判官의 威嚴으로써 是非를 判斷한 後 兒童이 自己의 過失을 眞正으로 懺悔하도록 感化를 주어야 한다.

‖父母의‖ 責望이 普通 辱說이 되여서는 안 될 것이다. 無識한 婦人들 中에는 입에 담지 못할 더러운 辱說로 子息을 責望하지만 이런 責望은 兒童의 惡感을 살지언정 少毫의 訓戒는 될 수 업슬 것이다.

學校에 단기는 兒童을 家庭에서 잘 監視하여야 된다는 말을 들은 어떤 無識한 父兄이 學校에서 도라온 兒童을 黃昏이 될 때까지 一分의 休息時間도 주지 안코 學科를 復習하게 하얏더니 成績은 別로 進步하는 傾向이 보이지 안코 身體가 漸漸 衰弱하야저서 結局은 學校로부터 勸告 休學을 當하고 만 일이 잇다.

‖이런 일‖은 無智가 나흔 慘劇이 아닐 수 업스며 父母를 잘못 가진 탓으로 前途가 洋洋한 兒童이 犧牲을 當하는 것이다.

萬一 이런 家庭에서 出生한 兒童이 幼稚時期에는 어떠케 苛酷한 干涉이 잇슬지라도 絶對服從하는 態度로 나아갈는지 몰라도 차차 年齡이 더함을 따라 父母의 無智를 批判할 수 잇게 되면 돌이어 父母를 輕蔑視하며 欺瞞的 手段으로 父母를 넘어트리는 智慧가 發達되여 그 善良하든 性格이 不良化하야 버리고 마는 것이다.

‖이것은‖ 苛酷한 干涉에서 發生하는 事實이지만 이제 이와 正反對로 兒童을 넘우 지나치게 사랑하게 되면 또한 弊害가 생기는 것이다. 그러기 때문에 寡婦의 子息이나 獨子와 가튼 것이 不良케 되기 쉬운 것이다.

내 近隣에 父母를 떠나 祖父母와 가티 기러나는 兒童 하나가 잇는데 過度한 사랑 미테서 자라기 때문에 間食이 過하야저서 하로에 二三十錢은

例事가 되여 잇다 한다.

勿論 間食을 過히 하는 것도 衛生上 有害하려니와 兒童의 心理上에 미치는 惡影響이란 再言을 不要한다.

‖間食뿐‖ 아니라 衣服이나 신발이나 甚至於 學用品에 이르기까지 다른 兒童에 比하야 高價의 것으로 한다는 것이 兒童을 남달리 사랑한다는 票는 될지언정 兒童의 自慢心을 强하게 만들며 不良性을 培養케 하는 要素 밧게는 될 것이 업다.

한번은 一學年 兒童 하나가 新入한 以後로 一個月이 되도록 祖母를 모시고 왓다가 갈 때도 가티 가고 하얏다.

이것은 勿論 집에 잇슬 때(未就學 時代)에 祖母가 過度한 사랑을 주엇기 때문에 養成된 不良한 習慣인 것이 事實이다.

‖하로는‖ 이 兒童이 한눈파는 틈을 타서 祖母를 歸家케 하얏드니 休息時間에 그 兒童은 冊褓도 안 가지고 울면서 집으로 가서 야단을 첫다고 한다.

其後 父親을 불러 좀 더 家庭에서 嚴히 하야 달라고 付托을 하얏드니 그 다음부터는 祖母도 안 따라 와도 잘 오게 된 事實이 잇다.

---

宋昌一, "兒童不良化의 實際－特히 學校兒童을 中心으로 한 私稿(五)", 『조선중앙일보』, 1935. 11. 8.

6. 遺傳的 影響

遺傳法則에 深奧한 研究를 가지지 못하야 生理學的 論은 避하고 單只 經驗한 바를 멧 마듸 적어보려 한다.

不良兒童을 만드는 原因을 枚擧함에 잇서서 遺傳的 影響을 말하지 안흘 수 업다.

大槪 不良性을 띄인 兒童을 調査하야 보면 父兄이 賭博[37] 常習者나 或은

犯罪的 素質을 가진 者의 아들이 만흠을 볼 때 後天的으로 環境의 影響도 잇거니와 精神的으로

‖ 父母 ‖ 에게서 밧는 遺傳性도 업지 안타고 본다.

어떤 學校에 精神이 低劣하고 變態的 心理를 가진 兒童이 잇섯는데 點心 時間이면 다른 兒童의 '변도'를 盜食하며 밧게 나아가서는 同侔들을 無理히 毆打하는 惡癖을 가지고 잇서서 할 수 업시 學校에서 退學을 命하얏드니 兒童의 父親이 大醉하야 와서 先生에게 惹鬧를 하얏다는데 父親된 者 亦是 變態的인 人物이엇다 한다.

父親이 주정꾼이면 아들도

‖ 好酒 ‖ 者가 되는 것은 後天的으로 밧는 影響보다는 先天的으로 밧는 遺傳을 말하고 잇는 것이다.

實例를 略하거니와 筆者의 多少 經驗으로 보더라도 兒童이 所有한 不良 性은 父母가 所有한 不良性 그대로를 寫眞한 데 不過하다는 것이다.


7. 不良兒童의 心理

以上으로써 兒童 不良化의 原因을 檢討하얏거니와 이제 不良 兒童은 엇던

‖ 心理 ‖ 狀態로 지나는가를 考察하야 보기로 한다.

다음의 分類된 數個 條目은 兒童取扱上 私經驗에서 보고 늣긴 바를 順序 업시 列擧한데 不過하다는 것을 말하야 둔다.


1. 落書의 惡習

學校에서 修學時間이나 朝會時間을 利用하야 落書不可를 말할 뿐 아니 라 落書行爲를 發見한 때는 嚴罰을 하지만 落書의 傾向은 減少되지 안는 現象이다.

一年에 數次式 學校 兒童들에게

---

37 '도부(賭賻)'란 단어는 없다. 도박(賭博)의 오식이다.

‖落書‖의 不可한 것을 實地로 敎訓하기 爲하야 掃除道具를 準備하야 가지고 市內를 巡廻하며 兒童을 식혀 大門과 壁 等에 씨혀진 落書를 지우게 하는 行事를 繼續하고 잇는데 이 일을 當할 때마다 兒童의 大槪를 落書를 지워 市街를 淸潔케 만들겟다는 생각보다는 돌이어 落書를 發見하는 興味 卽 落書 內容에 대한 好奇心을 가지는 便이 만흠을 보아 落書는 一般兒童이 興味를 가지는 一致된 心理로 엿보인다.

特히 不良한 兒童은 落書에 내하야

‖趣味‖만 가질 뿐이 아니라 常習的으로 落書를 實行하는 者이다. 學校兒童 中에 不良性을 띄인 者의 주머니 속에는 白墨이나 구레온 가튼 것이 언제나 落書를 하기 위하야 準備되어 잇는 것이 事實이다.

"一國의 文明 程度를 알랴면 公衆便所의 落書 有無를 먼저 보는 것이다."

이 말은 아직도 내 머리에서 사라지지 안는 小學校 時代에 先生에게서 들은

‖記憶‖이다.

그래서 나는 公衆便所나 停車場 便所 가튼 곳에 드러갈 때마다 아마 朝鮮兒童이 世界 어느 나라 兒童보다도 甚한 落書의 習癖을 가지지 안헛나 하고 생각하야 왓다.

日前 北米에서 돌아온 某氏와 이야기하든 中 偶然이 不良靑少年 問題가 話題가 되엇슬 때 氏는 西洋兒童들의 不良性을 忌憚업시 이야기하얏다.

"落書는 朝鮮兒童보다 덜하겟지요?"

‖나는‖率直하게 무럿드니

"아니오 그들에 잇서서도 맛찬가지지오. 우리가 西洋人에게 가지는 先入觀念과 實地로 보는 바는 判異합니다" 하고 對答하얏다. 어째든 落書의 惡習은 東西洋 兒童을 勿論하고 즐기는 不良性의 表現이라고 생각하게 되는 것이다.


2. 虛僞的 心理

不良兒童의 心理는 모도가 虛僞的이다.

그 理由는 不道德한

‖行爲‖를 감초는 手段이 그것밧게는 업기 때문이다.

벌서 不良行爲를 始作할 때는 先生이나 父母나 기타 監視者를 감쪽가티 속여 넘길 虛僞的 口實을 硏究하야 두는 것이다.

그러기 때문에 不良兒童 取扱에 經驗이 적은 사람은 도리혀 不良兒童들의 戱弄物이 되기 쉽다고 하겟다.


3. 不規則 生活

兒童不良化 表現은 無規律的 生活 그것부터이다. 不良化 하야 가는

‖兒童‖을 보면 自然 怠惰하여진다. 學生이면 學科에 不注意하며 登校時間에 遲刻을 하며 就職한 兒童이면 漸漸 職務에 厭症이 생기고 마는 것이다.

따라서 時間觀念이 업서저 가며 責任觀이 업는 人物이 된다.


---

宋昌一, "兒童不良化의 實際－特히 學校兒童을 中心으로 한 私稿(六)", 『조선중앙일보』, 1935.11.9.


4. 反社會的 心理

兒童期에 잇서서 한번은 反社會的 心理를 가지는 時期가 잇는 것은 事實이나 不良靑少年에게 잇서서는 尤甚한 者이다.

이것은 本能的인 惡癖의 하나로써 普通兒童은 漸次 轉倒되는 것이나 不良兒童은 더 强하야저서 決局은 反社會的 犯罪者가 되어버리는 일까지 잇다.

‖反社會性‖을 가진 者는 嫉妬心을 가지기 쉬운 것인 바 他人의 名譽, 財産, 幸運이나 異性 等에 對한 猜忌가 强한 것이다.

이런 傾向의 兒童은 破壞的이요 反抗的이어서 敎育으로 善導하기가 至

難한 것인 바 兒童의 父母나 指導者는 이런 兒童을 罰하거나 無理히 感化的 指導를 하려고 하지 말고 兒童이 社會나 學校나 家庭에 대한 不滿이 무엇인가를 徹底히 究明하야 노흔 後 改善할 것이면 速히 하고 理解를 줄 만한 誤解가 잇다면 充分히 理解를 시길 必要가 잇는 것이다.

그런 故로 反社會的 心理인 兒童을 教化 善導한다는 것보다는 未然에 豫防策을 講究함이 可할 것이라고 본다.


5. 空想性의 缺陷

兒童은 想像世界에 生活하며 또한 여긔에서 滿足을 맛보는 것은 누구나 周知의 事實이다.

童話, 童謠, 兒童劇 等의 兒童文學이 教育的 價值가 잇다고 是認하게 되는 原因도 兒童의 想像性을 助長하는데 必要한 手段이라는 點에서 말하게 되는 것이다. 참으로

‖想像作用‖은 兒童精神 發育上 重要한 意義와 任務를 가젓다는 것은 말할 것도 업는 事實이나 不良兒童에게 잇서서는 想像性의 變態性을 일으키는 것이다.

善良한 兒童도 年齡이 만허짐을 따러 實際的 知識이 豊富하여지며 事物에 대한 懷疑心이 强하여지는 것이나 不良性의 兒童은 尤甚한 者로 病的 想像性을 가지게 됨으로 現實生活에 憎惡를 가지며 꿈속에서나 볼 수 잇는 理想世界를 想像하며 憧憬한다.

不良兒童의 想像은 誇張的이요 虛榮 虛飾的이어서 普通兒童이 가지는 高潔한 想像과는 다를 것이다.


6. 不良한 模倣과 惡戲

模倣은 人間이 本能的으로 所有한 것인 바 多數의 사람이 群居하는 동안 自然히 他人의 行動을 模倣하게 되는 것이다.

行動, 言語, 學習의 基礎가 되는 模倣性은 人間生活에 絶對 必要한 것이다.

우리의

‖日常生活‖의 一切을 보면 모다가 模倣에 不過하다.

우리의 生活上 必須品인 衣服을 보더라도 體溫을 保存한다든가 肉體를 가리우겟다는 必要 以外에 어떤 習慣과 流行으로 흐르고 잇다.

이런 實際의 事實을 보아 模倣이 敎育의 基礎인 것은 拒否치 못할 事實이나 이제 不良兒童에 잇서서는 重大한 問題가 되어 잇다고 하겟다. 그들은 模倣을 善用치 안는 때문이다.

現今 兒童 間에 流行하는 말을 보면 劇場이나 活動寫眞館에서 俳優나 辯士의 創案인 怪常한 말이 만타.

不良兒童은 劇과 映畵 속에서 敎訓的 要素를 차즈려 하지 안코 不良한 行動과 良怪異한[38] 言語를 模倣하게 되는 것이다.

어떤 不良兒童 하나가 '다루맛치'의 出演인 어떤 冒險映畵를 보고는 自己는 朝鮮의 '다루맛치'라 하며 일부러 노픈 곳에서 떠러지며 여러 가지 冒險性을 띄인 惡戲를 하엿다는 事實이 잇다.

惡戲는 不良한 模倣에서 出生한다.

兒童에게 잇서서

‖戲遊性도‖ 疏忽이 生覺할 수 업는 本能인 바 이것도 亦是 惡用하면 不良한 結果가 되는 것이다.

不良兒童은 殘忍性을 包含한 惡戲를 즐기며 盜癖 利用의 惡戲를 함으로 結果는 犯罪까지 되는 것이다.

한 兒童이 學校에 올 때마다 途中에서 어떤 富者의 後園에 越墻 侵入하여 果實을 따먹기를 十餘次 하다가 結局은 發見이 되어 이로 하야 自己의 前途를 그릇친 實例가 잇지만 그 兒童은 校庭에서 놀 때에도 普通 善良한 兒童이 하지 안는 惡戲를 하여 왓든 것이다.

그 밧게 兒童이 種種 放火를 犯하는 事實을 보는데 이것은 兒童이 가진 弄火性의 惡用인 바 不良性의 兒童은 산이나 들에 가면 흔이 放火를 하야

---

38 '不良怪異한'에 '不'이 탈락된 오식으로 보인다.

보는 것이다.

---

## 宋昌一, "兒童不良化의 實際-特히 學校兒童을 中心으로 한 私稿(七)", 『조선중앙일보』, 1935. 11. 10.

### 兒童 不良化의 豫防策

1. 徹底한 家庭敎育

兒童의 不良化의 原因은 첫재 家庭敎育의 不充分에서부터라고 前述하얏거니와 이제 家庭敎育의 不振하는 原因은 學校敎育 萬能을 誤信하는 때문이다.

學校敎育은 學校敎育이요 家庭敎育은 家庭敎育이라는 獨立性을 是認치 안허서는 不可하겟다.

決코 家庭敎育은

‖補助敎育‖에 不過한 것은 아니다. 맛치 牛車의 雙輪과 가타서 各各 完全한 獨特性을 所有하고 잇다.

家庭敎育의 中心 主體인 父母는 愛의 源泉이 되며 感化의 主體가 되여야 한다.

父母의 人物 性格은 恒常 接觸하는 兒童에게 暗暗裏에 感化를 주게 되는 것이다.

幼兒가 言語로부터 始作하야 一切 行動을 배울 때 父母의 가진 그대로를 模倣하는 것에 지나지 안는 것인 만큼 父母는 言語를 高尙히 하며 行動을 愼重히 하여야 하겟다.

兒童이 先天的으로 父母에게서 밧는 影響도 크지만 後天的으로 밧는 影響은 더 말할 수 업는 것이다.

後天的인 習慣을 第二天性이라 하지만 家庭에서 먼저 善良한 習慣을

養成함이 必要하다.

例를 들면 勤勉精神 規律的 生活 禮儀作法 節制生活 責任觀念

‖愛他思想‖ 祖先崇拜 宗敎觀念 勤儉貯蓄 公共事業 精神 等을 鼓吹하야 自然 여긔에 對한 習慣이 붓도록 하여야 하겟다.

理想的 家庭敎育은 父母의 徹底한 精神 속에서야 울어나오는 것인 만큼 父母는 兒童의 心理와 敎育法을 硏究하야 父母다운 責任을 다하여야 하겟다.

이러케 하는 때에는 自然 善良한 家風이 생길 것이며 善良한 家風 속에서는 不良한 兒童이 發生할 理由가 업게 되겟다.

父母는 理想的 家風을 만들기 위하야 家族 間에 相互敬愛하며 彼此 寬容하며 實質向上을 崇尙하야 家庭繁榮을 圖謀할 것이다.


2. 兒童 個性의 尊重視

사람은 容貌가 各異한 것가티 個性도 千態萬象인 바 各其 個性이 獨特性을 所有하고 잇다.

兒童도 人間인 以上 個性을 無視할 수 업다.

父母나 兒童敎育者는 無理히 兒童의 個性을 壓迫하여서는 不可하다.

完全한 人格을 發揮하려면

‖兒童時代‖로부터 個性 發展에 努力하여야만 된다.

우리 社會에서는 在來로 兒童은 한 附屬物이나 奴隷人間으로 取扱하여 왓기 때문에 兒童 個性 問題 따위는 論한 바도 업지만 今日 社會에 處한 우리들로서는 斷然 硏究의 對象이 되여야 하며 重大한 關心을 가저야 할 問題의 하나가 되여야 한다.

우리 家庭에서 女兒를 男兒와 差別하야 賤待하는 傾向은 人倫上 容恕치 못할 罪惡이다.

男兒나 女兒나 子息인 以上 差別을 둘 必要조차 업게스나 이것은 祖先들이 물녀준 낫븐 因襲밧게는 될 것이 업다.

兒童의 性格이 成人의 感情에 不合한 點이 잇다 하야 無理히 成人의

性格을 模倣케 하려한다면 兒童의 自我를 죽이고 마는 것이다.

性格에는 各異한 型이 잇는이만큼 其 性格에 맛도록 個性發展 指導에 留意하여야 兒童의게 適切한 訓育을 줄 수가 잇는 것이다.

性格에 對한 留意도 必要하지만 兒童의 感情에 對하여서도

‖不快感을‖ 사지 안토록 하여야 하겟다.

兒童의 性格과 感情에 不合한 强制的 敎育은 兒童을 不良케 만드는 결과밧게는 될 것이 업다.


## 3. 道德的 情操敎育

人間性을 知情意 三 方面으로 大槪 分類하고 잇지만 人間은 以上 三者 中 어느 한 개에만 偏重하여서는 完全한 人間性을 나타내일 수 업는 것이다.

心理學上으로 兒童의 本能을 細別하야 恐怖 憤怒 爭鬪 競爭 所有 模倣 好奇 遊戱 浮浪 生殖 群居 同情 獻身 喜悲 名譽心 利慾 等으로 말하고 잇다.

어느 本能 하나이라도 等閑히 取扱할 수 업는 重要性을 가지고 잇다.

그럼으로 兒童이 所有한 本能을 잘 利用하면 조흔 性格의 兒童이 되겟지만 잘못 指導하면 不良한 兒童이 된다.

人間性의 諸 方面을 調和的으로 發達케 하는 方法으로는 道德的 情操敎育이 가장 必要한 것이다.

그 手段으로써는

‖童話 寓話‖ 英雄譚 神話 事實譚 等의 敎訓的 價値를 包含한 이야기라든지 宗敎文學과 가튼 良書를 읽게 하는 것이 가장 조흘 것이다.

아직 우리에게는 道德的 情操敎育에 指針이 될 만한 이야기나 書籍이 稀少하다는 點에서 거의 不可能한 일이 될지 모르겟스나 여긔에 留意만 한다면 이런 것은 自然 나올 것이라고 確信하는 바이다.

幼時로부터 家庭에서 道德的 情操敎育에 置重한다면 兒童이 不良하여질 念慮는 絶對로 업슬 것이다.

宋昌一, "兒童不良化의 實際-特히 學校兒童을 中心으로 한 私稿(八)", 『조선중앙일보』, 1935.11.12.

4. 社會的 施設

兒童의 不良化를 防止함에는 家庭이나 學校에서도 勿論 努力할 일이지만 社會的으로 兒童을 爲한 施設이 緊要하다는 것은 누구나 周知의 事實이며 外國에서는 벌서 實行하야 왓스며 朝鮮에서도 漸次 論議되는 現象이다.

不良兒童이 發生하는 原因은 여러 가지로 前述하엿거니와 其中에도 家庭의 極貧과 環境의 不良이 大部分의 原因이 된다면 防貧에 對한 社會的 施設이 무엇보다도 急先務일 것이며 環境의 善良을 圖謀하야 兒童의 感情을 조토록 만드러야 되겟다.

兒童虐待防止法 實施니 托兒所, 孤兒院, 感化院 施設이니 하고 漸次 實施의 傾向이 보힘은 大端히 欣賀할 일인 同時에 其 實行을 促進하고 시픈 燥急性을 가지게 하는 것이다.

따러서 幼稚園도 빼놀 수 업는 重要한 機關이라 하겟다.

∥現今 朝鮮∥ 안에 多數한 幼稚園이 잇다 하겟지만 大部分이 設備가 充分치 못하며 그나마도 普遍的으로 누구나 入學할 수 업는 制度로 되어 잇다.

中等學校를 設立하야 보겟다는 熱도 크지만 幼稚園 問題도 이것에 지지 안흘 重大한 일이라고 생각한다.

前日 新聞紙上에 幼稚園可否論을 떠들 때 어떤 人士는 幼稚園廢止論을 主唱하고 잇섯지만 아마 幼稚園에 보낼 子女가 업든지 그러치 안흐면 幼稚園에 대한 認識不足이엇든지 如何間 讀者로서 苦笑를 不禁케 하얏든 것이다.

近日 新聞의 社會面은 少年 竊盜團이 都市마다 橫行하고 잇다는 事實을 頻繁히 報道하고 잇는 바 이것은 單只 兒童의게만 責任을 돌닐 것이 아니라 根本的으로

‖ 再三 **考慮** ‖ 할 만한 問題이다. 兒童을 위한 社會的 施設이 完備되고 보면 兒童의 不良化를 未然에 防止할 수 잇을 것이며 間或 不良兒童이 發生하더라도 善導 改唆식히기가[39] 容易할 일일 것이다.

5. 家庭과 學校와 連絡

學校가 兒童의 保護者인 父母와 家庭의 事情을 充分히 理解하며 家庭의 父母가 兒童의 學校生活과 敎師를 잘 理解한다면 兒童敎育上 多大한 有益이 되겟다.

往往히 學校와 家庭이 何等 連絡이 업는 關係로 兒童이 不良化하는 實例를 본다.

그럼으로 學校로서는 家庭訪問 學藝會 父母會 學級懇談會 運動會 等을 行하야 父母와의 接觸을 자조 하도록 企圖함이 可하겟고 父母로서는 以上에 述한 會合에 期必코 參席할 責任과 義務가 잇는 것을 自覺하여야 한다.

世間에는 흔히 兒童이 學校만 卒業하면 그만이라는 誤信을 가지며 一切의 敎育上 責任은 學校가 지는 것으로 생각하나 이것은 學校敎育 萬能만을 생각하는 結果이다.

兒童이 家庭에서 父母를 向하야 驕慢한 態度를 取하며 父母는 아모것도 모르는 人間으로만 아는 傾向이 잇는 바 이것은 父母가 兒童敎育上 全 責任을

‖ **學校에만** ‖ 지윗기 때문에 兒童은 父母를 敎育上 無能者로만 녁이게 되엇다.

아모리 父母가 科學的 常識이 不足하야 學科의 指導는 못할지언정 道德的 敎育의 敎師야 못될 리 업다.

近日에도 자조 經驗하는 바이지만 兒童이 學校에 對한 厭症이 생겨 先生과 父母를 속이고 無故 缺席을 하며 不良少年들과 作伴하야서 公園 等地를 徘徊하며 不良行爲를 하게 되는 原因을 考察하야 보면 父母가 다 새벽 일

---

**39** '改悛식히기가'의 오식이다.

즉 工場에 갓다 어두어서야 歸家하는 勞動階級의 家庭이나 酒店을 經營하는 家庭이나 繼母를 가진 家庭의 兒童들로써 父母가 너무도 兒童의게 等閑하엿기 때문에 發生하는 것이다.

이것은 極貧한 生活과 父母의 無知와 職業의 不選擇이 兒童을 不幸하게 만드는 것이다.

兒童의 父兄을 맛날 때마다 不快感을 주는 것은 兒童에 對한 教育上 責任이 父兄에게는 少毫도 업는 듯이 말하는 그 態度들이다.

그것은 教育에 對한

‖理解性이‖ 업서 그러켓다고 一笑에 붓치고도 십흐나 一年 가도 學校에 와서 兒童에 對한 談話 한마디 업스며 卒業하기까지 兒童의 雜記帳 한번 들처 보지 안는 그러케도 無責任한 心思는 무엇인가? 그러고도 兒童에게 父母의 權利를 行事할 面目이 잇슬는지가 疑問이다.

---

宋昌一, "兒童不良化의 實際-特히 學校兒童을 中心으로 한 私稿(完)", 『조선중앙일보』, 1935.11.13.

兒童에게 참다운 教育을 주랴면 學校와 家庭이 步調를 가티 하여야 하겟다.

그러함에는 父母된 者는 學校教育을 理解하며 教師는 家庭教育의 性質을 研究하야 볼 必要가 잇다.

學校는 一定한 組織下에서 秩序 잇게 規則的으로 教育하지만 家庭에서는 別로 組織的이랄 것이 업시 自然的으로 自由自在의 教育을 주고 잇다.

家庭教育은 學校教育과 가티 强制的이 못 되고 溫和的임으로 조곰만 等閑하면 兒童은 放縱的 態度로 나아가게 된다. 이제 이 두 教育이 兒童을 教育하겟다는 同一한 目的을 가진 以上

‖相互提携‖ 하야 倂進할 必要性을 要하게 되는 것은 不可避의 事實

이다. 兒童이 처음 學校에 入學할 때에는 先生은 全然 兒童心理狀態를 不知하는 關係上 父母가 先生과 會談하야 家庭에서 지나온 經驗을 알리어 줄 것이며 入學한 後 卒業할 當時까지에는 先生이 學校生活에서 본 兒童의 性行을 父母에게 들려주어 將來 兒童을 適當히 指導하도록.함이 緊要하다.

或이 어떤 父兄은 入學 後 五六年 間은 放任的 態度로 지나다가 卒業期를 當하야 中學校에 試驗을 하게 될 때 비로소 先生을 차저와서 自己 子息의 學力, 性行, 素質, 體質 等이 어떠며 무슨 方面을 專攻하여야 適合하겟는가를 뭇는 바 이것은 목말라 우물 파는 格밧게는 될 것이 업다.

이보다도 尤甚한 事情은 六年 間 一次도 兒童의 成績簿는 보지도 안코 그저 工夫를 잘하거니 하고 잇다가

‖ **卒業期에** ‖ 臨迫하야는 成績이 不良함에도 不拘하고 最高의 入學率을 가진 學校에 志願하랴는 慾望만에 불타 덤비는 父兄이 만타는 것이다.

學校와 家庭과의 連絡이 업는 때에는 中間에서 兒童만이 犧牲을 當하고 마는 것이다.

實로 學校, 家庭, 兒童의 三者는 正三角形의 三角關係와도 가티 不可離의 密接한 關係를 가지고 잇다고 하겟다.

이런 것으로 보아 兒童이 不良케 되는 原因은 學校와 家庭의 連絡이 업는 데서 發生케 되는 것이 分明하다.

그럼으로 兒童의 不良化를 未然에 豫防하는 데는 學校와 家庭이 緊密한 連絡을 取하야 每日每日 兒童의 動向을 監察하는 것밧게 더 緊要한 일이 업다.

父母는 家庭生活에 잇서서의 兒童을 硏究할 것이며 先生은 學校生活에 잇서서 兒童의 特長趣味, 性行, 智能, 學習 狀態 等에 對한 周密한 硏究를 하야 卒業 後에라도 個性에 맛도록 上級學校나 職業을 選擇하며 指導하야 주어야 하겟다.

‖ **上級學校** ‖ 를 選擇하거나 職業을 選擇할 때에 잇서서 盲目的으로 하야서는 큰 不幸을 招來한다. 반드시 兒童의 性能과 趣味를 相當히 考慮치 안허서는 不可하다.

# 結言

兒童은 한 개의 人格을 完成하기에는 아직 未成品인 바 이 未成品을 完成品으로 만드는 데는 成人의 손을 빌지 안코는 不可能한 일이라 하겟다.

맛치 材木商店에 잇는 材木들이 어떤 木手의 손에서 어떤 道具로 製作될는지 豫想할 수 업는 것가티 兒童도 指導者의 指導 如何에 따라 各樣의 人物이 될 것이다.

本論에서도 말하얏거니와 兒童이 不良하야지는 理由도 指導의 責任을 진 者가 低劣한 頭腦를 가젓든가 그럿치 안흐면 無責任하얏든가에 달렷다.

"家庭이여! 너는 道德上의 學校니라"고 한 페스타롯치의 말을 알거니와 먼저 家庭에서부터 始作하야 學校에서 그리고 널리 社會的으로 兒童을 愛護하여야만 우리의 家庭社會가

‖文化的으‖로 向上할 뿐만 아니라 모든 方面으로 繁榮 進步를 보게 될 것이다.

英國과 가튼 나라에서는 兒童保護委員 制度가 잇고 米國 가튼 나라에는 訪問敎師가 잇서서 兒童을 個別的으로 監督 敎導하는 機關이 되어 잇다.

그들 委員이나 敎師는 家庭과 學校를 訪問하야 不良性의 傾向이 보이는 兒童이 發見될 때에는 곳 家庭狀況과 兒童의 日常生活狀態 等을 細密히 調査하야 適當한 手段 方法으로 善導하기에 努力함으로 不良兒童의 發生을 防止하고 마는 것이다.

이와 가티 家庭에서 學校에서 社會에서 兒童保護와 敎育에 專心하는 나라의 兒童들은 얼마나 幸福될 것인가!

朝鮮의 父母여! 敎師여! 學者여! 宗敎家여!

純眞하여야 할 우리의 兒童들 中에 不良 少年少女가 輩出할 때 어떠한 眼目으로 對하는가?

兒童을 爲한 社會事業이 薄弱하다거나 兒童을 爲한 遊園이나

‖娛樂場이‖ 업는 것이 痛嘆할 問題가 아니라 우리들에게 兒童을 爲한 熱이 잇는가 업는가가 問題가 된다.

이제부터 우리는 在來의 兒童을 冷待하든 그 態度에서 떠나 좀 더 溫情

味가 잇는 態度로 兒童을 待遇하자! 이것은 우리들의 할 義務 中에 가장 큰 것이라 하겠다.

아모리 우리의 손으로 훌륭한 社會를 만든다 해도 繼承者인 兒童이 不良하고 보면 우리 事業은 水泡로 돌아갈 것이고 功든 塔은 破壞될 것이 아닌가!

成人된 우리들의 兒童時代를 回顧하여 보라. 얼마나한 賤待를 바더 왓는가!

過去에 우리는 못된 因襲으로 억울한 生活을 하얏거든 이제 우리의 後進인 兒童들에게까지 그런 生活을 주어서야 될 일인가!

보라! 一年에도 헤일 수 업시 만흔 不幸한 兒童들이 긔막히는 事情과 父母의 不注意로

‖中途退學‖을 하게 된다.

그들은 果然 엇더케 되는가?

自然 墮落의 구덩이로 굴러 들어 不良한 生活을 하게 되나니 엇지 嘆息과 눈물을 禁할 수 잇겟는가! (一九三五 · 一〇 · 二六 脱稿)

## 李軒求, "톨스토ー이와 童話의 世界", 『朝光』, 제1호, 1935.11.

톨스토이의 八十 一生은 人類에게 現實的 理想社會의 樹立을 爲하야 싸웠다고 論할 수 있을 것이다. 그러므로 그에게 있어서는 一切 人間을 떠난 모든 思想과 行爲는 排擊되었다. 그래서 그의 藝術世界에 있어서 美만을 찾는 純粹性은 極히 嫌惡되어 왔다. 그가 沙翁을[40] 攻擊함도 이러한 見地에서 出發하였다고 볼 것이다. 그러므로 무엇보다도 藝術은 善美一致의 境地가 아니면 안 된다. 同時에 自己享樂的 傾向은 極度로 唾罵하였다. 이러한 藝術的 見解 卽 人間으로서 藝術을 그 生活의 功利的 普遍化의 道具로 보아 왔기 때문에 그의 藝術觀에서는 너무나 지나치는 生硬한 살 냄새와 땀 냄새와 飮食으로 치면 高尙한 料理라기보담도 談笑하면서 스푼이나 뽀ー크 代身 두 손까락으로 집어 먹을 바 日常的 實質的 營養物이다.

이러한 그의 人生觀에서 創造된 그의 童話이매 그것은 實로 '안더ー센'이나 '와일드'와 같은 또는 『千一夜 物語』[41]라든지 南歐의 强烈한 空想的 奔放한 架空的 童話와 같은 藝術性이라거나 空想의 馳騁은 全然 없다. 톨스토이가 童話 또는 寓話 又는 民話를 創作하는 것은 그 어떤 浪漫的 아름다운 꿈의 世界를 想像하야 그 表現에 努力하는 것이 아니요 톨스토이 自身이 생각한 德行의 世界, 더 明確히 말하면 原始 基督教的(이상 368쪽) 信仰世界로 誘導하기 爲하야 — 여기 그의 이르는 바 藝術的 定義 — 意識的으로 어떤 一定한 符號로 그의 感情을 남에게 傳達하야 他人으로 하여금 그 感情에 感染 經驗케 하는 그러한 童話를 創作하는 것이다.

假令 여기서 그의 代表的 童話인 一二를 例로써 든다고 하더래도 「사랑

---

40 '沙翁'은 셰익스피어(Shakespeare)를 달리 일컫는 말이다.

41 『千一夜物語(せんいちやものがたり)』 혹은 『千夜一夜物語(せんやいちやものがたり)』는 『천일야화』 곧 『아라비안나이트』를 가리킨다.

이 있는 곳에 神이 있다」라는 童話에 나오는 '마르친·아보데빗취'라는 구
두쟁이가 自己의 사랑하는 子息을 잃고 宗教와 信仰과 神을 咀呪 侮辱하다
가 다시 聖經을 愛讀해 가지고 모든 貧寒하고도 不幸한 老婆, 少女, 어머
니, 勞動者에게 慈善과 博愛를 베푼다는 것을 본다면 얼마나 杜翁[42] 自身이
信仰의 光明과 偉大를 一般 어린이에게 또는 農民에게 傳達 感染시키랴는
데 全力한 것을 엿볼 수 있다.

元來 杜翁의 童話는 그가 文學世界를 떠나 宗教로 轉向한 以後 그의
모든 信仰的 教理의 著書의 一部로서 이에 着手한 것이매 그의 目的과 意
圖가 實로 意識的으로 그 속에 內包되었을 것은 不可避의 事實이라고 하더
래도 그의 童話가 우리에게 親炙되고 또 感銘되는 그 躍動하는 生命은 어
대 잇는가?

그의 童話는 첫재 勞動禮讚이라는 것이 가장 크다란 生命의 한줄기다.
杜翁의 童話 中 가장 有名한 「바보 이뽠」을 읽은 者면 누구나 다 알 일이어
니와 그는 언제나 말없이 아모 計策도 陰謀도 野心도 私慾도 없는 언제나
愉快하고 素朴하고 單純하면서도 人間善의 光明을 向하야 나아가는 農民
― 무지크를 人類의 最高型으로 믿어 왔다. 여기에 杜翁이 當時 露西亞의
畸形的 大地主의 有閑階級에 對한 積極的 憎惡의 表明이 있다. 그뿐 아니
라 地主 貴族의 階級에서 解放되야(이상 369쪽) 一의 農民으로 自由로 耕作
勞動하기를 一平生 祈願하든 杜翁 自身의 人格化라고도 볼 것이다. 그가
機械的 工業文明을 極度로 憎惡하든 者이매 언제나 終順한 大地와 親하며
大地와 勞動을 生命의 恩人으로 알어 自然에 태여난 대로 人工的 制度文物
에 물들지 않을 先天 善的 人間을 恒常 讚美해 왔다. 더욱이 精神은 그의
童話 「항아리 아료샤」를 읽으면 더욱 分明히 알 수 있다. 가장 못나고 가장
가난하면서도 시키는 대로 服從하며 언제나 말없이 일만 하는 아료샤 단
하나의 結婚을 約束한 女子와도 아버지와 主人의 反對로 말미아마 斷念해
버리는 無言의 實로 悲劇的인 人間, 人間惡이라는 것을 모르고 偶然히 겨

---

42 제정 러시아의 작가 톨스토이(Lev Nikolayevich Tolstoy)(1828~1910)의 음역어이다.

을날 집웅에서 눈 치다가 굴러 떨어저 重傷하야 죽게 되였을 때 그저 물을 찾다가 무엇에 깜작깜작 놀래다가 몸을 쭉 뻗고 죽어 바리는 아료샤, 이 作品이 몬저 이야기한 童話보담은 二十年이나 지낸 뒤 一九〇四年 創作으로 그의 末年은 그가 얼마나 無抵抗에 徹底한 人間相을 探究하며 그 表現에 苦心하였는가 하는 血淚의 자최를 가슴 깊이 感銘할 것이다.

그가 農民- 무지크, 悲慘한 環境에서 貧窮과 싸호는 그들에 對한 超人間的 同情을 여기 一一히 列記할 수 없거니와 그에게는 언제나 土地를 所有하지 못한 農民 그 억세인 勞働力이 새로운 地上의 結實이 못 되는 데 對한 苦悶, 이것이 「바보 이봔」에 가장 完全히 나타나 있다면 그에게 또 한 가지의 커다란 人間 課題는 그들에게 信仰으로써 現世의 不幸과 싸화 나갈 수 있고 거기에서 마음의 救援을 얻게 하자는 것이니 「사랑이 있는 곳에 神이 있다」와 같은 童話는 이것을 意圖한 作品일 것이다. 이 外에도 그의 童話 中에 「사람을 무엇을 해야 하느냐?」라든가 「사람은 얼마의 土地를 要求하는가?」와 같은 直接으로 信仰 又는 農民生活의 現實的 問題를 童話 속에 取扱하였다.

杜翁이 生活하고 있는 當時 帝政露西亞에 있어서는 아름답고 豪華로운 그러한 生活이 到底히 容許될 수 없었다. 너무도 지나치는 現實的 桎梏과 重壓 때문에 그는 童話의 世界에까지 飛躍하는 바 夢幻의 別世界를 그려낼 수 없었다.

다음으로 杜翁의 童話에는 勞働, 信仰의 全體的 問題 以外에 童心世界의 純眞에 對한 極히 敬虔스러운 題材를 取扱해 있다. 假令 「어린이는 어른보담 賢明한 일이 있다」라든가 「어린이를 爲한 이야기」에 나오는 어린이의 世界와 어른의 世界를 對照해 보라. 어린애들끼리의 적은 말다툼은 곧 서로 和解가 되어 바리는데도 不拘하고 어른들의 싸홈은 이 어린애 때문에 생겨 가지고도 싸홈은 싸홈대로 딴판을 차리는 어리석음이라든가 또는 地主階級의 두 어린(五六歲) 남매가 馬車의 故障으로 途中 어떤 가난한 農家에 들어가 그 집 갓난애기가 어머니 젖이 없어 울고 있는 光景에 對해서 두 어린애가 乳母가 따라 주는 牛乳를 먹지 않고 또 먹고 싶지 않어서 마음으로 이 가난한 집에 同情함에도 不拘하고 함께 따라간 乳母는 귀여운 도련님 아씨가 이런 가난한 사람에게(이상 370쪽) 못마땅한 好意와 不平과 걱정 가짐을 異常스럽게 보는 것 等 卽 가난한 者에게는 人間的 善性이 있음에도 不拘하고 所有慾과 地位慾에 腐爛된 階級에 屬하는 成人의 歪曲된 人間性을 暴露하면서 그러나 어린이의 世界에는 서로 붓도아 꽃피랴는 人間의 참된 싹이 눈터 있음을 暗示하야 作者는 끝으로 「이 커 가는 어린애들 將來가 보고 싶다」라고 副演했다. 어기에 勿論 杜翁이 어린애의 마음을 가지지 안는 者는 天國에 갈 수 없다는 基督敎理의 信條에서 오는 것은 勿論이다.

그러므로 그의 童話가 藝術的 薰香이라던지 美의 崇嚴, 또는 優雅한 表現에서 달리 人間의 살어 갈 좀 더 새로히 살어 갈 그 根本的 素朴性이 宗敎的 信仰의 色彩와 生命으로써 빛내게 하랴 했음은 거듭 말할 것도 없으나 이곳에 그의 童話 乃至 藝術의 獨自的 世界가 있는 것이다. 그에게 있어서는 아름다운 貴公子나 王女와 같은 童話의 主人公은 極端으로 미워했다. 몸은 健壯하고 얼골은 못 생겼으되 마음은 갈면 갈수록 光彩가 있고 生命이 넘처 흘을 수 있는 頑朴한 農民, 純眞한 어린애들만이 그의 童話世界에서 生活할 수 있는 것이다. 이런 點에서 그의 童話는 너무도 지나치게 現實的 敎理的 要求가 濃厚해서 兒童의 空想的 探險的 耽美的 欲求를 滿足시키기에 未洽됨이 많다는 非難을 避할 수 없다. 同時에 오늘의 科學文明에 저저진 現在 文化諸國의 兒童에게 普遍的으로 親密性을 가지게 함도 매우 困難하다는 事實도 肯定해야 할 것이다. 그러나 兒童 自身의 世界에 그 生來的인 原始性 또 素朴性, 純眞性에 對하야는 杜翁의 童話가 그들 속에서 마치 그들의 손에 웅켜쥐여진 진흙이나 또는 함부로 자라나는 草花와 같이 가장 健全한 日光으로써 그들의 얼골과 마음속에 포근히 펴지고 살이 되고 힘이 될 것이다. 그는 마치 杜翁이 一生을 일하고 속임 없고 慾心 없는 生活로써 人間的으로 우리와 親和되여짐과 같은 程度에서 우리는 그의 童話를 사랑할 수도 있고 남으래고 또 우리의 第二世에게 傳해 들려줄 수도 있는 것이다.　　─ 끝 ─ (이상 371쪽)

"特選 兒童 讀物", 『조선문단』, 속간 제5호, 1935년 12월호.

| 著者 | 冊名 | 定價 | 送料 |
|---|---|---|---|
| 方定煥 | 사랑의 선물 | 五〇 | 一四 |
| 沈宜麟 | 朝鮮童話大集 | 一〇〇 | 一四 |
| 馬海松 | 海松童話集 | 一〇〇 | 一四 |
| 高漢承 | 무지개 | 四〇 | 一四 |
| 延星欽 | 世界名作童話集 | 六〇 | 一四 |
| 延星欽 | 玉토기 | 九〇 | 一四 |
| 李定鎬 | 사랑의 學校 | 一二〇 | 二二 |
| 李定鎬 | 世界一周童話集 | 六〇 | 一四 |
| 尹白南 | 少年西遊記 | 五〇 | 一四 |
| 申瑩澈 | 世界小學讀本(全四卷) | 四四 | 一四 |
| 별나라 編 | 少年小說六人集 | 二〇 | 〇四 |
| 尹石重 | 잃어버린 댕기 | 五〇 | 一四 |
| 尹石重 | 尹石重 童謠集 | 八〇 | 一四 |
| 鄭淳哲 | 갈닙피리 | 三〇 | 〇六 |
| 沈宜麟 | 實演童話集 | 四〇 | 一四 |
| 金麗順 | 새로 핀 無窮花 | 八〇 | 一四 |
| 새벗社 編 | 어린이 讀本 | 八〇 | 一四 |
| 새벗社 編 | 千一 話 | 八〇 | 一四 |
| 劉道順 | 少年 沈淸傳 | 五〇 | 一四 |
| 李城路[43] | 어린이나라 | 三〇 | 〇八 |

## 京城府 嘉會洞 一二七

# 朝 鮮 文 壇 社

振替 京城 二四五五八番

---

43 이학인(李學仁)의 필명이다.

南夕鍾, "一九三五年 朝鮮兒童文學 回顧－附 過去의 朝鮮兒童文學을 돌봄", 『아이생활』, 제10권 제12호, 1935년 12월호.

一. 머릿말

편즙 선생의 부탁하신 것은 一九三五년 조선아동문학 총평을 써 달라는 것이었으나 우연한 기회로 시골에 당분간 와 있게 된 관계상 편즙 선생의 청을 완전히 응할 만한 재료(材料)가 구비(具備) 못 되어 一九三五년 조선아동문학 회고란 제목으로 미비하나마 쓰게 되었음을 먼저 양해(諒解)해 주시기 바랍니다.

본래 문제의 내용이 대인 잡지에 적합된 것이지 어린이 잡지에는 성질이 맞지 않은 것이므로 나는 되도록 평이(平易)하게 쓸려고 노력(努力)한 것은 물론이요 아동문학연구가 혹은 어린이 여러분에게 一九三五년 조선아동문학은 어드런 경향(傾向)을 가지고 어드런 분들이 활동하였으며 어드런 기관이 있어 아동문학을 조장(助長)했는가를 참고(參考) 삼아 이야기해 보려고 아는 데까지는 내가 느낀 바까지는 내가 본 데까지는 힘썼다는 것을 먼저 이야기하여 둡니다.

一九三五년 조선아동문학을 회고(回顧)하기 전에 과거에 있어서 조선아동문학이 어드런 과정을 밟으며 발달되어 왔으며 어드런 분들이 어떻게 활동하였는가를 잠간 이야기해 볼 필요가 있는 줄 생각하고 있읍니다.

二. 과거 조선 아동문학을 돌봄(過去 朝鮮兒童文學을 回顧함)

나는 작년 五월에 「조선과 아동시」(『朝鮮日報』 所載)[44]란 제하(題下)에 조선문단의 권위자(權威者) 춘원(春園) 이광수(李光洙) 씨가 쓰신 글 "우리는 현재에 가진 것이 별로 없기 때(이상 28쪽)문에 모든 것을 지금 자라나는 아동에게 바랄 수밖에 없는 것을 통감(痛感)하여야 할 것입니다. 우리가

---

44 남석종의 「朝鮮과 兒童詩－兒童詩의 認識과 그 普及을 爲하야(전11회)」(『조선일보 특간』, 34.5.19~6.1)를 가리킨다.

현재에 있는 모든 힘을 아동을 잘 기르고 가르치기에 바치리라는 대결심을 하여야 할 것입니다.

조선의 아동은 가정에서 제 방도 없고 지위(地位)도 없고 사회에서는 아동을 위한 유희장(遊戱場), 음악(音樂), 문학(文學)도 없고 있는 것이란 어른의 작난감과 꾸지람과 속임과 따림과 시험(試驗)의 공포(恐怖)라고 할 형편이다"를 인용(引用)하야 적은 일이 있는 것이 생각납니다.

사실에 있어서 조선은 모든 기관에 있어서 모자라는 점이 많은 것은 일일이 다 헤아릴 수 없는 것입니다. 이렇게 조선은 어른들의 기관이 완비된 것이 없으므로 아동의 것은 물론 뒤떨어지며 부족 되는 점이 많을 것은 사실입니다. 그러므로 따라서 아동문학의 발달이라든가 그 현상(現象)은 유치(幼稚)하기 짝이 없는 것입니다.

조선의 신문학(新文學)=어른들의 문학=이 발달하게 된 지는 불과 몇 십 년의 짧은 역사가 있을 뿐입니다. 따라서 그 밑에 속된 아동문학은 자연히 여지없이 발달할 기회를 얻지 못하고 있는 것입니다. 조선의 아동문학은 그 시작이 최남선 씨가 주재하신 『소년(少年)』[45]이란 잡지로부터 시작되었다고 볼 수 있읍니다. 물론 당초에는 완전한 아동문학 잡지가 아니었다는 것은 알어 주십시요. 아동문학이 차차로 발달되어 조선의 방방곡곡에 아동 잡지가 흩어저 아동들의 손에 대개 잡지가 한 권식 쥐여지게 된 때 즉 아동문학의 활발한 발달기를 그곳에 적어 놓는다면 一九二七년서부터 一九三一년도 사이라고 볼 수 있읍니다. 이때는 각 신문 아동면도 상당히 아동작품을 대우했고 아동문학연구가들이 많이 나타난 것입니다.

이때에 아동잡지로는 『새벗』, 『학창(學窓)』, 『어린이』, 『별나라』, 『소녀계(少女界)』, 『소년계(少年界)』, 『종달새』, 『신소년(新少年)』, 『백두산(白頭山)』, 『아이생활』 등 여러 가지 잡지가 많이 발행되었고 이때에 아동문학연구가들을 이곳에 잠간 열거(列擧)해 보기로 합시다.

---

45 『少年』은 1908년 11월 신문관(新文舘)에서 최남선(崔南善)이 창간한 청소년 잡지로 1911년 1월 통권 23호로 종간하였다. "編輯 竝 發行人 崔昌善"은 최남선의 형이다.

이정구(李貞求), 이해문(李海文), 곽복산(郭福山), 승응순(昇應順), 최봉화(崔鳳化), 윤석중(尹石重), 윤복진(尹福鎭), 고장환(高長煥), 태재복(太在福), 성경린(成慶麟), 이병하(李炳夏), 강순겸(姜順謙), 채규철(蔡奎哲), 허수만(許水萬), 유도순(劉道順), 한정동(韓晶東), 목일신(睦一信), 현동염(玄東炎), 이동규(李東珪), 정상규(鄭祥奎), 이원규(李元珪), 신재향(辛栽香), 염근수(廉根守), 김준홍(이상 29쪽)(金俊洪), 한해용(韓海龍), 이동찬(李東贊), 백지섭(白智燮), 채규삼(蔡奎三), 손풍산(孫楓山), 박세영(朴世永), 박인범(朴仁範), 이주홍(李周洪), 김병호(金炳昊), 최병화(崔秉和), 엄흥섭(嚴興燮), 안준식(安俊植), 양재응(梁在應), 이정호(李定鎬), 김태오(金泰午), 연성흠(延星欽), 이구월(李久月), 방정환(方定煥)

등 제씨가 활약했다고 생각납니다. 그리고 이 시대에는 서울에 〈조선동요연구협회(朝鮮童謠硏究協會)〉가 있어서 해마다 『조선동요선집(朝鮮童謠選集)』을 발행할 계획이었으나 二七년과 二八년 두 해에 건너 발행되고 중지되고 말었으나 이 시대의 한 가지 특색을 적어 보면 아동문학 부분에서도 동요와 동화가 제일은 부분을 점령(點領)했든 것입니다. 그리고 이때엔 모모 한 지방지방에서는 문학 소년소녀들이 모이여 아동문학 연구단체를 서로 다투며 조직했든 것입니다. 함흥(咸興), 안변(安邊), 신고산(新高山), 석왕사(釋王寺), 성진(城津), 금천(金泉)[46], 진주(晉州), 부산(釜山), 개성(開城), 신의주(新義州), 평양(平壤) 등지였읍니다. 그리고 이때에는 각처에서 철필잡지(鐵筆雜誌)가 굉장히 유행되어 아동문학에 대한 소년소녀들의 향상열(向上熱)은 말할 수 없이 컸읍니다.

이 시대는 말하자면 조선아동문학사상 발달 초기 부흥시대였다고 일카를 수 있읍니다.

그러나 창작열(創作熱)은 퍽으나 미약(未弱)했읍니다. 어느 나라 문학사를 우리가 들처 보드래도 보는 바와 같이 이때는 외국작품의 번역(飜譯)

---

46 '金泉'은 경상북도에 있는 도시로 "김천"으로 읽는다. 황해도 "금천(金川)"과 혼동하기도 하나, 한자 표기가 다르다.

이 많았는데 이때의 번역출판물(飜譯出版物)로서는 고긴빗, 고장환(高長煥)[47] 씨의 노력이 제일 컸다고 볼 수 있읍니다.

이때의 아동문학은 자연성장기(自然成長期)를 탈하야 경향파(傾向派)들의 작품이 융성하기 시작된 때이었다고 생각할 수 있읍니다. 이렇게 조선 아동문학은 말할 수 없이 한때는 성왕했으나 아동잡지의 그 수효가 줄어지고 아동문학에 붓을 들든 사람들은 대개 어른문학으로 전향을 해 버리는 분들이 많아 근자에 이르러서는 아동문학연구가라고 특별히 이름을 붙일 만한 분이 몇 사람이나 되느냐 하면 대답하기에 주저치 않을 수 없는 형편인 것입니다. 대인문단에 있어서도 생활 골란으로 인하야 숨어 버리는 문인이 많지만 아동문학단에도 이러한 현상이 있을 뿐만 아니라 더욱이 아동문학을 연구하든 사람들이 속히 자태를 감추고 마는 원인의 큰 한 가지를 이곳에 적어 보면 조선에서 아동문학을 가지고 씨름 치는 사람은 대개가 년소(年少)한 사람으로 문학에 취미를 갖게 된 초보자(初步者)들이 많다는 것이요 둘재로는 대인문단 문인도 완전한 대우를 못 받고 있으므로 아동문학(이상 30쪽)을 연구하는 사람을 대우할 만한 것이 없음이요 따라서 일반이 아동문학을 하는 사람은 멸시하는 경향이 많다는 것일 것입니다. 이것은 과거로부터 현재를 통하야 보드래도 별다름이 없이 꼭 같은 현상을 일으키고 있는 것이라 하겠습니다. 어른 문단의 부진(不振)은 자연히 아동문학의 부진을 초래(招來)하는 영향(影響)을 갖게 되는 것이니 그 원인(原因)은 일일이 들 수(枚擧) 없다 할 것입니다.

### 三. 一九三五年 朝鮮 兒童文學 回顧

#### 가. 前言

조선의 아동문학이 앞에서 말한 바와 같이 발달되기 시작한 역사도 짧은 것이요 따라서 한 때의 부흥시대의 현상을 일으키고 난 뒤는 점점 쇄퇴(衰退)하기 시작되어 자연이 그의 연장(延長)으로서의 一九三五년 조선아동

---

47 "고긴빗, 고장환(高長煥) 씨의 노력이"와 같이 쉼표를 넣어 표기하고 있어 "고긴빗"과 "고장환" 두 사람으로 오해할 수 있으나 이는 옳지 않다. 고장환의 필명이 "고긴빗"이기 때문이다.

문학은 극도(極度)로 피폐(疲弊)의 현상을 이루웠다 할 것입니다. 다음 一九三五년 조선아동문학의 활동은 어떠하였는가 일단의 보고로서 이 글을 달리고저 합니다.

## 나. 兒童雜誌와 新聞 兒童面에 對하야

아동문학을 조장하는 한 큰 기관은 아동잡지와 신문 아동면일 것입니다.

어른들의 작품도 작품이려니와 어린이들의 작품을 많이 발표할 기회를 줄 수 있으므로서일 것입니다. 간혹 신문 학예면에 아동문예에 대하야 이론을 전개시키는 때도 있기는 있으나 아동문학에 대한 이론이라고는 참으로 얻어 보기 어려운 조선문단의 정세(情勢)이오니 참으로 한심스럽습니다. 그저 아동잡지와 각 신문 아동면에다 동화나 동요나를 실려서 아동들에게 읽힐 뿐인 현상이니 아동문학연구가들의 그 연구심이 너무나 빈약하다는 것을 알 것입니다.

그러면 조선 안에서 一九三五년에 아동문학운동에 조금이나마 도움을 준 것은 무엇무엇인가 통틀어 말하자면 『소년중앙(少年中央)』, 『아이생활』, 『아이동무』, 『고향집』, 『신아동(新兒童)』 등이라고 볼 수 있는데 그중에 『고향집』, 『신아동』은 一二호 발행했을 뿐이요 그중에 좀 힘이 있다는 『소년중앙』은 팔월에 휴간되고 말엇으니 과연 적막한 조선 아동잡지계의 一九三五년이라 안 할 수 없읍니다.

아동잡지가 적은 반면에 각 신문사에서 좀 더 아동문예를 장려하야 실리고 따라서 아동들에게 읽힐 기회를 많이 주었으면 좋으련만 『중앙일보』가 조간(朝刊) 아동면에다가 아가차지 동화 동요를 매일 번가라 계속하야 실리고 『동아일보』는 매 일요일에만 어린이특집이라 하(이상 31쪽)야 아동들에게 지면을 제공(提供)하고 『조선일보』는 간혹 번역동화를 실릴 뿐이였읍니다. 특히 『조선일보』는 우리가 주목하는 세계 동화가 안델센의 사후(死後) 六十주년을 기념하기 위하야 안델센특집으로 하루 지면을 제공하게 된 것을 깊이 기억하고 있습니다. 『동아일보』 매 월요일 어린이특집에 소설가 이무영(李無影) 씨가 애기네소설[48]이라는 명칭을 붙이고 집필한 것은 매우 좋은 것이라 볼 수 있읍니다. 그 반면에 『중앙일보』에 매일 나타나는 아가차지는[49] 너무 평범하야 그 내용이 그리 시원한 것이 없으므로 좀 더 고려하야 발표할 필요가 있다고 생각합니다.

### 다. 三五年에 活動한 作家를 봄

三五년에 조선아동문학을 위하야 활동한 분들은 어드런 분들인가 알어보기로 합시다.

동요방면에는

윤석중(尹石重), 목일신(睦一信), 박영종(朴泳鍾), 김태오(金泰午), 김성도(金聖道)

동화방면에는

모기윤(毛麒允), 최봉측(崔鳳則), 최인화(崔仁化), 원유각(元裕珏), 김상덕(金相德), 이영철(李永哲)

소년소설 방면에는

정우해(丁友海), 이구조(李龜祚), 이문행(李文行), 김규은(金圭銀)

기타 방면에 조금식이라도 집필하시고 계신 분은 박태원(朴泰遠), 이원규(李元珪), 송창일(宋昌一), 방인근(方仁根), 김소운(金素雲), 양재응(梁在應), 김영수(金永壽) 씨 등이라 할 수 있는대 대개는 퇴보 과정을 밟어 가는 듯한 경향을 가진 것이어서 더 바릴 것 없는 비진보(非進步)적인 작가가 많었고 산듯하고 진보적인 작가를 몇 사람 발견 못한 것만은 퍽으나 섭섭한 현상이었읍니다. 그리고 신진 동요작가로서는 강승한(康承翰), 배선권(裵先權) 씨 등이 활동하였다고 보겠읍니다.

### 라. 其他 兒童文學運動에 對하야

一九三五년도에 있어서 아동문학운동에 노력한 단체로는 〈조선아동예술연구협회(朝鮮兒童藝術硏究協會)〉일 것입니다. 기타 단체들도 다소간의 활동이 있었으나 명목뿐의 단체뿐이어서 라디오 방송 기타로 조금조금

---

48 이무영(李無影)이 『동아일보』 1935년 5월 26일자 「이뿌던 닭」을 시작으로 1935년 12월 22일자 「둘 다 미워」까지 매 일요일(日曜日)마다 "어린이 日曜" 난에 연재한 것을 가리킨다.
49 『중앙일보』는 『조선중앙일보』를 가리키며, '아가차지'는 '아기차지'의 오식이다.

활동뿐이었읍니다.

금년도에 있어서는 아동문학에 관한 출판물이란 하나도 없었읍니다. 동요집이나 동화집 한권이 발행 못 된 것은 퍽으나 유감으로 생각하는 바입니다.

一九三五년 아동문학은 완전히 퇴화(退化) 과정을 밟은 현상이라고 말하지 않을 수 없읍니다.

전세계에 예술교육이 고창되어 그 운동에(이상 32쪽)야 고심하고 있는 터인데 조선에서는 어드런 꿈도 안 꾸고 있으니 이 어찌 세계문화를 함께 호흡하는 조선문화현상이라 할 수 있을 것입니까?

어른문단의 부진을 일소시키는 것이 급선무일 것이니 아동문학과 함께 어떻게 하면 이 모든 난관(難關)을 돌파할 수 있을는지 힘써 연구해야겠읍니다.

아동독물(兒童讀物)이 과거 현재를 통하야 몇 책 없는 현상이니 조선 쩌-나리즘계에 큰 공헌이 있고 크다란 권위를 잡고 있는 민간 신문사 측에서는 힘써 한 해에 몇 권식이라도 발행하야 주기를 요망하야 마지안는 바입니다.

참으로 무슨 리유로 각 신문사에서는 아직 아동독물에 관한 서적을 발행 안 했는지 의심 안 할 수 없다.

다른 사업에는 여러 가지로 희생을 하면서도 이 방면에는 조금도 힘드리는 기색이 뵈이지 않음은 우리로서는 가히 웃지 않을 수 없으며 그에 대한 사업을 일일이라도 속히 조금식이나마 노력해 주기를 바라는 바입니다. 기타 여러 가지로 이야기할 말이 많지만 이것으로 끝말을 겸하야 탈고하기로 합니다.

—— (十一月 五日 平康에서) —— (이상 33쪽)

## 申鼓頌, "兒童文學 復興論-兒童文學의 르네쌍쓰를 위하야(一)", 『조선중앙일보』, 1936.1.1.

一

兒童文學 理論의 缺如- 이것은 近者 朝鮮에 있어서 痛切히 느끼어지는 問題이다. 이 理論의 缺如가 있는 곧에 오늘과 같이 兒童文學의 創造的 實踐의 不振이 있는 것은 當然한 일이다. 實踐은 理論이 있는 곧에서 內容이 豊富해지고 理論은 實踐으로 말미아마 潤澤해지는 것이다. 이 兒童文學의 寂寞을 깨트리고 兒童文學의 豊年을 다시 마지할 수는 없을까? 兒童文學의 '르네쌍쓰'를 朝鮮의 文壇에다 일어킬 수는 없을까? 이것이 筆者가 여기서 생각해 보랴는 主眼點이다. 이 兒童文學의 不振은 最近의 特殊한 事情의 推移에도 있으리라. 朝鮮文壇의 薄弱한 性格, 卽 그 早老性에 말미암도 많으리라. 筆者는 이 모든 點을 過去를 回想하면서 成人文壇과 關聯하여 가며 또 다시는 지금의 兒童敎育 問題에도 빛우어 가며 追究해 보려 한다. 朝鮮의 兒童文學의 文藝復興을 惹起하자는 크고도 機微에 맞는 野心을 가지면서 더 묵은 初創時代에까지는 올라가지 않으리라. 朝鮮의 兒童文學에도 新興이라는 一語로 表現할 수 있는 새로운 潮流가 생긴 뒤에부터 最近의 閑散해진 때까지를 回顧하여 보련다. 어느 나라를 不問하고 兒童의 生活形態가 成人의 生活에 隷屬되어 있는 資本主義的 形態에 있어서는 兒童文學이라는 것은 언제나 獨自的 體系가 서기 前에 그 나라의 成人文壇의 直接 動向의 反影을 받으며 그 社會의 兒童敎育 理論에서 功利的인 養分을 汲取하는[50] 것이다.

朝鮮에 있어서도 兒童의 生活에 두 가지의 形態가 있는 것은 그들의 生活이 成人의 社會生活에 隷屬되어 있다는 것으로 能히 짐작할 수 있는 것이오 兒童은 現實生活에서 隔離된 天眞한 存在가 아닌 것을 말하는 新興兒

---

50 '汲取'라는 단어가 없으므로, "吸取"의 오식으로 보인다.

童文學運動이 일렀건 늦건 그때에 일어난 것은 極히 自然한 일이었다.

이 社會에 있어서는 獨自的인 兒童文學 理論의 體系가 서는 것이 아니고 指導的 道標가 서는 것이 아니라 그러기 때문에 一九二八, 九年을 前後하야 新興 氣分의 兒童文學이 朝鮮에도 發生된 것이 ××의 文學的 活動의 反影이오 더 朝鮮의 社會運動의 推移의 反影이엇든 것이다. 그리고 또 지금이 그러하다. 新興文學의 陣營이 崩壞된 以後로 宗敎的 兒童文學과 敎育的 兒童文學 그리고 新聞紙에 실리는 小市民 兒童의 生活을 그린 文學만이 盛行되고 있는 것을 보아도 짐작될 것이다.

過去의 兒童文學 作品을 『불별』(童謠集), 『少年小說七人集』[51] 그리고 『별나라』 『新少年』 等에서 더듬어 보건대 過去의 新興文學이 政治主義的 深淵으로 기어들어 갓다는 後期의 一面보다도 아즉도 自由主義와 人道主義의 境界를 完全히 넘지 못하고 氣分的 戲述에 머물러 있는 乞人文學이라고나 惡名을 붙일 수 있는 初期의 一面을 많이 본받고 있었다는 것을 알 수가 있다. 勿論 兒童文學과 組合少年部와 結付시키자는 政治的 性格의 露現도 뵈이었으나 그것은 極히 稀少하였다. 大體로 보아 初期的 不完全 粗雜 藝術的으로 아즉 洗練되지 못한 이러한 形容詞로 表現할 수 있는 作品들이라고 볼 수 있었다.

兒童文學의 內容이란 成人文學의 그것과 달라서 兒童心理學이 가르치는 思考의 能力이라던가 心身의 發育程度라던가에서 어느 程度의 制肘받는[52] 것이기 때문에 兒童은 成人의 未完成品이라는 事實에서 兒童文學은 成人文學의 未完成品 乃至 文學者로써 成長期에 있는 사람의 述作이라고 決코 볼 수 없는 것이오 兒童文學 그 自體로써 人格完成과 特殊性을 要求하게 되는 것이다. 그러기 때문에 兒童文學의 製作에 있어서는 成人文學과

---

51 『(푸로레타리아童謠集)불별』(중앙인서관, 1931), 『少年小說六人集』(신소년사, 1932)을 가리킨다.

52 글자 그대로 풀이하면 제약과 만류를 당한다는 뜻이 되겠으나 우리말에 이런 단어가 없어, "팔굽을 당긴다는 뜻으로, 간섭하여 마음대로 하지 못하게 함을 비유적으로 이르는 말"인 "掣肘"(철주)라는 단어의 오식으로 보인다.

다른 制限이 있다. 또 童謠라는 一 形式을 들고 보아도 成人의 詩에 있어서와 같이 言語의 技巧化 思索의 錯雜을 담을 수 없고 思想의 露出도 할 수 없다. 兒童의 世界觀의 限界 속에서 童謠라는 凝縮된 詩의 形態 속에 兒童의 生活을 그리는 대는 相當한 困難이 橫在하고 있는 것이다.

이러한 兒童文學의 非容易性에서 얼마쯤 過去의 兒童文學의 非優秀性을 辯護할 수도 있다.

---

申鼓頌, "兒童文學 復興論－兒童文學의 루네쌍쓰를 위하야(二)",
『조선중앙일보』, 1936.1.3.

最近의 兒童文學을 살펴보건대 極히 그 寂寥를 알 수 있다. 過去에 發行되든 雜誌『新少年』『별나라』가 自由한 立場에서 中間的인 色彩를 가젓든 『어린이』가 不振하며 『少年中央』이 休刊하고 말았고 基督敎에서 經營하는『아이생활』이 宗敎的 安全地帶에서 何等의 暴風雨에도 遭遇하지 않고 있으며 『兒童世界』에서 『新兒童』으로 올머 간

**朝鮮民謠** 日譯 詩人 金素雲 氏의 編輯인 것이 普通學校 兒童을 顧客으로 하고 當局의 援助로 하야 그대로 運命을 延長하고 있다. 그리고 日刊 各 新聞의 日曜欄 乃至 家庭欄을 割與하여 내는 兒童欄이 比較的 前日보다는 精選된 作品을 실리고 있다. 이 定期的 出版物 以外는 前記『아이생활』에서 낸 基督敎臭 나는 田榮澤 氏의 童話集을 除外하고는 單行本의 出版을 보지 못하였다.

最近에 와서 깊이깊이 兒童에게 親密의 度를 加하고 있는 强大한 國家的 文化機關인 '라듸오'의 어린이時間을 보건대 今年 正月 以降 十一月 末까지 九十二回의 童謠, 七十八回의 童話, 四十四回의 兒童劇 放送 記錄을 가지고 그 外 兒童音樂 雜放送 等을 除하면 거의 三日만에 한번식이라는 時間을 許與하고 있으나 그 放送者 或은 團體를 보건대 모두가 그때그때의

放送을 하기 위하야 臨時로 모둔

**團體幽靈**가 大部分이오 放送된 것의 內容을 보아도 淸新한 創作이란 極少數요 '마니아와세'[53]로 그때그때의 꾸며낸 것과 묵은 것을 다시 추켜들고 나온 것이 大部分이다.

이러한 多方面의 不振은 모두가 兒童文學의 理論的 道標가 없음이 가장 큰 原因이 된다. 『新少年』『별나라』의 두 進步的 雜誌가 나오지 못함은 큰 損失이고 兒童文學의 創作的 領野가 狹少하야진 것만은 事實이나 이러한 兒童 出版物의 稀少가 兒童文學 理論의 缺乏과 相關하는 것은 아니다. 그러면서도 兒童文學에 對한 理論的 方面은 最近 全然 돌보지 않고 있으니 이 原因 究明은 곧 兒童文學의 文藝復興을 招致하는 대 도움이 된다.

二

朝鮮에 있어서는 兒童文學의 理論的 方面만이 내버려져 있는 것이 아니고 創作方面에 있어서도 돌보아지지 않고 있다. 成人文壇에 있어서 一家를 形成하고 있는 사람으로써 兒童文學의 創作을 하고 있는 이가 얼마나 있느냐. 손쉽게 兒童雜誌를 들고 보아도 文壇的 地位를 높은 곳에 가진 사람은 傳記나 訓話나 隨筆 같은 것이나 編輯者의 請托을 괄세할 수 없어 몃 줄 쓰는 사람이 있지 創作欄은 모두가 文學少年으로부터

**兒童文學**에서 자라 文壇으로 발을 옴겨 오랴는 사람들이 찾이를 하고 있다.

이것은 무엇을 意味함인가. 作者에게 對한 報酬의 有無도 關係가 있을 것이지만은 朝鮮文壇의 早老性이 여기에 歷歷히 나타나 있다고 할 수 있다.

作家가 兒童文學을 創作하지 안는다는 것은 그들의 誠意의 不足으로 責할 수 있는 것이고 質的으로 低劣한 조선의 兒童雜誌에 文學少年의 일홈에 끼어 作品을 發表하기가 아름답지 못하다는 그들의 紳士心에 同情할 바도 된다. 事實 朝鮮의 兒童雜誌는 質的으로 低劣하기 짝이 없이 그 編輯 內容은 거의 讀者나 文學少年의 것으로 판을 짜는 셈이어서 作家가 이러한

---

53 일본어 'まにあわせ〔間に合(わ)せ〕'로, "급한 대로 대용하는 일. 임시변통"이란 뜻이다.

일홈과 同列에 參列하기는 그다지 반가운 노릇은 아니다.

---

### 申鼓頌, "兒童文學 復興論 ─ 兒童文學의 누네쌍쓰를 위하야(三)", 『조선중앙일보』, 1936.2.5.

成人文壇에 進出하려는 野心으로 이제까지 從事하던 兒童文學을 내던지는 것은 朝鮮文壇의 弱한 一面인 早老症을 完全히 傳承하고 있는 것이오 雜誌 編輯者가 讀者를 過大히 優待하는 것은 早老症을 促成하는 것이오 文壇의 作家가 兒童文學을 돌보지 안는 것도 早老症의 一 徵候라고 할 것이다.

李無影 氏의 所謂 "아기네小說"[54]이라는 것을 日曜마다 『東亞日報』에 내고 있었는대 그 內容에 있어서는 다른 項에서 이야기하기로 하고 中堅作家로서 李 氏의 그 兒童文學의 力作은 아주 意義 깊은 것이라고 할 수 있는 것으로 李 氏의 이 擧事가 永續하기를 바라며 또 『朝鮮日報』學藝部의 計劃인 世界童話集을 各 外國語의 專門 研究家와 作家 諸氏의 動員으로 刊行되는 것도 좋은 企圖라고 하겠다.[55]

兒童文學을 全然 文學少年의 손에서 剝奪하여서는 않 된다. 이것을 培養해 가면서 旣成作家가 兒童文學에 손을 대이자 이것이 兒童文學을 質的으로 向上하는 좋은 方法의 하나이다. 兒童文學의 貧困과 衰弱을 건지기 위하야 旣成作家의 눈은 兒童文學의 世界로 돌리어저야 할 것이다. '디겐스' '스티븐스' '와일드' '스트린드 밸크' '톨스토이' '르나르'[56] 等等 枚擧할 수 없

---

**54** 이무영(李無影)이 『동아일보』 1935년 5월 26일자 「이뿌던 닭」을 시작으로 1935년 12월 22일자 「둘 다 미워」까지 매 일요일(日曜日)마다 "어린이 日曜" 난에 연재한 "애기네소설"을 가리킨다.

**55** 『世界傑作童話集』(조광사, 1936)을 가리킨다. 장혁주(張赫宙) 외 14인이 각 2편씩 총 15개 국 30편을 수록하고 있다.

이 모다 大少의 不朽의 兒童 讀物을 쓰지 않었는가.

三

　朝鮮에 있어서는 極히 少數인 멧 割을 除하고는 大部分이 貧農과 勞働者의 子弟가 兒童이란 部分을 構成하고 있다. 李無影 氏가 그리고 있는 "아기네소설"의 "경재"란 아이의 생활을 中心으로 하고 나오는 이야기라던가 요즈음 흔히 各 新聞紙의 兒童欄에 三號 乃至 四號 活字로 실여지는 童謠와 스켓취 같은 것이 가진 內容은 一般 朝鮮兒童의 生活에서는 極히 經驗할 수 없는 幸福한 스페-스에 屬하는 것이다. 決코 朝鮮兒童의 一般의 雰圍氣에서는 그러한 明朗한 風景이라던가 터저 나오는 듯한 따뜻한 幸福感에 저지어 있는 生活이라던가 來日에 對한 樂觀的인 展視라던가가 許與되여 있지 않다. 날로 어두어저 가는 오늘의 空氣 아레 따뜻한 人間味와 肉親의 사랑에까지도 굼주릴 때가 많은 오로지 光明의 배푸림을 받지 못하는 오늘의 農村의 少年이 아닌가. 都市의 無産兒童이 아닌가. 그들은 學校에를 가도 거기에는 그들의 머리 위에 눌려 있는 어떠한 힘의 德澤으로 날 때부터 지저귀어 오는 그들의 조상에게서 받은 오즉 하나인 ×××의 使用까지 ××기고 있지 안는가. 그뿐인가 納入하지 못한 ××× 때문에 날로 몇 번이나 울며 校門을 나오지 안는가. 집에를 돌아가 봐도 거기에 家庭的인 아모 光明도 없고 生活에 困憊된 肉親의 사랑도 그들에게는 가물에 비같이밖에는 쏘다지지 안는다. 이것은 決코 空想的인 이야기의 가운대 나오는 場景도 아니고 이것이 現實이고 그들의 生活이다.

---

56 영국의 찰스 디킨스(Charles Dickens, 1812~1870), 영국의 스티븐슨(Robert Louis Balfour Stevenson, 1850~1894), 아일랜드의 오스카 와일드(Oscar Wilde, 1854~1900), 스웨덴의 아우구스트 스트린드베리(Johan August Strindberg, 1849~1912), 러시아의 톨스토이(Lev Nikolayevich Tolstoy, 1828~1910), 프랑스의 쥘 르나르(Jules Renard, 1864~1910) 등을 가리킨다.

申鼓頌, "兒童文學 復興論 – 兒童文學의 누네쌍쓰를 위하야(四)",
『조선중앙일보』, 1936.2.6.

朝鮮兒童의 生活的 現實의 究明은 오늘 筆者가 비로소 試하는 것이 아니다. 朝鮮의 少年運動이 여기의 歷史的 提示를 하고 있다. 그러나 往往히 兒童의 文學에 있어서는 兒童에게 空想的인 空間을 許할 수 없는 것같이 생각되어 兒童의 空想을 現實에서 遊離시키려 한다. 兒童의 空想은 그것이 荒唐無稽한 대로 다리고 갈 것이 아니라 創造的 現實에로 導引하여야 할 것이다. 이 空想이 兒童을 現實이란 진흙 가운대서 遊離하야 第二의 世界에다 隱蔽하려는 文學이야말로 反動的인 兒童文學이다. 脚色된 幻像으로 '스크린'에서 兒童의 生活을 볼 것이 아니라 '프리슴'을 通하야 分光된 속에서 兒童의 現實生活을 보아야 할 것이다.

社會組織이 다른 나라에 있어서는 兒童의 生活의 形態가 成人의 生活 形態에 隷屬됨이 없이 새로운 組織과 形態를 가지고 있다. 그리하야 새로운 兒童的 現實이 展開되며 여기에서마니 兒童의 空想力이 合理的으로 創造的 生活에로 轉導되여 가고 있다. 그러나 우리들의 사는 社會組織에 있어서는 正히 그 反對로 成人의 生活은 그대로 兒童의 生活에 反影되며 暗黑한 오늘의 朝鮮의 一般的 兒童文學家들이다. 그들은 家庭의 雰圍氣는 兒童의 氣質 우에 絶對의 影響을 주어 沈鬱한 氣質이 形成되여 간다.

兒童文學에 있어서 兒童生活의 取扱을 어떻게 하여야 할 것인가. 이것은 일즉이 우리가 多少 論한 바이고 兒童을 天眞爛漫하다는 높은 壇 우에 모시어 올려 兒童文學을 獨立한 體系 우에 세우랴는 兒童文學論은 批判되여 兒童世界에도 두 가지의 다른 生活形態가 分立되어 있다는 것을 말하여 왔다.

兒童文學은 어디까지든지 그 兒童文學이라는 形式 가운데서 오늘의 成人文壇에서 뵈이고 있는 모든 動向 그대로 받어 간다. 오늘의 朝鮮의 進

步派 文學의 動勢가 그 組織體를 잃어버리고 自由한 立場에서 文學的 活動을 하게 되어 兒童文學에 있어서도 이것의 反影이 必然的으로 나타날 것이다. 이것은 社會的 情勢의 兒童文學에의 反影인데 이 社會情勢의 趨移의 反影을 반겨 하지 않는 이들이 오늘의 反進步的 宗敎的 兒童文學家들이다. 그들은 兒童의 超現實化만을 圖謀하면서 얼마나 兒童敎育과 兒童文學上에 社會問題와 政治問題의 變動을 反影시키고 있는가를 보지 못하고 있다.

筆者의 여기에서 말하려는 要點은 兒童文學의 取材를 現實에서 하라는 대 있다. 一般的인 朝鮮的 現實은 무엇인가. 富裕層 乃至 小市民層의 兒童生活의 그것이 아니고 農村의 貧農 兒童의 生活 都市의 下層에 있는 勞働者의 兒童의 生活이 朝鮮兒童 總數의 八割을 占하고 있다는 數字的인 데서 보아도 朝鮮兒童의 一般的 生活이라고 보아야 한다. 여기에 朝鮮兒童의 現實生活이 있다. 오늘의 成人文壇에 있어서 進步的 寫實主義가 文學的 方法으로써 새로운 文學創造의 가장 優秀한 道標가 되어 있어 이 進步的 레아리슴이 方法으로 決定된 뒤로 文學에 있어서 創造的 精神이 높아저 文學의 內容이 豊富해지고 取材가 廣汎하여서 世界的으로 進步的 文學의 飛躍的 勝利를 보아 있다. 兒童文學에 있어서도 이 進步的 레아리슴을 方法으로 하므로 하야 兒童文學의 文藝復興은 正當하게 일으켜질 것이다.

## 四

以上에 있어서 筆者는 위선 本論을 끄치려고 하는대 다음 機會에 또 再論하기로 하고 兒童文學의 文藝復興을 招致하기 위하야 두 가지의 方法으로 첫재 旣成作家의 兒童文學에의 參加에 依하야 兒童文學의 質的 向上을 圖謀할 것과 다음 文學의 內容을 豊富하게 하기 위하야 兒童의 現實生活에서 取材할 것을 말하였다.

끝으로 兒童文學 作家들 諸氏에게 待望의 數言을 쓰려 한다.

恒常 유모러스하고 諷刺的인 兒童文學을 得意로 하던 宋影 氏 兒童文學에서 자라 兒童文學을 지키던 李東珪 氏 또 金旭 洪九의 諸氏는 오래동

안의 流離生活[57]에서 버서 나왔으니 새로운 意氣로 우리의 兒童文藝運動
에 參加할 것이다.

## 申鼓頌, "兒童文學 復興論 — 兒童文學의 루네쌍쓰를 위하야(完)", 『조선중앙일보』, 1936.2.7.

늘 꾸준히 童謠에 精進하던 朴世永 氏 多角的인 才質을 가진 李周洪
氏 南國的 情熱을 가지고 노래하는 梁昌俊 氏 새해부터는 다시 兒童文學에
로 그 創造的 力量을 傾注하여 주기 바란다.

十年一日같이 童謠에 精進하여 朝鮮의 童謠壇에 크다란 足跡을 남기고
그리고 끝없는 才質을 뵈여 주고 있는 尹石重 氏 또 氏와 好一對로 한결같
이 童謠創作에 努力하는 尹福鎭 氏는 언제나 小市民的 兒童의 詩歌를 制作
하지만 말고 卽 現實한 童謠를 내여놓아 이 兒童文學의 르네쌍스에 參加하
기를 期待한다.

李無影 氏는 그 좋은 着意를 '경재'와 그 周圍의 사람들에서만 取하지
말고 廣汎한 取材의 對象을 視野에 놓는다면 氏의 지금의 良心的 態度는
一層 더 明白히 表示될 것이 아닌가.

그 外 지금 盛히 創作을 하고 있는 분은 ──히 그 일홈을 들지 않어도
새해의 文藝復興運動에 그대로 參加한 것으로 볼 수 있다.

海外文學派의 諸氏는 海外의 兒童文學을 飜譯 紹介하는 것으로 이 새로
운 機運에 參加해 주어야 할 것이다.

過去에 兒童文學의 理論을 쓰든 이들도 다시 默默한 蟄居에서 일어나
兒童文學 理論의 再建設을 努力하자. 筆者도 新年부터는 그동안 中斷하

---

[57] 이른바 "신건설사(新建設社) 사건"으로 1934년 5월경에 검거가 되어 1935년 12월 집행유예
로 풀려났던 것을 가리킨다.

였던 童謠와 兒童劇의 創作을 繼續하는 同時에 兒童文學의 理論을 硏究하련다.

兒童文學의 文藝復興을 위하야 우리는 새해에 많은 期待와 野心을 가지고 諸氏에게 부르짖는 바이다. 이 運動을 積極的으로 살리기 위하야 輿論을 일으키어 줌을 極히 바라는 바이며 새로운 方法을 提唱해 주어야 할 것이며 이 運動의 가장 큰 母胎가 될 出版物의 參加가 있어야 될 것이다.

## 金陵人, "레코-드 一年間 回顧, 朝鮮 레코-드의 將來(一)", 『조선중앙일보』, 1936. 1. 1.[58]

### 朝鮮 레코드界의 一年間 回顧

이곳에서는 朝鮮 레코드의 全般 回顧를 草함이 讀者의 바랄 바이리라. 그러나 이 全般 回顧의 稿를 쓴 일이 아직까지 前例가 없었기 때문에 그 "처음"을 唐突이 함은 어마어마한 일이요 또 文獻의 詳考가 실수를 避하여야 될 일임에 이것은 後期로 미루고 이곳에서는 乙亥 一年間의 朝鮮 레코트界의 새로운 傾向을 가장 槪括的으로 敍述해 보려고 한다. 즉 새로운 傾向 새로운 事實만을 取扱하기 때문에 作品의 個別的 批判 藝術家의 移動 等 같은 問題는 一切 言及치 않기로 하엿다.

그러면 지난해 一年 동안에 朝鮮 레코트界의 새로운 事實은 무었이였든가.

一. 各社 新民謠 製作 競爭
二. 各社의 巡廻 演奏 盛行
三. 新 레코드 會社의 出沒
四. 言論界의 레코-드界 接近
五. 敎育 레코-드 出現

그 重要한 것으로 以上 다섯 가지를 들 수 있다.

### 各社의 新民謠 製作 競爭

吾人은 일즉이 本社(『朝鮮中央日報』) 面을 通하야 朝鮮 레코-트界의 流行歌는 新民謠 中心으로 그 傾向이 바꿔지리라는 것을 豫言한 일이 있었다.

남빛 하날 알에 누른 땅 우에는 우리의 民謠가 無盡藏으로 감추어 있다

---

58 '金陵人'은 승응순(昇應順, 昇曉灘)의 필명이다.

는 것을 敍述한 일이 있었다.

朝鮮의 멜로디 朝鮮의 情緒는 가장 朝鮮 사람의 感情과 符合하고 다시 朝鮮 사람의 感情을 涵養할 수 있다는 것을 말함이 있었다. 그뿐 아니라 朝鮮의 民謠의 그 獨特한 香氣와 淸雅 幽遠한 旋律은 世界에 比類가 없다는 것은 두말할 餘地도 없었다.

果然 지난해 一年 동안에 조선 레코-트界의 民謠 生産率은 그 尨大한 바 있었고 民衆의 이것의 迎合 傾向은 놀라운 바가 있었다.

그런데 各社의 民謠生産에 있어서는 두 가지 方法이 있었으니 한 가지는 在來에 있는 것을 때를 벗기고 혹을 털어 새로운 光彩를 낸 것이요 또 한 가지는 새로히 朝鮮情緒를 얽거 創作한 것이다.

前者의 한 가지 例로는 別個 靑春歌였으니 이것은 오케ー 레코-드와 포리돌 레코-드 두 곳에 나온 바 오케ー에서는 愼淑[59] 孃 吹込에 朝洋樂 伴奏로 되여 「南道 靑春歌」라고 나왔고 포리돌에서는 鮮于一仙[60] 孃 吹込에 洋樂 伴奏로 「新二八歌」라 稱하야 나왔다.

---

金陵人, "레코-드 一年間 回顧, 朝鮮 레코-드의 將來(二)", 『조선중앙일보』, 1936.1.5.

## 朝鮮 레코드界의 將來

---

59  1916년 경상남도 거창(居昌)의 뼈대 있는 가문에서 서출(庶出)로 태어나 권금주, 이선유, 유성준에게 수업을 받았다. 「농부가」, 「동풍가(東風歌)」, 「진도아리랑」, 「고고천변(皐皐天邊)」 등이 콜럼비아, 빅타, 오케 레코드에 전한다. 해방 후 여성국악동호회, 대한국악원 산하 국극사(國劇社)의 이사로 재직하였고, 1982년 타계하였다.

60  '鮮于一扇'의 오식이다. 1918년 평안남도 대동군(大同郡)(혹은 1919년 3월 5일 평양 또는 용강군(龍岡郡)) 출생으로 권번(券番)에서 기생교육을 받은 뒤 포리돌 레코드, 빅타 레코드, 태평 레코드 등에서 음반을 발표했다. 「꽃을 잡고」, 「조선팔경가」는 대중적인 인기가 많았다. 해방 후 북한에서 민요 관련 일을 하다가 1990년에 타계하였다.

무릇 如何한 事物의 將來觀을 敍述하려 할 때 그 將來를 悲觀視하는 例는 極히 적은 것이다. 朝鮮 레코드의 將來는 特히 樂觀을 容許하는 바이다.

첫재 量으로 보아 問題 없이 增大됨을 알 수 없으니 그것은 朝鮮 사람들의 레코-드에 對한 認識이 점점 더 높아가고 늘어 갈 것이요 또 레코드의 利用方式이 擴大됨을 따라 蓄音機 레코드는 一部의 娛樂物的 役割을 完全히 脫出하야 生活의 必需品으로 될지니 레코드의 需用量은 앞으로 늘어만 갈 뿐이라고 본다.

그러나 레코드의 質的 傾向은 어찌 될 것인가? 勿論 凱旋되고 向上될 것이며 淨化될 것이다. 웨냐하면 이제부터 社會 側의 注意가 깊어질 것이며 需用者의 레벨도 向上될 것이며 製作者의 良心도 머리를 처들리라고 보기 때문이다. 언제까지나 俗衆의 低級趣味만 迎合하면 어찌될 것인가. 製作者는 모름직이 大衆의 리-더가 되어야 한다. 리더-란 大衆의 追從者가 아니다. 大衆의 앞잡이다. 그리고 한 거름 나가서 善良한 리더-가 大衆의 앞잡이가 되어 大衆을 억지로 끌고 나가는 것이 아니고 大衆과 손잡고 노래하며 춤추면서 앞으로앞으로 높은 데로 높은 데로 引導해 가는 것이다. 吾人은 將來 製作層에서 이런 模範的 리더-가 많이 나오기를 翹望하야 마지않는다.

이제 部署를 引하야 朝鮮 레코-드 作品의 將來 質的 改善될 點을 論하려 한다.

一. 吹込 藝術家
二. 作詞
三. 作曲
四. 劇作品
五. 舊謠

以上과 같이 重要한 大部門을 分類하고 以下 次例를 좇아 論及하려 한다.

## 一. 吹込 藝術家

吹込 藝術家라 하야도 이것을 두 層으로 分類할 수 있으니 高級盤 레코-드의 藝術家와 大衆 레코드의 藝術家가 있으며 高級盤 레코-드의 藝術家는 朝鮮에서는 玄濟明, 李寅善, 鄭勳謨, 蔡善葉, 桂貞植 等 最高 音樂家들로 되어 있으므로 이곳에서는 論할 餘地가 없고 이곳에서 오로지 論及하려 하는 바는 大衆盤 吹込 藝術家다. 그런데 大衆盤 藝術家 中에도 特別技術과 素養을 쌓는 部門 가령 말하면 舊謠 部門이라든지 僧의 念佛이라든지 昌德宮 雅樂 等屬이라든지 —— 에 屬한 吹込者는 이것을 除外하고 이곳에서는 流行歌와 創作民謠 部門에 屬하는 所謂 레코-드會社 專屬歌手와 劇部門에 屬하는 所謂 레코-드會社 專屬俳優를 論하려 한다.

그런데 事實에 있어 近來에 흔히 레코-드 藝術家라면 前記 兩 部門 藝術家를 指稱함이 될 만큼 이들이 中心勢力을 잡고 있으며 絶對多數의 數爻를 占하고 또한 絶對多數의 '팬'을 가지고 있는 것이다.

選者, "新春文藝 選後感(六)", 『동아일보』, 1936.1.10.[61]

## 六. 童話

이번 應募된 童話는 百五十餘 篇이엇다. 그 量에 잇어서 적지 안헛다는 것은 童話에 對한 關心이 前보다 强하다는 것을 證明하는 바이다.

그런데 그 半分은 童話에 對한 理解와 眞心이 없는 一時的 懸賞應募라고밖에 解釋할 수 없다. 그 外 半分은 적잔흔 理解와 努力이 보이엇으나 大概는 寓話요 古談이 만헛다. 勿論 이에서도 取材할 수 없다는 것은 아니나 보다는 우리가 期待하는 것은 童心이 보이는 어린이들의 實生活의 美談이라든가 情緖라든가 學力에 依한 어린이의 世界를 그려냄이엇다.

엄트는 어린이들의 마음속에서 이러나는 疑問의 世界, 그들이 呼吸하는 特異한 世上의 生活, 그들의 童眼에 빛나게 發見되는 새 宇宙를 우리는 그리지 안흐면 안 될 것이다. 그런데 이번 應募에는 그야말로 "옛말"을 옛말 그대로 써내 노흔 것이 多部分이오 또 그러챤흔 것도 거이 童心을 일흔, 어린이의 實生活을 잊어버린 作品이 만헛다.

그中에 當選된 「날아다니는 사람」[62]은 가장 優秀한 作品이라고 본 것은 새로운 世界를 發見한 어린이의 마음을 가장 眞實하게 表現한 까닭이라고 할 수밖에 없다. 「새빨간 능금」[63]도 어린이의 實生活의 一面을 如實히 그렷다. 하나 끝으로 나려가면 빈틈이 보인다.

금년에는 보다 더 나흔 作品이 繼續하여 나오기를 바라는 바이다.

---

61 「新春文藝選後感(전8회)」(『동아일보』, 36.1.4~12) 중 아동문학과 관련된 6회와 8회(完)를 옮겼다.

62 1936년 신춘문예 당선 동화인 노양근(盧良根)의 「날아다니는 사람(전9회)」(『동아일보』, 36.1.1~10)을 가리킨다.

63 1936년 신춘문예 동화 부문 가작 당선작인 임원호(任元鎬)의 「새빨간 능금(전3회)」(『동아일보』, 36.1.5~10)을 가리킨다.

選者, "新春文藝 選後感(完)", 『동아일보』, 1936. 1. 12.

## 八. 童謠와 作文

童謠는 詩歌 中에는 篇數가 제일 만헛다. 그러나 쓸 만한 것은 몇 篇 되지 못하엿다. 首席으로 當選된 申錫熙 君의 「조각달」은 조흔 童謠임에는 틀림없으나 단지 餘韻이 없는 것이 흠이엇다.

二等 當選 其一의 金德在 君의 「무서운 밤」은 아기를 잠재우는 노래로는 참하게 되엇으나 그뿐이엇다. 그러고 二等 當選 其二의 崔靈珠 孃의 「불이야」는

불이야
불이야
건너산에 불이야
가마귀집 다타고
까치집에 붙는다

라는 것으로 十一歲 少女의 作으로는 놀랄 만하다. 이것은 지으려 하여 지어진 것이 아니요 그 少女의 童心과 詩魂이 스스로 움지겨져 이 한 篇을 偶然히 이룬 것이리라. 單純하고 素朴하고 餘韻이 잇고 어른으로서는 엿볼 수 없는 그 무엇에 選者는 끌린 것이다. 選者는 일즉이 가마귀집을 본 일이 없다. 그러나 이 作者는 나에게 불탄 가마귀집을 눈앞에 보여주엇다. 다만 너무 單純한 까닭에 當選의 首位에는 두지 못하엿다. 佳作 姜應松 君의 「손까락 꼽으며」는 才勝한 것이 흠이엇다.

兒童物 中의 童謠를 말한 김이니 여기서 作文에 對하야 한마디 더 하 겠다.

作文 當選 韓次順 孃은 將來가 크게 囑望되는 少女인 것이 이번 應募作 品 「편지」와 「病」에서 充分히 證明되엇다. 「편지」는 首席으로 當選이 되

고 「病」은 選에 들지 못하엿으나 그것은 「病」이 作品으로 떨어진다 해서
가 아니라 실상 韓次順 孃은 쓰면 쓰는 대로 다 當選될 만한 솜씨를 가지
고 잇는 것같이 보이므로 두 篇 中에서 한 篇만을 選에 너코 次席은 다른
사람에게 사양하도록 한 것이다. 「病」은 어느 機會에 紙面에 실려 보려
한다. 여기서 韓次順 孃의 父母 되시는 분에게 부탁하고 싶은 것은 次順
孃으로 하여곰 文學 方面으로 나가게 하라는 것이다. 그리 된다면 장차
그 一家의 幸만 아닐 것을 選者는 믿는다. 作文 次席 林一男 君의 「할머니
생각」도 조흔 作品이다. 佳作 趙興元 君의 「까치」와 宋在福 君의 「내가
만든 스케이트」도 다 조흔 作品이엇다. 이 兩君은 같은 學校이오 또 여러
가지 點에서 그들의 學校에 作文의 조흔 指導者가 잇음을 推測할 수 잇엇
다. 반가운 일이다.

×　　　×　　　×

以上으로써 新春懸賞文藝 選後感은 끝내면서 이번 當選者 諸氏에게 앞
으로 더 조흔 作品을 만히 내어 주기를 바란다.

崔仁化, "編輯童心", 『童話』, 창간호, 1936년 1월호.

제가 그동안 아이생활社에서 일을 보다가 지난 十一月부터 그만두고 이 아동잡지 『童話』를 시작합니다.

그러나 저는 아이생활社와 아조 관계를 끈코 십지는 안습니다. 아이생활社는 나의 母校요 나의 恩人입니다.

★

어떻게 하면 우리 조선 어린동무들에게 기쁨을 주고 용기를 주고 지혜를 주는 정서교육의 가치가 있는 귀한 잡지를 어린동무들이 자기 돈으로 사 볼 수 있도록 갑싸게 재미있게 꾸며 낼 수가 없을까 하시는 여러 선생님들의 뜻깊은 말슴을 듣고 여러 선생님께서 지도하시는 대로 해 보고저 하는 일편성심을 받칠 뿐입니다.

★

이 일을 시작하기는 延禧專門學校 敎授로 게신 鄭寅燮 先生님께서 책임 있는 編輯顧問으로 허락하심과 조선문학운동의 지도자이신 李光洙 先生 田榮澤 先生 金東仁 先生 朱耀翰 先生 朱耀燮 先生 方仁根 先生 李泰俊 先生 裵德榮 先生 金泰午 先生 朴恩惠 先生 尹石重 先生 金福鎭 先生 毛麒允 先生 金東吉 先生 任英彬 先生 丁淳哲 先生 이외 여러 선생님께서 每月 책임지고 執筆하여 주시기로 허락하심과 또는 이 아동문화 사업에 큰 뜻을 품으신 平壤 平安工業社 社長 金烱振 先生께서 무제한의 資金 후원으로 새 힘을 얻어 이 일을 시작합니다.

★

여러 선생님의 은혜를 무엇으로 갑허야 할 지 모르겟습니다. 이 잡지를 위하여 수고하시는 여러 선생님게 드리는 감사는 저만 드릴 감사가 안인가 합니다. 여러분께서 행여 잡지 대금이라고 다문 얼마라도 보내시면 저는 그것으로 몬저 여러 선생님의 성의의 만일이라도 갚는 적성을 표하고 오로지 본지 발전만을 꾀하야 여러 독자의 사랑을 아울러 갚고저 합니다.

여러분께서도 본지 대금을 보내실 때 이 마음과 이 정성으로 보내신다면 이 사업은 조선에 제일 큰 사업이 되고 제일 귀한 사업이 될 줄 믿습니다.(이상 27쪽)

SS生, "朝鮮 童謠界의 昨今과 展望 – 昨年 作品의 總評을 대신하여", 『아이동무』, 제4권 제2호, 1936년 2월호.

## 一. 머릿말

조선의 아동잡지 『아이생활』 『아이동무』 『고향집』을 주로 하여 이 글을 초하는 바이다. 각 신문 학예면에 적지 않은 동요도 실렸다 할 것이나 섭섭하게도 현 수준(現水準) 이하의 작품이 대부분이여서 빼여 버린다.

「조선 동요계의 작금과 전망」이라는 큰 문제를 내여걸었으나 일즉이 이런 큰 시험이 없었든 나로써는 글의 책임을 무겁게 느끼는 바이다. 그저 작년도 작품의 총평 삼아 몇 줄 써 보려 한다.

그리고 또 말하는 것은 작가의 평가를 겸하게 되는 나에게 용서함을 달라는 것이다. 원체 우리 아동문단이 빈약하니까 이러한 일이 있는 것이다. 더(이상 18쪽)러 성인문단(成人文壇)에서 문제 되여 오는 일이고 앞으로 아동문단에도 이런 문제가 이를 줄 믿어 말하는 것이다.

## 二. 작년도의 작가들

작년은 습작가(習作家)가 많이 나온 일 년이였다. 이제 『아이생활』, 『아이동무』 『고향집』에 노래 쓴 이들을 적어 보자.

먼저 윤복진(尹福鎭) 김태오(金泰午) 목일신(睦一信) 강승한(康承翰) 윤석중(尹石重) 박영종(朴泳鍾) 김명선(金明善) 씨 등의 동요 작가와 한 사람의 시인(詩人)으로써 동요계에 힘쓰신 림연(林然) 장정심(張貞心) 씨 외에 습작가로서 장인균(張仁均) 한상진(韓相震) 홍월촌(洪月村) 배선권(裵先權) 양승란(梁承蘭) 리문행(李文行) 최영일(崔影一) 현영해(玄泳海) 우봉익(禹鳳翊) 리강세(李康世) 홍석동(洪汐童) 김요섭(金要燮) 지상렬(池相烈) 엄달호(嚴達鎬) 김옥분(金玉粉) 리찬옥(李燦玉) 황명애(黃明愛) 씨 등을 들 수 있다. 그리고 이 밖에 금파(錦波) 전덕인(全德仁) 강소천(姜小泉) 씨 등의 활약도 적지 않았다고 보는 것이다.

그런데 작년도에 활동한 기성 동요작가의 작품들이나 신진 습작가의 작품이 모도 한결같은 형식과 내용에서 한 거름도 뛰여나지 못하고 도리여 퇴보한 자최가 뚜렷이 보혀 마지아니하니 심히 유감된 일이라 하겠다. 윤복진(尹福鎭) 씨의 작품은 구작(舊作)에게 떨어졌으며 김태오(金泰午) 씨의 동요(이상 19쪽)도 촌보의 발전도 없었고 김명선, 박영종 씨 등의 작품도 새로운 방향을 전개하지 못하엿다.

그리고 윤석중(尹石重) 씨의 작품은 퇴보에 퇴보를 거듭한 것들이었다.

작품의 질(質)로는 도저히 기성인에게 비교가 되지 못하나 량(量)에 있어서 신진들의 활동은 그리 적막하지 않았다고 볼 수 있으며 특별히 각 아동잡지 독자문예란이 례년에 비하여 번창하여서 습작가들의 동요 생산(童謠生産)을 많이 보좌하였다.

신진 습작가로써 장인균, 한상진, 양승란 등이 매우 유망하다고 볼 수 있으나 아직 진실한 동심을 묘사하기에는 먼 거리에 그 펜 끝이 놓여 있으며 홍월촌, 강소천, 김옥분[64] 등의 작품은 동요라고 일커르기에는 자연치 못하다고 할 수 있다. 자세히 말하자면 홍월촌은 너무 지나친 기교적(技巧的) 형식에 붙들리여 있으며 강소천은 비동요적인 형(型)과 내용을 쓰고 있고 김옥분은 너무 단명하게 쓰고 시적(詩的)으로 쓴다. 장인균이 가장 기대되며 량승란도 기대되나 아직 확정한 동요관(童謠觀)이 없고 리문행은 신진 습작가들이 범하기 쉬운 모작(模作)에 너무 기우러졌다. 다음으로 김요섭, 우봉익, 리강세, 현영해 등의 노력하는 자최는 뚜렷이 보이나 진보가 적음을 볼 때 유감된 일이라겠다. 요컨대 이들 신진 습작가에게 반드시 다작다독(多作多讀)과 참된 길에서의 노력이 있어야 할 것이다. 그러나 아직 세련(洗練)을 느(이상 20쪽)끼나마 이들에게서 가작을 볼 수 있었으니 장인균의 「모닥불」(『고향집』 십이월호)과 양승란의 「허재비」(『아이동무』 십월호)와 김옥분의 작품들이었다. 홍석동의 「밤」(『아이생활』 이월호)도 아름다운 노래였다.

---

64 '김옥분(金玉粉)'은 김영일(金英一)의 필명이다.

## 三. 신년의 전망

례년과 같이 금년에도 각 신문 학예부에서 동요를 모집하였다. 금년에 신문사의 신춘문예(新春文藝)에 당선되는 작품(동요)는 대개 소학교 어린 생도들의 습작품(習作品)이 아니면 글자 한 자 어긋뇌지 않은 표절품(剽窃品) 등이였는데 금년에도 『동아일보(東亞日報)』에 당선된 신석희(申錫熙)의 「조각달」이나 김덕재(金德在) 최령주(崔靈珠) 등의 동요가 전자에 속한 것이며 『조선중앙일보(朝鮮中央日報)』에 당당히 일등 당선된 강성구(康成九)의 동요 「물오리」[65]는 나에게 그 원고가 있는 박영종의 「개고리」(『고향집』 창간호)를 꼭 닮은 노래이니 한심한 일이다. 문제에 탈선된 감이 없는 배 아니지만 한 가지 간절히 말하는 것은 유식한 고선자(考選者)를 택하는 것이다. 하구 많이 발표되고 매달 뒤니어 쏟아지는 노래를 모조리 읽으려면 너무나 동요게와 떨어저 있는 이들이 선한 감이 있으니 마땅히 생각할 것이다. 재작년인가 전에 『동아일보』에 일등 당선된 정철히(鄭喆熙) 이렇게 기억된다 — 의 「보스랑눈」[66]은 『조선소년동요집』(朝鮮少年童謠集)엔가에서 도적하여 온 것이 아니였든가. 그 고(이상 21쪽)선자는 조선동요를 아는 사람, 현 우리 아동문단을 리해하는 이가 하여야 할 것이다. 그는 우리의 노래를 읽어야 할 것이다.

왜 신춘문예에 당선된 동요와 선자의 문제로 드느냐 하면 신문 학예면에 나타나는 동요라는 것이 너무나 젖비린내 나는 것들이기 때문이다. 그렇다고 다 그렇다는 것이 아니다. 대부분이 이에 속한다는 말이다.

구진 작가의 노력이 보잘것없는 현 동요게 현상(現象)에 반하야 치기가 있고 세련이 없으며 또한 리듬과 내용에 결점이 있으되 발랄(潑溂)한 노력

---

65 강성구(康成九)의 「물오리」(『조선중앙일보』童謠 一等 당선작, 36.1.1)의 원문은 다음과 같다. "포독포독 물오리 렬을주어라/연못물에 별님이 떨어졌구나/까록까록 물오리 우는 꼴봐라/손꾸락이 불어서 별을못줍지//" '렬을주어라'는 문맥상 '별을주어라'의 오식으로 보인다.

66 정희철(鄭熙喆)의 잘못이다. 당선동요 「보스랑눈」(『동아일보』, 34.1.6)의 원문은 다음과 같다. "눈, 눈,/보슬 눈/밤에도 보슬/낮에도 보슬/눈, 눈,/사브랑 눈/어제도 사쁜/오늘도 사쁜/내일도 오구/모레도 오구/눈허재비 만들게/작고작고 오너라//"

으로 꾸준히 애쓰는 신진들을 볼 때 저윽히 빛나오는 앞날을 상상하여 볼 수 있는 것이다. 내가 말하지 않아도 당연한 리치(理致)지만은 무엇보다도 우리 아동문학의 민족적(民族的) 공헌이 있게 됨과 따라서 그 발전과 높은 수준으로의 향상함은 쩌날리즘의 힘이 아니면 아니 된다. 일즉이 아동예술의 선각자(先覺者)들이 이 길을 개척하기에 노력하여 왔고 지금도 노력하는 이들이 많지만 아직도 너무나 이 방면에 랭정(冷靜)한 언론기관(言論機關)과 단체를 볼 때 한심스럽기 짝이 없다. 다른 사업도 사업이려니와 무엇보다도 한심스러운 우리 아동문단의 피폐를 누구보다 먼저 선각하야 일하기를 간구한다.

례년보다 많은 습작가가 나오고 또한 민중적(民衆的)으로 동요라는 것이 다소간 리해되였으며 동요의 수용자(需用者)들인 어린이들이 많어짐은 (이상 22쪽) 기쁜 일이다. 그러나 피폐할 때로 피폐한 현상(現狀)을 벗어나려면 무엇보다도 먼저 쩌날리즘과 작가가 긴밀한 관게를 더 새롭게 해야 할 것이며 이를 지지(支持)하는 독자(수용자)들의 힘이 커야 할 것이다.

그리고 작가로써 출발하려는 습작가들을 보면 대개가 모작(模作)을 많이 하고 있다. 심지어 야구우정(野口雨情)이라든가 기타 외국작가의 글을 그대로 번역하고 창작연(創作然)하는 이가 있으니 삼가야 할 일이다. 습작가라는 이가 모다 그렇다는 것이 아니지만 매우 이런 일들이 많음을 볼때 유감된 일이다. 그뿐 아니라 타작(他作)을 그대로 옮겨 놓는 일이 많으니 한심스럽다. 빛나는 동요의 새 길은 정도(正道)에서 노력하는 참된 창작(創作)에서 싹틀 것이다. 이 새 봄을 마지하여 굳건한 창작에 길에서 작가나 습작가가 애써야 될 것이다.

四. 맺는말

하여튼 작년의 동요게는 피폐에 극도에 달하였다. 동요집 한 권을 제대로 발행하지 못한 일년이였다. 그러나 과거의 자연생장기(自然生長期)를 지난 현하의 우리 동요게는 차차 작가들의 리알한 붓끝으로 말미암아 우리네의 생활에서 자조 노래의 취재를 하게 될 때 참된 방면으로 커 가는 것이니 기쁜 현상이다.

일천구백삼십이, 삼년경『신소년(新少年)』『별나라』등의 색다른 잡지를(이상 23쪽) 비롯하여『어린이』를 통하여서 밀물처럼 쏟아저 나오든 자본주의(資本主義)에 대한 맹목적 항거(盲目的 抗拒)의 작품들이 이제는 찾어볼 수 없고 오직 우리의 생활과 그 환경의 자극에서 즉 설음과 한숨에서 굳센 결심을 비저내는 노래와 기쁨의 웃음에서 쾌활한 감각을 일층 새롭게 하는 노래를 지케 되는 것을 볼 때 심히 기쁜 일이다.

우리네의 성인문학에 있어서도 창작방법(創作方法)에 대한 론의가 교차(交叉)되고 있지만은 또한 우리 동요게에도 이와 같은 론의가 거듭해야 할 것이다. 나는 여기에 한 가지 어리석은 제의(提議)를 하고 싶다. 즉 참된 동요는 리알리즘(寫實主義)에 닦인 붓끝을 요구하지 않느냐고….

×

그리고 순서가 바뀌였지만 일즉이 동요게에 가작(佳作)을 내여놓든 임원호(任元鎬)는 동화게로 전향(轉向)한 듯하며 정윤히(鄭潤熹)는 이따금 작품을 보여줄 뿐이다.

촉박한 시간에 쓰노라고 문장(文章)이 조잡하여졌다. 우리네의 아동문학 여기에도 우리 동요게가 새봄을 마지하는 대로 무럭무럭 질로 량으로 두 방면이 함께 커 가는 일천구백삼십륙년이 되기를 바라며 탈고(脫稿)한다.

(부기. 이 원고를 쓰고 나니『조선중앙일보』의 당선동요「물오리」가 취소되였다 한다.)[67] (이상 24쪽)

---

67 「當選取消」(『조선중앙일보』, 36.1.7)에 의하면 "이번 童謠 一等 當選 康成九 君의 童謠 『물오리』는 東京서 發行하는 少年雜誌『고향집』創刊號(二十九 頁)에 실린 朴泳鍾 氏의 童謠「개고리」를 題目만 고치어「개고리」를「물오리」라고 한 것이기 玆에 當選은 取消합니다. 本社 學藝部 白"이라고 밝히고 있다.

## "新年計劃 – 朝鮮兒童藝術研究協會", 『신동아』, 1936년 1월호.

行이 言보다 앞서기를 願하는 本會로서 아직도 먼 新年을 앞두고 計畫이
이러니저러니 하고 떠들고 싶지는 않다. 더욱이 아직 具體的으로 案을 짓
지 못한 只今에 있어어 新年計畫을 말하기는 더 어렵다.

그러나 過去에 計畫했다가 못하면 앞으로 꼭 하고 싶은 일들을 그 아웃트
라인이나마 여기에 發表하므로써 社會 諸氏의 關心과 期待를 밟어 本會로
서는 그 計劃 實踐의 義務感이 더 强해지는 同時에 新年度 事業에 進展이
있기를 바라서 몇 가지 말하려 한다.

本會은 其 會名이 代言하고 會의 目的이 말하는 바와 같이 兒童藝術에
關한 基本敎養을 研究하며 其 普及에 努力하는 것을 目標로 하고 事業計畫
又는 運行을 하는 것이다.

그러므로 兒童藝術에 聯關된 諸 部門 — 童謠, 童話, 童舞, 童劇 等 —
은 다 研究 普及 範圍 內에 들어 있다.

이 目的을 實行함에 있어서는 첫재로 關心하는 듯 重視하는 듯하(이상
96쪽)면서도 아직 無關心 輕視하는 社會 一般 及 家庭에 對하야 兒童敎養
에 있어(兒童生活에 있어) 兒童藝術의 必要性을 提唱하야 其 實現을 促
進시키려는 것과 둘재로 兒童 自身들에게 期會 있는 대로 實踐하여 生長
하는 새싹에 도음을 주려는 것이다.

以上으로 基本的 目的과 兩 相對를 말했거니와 다음에 좀 더 具體的
項目을 지어 新年에 뜻하는 바를 말하면 이렇다.

(1) 過去에 몇 번이나 計畫했다가 不成한 全朝鮮兒童懸賞童謠童話大會
를 今年에 期於히 일우어 볼련다.

(2) 적어도 一年에 四次 童謠童話大會를 開催하야 이것을 普及 할련다.

(3) 期會 있는 대로 – 어린이날만 말고 – 兒童藝術에 關한 講演會를
해 보련다.

(4) 라디오를 通하야도 꾸준히 童謠 童話 童劇을 研究 發表하련다.

(5) 會員 各自의 作品 硏究 發表.

其他 數種 計畫이 더 있으나 아직 發表를 그만둔다.

끝으로 以上의 計畫이나마 夢想 空想이 되지 말고 期於히 今年에는 일우어지기를 바라며 끝인다.　　　　—끝—　(이상 97쪽)

## 李雪庭, "(日評)危機를 부르짖는 少年文學", 『조선중앙일보』, 1936.2.19.

오늘의 少年文學은 實로 마즈막 죽음을 손꼽아 기다리는 病든 老人과 같다.

昨年 봄만 하드라도 『별나라』『少年中央』『新少年』그리고『어린이世界』等等이 發刊되어 衰退하야 가는 우리 少年文學을 支持하고 死守하고 있었으나 여름철로 들어스면서부터는 十餘 星霜을 두고 가진 困難과 가진 쓰라림을 물리치고 쌓어 놓은 少年雜誌들이 간다온단 말도 없이 하나式 둘式 자최를 감추워 버렸다.

五六年 前만 하드라도 少年文學 全盛時代라고 이르리만큼 되나 못되나 數種의 少年誌가 이곳저곳에서 머리를 들고 일어나 市場에 나타났고 우리들의 품에서 따나질 않었었으나 五六年을 지난 오늘에는 某 機關인 『××××』만이 市場 한복판을 占領하여 가로 놓였을 뿐이다.(九月 上旬의 東京에서 金英一 氏 主幹으로『고향집』이 創刊되드니 十二月의 第二號를 내인 채 近日 아-모 消息이 없다.)

이 衰退하여 가는 아니 滅亡의 길로 滅亡의 길로 발을 띠여 놓고 있는 것을 두 눈을 멀건이 뜨고 바라다만 봐야 올른가 그렇지[68] 않으면 팔를 거더붙이고 滅亡의 길로 차츰차츰 드러가기 始作하는 少年文學을 바로잡어 놓고 支持해 나가야 될 것인가. 果然 두 눈이 보얗게 멀고 두 귀가 까-막케 먹어서 보지도 못하고 듣지도 못하고 들어 앉기 前에는 이 問題를 討議해야 되고 바로잡어 농와야[69] 할 것이 우리들의 任務이고 先覺者들의 義務가 않일가!

---

68 '그렇지'의 오식이다.
69 '놓와야'의 오식이다.

**南基薫, "(日評)兒童劇과 放送團體", 『조선중앙일보』, 1936.3.10.**

近來에 와서 童劇 放送 數가 늘었으며 이 反面에는 眞正한 兒童藝術을 위하여선지 何如間 童劇 團體도 雨後竹筍과 같이 날날이 激增하여 감을 볼 수가 있다. 이는 生覺하면 兒童藝術 發展上 慶賀할 일이라 하겠으나 때로는 너무나 奇怪하고도 웃으운 童劇 아닌 童劇 다시 말하면 兒童藝術과는 距離가 떠러진 似而非的 童劇의 放送을 종종 듣게 되는 때가 있으니 이것은 兒童劇 發展上 重大問題라 아니 할 수 없다. 그러므로 첫재로는 選擇의 責任을 가진 放送課 擔任者 먼저 眞正 童劇의 發展을 위하여 細心한 注意가 必要하다고 生覺한다. 요지음 放送 프로를 보면 兒童劇 團體가 참으로 많이 있는 모양이나 내가 記憶하는 것으로는 〈朝鮮兒童藝術研究協會〉, 〈두루미會〉, 〈新興童人會〉, 〈京城童友會〉, 〈京城어린이放送會〉, 〈百合어린이會〉, 〈京城放送兒童研究會〉 其外에도 學院 主日學校 이 여러 團體가 서로 다토아 放送하는 모양이다. (계속)

---

**南基薫, "(日評)兒童劇과 放送團體", 『조선중앙일보』, 1936.3.11.**

그中에는 勿論 眞正한 兒童藝術을 위하야 研究 實踐하는 團體도 없다는 바는 아니나 어떤 것은 一時 好奇心으로 몇 回 放送하고는 사라지고 하는 幽靈團體도 不少하다고 본다. 그래서 兒童藝術에 對한 아모 關心과 研究도 갖지 못한 사람이 一時的 氣分으로 나와 天眞爛漫한 童心世界를 떠난 童劇 아닌 童劇을 가르처서 放送까지 한다는 것은 참으로 憂慮할 問題라 아니 할 수 없다. 그러므로 指導者는 먼저 兒童界의 修養이 있어야 할 것이며 研究와 作品 選擇에 있어서도 格別한 用意와 批判力을 가저야 할 것은 贅言을 不要하는 바이다. 或者는 生覺하기를 放送이라 하면 그저 몇 回

練習하면 되지 하는 앙큼한 生覺을 갖는 이도 있는 모양이나 조고만 '마이크로폰'을 通하야 오는 그것이 어느 舞臺에서 上演하는 그것보다도 오히려 使命이 重大함을 알어야 할 것이니 決코 이것이 적은 것이 아니오 全 朝鮮的으로 퍼진다는 意味로 보아 重大性을 發見치 않을 수 없다. 完.

## 南基薰, "(日評)兒童 讀品 問題(上)", 『조선중앙일보』, 1936.3.19.

現今 兒童이 學校에서 받는 一律的 敎育을 批判한다면 그 歸結에는 疑心 아니치 못할 條件이 潛在하여 있음은 勿論이다. 主智的 敎育에 餘弊로 童心의 適切한 情緖敎育을 等閑함은 兒童敎育上 問題되지 않는 바 아니나 이 問題는 더 말하려 하지 아니하나 다만 無味乾燥한 敎科書 以外의 兒童 讀品이나 兒童 雜誌가 이 缺陷을 補充할 使命을 가젓다는 것이다. 그러나 朝鮮의 現狀은 그렇지도 못하니 量的으로나 質的으로 兒童 讀品의 貧弱한 것은 말할 것도 없다. 敎科書的 內容을 超越하여야 할 朝鮮 어린이 一般 讀書界를 爲하야 크게 遺憾으로 生覺하는 바이다. 現在 朝鮮에 兒童 讀品이 全혀 없다는 것은 아니다. 내가 記憶하는 月刊雜誌만도 某種 某種이 있어 數字에 있어서는 그것만 해도 內容만 充實하다면 當分間은 兒童 讀品의 面目을 持續하리라고도 볼 수 있다. 그러나 遺憾인 것은 所謂 兒童雜誌라는 것이 이것을 어떻게 兒童에게 보여줄 수 있나 하고 躊躇할 만큼 內容이 貧弱하고 첫재는 雜誌 自體가 兒童을 標準함인지 어른을 標準함인지 分離할 수 없을 만큼 醜雜한 것이 많으니 童心世界와는 何等의 關聯性이 없이 다만 兒童의 歡心을 사랴는 傾向이 確實이 보이니 이 얼마나 兒童敎育上 憂慮할 點이랴.

## 南基薰, "(日評)兒童 讀品 問題(下)", 『조선중앙일보』, 1936.3.20.

그러나 여기서는 이 理想 言及할 性質에 것이 아니라 生覺하며 朝鮮에도 內容이 充實한 兒童 讀品이 多數 出版되기를 바랄 뿐이고 그리 되는 날은 讀者의 數나 雜誌의 種類도 相當한 數에 達할 것은 無疑의 事實이라고 본다. 그러나 또 한 가지 問題되는 것은 朝鮮의 事情은 다른 社會와 달러서

父兄社會가 兒童敎育에 對한 沒理解와 또한 理解할 사람에겐 經濟的 條件으로 多大數의 兒童은 無味乾燥한 敎科書 以外에는 特別한 讀品을 提供할 수 없으며 情緒敎育을 淨化시키랴도 淨化시킬 길이 없다. 이러한 現實을 觀察할 때 敎育機關의 不滿으로 就學치 못하는 것을 愛惜하게 生覺하는 거와 같은 바를 여기서도 느끼게 된다. 그런 意味에서 朝鮮에도 朝鮮的 色彩와 特點이 濃厚한 兒童 讀品이 다만 몇 種이라도 充實한 內容을 가지고 나와야 할 것이나 事實에 있어 그렇지 못함은 朝鮮兒童敎育을 爲하여 적지 안한 憂慮할 點이라 하겠다. 쓸대없는 것이 몇 百種 몇 千種이 있느니보다 단 하나라도 內容 充實한 것이 있다면 이는 兒童의 將來를 爲하여 慶賀할 일이다.

鄭仁果, "(社說)십년 전을 돌아보노라(本誌 創刊 精神의 再認識)", 『아이생활』, 1936년 3월호.

본지『아이생활』이 세상에 나온 지 열 돐을 맞는 이때에 그 처음 시절을 돌아보아 본지가 어째서 세상에 나왔든고? 하는 그 뜻을 한번 더 다져 말하고 싶습니다.

一. 취미 —— 십년 전 조선 어린이들의 생활을 돌아보면 가정으로나, 학교로나, 사회로나 너무도 쓸쓸하였읍니다. 그 어머님들이 가정교육을 바로 인도할 지식이 부족하고 학교는 넉넉지 못하야 학교 가는 아이들보다 못 가는 아이들이 열 곱절 백 곱절 많고 사회적으로는 오늘날처럼 우리 글 외의 글자로 된 어린이 잡지들이라도 별로 소개되지 않고 더구나 아동도서관 같은 것은 몇몇 사람의 머리속에나 있을 그때에 있어 어떻게 하면 가물 긴 어린 풀쌌과 같은 우리 조선 어린이들의 쓸쓸한 생활을 좀 더 맛있게 재미있게 할가 하는 뜻에서 그들의 정서교육의 한 아름다운 재료로 즉 재미있는 글을 통하야 그들의 마음을 취하게 하고 쓸쓸한 생활이 그 글을 읽는 속에서 은연중 사라져 무한한 유쾌를 느낄 수 있는 풍부한 생활, 다시 말하면 취미의 생활을 북돋기 위하야 본지가 세상에 그 얼골을 들어내게 된 것입니다.

二. 지식 —— 다른 문명한 나라 어린이들처럼 국민의 의무교육으로 저마다 보통학교에 들어갈 수도 없는 우리 처지에 글을 갈망하고 지식에 목타 하는 어린이들이 가갸거겨만 배와도 재미로온 지식을 얻을 수 있는 책(讀物)을 가장 헐한 값으로 읽을 수 있는 기회를 마련해 드리기 위함과 또는 학교에 단니는 소년소녀들이라도 학교에서 공부하는 책 외에는 별로 볼 만한 책(課外書籍) 즉 어린이들 생활과 가장 거리가 가까운 동화, 동요, 정탐소설 등등의 글을 보충교재(補充敎材) 삼아 어리신 여러분에게 드리기로 생각하고 본지의 발행을 재촉하게 된 것입니다.

三. 사상 —— 우리네 사회는 생각하는 편(思想方面)으로 보아 매우 어즈러운 세대입니다. 어른들부터 생각에 질정한 것이 없이 동으로 서으로 마음이 흔들리는 판에 우리는 어느 편으로나 기울지 아니하는 건실한 생각을 목표로 하고 결국 평화에 이르는 터 닦는 일감으로 동무끼리 서로 사랑하자. 하나식 하나식 흩어지지 말고 놀아도 가치 놀고 작란을 쳐도 가치 뛰고 산에 올라도 떼를 짓고 하는 서로 엉(이상 16쪽)키우는 버릇을 만들자. 우리는 거기서 숨쉬고 자고 깰 수 있다면 동무 사괴기 잘하는 버릇이 자라서 후에 크드라도 무슨 일 하는데 외롭지 않고, 쓸쓸한 눈물을 머금지 않고, 서로 믿고 부뜰고 하는 이러한 생각을 갖게 해 보랴는 즉 어린이들이 서로 뭉치고 친하게끔 의좋게 한 어머니 한 태끈에서 난 언니요 누나처럼 지날 그 생각으로 사는 데 한 곳을 인도하는 길잽이가 되어 보자는 뜻에서 나서게 되었습니다.

세상 떠드는 통에라도 멋없이 날뛰는 헛배를 불리는 그런 탈에서 벗어나서 가장 온건 착실하게 싸늘한 머리로 앞날을 생각하야 실속 있는 아름다운 습관을 가지도록 하자는 뜻에서 우리는 다음 사회에 주인 되실 아기네 여러분을 큰 마음으로 바라보며 이 길을 나서게 된 것입니다.

四. 도덕 —— 오늘 세계 각 나라의 교육제도를 보면 너무 지식 편으로만 기울어 그 폐해가 많다는 것은 누구나 다 인정하는 사실입니다. 다시 말하면 마음을 바로잡아 주는 도덕이나 종교교육이 부족하고, 알기 위한 지식만 집어넣어 주므로 발달되는 그 지식의 꾀는 여러 가지로 나쁜 영향을 우리 인류사회에 많이 끼치는 것입니다. 그러기로 내 몸을 해치랴는 즘생이 쏠 만한 육혈포를 가지고 아닌 밤중에 사람의 생명을 빼앗고 재물을 도적하기 일수요, 사나운 호랑이나 사자 같은 악한 즘생을 쏘기에 알맞은 총을 가지고 지금 한창 버러진 이태리와 에디오피아 전쟁처럼 사람이 사람을 서로 향하고 몹쓸 즘생을 쏘듯 하니 이거 어디 귀한 사람의 즛이라 하겠읍니까? 문명한 교육을 받았다는 이태리 사람들이 그와 같은 서운한 일을 행하는 것은 도덕이나 종교교육이 부족하기 때문이외다. 우리는 학교교육에 부족한 이 도덕교육을 도웁기 위하야 온 세계 인류는 다 형제요 동포다. 서로 사랑하고 부뜰자. 그리하야 사람의 참된 생명을 좀먹게 하는 모든 악한 풍속을 없게 하는 근본방책으로는 만만한 어릴 때 즉 좋지 못한 풍속에 가장 물들기 쉬운 이때에 우리는 자라서 훌륭한 사람이 되자. 우리 어른들이 못한 일은 우리는 옛날 이순신 같은 용맹과 모세 같은 마음으로 자기네 형제를 옳게 인도하기 위하야 애타듯 하는 심정으로 몸에 가진 고생을 당하면서라도 끝까지 참고 용맹스럽게 나아가는 그러한 사람이 되자고 하야 본지 『아이생활』은 세상에 나서게 된 것입니다.

　　　×　　　×

봄바람, 가을비, 지난 十년에 얼마나 이 모든 큰 뜻을 달하기 위하야 우리는 장한 일을 하였노라고 헛배 불리며 자랑하랴고는 아니 합니다. 다만 이 뜻에 공명(共鳴)하시는 여러 선생과 뜻 같은 친구들이 모도 다 내일로서 알고 그 뜻에 맞는 글을 써 주시기에 한번이라도 헛붓대를 놀리지 아니한 정성과 이 정신을 알아차려 찾아 주시는 어리신 동무 여러분이 처음에는 불과 몇 백명 천명에 불과하던 것이 이제는 몇 천이오 몇 만에 달하도록 그야말로 육백만 조선 어린이들이 명실공히 우리와 그 거름장단을 가치하는 햇발 같은 서광을 보게 되오매 북으로 남북 만주와 중국과 조선은 물론 일본 내지와 하와이와 미국에까지 조선 어린이들의 발거름이 움즉이는 곳이면 모다 본지의 얼골을 대하게쯤 되니 참으로 十년 전과 오늘을 살피는 고금의 회포가 마음속을 흔들며 가치 힘써 주시는 여러 뜻 같은 선생님들과 육백만 어리신 독자 여러분에게 가슴에 찬 감사와 기쁨을 드리는 바입니다. 이도록 기쁜 열돐 마지에 귀한 보물을 생각하는 것처럼 처음 생겨난 그 뜻을 다시금 밝히어 이보다도 더 높은 앞날의 광명을 바라보기로 하나이다.(이상 17쪽)

金泰午 외, "本誌 創刊 滿十週年 記念 紙上 執筆人 座談會",
『아이생활』, 1936년 3월호.

一. 본지에 처음 붓을 드든 때와 붓 들 때의 심정(心情)
二. 본지의 장점과 단점은 무엇입니까?
三. 장래 발전을 위하야 일러주시고 싶은 말슴?

出席(無順) —— 金泰午, 高長煥, 崔昶楠, 洪曉民, 任英彬, 尹永春, 咸大
勳, 李卯默, 許奉洛, 方仁根, 李軒求, 李泰俊, 徐恒錫, 朴魯哲, 具聖書,
金鍵, 崔仁化, 本社側 社長, 主幹

社長 여러분께서 바쁘심에도 불고하시고 이처럼 참석하여 주신 것을 감사
합니다. 본지를 위하와 감격 깊게도 붓을 드시는 여러 선생이 四, 五十명
이 넘는데 각각 특별한 사정으로 이 자리에 좌석을 가치 못함은 유감이
올시다.
이 자리에 참석하신 선생 중에 본지 창간호 때부터 붓을 들어 주신 선생
이 계신 것을 기뻐하는 동시에 그 후부터 붓 드시기를 허락하신 선생께
서도 다 같은 열성으로 그 바쁘신 틈틈이 기회대로 붓을 들어 주신 것은
본사뿐 아니오라 만천하 독자들과 가치 그 고마우신 심정을 끝끝내 감격
하고 사례하는 바입니다. 본지가 창간 당시에 비하와 오늘 와서 三만
독자를 갖게 된 것은 무비 집필하신 여러 선생의 혜택에서 온 것이기
때문에 거듭 사례하는 바입니다. 이 기쁜 소식을 전해 드리는 동시에
본지 창간 十주년을 기념하는 뜻으로 여러 선생께서 (1) 본지에 붓을
드시든 처음과 글 쓰시는 때에 심정이며(이상 32쪽) (2) 본지에 잘잘못과
(3) 일러주실 말슴이 계신 대로 솔직이 말슴해 주셔요. 그리하야 앞날을
더욱 아름답게 하는 한 좋은 지침을 삼으려 하는 것입니다. 이제 한 분도
주저 없이 곧 말슴해 주서요.

## 金泰午 (中央保育)

一. 삼월호로써『아이생활』창간 만 십 주년을 맞게 되니 실로 감개무량
합니다. 이건 결코 자랑이 아니라 그 실에 있어서 처음 창간호(創刊
號)부터 오늘날까지 꾸준이 붓든 사람으로는 나를 빼지 못할 것입니
다. 맨 처음 발간할 때 지금 사장 선생, 특히 큰샘 한석원(韓錫源)
선생과 가치『아이생활』과 인연을 맺은 이후로 오늘에 이르기까지
서로 떨어질 수 없는 관계를 갖게 되었읍니다. 그리하여『아이생
활』은 내 잡지거니 이렇게 생각하면서 암만 바쁜 일이 있더라도 매달
붓을 든 것입니다.

二. ◇長點 1. 한 호도 빼지 않고 滿 十年을 꾸준히 계속한 것. 2. 少年雜
誌 中에 제일 먼저 한글 統一案대로 採用한 것. 3. 印刷가 鮮明하고
誤植이 적은 것. 4. 아가 차지.
◇短點 1. 藝術的 香氣가 높은 童謠와 童話가 적은 것. 2. 自然科學
讀物이 적은 것. 3. 編輯에 새로운 맛이 없는 것.

三. 원컨대 과거의 걸어온 자최를 거울삼아 무엇보다도 한숨과 암흑 가
운대 헤매이는 조선 어린이들에게 새로운 길을 열어주는 광명(光明)
의 횃불이 되어 주소서.


## 高長煥 (京城 城北洞)

一. 제가 처음 붓을 들기는 지금부터 십년 전『아이생활』초창 시입니다.
그때는 〈오월회〉라는 소년운동 단체에 있을 때인데 다만 나 같은 사
람도 써서 이름을 낼 수 있구나 하였고 그것으로 하여금 어린 사람을
북돋아주고 그저 웃키며 슬프게 하며 자미있어 하도록만 하였읍니
다. 직업적 의식이나 책임감이 없었읍니다. 그러나 현금에 있어서는
단 한 가지를 내드라도 무섭고 무슨 의식이나 예술감을 넣어 주는
것이 아니면 아니 되겠다는 생각과 어떻게든지 현실에 대한 창작이
아니면 않 되겠다고 마음먹고 있읍니다.

二·三. 십년 동안 꾸준히 나와 주고 지극히 조선 아동을 위하야 노력해

주섯다는 곳에 뜻 깊이 고개 숙여 따뜻이 감하를 디리며 앞으로 기독교적 법도에서만 살리지 말고 광범한 사회 공기의 소년 잡지가 되어 줍시사고 바랄 뿐입니다.

아울러 조선에 대한 지식과 사정 모-든 관념을 조선에 대한 마음을 많이 부어 주시도록 더욱 힘써 주시기를 고대하올 뿐입니다.(이상 33쪽)

## 崔昶楠 (淸州 淸南學校)

一. 내가 『아이생활』에 처음으로 붓을 들기는 제一권 제九호부터입니다. 붓을 들 때마다 "어떻게 하면 우리 조선 아이들에게 입에 맞는 떡을 줄 수 있을까?"고 생각하게 됩니다. 먹지 못하야 굶주린 그들! 가뜩이나 영양부족인데다가 기생충 때문에 제대로 자라지 못하는 그들이 퍽으나 딱합니다. 그들은 정신적 양식에도 굶주림을 당하고 있읍니다. 그들은 재미를 붙이어 읽을 만한 책이 없읍니다. 요지음 이런 책 저런 책이 무던히 나오기는 하나 아이들을 버려 주는 책이 얼마나 많은지 진실로 한심한 일입니다. 『아이생활』은 그들의 마음을 길러 주는 정신적 양식이요 가장 좋은 친구입니다. 아주 정다운 동무입니다. 나는 그들의 동무라는 마음을 늘 가지고 있읍니다. "우리 동무에게 무엇으로 선물을 줄까?" 이런 생각을 늘 하게 됩니다. "그들에게 입에 맞는 떡을 주어서 그들의 상상력을 북돋아 주며 진정한 정서를 일으키어 의지를 활동케 할 만한 힘을 부어 주자"는 생각으로 여러 방면으로 재료를 구하게 됩니다. 창작한 것은 드믈고 번역한 것이 많은데 전기(傳記)와 『쿠오레』 외에는 거이 조선 아이들의 정서에 맞도록 아주 조선 것을 만들어 쓰기를 힘써 왔읍니다. "내 붓끝으로 조선 아이들의 마음을 길러 주자"는 것이 나의 가진 바 태도입니다. 그리하야 "조선 아이들에게 읽히어서 유익될 만한 일이라면 해될 염녀가 없는 것이라면" 기회 있는 대로 붓을 들게 됩니다. 그러므로 나의 쓰는 글은 판에 박어 놓은 것처럼 어느 한 가지 편으로만 쏠리지 않고 두루두루 쓰게 됩니다. 나의 붓끝으로 말미암아

『아이생활』이 더욱 힘차게 자라기를 바라는 것이 또한 나의 가진 바 태도입니다.

二. 『아이생활』의 장점과 단점

ㄱ. 장점(長點)

1. 주ㅅ대가 뚜렷한 것.

2. 내용이 충실한 것.

3. 글 쓰시는 선배들이 모다 조선에서 이름난 훌륭한 선생님네라(나는 말고) 인격적으로 그들의 사표(師表)가 되신 것

4. 체재(體裁)가 괜찮습니다. 조선 아이들로 하여금 눈을 크게 뜨고 마음도 크게 먹도록…….

5. 쓸데없는 붓작난으로 지면을 채우지 않고 또 헡은 수작이 없이 으젓한 것.

ㄴ. 단점(短點)

1. 『아이생활』이 너무 지나처서 청년잡지 노릇까지 하려는 망녕된 것.

2. 글씨가 너무 작은 것도 큰 걱정. 조선 학생들이 근시(近視)가 많이 생기는 까닭은 다른 원인도 있다 하겠지만 깨알같이 박은 자디잔 글씨로 박어 낸 책을 파고 보는 데서 버려 준다고 하여도 과한 말이 아니겠읍니다. 이것은 『아이생활』만을 말하는 것이 아니요 조선아이들이 읽는 아동잡지나 참고서라는 것들이 모다 그 모양입니다. 우리 『아이생활』은 이에 혁명을 일으키어 二호 활자나 三호 활자를 써야겠읍니다. 五호 활자는 아이들의 눈을 버려 줍니다. 모다 "아가 페지"처럼 굵은 글씨로 써야겠읍니다.(이상 34쪽)

3. 너무 늦게 나와서 독자의 마음을 조리는 것.

三. 일러두고 싶은 말

1. 『아이생활』은 순전히 아이들의 잡지가 돼야지 청년잡지 구실도 하려고 딱딱한 글을 실어야 되겠읍니까. 작고한 소파 방정환 씨 쩍의 『어린이』를 보십시오. 얼마나 동심(童心)을 흔들었는지……. 표지 그림이나 글의 내용이 모다 아이들의 마음을 흔들 만큼 돼야겠읍니다. 『아

이생활』 독자의 레벨을 훨씬 낮후시라는 말슴입니다.

2. 지면을 늘쿠십시오.

3. 과외 숙제 비슷한 것을 더러 실어 주십시오.(한글, 산술, 수공 뿐)

4. 표정유히 그림과 곡보도 가끔 내십시오.

5. 매달 초하롯날 안으로 발송케 하십시오.

끝으로『아이생활』의 대서특서(大書特書)할 만한 그 장점은 달마다 나오는 김동길 선생의 "아가 페지"에 있읍니다. "아가 페지"야말로『아이생활』 제 구실을 넉넉히 하고 있읍니다. 동심을 그대로 그려 놓습니다. 아이들이 "아가 페지"를 먼저 보는 것은 말할 것도 없고 어룬들도(나부터) "아가 페지"를 먼저 보구 좋아서 웃습니다.

## 洪曉民 (東亞日報社)

一.『아이생활』이 벌서 十 주년 기념호를 내게 되시었는가요. 참으로 빠른 것은 세월이외다.

처음 내가『아이생활』을 알게 된 것은 벌서 고인이 되신 송관범(宋觀範) 선생이 주간이 되어『아이생활』을 편즙하실 때이었읍니다. 그때는 은성(銀星)이란 이름으로 "동화"(童話)를 거이 다달이 한 편씩 썼읍니다. 그때의 나의 태도는 재래 조선에서 "동화"라는 것은 묵은 옛날이야기나 그렇지 않으면 번역(飜譯)"동화"뿐이었는데 나만은 창작(創作)동화를 써 보랴고 무한 애썼읍니다. 물론 외국의 그것들의 모방이 많으리라고 생각되나 어떠튼 그때 내 심경(心境)만은 창작한다는 일념 아래에서 썼었읍니다.

二. 나의 생각으로는『아이생활』은 기독교에서 나오는 만치 기독교 색채가 너무 농후한 것이 결점이라면 결점이겠으나 도리혀 이것이『아이생활』의 특색일는지 몰읍니다. 되도록은 종교적 색채가 선명치 않고 은연중 종교로 끌어들이는 매력이 있었으면 합니다.

三. 일러드리고 싶은 말슴은 별로 이렇다 할 만한 것은 못 됩니다마는 끝까지 동심(童心)의 순정을 움즉이는 감격(感激)할 만한 편즙이

다달이 되어 주었으면 합니다. 곧 어린이때부터 "선"(善)이란 또는
"정의"(正義)란 개념(槪念)을 가지도록 하여 주었으면 합니다.
하여간 나는 『아이생활』을 볼 때마다 나의 나어린 시절이 매우 그립
은 것을 느끼고 있읍니다. (二月 十八日)


### 任英彬 (監理教 總理院)

一. 한 十여년 전에 「꿈」을 『아이생활』에 실어 본 깃이 치음일 것입니다.
   그 뒤에는 내가 이 나라에 없었기 때문에 인연을 잘 맺어 오지 못하였
   읍니다. 이 잡지를 위하여 글을 쓸 때에는 내 어린 동생에게 편지하
   는 것같이 귀여운 생각이 있읍니다.

二. 요새는 『아이생활』이 어른 생활이 되지나 않나 하는 의심이 납니다.
   그도 그럴 것입니다. 벌서 十년이 넘었으니까. 그러나 十년 넘었다고
   갑작이 어른은 되지 못할 터인데.

三. 『아이생활』다웁게 나아가소서. 그리고 어떤 때는 엉터리를 부리는
   것 같은데(백 원 현상 따위) 정책으로는 울며 겨자 먹기로 엉터리를
   부릴지 모르나, 그래도 좀(이상 35쪽) 건실(健實)한 정책도 없지 않아
   있을 줄 아니까, 건실을 목표 하소서, 착한 아이가 되소서, 천국에
   들어갈!


### 尹永春 (間島 龍井)

一. 귀지에 붓을 들기 시작한 지도 만 륙년이 되었읍니다. 그때 한참 문학
   을 연구하는 일방 가끔 어린 동무들과 자주 사괴여 놀면서 그들을
   통하여 느낀 바를 글로 써서는 가장 권위 있는 잡지사로 보낸다는
   의도에서 귀지로 보내게 된 것이었지요. 매월 붓을 들 때마다 이 글이
   조선 육백만 소년의 생활화(生活化) 되어지이다 하고 빕니다.

二. 꾸준히 나아가는 힘을 퍽으나 부러워합니다.

三. 지면을 좀 더 확장하였으면 합니다.

**咸大勳** (朝鮮日報社)

一. 내가 처음으로 貴誌에 붓을 들게 되기는 아마 톨스토이의 童話를 번역하게 되기 시작한 때인 듯합니다. 나는 그것을 原文에서 飜譯할 때마다 두 가지 생각에서 가슴이 뜁니다. 하나는 톨스토이가 가진 兒童世界에 對한 該博한 智識과 또 翁이 얼마나 兒童敎育에 硏究를 쌓고 있는가 하는 것입니다. 또 하나는 내가 이것을 조선말로 옮기므로써 이 글이 全 朝鮮 어린이게 적지 않은 정신적 지식이 되어지이다 하는 것입니다. 그리하야 나는 조선의 동화 동요 작가들이 모두 어린 이세계를 모르는 사람들임을 슬퍼합니다. 그러기 때문에 나는 명작 동화 동요를 오십까지는 번역을 하고 오십이 지나서 동화를 써 보려 합니다.

二. 다 좋읍니다. 그러나 좀 더 명작동화를 많이 실릴 것. 그리고 체재를 좀 더 어린이 세계를 형성할 수 있게 해 주었으면 합니다.(이것은 물론 귀지의 참된 발전을 위해서입니다.)

三. 감히 그런 대답은 하기 거북합니다.


**李卯默** (延專 圖書館長)

一. 내가 재작년 봄에 귀국한 후로 한 사오 차 귀 잡지를 위해 붓을 잡았는데 언제나 다른 잡지에보다 조심이 많이 됩니다. 이는 오로지 내가 우리 사회의 장래 주인이 되실 어린이들과 소년들을 향해서 글을 쓴다는 데서 나오는 책임 관념이라고 믿읍니다. 귀 잡지의 독자도 여러분 되실 터이나 꼭 그 독자들만을 상대로 하는 것 같지 않고 우리 왼 사회의 유소년을 대해 말슴 드리는 것 같읍니다. 그러고 쓰는 한 말 한 구가 그들이 장래를 위하여 큰 영향이 있을 것만 같읍니다.

二. 귀 잡지는 체재가 아름답고 내용이 매우 충실합니다. 그러고 이런 종류의 잡지는 귀 잡지가 가장 꾸준이 나오는 것과 더구나 줄곳 붓 들어 글 써 주시는 이들이 우리 문단이나 학계에 이름이 높으신 이들을 망라한 것으로 보아 그 뜻의 깊음과 이 뜻에 공명하는 이들이 많다는 것을 알(이상 36쪽)어볼 수 있읍니다.

三. 이 앞으로도 한층 더 노력하시어 우리 어린이들과 소년을 인도하는 기관으로 전선적 대표 기관이 되시고 여태껏 가지고 오신 그 봉사의 정신이 일관(一貫)하시기를 바랍니다.

## 許奉洛 (K·S·S·A)

一. 붓을 들 때마다 느끼는 바는 귀지를 통하야 六百만 우리 조선 아동의 생활이 조선 아동다운 생활을 가졌으면 하는 생각이 늘 있었읍니다. 춘풍추우 十여 성상을 밟어 오면서 『아이생활』의 고귀한 정신으로 우리 조선 아이생활에 많은 개선(改善)의 역할을 하였을 것을 확신하고 앞으로 무궁히 계속하기를 빈다.

二. 귀지의 장점은 표지의 우미(優美)와 내용 체재가 선명한 것이 제일 특장입니다. 단점은 별로 없으나 있다면 잡지 내용이 아이들에게는 좀 어려운 글이 있다 할른지요.

三. 부탁할 말은 잡지 표지나 내용 인쇄에 비용을 많이 들지 않게 하여 가지고 한 부에 三, 四 전으로 팔게 되어 전 조선 아이들이 다 사 볼 수 있게 하였으며 하는 희망입니다.

## 方仁根 (小說家)

一. 처음에는 『아이생활』 독자도 적고 또 『아이생활』이란 존재도 크지 못하여 글 쓸 때에 긴장미가 적었읍니다. 그러나 점점 『아이생활』의 부수도 늘어 가고 조선 유일의 아동잡지라는 권위가 생김에 따라 글 쓸 때에 마음이 점점 긴장해지고 책임감을 더 가지게 됩니다. 그리고 처음 글 쓸 때는 필자부터 아동문예에 대하야 서트르고 그다지 취미를 갖지 못하였는데 『아이생활』에 동화나 소설을 쓰기 시작하면서부터 필자 자신의 아동문예 공부가 착실히 되고 소년소녀에 대한 애착심이 자연히 자라나게 된 것은 고마운 일입니다.

二. 『아이생활』의 장점은 여러 가지니까 일일히 말하기 어려우나 많지 못한 페지에 여러 가지 란(欄)이 구비된 것입니다. 어린이들이 보아서 유익한 것을 전부 망라한 것입니다. 단점은 그림이 많지 못하고 그보다도 훌륭한 그림과 만회가[70] 적은 것입니다.

三. 앞으로 매호마다 무엇이나 특색이 있도록 하기를 바랍니다. 늘 비슷비슷한 것보다 『아이생활』을 받아 볼 때마다 새로운 맛 신기한 맛이 생기도록 하기를 바라는 것입니다. 그리고 실리는 글에 좀 더 정선을 해서 시언치 않은 것은 절대로 실리지 아니하였으면 합니다. 그리고 좋은 그림을 많이 구경시켜 주소서.

## 李軒求 (劇硏)

一. 어떻게 하면 어린이 여러분에게 "마음의 양식"을 드릴까 하는 것입니다. 이것은 어린 여러분이 내 글을 재미있게 읽어 준다던지 또 내 글을 어떻게 생각할까? 하는 걱정이 아니라 내가 쓰랴고 하며 또 여러 어린이에게 전하랴고 하는 그 생각이 내(이상 37쪽) 참다웁고 거짓 없는 진정에서 울어나오는 것인가 하는 것이외다.

二. 『아이생활』의 단점. 단점이라기보다도 십주년을 가진 고생 속에서 씩씩하게 걸어온 그 용기를 장하다고 합니다. 물론 자세하게 이야기하면 좋은 것 언짢은 것도 있겠읍니다마는 앞으로도 정말 어린이 여러분의 세계(世界)와 생활(生活)을 가장 잘 이해(理解)하야 충실한 어린이의 동무가 되고 밥이 되며 마음의 양식이 되기를 이러한 기회에 감히 히망하는 바입니다.

## 李容卨 (世專 敎授)

一. 글 쓸 때 생각. 이 쓰는 글이 많은 사람에게 별효과가 없을 것은 짐작하는 일이나 한두 사람에게라도 바라는 바가 밎이워지겠지 하는 히망이 늘 가치 합디다.

---

70 '만화가'의 오식으로 보인다.

二. 잡지를 처음부터 끝까지 다 보지 못하므로 비평할 자격이 없으나 몇 번 감촉된 바는 '카툰'에 쓴 말이 어떤 때는 너무 야비하야 자미없다는 느낌이 있었읍니다. 장점이야 다 인정하는 바이니 그만둡니다.

三. 열 살이 되었으니 키도 좀 커야겠고 몸집도 좀 굵어지고 음성도 좀 억세야 하겠읍니다. 그만치 기대하고 있읍니다.

## 李泰俊 (小說家)

一. 少年誌에 붓을 들 때는 그야말로 作文이었읍니다. 열 번에 한번 마지 못해 쓰기는 하나 내가 이 方面에 學問한 바 없는지라 늘 自信이 없었읍니다.

二. 貴誌의 長點은 꾸준한 것이오, 短點이라면 좀 텁텁한 것입니다.

三. 讀本式의 글도 좋지만(知識을 위하여선) 그보다도 아이들의 感情을 위하야 좋은 情緖의 글을 많이 실어 주섯으면 합니다.

## 徐恒錫 (東亞日報社 文藝部長)

一. 편집자 선생의 청에 의하야 고향에 계신 아버님 어머님을 그리는 짧은 글을 써 드린 것이 내가 『아이생활』에 처음 쓴 글인가 합니다마는 그것이 벌서 二三년 되는 일이므로 바루 어느 해 어느 달 치이든지는 기억되지 않읍니다.

二. 『아이생활』에는 한 줄 글을 쓰는데도 내 마음이 엄숙해집니다. 그러고 되도록 내 생각을 우리 어린이들에게 고대로 전하고 싶은 마음에 쉬운 말을 골르려고 애씁니다.

三. 지금의 『아이생활』이 잘 발전해 가는 것은 매우 기쁜 일입니다. 무슨 이렇다 할 단점이 있는 것이 아닙니다마는 좀 더 그림이나 사진을 많이 넣었으면 하는 것이 나의 바라는 바입니다.

## 朴魯哲 (花郎徒 研究)

一. 본지에 붓을 든 때와 그 마음씨 (이상 38쪽)

(가) 변변치 못한 나의 글은 어린이들에게 흥미가 없을 것 같아야 마음에 퍽 불안을 느꼈읍니다. "화랑도" 이야기는 글 잘 짓는 선배들이 썼으면 좋을 것을 글을 잘 짓지 못하는 솜씨로 쓰기 때문에 도리어 어린 아우님들에게 폐만 끼친 것을 죄송스리 생각합니다.

(나) 매양 집필할 적마다 어린 독자들이 취미가 없다 하여 한 분도 보지 않을가 미리 마음에 두려워하였읍니다.

二. 본지의 장단점

단점보다 장점이 많읍니다. 단점을 찾어내려 하여도 나의 눈에는 아직 발견할 수 없읍니다. 그러므로 장점만을 듭니다. 호마다 "화보" "만화"를 실리며 "동화"마다 그림을 넣은 것과 특히 "신시독본" "독자문예란" 등을 두어 한편으로 기우러지지 않게 그 내용을 충실케 한 것이 장점이라 하겠읍니다.

三. 일러 주시고 싶은 말슴

(가) 독자끼리 각각 그 지방마다 구락부 같은 모임이 있어 그 모임에서 신문잡지를 보고 철을 따라 물과 산과 들에 나가 탐험도 하며 노래도 읊고 글도 짓고 품성을 높이는 맹서도 하고 남을 위하여 욕을 당하며 고생하든 이야기도 하며 그날을 질겁게 보내는 것도 좋읍니다.

(나) 헛된 공상인지는 몰으나 나의 생각에는 이번 "창간 십주년"을 기념하기 위하여 십년 동안 근실한 독자 중에 그 모든 점에 있어 남달리 뛰여나는 어린이로 가세가 빈궁하여 공부 못하는 이를 뽑아 그 앞길을 열어주는 것도 좋읍니다.

**具聖書** (K·S·S·A)

어떤 집이던지 그 집에 소망은 그 집 자손들에게 있읍니다. 그런 고로 그 집 자손들을 잘못 인도하면 그 집이 잘못되는 근본이며 자손들을 잘 인도하면 바로 그 집이 잘되고 흥할 장본이니 우리의 『아이생활』은 다음

조선에 주인이 될 조선에 아들딸들을 잘 인도하는 선생이오 동무입니다.
그러한 즉 이 『아이생활』이 十주년 동안을 무사히 자라고 활동함을 볼
때에 무엇보다도 기쁘고 축하하지 않을 수 없습니다. 그리하던 차에 편
즙부로부터 몇 가지 문제를 보내셨기에 그 문제에만 대하야 몇 말슴 대답
하고자 합니다.

一. 부족한 사람이나마 가끔 『아이생활』에 붓을 들 때에는 글을 잘 쓰랴
   는 생각보다 꼭 나의 동생이나 자손들을 대하야 말하는 것과 같은
   감상으로 쓰게 됩니다.

二. 『아이생활』에 장점과 단점을 말하라 하시니 좀 어렵습니다. 그러나
   장점은 종교심을 중심하고 조선에 역사와 조선에 고유한 미풍양속을
   소개하며 한글 통일에 치중함은 무엇보다도 감사한 일이며 또는 단
   점이라기보다 바라는 바는 내용과 언사와 문체가 좀 더 어린이들을
   표준하였으면 좋을 것 같고 취미 기사가 적은 것과 너무 적은 글자로
   인쇄하는 것을 좀 변하였으면 하는 이들이 많습니다.

三. 앞으로 바라는 바는 값을 좀 적게 할 수 없을가 하고 기다리는 동무들
   이 많은 것과 아무쪼록 발행 기일이 지나지 않기를 바라는 바입니다.

## 金鍵 (徽新學校)

무르신 조목을 들어 대답할 자격이 없습니다. 한두 번 글을 쓴 일이 있는
듯도 하지만 별로 글을 많이 쓰지 못해 미안합니다. 그러나 글을 쓰게
되면 잘되건 못되건 제 재조에 달렸지만 정성을 들여 쓰고 지었읍니다.
부모가 자식에게 주는(이상 39쪽) 밥반찬 모양으로 못 쓸 것이 섞이지 아니
하도록 주의하는 것입니다. 『아이생활』은 무엇에나 흠이 없읍니다. 앞으
로도 그대로만 꾸준히 나가면 성공일 것입니다.

그런데 이것은 뚱딴지 같은 말이지만 소년소녀 독자 중에서 한 구원이나
만원을 아이생활사 위하야 의연하는 용감한 동무가 아직 없읍니까. 혹
있기도 하련만, 돈 많은 집 자제로서 부모에게 졸라대이면 됨즉두 한
일이건만, 돈이 좀 넉넉하면 한번 본대 있게 해서 더 싼 값으로 동무들에

게 다 한 책씩 보게 했으면 좋으련만….

**崔仁化** (主校 聯合)

내가 『아이생활』에 맨 처음 동화를 발표하기는 『아이생활』 創刊하든 해 第一卷 第六號에 「외팔 가진 天使」라는 創作童話를 발표하였는데 그때 독자로써 투고했으나 상당히 쓰는 執筆者의 한 사람으로 우대하여 주는 데 퍽 기뻤읍니다. 더욱이 그 전호에 예고까지 하여 주어 대단히 기뻤읍니다.

내가 그동안 동화를 몇 편 쓰노라고 했지만 동화를 쓸 때마다 조심스럽게 경건한 마음으로 씁니다. 동화를 쓸 때에는 어린이 부모 앞에서 어린이들에게 이야기하여 주는 것처럼 씁니다. 그리고 다 써 놓고 몇 날 두었다가 다시 보고 또 고치고 합니다. 나의 선배가 보고 고칠 것이 없을 만큼 써 보려고 애를 씁니다.

『아이생활』은 건전한 사상이 충만하야 어린 자녀들에게 마음 놓고 아니 꼭 보여 주어야 할 귀한 잡지외다. 부탁하고 싶은 말슴은 역사이야기를 좀 더 쉽게 동화체로 썼으면 합니다.

**社長** 여러분께서 손색없이 열심으로 말슴해 주신 것은 육백만 조선 소년 소녀들을 위하야 있는 본지 발전상 보배로운 참고가 되겠읍니다. 거듭 사례하는 바입니다.

**主幹** 둔한 솜씨로 꾸미어 오는 본지에 칭찬이 그처럼 많으심은 막비 여러분의 성의에 결정이오, 잘못된 점을 가림없이 말슴해 주신 것은 사장께서도 말슴하섰거니와 앞으로 혼미한 길에 밝은 등을 주시는 듯하와 참으로 감격하오이다. 앞으로도 아낌없는 편달과 격려를 꾸준이 해 주시기를 다시금 바랍니다. 바쁘신 시간에 이처럼 말슴하신 것을 감사하고 이로써 좌담회는 끝마금합니다. (이상 40쪽)

## 韓錫源 외, "本誌 歷代 主幹의 懷述記", 『아이생활』, 1936년 3월호.

### 韓錫源(第一代 本誌 主幹 今 錦衣還鄕 於 開城), "나의 사랑하는 동무들"

一九二六년 三月로 그해 十二月까지 社長을 도아 듬듬이 조선 각지로 순행하며 본지의 면목을 선전 소개하신 선생.

그대들의 가장 사랑하는 동무『아이생활』을 통해서 나와 서로 알게 된 것도 어제 같은데 벌서 열 돐맞이를 하게 되었읍니다.

동무들! 그대들이 나를 사랑하여 주는 것만큼 나도 길이길이 가치 놀려고 여듧 해 동안 미국에 가서도 그곳에서 난 우리 어린 동무들과도 가치 놀다가 그대들이 그리워서 돌아온 지 한 달도 채— 못 되어 먼저 열 돐맞이의 기쁨과 희망을 아울러 새로운 정신과 건전한 몸으로 고히 자라서 후일에 무슨 일에나 빼놈없을 씩씩한 일꾼이 되라고 빌면서 ——

### 故 宋觀範(第二代 本誌 主幹), "기쁜 삼월이 왔읍니다"

一九二七년 一月부터 一九二九년 十二月까지 장구한 二년간의 세월에 굳은 터를 닦고 사정으로 사퇴한 지 三년 후 一九三二년 四月에 아깝게도 고해 같은 세상을 기리 떠났읍니다. 이 아레 글은 故 宋觀範 牧師가 本誌 主幹으로 들어오시며 본지 창간 첫돐마지 글로 第二卷 第三號 第二頁에 所載한 一部

소년소녀 동무들이어 기꺼운 삼월이 왔읍니다. 정이 두터운 삼월이 왔읍니다.

손꼽아 기다리던 삼월! 여러분의 제일 기뻐하는 양춘가절인 삼월! 즐거운 이 삼월!『아이생활』을 출생시킨 이 삼월이 왔읍니다. (中略)

아! 우리『아이생활』의 과거 일 년을 돌아보면 이와 같은 생일잔(이상 57쪽)

치를 바라기도 어렵습니다. 위험한 때도 있었고 심한 고생도 당해 봤읍니다.………………. 그러나 한 돐 맞는 오늘부터는 새 기운과 새 맘을 얻었읍니다. 여러분! 나의 사랑하는 동무여 한가지로 손을 마조 잡고 사랑 속에서 굳게 뻗고 자라 나아갑시다.

### 田榮澤(第三代 本誌 主幹 今『基督敎報』主筆), "四六版을 菊版으로"

一九三〇년 一월에 부임하면서 서회 반우거 씨의 활동으로 완조금에도 넉넉하게 되어 四六판을 국판으로 크게 하고 좋은 조히를 써서 면목을 一신케 하고 그해 二월 미국 유학으로 사임.

참 세월이 빠르다. 벌서 十週年인가? 내가 『아이생활』에 처음 관계한 것은 바로 돐이 되는 해이었든 것은 四週年이라니 참 감개무량함을 금할 수 없다.

十年이면 무슨 일이든지 기초가 선다는데 열 돐이 된 『아이생활』에도 이제는 걱정 없는 형편이니 참말 내 일인 듯 기쁘기 그지없다. 그러나 돌아보면 그동안의 여러분 경영하고 주간하시는 이의 애쓰시고 가진 어려움을 당하신 것은 이로 다 말할 수 없을 것이다.

바라노니 앞으로 十年, 二十年, 五十年, 百年 길이길이 조선 어린이의 충성된 지도자가 되고 다정스러운 동무가 되어지고 일반 소년운동의 중심이 되기를 ——

### 李允宰(第四代 本誌 主幹 今『한글』主幹), "네 가지 자랑과 한글 통일"

一九三〇년 二月 전영택 목사의 후임으로 그해 여름까지 주간으로 취임하신 동안 한글통일로도 면목을 일신케 하였음.

한 사오 년 전인가 합니다. 전영택 선생이 『아이생활』 주간이 되신 지 한 달 만에 급히 미국으로 유학의 길을 떠나시게 된 관계로 나더러 잠시 편즙을 맡아 달라는 부탁에 의지하여 나는 한 반년 간 편집의 일을 본 일이 있었읍니다. 이제 『아이생활』이 십 주년 기념을 맞게 된 때를 당하여 그 사이 많은 성장과 발달을 이루었음은 못내 기쁨을 말지 아니하는 바이며 더욱이 그때의 일을 생각하여 감개하기 그지없읍니다. 이에 한마디 붙이어 말할 것은 아래의 몇 가지 사실은 다른 데서 보지 못할 오로지 『아이생활』만이 가진 자랑일 것입니다.

一. 십 년이란 짧지 않은 동안에 조금도 간단이 없이 꾸준히 계속하여 간 것.

二. 그 주장과 정신이 일관하여 나아간 것.

三. 그림이 많고 내용이 풍부한 것.

四. 우리글의 바른 철자를 제일 먼저 사용하였으며(아동 잡지로서는), 지금도 이를 철저히 실행하는 것.(이상 58쪽)

## 朱耀燮(第五代 本誌 主幹 今 北平 輔仁大學[71] 敎授), "『아희생활』을 『아이생활』로 − 一九三○年 十一月 號부터"

朱 선생은 一九三○년 九月부터 一九三一년 十二月까지 만 十六개월 十六號째를 躍進的으로 本誌의 큰 재를 새롭게 하신 입니다.

내가 이 잡지 편즙을 맡을 그때에는 이 잡지 이름이 『아희생활』이었지오. 그걸 내가 고집을 세워서 '희'자를 '이'자로 바꾸었읍니다. 한 일 년 일하는 가운데 잡지를 발전시킨 일은 별로 없지마는 그 이름은 내 고집으로 개선된 것이거니 하고 생각할 때 『아이생활』과 나는 떠날 수 없는 인연을 가진 듯싶습니다.

또 내가 편즙을 맡든 그때에는 지금 주간으로 계신 최봉측 선생께서는 신병으로 오래동안 누워 계실 때인데 내가 입사한 지 몇칠 못 되어 그때에는 최 선생과 나는 서로 모르는 사이었건만 병석에서 제게로 격려하는 편지

---

71 '北平'은 '베이징(北京)'의 옛 이름이고, '輔仁大學'은 1925년 베이징에서 개교한 대학이다.

를 보내 주셨었읍니다. 그것도 내가 죽을 때까지 잊지 아니하겠읍니다. 고최 선생이 몸이 튼튼해지시고 또 오늘 『아이생활』을 운전해 나가고 계신 것을 생각할 때 기쁜 마음 이로 헤아릴 수 없읍니다.

오늘 십주년 맞이를 했으니 이젠 튼튼한 기초공사는 완성되었다고 보겠읍니다. 그 반석 같은 기초 우에서 앞으로 더욱 더 나아감이 계속될 줄로 믿습니다.

崔鳳則(第六代, 一九三二년 一月부터), "감격과 황송한 생각뿐 − 一九三四年부터 菊版을 四六十八切版으로 擴大"

가령 어떤 나라가 이웃나라와 전쟁하야 이기었다고 합시다. 그 전쟁에 이긴 사람들로 말하면 발서 피를 흘리고 목숨까지 바친 군인들이거나 살아 있드라도 다리가 부러졌거나 팔이 잘러졌거나 한 병신 군사들로서 그들에게는 벌서 세상에 대한 행복은 멀리 된 것이외다. 그 피와 병신으로 사서 얻은 승리의 행복을 누리는 사람은 총자루도 줴 보지 아니한 그 후세 사람들입니다.

마찬가지로 본지 『아이생활』이 전 조선 육백만 어린이(보통학생으로 고등학교 二, 三학년까지)들을 상대로 하고 지금으로부터 만 十년 전 즉 一九二六년 三월 十일로서 고고의 첫 울음 소래를 발한 이래 창간 당시에 산파역을 대신하신 선배 여러 선생과 유지의 뭉키인 정성 덩어리와 사장 이하 실무를 맡어 보신 앞선 여러 주간 선생들의 피와 땀으로 심어지고 쌓어진 그 공료로 해서 승리의 월계관을 받는 전승국(戰勝國)과도 같이 금일 간부는 과거 여러 선생들의 심혈로 쌓은 그 공료로 十년 굳은 터 우에 천하에 뻗은 만만 독자들로 넌즛이 행복만을 누리는 이 세대에 서게쯤 되었으니 감격과 황송한 생각이 앞뒤로 설랩니다. 마음까지는 이도록 쌓은 탑을 이상 소중이 보관하고저 자나 깨나 마음을 먹습니다마는 성의뿐이고 재조 둔하니 두렵기 짝이 없읍니다. 원컨대 여러분의 끊임없는 후원과 편달에서 앞날의 광명을 이상 기다리는 바입니다.(이상 59쪽)

崔鳳則, "本誌 創刊 十週年 年鑑", 『아이생활』, 1936년 3월호.[72]

本社 創始 滿 十週年을 맞는 이 기회에 本誌 『아이생활』 發刊의 動機와 그동안의 經路를 讀者 일반에게 公開하야 다 가치 本誌 存在의 史的 備考를 記錄으로 남겨 둠이 後에 있어 한 參考가 되겠기로 社長과 初代時 主幹인 韓錫源 氏의 口述과 그他 記錄을 參集하야 이에 附錄으로 그 要項을 적기로 합니다. (編者)

一. 本誌 出世의 社會的 動機 - 朝鮮 內에 五十萬 多數를 占한 教會가 社會的으로 批判을 받기 비롯할뿐더러 內部로도 腐敗의 싹이 보이는 그때에 있어 次期의 後繼者일 純潔한 어린이들로 純情 그대로를 잘 뿍돋아 世惡에 물들지 않고 자라며 그릇되는 教會問題나 社會生活에 있어 더욱 健實한 精神을 닦는 데 한 도움이 되게 하자는 意圖는 卷頭에도 말하였거니와 朝鮮 少年少女들의 읽을 만한 書籍이 없음에 反映된 것이 本誌 出世의 動機입니다.

二. 創刊 當時 産婆役을 다한 同人 諸氏 - 本誌를 내놓기 위한 當時의 苦心은 말로 다할 수 없었읍니다. 생각은 좋으나 事業에 따르는 財政問題를 解決하기는 容易한 일이 아니었읍니다. 그 當時에 本社를 創立하기에 많은 노력을 한 이들로는 宣教師로 許大殿, 郭安連, 兩 博士와 張弘範, 姜炳周, 金禹錫, 石根玉, 李舜基, 李錫洛 諸氏며 特히 創刊 當時 主幹이든 韓錫源 先生 이 모든 분들은 本誌를 나오게 한 産婆役의 受苦를 한

---

72 이 글은 '編者'가 정리한 것으로 되어 있다. 1936년도 당시 『아이생활』의 편집은 최봉칙(崔鳳則)이 맡았으므로 글쓴이를 '崔鳳則'으로 밝힌다.
　「『아이생활』 十週年 年鑑 附錄 - 一九二六年 三月 十日 創刊, 一九三六年 三月 十日 十週」(1936년 3월호)라는 제목의 부록(附錄) 내용으로, 본문과 달리 새로 쪽수를 시작하고 있다.

이들이오 그 背後에서 努力을 아끼지 아니한 분들도 여러분이십니다.

三. **本社 組織 當時의 回顧** – 一九二五年 十月 二十一日로 同 二十八日까지 京城에서 열린 第二回 朝鮮主日學校大會 直後에 以上에 述한 모든 情勢에 依하야 當時〈朝鮮主日學校聯合會〉事務室인 鐘路 二丁目 十二番地에서 鄭仁果, 韓錫源, 張弘範, 姜炳周, 金禹錫, 石根玉 諸氏가 會合하야 아희생활社 創立發起會로도 열고 財政에 對하야는 一株 五圓式으로 出捐하는 精神을 基礎로 하야 發起委員 諸氏가 責任的으로 各 分擔活動하야 社友를 募集하기로 하고 社長에 鄭仁果 氏, 主幹에 韓錫源 氏로 選任하야 少年少女 日刊[73] 雜誌의 刊行을 促進키로 한 것입니다. 이듬해 즉 一九二六年 三月 十日로서 萬般 準備가 다 되어 編輯人에 韓錫源 氏 發行人 米國人 羅宜壽 氏의 名義로 少年少女 月刊雜誌『아희생활』第一號 創刊號를 世上에 내놓기로 되었읍니다. 그리고 社組織 內에 있어는 社友 全體로 總會가 있고 總會를 代表한 十株 以上 社友로 理事會가 되고 理事會에서 幹部 職員을 選任케 된 것입니다.

四. **初代 本社 職員** – 一九二六年 本誌 六月號 篇末에 發表된 本社 職員은 如左함.

| | |
|---|---|
| 社長 | 鄭仁果 |
| 編輯部長 | 韓錫源 |
| 同部員 | 羅宜壽 發行人 兼 |
| | 李晢洛 |
| | 李輔植 |
| 財政部長 | 鄭仁果 |
| | 車在明 |
| | 李舜基 |

---

[73] '月刊'의 오식이다.

| 監査 | 張弘範 |
|------|--------|
|      | 崔興琮 |

## 五. 第二回 理事會 – 第二卷 五月號 後面 揭載, 一九二七年 四月 會議記

一. 新任職員

| 社長 | 鄭仁果 |
|------|--------|
| 事務幹事 | 宋觀範 (이상 5쪽) |
| 外務幹事 | 金鍵厚 |
| 編輯部長 | 鄭仁果 |
| 同部員 | 洪秉璇 |
|        | 宋觀範 |
|        | 韓錫源 |
|        | 金俊玉 |
| 財務部長 | 車載明 |
| 同部員 | 石根玉 |
|        | 許大殿 |
|        | 宋得昇 |
|        | 李舜基 |
| 監査役 | 張弘範 |
|        | 姜炳周 |
|        | 金禹錫 |
| 發行人 | 許大殿 |

一. 株主에게 本誌를 三割 提供키로 하고 十株 以上 株主에게는 無料
進呈키로 함

一. 特別 社友는 五十株로 함

理事長　　　　張弘範

書記　　　　　金聚坤

◇ 一九二七年 十月 九日 理事會

　(記錄은 無)

◇ 一九二九年 一月號에 發表된 幹部 及 同人

社長　　　　　鄭仁果

會計　　　　　禮是

主幹　　　　　宋觀範

外務　　　　　金健厚

　　　　　　　李昇遠

　　　　　　　朴信義

## 執筆同人

| | |
|---|---|
| 朱耀翰 | 李光洙 |
| 李容卨 | 白樂濬 |
| 李永漢 | 方仁根 |
| 劉道順 | 全興純 |
| 金基演 | 金台英 |
| 李允宰 | 許奉洛 |
| 朴仁寬 | 李龍道 |
| 姜明錫 | 崔相鉉 |
| 李輔植 | 裵德榮 |
| 吳在京 | 高長煥 |
| 崔鳳則 | 鄭載冕 (이상 6쪽) |

## 六. 社友 芳名錄 一覽表

　(이하 6쪽에서 12쪽까지에는 '特別社友'라 하여 전국 지명에 따라 인명
을 밝히고 주식 수(株式數)와 불입회수(拂入回數)를 밝히고 있다. 인명

의 내용 생략하고, 말미에 적힌 내용만 옮긴다.)

以上 諸氏의 後援은 創刊 當時에 큰 原動力이었거니와 追後로 財政上 困難으로 社長은 印刷費로 해서 自家에 執行의 難關을 치르면서도 本誌의 繼續 發展을 위하야 百方으로 끝까지 努力한 것입니다.

## 七. 朝鮮主日學校聯合會와의 關係

◇ 一九二七年 十月 六日 下午 八時 京城 皮漁善學院에서 開催된〈朝鮮 主日學校聯合〉第六回 總會에서 如左히 決議함

　　　(第六會錄 十二頁)

아희생활社 理事長 張弘範 氏가 少年少女 雜誌『아희생활』을 引繼하 여 달라는 것은 받고 進行方針은 實行委員會에 委任키로 하다.

　　　會長　　金禹錫
　　　書記　　李晢洛

◇ 同日 下午 九時 三十分 主校聯合會 實行委員會의 決議

　　　(第六回錄 二十頁)

아희생활社를 代表한『아희생활』理事會는 그대로 두고 社長 兼 編輯 人은 鄭仁果 氏, 發行人은 許大殿 博士로 하고 그他 一切 事務는 許大 殿, 鄭仁果, 郭安連 三氏에게 委任키로 함.

　　　會長　　金禹錫
　　　書記　　李晢洛

◇ 一九二八年 二月 四日 午前 九時 主校聯合會 實行委員會 決議

　　　(第七會錄 二六頁)

負債 八百圓과 每月 維持 五十圓式은 總會時까지 貸與키로 하고 會 計는 禮是 氏로 可決함.

一. 編輯委員은 五人을 두기로 하고 如左히 選定함

　　　編輯委員　　　金昌俊
　　　同部員　　　　李晢洛
　　　　　　　　　　田榮澤

　　　　　　　　宋觀範

　　　　　　　　金俊玉

　　副會長　　　金俊玉

　　書記　　　　李晳洛

◇ 同年 五月 一日 午前 九時 鐘路會館에서 主校聯合會 實行委員 會議

　中 決案(第七會錄 三〇頁)

一. 會計 禮是 氏의 報告는 接受하고 發行人은 都瑪連 氏로 可決함

◇ 同年 十月 十七日 午前 九時 三十分 鐘路會館에서 第七回 主校聯合

　總會議 中 決案

　　　(第七會錄 七, 八頁)

一. 財政部長 李舜基 氏 報告

　　a. 아희생활社에는 現在 以上의 補助를 할 豫算이 없음.(이상 12쪽)

　　b. 아희생활社에 貸與한 八百圓은 許與키로 하고 그 他는 幹部에

　　　一任키로

　　c. 『아희생활』 會計는 主校聯合會 會計가 兼任키로

　　　會長 金俊玉　　　書記 李晳洛

◇ 一九二九年 二月 五日 午前 九時 鐘路 主校聯合會舘에서 第八回 總

　會實行委員 會議 中 本 社件 決案 (第八回 總會錄 二十三頁)

　『아희생활』을 〈朝鮮主日學校聯合會〉에서 引繼한 것을 各 支社에게

　如左히 通知하기로

　　一. 『아희생활』을 引繼한 始末을 알게 할 일.

　　二. 社友金은 如前이 補助하여줌을 바람.

　　三. 社友金 拂入人에겐 雜誌를 無料로 配付할 것.

　　　書記 李晳洛

## 八. 朝鮮主日學校聯合會와 耶蘇教書會와의 關係

◇ 同年 十月 九日 上五 九時 聯合會舘에서 第八回 總會 中 決案

　　(第八回 總會 中 十一頁)

一. 『아희생활』에 關한 件은 耶蘇敎書會 總務 班禹巨 氏와 交涉하야 繼續 維持하기로 하고 交涉委員은 如左 選定함.

　　鄭仁果, 洪秉璇, 郭安連, 會長 邊成玉, 書記 金仁人

## 九. 朝鮮兒童文化 事業運動費 交涉에 對한 班禹巨 氏 談

一九二八年 安息年으로 故鄕인 캐나다로 갔던 이듬해 여름 캐나다 토론토에 있는 캐나다 婦人 宣敎聯合會長 故 몬트고메리 夫人(Mrs. Montgomery)을 訪問하게 되었읍니다. 그는 끄럭말 聖經을 譯述한 有名한 夫人으로 朝鮮兒童文化事業을 위하야 援助金을 請한 바 好意로 同委員會의 通過를 얻어 一九三〇年부터 每年 七百圓의 補助金을 주겠다는 고마운 承落을 하였읍니다. 同年 가을 米國 뉴욕에 있는 萬國 宣敎聯合會 中 婦人 及 兒童基督敎文化事業協會長 故 쓸로런스 타일러- 夫人(Mrs. Florence Tyler)을 訪問하고 亦是 朝鮮兒童文化事業의 援助를 請한 바 同會에서는 每年 三百弗式 주기로 許諾하였읍니다. 그해 年末에 朝鮮으로 다시 歸任하면서 以上 援助金을 가지고 따로 兒童雜誌를 發行하면 同僚機關인 『아희생활』과 競爭이 될 것을 觀察하야 『아희생활』 經營 當局者와 協議한 結果 서로 聯合하야 『아희생활』誌의 內容을 刷新하되 四六版을 菊版으로 하고 紙質은 優良品 揷畵 等을 많이 넣기로 하였읍니다. 그러나 誌代는 從前대로 하야 조선 어린이들로 헐한 값에 좋은 雜誌를 보도록 具體的 議論이 된 것입니다. 이에 對하야 캐나다와 미국 두 婦人團體에 謝意를 表하면 조선 어린이들은 앞을 다투어 本誌를 愛讀하야 至今는 內外 各國 朝鮮 어린이들이 있는 곳에 本誌의 面影이 나타남은 實로 기뻐함을 말지 아니하는 바입니다.

◇ 一九三〇年 五月 二十日 下午 二時 鍾路聯合會舘에서 第八回 總會 第二實行委員會의 決議.

　　　(第九回 總會錄 二八頁)

　『아희생활』誌 名稱 變更件은 雜誌委員會에 一任함.

　　會長 邊成玉, 書記 金仁九

◇ 同年 十月 三日 下午 八時 鍾路中央教會에서 열린 主校聯合 第九回 總會議 中 決案

　　(第九總會錄 三, 一七, 一八頁)

『아희생활』別 委員 代表로 同社長 鄭仁果 氏가 書會 總務 班禹巨 氏와 交涉한 結果 合同 經營케 된 顚末을 左記 別項과 같이 報告하여 採用키로 함

　　會長 姜炳周 書記 金仁九

## 十. 本社 經營에 對한 兩 機關 協定 條文

一. 委員들은 本聯合會舘 後室에서 耶蘇教書會 班禹巨 氏와 協議하고 다음과 같은 契約을 締結하였음

『아희생활』을 經營하기 爲하야 朝鮮主日學校聯合會는 每年 六百圓 耶蘇教書會는 每年 一千八百圓을 辨出할 수 있으므로 朝鮮主日學校 聯合會와 耶蘇教書會는 左記 條文에 依하야『아희생활』雜誌를 協同 經營으로 協定함

　(1) 上述한 機關에서 各各 支配할 委員들을 二人式 擇하야 合 四人으로 된 委員들은 編輯人들을 擇하며 또 同誌에 關한 關係 되는 모든 事務를 全然히 處理함

　(2) 編輯事務는 編輯委員들이 耶蘇教書會 事務室에서 執行하되 班禹巨 氏는 그림을 供給하며 어린 讀者들을 위한 飜譯할 材料準備 協助키로 함

　(3) 一切 營業事務는 主校聯合會 事務室에서 取扱하되 聯合會의 會計는 本誌의 會計도 됨

　(4) 班禹巨 氏는 同誌의 發行人 鄭仁果 氏는 編輯人는 名義로 함

　(5) 書會와 聯合會 兩 機關에는 同誌 讀者募集을 取扱하되 無割引으로 그 注文金額을 『아희생활』營業部에 넘기기로 함

　(6) 別紙의 豫算案을 採擇하고 不足이 있을 때는 兩 機關이 共同責任을 질 것

一. 田榮澤 氏를 主幹으로 金(이상13쪽)東吉 氏는 編輯員으로 選定한 바 田榮澤 氏는 一月 後에 米洲 留學 出發 後로 其 後任에 李允宰 氏가 勤務케 되었고 平壤서 發行하던 月刊『幼年申報』는 廢刊하는 同時에 先金讀者를 本紙 아이생활社로 넘김을 引受하였고 右 定款에 의하야 被任된『아이생활』委員은 如左함

書會側 = 班禹巨 總務, 奇怡富 夫人, 聯合會側 = 許大殿 博士, 鄭仁果 社長

右 許大殿 博士는 歸國 中이므로 郭安連 博士가 代理함

一. 本誌 主幹 李允宰 氏 辭免 故로 今年 九月부터 朱耀燮 氏를 그 後任으로 遷聘했고 書會 金東吉 氏는 今年 十月부터 아기페지의 글과 揷畵를 擔任키로 되다.

一九三〇年 十月 三日

右委員代表　　　許大殿 ㊞

鄭仁果 ㊞

◇ 從次로 四人 委員會는 隨時 會合하야 本誌 一切의 發展 事務를 協議 進行하다.

◇ 一九三四年 十月 十七日 書會議室에서 열린 主校聯合會 第十三總會 中 決議

(第十三回總會錄)

『아이생활』委員은 社長 鄭仁果 氏 外 二人을 薦擧키로 되어 都瑪連 石根玉 兩氏 當選 되다.

會長 張弘範, 書記 裵德榮

◇ 書會側에서는 白樂濬, 班禹巨, 金保麟 三氏가 被選됨


十一. 本社 委員會議

◇ 一九三五年 二月 十九日 下午 四時 書會 會議室에서 本社 委員會 出席 ― 白樂濬, 鄭仁果, 金保麟, 班禹巨, 金健厚(石根玉 代), 崔鳳則, 都瑪連 氏 不參

一. 前年度 財政報告 及 今年度 豫算案 通過 主幹 崔鳳則 報告案은 玆에
省略
一. 社長 鄭仁果 氏 報告
歷代 主幹들의 努力으로 本誌는 堂堂 進步 中이고 現 幹部 職員은
如左함
社長 鄭仁果, 主幹 崔鳳則, 編輯員 金東吉, 營業部長 班禹巨, 編
輯部長 鄭仁果, 會計 閔休, 小使 一人
一. 現使用하는 本社 事務室聯合會 房 四十號 C室은 狹窄하므로 書會의
넓은 房一室을 月額 拾圓賁(特殊關係으로 半額 以上)로 使用하도록
決議하고 交涉은 社長에게 一任키로 하다.
◇ 交涉이 如意하야 書會 四層 第四三號室(五坪)에 同年 三月 十六日부
터 本社 事務室을 移轉하였다가 다시 同年 十一月부터 同四十四號室
(六坪)로 移轉하야 從前보다 활신 넓은 事務室을 使用케 되다.
委員長 白樂濬
書 記 金保麟
◇ 同年 十月 十日 下午 四時 本社 事務室에서 委員長 白樂濬 博士 參席
으로 本社 委員會 開함
一. 出席 — 白樂濬, 班禹巨, 鄭仁果, 金保麟, 姜炳周(石根玉 氏 代), 崔
鳳則, 都瑪連 詩 未參
一. 主幹의 報告한 財政報告는 接受하고 一九三六度 豫算案은 若干의
修正을 加하야 通過하다. 過去 一年度 收支 金額 二,八八七圓, 一九
三六年 收支豫算額 一五,三四〇圓
(仔細한 項目은 省略함)
一. 本社 庶務員 崔仁化 君은 今年 十月부터 主校聯合會에 專任케 하고
安善興 君으로 服務함
一. 本誌 市內 分賣는 十一月號부터 漢城圖書株式會社에 市內 總販賣
로 委任키로 함
一. 班禹巨 氏의 提案인 本誌에 이미 發表된 「銀河의 王國」, 「요섭과

兄弟들」,「순례자의 가는 길」 等은 以後 書會에서 發行할 것을 許하고 發行 後 本社 代理部를 거처 注文 오는 것은 四割에 酬應할 案을 附加하다.

委員長 白樂濬, 書記 金保麟

◇ 每年 長老會 總會時 及 主校聯合會 時에 本社 理事會와 그他 本社 委員會議에 對한 撮要는 以上에 그치고 記는 省略함

## 十二. 本誌 主幹 歷代

社長 鄭仁果 氏는 本誌 創刊時부터 一括 視務함

### 第一代 韓錫源

一九二六年 三月로 同年 十二月까지 今 錦衣還鄉 於 開城

### 第二代 故 宋觀範

一九二七年 一月로 一九二九年 十二月까지(一九三二年 四月 十三日 逝去)

### 第三代 田榮澤

一九三〇年 一月로 同年 二月까지 今『基基敎報』[74] 主筆

### 第四代 李允宰

一九三〇年 二月로 同年 夏期까지 今『한글』主幹

### 第五代 朱耀燮

一九三〇年 九月로 一九三一年 十二月까지 今 北平 輔仁大學 敎授

### 第六代 崔鳳則

一九三二年 一月로 現在

◇ 許奉洛 氏 ― 一九二七年부터 一九三二年 三月까지 本社 帳簿記錄 會計事務와 一時 編輯에도 助力

◇ 朴恩惠 氏 ― 一九三一, 二年間 本誌 編輯部員 兼務(聯合會工謀編輯 幹事時) (이상 14쪽)

---

[74] '基督敎報'의 오식이다.

# 十三. 版權年鑑 (大正 十五年(一九二六年) 三月 十二日 第三種 郵便物 認可, 大正 十五年 三月 十日 本社 三月 創刊 發行)

| 年月日 | 編輯人 | 發行人 | 印刷人 | 印刷所 | 發行所 |
|---|---|---|---|---|---|
| 一九三六年 三月 | 韓錫源 | 米國人 羅宣壽[75] | 金相源 | 相光 | 京城府 西大門町 一丁目 七二番地 |
| 同　　四月 | 同 | 同 | 同 | 同 | 西大門町 二丁目 72 |
| 同　　十一月 | 鄭仁果 | 同 | 同 | 同 | 紅把洞 一五 |
| 一九二七年 二月 | 同 | 同 | 李英九 | 望臺 | 同 |
| 同　　三月 | 同 | 同 | 金重煥 | 彰文社 | 同 |
| 同　　四月 | 同 | 米國人 許大殿 | 同 | 同 | 同 |
| 同　　八月 | 同 | 同 | 金鎭浩 | 同 | 同 |
| 同　　十二月 | 同 | 同 | 朴翰柱 | 喜文館 | 鍾路 二丁目 一二 |
| 一九二八年 六月 | 同 | 同 | 金鎭浩 | 彰文社 | 同 |
| 同　　九月 | 同 | 同 | 鄭敬德 | 同 | 同 |
| 同　　十月 | 同 | 英國人 班禹巨 | 同 | 同 | 同 |
| 一九三二年 一月 | 同 | 同 | 具滋祿 | 同 | 鍾路 二丁目 九一 |
| 同　　五月 | 同 | 同 | 金在轍 | 同 | 同 |
| 同　　十二月 | 同 | 同 | 金顯道 | 同 | 同 |
| 一九三四年 一月 | 同 | 同 | 金鎭浩 | 漢城圖書 | 同 |
| 一九三六年 三月 | 同 | 同 | 同 | 同 | 同 |

(이상 15쪽)

(이하 "十四. 本社營業方針의 變遷 定款", "十五. 本誌 發展의 今日 分布網", "十六. 本誌 發展의 最近 五年間 比較 統計律"은 『아이생활』 잡지를 직접 이해하는 것과 무관해 생략함)

---

75 '羅宜壽'의 오식이다.

## 白化東, "머릿말", 『가톨릭少年』, 창간호, 間島 龍井, 1936년 3월호.[76]

사랑하는 조선의 귀엽고 아리따운 소년소녀들이여!

나는 참다운 따뜻한 정으로써 제군을 사랑스러운 아들딸로 상각합니다.

나는 제군의 사랑 깊은 자부(慈父) 되기를 원하며 또한 이미부터 자부(慈父)의 따뜻한 사랑으로써 제군을 대하고 잇습니다.

사랑하는 제군이여! 어진 어머니가 철몰으는 귀여운 아들딸의 손에 날카로운 칼이 쥐여 잇슴을 볼 제 얼마나 놀라며 당황이 그 칼을 빼앗겟는가 생각해 보시오. 제군의 깨끗하고 맑은 정신을 썩게 하는 조치 못한 잡지나 책은 날카로운 그 칼보다도 더욱 무섭고 위험한 것입니다. 그럼으로 나는 귀여운 제군의 손에 조치 못한 책이 쥐여 잇슴을 볼 제 그 어진 어머니와 같은 심정으로 픽도 당황해 하는 바입니다.

그런데 날카로운 칼을 빼앗긴 철몰으는 아이는 분하다고 작구 울지를 안습닛가? 그런 때에 그 어머니는 맛잇는 과자로, 에쁜 인형으로, 고흔 작난감으로 우는 아이를 달래며 기쁘게 해 줌을 제군은 보앗슬 것입니다.

나도 제군의 손에 들엇든 조치 못한 책을 빼앗는 그 대신에 맛잇고 에쁘고 고흔 이 『가톨릭少年』을 만들어 제군의 손에 들려 주는 바입니다.

조치 못한 책을 집어던지기를 분해 하지 말고 제군은 벙글벙글 우스며 이 잡지를 손에 받아 들어 주기 바랍니다. (이상 13쪽)

---

76 원문에 '본사 총장 철학박사 白主教'라 되어 있다. "白主教"는 "白化東"으로 延吉 본당 초대 주임신부를 지낸 독일인 테오도어 브레허(Theodor Breher)이다.

## 裵光被, "창간사", 『가톨릭少年』, 창간호, 間島 龍井, 1936년 3월호.[77]

꽃동산 안에서 잡풀에 섞여 자라나는 한 떨기의 <u>꼬스모스</u>가 장차 에뿐 꽃봉우리를 맺이려 합니다.

그러나 퍽도 간열핀 꽃봉우리입니다.

잡풀에 눌리여 줄기가 약하고 가늘며 이우러지려 합니다.

이때에 이 <u>꼬스모스</u>를 위하야 무성한 그 잡풀을 뽑아 줄 동산직이가 업다면 얼마나 가엽슨 일입닛가?

장차 고은 꽃이 피고 아름다운 열매가 매치려는 조선의 六百萬 소년들이 조치 못한 사상에 눌리워 멸망을 당하려 할 제 사랑스러운 그 소년들을 구원하는 역활을 맡은 소년잡지가 업다면 그 얼마나 애석(哀惜)한 일이랴!

그럼으로 안에셔 밖에서 가까이서 멀리서 이 소년잡지 간행(刊行)의 부르지즘은 바야흐로 소리가 높앗든 것입니다.(이상 14쪽)

더욱이 재작년 전조선주교회의(全朝鮮主教會議) 때에는 이 소년잡지 간행의 부탁과 재촉을 이 간도 연길교구(間島延吉教區)에서 받게 되엿든 것입니다.

이 연길교구(延吉教區) 안에는 이미 五년 전부터 〈탈시시오少年회연합회〉이[78] 회보가 발행되여오는 터입니다. 이제 와서 연길교구장(延吉教區

---

**77** 원문에 '본사 사장 裵光被'라 되어 있다. '裵光被'는 독일인 신부 'Balduin Appelmann'의 한국식 이름이다.

**78** 〈탈시시오少年회연합회〉의'의 오식이다. '탈시시오소년회'는 1905년 로마에서 에질리오 왈젤리라는 청년 신부가 주도하여 조직한 소년단체로 성체공경과 예전운동(禮典運動), 초대교회의 고고적 성물 연구, 덕행수행을 목적으로 하였다. 3세기경 로마의 소년 순교자로 알려진 탈시시오(Tharsicius, 타르시키우스 또는 타르시치우스, 타르시치오)는 복사(服事)와 첫 영성체(領聖體) 하는 어린이들의 수호성인(守護聖人)들 중의 한 사람으로 소년다운 용기와 신앙의 상징으로 알려져 있다. 간도 용정(間島龍井)의 〈탈시시오연합소년회〉는 "현재 용정 본당에 주임 신부 겸 전연길 탈시々오연합소년회에 총재로 있는 배광피(裵光被) 신부

長)이시며 본사 총장이신 白주교 각하께서 모든 이의 열망(熱望)을 채우사 이 『탈시시오연합회보』를 전조선의 소년소녀들을 위한 잡지 『가톨릭少年』으로 변경하시기를 주저치 안으사 만은 물질과 정신을 히생하시게 되엇습니다.

이달부터 조선 十三도의 환호(歡呼)와 박수(拍手) 중에서 이 『가톨릭少年』 창간호(創刊號)는 여러분을 차저가게 될 것입니다.

그러나 새로 어미 뱃속에서 출생된 아주 어린아이입니다. 아무 힘도 업고 저 혼자 움직일 기능도 업는 어린애기입니다.

이 아기를 먹이고 키우고 영양(營養)을 주어 튼튼하게 살리워 주는 것은 우리와 여러분께 달린 것입니다.

아모쪼록 충실이 자라나도록 잘 키워 주심을 바라며 다시 바라는 바입니다.(이상 15쪽)

---

京城 李秉岐, "(祝創刊辭)『가톨릭少年』은 感祝하외다", 『가톨릭少年』, 창간호, 間島 龍井, 1936년 3월호.

우리의 귀여운 少年들을 위하여 『가톨릭少年』을 刊行하신다니 感祝하외다.

우리는 너무도 덤덤하외다. 쓸쓸하외다. 사는 것다운 사는 맛을 모르외다. 우리도 눈도 잇고 귀도 잇고 입도 코도 다 잇습니다. 남과 같은 感覺이

---

는 一九三一년 정초에 소년들의 덕성 함양과 함께 그들을 장차 성직의 길로 인도하려는 목적으로 재래 용정에 잇던 보미사회를 개조하야 탈시々오회를 조직하였다. 이 회는 의외에 또는 단시일 내에 장족의 세로 발전하여 감을 본 백주교 각하께서 가톨릭소년운동을 규모적으로 할 목적으로 각 지방 교회대 안 탈시々오회의 창립을 명령하였다."(金成煥, 「延吉 탈시시오聯合少年會」, 『가톨릭靑年』, 1934년 9월호, 31쪽)라고 하는 데서 "창립 유래"를 알 수 있다.

야 업스릿가마는 그런 感覺들을 깃부게 질겁게 하지를 못합니다. 그 理由
는 여러 가지가 잇겟지요. 그중 한 가지를 들어 말하면 먹고 살 걱정이라
하겟지요, 헐벗고 주리고야 그밖에 또 무엇을 구하겟습닛가. 그러나 그대
로 죽지 안코 사는 마당에야 게서라도 좀 더 깃부게 질겁게 살어야 할 것
안입닛가? 우리는 精神의 糧食도 대단 不足하외다. 이럴수록 精神이나 健
康하여야 할 터인데 그도 不足하다면 엇지 살 수 잇스릿가? 더구나 봄풀이
움같치 자라 나는 깨끗하고 純眞한 少年들이야 어떠하겟습닛가. 이때『가
톨릭少年』은 참 感祝하외다.『가톨릭少年』으로 하야 과연 少年의 糧食이
되도록 만이 힘쓰시기를 바라고 바랍니다.    十二月 七日 (이상 16쪽)

平壤 康安肅, "(祝創刊辭)祝 創刊",『가톨릭少年』, 창간호, 間島
龍井, 1936년 3월호.

今番에 貴社에서『가톨릭少年』을 發行하야 全 朝鮮 少年을 지도하는
그 아름답고 貴한 誠意에 滿腔의 敬意를 表하는 同時에 두 손을 들어『가
톨릭少年』의 萬歲와 아울러 健全한 發展과 充實을 誠心으로 祝願하는 바입
니다. 그러하야 가톨릭 少年들의 참된 동무가 되며 指南針이 되어 주기를
바라며 한거름 더 나아가 어둠에서 헤매는 가여운 동모들까지도 北쪽 他關
에서 씩씩히 자라 나는 탈시시오 少年들의 高喊소리와『가톨릭少年』의 소
리에 感應(이상 16쪽)하야 손을 잇끌어 바른길로 도라오게 하여 주기를 믿고
또 바밥니다.[79]

<hr>

79 '바랍니다.'의 오식이다.

**德源 金鉉點, "(祝創刊辭)祝『가톨릭少年』創刊", 『가톨릭少年』, 창간호, 間島 龍井, 1936년 3월호.**

이 사람도 가톨릭 少年 乃至 朝鮮의 모든 少年에게 읽힐 만한 조은 雜誌의 出現을 오래 전부터 기다리든 者 中의 한사람입니다. 그럼으로『가톨릭少年』의 誕生을 眞心으로 歡迎합니다. 아못조록 自己 使命을 다하야 한번도 쉬지 안코 健全하게 活動하는 雜誌가 되기를 빕니다. 그리고 부대 長壽하기를 빕니다.(이상 17쪽)

**大邱 崔正福, "(祝創刊辭)貴誌의 創刊을 祝함", 『가톨릭少年』, 창간호, 間島 龍井, 1936년 3월호.**

조선 가톨릭은 세계적으로 빛나고 아름다운 일이 만키로 유명하거니와 또한 남달리 가난하고 빈약한 것도 한두 가지가 아닐 것이다. 五교구를 통하야 정기간행물(定期刊行物) 수효의 적음도 그중에 하나일 것이다. 그러나 귀『탈시시오소년연합회 회보』는 창간된 지 四五개년 동안 귀 교구 소년들을 위하야 만은 로력이 잇섯고 큰 효과가 잇섯슴은 참으로 감축하는 바이다. 따라서 이번에 모든 것을 히생하야 제목(題目)을 고치는 동시에 한 교구적인 국한(局限)을 떠나서 전선적(全鮮的)으로 모든 소년들은 위하야『가톨릭少年』창간호를 간행하게 된 데 대하야 실로 만강(滿腔)의 경의(慶意)와 축의(祝意)를 표하는 바이다.

험악한 사조가 시각을 다투어 급박하여지는 이때에 소년운동의 중보(重寶)인 귀지『가톨릭少年』의 사명(使命)이야말로 실로 중하고 또 큰 줄로 안다.

원컨대 귀지는 앞으로 분투 로력하야 씩씩하게 자라 나 그 사명(使命)을

충실이 다할(이상 17쪽) 줄 믿고 바라며 이번 귀지의 탄생을 축하하고 건전한
발전을 빈다.

---

## 會寧 朴智秉, "(祝創刊辭)祝 創刊", 『가톨릭少年』, 창간호, 間島 龍井, 1936년 3월호.

하눌이 日月을 創造하섯스매, 永遠부터 永遠까지 가리로다. 天主 亦是
滿洲國 延吉 敎區에 『가톨릭少年』을 始作하게 하섯스니, 또한 이제부터
永遠까지 가리로다. 延吉에서 誕生한 『가톨릭少年』이 큰소리로 첫울음을
울 때에, 滿洲와 朝鮮의 少年이 깨일 것이며 일어날 것이다 — 아니, 世界
의 少年들이 깨여 일어날 것이다. 둘째 소리를 낼 때에는, 世界의 靑年이
깨일지며 셋재 울음을 울 때에는 世界人類가 다 깨일 것이며, 넷재 소리를
發할 때는 모든 귀먹은 이까지 들을 것이며 울고 울고 또 울 때는 地球上
모든 물건이 震動한 것이오 나무와 들까지도 움즉이리로다. 『가톨릭少年』
아! 네가 誕生함은 偶然한 일이 안이며 天主의 使命임을 깨달으라. 네 소
리는 偶然한 소래가 안이라 十八億 人生의 靈魂의 死活問題를 左右할 큰
責任을 가진 소리 안이랴? 果然 그러할진댄 네 소리 얼마나 커야 하며 果
然 그러할진댄 네 소리 얼마나 嚴하여야 하며 얼마나 사랑스러워야 하며
얼마나 情답고 부드러워야 하랴? 네 소리가 地球上에 波動될 때에 半身불
수 일어날지며 귀먹어리 들으며 눈먼 자 뜰 것이로다! 이 소리 震動할 때
에 온 나라가 平和하리로다. 싸홈을 그치리로다! 총과 칼이 무슨 소용이
잇스랴? 총과 칼을 마수어서 보섭과 호미와 낫을 만들지로다. 이것이 너
의 責任인저.(이상 18쪽)

德源 金成煥, "(祝創刊辭)祝 創刊", 『가톨릭少年』, 창간호, 間島
龍井, 1936년 3월호.

朝鮮의 어린이를 對像으로 『가톨릭少年』은 萬雷의 歡呼裡에 첫 呱々의
聲을 發하게 되엿다. 이것은 十四萬 敎友大衆의 宿望이엇고 熱望이엇다.
인제 그 出發을 보게 됨(이상 18쪽)은 晚時之感이 업지 안으나 萬人의 期待下
에 所期한 目的에 到達하리라 생각하며 眞心으로 滿腔의 祝福을 마지안는
다. 願컨댄 『가톨릭少年』은 世事에 常程처럼 되여 잇는 沙上樓閣的 暫定的
性質의 것이 되지 말고 永遠한 將來를 目標로 內實外虛 外實內虛에 모든
缺陷領域을 지나 內外具實을 得한 참다운 少年誌가 되어 全鮮 가톨릭 少年
少女를 그리스도 精神에로 領導하는 彗星이 되기를 懇願한다.(이상 19쪽)

間島 八道溝 金龍泰, "(祝創刊辭)『가톨릭少年』의 창간을 祝함",
『가톨릭少年』, 창간호, 間島 龍井, 1936년 3월호.

少年들을 위하야 새로 탄생하는 『가톨릭少年』을 나는 두 손을 들고 민중
과 함께 가슴에 넘치는 깃븀으로 맞이하는 바이다.
문질(文質) 문명(文明)이 극도에 이르럿다는 세도인심(世道人心)은 마
치 처녀여행(處女旅行)을 하는 나그네가 갈내길에서 머뭇거리고 잇는 것
과 같다. 아니, 죽음과 삶의 경게선(境界線)에서 갈팡질팡하는 것이나 같
다. 한거름을 말매암아 죽는 낭떠러지도 떨어지며 혹은 깃븀과 평화가 넘치
는 낙원의 문을 잡기로 한다면 그 한거름을 누구나 쉽게 얼른 떼여 노치
못할 것이다. 이런 때에 그 엇던 이가 "이리 가거라" 혹 "저리 가거라" 하고
진절하게[80] 인도하여 준다면 이 얼마나 감사할 것이냐?
옛날 끝업시 거치른 사막(沙漠)의 길을 지시하야 복지 가나안에 이르게

한 불기둥과 구름기둥과도 같치 갈내길 우에서 허둥지둥하고 머뭇거리는 이들을 위하야 불기둥 구름기둥의 역활(役割)을 다하고 나타나는 것은 다못 『가톨릭少年』 너 따름이다.

보채는 영아(嬰兒)를 어루만지는 자모(慈母)와도 같치 코 흘니는 원아(園兒)를 쓰다듬는 보모(媒姆)와도 같치 모든 어린이들에게 너는 젓과 깃붐을 주어라.(이상 19쪽)

---

80 '친절하게'의 오식으로 보인다.

## 田榮澤, "序", 崔仁化, 『世界童話集』, 大衆書屋, 1936.3.

"어린이마다 하느님이 아직 人間에 對하야 아조 낙심하지 아니하섯다는 使命을 갖이고 온다."

詩聖 타고아의 名句와 같이 세상이 아모리 썩어지고 망해 간다고 하여도 어린이들은 아직 깨끗하고 아름답다.

어린이의 世界는 空想과 憧憬과 善과 美의 世界다. 사람은 너무도 健忘症이 있어서 十年도 못 지나 아니 二三年만 지나면 "어린이 時代"의 일과 心理를 까마케 잊어버린다.

그리하야 우리는 萬事에 어린이의 心理와 感情을 無視하고 어린[81] 本位로 해 버린다.

朝鮮에서는 더욱이 童心을 모르고 따라서 어린 世界를 蹂躪하여 왔다. 이제 童話運動은 分明히 어린이 世界의 새로운 光明이오 祝福이다.

本書의 筆者 崔仁化 君은 이 童話道에 마음을 두고 몸을 바친 지 세상이 알기로는 五六年 남모르게는 벌서 十數年, 하로도 꿈에도 그 勞心 努力을 쉬여 본 적 없더니 이제 그 꾸준히 힘드림의 結果로 얻은 童話 一集을 세상에 내놓게 된 것은 私誼로서도 내 일인 듯 반갑거니와 우리 어린이 世界를 위하야 童話運動을 위하야 크게 기뻐할 일이다. 이 小集으로 우리 어린이의 糧食이 그만큼 늘고 어(이상 1쪽)린이 世界의 地域이 퍼저질 것은 중심으로 기뻐하지 아니할 수 없다.

나는 마음이 뒤숭숭하고 괴롬을 느낄 때에 童話를 읽으면 문득 이 악착한 現實世界를 떠나서 美와 노래의 유토피아에 노는 듯하야 精神이 쉬여지고 마음이 기뻐진다. 이 小集으로 많은 우리 어린이들을 기쁘게 하고 祝福할 뿐 아니라 어른들까지도 적지 아니한 慰安과 惠澤을 받을 줄 믿는다.

---

81 '어른'이란 뜻이다.

昭和 十年 十一月 十二日

城西鹽里에서 田榮澤 (이상 2쪽)

---

## 주요섭, "序", 崔仁化, 『世界童話集』, 大衆書屋, 1936.3.

崔仁化 氏는 童話에 甚大한 熱心을 갖인 靑年입니다. 氏가 幼年時代로
부터 童話에 留意하여 以來 오늘날까지 끊임없이 왼갓 逆境과 싸화가면서
한길로 勇進하고 있는 그 참된 態度에 敬意를 表하는 바입니다. 氏는 이제
氏가 多年間 硏究하고 연마한 붓끝으로 세게에 져명한 걸작 몇 편을 골라서
조선의 소년 소녀들 앞에 내여놓게 되였는데 特히 이 한 책은 동무가 동무
에게 보내는 것 같은 그런 순진과 열정의 결합인 의미에서 더한층 값진
것이라고 믿는 바입니다. 이 한 책이 넓이 퍼지여서 수많은 조선 어린이들
에게 기쁨과 상상력과 열성을 공급하는 한 계기를 지을 수 있기를 비는
바입니다.

을해년 二月 一日

주 요 섭 (이상 3쪽)

---

## 崔仁化, "自序", 崔仁化, 『世界童話集』, 大衆書屋, 1936.3.

나는 어려서부터 동화를 대단히 좋아하였읍니다. 어머님과 형님께서 재
미있게 들려주시는 이야기를 나는 듣는 그 즉시로 불이낫케 뛰여나가 동무
들에게 신이 나게 이야기하였읍니다. 이 조고마한 동화집을 내놓는 본의도
단순이 나의 유년시대의 그 마음과 그 정성으로 내가 지금까지 가장 재미있

게 본 것 중에서 世界명작

童話 몇 편을 뽑아 모아 『世界童話集』이라는 책 이름으로 이 조고마한 동화집을 第一輯으로 내놋습니다. 여러분께서 이 동화집을 보시고 이런 이야기를 아직 듣지 못한 동무들에게 이야기하여 주신다면 나는 이에서 더 기쁜 일은 없으리라고 생각합니다.

昭和 十年 一月 二十七日

編者 崔　仁　化 謹識 (이상 4쪽)

黃承鳳, "머릿말", 『童話集 새 선물』, 新義州: 義新學院, 1936.3.

해는 西山에 임우 기우럿습니다. 어둠의 神이 사람들을 롱낙하고 잇습니다. 그러나 그 잇튼날 東方으로부터 아름다운 햇님은 새 아츰의 새 희망의 선물을 담북 안고 히물〜 올나온담니다.

예수님은 이 세상에 선물을 만히 끼치고 가신 지 오래엿습니다. 석가님도, 공자님도, 또한 만흔 선물을 세상에 만히 끼치시고 가신 지? 넘우나 오래엿습니다. 그리하야 中間에 迷信들이 세상을 롱낙할 때 그때 東方의 새 神人이신 崔水雲 先生님이 새 人間의 새 生活의 새 선물을 담북 안으시고 조선 경주 구미산을 밟아 오시엿습니다.[82]

이제 이 冊은 이 뜻을 상딩하여 꾸민 글이엿는대 오늘날 새 세상의 새 일군이 될 어린 동무 여러분께 이 글을 드리나이다. 그리고 또 이 세상의 일꾼을 낳으시고 기르시는 어머님 누님과 또 형님들에게 드리나이다.

昭和 十一年 四月 二十三日            月 江 謹

---

82 '崔水雲'은 최제우(崔濟愚, 1824~1864)를 가리킨다. 경상북도 경주(慶州) 가정리(稼亭里)에서 출생하였다. 아명은 복술(福述), 제선(濟宣)이었는데 35세 때 어리석은 세상을 구제한다는 뜻으로 스스로 지은 이름이 제우(濟愚)다. 1859년 경주 가정리 용담정(龍潭亭)에서 수도를 하여 1860년 음력 4월 5일 득도하여 동학(東學)을 창시하였다. 구미산(龜眉山)은 경주 가정리에 있는 산이고, 최수운의 묘가 있다.

金鍾明, "兒童劇 小論", 『가톨릭靑年』, 제4권 제6호, 1936년 6월호.

## 앞 말

아동극이 세계적으로 발생한 지는 얼마 되지 않다. 어린이의 극이라고서 일음 짓고 세상에 나오기는 百년, 이쪽저쪽이라고 생각한다. 비교적 바른 심리학 또는 실제 연출의 조직을 갖고 나오기는 럿소-의 손으로 된 동화극(童話劇)이 처음이었었고 그 후 점차로 진보되는 모양이 되었다가 중간에 없어저 버렸으며 다시 한 五十년 전에 미국 쩨·이·따아드 씨의 창도로 세계적으로 일어나게 된 것이다. 그러나 순전이 동화극이란 그 바탕에서 새로 한 분야(分野)를 비저내여 새로운 형식과 색채를 가지고 진보의 첫거름을 시작하기는 불과 十년 이내라고 생각한다. 딴 나라는 그만두고 가까운 지나로 보면 王 氏 일본의 坪內[83] 博士 또 小寺 氏 불란서의 앗슈에·뻴·나-드 氏 이 몇 사람의 맹렬한 운동만 보더라도 동화극에서 어떠한 취지와 사명을 지고 아동극이 어린이 대중 앞에 나타났는가를 잘 알게 될 것이다. 이 여러 사람의 주장을 한테 묶어서 말을 만드러 본다면 "어린이들에게 극을 주라. 어린이들께서 극을 받으라. 압박된 어린들의 본능을 새로운 예술바탕으로 해방하기 위해 교육의 새 방침을 세우라"는 뜻이었다. 말하자면 그들의 운동은 극 운동이면서도 한편으로는 교육법의 새 운동이었다.

그러면 어린이들에게 극을 줌에 있어서는 어떻게 그리고 무엇을…? 하는 문제가 필연적으로 일어나게 되는 것이다. 이 문제는 아동극의 창작(創作) 또는 연출(演出)의 두 가지 방면으로 설명하지 않으면 해결을 하지 못할 것임으로 그는 뒤말로 미루고 우선 아동극의 본뜻을 쉽게 말해 둘 필요가 있는 줄 생각한다.(이상 41쪽)

---

83 일본의 극작가 쓰보우치 쇼요(坪內逍遙)를 가리킨다.

아동극이란 객관적으로 말하면 근대적 조직적 예술적 그리고 교육적 어린이의 노름이라고 말할 것이다. 함으로 재래의 동화극 그것과는 같은 점이 많으면서도 그 목적과 입장이 온전이 달은 것이다. 주관적으로 말하면 아동극이란 어린이들의 창작이며 잃었던 어린이의 본능(本能)의 자유표현(自由表現)이라고 할 것이다. 과연 기계적으로 가르키고 기계적으로 길러 온 오늘까지의 어린이는 기나긴 문명의 역사 가운데에 아모런 행복도 찾아볼 수 없었다. 그들의 불으짖음을 듣고 그들의 자유의사(意思)를 보며 또 그들의 숨겨 두었던 죄 않 되는 본능약동(本能躍動)을 보랴는 것이 아동극의 한 부분임에 틀임없다. 이런 뜻으로 냉정한 작가들에게 호소하고 이 뜻으로 예술에 굼주린 이 대중에게 분발을 외치는 것이 아동극이며 아울러 아동극운동이다.

이제 아동극을 너머나 협소한 의미로만 해석하랴는 큰 오해를 물리치기 위하야 영국 싸쌕쓰에서 실험 발표한 하리엘·핀레·죤손 박사의 말을 인용하자. 가르데 "지금까지의 우리가(필자 주─교육가) 취해 오는 모든 교육방법을 극으로써 더욱 좋게 고처 낼 수 있다."

걸핏하면 극이란 배우들이 돈을 벌기 위하야 도덕을 거스리는 짓이라도 감이 하는 작란이다는 관념을 가지고 정당한 극의 생장까지 소통하고 박살시키랴 드는 우리 민중의 크나큰 오해를 일소해야 할 것이다. 뿐더러 우으로는 작가들의 인식을 바로잡아 동화극도 아니고 아동극도 아닌 그런 각본을 이제부터는 내지 말고 적어도 정연한 입장에 서서 아동극운동을 도을 만한 작품을 내도록 할 것이며 아래로는 어린이의 선두에 서 있는 교육자로부터 극을 리해하고 극을 바로 지도하야 천진한 어린이의 창작심에 선입적 폐습(先入的弊習)을 넣어 주지 말며 더욱 중등학교, 보통학교, 유치원, 야학교, 하기 림간학교, 성경학교, 그 외 주일학교 같은 여러 방면의 아동들에게까지 바른 아동극을 주고 바른 아동극을 내도록 할 것이며 담담하고 무미한 우리네 가정에서도 이 아동극으로써 색달은 생활을 하도록 하랴는 것이 아동극의 리해점일 것이다. 동시에 바라보고 나아가는 큰 목표일 것이다.

아동극을 리해하고 못하는 데 있어서 큰 수난기는 이르는 것인 즉 예를 들면 일본극 무대에서 이를 잘못 리해한 결과에 아동극은 탈선적으로 비탈길을 걸었고 작가의 잘못 리해로써 용서할 수 없는 비아동극 재료를 각본이란 탈 속에 쌓 내놓은 관계로 결국 대중의 반격과 압박을 면치 못하게 된 것이다. 그 때문에 동경을 중심으로 일시적 전 일본 산간벽촌까지 대 유행을 보이고 있던 아동극도 중도에 민중의 환심에서 살아지고 말게 된 것은 누구나 다 아는 사실일 것이다. 그러나 작금에 이르러서는 새로 건전한 극 운동가들의 활동으로 국가 사회가 그를(이상 42쪽) 철저하게 리해하게 되어가는 현상을 이루게 되었다. 이런 현상은 극 운동가의 심금을 통쾌하게 하는 바이다. 그러나 훌륭한 극의 지도가 없으며 안심할 만한 예술적 각본이 적다는 것은 면할 수 없는 사실이다.

조선에서도 직접 간접으로 그 영향을 많이 받아 근년에 와서는 학교 학예회 그런 몽임에서도 아동극을 퍽 자조 하는 모양이다. 나는 여가만 있으면 이런 몽임에 참관하는 데 그들이 하고 그들이 내는 소위 아동극이란 것을 볼 때마다 아동극 리해가 부족한 것을 한탄 않을 수 없었다. 교육가 측에서 내놓는 아동극을 보면 교훈이란 정신에 극예술을 죽여 버렸고 극을 영업으로 하는 극단 측에서 내놓는 아동극을 보면 주입적(注入的)으로 만드러 놓은 우수운 작란에 지나지 않았다. 혹 신문이나 잡지상에 발표되는 아동극 각본을 보아도 역시 작가로서의 폐단을 버서나지 못하고 연출 관념이 없는 있대도 극 연출의 실제에 둔한 작품을 많이 보게 된다. 이런 현상은 아동극이 나타난 지 얼마 않 되고 각 방면의 연구가 부족한 관계라고 보며 한편으로는 정연한 아동극 리해가 일제한 길 우에 걸음을 맞추지 못한 관계라고도 보는 것이 정당한 관찰일 것이다.

아동극 그것쯤이야… 하는 말이 쉽게 유행되는 금일에 있어서 그와 반비례한 업적밖에 보이지 않는 그 원인은 어느 곳에 있는고? 여러 가지의 관찰 보고가 있는 듯싶으나 내 자신이 쏠려 가는 관찰이란 퍽 단순한 원인에 있다고 생각한다. 극에 대한 필요를 말하는 것도 좋기는 하다. 그러나 필요를 주장할 그 시대는 이미 지나간 것 같다. 웨 그러냐면 민중이 필요를 느끼지 않는 곳에 극이란 발생되지 않기 때문이다. 그러니까 이제 원인 그것이 매여 있는 데는 아동극다운 창작 아동극다운 연출 이 두 곧이라고 보는 것이 바를 것이다. 그리하야 극 자신이 가진 진리(眞理)가 점차로 공적을 나타내게 될 때 우에 말한 여러 가지 방면으로 아동극은 뿌리를 박을 것이다.

바꾸어 말하면 아동극의 창작 또는 연출 이 두 가지를 민중 앞에 통일적으로 내놓는 것이 이제부터의 극을 위한 일꺼리라고 하는 말이다. 참으로 금일까지의 동화극이란 그것보다 훨씬 더 범위를 넓게 제재(題材)를 찾게 될 것도 필연한 일이며 금일까지의 적은 무대에서 산으로 들로 도회로 촌으로 해방되어 갈 것도 밝은 예측이라 할 것이다. 예술을 싫어하는 어린이가 없고 예술에 망하지 않는 어린이가 없으리니 실로 극예술의 중대 사명이 두 갈임점에 있음을 인정할 때 누구나 다 간담이 서늘함을 느끼고야 말 것이다. 웨? 큰 것을 주랴면 몬저 큰 고통이 오는 때문에! (미완) (이상 43쪽)

---

**金鍾明, "兒童劇 小論", 『가톨릭靑年』, 제4권 제7호, 1936년 7월호.**

一. 創作熱을 넘어서

나는 먼저 호에 아동극의 요령만을 적어 두었다.

그리고 연출(演出)을 통일적으로 민중의 앞에 내여놓는 것이 아동을 발전시킬 유일한 일꺼리라고 말하였다.

그런데 아동극도 훌륭한 극이요 예술인 동시에 확실한 테마로써 중심사상(中心思想)을 띠고 동(動作) 경(景) 성(聲) = Action, Scene, Voice.의 요소가 제각각 역활을 할 것은 말할 것도 없거니와 어룬의 세계에서 볼 수 없는 아동극 독특한 점을 또한 구비해야 할 것이다. 독특한 점이란 무엇일가?

어룬의 세계에는 관찰 비판이 강하지만 어린이 세계는 그것이 매우 약하다.

어룬의 세계에는 보이는 것만이 극의 존재가 있지만 어린이이[84] 세계에는 극을 하는 것이 더 앞에 서는 존재 리유이다. 전자는 창작 태도(態度)의 사상적(思想的) 통일(統一)로써 폐해 없는 작품을 제공할 수 있게 될 것이오 후자는 아동극을 문예로써만 창조하랴 드는 공상작가(空想作家)를 일소함으로 발전 동맥은 틔이게 될 것이다. 적으나 아동극을 주이해 보는 사람이라면 전자에 속한 폐단을 쉽게 발견할 수 있을 것이다. (一) 아동극에서 무리한 연애(戀愛)를 취급한 것. (二) 선(善)을 가르치면서 같은 제재(題材)로 또한 악(惡)도 가르치는 것. (三) 어린이의 사상에 도저이 리해하기 어려운 공상을 취급한 것.

아마 이런 것쯤은 흔이 볼 수 있을 줄 안다. 그러기에 무엇보다 아동극 발전에 급선무 되는 것은 창작태도로 본 사상적 일대 청결이란 것이다. 이는 극의 력사 그것이 스스로 증명하는 것이(이상 59쪽)며 따라서 창작 이전의 문제도 되는 것이다. 그럼 이러한 폐해를 무슨 힘으로 막을 것인가? 의론 이상의 힘이란 엄연한 태도 통일한 사상 그 두 가지뿐일 것이다.

다음에 공상작가 즉 실제로 아동들 중에 들어서서 극 연구가 없이 마치 붓끝으로 마미 있는 말만 기록해서 조그마한 실내무대에 올려 낼 수만 있다면 아동극이 될 줄로 알고 있는 작가들이 아동극 우에 저질어 내는 폐해도 또한 적지 않이한데 이에 대한 말은 내외 잡지에 몇 번이나 말한 바 있음으로 중언을 피하려 한다. 다만 아동극이 말(言)로만 성립할 수 있는지 그를 밝히기 위해서 진부한 묵은 수단이지만 극의 출생처(出生處)를 간단이 찾아내 볼까 한다.

대체 아동극은 어데서 왔는고? 혹은 동화에서 왔다 하야 한동안 동화극으로 전성을 일우었다. 그러나 극을 작성하는데 구태 동화에서만 그 제재를 갖어와야 한다는 극작 철측(劇作鐵則)은 없을 것이며 또 한 가지의 사상 그것을 구태 동화에 변화시켜서 다시 극으로 만들라는 천규(天規)는 없을 것이다. 혹은 창가극 학교극 사회극 동요극 또는 유히극 별별 일음을 지어

---

84 '어린이'에 '이'가 한 번 더 들어간 오식이다.

아동극의 본체를 알리려고 하긴 하지만 그야 일음조차 불가능한 일이다. 불가불 아동극 본체를 찾으랴면 극의 력사라 할가 극의 발달해 온 로정을 옛날로 찾아 들어가야 발은 법일 것이다.

영국인 갈돈 그랙 씨는 유명한 극작가로서 말없이 흥행할 수 있는 극을 창작하야 일시 극계에 적지 않는 쎈세이슌을 일으킨 사람인데 씨의 론지에 의하면 극이란 말을 떠나 성립할 수 있다는 것이다. 그리하야 이런 극의 창작도 몇 가지 내긴 했다.

그의 종적을 딸아 잠간 찾아본다면 보갈人의 무언극(無言劇) 엽사와 사슴 또는 오스트라리아人의 믁극(默劇) 목장소(牧場牛)와 백인종(白人種) 같은 것을 예로 들어 극의 출생처는 말이였이라고 하얐다. 그러나 그보다 더 많이 무언극의 종류를 찾을 수 있지 않을가?

이태리 중세기의 가면극 이것은 본래 종교례식에서 발달한 것이나 하여튼 그 뿌린 즉 무언극에 속할 것이며 또 十八세기 때 발달한 파리의 특산극 멜로드람마 같은 것이라든지 기타 알리시아人의 엽사극 일본의 인형극 조선의 탈노름 예를 들자면 대단이 많다. 그리고 근원을 찾으면 찾을스록 그 시작은 말과 연분이 멀었다는 것을 알 수 있긴 해도 여기에 조심할 것은 그런 옛날로 극을 이 아동극을 보내랴는 것이 아동극의 본지가 아니이며 반대로 출생처를 망각하고 한부로 시적(詩的)이라는 값없는 가죽에 아동극을 싸서 사상 중독의 나라로 보내랴는 것도 아동극의 사명이 아닐 것이다. (미) (이상 60쪽)

---

**金鍾明, "兒童劇 小論(三)", 『가톨릭靑年』, 제4권 제9호, 1936년 9월호.**

조용이 아동대중에 눈을 던저 보라. 그들은 마신 것을 마신 대로 내여놓지 않을가? 가령 창작법이 시대에 딸아 달러진다 하더래도 극의 속에 숨어 있는 사상이야 언제나 한 모양으로 어린이를 가르칠 만해야 할 것이며 어린이를 기쁘게 해야 할 것이며 끝으로 어린이들의 마음에 될 수 있는 대로 똑똑하게 인상을 박아 주어야 할 것이다. 그러면 아동극을 앞에 두고 우리는 너머나 쉽게 창각[85] 이전의 문제란 것을 정할 수 있지 않을가? 나는 대담하게도 창작을 넘은 결론을 지어 보겠다.

아동극의 출발은 영원한 사상에 있다.

아동극의 본체는 현재에서 미래에로 전달시키는 데 있다.

이 범위를 떠나서 아동극이 넉넉히 성립할 수 있으나 언제나 불구자 말하자면 불완성 작품의 령익을[86] 버서나지 못할 것이다.


## 二. 演出까지의 몇 말

그러므로 통히 말하면 무엇보다 몬저 연출조건이 완비해야 하며 다음에 시적(詩的)으로 꾸며야 하고 다시 이 모든 것을 변치 않는 진리로써 극사상을 살리고 게다가 또 한 가지 어린이의 흥미에 충분한 충동을 주는 것이라야 아동극이라 할 것이다. 이러한 여러 가지 조건을 구비하랴면 재래의 류행물 대화본위(對話本位)라든지 읽는 것으로 본위 삼은 그런 아동극 각본은 스스로 극계에서 살아저야 될 것도 필연한 일이다.

그러나 아모리 훌륭한 아동극 작품이라도 그를 잘못 연출한다면 작자의 잘못에 못지 않을 만큼 큰 실패를 일으키는 것이다. 보통으로는 연출가를 작자의 부속물로 여기지만 달은 상당한 극단에서 상당한 극 연구가 있는 사람도 아동극 연출가에 대해서 이런 관념을 가지고 있(이상 53쪽)는 것은 너머나 이상하다 않을 수 없다. 딴 극은 어떻다 말할 것이 아니라 아동극에 한해서는 결코 그렇지 않아서 연출도 훌륭한 예술작가로 독립시켜야 할 것이다. 좀 과도한 말이라고 할는지 모르나 실상 아동극을 연출해 본 사람이면 곳 알 수 있는 것이다.

---

85 '창작'의 오식이다.
86 '령역을'의 오식이다.

아동극의 작가는 어룬보다 아해들이 많다. 비록 전문가들이 만든다 할지라도 어룬들 사회의 각본과 같이 굿해 세세한 무대 도구의 지정이라든지 옹색한 동작의 모사는 할 필요가 없는 때문에 다만 중요 사상만을 지고 나온 불완전(不完全)한 아동극을 각본이 요구하는 대로 완전한 예술 가치를 만드러 내이자면 그야말로 작가 이상의 두뇌로써 각본을 뚫고 보아야 할 것이며 더욱이 연출상 기공으로 천진한 아동들을 가급적 쉬운 방법으로 예술 바탕에 인도해야 할 것인즉 그 어찌 작자보다 쉬운 일이라고 가볍게 판단할 것이랴? 자못 아동극에 한해서는 연출가를 작자 이상으로 독립적 예술가(獨立的藝術家)로 인증하는 것이 맛당할 것이라고 믿는다. 연출상 각각 난문제를 무시하고는 언제나 같은 상태에서 아동극 발전은 나아가지 않을 것이며 재래의 미숙한 연출 관념을 벗지 않고는 결코 훌륭한 아동극을 내지 못할 것이다.

이와 같은 말은 얼핏 생각하면 연출가의 지위만을 높임에 불과한 말 같으나 뒤집어 말하면 작가의 연출상 지식 혹은 인식 또는 관념 이런 것을 충분이 몬저 가추어 둘 필요가 있다는 말이다. 아동극에 있어서 작가 즉 연출가로 되는 일이 많은 관계로써다.

그런데 또 한 가지 작품 가치와 관계가 깊은 문제가 있다. 그는 가면(假面)을 쓰는 것이다.

아동극에서 가면을 쓰는 것은 무슨 딴 목적이 아니라 단순이 어린이의 호기심을 이용한 것에 불과한 일이다. 그리고 한편으로는 동물이 말을 하고 식물이 운동을 하고 기타 인간계(人間界)에서 없는 현상까지 맘대로 취급한 동화에서 아동극을 내 짜느라고 자연 가면이란 것의 힘을 빌리게 된 것이다.

만일 과거 작가들이 생각한 바와 같이 기성동화(旣成童話)의 극화(劇化)나 어린이의 호기심을 만족시키는 것밖에 아동극의 사명이 없다고 한다면 혹 모르거니와 적어도 아동대중의 일상 생활상 직접 간접으로 사상선도(思想善導)와 생활 윤택을 중요시하는 작가라면 이 가면이란 것이 어떠한 결과를 내는지를 등한이 않을 것이다. 되려 등한이 해서는 않 될 것을 몬저 깨달을 것이다.

이런 말은 필자의 부족한 연구에서 나온 오설(誤說)일지는 모르나 어린이에게 극을 연출시킬 때라든지 창작을 시킬 때에 十상八九는 이 가면과 퍽 무관심한 태도를 어린이들이 취하는 것을 보게 된다.(이상 54쪽)

그러나 다만 연출 시에 한해서는 과연 어린이들은 가면을 덮어쓰고 연기를(?) 연기라 할는지 모르나 하여간 퍽 기뻐하기는 한다. 그렇다고 기뻐한다는 그것만으로 극 생명에 대한 조장(助長)을 망각한다면 너머나 무분별이라고 할 수 없을가? 항상 극 리해에 방해가 되는 바에 있어랴! 나는 짧은 경험으로 이렇게 말하고 싶다.

"어린이는 가면을 쓰면 그 정신은 잊어버린다"라고.

첫재 극 하는 아이도 가면을 쓰면 대소를 물론하고 캐캐하면서 좋와만 했지 진실한 극 연출 태도에 돌아서기 어렵고 또 한 가지는 가면에 적당한 동작 연기(動作演技)를 一 퍼센트도 내지 못하는 것이 사실이다. 가면에 적당한 동작연기 그것은 유명한 연기자라도 쉽게 완전히 못할 것이다. 그런 것을 과하게도 어린이들에게 연기를 요구하는 것은 무리한 짓이 않일가! 아모리 아동극의 충분한 연구 시대가 이르지 못한 오늘이라 한들 이만한 실생활에 무소용한 것을 어린이에게 시킨다는 것은 득인할 수 없는 예술상 죄라고 할 수밖에 도리가 없다.

전문가들의 착안을 촉하는 바이다.

둘재로는 극을 보는 사람 측이다.

리해가 많은 어룬이 극을 본다면 문제 삼을 것이 없으나 그리고 관람자 없이 아모도 않 보는 곧에서 연출한다면 모르거니와 적어도 어린이가 아동극의 연출을 볼 사람이라면 관람자의 입장에서도 문제가 생긴다. 그 가면이란 것을 통해서 극 리면을 읽을랴고 애쓰는 어린이는 거개 없다 해도 과언이 않일 만큼 어린이는 크나 적으나 몬저 가면이 주는 그리고 가면이 나타내는 외모에 정신이 팔리고 만다. 혹이 말하기를 큰애들은 자연 리식이 고상하니까 가면의 모양을 떠나서 극의 정신에 젖을 수 있게 된다…고 하지만 그는 실제에 어두운 말이라 않을 수 없다. 웨 그러냐 하면 어린이가 차차 커서 아동극의 정신을 리해할 만하게 되면 그때 곳 가면이란 것을 온전히 무시해 버리는 때문이다. 이 점이 아동극 대가들의 제이맹목(第二 盲目) 점이다.

그러나 여기에 한 가지 주의할 것은 가면을 무엇 때문에 쓰게 되었는가 또는 무엇 때문에 가면을 쓰는가 그 리유를 어린이에게 알려준다면 그 가면을 씀으로써 되려 한층 더 아동극의 예술 가치를 높이게 될 것이라는 점이다. 이 점을 어느 작가들은 많이 착안하는 듯하나 겨우 착수했다는 감에 지나지 않는다.

그러므로 가면이란 것을 사용하랴면 극 자체가 가면을 사용하는 리유를 밝히게 해야 아동들의 리해를 얻게 될 것이며 딸아서 극의 정신도 활발하게 어린이의 사상 어린이의 리식 어린이의 비판 어린이의 관찰 그 모든 것을 살리우게 될 것이다.

나는 아동극 비판에 대해서 길게 말해 보랴고 했으나 장구한 계속으로 독자의 귀한 시간을 해할가 하야 그 방면에 연구하시는 선배들과의 의견 교환을 후일에 기약하고 붓을 놓는다. (완) (이상 55쪽)

"목소리만 듯고 얼골 모르는 이들!! 放送少年藝術團體 巡禮-(1)
綠星'童謠'研究會",『매일신보』, 1936.6.21.

'라듸오'로 소리만 듯고 누가 어쩌케 생긴 사람이 어쩌한 자세로 어쩌케
부르는 노래인지 항상 궁금하게 생각하시는 '방송소년예술단체'를 하나하
나씩 소개해 드리겟습니다-(少年少女版 記者)-

한 달이면 정해 놋코 두서너 번은 으레히 '라듸오'의 '앤테나'를 통하야
고읍고 부드러운 노래를 여러분에게 들려드리는 〈綠星童謠硏會〉[87] = 이
회는 지금부터 六년 전인 一九三一年 十月 十九日에 창립되엿습니다.

회관은 경성 소격정(昭格町) 一六 번지에 잇고 이 회를 직접 지도해 나가
시는 분은 柳基興 선생입니다.

一九三四년 二월에는 〈조선방송협회〉의 초청을 바더 조선의 어린이 단
체로는 맨 처음인 "동요전국중계방송"을 하야 대갈채를 바덧고 그해 六月
에는 "콜럼비아회사"의 초청으로 동요 독창 합창 등 수십 곡을 '레코-드'에
취입까지 하엿습니다. 그리고 柳 선생의 작곡인『童謠集』이 第三輯까지
나오고 쏘 그다음 것을 근일 출판할 예정이라 합니다. 이 회의 내용은 대
개 경성에 잇는 보통학교 남녀 아동과 남녀 전문보육학교 학생이 직접으
로 조선 동요의 발전을 위하야 진력하는 한편 전조선의 十六개 유치원과
三十七개의 긔독교 기관인 "주일학교"와 연락하야 동요 보급에 큰 노력을
하고 잇습니다. 그리고 작년부터는 좀 더 이 방면의 발전을 위하야 '綠星童
謠管絃團'을 조직하야 동요반주에 대한 특별한 연구를 싸어 가는 중이라
하며 현재 어린사람 회원은 열한 사람이요 이 회를 직접 간접으로 후원해
주시는 선생은 조선 음악게에 유명하신 玄濟明 金文輔 金永煥 세 분 선생
이시랍니다.

---

87 '綠星童謠硏究會'의 '究'가 탈락된 오식이다.

"목소리만 듯고 얼골 모르는 이들!! 放送少年藝術團體 巡禮－(2)
京城放送童劇研究會", 『매일신보』, 1936.7.5.

〈경성방송아동극연구회(京城放送兒童劇研究會)〉는 맨 처음에 〈모란
회〉라는 이름으로 一九三四년 十一월 十八일에 인사정 태화녀자관(泰和女
子館) 안에서 남녀 십오인이 모히여 창립한 후 '마리안·킨슬러' 씨를 고문
(顧問)으로 하고 얼마간은 회무가 잘 진행되여 오다가 여러 가지 사정으로
해소되고 一九三五년 八월 二十五일에 전 〈모란회〉에 간부이든 남기훈(南
基薰) 씨가 방송아동극의 발전을 위하야 〈경성방송아동극연구회〉를 조직
한 후 남녀 九인의 회원이 모혀서 연구를 거듭하여 오는 가운대 지금까지
十二회째 방송을 하엿다 하며 그 외 각종 대회에 출연도 여러 번 잇섯스나
□□것은 여러 가지 사정으로 개인 참가로 하여 왓다고 합니다. 우리가
생각하기에는 아동극이라 하면 어린이만이 출연하는 줄 알엇지마는 〈방송
아동극연구회〉는 주로 회원은 유치원 보모(保姆)들이고 어린 회원은 남녀
오인으로 보통학생과 중학생들이라고 합니다. 이를 지도하시는 분은 남기
훈(南基薰) 유영애(劉永愛) 양 씨라 하며 사무소는 京城府 倉前町 二六一
번지에 두엇다고 합니다.

"목소리만 듯고 얼골 모르는 이들!! 京城 放送少年藝術團體 巡禮－
(三) 朝鮮兒童藝術研究協會", 『매일신보』, 1936.7.19.

이 회는 一九三三年 十一月 二十八日에 경성 련지정 조양유치원(京城蓮
池町朝陽幼稚園) 안에서 남녀 三十여명이 창립하얏습니다. 그런데 이 단
체는 전조선을 망라하야 아동예술(兒童藝術)에 뜻 잇는 분들이 모여서 조
직하엿는대 회원이 경성과 지방을 통하야 남녀 四十여명이라 하며 이분들

은 대개 소학교원(小學校員) 유치원 보모(幼稚園媒母) 전문학생(專門學生)과 일반 어린이 문예가(文藝家)들이라 합니다.

그리고 이 단체는 창립 이래로 아동예술(兒童藝術)에 관해서 연구에 연구를 거듭하야 가는 중인데 사업으로는 다른 방송단체와 달나서 방송은 자주 업스나 매달 한번씩 회원들의 작품 토론과 우수한 작품을 뽑아서 각 신문지상이나 잡지에 발표를 만히 하엿왓습니다.

顧問 鄭寅燮 氏 玄濟明 氏 외 여러분.

會長 崔仁化 氏 總務長 毛麒允 氏 庶務部長 尹喜永 氏 研究部長 李龜祚 氏 외 여러분이라 하며 사무소는 京城府 鐘路 五丁目 二二七의 三〇 번지라고 합니다.

---

**"목소리만 듯고 얼골 모르는 이들!! 京城 放送少年藝術團體 巡禮 — (4) 두루미會", 『매일신보』, 1936.8.2.**

다달이 재미 잇고 유익한 동요나 동극을 들려주는 동요·동극 연구단체 〈두루미會〉는 지금부터 三년 전 一九三四年 十月에 〈靑鳥會〉라는 일홈으로 창립되엿습니다. 그리하야 어린이의 참다운 예술을 중심 삼고 꾸준히 힘써 오든 바 그 후 여러 가서 부득이한 사정으로 침체되엿다가 다시 작년 六월에 모든 회무를 혁신하고 회원을 대정리하는 동시에 일홈을 〈두루미會〉라고 곳치엿습니다. 그리하야 조선에 아동극과 동요보급을 위하야 힘써 온답니다. 회관은 "京城府 新井町 八三"에 두고 이 회를 직접 지도하시는 분은 金相德 씨입니다.

압흐로는 『童謠作曲集』과 『兒童劇集』도 내놀 게획이라 합니다. 지금까지는 '라듸오'를 통해서난 쏘는 어린이 모임에 초빙을 바더 찬죠출연을 하야 늘 대갈채를 바더 왓스나 머지안허 일반에 공연을 할 준비도 하는 중이라 합니다. 이 회 회원은 보통학교 남녀아동과 녀고 학생 쏘 보육학교 학생들이 직접으로 동요 동극 보급에 힘쓴다 합니다. 그리고 금년부터는 반주단 (伴奏團)을 따로히 조직하구 동요나 동극에 음악 반주에 대한 새로운 시험을 하야 연구를 싸어 가는 중입니다. 이 회를 후원해 주시는 선생님은 鄭寅燮 선생님이랍니다.

---

### "목소리만 듯고 얼골 모르는 이들!! 京城 放送少年藝術團體 巡禮— (5) 京城 쇠쪼리會", 『매일신보』, 1936.8.9.

이 회는 순전한 동요 연구(童謠硏究)를 하는 단체로 一九二九年 五月 十日에 창립한 이후로 연구와 연구를 거듭하고 쏘 이를 꾸준히 실행해 나려오는 중인데 이 회에 회원은 남녀아동 十여명으로 상당한 심사가 잇슨 후래야 입회를 허한다 하며 근자에 와서는 동요에 대한 악리(樂理)에까지 지도하야 가는 중이라 합니다. 더욱이 이 회 회원으로 잇든 아동 중 소학교를 맛친 후라도 역시 이 회의 특별회원이 되여 가지고 어린 시대에 얼키엿든 정서(情緖)를 영원히 잇지 안는다고 합니다.

이 회에서 이제까지 해 나려온 사업(事業)으로는 창립되든 그해 가을부터 매월 한번씩 '마이크'를 통하야 동요(童謠)를 방송(放送)하야 왓스니 동요를 방송하야 여러 어린이에게 들외우기도 이 단체가 가장 오래된 단체이며 재작년에 고대 조선동요를 전국 중게방송을 한 단체도 이 단체입니다. 이번에 이 회에서는 그동안 연구한 작품으로 조선동요곡집(朝鮮童謠曲集) 『쇠쪼리』란 어엽분 노래책을 출판하얏다고 합니다.[88]

이 단체에 지도자(指導)는 윤히영(尹喜永) 김태석(金泰晳) 양 씨이고 사무소는 京城府 鐘路 五丁目 二二七의 三○ 번지에 두엇다고 합니다.

---

88 왕십리 왕신학원(旺新學院)에서 교편을 잡고 있던 김태석(金泰晳)이 "명작동요만을 종합한 륙십여 편의 동요곡집"(「童謠作曲家 金氏 新作 『쇠꼴이』 發刊」, 『조선일보』, 36.7.17)을 발간한 것을 가리킨다.

## 윤복진, "고향의 봄", 『아이생활』, 1936년 6월호.[89]

### 1

산밑에 초가집은 쓸쓸도해라
　집보는 어린남매 나란히앉어
　　여기는 땡빛나고 저기는 그늘지고
　　여기는 땡빛나고 저기는 그늘지고.

◇

우리엄마 밭뚝에 풋나물캐고
우리압바 뒷산에 도라지캐고
　　여기는 땡빛나고 저기는 그늘지고
　　여기는 땡빛나고 저기는 그늘지고.

### 2

삼사월 봄날은 길기도해라
갈미봉에 소리개 열두번째돈다
　　여기는 땡빛나고 저기는 그늘지고 (이상 16쪽)
　　여기는 땡빛나고 저기는 그늘지고.

◇

우리누님 강건너 시집에가고
우리옵바 돈벌러 북해도가고
　　여기는 땡빛나고 저기는 그늘지고
　　여기는 땡빛나고 저기는 그늘지고.

### 3

머－ㄴ산에 진달네 한창피는데
우리집 보리가을 상구도멀었다
　　여기는 땡빛나고 저기는 그늘지고
　　여기는 땡빛나고 저기는 그늘지고.

---

89 원문은 윤복진의 동요 「여기는 땡빛나고」가 먼저 제시되고, 「고향의 봄」이란 제목으로 윤복
진의 작시 배경 설명이 이어진다.

◇

래일모래 보리양식 끊어지구요
래일모래 조량식 끊어진대요
　여기는 땡빛나고 저기는 그늘지고
　여기는 땡빛나고 처기는 그늘지고.
―고향에도라와서 ― (이상 17쪽)


## 고향의 봄

세월이 박귀니 사람도 박귀고 사람이 박귀니 노래도 박귀는가 봅니다.
옛날 우리가 세상을 모르고 커다란 자연(自然) 속에서 우리 마을에 살
구꽃이 방긋이 웃기를 시작하고 시냇가의 수양버들 실가지가 파-란 봄바
람에 가볍게 날리는 봄날 동리 애들끼리 모여서 「수영청청 버들끊게」라는
버들꺾기노래와 "영감영감 열쇠주-소/할멈한테 무러보-소/할멈할멈 열
쇠주-소/붓두막에두었드니 뒷집강아지가 무러갓-소"라던 달문짓기노래!
아 내 고향은 그 정다운 노래를 다 잊어 바렸구나! 옛날 살구꽃 그늘에서
이 노래를 부르던 어릴 때 그 동무들! 지금은 어느 하늘 산 밑에서(이상 16쪽)
무엇을 하고 사는고. 오라 해볏 바른 양지짝에 앉어 저- 먼 남쪽 바다
항구에 머물어 있는 새파란 봄아씨를 어서 어서 오라고 포근한 봄볏이 그
리워 이른 봄 찬바람에 노랑머리 가락을 날리면서 "여기는 땡빛(또약빛)
나고 저기는 그늘지고"를 부르던 이름 모르는 그 남매! 그들은 시방은 다
어데로 가서 어떻게 살아가는고.

나는 만 여슷 해 만에 고향의 봄을 찾어 돌아오니 파-란 봄하늘, 노-픈
갈미봉, 갈미봉을 빙빙 도는 소리개, 가벼운 봄바람은 조곰도 변함이 없
건만 내 고향의 봄들에 엄매- 하는 송아지 소리도 여위젓고 마을 앞에
알지 못하든 중우 벗은 어린 친구들의 봄나드리하는 호들기 소리도 여위
진 듯하구나.

(윤복진) (이상 17쪽)

## 柳光烈, "小波의 靈前에-그의 五周忌에 臨하야", 『매일신보』, 1936.7.23.

故 小波 方定煥 君의 墓碑를 그의 五週忌인 來 二十三日에 변ヽ치 못하나마 세우게 된 對하야 나는 故人의 한 親友로서 참을 수 업는 感懷로써 멀리- 그러타 人間의 頭腦로는 생각도 할 수 업는 無量數, 恒河沙보다도 더 멀고먼 彼界의 小波 君에게 쌀막한 이 글을 보낸다.

小波 君! 그대가 地下에 잇는지 天上에 잇는지 나는 모른다. 그러나 親切한 그대는 應當 이 글을 보아 주리라고 밋는다.

그대와 내가 初對面한 째가 아마 十九歲 째인 것 갓다. 그대가 그 밧작 마른 여윈 얼골로, 土地調査局엔가 무엇엔가 다니면서 刻苦工夫하든 째인가 한다. 그째는 그림 工夫를 한다고 그림책을 가지고 다니는 것을 보앗다. 그러나 그대와 내가 親密하여지기는 亦是 靑年俱樂部 째인 것 갓다. 少年의 고개를 넘어 靑年이 될 째에 그대와 나는 限업는 華麗한 空想을 품고 이것저것을 하여 보지 아니하엿나! 그 後로 그대와 나는 『綠星』이라는 雜誌를 하여 본다고 하다가 그 亦 財政難으로 쉬원치 못하여 그대는 다시 笈을 東京에 負하고 나는 서울 잇으면서 彼此에 書信이 잇섯을 쑌이요, 그대가 東京서 나온 後에 朝鮮에서 처음으로 『어린이』라는 少年誌를 發行하고 少年運動을 始作하엿다. 朝鮮에 일즉이 少年運動이란 말이 업슬 째에 그대는 이 말을 내어 全 朝鮮에서 每年 數萬의 少年을 街頭로 내세워서 한 民族의 새로운 긔운을 부어 주엇다. 이 方面으로 그대는 確實히 啓蒙期 歷史의 한 페지를 썻다고 볼 수 잇네.

쏘한 그대는 開闢社를 牙域으로[90] 朝鮮에서 처음 雜誌를 내려고 애쓰며 어느 程度까지 成功하엿스니 그대가 三十三歲를 一期로 살은 쌀다란 一生에 朝鮮文化에 던진 貢獻은 決코 적다고 할 수 업다.

---

90 '牙城으로'의 오식으로 보인다.

그러나 만일 하늘이 君에게 좀 더 壽命을 빌렀드면 얼마나한 貢獻을 하엿슬른지 이를 생각할 째에 이 짱에 젊은이들은 痛恨하는 것일세.

우에도 잠간 말하엿지만 그대는 京城 生長이요 나는 싀골서 生長한 사람이라 彼此에 얼맛지 안는 點도 잇섯스나 그대의 親切한 友情은 나와 몹시 親하게 지냇섯다. 그대와 내가 쏘 업는 理想을 이야기하느라고 쎄을밤에 닭을 울리기를 여러 번 하엿섯다. 그러나 그 理想이 모다 水流雲空이 되엿다. 그대는 恒常 나를 보면

"자네는 몸이 弱하니 健康을 操心하라."

고 하더니 그대가 나보다 먼저 갈 줄이야 누가 알엇겟나. 아모래도 그대가 그럿케 夭折한 줄은 꿈에도 생각지 안하든 일일세.

그러나 가만히 생각하면 일즉이 少年期에 우리가 靑年俱樂部를 할 째에 함께 손잡앗든 一海 R君은 自殺을 하엿고[91] R君도 病死하엿고 그대가 간 지가 六年이나 되엇스니 하늘은 어찌하야 이 貧弱한 朝鮮에서 쓸 만한 靑年은 모다 불러 가는지 모르겟네.

그대와 나는 가튼 己亥生이기 쌔문에 그대는 어느 여름밤에 우스며 누구〳를 손씁고 己亥俱樂部를 만들자는 말도 하엿지? 그런데 나는 그대가 죽은 後에는 人生에 對하야 한 異常한 생각이 드는데 그것은 나도 그대와 가치 벌서 죽엇을 사람인데 偶然히 어찌〳하다가 군 것으로 餘벌로 좀 더ㅡ 사는 感想이 잇네. 異常하지 안은가.

그대의 遺骨을 親友들의 誠意가 不足하야 이제야 겨우 뭇고 변〳치 못한 石碑를 세우네. 더욱 이만 것이라도 그대와 同苦하든 崔泳柱, 尹石重, 李定鎬 氏 等 여러 동무가 만흔 수고를 한 모양일세. 일을 爲하야는 街頭人이 되려는 一面이 잇는 그대는 조용한 곳을 조와하는 一面이 잇엇지ㅡ. 忘憂

---

91 일해 이중각(一海 李重珏, 1895~1923)을 가리킨다. 방정환 등과 함께 청년구락부(靑年俱樂部)를 조직하였고 기관지 『新靑年』을 발간하였다. 1920년 조선민단을 조직하여 독립사상 고취 강연회를 추진하다가 보안법 위반으로 복역하였고, 1923년에도 자유노동조합 집행위원으로 활동하다 체포되어 모진 고문을 받았는데, 이를 비관하여 자살하였다. 1986년 건국훈장 애족장을 추서받았다.

里의 조용한 언덕에 — 永遠히 — 그러타. 몃 億萬年을 永遠히 누어 잇슬 그대는 째째로 朝鮮의 少年들이 차질 것이다.

　微笑와 平和 속에 永遠히 잠든 그대의 잇는 곳에 山은 길이 놉고 물은 길히 悠長하리라.

## 리은상, "어린이의 스승 방정환 선생 가신 날－여러 어린이들에게", 『조선일보』, 1936.7.23.

오래 전 칠월 이십삼일.[92] 이날은 우리가 가장 놉히고 사랑하던 친구 방정환(方定煥) 선생을 일허버린 슬픈 날입니다.

그는 이미 저 푸른 하늘에 령혼을 날려버렷것마는 헛되이도 이저버리지 못하는 어리석은 벗들은 오늘껏 옛 친구를 그리고 생각하는 것입니다.

그의 흰 상여를 보내던 일이 어제 가튼데 손을 꼽으니 어느덧 오년입니다. 그때 그 상여를 붓들고 울던 여러분 어린이들도 벌서 오늘은 스무 살이나 된 의젓한 사람들이 되엿겟습니다.

그가 병상에 누워 마지막으로 "다 그만이라"는 말을 하엿습니다. 그는 여러분 조선의 어린이들을 위하야 하고저 하는 일이 여간 만치 안헛기 때문에 불행히도 그 꿈을 못 이루게 되매 이 가튼 슬픈 말을 한 것입니다.

그러치마는 그가 뿌리고 간 꼿씨는 죽지 아니하고 마르지 아니하야 남쪽 마슬 북쪽 고을에 붉고 푸르게 아름다이 피어나고 잇습니다.

여러분 어린이들이 우리 조선의 압날에 어떠케나 귀한 사람들이란 것을 우리에게 웨처 준 이가 그분이요 그로 말미암아 오늘날 와서는 어린이 사랑하는 생각이 얼마나 널리 퍼젓는지 모릅니다. 그러므로 그는 우리 아는 벗들의 친구만이 아니요 기리기리 조선의 친구라 할 것입니다.

그의 얼굴을 본 이나 못 본 이나 모든 조선 사람의 마음에 그의 웨침이 퍼젓슬 것이오 그로 말미암아 밝고 든든한 새로운 압날을 기다리게 된 것입니다. 참으로 우리는 마음을 모아 그의 압헤 절을 드려야 할 것입니다.

그러한 만큼 여기 우리는 그에게 죄를 사하지 안흘 수 업는 일이 잇습니다. 그것은 다른 것이 아니라 그가 가신 지 다섯 해가 지나도록 그의 뼈를 편안히 모셔 두지 못한 일입니다.

---

92 소파가 사망한 1931년 7월 23일을 가리킨다.

가난한 그가 사귀던 벗들 우리가 또한 가난하야 한 조각 마른 뼈조차 건수할 사람이 업섯던 것입니다.

그러나 이것을 아무리 발명하려 하여도 정성이 업섯다는 꾸지람을 면할 길이 업는 일입니다. 그분이 얼마나 우리는 원망하엿겟습니까. 그러므로 우리는 아무 말 업시 그이 압헤 머리를 숙일 뿐입니다.

그래서 우리는 이번에야 아는 친구들의 주머니를 모아 저 미아리 산 우에 조고마케나마 무덤을 짓고 그 압헤 한 덩이 돌을 세우고 글을 새겨 우리의 마음을 표하야 겨우 그의 용서를 비는 것입니다.

그리고 이제 다시 생각해 보매 그는 가시지 안헛습니다. 어제도 여기 우리와 가티 잇엇고 오늘도 여기 우리와 가티 잇습니다.

또한 래일도 명년도 언제나 기리기리 우리 조선 사람과 가티 잇슬 것입니다.

그의 친구된 우리들 중에는 혹 목숨이 다하는 그날 저 이름 업는 풀포기와 함께 소식 업시 살아질 이가 잇슬 것이나 그는 우리 끗업는 어린이와 함께 늘 노래하며 늘 이야기하며 이 땅에 살아 잇슬 것입니다.

여러분 어린이들은 그 선생의 이름을 늘 외어 두시고 또 그의 고마운 뜻을 일허버리지 마시기를 바랍니다. 그리하야 우리 중에 그와 가튼 이 또는 그보담 더 훌륭한 일을 하시는 분이 만히 생겨나서 조선의 압날이 저 거칠 것 업는 행길과 가티 새롭고 튼튼해지기를 빌고 기다리는 것입니다.

(사진은 고 방정환 씨)

車相瓚, "嗚呼 故 方定煥 君－어린이運動의 先驅者!, 그 短碣을 세우며", 『조선중앙일보』, 1936. 7. 25.

嗚呼, 日月이 流邁하야 小波 方定煥 君의 永逝한 지도 벌서 六個 星霜이 되어 本月 卄三日에 第五週年祭를 지내게 되었다.

君은 우리 朝鮮어린이運動의 先驅者요 第一人者다. 어린 사람을 指導 敎養하는 『어린이』雜誌가 君의 손으로 創刊되고 어린사람을 人格으로 待遇 敬稱하는 "어린이"란 用語가 君의 입으로 主唱되어 現在 全 民族的으로 使用하게 되었으며, 어린사람의 貴重한 讀物인 『사랑의 선물』이 또한 君의 손으로 翻刊되어 滿天下 어린사람의 熱狂的 歡迎을 받았고 京鄕各地 坊坊 谷谷으로 巡廻하며 演壇上에서, 또는 普通席上에서 長時間 心血을 吐하는 熱變으로 多年間 어린사람의 父兄, 母姊를 覺醒시켜 어린사람의 敎導, 解 放을 促進시키고 直接으로는 또 어린사람을 모아 가지고 或은 訓話로 或은 童話로 가장 有益하고 가장 滋味있고도 또 雄辯으로 하야 數千數萬의 어린 사람들을 一時에 웃기고 一時에 울리고 하야 한참 당시에는 "方定煥은 어 린이 大統領"이니 또는 "어린이의 神"이니 하는 말까지 들었다.

그리고 어린이問題硏究團體로는 여러 同志들과 같이 〈색동회〉를 조직하 야 때때로 그 問題를 討議 硏究하고 또 天道敎少年團體를 中心하야 五月 一日을 "어린이날"로 作定하야 歷史的으로 朝鮮少年運動 데－가 定하게 되고(그 後 一般 少年團體가 共同 參加하게 되고 五月 一日은 또 五月 第一 日曜로 變更됨) 또 그 외 여러 同志들과 같이 全朝鮮少年指導者大會 또는 〈少年運動協會〉 等等을 組織하야 徹頭徹尾하게 朝鮮少年運動에 獻身하였 었다.

그뿐 아니라 君은 各 方面으로 多才多幹하였다. 그의 學閥로 본다면 所 謂 卒業狀이란 것은 一個 普成學校 卒業狀밖에 가지지 못하고 長成 後에는 或은 善隣商業, 或은 東大 文科를 다녔으나 모도 中途 退學을 하고 말었지 마는 智識의 豊富한 것은 비록 專門家라도 一頭를 讓하게 되어 雜誌를 編

輯하면 名雜誌를 만드러 놓고 漫文, 童話, 探偵小說 等을 쓰면 또한 名文을 쓰되 文章이 平易하고도 深刻辛辣하였다. 劇에도 決코 未熟치 않고 그 외 그림, 雜技, 歌謠 等 各 方面에도 趣味를 많이 가졌었다.

性格으로 말하면 매우 沈重하고 每事에 深思熟考하며 固執性이 强하고도 또 責任感이 있다. 그러므로 무슨 일을 할 때에 너무 支離不斷하게 끌어서 가끔 時機를 놓지는 일이 있었으나 한번 決定한 以上에는 또 어떠한 사람이 무슨 말을 하던지 자기의 固執대로 하고 責任 있게 하야 밤을 새이며 코피를 흘려 가면서도 그 일을 끝내고 말았다. 그는 果然 우리 朝鮮社會에 없지 못할 人物이었다. 그中에도 어린이를 爲하야는 더욱 그러하였다.

그러나 우리 朝鮮社會가 福이 없던지 君의 福이 薄하였던지 君은 지난 辛未 七月 二十三日 午後 七時에 뜻 아니 한 病魔로 多淚多恨한 이 세상을 등지고 마치 千里駿駒가 첫거름을 것다가 無慘하게 거꾸러지고 萬里大鵬이 長空을 떠오르다가 中途에서 墮落한 것 모양으로 三十三歲를 一期로 하고 奄然이 長逝하였다. 우으로 白髮의 祖父母와 아래로 靑孀孤兒를 두고 모르는 듯이 永逝한 君의 집 事情도 可憐하였거이와 指導者를 잃은 朝鮮 어린이들의 事情도 여간한 狼狽가 아니었다. 누구나 이 세상에 한번 나면 반듯이 한번은 죽는 것이요 또 수명에 있어서는 五十에 죽으나 百살에 죽으나 또는 東方朔 같이 三千甲子를 살다 죽으나 죽음은 일반이요 또 죽는 사람에 대하여는 누구나 슬퍼하고 또 눈물을 흘리는 것이 사람의 常情이지마는 君의 죽음과 같이 가장 슬픔이 많고 눈물이 많은 일은 드믈었을 것이다. 그것은 君의 個人을 위함이 아니라 朝鮮社會에 有望한 큰 일꾼이 없어진 까닭이었다.

그때 君은 開闢社, 天道敎會 또는 社會 同志의 葬으로 弘濟院에서 火葬을 하였으나 그 殘骸만은 그대로 保管하고 우리 同志로서 다시 土葬을 하고 一片의 短碣이라도 해 세워서 君의 永遠한 紀念으로 하려고 하였으나 우리 사정은 그렇게 一朝一夕에 問題가 解決되지 못하야 悲風秋雨 六個年 동안이나 君의 遺骸를 그대로 火葬場保管所에 남어 있게 하였으니 所謂 同志로서 어찌 未安치 않았으며 遺憾이 없었으랴. 이제 某某 同志의 發起

로 若干의 物資를 鳩集하야 郊外 忘憂里 南麓에 百坪의 幽宅地와 一片의 短碣을 設置하고 君이 永逝한 七月 二十三日을 期하야 同志의 葬으로 君의 遺骸를 永埋하게 되니 한편으로 未安하든 마음이 적이나 풀리나 君의 思慕 하는 생각이 새삼스럽게 나서 不知中 雙淚를 禁할 수 없다. 嗚呼 君은 百里 의 才가 아니어니 百坪은 姑捨하고 百里 地方의 幽宅地를 가진다 하여도 君이나 또는 우리 同志로서 滿足지 않을 것이요 地名이 비록 忘憂里나 君 은 平素에 우리 朝鮮 우리 民族 그중에도 우리 어린이를 爲하야 항상 걱정 하였은 즉 遺骸 英靈이라도 또한 平素와 같이 항상 걱정하고 있지 않을 줄로 안다. 嗚呼 方 君은 骸歸忘憂에 永遠不忘할진저.

(寫眞은 故 方定煥 氏)

李龜祚, "(兒童文藝時論)童謠製作의 當爲性(1)", 『조선중앙일보』,
1936.8.7.

이찌까라 니뽕
삼태기 시굼치
고조머니 할머니가
어름판에 가다가
구두신고 뻐갠
뻐개이찌 뻐개니

또하나

어머니 어머니
버선깁다 왜울우
아니다 아니다
하편나서 운단다
규까라 도-마데

서울 게신 讀者諸彦이 저녁 散步次로 短杖을 끌고 나오실 때면 고무줄을
날신날신 넘는 女學生들을 볼 것이다. 그리고 뭐라고 띠워서 불으는 노래
소리를 들을 것이다. 그것이 바로 筆者가 우에 적어 놓은 따위의 歌詞가
大部分을 占領한다. 地方에 딿아 말의 添削이 있고 사투리가 들어가서 獨
特한 歌詞로 變形되지만 亦是 以上에 擧例한 種類와 同一한 性格을 가지는
것을 보았다.(적어도 黃海道 平安南北道만은 그렇다.)

'이찌까라 니뽕'
'규까라 도-마데'

歌詞가 大部分이 朝鮮말인데 첫재와 둘재 例에서는 한줄식 日本 內地말
이 뒤섞이었고, 그 다음은 왼통 日本 內地말인데 單語 하나만 셋재 例에서

는 朝鮮말이 섞인 것을 우리는 알 것이다.

日本 內地語가 한 줄이 混淆된 것이나 朝鮮말이 한 마디 揷入된 것이나를 애들이 學校에서 배웠을 理 없을 게고 또한 어떤 얼빠진 童謠詩人이이 따위의 遊戲童謠를 創作했다고도 筆者로서는 볼 수 없는 것이다. 그러면 누가 지었느냐 누가 作曲했느냐, 누가 그들에게 가르키었느냐?

筆者가 拙筆을 들고 나온 動機가 實로 여기에 있다.

저들에게 親切한 作謠者나 作曲者나 또는 이를 傳達해 준 사람도 없었을 것이다. 다음의 몇 줄을 더 읽으므로 말미아마 더욱 내 말이 明白해질 것이다.

우리의 藝術童謠가 唱道된 以後의 作品은 「漂母歌」나 「勸學歌」와 같이 七五調 或은 八五調가 童謠形式의 根本的인 基準처럼 信仰해 내려온 모양이다. 意識 無意識을 莫論하고 적어도 作品 現象으로 觀察할 때에 이러한 結論을 얻을 수밖에 없이 된다. 近年에 와서 童謠形式의 變動이 있었으나 여태 어떠한 律格을 發見치 못하고 아직것 摸索期에 있다고 觀測되어진다. 이는 當然 以上의 當然한 것이니 얼른 結論만을 말하면 兒童은 元來 全民族的 情緒를 갖는 것인데 꺽꺽한 輸入된 音數曲調를 强要하는 까닭이다. 童謠形式에 對한 나의 腹稿는 本稿의 性質上 冗漫을 避하기 爲하야 따로 論해 보겠다.

이에 反하야 口碑童謠 乃至 民謠는 四四音을 基調로 하고 三四 四三 三三 三三四(或은 아리랑調 ─ 金思燁 氏에 依하야─)調들이 變調로 되어 있는 것이다. 그러면 民族的 傳統的인 口傳歌謠의 리슴과 輸入 童謠形式의 그것과 相距가 있다는 것을 우리는 알게 된다.

우리는 다시 맨 처음에 列擧해 둔 노래로 돌아가 그 每行마다 字數를 세어 보면 四四, 四三, 三四 等으로 錯雜하게 混在함을 알 것이다. 그러나 이것은 唱에 駄아서 거의 四四調로 되는 것인데 假令

삼태기이 시금치이
어름판에 가다가아

구두신고 뻐갠다아

이렇게 불으면서 어린 女學生들이 고무줄을 파닥파닥 뛰는 것이다. 다시 말을 바꾸면 古調의 리슴의 傳統이 그 애들의 自然的으로 울어나오는 律動으로 傳承하고 있다는 것을 알게 된다. 近者에 所謂 "藝術童謠"라고 불리워 지는 것과는 그 出處가 判異함을 알 것이다. 그러므로 우에서 相異한 두 말이 뒤섞이어 있는 품으로 보아서 어떤 童謠詩人의 作이 아니라고 指摘한 것과 마찬가지로 또한 音律學的으로 보아서도 요새 所謂 藝術童謠를 物議하는 사람들의 所作이 아니라는 것을 거듭 考證한 바이다.

---

### 李龜祚, "(兒童文藝時論)童謠製作의 當爲性(2)", 『조선중앙일보』, 1936.8.8.

저 애들이 作調를 하고 作曲을 하고 그리고 불르고 —— 沒理解한 家庭에서 욱박지르는 것만 兒童의 虐待가 아닌 상 싶다. 좋은 노래를 줄 줄 모르는 우리의 童謠詩人도 그들의 아리따운 情緒를 짓밟는 無慘한 暴君일 것이다.

그렇다고 나의 사랑하는 童謠詩人을 向해서 무엇을 思惟하며 어떤 것을 낳었느냐고 責하고 싶지가 않다. 超人이 아닌 그들에게 너무나 周圍의 冷待와 蔑視가 深甚함을 잘 아는 까닭이다. 그러므로 다음의 나의 몇 줄 글은 "노래에 굶주린" 이곳의 어린이를 사랑할 줄 아는 童謠作家에게 보내는 呼訴狀이 될 것이다.

童謠詩人이어!

'예이츠'가 詩人協會 當時에 若冠으로[93] 한창 活動할 때 "民族的 情緒로

---

93 '弱冠으로'의 오식이다.

서 最後까지 남은 것은 旋律이다" 이러한 意味의 講演을 한 적이 있었었다
는 것을 생각해 주시기 바란다. 本土語를 잊어 버렸을지언정 連綿해 내려
오는 血管에 사모친 旋律은 남는다는 것이다. 앞에서도 指摘한 바와 같이
非計劃인 粗雜한 形式이지만 唱에 있어서 우리의 街頭의 童謠도 四四調로
불리워진다는 것을 말해 두었다. 이것을 보면 學校에서 배우는 情調去勢의
唱歌類와 童謠作家의 '포-맬리즘'에 陷入한 製作의 輻輳도 저 애들의 싼
情曲을 奪還치 못한 것이 明確하다. 이에 多히 類推하면 '예이츠'의 말의
引用이 없드래도 當場 오늘의 言語 情勢가 逆換될지언정 仙人이 끼처 준
그것만은 남을 것이다.

童謠詩人이여!

우리가 取할 創作態度의 푸르른 하날은 여기서부터 날너 와야 될 것이
다. 愛蘭[94]의 文藝復興은 民族의 냄새가 물신거리는 '무-드'를 採取함에
있었었다. 年來로 金泰午 氏가 論하시는 "흙의 藝術・흙의 童謠"[95]라는 意
義는 그분의 具體的 陳述이 없음과 同時에 亦是 그분의 創作童謠를 보고
는 理解해 낼 수가 없으므로 筆者가 보는 情緖라는 것과의 異同點을 모르
거니와, 如何間 情緖라면 旋律問題를 經으로 하고 語彙問題를 緯로 하는,
前者를 基本的 要素로 後者를 副次的 要素로 보는 것이 妥當한 줄로 생각
한다. 그러므로 이런 基準을 두고 朝鮮童謠를 觀察할 때에, 個性의 獨特
한 表現을 主로 하는 創作態度는 그다지 贊成하기 어렵다. 論者가 있어서
都大體 文學藝術을 理解치 못하는 者의 수작이다. 文學的 天才의 功績은
奇想天外의 個性의 發揮이었다고. 그러나 이런 反駁은 文學 쟌느-르
(jenre)의 槪念의 混淆에서 오는 結論일 것이다. 왜 그러냐, 적어도 兒童
文學은 兒童과 서로 妥協하는 文學이기 때문이다. —— 테-마는 兒童性
에, 用語는 兒童知識에, 感覺은 兒童感性에 맞어야 하는 當爲性을 가지기
때문이다. 尹石重 氏의 었던 作은 '스티븐슨'의 童謠를 聯想케 하는 振幅

---

94 '아일랜드(Ireland)'의 음역어이다.

95 김태오의 「朝鮮童謠와 鄕土藝術(上, 下)」(『동아일보』, 34.7.9~12)에서 주장한 내용이다.

이 廣潤하고 幻想이 深遠한, 相當한 水準을 가진 것이 있는 一方에 兒童文藝로서의 程度에 넘치는 個性의 偏重과 音數律(朝鮮말에는 '미-터'나 '라임'을 붙일 수가 없는 갈닭에 旋律은 自然 字數로 決定된다)을 無視하는 데에 不平이 있다.

그러므로 우에서 累次 論述한 바와 같이 朝鮮 兒童情緒에 들어맞는 四四調를 基本調로 하고 이 以外에 變調를 調和 按排하므로써 童謠形式을 發揚시켜야 될 줄 안다. 이쯤 말하면 나의 論者는 驚愕하야 말하기를 近者의 藝術童謠는 傳統에 反逆해서 七五調가 盛旺한 것이라고 憤慨할는지 모른다. 反叛은 어디까지던지 反叛이고 正統이 아니라는 데에 나의 論理的 體系를 세울 수 있겠지만 이는 形式論理主義에 빠지는 것이므로 廢言하고, 이보다도 무턱대고 "새"것을 질긴 新文化運動의 發芽期는 제 것을 批判이 없이 英雄的으로 抛棄했던 것에 나의 理論에 根據가 있다. 오늘의 우리 童謠詩人은 이 조고마한 傳統을 亦是 어떤 批判이 없이 相續한 데 不過하다.

---

**李龜祚, "(兒童文藝時論)童謠製作의 當爲性(3)", 『조선중앙일보』, 1936.8.9.**

그러면 七五調는 어디로부터 由來했느냐. 若干 枝葉에 흐르는 感이 不無하지만 究明해 둠이 理解에 便利할 듯하다. 歐米諸國의 詩歌形式을 나는 모르나 英佛 詩歌가 七五調가 아닌 것을 미루어 보아서 歐米의 本이 아님은 明白하다. 그런데 日本 內地의 現代 創作 童民謠의 形式과 이 以外에 多少 文獻을 參考해 보면 平安朝의 『古今集』의 노래는 『萬葉集』[96]의 五七

---

96 『古今集(こきんしゅう)』은 『古今和歌集(こきんわかしゅう)』의 약칭으로, 헤이안시대(平安時代) 전기인 905년에 찬집된 "勅撰和歌集"이다. 『萬葉集(まんようしゅう)』은 현존하는 일

調에서 七五調로 推移(藤村作 著『日本國文學史槪說』[97] 昭和 九年版 六一頁) 했고 奈良朝의 『續日本記』에는 七五調의 童謠(白鳥省吾 著『童謠作法』[98] 二一頁)가 있다. 이를 보아서 日本 內地로부터 新文化를 받아온 今世紀의 朝鮮은 그것을 模作한 데 不過하리니 암만 言語構造의 相似點이 있다 할지라도 우리들이 七五調에만 固着할 理由가 어디 있느냐.

童謠詩人이어…

賢明한 諸位는 우리의 童謠形式이 어떠해야만 될 것임을 아시리라. 그러나 여기에 至難한 荊棘의 길이 있으니 基本形式인 四四調는 單調로울 뿐만 아니라 柔하고 軟하고 弱하며 또는 哀愁를 띠이게 됨이 通例이다. 이에 反하야 文字가 奇數일 때에는 그 感覺이 强하고 健實性이 있는 까닭에 七五調는 傳來의 童謠形式보다 健壯한 맛이 있음은 事實이다. 그렇지만 우리의 口傳童謠도 奇數의 音數가 없는 배 아니며 우리 先祖가 長時日을 불러온 時調(그 起原說은 論議가 區區하므로 不問에 붙이고)形式에서 童謠形式을 찾을 수가 있다면 三,五三四(七) 같은 優秀한 音數도 있다. 三三四(아리랑調) 같은 形式도 있다. 젊은 童謠詩人의 撥溂한[99] 野心을 充足시킬 處女地는 未知數의 神秘境대로 남아 있는 셈이다.

近日에 와서 好現象의 出現으로 金聖泰 氏 編曲인 「새야새야 파랑새야」가 兒童 間에 많이 불리우는 것이라던지 最近 廢刊된 金泰哲, 尹喜永 兩氏의 童謠作曲集[100] 中 大部分이 古謠가 作曲되어 있는 것을 보면 우리에게도

---

본 최고(最古)의 시가집이다.

97 후지무라 쓰쿠루(藤村作)의 『日本文學史槪說』(中興館, 1932)을 가리키는 것으로 보인다.

98 시로토리 세이고(白鳥省吾)의 『童謠の作法』(金星堂, 1933)을 가리킨다.

99 '潑剌한'의 오식이다. 일제강점기에 '潑剌'을 대체로 이와 같이 표기하였다.

100 명작동요 60여 편에 곡보를 붙인 『쬐꼴이』를 가리키는 것으로 보인다. 지은이는 왕신학원(旺新學院)에서 교편을 잡고 있던 김태석(金泰哲)이다.(「童謠作曲家 金氏 新作 『쬐꼴이』 發刊」, 『조선일보』, 36.7.17 참조). 위와 같이 "김태철(金泰哲)"로 표기된 곳(「兒童文藝家 最近動靜」, 『童話』, 1936년 9월호, 25쪽), (金末誠, 「朝鮮 少年運動 及 京城 市內同團體 紹介」, 『四海公論』, 제1권 제1호, 1935년 5월호, 56쪽)도 여럿 있으나, 다른 곳에서는 김태석(金泰晳, 金泰哲) 등으로 표기된 예가 많아 '김태석'이 맞는 것으로 보인다.

漸層的으로 朝鮮情緒에 關한 研究의 氣運이 濃厚해 감을 본다. 韻律의 改革은 作曲家의 助力이 없이는 完璧을 期하기 어려울 것이다.

要컨대 童謠作家 諸位의 天才가 創造 經驗의 含蓄과 함께 이 方面의 進捗이[101] 있기를 呼訴하는 바이다.

童謠作家 諸氏여!

筆者의 論述 展開의 便宜를 얻기 爲하야 고무넘기노래에서 또 하나만 너 擧例하는 權限을 許諾하시기 바란다.

> 一錢에 두개식
> 싸구료 씨구료
> 골라잡아 六錢
> 七錢 八錢
> 구데기가 열마리
> 十一 十二……

'싸'는 '상'(三)의 子音, '씨'는 '시'(四) '골'는 '고'(五)의 意味, '구'는 '큐'(九)의 意義로 各各 表示된 것이다. 암만 遊戲童謠 中의 一分派의 計數童謠이기로 이렇듯 말의 混沌과 取材의 野卑性은 이미 調査된 口碑童謠 中에는 없는 줄로 記憶하고 있다. 東京의 北原白秋가 詩人 自身의 遊戲童謠와 知識童謠의 創作態度를 言明한 일이 있다. 遊戲童謠와 知識童謠는 兒童을 질겁게 하기 爲한 義務感에서 作謠하는 것이고, 藝術的 感興에서 나오는 것이 아니라고. 이 말은 絶對로 虛言이 아니라는 것은 實際 創作에 붓을 적신 적이 있는 분은 알 일이다. 이에 反하야 이곳에는 어떠한 것을 産出하고 있느냐. 筆者 寡聞寡讀인지라 나의 知識이 標準이 안 될지 모르나 遊戲謠로서 完全히 作曲까지 된 것으로는 麗水[102]의「까막잡기」밖에는 없는 줄로 알고 있다. 供給者의 탓인가 不幸히 이 謠의 需要者까지 적은

---

101 '進陟이'의 오식이다. 일제강점기에 "進陟"을 이와 같이 표기한 예가 더러 있다.
102 麗水 朴八陽을 가리킨다.

모양이다. 뜀뛰고 노래 부르고 그리고 작난치는 것은 저 애들에게 있어서 세 때 끼니와 같은 靈魂의 糧食이다. 朝鮮의 어린사람을 사랑할 줄 아는 童謠詩人은 여기에 對한 一考가 있기를 呼訴한다.

---

## 李龜祚, "兒童文藝時論(4)", 『조선중앙일보』, 1936.8.11.[103]

童謠詩人이여!

新聞은 新聞으로서의 政策이 있고 몇 種 안 되는 雜誌는 雜誌로서의 營業術이 있다는 것을 아시리라. 活字化에만 汲汲하는 新進童話(謠)作家가 있는가 하면, 成人文壇에 籍을 두신 似而非의 童話(謠)作家도 있다. 어느 달 號인지는 잊었지만 『아이생활』設問에 李泰俊 氏의 良心 있는 答辯은 成人文壇의 詩人 小說家가 特殊 硏究가 없이는 童謠詩人 童話作家가 못 된다는 這間의 消息을 알고 남음이 있으리라. 이들이 結局 自己의 藝術을 더럽히지 않으려는 者의 受難期를 醞成하는 '모-멘트'가 되었다. 그렇다고 良心的인 童謠詩人의 自己의 作品을 깊숙한 筐裏에 死藏한다는 것도 不可한 줄로 思惟한다. 發展 機關의 紙誌面을 同率로 하는 數量의 鬪爭性이 여기에 있다. 그러나 적어도 우리들의 觀察의 焦點은 "노래에 굶주린" 저 애들을 救할 수 있는 어떤 方途를 摸索함에 있지 않으면 안 될 것이다. 筆者가 或是 童謠作家 諸位에게 이에 對한 設問을 發한다 하드래도 意見百出, 그야말로 꽃을 피우리라. 筆者도 어떤 會의 末席 會員으로 있지만 이것도 마음에 맞는 成果가 없다. 이상한 語套일지 모르나 兒童文藝에 自信이 없는 者여든 後備로 물러나고 自信이 있는 者여든 前線으로 나서거라, 또한 물러가게 할 것이고 나서게 할 것이다. 요것만한 程度의 理想의 實現이 없이 어찌 明日의 童謠의 黃金期를 期圖하랴.

---

103 1~3회와 달리 4, 5, 6, (完)은 제목을 '兒童文藝時論'만으로 해 놓았다.

## 混沌한 童話 概念의 究明期

우리들 童話作家의 作品을 分析하고 綜合하고 그리하므로 말마아마 그들의 좋은 '태크닉'을 論해 보고 좋은 思想을 傳達해 보지 못하는 不幸을 슬퍼한다. 今年度 上半期도 지내고 또 달포가 되어 오지만 紙誌面에 나타난 作品이란 것이 하도 고약해서 가치 있는 어린 學生에게 읽히여 보고 어떠냐고 물어보면 거지반 "재미가 없다"고 對答한다. 어린 사람의 "재미가 없다"는 말은 "取材의 不適當 · 描寫의 不正確" 等의 成人의 言語로 飜譯할 수 있는 말이다. 文章도 文章이려니와 나의 經驗的 觀察에 依하면 보다 더 '테―마'의 陳腐性에 "재미"가 없는 理由가 潛在하였다. 現象界에 뷔리를 박는 나의 時論의 題目이 原始的 姿勢로 退却한 緣由가 다른 곳에 있지 아니하다.

童話란 어떤 것이냐. 童話作家가 漢字義대로 素朴하게나마 槪念의 具體的 把握이 없드래도 "아이의 이야기"라고 釋義해 주었든들 今日의 童話界는 한거름 앞선 자리에 앉았을는지 모른다. 이럼에도 不拘하고 지내치게 생각한 까닭인가. 그들의 創作을 通讀할 때에 "아이에게 보여줄 이야기"쯤 童話 槪念을 設定해 놓고 붓을 드는 모양이다. 이 態度의 害毒이 컸다. 이것의 好例로 去年의 일이지만 李無影 氏의 幼年小說을 引擧할 수가 있다.[104] 나와 같이 이 方面의 '띨렛탄트'인 親知에게 該 氏의 作을 "一種의 詩"라고 稱讚을 보낸 일이 있지만 氏가 傲然한 아저씨의 態度를 取하지 아니하고 徹頭徹尾 '모델'인 조카 경재를 觀照했든들 絶讚을 보내게 되었을는지 모른다. 가끔 春園도 이런 짓을 한다.(『童話』六月號 包 參照) 評은 同上이다.

이와 態度는 같이 하고 形式만 달리하는 것으로 筆者의 拙作 —— 辭讓하려는 것이 아니라 眞實한 意味에 있어서의 拙作인 「청개고리 나라」와

---

104 이무영(李無影)이 『동아일보』 1935년 5월 26일자 「이뿌던 닭」을 시작으로 1935년 12월 22일자 「둘 다 미워」까지 매 일요일(日曜日)마다 "어린이 日曜" 난에 연재한 "애기네 소설"을 가리킨다.

같은 態度도 있다. "나"라는 主人公을 設定해 놓고 筆者의 마음대로의 主觀 陳述을 氾濫시켜 놓았던 것이다. 나의 잘못이었다. 亦是 春園도 가끔 이런 態度를 가진다. 「다람쥐」와 같은 것이 그것이다.(『童話』四月號 參照) 나의 "나"라는 代身詞 대신에 固有名詞 "영근"[105]을 代換했을 따름이다.

---

## 李龜祚, "兒童文藝時論(5)", 『조선중앙일보』, 1936.8.12.

"아이는 어른의 아버지이다"를 標語로 四年間 思索한 結果로 쓴 「永遠의 暗示賦」의 作者 워스워스에게 이것을 紹介해 드리면 정녕코 長太息을 하리라. 그러면 以上과 같은 態度가 어째서 나쁘냐,를 批判을 加해야 할 대목에 遭遇하였다. 여기에 童心問題가 튕겨 나온다. 兒童은 事象을 汎神論的으로 解釋을 내리고, 이러한 宇宙觀下에서 生活을 組織化하려 한다. 좀더 敷衍하면 "나와 너"라는 兒童 相互關係의 差別이 甚하지 아니하니 고깔 남의 주먹의 것을 뺏으려 들고 나의 주먹의 것을 남에게 주려 한다. 또한 外界의 萬象을 人格化도 시킨다. 卽 "나"라는 自我意識이 稀薄한 것이다. 兒童心理學에서 年齡에 隨伴하야 兒童의 意慾이 다르다고 細論하는 것은 筆者는 이것의 外延으로 알고 있다. 이 意慾이 思春期를 分水嶺으로 하고 이편과 저편이 훨신 相異하게 된다. 이를 말하야 흔이 兒童의 成長物이 心理的으로 보아서 成人이 아니라는 것을 말한다. 이 말은 定說이라 우리 童話作家가 좇아 지켜도 人格의 損傷이 없을 줄로 안다. 물 건너 東京서는 成人으로서 兒童作品 製作의 可能性도 相當히 의심해 본 것이다. 勿論 絶對的으로 말해서 不可能論을 取함이 가장 虛僞가 없으리라. 그렇지만 童

---

[105] 춘원 이광수(春園李光洙)와 허영숙(許英肅) 사이에 2남 2녀가 있었는데, 맏이(전처 백혜순(白惠順)과의 사이에 이진근이 있었으나 어릴 때 사망함) 이봉근은 어릴 때 사망하였고, 이영근(미국 Johns Hopkins University 교수), 이정란, 이정화가 있다. 여기서 "고유명사 '영근"은 바로 이영근을 가리키는 것으로 보인다.

話作家 自身의 幼年期를 回想하고 恒常 어린이와 接하며 觀察하므로, 그 애들의 世界에 들어가려는 者에게 있어서만 저 애들의 叡智의 나라에 接近할 수 있으리라. 兒童讀物의 創作은 여기에서부터 마땅히 出發點을 주어야 할 것이다. "아저씨"나 "아빠"나 或은 "나"라는 少年이 되어 가지고 저 애들의 歡喜境을 짓밟는 글을 쓰는 것은 워스워스의 리슴을 飜案해서 쫓으면 아들이 아비를 짓밟는 不孝子가 될 것이다. 東京의 良心誌 『赤鳥』[106]는 우리네 같으면 少年小說이라고 冠題를 할 것이지만 童話라고 命名하는 것은 兒童生活의 現實에서 取材함이 아니면 兒童讀物로의 資格이 없다는 意圖인 줄로 생각한다. 이 方面 外國 現代童話의 涉獵이 적지만 『現代英國童話集』을 보면 大體 우리네의 作品처럼 뒤떨어진 것이 또 어디에 있으랴.

大槪 우리 童話家가 師事하는 參考作品은 各國別 童話集이거나 『그림童話集』이 아니면 『앤더슨童話集』인상 싶다. 자기의 創作品인 척 뻔뻔스럽게 原作者의 記名이 없이 飜譯物을 내놓는 것도 以上의 境遇에 넘는 것이 드물다. 이를 盲從하는 저들의 創作의 取材 範圍도 이것에 依存되어 制約을 받는다 —— 아까운 일이다. 賢明하신 童話作家여! 『그림童話集』과 『앤더슨童話集』이 우리에게까지 古典으로 傳하는 理由를 아시는가. 前者는 口傳童話에 科學的 眼光에 비치여 蒐集한 것의 劃期的 童話이었고 後者는 創作童話로서 亦是 劃時的 作品(이 以前의 佛國의 몽테느는 寓話作家이다)이던 까닭이다. 그러나 여기에 注意를 드리고 싶은 것은 前者는 一八一二年의 出版物이오 後者는 그의 創作 第一集이 一八五三年에 出刊되었다는 事實들이다. 十九世紀의 諸 文化部門은 그 發達過程이 急遽한 것이라. 百年 前事는 까마득한 古事와 비슷할 것이다. 우리의 童話作家는 百年 以前에서 踏步를 繼續할 것이 아니고 現代 外國作品에서 판(模型)을 떠 와도 無妨할 것이다. 自我 獨創的 境地를 開拓하는 것은 둘째 일이고 먼저 이것이 아쉽다.

---

106 일본의 스즈키 미에키치(鈴木三重吉)가 창간한 아동문학 잡지 『赤い鳥(あかいとり)』를 가리킨다. 1918년 7월 1일 창간하였고, 1936년 8월에 폐간하였다.

## 李龜祚, "兒童文藝時論(6)", 『조선중앙일보』, 1936.8.13.

다음으로 筆者는 延星欽 氏의 作을 問題 삼을 必要가 있다. 同 傾向 童話 作家의 典型的 '타잎'인 關係上 延 氏의 作品을 골나 본 것이다. 「목숨 바친 곰」의 梗槪를 보면, 어떤 곰 놈이 農夫의 소를 잡아먹었었다. 간구한 農夫 는 말 한 필을 샀으면, 하고 獨白을 한다. 곰은 이 말을 듣고 後悔가 나서 夜中에 農夫의 門前에 가서는 銃에 맞아 죽는다. 그때 곰은 滿足한 웃음을 머금고 두 눈에는 기쁜 눈물을 담뿍 고이고 安心스런 듯이 감는다. 同 氏의 「잃어버린 노래」도 같은 軌道上의 取材이었다. 이러한 理想主義나 人本主 義 思想은 若干의 哲學書籍을 參考해 보았으나 도무지 發見치를 못했다. 그러나 이 方面에 있어서는 筆者 無識한지라 둘재로 쳐 놓고, 大體 이러한 倫理論이 現實的으로 實現性이 있는 것이냐. 現實에서 遊離하는 思想이며 思潮는 妄想이며 狂想이다. 勿論 글 쓰는 사람의 瞬間의 氣分은 가장 淸淨 하야 군티가 없다고 해서 플라토的 '이데'의 世界로 달아나야만 하는 줄 아는 모양이다. 淸教徒도 이렇게까지 至毒스레히 생각하지 않았다. 汎神論 的이오 感覺的인 저 애들 心性에 들어맞지 아니할 것은 明若觀火다. 口演 을 해 보신 일이 있는 분은 이런 犧牲萬能主義 童話로서 한두 번식은 다 失敗해 보았을 것이다.

大凡 延 氏의 作과 같은 倫理(陳性한) 萬能主義 童話의 '테-마'를 分析하 면 動物과 病的인 人間들 —— 약은 여호와 토끼와 당나귀, 미련한 곰, 信義 없는 호랑이, 獅子, 믿음성 있는 개, 주책없는 바보며 老人 等의 相互 關係로 '스토리'가 編成된다. 이것은 寓話의 取材와 一致한다. 寓話作品은 陽喩 隱喩의 比喩의 骨格이 잘 드러맞어야 한다. 그러므로 該氏 等의 簡潔 性이 없는 作品은 想에 있어서 寓話的일지 모르나 그 機構를 보아서 寓話 以前이라 裁斷될 것이다. 視角을 달리하야 그러면 近來에 唱道되는 藝術童 話이냐. 筆者는 앞에서도 指摘해 둔 것과 같이 腐爛한 '테-마'를 가진지라, 많은 文字 羅列을 일삼을 것 없이 "아니"라고 一蹴될 것으로 안다.

여기까지 거의 論的 敍述에 있어서 消極的 態度를 取해 마지아니한 筆者의 意圖는 現階段에 있어서 辛辣한 反省을 促하야 오직 明日의 우리들의 童話다운 童話를 胚胎하려는 契機를 마련하려 함에 있었다. 여기에서부터 積極的 方面으로 筆者의 所信을 若干 披瀝해 둠이 좋을 줄로 생각한다. 앞서서도 童心問題에 接觸한 배 있거니와 結局 兒童藝術은 童心藝術이니만큼 童心으로 돌아가야 할 것이다. 이것의 好現象으로 近日 某誌의 豫告를 보니까 李永哲 氏의 「童心研究」라는 論文이 번뜩 보이었다. 童話壇의 한 사람의 '스타일리스트'의 地位밖에 許與할 수 없던 李 氏가 이 方面에 穿鑿을 하신다면 우리는 將來의 佳作品을 그에게서 豫期해도 좋겠다. 何如間 筆者는 우에서 童心을 "汎神論的"이라 했고 "自我意識"이 薄弱하다고 했다. 딿아서 꼴키의 「兒童文學의 '테-마'에 對하야」의 論文의 基準이 全혀 童心을 度外視한 까닭에 그것은 兒童文學論이 아니었다. 그가 擧例한 '테-마'의 種目은 童心과 어떤 交涉點이 있는지를 理解하지 못하였다.

世界觀을 把握하고 技巧를 배우는 것은 오직 體驗에서 울어나와 體得되는 것이다. 한 個의 抽象된 論을 질겨 읽고 말하는 것도 좋은 일이지만 童話作家는 무엇보다도 저 애들과 뛰고 놀고 작난치고 그리고 觀察함을 가지므로 對象과 "나"인 童話家를 一元的으로 생각하여야만 眞正한 意味의 童心作品이 나올 것이다.

---

李龜祚, "兒童文藝時論(完)", 『조선중앙일보』, 1936.8.14.

理解의 便宜를 돕기 爲하야 近日에 筆者에게 있든 이것의 '에피소-드'를 하나 들기로 하자. 바로 本 拙稿의 草를 잡느라고 疲勞하기로 소풍을 나갔더니 꿈벅 筆者를 보고 인사하는 아이가 있었다. 그래 상냥한 말을 몇 마디 건니었드니

"돈 한 푼 줘!"

불숙 손을 내민다. 以前에 두세 번 인사를 받은 일밖에 말도 해 본 적이 없는 아이다.

"주지. 至今은 없는 데에 조금 있다 주지."

어름사탕이 腦속에서 體操를 하는 모양이다. 酷暑라 한 個쯤 더 먹고 싶었던지

"두 푼만 주어!"(曲譜 그릴 줄 모름이 섭섭했다.)

"아이스케키 사먹으련?"

"네"

兒童은 "네 것"과 "내 것"의 區別이 적다. 돈의 觀念이 다르다. 그리고 醫師의 할 말이지만 成長에 必要한 多量의 營養價의 攝取는 욕심쟁이로 나타난다는 것을 抽出할 수가 있다. 換言하면 兒童은 成人과 生活의 手段과 方法이 다르다고 볼 수 있다. 이런 兒童의 現實을 가장 '리알리스틱'하게 形象化해 내는 것의 한 까닭이 藝術童話인 것이다. 그러므로 그 出處의 記錄이 없이 外國의 '토템'의 迷信 傳說을 써내 놓는 것은 非藝術童話인 것이다. 이런 것을 水準이 낮다 해서 一笑에 附하고 싶으나 그냥 默殺하기에는 『어린이』의 創刊 以來로 童話에 執筆해 내려오는 분이 그들 執筆者 中에 混在해 있기 때문이다.

至今까지 純粹童心을 基礎로 하여 敍述한 것이지만 社會의 變遷과 同伴하여 童心世界에도 一部 錯亂이 생기었다. 中等學校의 試驗地獄과 貧困한 家庭에 태여난 小學校 卒業生의 居處問題가 그것이다. 여기에 對해서 兒童들은 苦悶한다. 電燈이 올 때까지 課外工夫를 하고 온 學生에게나 小學의 新卒業生으로 農村에서 徒食하는 兒童에게 어떠냐고 물으면 반듯이 人生苦를 말할 것이다. 비로소 兒童文學의 社會性을 이런 見地로써 認定할 수 있다. 그러므로 純粹童心을 童心的 人間性이라 할 수 있다면 이것을 筆者는 童心的 社會性이라고 하고 싶다. 이런 意味로 보아서 盧良根 氏의 『열세동무』는 '테-마'의 良否를 莫論하고 兒童文藝의 一境地를 이룰 수 있는 方面일 것이다.

이런 論點을 明確케 하기 爲하야 要請되는 것은 兒童文學과 成人文學과

의 境界이다. 年前에『新少年』과『별나라』의 揭載 作品은 大槪 思春期를 지내서 人生과 社會에 눈이 뜬 사람이 主人公이 되어 있었다. 政治性을 強調하려는 意圖로서 材料를 擇할 때에 自然的으로 不可避의 일이었을 것이다. 이것은 兒童의 讀者層을 喪失하는 原因을 지은 것으로서 兒童文學의 成人圈 內에의 移動이었다. 그러므로 眞正한 兒童文學이 아니다. 또 米國 發行인『少年 十種』을 보면 戀愛問題와 就職問題가 論議되어 있음을 보았다. 西洋에서는 專門學校 學生을 '칼레지 뽀이'라고 하므로 '뽀이'의 槪念이 다른 만큼 兒童文學의 槪念이 다른 모양이다. 그래서 筆者는 너무 廣範圍로 擴張할 것이 아니고 思春期 以前의 兒童의 童心的 人間性 乃至 社會性을 그리는 文學을 兒童文學의 領域으로 局限시키는 것이 가장 安當한 줄로 생각한다.

그리하야 우리들은 童心的 人間性 乃至 社會性의 顯微鏡的 探索과 確乎한 成人文學과의 定界標를 세우므로 말미아마 童話다운 童話가 나오리라. 맨 처음 本稿 虛頭에 말해 둔 바와 如히 童話는 成人이 "아이에게 뵈여 '들려'주는 이야기"가 아니라, 兒童 自身의 生活을 그리는 "아이의 이야기"라는 漢字義대로 解釋을 주어 無妨하다. 오직 優秀한 童話作家가 되느냐 안 되느냐는 이것의 穿鑿 深淺 如何에 있을 따름이다.

以上의 見地로 보면 우리가 多大한 期待를 갖고 있는 雜誌『童話』[107]의 揭載 童話는 童話다운 童話들이 아니다. 朴龍喆 氏의 詩評 中에서 旣成詩人에게 期待를 가지는 것은 文壇的 事大主義에 더 못 된다는 말을 읽은 적이 있다. 童話壇에도 그 公式이 그대로 들어맞는다. 該誌 主幹 崔 兄의 말씀이 營業術策上 成人文壇의 文人名을 羅列할밖에 없다는 것이다. 사랑하는 子女에게 좋은 雜誌를 가려 주려는 學父兄만을 爲해서라도 좋은 意圖를 實現케 하기 爲하야 우리들 間에 評筆을 드는 분이 나와야 할 것이다.

끝으로 많은 材料를 提供해 주신 金 兄에게 거듭 謝意를 表한다. (끝)

---

107 1936년 창간된 잡지로 발행인은 최인화(崔仁化)이고 발행소는 동화사(童話社)였다. 주로 동요와 동화를 수록하였고 통권8호까지 발행되었다.

## 정인섭, "동화의 아버지 소파 선생 생각", 『童話』, 1936년 7-8월 합호.

　내가 소파 방정환(小波方定煥) 선생을 알게 된 것은 조선서 제일 처음으로 된 아동문제연구단체인 〈색동회〉에 관계된 때부터입니다. 아동을 조곰도 이해 못하든 조선에서 마음을 다하야 아동을 사랑하고 전조선에 아동운동이 이러나게 한 것도 소파 선생의 은혜라고 할 수 있고 또 아동들이 밥보담도 더 좋와하던 자미있고도 유익한 잡지 『어린이』를 세상에 내논 것도 소파 선생이었읍니다. 그뿐만 아니라 조선서 가장 처음으로『사랑의 선물』이라는 동화집을 낸 것도 소파 선생입니다. 그리고 동화를 잘하기로 유명했고 "어(이상 14쪽)린이 날"을 정해서 수만의 소년소녀들이 기를 들고 행렬하게 한 것도 소파 선생이었읍니다.

　소파 선생은 키는 적으신데 몸집이 굵고 눈은 조고만한 분인데다가 목소리는 퍽도 다정해서 누구에게던지 아버지의 사랑을 사랑과 같은 느낌을 갖게 하던 것입니다. 길에 가다가도 아이들과 동모해서 놀기를 좋와하고 이약이도 해 주며 노래도 불러 주었읍니다. "날저므는 하늘에 별이삼형제 반짝반짝 정답게 지내더니" 하는 노래는 조선의 제일 처음 되는 신작동요인데 이것은 소파 선생이 지은 것입니다. 소파 선생은 고흔 목소래로 이 노래를 부르다가 그 다음 "웬일인지 별하나 보이지않고 남은별이 둘이서 눈물흘린다" 할 때는 그 두 눈에서 눈물이 거렁거렁 했읍니다. 그와 같이 인정이 많었읍니다.

　나와는 눈 오는 겨울밤에 서울의 거리를 끝없이 걸어 단이면서 어떻게 하면 조선의 어린이들을 잘 길을 수 있을가 하는 이약이에 밤새는 줄 모른 때도 각금 있었읍니다. 소파 선생은 오년 전에 병으로 그만 이 세상을 도라가섯읍니다. 할 일을 많이 남기고 그만 여러분을 떠나 저 먼 나라로 가섯읍니다. 그러나 마음만은 언제던지 여러분에게 남어 있을 것입니다. 집이 가난해서 아직도 비석을 못 세윗다가 금년 여름에야 여러 동모의 힘으로 겨우 세우게 됩니다.

여러분 다 같이 이 장하신 선생을 영원히 잊지 마시기를 바랍니다. (카트 사진 방정환 선생) (이상 15쪽)

尹福鎭, "(成功의 길)동요 짓는 法", 『童話』, 제1권 제6호, 1936년
7-8월 합호.

## 동요란 무엇인가

독일(獨逸)에 유명한 시인(詩人) 꾀-테는 이렇안 말을 햇음니다.

"시인은 맞이 노래하는 새(鳥)와 갗이 노래는 잘 부르나 자기(自己)가
부른 노래를 이야기(解說)하랴면 심히 어려워한다고." 참으로 그럿음니다.
많은 시인 가운데서 자기의 노래(作品)를 자기 입(口)으로 또는 붓(筆)으
로 이야기하려면 그 대부분이 이에 불가능(不可能)함을로 우리는 종종 보
게 됨니다.

그럼으로써 문학(藝術)이란 사회(社會)에선 작품을 짓는 작가(作家)와
리론(理論)을 캐는 리론가(理論家)와 이 작가의 작품과 리론가의 리론을
비평(批評)하는 비평가(批評家)가 엄연(嚴然)히 존재(存在)햇음을 가히
알 바가 안닙니까.

여기서 한 가지 유의(留意)하여야 할 것은 소위 작품을 쓴다는 사람이
전연(全然)히 작에 대한 리론을 모르고 따라서 좋은 작품과 좋지 못한 작
품을 가리지(判斷) 몯하는 이는 도저(到底)히 좋은 창작(創作)을 엇기가
심히 어려웁다는 것을 기억(銘心)해 두서야 하겟음니다. 이제 이 우에 말
을 잘못 듯고 오해(誤解)할 염려(念慮)가 잇기 다시 더 자세히 말해 두겟
음니다.

어떤 작가던지 간에 창작의 목표(目標)와 이 목표까지 잘 가나 몯 가나를
알어보는 리성(理智) 또는 반단력(判斷力)이 없이는 좋은 작품을 지을 수
없다는 말임니다. 이렇안 이미(見地)에서 본다면 훌륭한 작가는 작가인
동시에 리론가가 되어야 하겟음니다. 그러므로 한 작가가 자기의 머리속에
간직해 둔 리론을 리론으로써 리론가답게 말하지 몯하고 또 그 자신이 가진
판단(判斷)이 비평가와 갗이 정돈(整然)된 체계(体系)를 세워 비평가답게
써내지 몯할 따름이다. 그들의 훌륭한 작가들의 머리속에 훌륭한 리론과

기민(機敏)한 판단력(判斷力)을 갖우어 있음을 능히 추측(推測)할 수 잇는 일임니다.

그러므로 우리는 몬저 "노래"(詩歌)란 것을 짓기 전에 "노래"란 것이 무엇이며 어떤 것인지 확실(確實)히 알어야겟고 또 "노래"를 짓는 좋은 길(方法)을 찾어보아야 할 것임니다. 특히 이 지음에 어린 시인(詩人)들의 적지 않은 수(數)가 자기가 을푸는 "노래"가 무었인지 또 무었을 그리려고 하는지 어듸를 어떻게 그려 보겟다는 창작적 의욕(創作的意慾)이 뚜렷히 드러나지 몯함은 자기의 생각(詩想)을 말(言語)로 써내는 그 소재(素材)인 언어(言語)에 대한 지식(智識)과 훈련(訓練)이 부족(不足)한 것도 커다란 사실(事實) 가운데 하나이라고 이르겟으나 그보담 먼저 노래란 것을 확실히 모르기 때믄에 그러하고 그러한 결과(缺課)로써 표현(形成)에까지 그렇안 치명상적 결점(致命傷的欠点)이 반다시 원측적(原則的)으로 나타나고야 맙니다.

작가(作家)가 되고저 시인(詩人)이 되고저 하는 여러분에게 리론가와 같은 "리론"과 비평가와 같은 "비평"의 기능(機能) 그렇안 실천(實踐)을 행하랴는 것은 절대(絕對)로 아님니다. 여기 한 가지 명심해 두실 것은 어떤 작가가 작픔의 행동(行動)보다 리론이 너무나 앞서게 되면 이 작가는 그만 작품을 쓰지 몯하게 됩니다. 웨 그러냐 하면 그불의[108] 뛰여난 리론에 작품(作品)이 도저히 그많금 딸어갈 수 없게 되니까 결국(結局)을 작가(作家)를 포기(抛棄)하고야 맙니다. 그러므로 작가가 되고저 하는 여러분에게 여러분의 창작의 기능(機能)에 도저히 받어드릴 수 없는 너무나 엄청난 리론을 여러분에게 요구(要求)하는 것도 안니고 여러분에게 이렇안 엄청난 리론을 가지라고 권(强勸)하지도 안슴니다.

그러므로 나는 여러분의 작품과 여러분 앞선 이들의 작품을 가(이상 22쪽)지고 "어린이의 노래"(童謠)에 관한 기초(基礎) 되는 지식과 동요를 짓는 대 절대로 필요 되는 그 방법(方法)과 또 그 태도(態度)를 알기 쉽게 말해

---

108 '그분의'의 오식으로 보인다.

드리겟음니다.

이번 회는 머리ㅅ말(序言)로써 맞이기로 하고 이 머리ㅅ말을 막으면서 한마듸 말을 드해 두고 다음 회로 넘어가기로 하겟음니다. 다음회붙어는 실제 문뎨(實際問題)를 드러 본론(本論)을 말하겟음니다.

그러면 이 말 한마듸를 기억(記憶)해 두기로 합세다. 훌륭한 시인(詩人) 훌륭한 작가(作家) 훌륭한 예술가(藝術家)가 되로면 몬저 시인이 되기 전에 몬저 작가가 되기 전에 몬저 예술가가 되기에 몬저 사람다운 사람이 되어야 하겟음니다. 예술(藝術)에 대한 모-든 지식(基礎)도 필요하겟지만 그보다 자기의 인간(人間)이란 그것을 몬저 잘 맨드러야겟고 훌륭한 인격(人格)을 닥슨 후에야 훌륭한 작가가 될 것을 이저서는 안 됨니다.

과거(過去)의 모-든 시인 모-든 작가 예술가를 보십시오. 그들의 창작의 기교(技巧)도 기교로써 상당하고 그들의 머리 풍부(豐富)한 시적 상상(詩的想像)을 구비(具備)하엿든 것도 부인(否認)할 수 없는 사실(事實)이지만 그보다 모-든 어려운 곧에서 인간의 어즈려운 탁류(濁流)에서 사회에 모-든 모순(矛盾)에서 구핌 없이 끝까지 용감하게 싸워서 익인 그 인격(人格) 빛나는 그 인격이 무엇보다 그들의 위대(偉大)한 작품(作品)을 낳엇다고 하겟음니다. 그러므로 우리가 한 줄의 시(詩)를 짓는 것은 결코 우리들 감각(感覺) 또는 감정(感情)만의 운동(運動)이 안이고 이 속에 사람(人間)의 마음을 울(鳴)니게 하는 작가의 인격(人格)으로써 읽는 사람에 가슴에 그 무슨 힘 잇는 인간의 소리와 인간의 부탁이 잇어야 할 것임니다. 그러므로 문학(藝術)이란 것도 넓은 의미(意味)의 종교(宗教)라 이르겟으며 넓은 의미의 도덕(道德)이라 하겟음니다. 더욱이 어린이의 노래 어린이의 예술은 어룬의 그것보다도 더 많은 인격을 요구하게 되고 이렇에 빛나는 인격 훈련에서 앞날의 좋은 사회(社會)와 좋은 세게(世界)를 예기(豫期)할 수가 잇고 여기에 인류의 위대한 오직 하나의 희망(希望)이 잇다는 것만을 말해 둡니다.

그러므로 우리는 시인이 되기 전에 음악가(音樂家)가 되기 전에 화가(畵家)가 되기 전에 몬저 좋은 인간이 되어야 할 것을 한번 더 명심해 둡세다.

그리고 훌륭한 작품은 훌륭한 인격에서 우러난다는 것을 잊이 마시고 이에 빛나는 인격을 닦기 위해 노력(努力)해 둡시다. (게속)

六月 十日 서울서 (이상 23쪽)

---

尹福鎭, "(아동문학강좌)동요 짓는 법(其二)", 『童話』, 제1권 제8호, 1936년 10월호.

## ▢ 머리ㅅ말의 계속 ▢

사람은 어떻게 되여 노래를 부르며 또 어떻게 노래를 짓는가.

어린이의 거짓 업는 마음에서 울어난 아름다운 노래(詩歌)인 동요(童謠)란 것을 말하기 전에 사람(人間)은 어찌하여 노래(詩歌)를 부르며 또 어떻게 노래(藝術)를 짓게(創作) 되는지 다시 말하면 사람의 그 어떤 마음이 어떻게 무었에 움즉이여서 노래를 을푸게 되고 그 마음이 어떻게 용소엄처서 그것이 맞춤내 갸륵한 작품(藝術)을 낳게(創造) 되는지 이에 가장 중요(重要)한 그 까닭과 그렇게 되여 가는 마음의 과정(過程)과 그것에 가장 중요한 사실을 몬첨 알어 두어야 하겠음니다. 이는 노래를 부르는 데 노래를 짓는 대 가장 필요(必要)한 것으로 생각됩니다.

사람(人間)이란 다른 모-든 동물(動物)이 가질내야 가질 수 없는 가장 이상(高尙)한 "마음"을 가지고 있음니다 —— 이는 모-든 예술(藝術)을 낳게(創造) 하는 인생(人生)에게 있어선 가장 세련(洗鍊)되고 가장 노-불(高尙)한 마음(感情)인 애모쉰(情緖) 그것임니다 이 노-불한 마음(情緖)은 우리 인간만이 가진 특권(特權)이요 오직 인간만이 가질 수 있는 보배(寶貝)이요 우리 인간에게 가창 빛나는 자랑이요 가장 참된 보배 그것임니다.

이렇한 고상(高尙)스러운 "마음"(情緖)이 이렇안 "정서"의 움즉임에서 시가(詩歌)란 예술(藝術)이 울어나고 음악(音樂)이 울어나고 춤(舞踊)과 그림(繪畵)과 그밖에 모-든 예술이 이렇안 "마음"에서 이렇안 "마음"의 물결침에서 울어나게 됩니다. 그 우에 인간의 마음 가운덴 묘(妙)한 마음(本能)이 있음니다. 곧 자기(自己)란 것을 또는 자기가 먹고 잇는 "생각"과 "뜻"을 바같(外部)에 나타내고저 하는 "마음"(本能)이 잇고 또 이렇안 "마음"(本能)이 끊임없이 움즉이고 있음을 우리는 쉽게 볼 수 있을 것임니다.

인간은 향상(恒常) 이렇안 산 마음(本能)의 충동(衝動)을 받고 있으니 이렇안 본능의 움즉임을 가라처 "자기 표현욕"(自己表現欲)이라고 부름니다. 참으로 인간은 노-불한 마음(情緖)과 "자기표현욕"이란 욕망(慾望)의 충동으로 말미암아 수다(數多)한 예술적 작품(藝術的作品)을 낳게(創造) 됩니다.

봅세다. 金아무게 작품(作品)은 그 작품에 어듸인지도 모르게 金아무게를 달문 곧(点)이 잇고 또 金아무게만이 가진 그의 독특(獨特)한 마음(個性)과 그의 특유(特有)한 수법(手法)이 있음을 볼 수 있을 것이니 이는 金아무게가 안니면 도저(到底)히 그렇안 것을 생각(想像)할 수도 없고 또 생각해 낼 수 없을 뿐더러 그렇게 써내랴도 써내지 못할 것임니다.

그렇음니다. 정말로 그럿타 말하겠음니다. 예술(藝術)에 창작적 과정(創作的過程)에 있어선 그러한 개인(個人)의 특유(特有)한 마음(個性)이 눈뜨야 하고 그 특유한 "개성"이 그 작가(作家)(이상 24쪽)의 특유한 수법(手法)으로써 표현(表現)됨으로써 "창작"(作品)은 가진 바의 그 사명(使命)을 다하게 되고 참된 이의(意義)를 갓게 되며 또한 그렇게 됨으로써 작품(作品)의 평가(評價)가 높아 가게 됩니다. 보십시오. 엄연(嚴然)한 의미(立場)에 있어선 이 세상(世上)에는 꼭 같은 것이 둘이 있을 수 없고 또 절대(絶對)로 있을 수 없게 되여 있음니다. 이렇한 예(實例)로써 우리 가진 문예사(文藝史)를 펴 봅세다. 거기엔 꼭 같은 문호(文豪) 쉑스피어-가 둘이 없고 꼭 같은 악성(樂聖) 베-토-뻰이 둘이 없고 꼭 같은 화성(畵聖) 믹켈란제로가 둘이 없었음니다. 만일(萬一) 있엇다고 가정(假定)할진덴 한 쉑스피어-가 한 베-토-벤이 한 미켈란제로가 만고불구(萬古不朽)의 산 력사(歷史)에서 무한(無限)히 빛나는 예술가(藝術家)가 되여야 애

석(哀惜)하고 억울하나만 다른 한 쎅스피어-와 다른 한 베-토-벤과 다른
한 미켈란제로는 찬란(燦爛)하게 빛나는 그 하나에 눌릴 것이고 그 하나
에 숨겨 바리고야 말 것이고 또 그렇게 되어야 하겠고 그렇게 되지 않을
수 없는 법측(法則)에 처해 있습니다.

인간에 "마음"에는 "자기"(自己)란 것을 표현(發露)코저 하는 "자기표현"
(自己表現)의 본능(本能) 밖에 또한 "본능"이 있어서 예술(藝術)을 창조(創
造)하는 데 커다란 일(役割)을 행하고 있으니 곧 "모방츙동욕"(模倣衝動
欲) 그것이라 하겠습니다. 이 "자기표현욕"과 "모방츙동욕"은 어룬에 있어
서보담 어린사람에게 있어서 그러한 현상(現象)이 더 많이 가젓고 딸아서
그렇안 사실(事實)을 더 많이 찾어볼 수가 있습니다.

지극(至極)히 짧고 지극히 여튼 경험(經驗)이나마 나의 경험(經驗)한
바에 따르면 어린이의노래(童謠)나 그들의 이야기(童話)뿐만 안니라 그들
이 가진 모-든 예술적 작품(藝術的作品)은 그들이 잘 아는 세계(世界)와
그들이 향상 숨쉬고 있는 사회(社會)와 그들과 항상 교섭(交涉)이 많은
인간(人間) 또는 그렇안 인간에 누구보담 가장 밀접(密接)한 거리(距離)를
갖인 "자기"(自己)란 것과 가장 "자기"란 것과 흡사 방불(恰似彷彿)한 인간
을 노래하고 이야기하고 그렇안 세계와 사회와 그렇한 인생(人生)을 창조
(創造)하므로써 한층 더한 만족(滿足)과 흥미(興味)를 느끼게 되는 사실
(事實)은 무엇보다 이 "자기표현"욕이란 것이 너무나 력력(瀝々)하게 움즉
이고 잇는 실증(實證)의 하나이라고 보겠습니다.

보십시요. 어느 나라 어느 민족 종족(民族種族)을 물론하고 어린사람이
가진 바의 가지가지의 예술적 작품 속에는 어룬의 그것에 있어서보담 "나"
(我)란 것이 너무나 뚜렷(顯著)하게 움즉이고 있으며 그것이 너무나 로골
적(露骨的)으로 나타나고 있습니다. 그렀습니다. 객관적(客觀的)인 서사
시(敍事詩)의 령역(領域)보담 오로지 주관적(主觀的)인 서정시(抒情詩)
의 령역을 보담 더 많이 가진 동요(童謠)란 예술에 있어선 더욱이 "나"란
그것이 어듸이던지 간에 어떻안 형상(形態)을 버러서 반다시 원측적(原則
的)으로 나타나고 있습니다. 그리고 어린사람의 예술 사회(藝術社會)나

그들의 생활(生活)에 있어선 "나"란 그것으로 퍽이나 존중(尊重)히 넉이고 "나"란 그것이 모-든 사물(事物)의 판단(判斷)에 자(尺)가 되고 또 비교(比較)와 대조(對照)가 되고 그렇안 것에 대상(目標)이 되여었읍니다. 그들이 하늘에 달을 노래하거나 들에 핀 꽃을 노래하거나 뜰아래 거들거리는 강아지를 노래하거나 모-든 사물(事物) 자연(自然)을 노래하고 그것의 "아름다움"(美)을 찬미(讚美)하는 데 있어선 "나"란 것이 언제나 나타나서 그들과 같은 보조(步調)를 취(取)하고 그들의 앞에서 그들을 까이드(案內)하고 때로는 그들의 뒤를 따르며 언제나 그들과 같이 움즉이고 그들의 한 덩어리가 되여 같이 궁글고 있읍니다.

앞서 "모방 충동욕"(模倣衝動欲)이란 말만을 부처 두었읍니다만 이 "모방 충동욕"이란 것은 글자(文字)의 뜻 그래로 흉내(模倣)를 내는 마음(本能)의 움즉임을 말하는 것입니다. 이렇안 모방(模倣)의(이상 25쪽) 본능(本能)은 인간뿐만 안이고 저 창경원(昌慶苑) 안에 있는 동물원(動物園) 가운데 가장 많은 인기(人氣)를 혼자 차지하고 있는 원숭이란 그놈은 이렇안 본능(本能)이 가장 많은 동물의 하나일 것입니다.

현대(現代) 문화인(文化人)보담 많은 교육(敎育)과 많은 교양(敎養)을 받지 못한 원시인(原始人)은 더욱이 이 모방(模倣)의 본능이 성(盛)했던가 봅니다. 이날에 수천 년의 많은 세월(歲月)을 무심(無心)하게도 땅속에 파뭇처 우연(偶然)한 기회(機會)에 논밭(田畓) 가는 농부(農夫)의 광이 끝에 드러나게 된 그들 원시민족(原詩民族)의 파편(破片) 잔형(殘影)의 조각(彫刻)을 쪼각쪼각 맞우어 보면 그들은 모-든 자연 생물 무생물 인간 등등(等等) 할 것 없이 그들과 가장 밀접한 교섭을 가진 것을 그리고 또 그들과 가장 갓가운 것으로 창조(創造)하엿기 때문에 그들의 예술(藝術)은 대부분(大部分)이 이렇안 모방의 예술(模倣藝術)에 속(屬)하는 것이 가장 많은 수(數)를 찾이하고 있으니 이는 또한 력사(歷史)의 발전적 과정(發展的過程)에서 피할내야 피할 수 없는 필연(必然)의 첫 계단(階段)이였섯고 딸아서 그들의 예술(藝術)이 그렇게 되지 않을 수도 없었던 것입니다.

그럿읍니다. 어떤 의미(立場)에서 원시인(原始人)의 어룬과 현대(現代) 문화인(文化人)의 어린이들의 생각(思考)과 생활(生活)이 흡사(恰似)하다고 말하는 인생(人生)의 백지(白紙)인 어린이에 있어서는 이렇안 모방 충동욕이 성한 것은 당연 이상(當然以上)의 당연한 사실일 것임니다.

보십시요. 어린 그들이 해빗 빠른 양지짝 뜰아래 옹기종기 모여 안저서 모래를 담어 와서 쌀(米)이라고 숫대 붓대 붕을 떼여 밥을 짓느니 풀닢파리를 따다가 반챤을 장만하느니 사금파리 소반에 새금파리 밥그럭에 진지를 담어 아버지 잡숫소 어머니 잡숫소 언니 옵빠 너도 먹거라는 세간사리 노리는 이렇안 모방본능(模倣本能)의 그대적 발로(典型的發露)를 열변(熱辯)으로써 말하는 산(生) 사실에 하나가 안니고 무었이겠읍니까.

봅세다. 여러분이 외우다싶이 잘 부르는 崔玉蘭 氏의 「해빛은 쨍쨍」이 아동(童兒)의 "모방본능"을 말하는 동요에 하나일 것임니다.

×

해빛은 쨍쨍
모래알은 반짝
모래알로 떡해놓고
조각돌노 소반지어
누나엄마 모서다가
맛잇게도 냠 냠.

×

해빛은 쨍쨍
모래알은 반짝
호미들고 굉이메고
삐더가는 메를캐여
옵바압바 모서다가
맛있게도 냠 냠.

×

그렇안 예(例)의 동요(童謠)를 또 하나 가지고 있읍니다. 金貴環이란

이름을 빌녀 발표한 나의 노래 「동리의원」 그것이 이렇안 실증(實證)을
우리에게 말하고 있음니다.

      ×

우리동리 차돌이
의원이라오
동리안에 이름난
의원이라오
      ×
압담밑에 흙파서
가루약지어
풀닢파리 따다가
싸서주어요
      ×
동리에들 병나면
솔닢침놓고
약한봉지 써주면
당장나어요

이 「동리의원」 가운데는 어룬의 생황(生活)뿐만 안니라 넓은 의미(意
味)의 인생(人生)이란 것을 무의식(無意識) 가운데 말하고 있음을 볼 수
있음니다.

(계속)

—八月 卄七月 아츰 서울서— (이상 26쪽)

尹福鎭, "(兒童文學講座)童話 짓는 법[109](三)", 『童話』, 제2권
제2호, 1937년 3월호.

一. 동요의 의이를 말함

동요는 어떠한 것인가. 동요는 일반시가(詩歌)와 어떤 점에 어떻게 달러
지게 되는가 또 달러지지 안어서는 안 되게 되여 잇는가.

동요란 킹-돔(世界) 곧 어린 그네들의 진정한 파라다이스(樂園)는 어룬
의 그것과 어떻게 어느 점으로 구별할 것인가. 도대체 그 한계성(限界性)은
어듸서 어떻게 또 무엇으로 한 개의 표준을 삼어야 할 것인가.

이 모든 숙제(宿題)는 동요의 의이(意義)를 캐냄에서 비로소 푸러지(解
決)게 될 것입니다. 그리고 이 우에 설명된 숙제의 정당한 해답은 동요를
감상(鑑賞)하실 분이나 동요를 읊어 보겟다는 분들에겐 절대로 필요한 기
초적 지식에 큰 하나요 이는 무시할내야 무시할 수 없는 "동용"[110]란 아름다
운 시(詩)의 성문(城門)으로 들어가시는 분에게 가장 고귀(高貴)한 열쇠라
고 생각됩니다.

그저 쉽게 한 말로 맺어 버린다면 "동요"는 어린이들의 노래(詩歌)이요
동요는 어린 그네들의 산 마음에서 울어난 향그러운 무-드(情緒)를 어린
그네들이 쓰는 쉬운 말로써 읊어 논 시가(詩歌)이라고 말하겟습니다.

그리고 "동요"란 절대로 지식적 예술이 아닌 것은 현명한 독자는 우에
말을 미루워 보아 알게 될 줄 믿습니다. 웨 그러냐 웨 그렇게 되느냐 하면
어린이는 말할 나위도 없이 인생과 자연과 또 모든 사물(事物)에 대해서
그야말로 순수한 인생의 백지(白紙)이기 때문이라 말하겟습니다. 보십시
요. 동요는 어듸까지던지 어린이 그네들의 노래요 그네들이 지은 노래이

---

109 '童謠짓는 법'의 오식이다. 잡지 목차에 '동요짓는 법'이라 명기되어 있고, 내용으로 보아도
'동요짓는 법'이 맞다.
110 '동요'의 오식이다.

요 어린 그네들을 위하야 쓴 노래인 텰측(鐵則)을 버서나서는 안 되기 때문임니다.

그러나 우리는 이 우에 말(說)로써만 만족치 못할 것을 필자는 잘 알고 잇읍니다. 이것은 너무나 막연듯 하고 너무나 상식에 흘럿음으로 이제 좀 더 구체적으로 과학적 의이(意義)를 캐내여 보시기로 합시다.

이 땅의 새로운 문학이 새로운 예술운동이 일본 내지(日本內地)의 문학운동과 예술운동에 적지 않은 자극과 충동을 받어 이러난(再生)지라. 동요란 문학도 필연적으로 이 신세를 지지 앓을 수 없게 되고 또 직접 간접으로 않은 영향을 밧게 된 팔자도(事實) 부인할내야 부인할 수 없는 너무나 커다란 사실이겟습니다. 독자 여러분 가운데 아시는 분은 잘 알고 게시겟지만 명치문학(明治時代文學)과 특히 랑망주의문학(浪漫主義文學)과 자연주의문학(自然主義文學)이 한창 꽃을 피울 때 이 땅의 선학자(先學者) 최남선(崔南善) 선생 리광수(李光洙) 선생들이 동경 류학 시절에 그 지혜스러운 눈을 돌리고 귀를 귀우려서 마츰내 이 땅에도 그러한 운동을 옴겨 놓앗습니다.

그러타고 일본의 량반[111] 자연주의문학이 홀로 일본 내지에서 독창덕(獨創的)으로 이러난 운동으로 생각햇다가는 큰 오요(誤謬)를 범하게 됩니다. 보십시요. 동양의 모든 문화(文化)의 시작이 서양(西洋)의 그것보다 몬저 시작되엿다고 말하지만 마치 "토끼와 뚜껍이의 경주 격으로 동양의 토끼(文化)가 제 발겨름 빠른 것만 밋고서 도중(途中)에 태평 되고 두 다리를 뻣고 오래 동안 기피 잠을 잣기 때문에 그만 뚜껍이(西洋文化)한테 뒤지고야 마럿습니다."

이렇안 필연적 과정(必然的過程)에서 일본의 량만 자연주의문학도 서양에 그것에 많은 충동을 받아 이러킨 운동이엇습니다.

이 시절의 일본의 문학작가(文學作家)는 쟌쟈크 룻소이니 후로(이상 22쪽)벨이니 유-고이니 떠스더앰스키-이니 츠르게넵이니 톨쓰토이이니[112] 하

---

111 '랑만'의 오식이다.

는 위대한 문호(文豪)들이 그들의 유일무이(唯一無二)한 목표(目標)이엿고 지팽이가 됏던 것은 말할 여지도 없을 줄 압니다.

이러한 입장(立場)에서 본다면 세계 각국의 모든 민족의 문학은 모다 세계(世界)란 커다란 한 개의 쇄사슬(環)에 서로서로 연결(連結)되여 있다고 보겠읍니다.

그러무로써 이 따의 "동요"들 또는 그 운동을 말(說)함에 잇어서 일본 내지의 동요운동을 말하지 않을 수 없게 되고 더구나 언어(言語)의 성질상 또는 언어의 쓰는 법(文法)이 거진 흡사한 덤에서 말하지 않어서 안 되게 되여 잇읍니다. 보십시요. 소위 칠오조(七五調)이니 팔오조(八五調)이니 하는 류(流)의 류창(流暢)하고 델니카시 - (償雅)한 률격(律格)은 일본의 그것과 우리의 률격(律格)의 꼭 같은 형태(形態)를 띄고 있지 안습니까. 이는 률격(律格)이 흡사하다기보담 그 률격을 낳게 하는 말(言語)의 조직(構成)과 그 성능(性能) 여하에 따라서 그렇안 결과(結果)의 소치(所致)이엿다고 오는 것이 바로 보는 법일 것 갓읍니다.

이렇안 여러 가지 점을 비추워 보아 이번 기회에 말하고저 하는 "동요"의 의이(意義)도 일본 내지의 동요운동의 선구자(先驅者)이요 제일선(第一線)에서 빛나는 활약(活躍)을 뵈여 주는 유명한 동요시인(童謠詩人)의 말(說)을 여기에 소개(紹介)함이 가장 합당한 도정(道程)일 것같이 생각되고 또 이러한 길을 따러가는 것이 가장 첩경(捷經)일 것 갓읍니다.

일본시단(日本時壇)의 거성(巨星)이요 흰옥같이 깨끗한 순정시인(純情詩人)인 북원백추(北原白秋)의 동요관(童謠觀)을 몬첨 소개키로 합시다.

"진정한 동요는 무엇보담 쉬운(平易) 어린사람의 말(言語)로써 어린이의 마음으로붙어 넘처 나는 노래(詩歌)인 동시에 어른에게 있어서도 또한 어린사람이 느끼듯이 그들(어른)의 마음을 울리지 않으면 안 된다. 그리고

---

112 루소(Jean Jacques Rousseau, 1712~1778), 플로베르(Gustave Flaubert, 1821~1880), 위고(Victor Marie Hugo, 1802~1885), 도스토옙스키(Fyodor Mikhailovich Dostoevsky, 1821~1881), 투르게네프(Ivan Sergeyevich Turgenev, 1818~1883), 톨스토이(Lev Nikolaevich Tolstoy, 1828~1910) 등을 가리킨다.

동요는 어듸까지던지 어린사람의 감각(感覺)을 가저야겟다고 어린사람의 마음(이상 23쪽) 그대로서의 자유로운 생활(生活)로 돌아가서 모든 자연(自然)과 인생(人生)과 모든 사물을 보지 않어서는 안 된다"고.

그리고 말(言語)의 재조꾼이요 모-던 뽀이 시인(詩人) 서조팔십(西條八十) 氏는

"순예술적 동요(純藝術的童謠)를 창작(創作)하는 데 잇어선 무엇보담 제일 필요한 조건(條件)은 어린사람의 감각(感覺)으로 도라가는 것이 안이고 어린사람의 마음(精神)과 어룬의 마음(精神) 사이(間)에 같은 점(類似点)을 찾는 데 있다"고.

이 우에 소개한 두 시인의 동요관을 서로 대조해 볼진댄 그들이 "동요"란 예술이 어린이의 마음(童心)을 어린이의 말(言語)로 쓴다는 데는 꼭 같은 주장(主張)을 하고 잇읍니다. 그러나 북원(北原) 氏가 "어린이의 마음(心靈)으로 도라가(復歸) 하라는데 서조(西條)만은 반대를 품고 잇는 것을 볼 수 잇지 안습니까. 사실로 북원백추 씨와 같이 어린이 '마음'으로 도라가라는 것은 어떻게 생각하면 무리(無理)일넌지도 몰으겠습니다. 웨 그러냐 하면 심리학적 견지(心理學的見地)에서 살펴본다면 이는 거의 불가능(不可能)한 일로 볼 수밖에 없읍니다. 차라리 어룬이면 과거(過去)에 어린 것에 가젓던 그 마음(童心)을 이제 아득한 과거의 피안(彼岸)을 더듬어 올나 회상(回想)해 보고 이 회상과 현재의 어린사람의 마음과를 비교는 해 볼 수는 있을진댄 이에 당장 어린 그 마음으로 돌아간다는 것은 퍽이나 어려운(曲藝) 일이라고" 생각됩니다.

이러한 입장(立場)에서 西條의 말(說)이 일리(一里)가 있다기보다 그 표현(表現)방법이 묘하고 적당하다고 생각됩니다.(이상 24쪽) 또 이렇안 입장에서 더 나아가 생각해 본다면 우에 두 시인이 말하지 않은 새로운 동요관이 미러워[113] 생각키워질 것입니다. 즉 어른의 마음(精神)과 어린이의 마음(精神)이 어떤 점에 잇어서 또는 어떤 찰라(刹那)에 있어서 합치(合致)될

---

113 '미루어'의 오식으로 보인다.

경우(境遇)를 넉넉히 예상할 수 있을 것 갓읍니다.

이렇게 왕왕(往往)히 합치(合致)되는 마음을 읊은 노래 곧 "어룬의 동요"를 예상할 수 있다는 말임니다. 이렇안 "동요"는 압서 말한 어룬이 구타여 어린이의 감각(感覺)으로 돌아가지 않어도 어룬의 마음 그대로 어린이의 마음과 합치된다는 점에서 북원백추 氏의 동요관과 다른 데가 있고 어룬과 어린이 사이에 마음이 같은(類似点)을 좀 떠난 태도에서 바라보잔코스라로[114] 어린이의 마음과 융합되는 경지(境地)에 드러갈 수 있다는 점에 또한 서도팔십(西條八十)[115] 氏의 동요관과도 다른 점이 있다고 생각됩니다.

(다음호 씃) (이상 25쪽)

---

尹福鎭, "(兒童文學講座)童謠짓는 法(完)", 『童話』, 제2권 제3호,
1937년 4월호.

여기서 문화비평가(文化批評家)로 이름을 날리는 유택건(柳澤健) 씨의 소위 제삼세계(第三世界)란 명언(名言)을 빌려 쓰기로 합시다. 씨는 말하되 "동요 시인 또는 동요 작자의 심령은 어린이가 되는 것이 아니라 어린이의 세계와 어른의 세계 사이에 가로놓여 있는 제삼세계를 창조(創造)또는 발견하여야 한다"고 물론 이 "제삼세계"란 것이 어린이와 어룬이 서로서로 바라고 구하는 세계를 말함은 틀님없읍니다. 그리고 이 "제삼세계"는 어린이와 어룬의 그 어떤 마음이 자조〜 만나게 되는 곳으로 생각해도 무방할 것 갓읍니다. 간단히 말하자면 이 제삼의 동요관은 어룬과 어린이들이 자라가는 산 인간으로써 서로서로 동경하고 히구(希求)하는 제삼 세계 즉 리상의 유토피어(理想鄕)을 노래한 노래일 것입니다.

---

114 '바라보지 않고서라도'의 의미로 보인다.
115 '서조팔십(西條八十)'의 오식이다.

저 유명한 광명(光明)의 동화작가(童話作家) 소천미명(小川未明) 씨의 아동예술관(兒童藝術觀)을 한번 생각해 봅시다.

"내가 보는 아동예술은 어린이 마음의만 압필-(呼訴) 되는 데 만족치 안코 더 나아가 인간의 마음속에 기피 간직해 둔 영원의 아동성으로 향해 창작의 목표를 두지 안흐면 안 된다"고 진실로 小川 氏의 말(說)에 누구보다 많은 찬동(讚意)을 가지고 있읍니다. 웨 그리냐고 반문하시는 분이 계시다면 이 문제는 무엇보다도 몬저 아동의 한계성(限界性)과 따라서 그 의의(意義)를 말하지 않으면 만족한 해답을 짓지 못하겟기에 여기에 간략하게 필자의 아동관을 적기로 하겠읍니다.

필자는 아동이란 것을 년령(年齡)만으로써 말(論)하는 데 불평(不平)을 품고 있읍니다. 이러케 피상덕(皮相的)인 년령만으로 말하는 덴 델니케잇한 문제가 많이 붓게 되는 폐단이 있기 때문입니다. 이러케 년령만으로 말한다면 여기에는 지리적(地理的) 문화적 관계와 더 나아가서는 그 민족종족(民族種族)의 체질 두뇌문제까지 거슬려 올나가지 않으면 안 될 것임니다. 그럼으로 필자는 이제 아득한 인생의 구원(久遠)한 로덩에 첫 스타-트(出發)를 끊은 인간의 초년병(初年兵) - 곳 인간(어룬)이란 목표를 향해 나아가는 성인 이전의 인간, 인간의 준비기에서 나날이 때때로 향상 발전하는 인간의 초년병을 가라처 "아동"이라고 이르고 싶읍니다.

그렇읍니다. 마치 동물과 실물에[116] 있어서 고등동물에 있어선 그 구별이 확연하게 나뉘워 있지만 아메바 박테리야 등속의 소위 하등동물에 있어선 도저히 그 한게선(限界線)을 찾을 수 없음갓치 성인(成人)을 향해 나날이 때때로 자라가는 어린이의 노래가 또한 그러하다고 생각됩니다. 어떤 아이는 한 발은 "아동"이란 세계에 발을 걸치고 다른 한 발은 "어룬"의 세계로 발을 드려논 "아동" 아닌 아동이 있느냐 하면 다른 한 면엔 젓을 먹는 갓난애기 아버지 어머니 품속과 가슴속을 자기(自己)의 세계만으로 아는 아기, 자기의 집과 자기의 마당과 자기의 동리만을 자기의 세계로만 아는 그야말

---

116 '식물에'의 오식이다.

로 천진란만한 아이도 있읍니다.

"엄마! 엄마는 어듸서 났어요. 그리구 엄마의 엄마는 어듸서?"라고 어머니 품에 안겨 인생의 회의(懷疑)를 풀고저 하는 인간의 귀여운 친구도 있는가부다고 생각하면 다른 한 면에는 "저 산 넘에는 누가사나요" 저 아득한 지평선 넘어서는 어떤 세계가 있는지를 알고저 하는 머리가 큰 맹랑한 친구도 있읍니다. 이러하므로 필자는 "아동"이란 것을 년령상 구별을 반대하고 小川 氏 갓튼 넓은 의미의 아동예술관을 가지게 됩니다. 또 그러한 예술관을 가지지 안을 수 없게 됩니다. "아동"이란 것은 나날이 때때로 완전한 인간을 향해 발전해 나가는 향상의 인간이요 또 그러케 향상식히고 십흔 보담 더 많은 발전성을 가진 인간이기 때문입니다.

이러케 구구한 예(例)와 설명을 첨부하게 된 본의는 이 글을 될 수 잇는 대로 쉽게 써서 많은 어린이에게 이러키고 싶은 이욕(意慾)과 아울러 아동예술관을 장황하게 말한 것은 이 땅의 동요시인 또는 동요작가 제씨들이 너무나 협의(狹意)의 동요관을 가진 탓으로 이 땅의 "동요" 령역이 너무나 옹색하고 협(이상 24쪽)착함에 적지 않은 불만을 품은 데서 이러케 지나치게도 길게 말한 것입니다. 아닌 게 안이라 이러케 여러 갈래로 말해 두고 또 그 적지 않은 갈래에 될 수 있는 데까지 많은 잎사귀(例)와 꽃(說明)을 붓치자니 자연히 복잡해진 느낌이 없잔아 있을 것 갓읍니다. 이제 가장 중요한 줄거리를 추려서 간단하게 동요의 의이를 한 말(一言)로 매저 보겠읍니다.

一. 어린사람 그네들이 그들의 사상(思想), 감정(感情) 경험 등을 그들의 마음 속에서 넘처나는 음률(音律)로써 읊은(表現) 것
二. 어룬이 어린이의 사상, 감정 경험 등에 마음에 융합(融合)을 느껴서 이렇게 융합되는 마음을 어린사람의 특유한 음률로써 읊은(表現) 것
三. 어린이의 심령이 장차 완전히 발전함으로써 그것이 도달하려고 바라는 세계를 어룬이 불러준 것

이제 이 세 가지를 줄여서 다음과 같은 표를 해서 언제나 명심하기 쉽게

맨들어 두겠습니다.


동요 {  (가) 어린이 자신이 불은 것
        (나) 어룬이 불러준 것
一. 어린이의 현재의 심경을 읊은 것
二. 어린이가 장차 도달하여야 할 심경을 읊은 것


이제 마즈막으로 동요의 본바탕에 생명과 같은 가장 중요한(이상 25쪽) 요소
를 들어주고 이번 회를 막고 다음에 여기에 관한 설명과 실례를 들기로
하겠읍니다.


一. 내용(內容)인 사상, 감정, 경험 등이 어린이의 것 그대로이던지 또는 어린
   이로 하여곰 반다시 가저야 할 그것으로
二. 그 음률(韻律)이 어린이의 심령에 융합하여야 할 것
三. 쓰는 말(用語)은 어린이의 말(言語) 그대로이던지 또는 긴 생명을 가지고
   그 우에 쉽게 리해할 수 잇는 것
四. 말(言語)의 흐름(調子)이 음악적으로 뛰여나야 할 것
五. 예술의 갸륵한 향내가 높아야 할 것
六. 어린이에게 즐거움과 흥미를 복도두어 주어야 할 것
七. 동요로써 전통적 합의성(傳統的合宜性)을 가저야 할 것
八. 정서(情緒)를 제일의(第一義)로 하고 공리적 또는 도학적(道學的) 내음
   새를 띄지 말어야 할 것

(끝)

參考書 松村武雄 著 『童謠論』 (이상 26쪽)

## 牧羊兒, "(詩評)童詩를 읽고", 『가톨릭少年』, 제1권 제4호, 1936년 7월호.[117]

나는 詩를 잘 짓거나 남의 詩를 評하기 좋아하는 사람이 안입니다. 나도 여러분과 같은 한 독자로서 어쩌면 더 훌륭하게 지을 수 잇슬가? 하고 애쓰는 중입니다. 그럼으로 여러분과 동모가 되어 같이 힘쓰려고 하며 여러분의 동시를 읽고 나서 몇 가지 내 맘먹은 것을 그대로 쓰는 것입니다.

童詩 「눈나리는저녁」 朴熙坤 作

처음 이 글을 읽을 때는 글만은 생각이 좋고 아름답게 들려집니다. 그렇나 짜놓은 함 속에다 억지로 부벼 넣은 듯한 생각을 가지게 됩니다.

동요라면 우리가(어린이) 기뿐 때에 입으로 제절로 알지 못하는 새에 울어나는 감정을 가장 부르기 쉽게 써야 할 것입니다. 그래서 뜻(內容, 思想)이 큰 것보담도 어린이다운 순결하고 단순한 뜻에 음률을 붓친 것이여야 합니다. 위선 朴 少年의 글을 눈감고 되푸리하면 끝에 "요"字만이 들리는 듯합니다. 그 一節을 이렇게 박구어 써서 부르면 좀 부르(이상 36쪽)기 쉬울 듯합니다.

> 송이송이 나리는 배꽃같은 힌눈이
> 소리없이 부슬부슬 나려오면요
> 뜰과산은 모두다 은세게라우
> 집웅우에참새들 잘곧없어두…….
>     原 文
> 배꽃같은힌눈이 송이송이나리면은요
> 소리도없이 삽분삽분 나리면은요
> 뜰과 산은모두다 은세게가되지요
> 지붕우에 참새들 잘곧은 어디멘가요?

---

117 '牧羊兒'는 강영달(姜永達)의 필명이다.

이렇게 일부러 글귀만 맛치려고 하지 말고 少年 自由詩로 하엿드면 합니다.

童詩 「조히배」 李少年 作

李少年의 童詩는 잘된 것입니다. 남의 글을 본받어 배우는 것은 좋으나 남의 글을 그대로 쓰면 우리가 애써 지어도 성공할 수 없으며 또 애써 지을 필요도 없을 것입니다. 「조히배」 一節은 그 전에 다른 잡지에 발표되엿는대 金光允 作 洪蘭坡 作曲으로 된 것입니다.[118] 아마 李少年도 이 노래를 배우고 너무 재미잇어서 쓴 것이겟지요! 그러나 다음부터는 무어나 내 힘으로 짓토록 힘씁시다.

동요 「전등불」 盧玉蓮 作(이상 37쪽)

내가 읽던 중 재미가 많었읍니다. 안팎이 平均 되여서 기우러짐이 없읍니다. 더욱 어린이다운 지극히 單純한 것입니다. 앞으로 많이 힘써 지어 주십시오.

이 外에도 잘 지은 것도 잇고 어른의 것도 잇고 하나 나는 내가 보고 내가 쓰고 싶은 것만을 골라 쓴 것입니다.

인제 내가 생각하는 동요와 동시를 말슴드리려 합니다. 물론 훌륭하신 선생님들이 많이 게시지만 다행히 이 글 가운데서 여러분에게 참고될 점이 잇다면 기뻐하겠읍니다.

사람이란 유치원에 다니는 어린이로부터 늙은네들까지 모두가 詩人이라고 할 수 있읍니다 누구나 그림 보고 싫여할 사람은 없겟지요! 노래를 듯고 싫여할 사람은 없겟지요! 누구나 곻은 것을 알고 슬픈 것을 다 알 것입니다.

그러면 그 슬픈 것 아픈 것을 그림으로 그려 낼 수 없는 것을 우리는 글로써 그려 내는 것입니다. 그것을 그려 내는 方式은 여러 가지여서 간단한 데서부터 복잡한 데까지 퍽으나 많을 것입니다.

어린이가 어룬이 되는 동안 그 思想, 感情이 점점 복잡하여 가며 가슴에

---

118 『조선동요백곡집(상편)』(연악회, 1929, 1930, 14쪽)에 수록된 「조희배」(김광윤(金光允) 요, 홍난파(洪蘭坡) 곡)를 가리킨다.

서 우러나오는 것도 차차 달러 가는 것입니다.

말을 변々이 못하는 어린이들도 흙작난을 하면서 홍얼중얼대며 어머님이 부르던 자장가를 되푸리하면서 그 律에 맛처 創作을 하는 것입니다. 그런 것을 종에에다가[119] 쓰면 童謠,(이상 38쪽) 童詩가 될 것입니다. 모래로 집짓기 작난을 하면서 "우리애기 잘도잔다 뒷집애기 못난애기 우리아기 잘도잔다" 이와 같이 제 맘대로 말을 지어 가며 불읍니다.

곻은 꽃을 본 어린이의 마음속으로는 "야! 참 곱기도 하다. 그 꽃 한 가치 날 줬으문……" 이렇게 웅절댑니다.

이와 같이 어린 少年少女들에게는 單純이고 어린이다운 어린이나라의 말로 意思와 感情을 表現식히는 것입니다. 이 옿에 말한 것과 같이 좀 부르기 쉽게 音律에 맛추어서 지은 것을 童謠라 하고 글句에 拘束이 없이 된 것을 少年 自由詩, 童詩라고 부르고 싶읍니다. 童詩를 지으려고 애써서 글귀만 맛추면 사람을 그리는데 눈을 안 그리고 입과 목만 그린 것같이 됩니다.

머리 없는 사람이나 다리 없는 사람의 그림을 보면 우서울 것이 아닙니까? 그럼으로 우리는 그 形式과 意思(內容)를 가즈런히 억개를 견주게 해야 됩니다. 그것이 기우러지지 안어야 될 줄 압니다. 그리고 너무 어려운 漢文이나 어른들의 말만을 써도 잘 지엇다고 볼 수 없읍니다. 쓰기 쉽고 누구나 알아볼 우리의 글과 말이 잇지 안습니까? 그리고 어린아이가 "오! 그대여!. 아버님께옵서. 하옵시고………" 이런 말을 써도 좀 우서울 것입니다. 決코 그 어린애는 天才가 안이고 病的이라고 할 것입니다. 우리는 少年少女가 쓰는 아장스럽고 어여뿐 말노 써야 할 줄 압니다. 여러 가지로 드리고 싶은 말슴은 훗 기회로 밀웁니다.

一九三六. 五. 一 於 吉林高師 (이상 39쪽)

---

119 '종이에다가'의 오식이다.

牧羊兒, "讀後感－童謠를 읽고", 『가톨릭少年』, 제1권 제6호, 1936년 9월호.

먼저 번엔 너무 버릇없이 말슴드린 것 같습니다. 내가 읽고 내 마음에 생각한 것에 여러분 生覺과 같은 것이 잇스스 多幸이겟습니다. 大體로 이번 六月號의 童詩와 詩는 먼점 號들보담 퍽 滋味잇엇습니다.

● 「봄ㅅ비」 李亭祿 作

참 자미잇습니다. 나의 마음 가운데도 가벼운 봄비가 보슬보슬 차저드는 것 같습니다. "나두나두 봄ㅅ비맞고 무럭무럭자랏스문!" 律은 잘되엿스나 뜻이 좀 깊어서 한참 생각햇습니다. 키만 크고 뼈만 남은 사람이나 가 字하나 몰으는 사람이 훌륭한 옷만 입은 것과 같치 한편으로만 기우러저도 안 됩니다. 먼점 말과 같치 끝까지 內容이 한 斤이면 形式도 한 斤이어야 될 것입니다.

● 童詩 「동생三題」 同人 作(이상 28쪽)

동시 치고는 퍽으나 산듯한 멋이 잇습니다. 그中 二節에 "아뿔사 잉크를 엎질럿지요. 그만 기겁을 해서 아랫방으로 내빼겟지요" 동생이 눈을 휘둥그러케 뜨고 문턱을 쥐고 뺑선이대는 것이 눈에 보이는 듯합니다.

비적토벌(匪賊討伐)이라니 동생의 마음도 크고 어른 같은 말도 꽤 잘하는 모양입니다.

● 동시 「바람」 李湖星 作

많이 洗鍊된 글입니다. 읽으면서 턱턱 걸리는 데가 없고 명주실같이 맥근맥근합니다. 그러고 지루하지 않고 단순한 마음 고대로 그려 내엿습니다. 거게다 물도 뿌리고 걸음도 주어서 잘 갓구어 주소서

● 동시 「봄」 동인 作

푸른 빛 붉은 빛……. 그 빛과 물 흐르는 것만으로 봄을 꿈엿습니다. 두루막만 입은 것처럼 선뜻한 늣김이 잇습니다. 좀 더 內服을 입히고 자주 빛 붉은 빛같치 따뜻하고 북실북실하게 썻드면 합니다.

● 동시 「아빠생각」 韓仁淑 作

아빠를 그려하는 애닲은 마음을 그렷습니다. 웨 그런지 나도 갑잭이 서러운 듯합니다. 그러나 지나간 일만 설어 말고 오늘과 來日을 우스며 지내야 합니다. 다음부터나 사이다 먹은 가슴처럼 시원하고 선들선들한 글을 지어 주섯스면 합니다.(이상 29쪽)

爲先 우에 말을 말슴드리게 되엇습니다.

먼저 번에는 童謠 童詩에 對하여 대강 말슴드렷습니다. 될 수 잇는 대로 어려운 말과 복잡함을 없애기 爲하야 그 테누리와[120] 뼈만을 가려서 말슴드리려고 합니다. 여러분도 아시다싶이 동요, 시, 이런 것을 글로써 그려 내는 것을 描寫?라고 합니다. 그러면 描寫! 다시 말하면 글을 짓는 데는 엇떤 力法이 잇서야 할 것입니다. 畵家가 연두색으로 나무잎을 그리거나 江물을 그려 냅니다. 그 빛에 잇어서는 퍽으나 곱게 보이고 훌륭할 것입니다. 그것도 畵家가 여러 가지 물색을 골르고 여러 方法을 生覺하여서 그려 내는 것입니다. 그러나 우리가 글로써 그려 내는 것은 눈에 얼든[121] 빛어서 곻은 것이 안이고 읽으면 읽을 수록 참다운 美를 알게 됩니다.

먼저 말슴드린 것은 그 律(形式)과 思想(內容)이엇스나 描寫 方法에 잇어서는 "靜態"와 "動態"를 말하고 싶읍니다. 靜態란 글과 같이 自然物 卽 움지기지 않는 것을 말하는 것입니다. 가령 말하자면 "아지랑이 끼는 먼─山 울타리에도 봄이 차저와 씨를 뿌리는 農夫들의 구슮은 노래소리가 들려옵니다" "順伊는 노랑꽃 밝안꽃이 핀 언덕에 안저 꼼꼼이 生覺하엿습니다. 사람이 웨 낫슬까? 사람 웨 죽을가?……" 이런 것처럼 그 조용한 自然物이나 녯날 일과 그 무슨 異常스러운 空想을 靜態라고 하고 싶읍니다.(靜態에도 또 잇으나 여기서는 略합니다.)

그림처럼 조용히 눈에 빛이인 그대로 머리에도 조용히 떠오르는(이상 30쪽) 것입니다. 李亭祿 作 「봄비」 韓仁淑 作 「아빠생각」을 靜態에 對한 描寫라

---

120 '테두리와'의 오식이다.
121 '얼른'의 오식이다.

고 하고 싶읍니다.

　"動態" 이것도 이 글字와 같이 움직이는 動作을 그려 내는 것입니다. 只今 畵家들도 그 動態를 그림으로써 그려 내려고 달리는 말을 겹처 둘을 그린다던가 빛갈을 진하고 엷게 하여서라도 그 內容, 形式, 靜態, 動態를 모다 硏究를 합니다. 詩나 달은 글도 그것과 같은 것이나 그 動態를 그리기 쉬운 것입니다. 가령 말하자면 "검둥이는 고양이를 보더니 앞발을 탁 굴르며 으릉대엿습니다. 고양이는 너무나 놀라서 거름 딱 멈추고 무서운 눈방울을 떼글떼글 굴렷습니다……" 이런 것입니다. 李湖星 作「바람」同人 作「동생三題」는 動態라고 할 수 잇습니다. 그러면 엇던 것이 좋겟습니까? 勿論 "律"과 "思想"이 平均 되듯이 靜態와 動態가 平均되여야 滋味잇슬 것입니다. (이상 31쪽)

李淙禎, "貴紙를 읽고", 『가톨릭少年』, 제1권 제6호, 1936년 9월호.[122]

모든 이의 歡呼聲 아래서 탄생된 『가톨릭少年』은 창간된 以來 아침 햇발처럼 찬란하게 빛나며 왕성하야 인제는 큰 권위를 가지고 널리 모든 少年들을 찾어오게 됨을 깊이 감사하며 몇 가지 감상을 써 볼가 합니다.

첫재 特筆할 것은 表紙畵의 고상하고 아름다운 것입니다. 도무지 다른 잡지에서는 볼 수 없는 특이한 자랑꺼리입니다. 張勃 先生님의 고상한 솜씨를 탄복하는 것입니다. 누구나 다 찬미하며 칭찬하는 것입니다.

그리고 주간 선생님께 감사하는 것은 첫 頁부터 끝 頁까지 도무지 편즙이 빈틈없이 아릿답게 된 것입니다. 어쩌면 그렇게 세밀하고도 꼼꼼하게 편즙이 되엿는지요!

內容 記事도 말하면 권두언과 특히 五月號에 「졸업생들에게 보내는 말」 같은 기사는 文章으로 보아서나 뜻으로 보아서 퍽 감동되엿습니다.

七月號에부터 연재되는 少年小說 「새길」을 읽고서 흘으는 눈물을 금치 못햇습니다. 눈 나리는 北國에서 어머니 잃은 "분이"가 애닯게도 어머니를 찾어 눈 속에서 헤매이는 정경은 참으로 가엾다기보다도 기가 막힙니다. 어머니 없는 자(이상 32쪽)식은 그렇게 불상할가요! 우리는 父母 잇는 행복을 이 小說에서 더 깊이 느끼게 됩니다.

「불난뒤」 康安肅 作도 「새길」과 같이 읽는 이의 눈에서 눈물을 재촉합니다. 그리고 「떡보」 安祥 作은 유-모아 味도 석여 잇스면서 快活하고 씩씩한 맛은 단연 少年들을 흥분식히고 충동식힐 가장 적당한 少年讀物입니다.

그리고 「뮌카우센…」, 「몸이 소스라지기…」 이 두 동화 기담은 다른 데서 읽기 어려운 기괴한 讀物로 특점이 잇고 「복남이의 청구서」, 「아버지와 아들」 「개미와 매미」 등은 유익하고도 어린이들의 취미를 끄을 좋은 독물인

---

122 원문에 '成川 李淙禎'이라 되어 있다.

줄 압니다.

韓宗燮 君 作 「思鄕」과 崔鶴憲 君 作 「고향 그리워」는 故鄕을 떠나 異域에서 살면서 故鄕을 追慕하는 마음이 잘 알려집니다.

牧羊兒 氏의 「童詩를 읽고」[123]는 동시를 쓰는 이에게 매우 좋은 參考가 될 것입니다.

詩友의 雜信을 실은 讀者室 遊戲室 漫畫 같은 것을 前보다 널펏스면 좋겟습니다. 그리고 兒童作品을 더 많이 특별한 欄에 실어 주시면 좋을가 합니다. 以上은 『가톨릭少年』 六月號를 읽고 조각조각 느낀 小感이올시다. 오작 끝으로 빌며 바라는 것은 『가톨릭少年』이여 長壽하소서! 그리고 여러분 少年少女들이시여! 다 같치 山에서나 바다에서나 이 『가톨릭少年』을 愛讀합시다. (끝) (이상 33쪽)

---

123 목양아(牧羊兒)의 「(詩評)童詩를 읽고」(『가톨릭少年』, 제1권 제4호, 1936년 7월호, 36~ 39쪽)를 가리킨다.

金玉粉, "(講座)童謠를 戲曲化하는 方法", 『가톨릭少年』, 제1권
제6호, 1936년 9월호.[124]

童謠 「괭아 괭아」

　괭아 괭아 어디가ㅡ人댄
　론돈으로 여왕님 찾어 뵐여고ㅡ
　괭아괭아 무엇햇니
　의자아래 쥐색기 놀래줫지

이런 동요가 잇습니다.

이 동요를 히곡형(戲曲形)으로 또 대화체(對話體)로 박귀 써 놓면 얼핏
보아서는 아모것도 아니여서 히곡형은 그대로 대화체로도 되지 않을 것같
치 생각되지요.

그러나 그것은 좋이 우의 글자로 써 보앗기 때문이고 인제 이것을 사람을
정하여 이 동요의 내용을 움직여 보면 그렇지 않습니다.

한 사람이 쥐가 되고 또 한 사람이 그 상대자(相對者)가 되여 말을 하고
이 동요에 노래 되여 잇는 장면을 그대로 몸으로써 연(이상 50쪽)출(演出)하여
본다면 이렇게 짤분 얼핏 보아서는 아모것도 안인 것같치 생각되는 것도
조고만 아동극(兒童劇)의 한 재료(材料)가 될 수 잇는 것입니다.

먼저 이 동요는 희곡화(戲曲化)할 수 잇는 여러 가지가 대화체(對話體)
로 되여 잇습니다.

대화(對話)라 하면 사람들 서로서로써의 이야기임으로 결코 두 사람만
에 한한 것은 안입니다.

이러한 문답체(問答體)의 가요(歌謠)에서는 표면(表面)에 두 사람의 인
물박에 나타나지 안을 것같치 생각되지만 그러나 희곡화(戲曲化)하는 때
는 그 외의 인물을 보충(補充)하여도 좋은 것입니다.

---

124 원문에 '東京 金玉粉'이라고 되어 있다. '金玉粉'은 김영일(金英一)의 필명이다.

이 노래의 사유(事由)는 "적은 고양이가 론돈에 가서 여왕(女王)님을 찾어뵙고 그 교자 알의 쥐색기를 놀래 줏다" 하는 것에 불과하지요. 그것이 문답체(問答體)의 가요(歌謠)로 되어 잇지만 이것만의 사유(事由)로서도 자미나게 생각되는 의미(意味)가 잇습니다.

그런데 "고양이가 여왕님을 찾어뵌다. 뭐 아무것도 아니다" 하기 전에 먼저 이야기로써 어린애 그림으로써 그 사건이라든지 장면(場面)이라든지 를 상상(想像)하여 보면 이 얼핏 보아서는 아모것도 안인 것같치 보이는 동요가 어린아이들에게 기뻐하게 하는 재료가 될 만한 것입니다.(이상 51쪽)

그러면 이 자미잇는 알맹이를 또 이 동요 가운데 써 잇는 사유(事由)를 어찌하면 희곡형(戲曲形)으로 각본(脚本)처럼 고쳐 쓸 수 잇는가 하면 "고양이가 론돈으로 여왕님을 찾어뵐여 간다" 하는 곳에서 먼저 시작되는 것입니다.

그것은 이 고양이와 주인(飼主)이 그 고양이 없는 사이에 고양이가 어찌하고 잇는지도 모르고 잇는 것 그리고 고양이의 간 곳(行方)을 몰라서 어찌된가 하고 이곳저곳 찾어본 것 등이 생각됩니다.

— 오래동안 없든 고양이가 도라왓다 —

하면 그곳에 다소간 극적(劇的)의 국면(局面)이 상상(想像)될 것입니다.

이리하야 먼저 희곡화(戲曲化)의 실마리가 찾게 되는 것입니다.

희곡화(戲曲化) 한다고 해도 뭐 별다른 방법(方法)이라든지 또 어려운 형식(形式)이 잇는 것은 안입니다.

그 희곡화(戲曲化)할여는 동요를 잘 읽고 내용 형식(內容形式)을 한번 살펴보았으면 다음에는 어데서부터 손을 대야 좋을가 또 어찌하면 희곡화(戲曲化)할 수 잇는가 하고 눈부칠(安着) 곳을 꼼꼼하게 살펴보고 다시 살펴볼 것입니다.

이것은 희곡화(戲曲化)의 실마리가 띠이지 안는 때의 일이고(이상 52쪽) 벌서 시초를 잡엇거든 그 중심을 꼭 잡고 그곳에서부터 쭉— 희곡화(戲曲化)할 수 잇게 생각하여 나아가면 됩니다.

그러나 희곡형(戲曲形)으로 또한 각본형(脚本形)으로 곳처 쓰는 것과 또한 희곡화(戱曲化)의 실마리를 찾어내는 것은 동요만을 살펴서도 안 됩니다.

될 수 잇는 대로 동요의 희곡화(戱曲化)된 것을 수많이 보고 원 동요와 대조(對照)해 보아서 어느 곳을 어떻게 빼냇는가. 그리고 동요가 그대로 채용(採用)되여 잇는 곳과 얼마간 변한 곳과 또 원 동요에서 빼내고 생각해 낸 것이지만 원 동요에는 없고 희곡화(戱曲化)하기 위하야 보충(補充)해 쓴 곳이라는 것을 해 가려봐서 동요 희곡화(童謠戱曲化)의 방법(方法)을 깨닷는 것이 제일 빠른 길이라 생각합니다.

그것도 희곡형(戱曲形)이라든지 대화체(對話體)라든지 하는 것은 그냥 글자(文字)로 쓰인 것을 책상 우에 놓고 읽기만 함으로써는 대체 어느 정도(程度)까지 희곡형(戱曲形)으로 되여 잇는가? 또 각본화(脚本化) 하엿는가를 세밀하게 알 수 없음으로 될 수 잇는 대로 실제로 연출(演出)하여 볼 필요가 잇는 것입니다. 허나 그 희곡화(戱曲化)된 것을 일일이 다 연출하여 보지 안어도 좋습니다.

그중의 둘이나 혹은 셋을 실제로 아동(兒童)에게 출연(出演)식혀 보면은 그것에 따라 다른 희곡형(戱曲形)에 고쳐 쓴 것(이상 53쪽)까지도 그냥 글자로써 책상 우에서 읽든 것보다는 훨신 새로운 맛을 깨닷겟지요.

그러면 먼저 「꾕아 꾕아」의 희곡형(戱曲形)으로 고쳐 쓴 것을 하나둘 드러봅시다. 그리고 그것에 대하야 살펴(調査)보기로 합시다.(이상 54쪽)

---

金玉粉, "童謠를 戱曲化하는 方法(第二回)", 『가톨릭少年』, 제1권 제8호, 1936년 11월호.

## 고양이
★ 一場 아가씨의 집

어 멈. "내 이층에 갓다 올게. 나 없는 새 문을 열어서는 안 돼요."

아가씨.　"응— 괭아 괭아 이리와 자거라."

고양이.　"야—옹"

아가씨.　"아니 누가 밖에서 손풍금(手風琴)을 타네. 어디 얼런 가 보고
　　　　　올가!"

고양이.　(혼자말로)"야. 이것 봐라. 아가씨 어디로 가 버렸네. 이 새에 얼
　　　　　른 론돈으로 가자. 그래서 여왕님을 찾어뵙고 오자. 참 잘됏다.
　　　　　이제야 과연 넓은 세게를 볼 수 잇다."

아가씨.　"이것 보게. 내가 문을 연 채로 나갓댓네. 아니 고양이가 뵈질
　　　　　안네. 괭아 괭아. 아 어쩌면 좋와. 고양이가 나 없는 새 어대로
　　　　　가 버렸다."

　　　　　★ 二場　론돈 여왕님의 방

女　王.　"아 여게 이렇게 앉어 잇서도 아모 자미나는 것은 하나도 없어."(이
　　　　　상 36쪽)

侍　女.　"쉬—쉬"

女　王.　"무어야!"

侍　女.　"네. 저 이상한 고양이가 창으로 들어올랴 해요."

女　王.　"그럼 들어보내— 난 고양이를 퍽 좋와하니까. 응 아조 귀여운
　　　　　고양이다. 괭아 괭아!조곰도 놀낼 것은 없어. 난 여왕이니까!"

고양이.　"야—옹"

侍　女.　"아니 여왕님! 당신의 의자 아래 쥐색기가 잇서요."

女　王.　"아이고! 무서워"

고양이.　"뭐 쥐라고. 어디!"

女　王.　"도망햇서. 응 벌서 도망햇서. 귀여운 고양아. 넌 이곳에 오래 잇
　　　　　서서 나의 고양이가 되어 주지 않으면!"

고양이.　"고맙습니다. 그러나 난 여게 잇슬 수 없어요. 난 저 촌의 아가씨
　　　　　집에 길리우는 고양이야. 그래서 집에 가지 않으면 않 돼요."

女　王.　"그래 그럼. 다시 놀러와. 아니 네가 가기 전에 목에 '리봉'을 다러
　　　　　줄가?"

고양이. "여왕님. 참 고맙습니다. 야옹 야옹"

女　王. "자. 잘 가거라. 그리고 다시 놀러와!"

　　　　★ 三場　처음 아가씨의 집

어　멈. "그리 울지 마러요. 고양이는 이제 다시 돌아올 테니!"

아가씨. "아니야. 인제 안 도라와. 집엔 안 돌아와. 응ー"

고양이. "야ー웅 야ー"(이상 37쪽)

어　멈. "저것 무슨 소리?"

고양이. "야웅 야웅"

아가씨. "우리집 고양이 소리 같애. 빨리 문을 열어줘요. 아! 집에 고양이
　　　　다! 난 네가 오지 않을가 봐서 퍽 걱정했지! 이것 보게 목에다
　　　　이런 훌륭한 '리봉'을 다 달고 왔네?"

고양이. "야웅 야웅"

아가씨. "참. 너 어디 갓다 왔니?"

고양이. "저는요. 론돈에 여왕님을 찾어뵐려고……"

아가씨. "그래서 그곳에서 무엇 햇니!"

고양이. "여왕님. 의자 아레 쥐색기를 놀래줫지요."

아가씨. "저런 우리 집 고양이가 론돈에 가서 여왕님을 찾어뵙고 왔대."

어　멈. "뭐. 그런 어리석은 소리가 잇슬 게 뭐요?"

아가씨. "그리고 여왕님 의자 아래 쥐색기를 놀래 줫대!"

어　멈. "아가씬 그런 것을 다 고지 드르세요?"

고양이. "그래도 이것은 모다 정말이야요."

아가씨. "그래. 괭아. 난 다 정말이라고 믿어."

고양이. "야웅 야웅"


　이것은 쫀슨, 바ー님 두 분(兩 女史)이 쓴『조고만 演者를 爲한 冊』이라
는 책의 맨 처음에 써 잇는 것입니다.

　얼핏 보아서는 아모것도 않인 것 같으나 동요를 희곡화(戲曲化)한 것
중(中)에는 퍽 잘된 곳이 잇습니다.(이상 38쪽)

맨 처음에 어멈을 내세우고 그다음에 고양이 아가씨 이렇게 인물(人物)을 세 사람으로 하여 잇스나 일장(一場)에서는 어멈의 말로부터 시작되여 그곳 일 장면(一個所)에서 어멈은 이층으로 가버리게 되어 잇습니다.

이곳에 "문을 열어서는 않 돼요" 하는 단지 이 한 말(一言)이 아모것도 아닌 것 같으면서도 실로 고양이가 나종에 집에서 나가는 중요한 사건(事件)의 발단(發端)을 지어 줍니다.

"문을 열어서는 않 돼요" 하는 말에도 불구하고 아가씨가 문을 연 채로 밖에 나가고— 그 뒤에 고양이가 딸아나가고— 하는 사건을 만들기 위하야 먼저 어멈이 "문을 열어서는 않 돼요." 하고 드러(退場)갑니다. 그리고 아가씨로 하여곰 그 문을 열게 하기 위하야 어떤 사건이 일어나지(發生) 않으면 아니 되겟슴으로 밖에서 손풍금(手風琴) 소리가 들리도록 하야 아가씨가 그것을 보러 나가는 이런 순서(步調)로 벌여(展開)집니다.

이것으로서 고양이가 능이 밖에 나가게 된 것을 알겟지요.

그런데도 불구하고 그 뒤에 도라온 아가씨가

"내가 문을 연 체로 나갓댓네."

하는 것은 참으로 이 장면의 모양(模樣) 그리고 고양이가 나가게 된 것을 퍽 알기 쉽게 하야 조곰도 무리(無理)가 없고 극(極)히 자연(自然)스럽게 전개(展開)되엿다고 봅니다. 그곳에서 일전(一轉)하야

"고양이가 어대로 가 버렷다. 아 어쩌면 좋와" 하고 문을 연 일이라던가 고양이가 나가게 된 데 대한 책임(責任)이라던가 고양이 없는 새에 고양이 주인(飼主)의 마음을 잘 나타내(現) 잇는 것은 퍽 잘된(洗鍊) 필법(筆法)이고 따라서 그곳에서 이 일장(一場)이 끝(終)나는 것 등은 어찌 간단한 것이라고 가볍게만 보고 말겟습니까?  —계속—(이상 39쪽)

金玉粉, "(講座)童謠를 戱曲化하는 方法(第三回)", 『가톨릭少年』,
제1권 제9호, 1936년 12월호.

「고양이」의 계속

전번 달에 말한 일장(一場)만을 따저(摘)보아서 인물(人物)의 채용(採
用)과 장면(場面)의 시작(始作)과 끝(終)이 어떻게 시작되여 어떻게 끝막
은 것이라는 것을 잘 알리라고 생각합니다.

주역(主役)인 아가씨를 고양이 말로서 이 장면을 시작할 수 잇스니 특히
써넣은 어멈의 역(役)을 살리여 먼저 어멈의 말로서 시작되게 하고 단지
그 한 말(一言) 가운대의 "문을 열어서는 안돼요" 하는 고양이가 나가는데
복선(伏線)을 만들고 맨 처음부터 벌서 아모 헛될(無虛)이 없이 본조(本
條)에 뛰여 드러가 극적(劇的) 말의 전개(展開)를 보이고 잇습니다.

극(戱)을 만든다는 것은 어려운 것이나 이것들을 문제도 없이 아조 쉽게
써 내려가서 아모것도 아닌 것같이도 생각되나 잘 읽어보면 퍽 잘된 곳(點)
이 많습니다.

아가씨에게 그 문을 열게 하기 위하야 밖에서 손풍금(手風琴) 소리를
들리게 함도 퍽 좋은 수단이라고 생각합니다.

이것은 그냥 읽기만 해서는 잘 모르나 만약에 이것을 실재로 연출(演出)
하여 본다면ㅡ "문을 열어서는 않 돼요" 하고 어멈이 퇴장하고ㅡ 아가씨가
고양이를 불러 "자거ㅡ라" 하면 고양이가 대답하고ㅡ 이 "자거라" "야웅" 다
음에 손풍금 소리가 들려오는 장(이상 41쪽)면을 상상(想像)하여 보십시오.
이 짤분 곳에서라도 확실이 한 극적(劇的) 장면(場面)과 경치(場景)가 맨
드러저 잇지 않습니까.

그리고 그 손풍금 소리를 듯고 아가씨가 밖에 나가고ㅡ 문이 열린 채로
잇고ㅡ 고양이가 그 뒤에 나가고ㅡ 하는 순서(順序)가 거침없이 진행(進
行)되여 잇습니다.

또 아가씨가 돌아오고ㅡ 하는 이 동작(動作) 인물(人物)의 출입(出入)도

극히 자연스러워 조곰도 무리가 없읍니다.

고양이가 가버리고 아가씨가 혼자 남아서 "아 어쩌면 좋와" 하고 말하게 하고 끝막는 것도 좋은 곳에서 끝막게 하엿읍니다. 이곳에다 처음의 어멈이 다시 나와 "고양이는 어찌 햇는가"라든지 "그러므로 말하지 아니할 것은 아니냐." 하고 말을 하여도 좋기는 좋으나 어쩐지 벌서 알고 잇는데 뒤푸리 한 것같이 뵙니다.

히곡화는 이렇게 알기 쉽게 쓰는 것이고 결코 쓸데없이 길다랗게 어렵게 느러 쓰는 것은 아닙니다. 이 끝(終)의 기교(技巧)에 잇서서도 한번 이것을 실제로 연출(演出)하여 보지 않으면 혹은 알기 어려울지도 몰읍니다.

먼저 이 짤분, 어멈이 한 말(一言), 고양이가 두 말(二言) 그리고 아가씨가 세 말(三言) 말의 진조(進調)가 합하야(都合) 여섯밖에 안 되는 짤분 장면이면서도 처음에 어멈이 "문을 열어서는 안 돼요" 하고 드러가는(退場) 다음에 손풍금소리가 들려오는 고요한 장면이 잇고 일전(一轉)하야 아가씨가 가고— 고양이가 나가고— 아가씨가 돌아와서 "아 어쩌면 좋와" 하고 어떤 물건에 기대고 쓰러지는 듯이 의자에 앉는 것이라든지 엎되여 운다든지 하는 장면을 생각하여 보십시요.

요령(要領) 잇게 정돈된, 그리고 잘 아는 짤분 장면에서 거게 맞는(適當) 동작(動作)이엇고 인물의 출입(出入)도 잇고 그 동작에 대한 장면의 변동(變動)에 대조(對照)되는 고요한 경치(場景)도 잇는 사건이 진행되는 도중에 일기일복(一起一伏)하여 (이상 42쪽) 전개되여 가는 것이 비로서 잘된 히곡화라고 이를 것입니다.

그러기에 한번 출연하여 보아도 자미잇고 그것을 출연함으로서 효과(効果)를 나타내리라고 생각됩니다.

희곡화(戲曲化)할려는 사람이 만약에 이곳에 짤분 장면이 잇기 때문에 그것을 문제로 않 하고 잘 읽고 주의(主意)하여 보면 이것으로서 장면을 살리는 법(法), 인물을 취급(取扱)하는 법, 처음 나종을 취하는 법을 충분(充分)이 알리라고 생각됩니다.

이장(二場)도 퍽 잘되였읍니다.

여왕이 지루하게 앉어 잇는 곳이 정(靜)이라면 곳 그다음에 시녀(侍女)의 "쉬쉬" 움직여 나가고(追出) 단지 한 말의 전제(前提)로 곳 사건에 뛰여드러가 잇습니다.

그리고 사건에 '클라이막스'(絕頂)에 달(達)하야 동요 가운대의 "의 아래 쥐색기 놀래 줫지" 그 아래로 나려가다 그 뒤에 여왕이 고양이 보고 이곳에 영 잇서 달라고 하면 "아니요. 나는 아가씨 집에 길리우는 고양이야요. 그래서 집에 가지 않으면" 하고 고양이에게 말을 식히게 하엿습니다.

이것을 아가씨의 "고양이가 어딜로 가 버렷다. 어쩌민 좋와" 하든 날과 함께 생각하면 이 희곡화가 결코 원 동요(童謠)만에 달려 붙어 이것만으로서 존재(存在)해 잇지 않는 것을 잘 알 수 잇슬 것입니다.

희곡화한 사람은 원 동요를 잘 보고 그곳에서 떼낸(引出) 곳을 써 가면서 또한 그곳에서 부족(不足)된 걸(缺點) 창작(創作)하여 보충(補充)해 쓰는 것입니다.

여기에 이 희곡화의 '클라이막스'가 잇습니다.

삼장(三場)은 처음 아가씨의 집입니다.

이곳에는 "一場"과 같아서 똑같이 어멈의 말로부터 시작(始作)되여 잇습니다. 이것은 특별이 이렇게 햇다고 봅니다. 고양이가 돌아온다는 어멈 — 안 도라온다는 아가씨 그곳에 "야옹야옹" 하고 고양이 소리가 들어오는 것은 생각지도 않은 필법(筆法)입니다.(이상 43쪽)

어멈에게 "저게 무어야" 하고 말을 식히고 다시 한 번 고양이의 소리를 듣게 함도 실지로 연출하여 보면 더한층 숙달(熟達)된 필법이 보이리라고 생각합니다. 이곳에서 전장(前場)의 '리봉'을 잊지 않고 써서(使用) "아. 목에 이런 훌륭한 '리봉'을 다 달고" 하고 말을 하게 하는 것도 좋은 생각이라고 봅니다.

이로부터 원 동요에 잇는 문답으로 옴기는 것이나 이것은 처음부터 문답체(問答體)임으로 그대로 대화체(對話體)로 되어 잇습니다.

그리고 그 결말(結末)의 우습고 신기로운 맛도(味) 자미잇다고 생각합니다. 한 사람 더 보탯다고(增加)는 하나 세 막의 극임으로 이곳에서 어멈의 역(役)을 잘 써서(使用) 고양이와 아가씨를 비교(比較)식히게 하는 것이 눈에 띠입니다. 또 그 때문에 처음부터 "어멈"을 그런 인물로 만든 것이 참으로 알맞는 역활(役割)이라고 생각합니다.

글 쓰는 사람의 형편(形便)에 의하야 급히 강(强)해지든지 약(弱)해지든지 선인(善人)이 되엇다가 악인(惡人)이 되는 것과 같이 소용없는 필법과는 아조 차이(天壤之差)가 잇습니다.

좀 어렵게 말하면 인물의 성격(性格)이라고 말하겟스나 어쨌든 이 역활(役割)이 잘 통(通)하여 잇는 처음(始作) 나종(終)도 한 사람의 한 사람으로 써 잇는 것은 단지 형편에 따라서 대개는 작자(作者)의 형편으로서 그저 쉽게 변갱(變更)하는 역(役)을 어떻게 출연할 수 잇겟습니까?

또 그런 역을 출연하는 데서 어떠한 효과(効果)를 얻게(取得) 되겟습니까? 아동극(劇)이라던지 학교극(學校劇)이라던지 이론(理論)만이 아모리 훌륭하다 하드래도 이런 데서는 파탄을 보일 작품이 적지 않습니다.

이것은 아가씨 집과 여왕의 방 이렇게 삼장(三場)으로 노나 쓴 것이나 다음에는 이것을 단일장(一場)으로 합하야(綜合) 쓴 글(作)을 드러 봅시다. 그것은 '뿌라이스' 여사(女史) 쓴 『戱曲讀本』이라는 책에 잇습니다.

—(계속)—(이상 44쪽)

---

金玉粉, "(講座)童謠를 戱曲化하는 方法(第四回)", 『가톨릭少年』, 제2권 제1호, 1937년 1−2월 합호.

### 고양이

어머니. "너 어째서 우니. 누구하고 싸윗니?"

少　女. "아냐. 엄마. 고양이가 없어젓서."

어머니. "뭐. 고양이가? 그래 차저봣니?"

少　女. "응. '괭야 괭야' 하고 암만 차저봐도 도라오지 않어."

어머니.  "집 근처도 차저보지!"

少 女.  "응 뒤뜰 안도 보고 마루 아페도 보고 광에도 보고 어듸나 다 차저
봐도 고양인 안 뵈우."

어머니.  "자— 이리 오나. 에뿐 애는 울지 안는단다. 인제 고양이가 '야웅
야웅' 하고 도라올 테니."

少 女.  "얼런 도라오면 조케서."

어머니.  "봐라. 벌서 저게 오지 안엇니."

少 女.  "어디? 어디? 엄마!"

어머니.  "이자 뒤뜰 압흘 지나 왓다. 봐라. 벌서 문압혜 왓다. 얼런 가서
열어 줘라."(이상 63쪽)

少 女.  (문을 열어 보고)"정말! 꽹아. 너 어데 갓댓니?"

고양이.  "나요? 난 론돈 여왕님한태."

少 女.  "그래. 거게서 무엇 햇니?"

고양이.  "의자 아래 쥐색기를 놀래 줫서요."

少 女.  "그레. 쥐색기를 잡엇니?"

고양이.  "아니요. 도망햇서요. 어대로 도망햇다고 생각해요?"

어머니.  "글세. 모르겟다. 어대로 도망햇니?"

고양이.  "방 한편에 서 잇는 키 큰 시게 우에 뛰여올라 가드니, 하하하
생각만 해도 참 우수워 죽겟서. 하하하"

少 女.  "무엇이 그리 우스워 응. 꽹야"

고양이.  "그 시게 우로 뛰여올라 가니 땡하고 시게가 한 시를 치겟지요."

어머니.  "뭐. 난 하나도 우습지 않다. 시게가 한 시를 치는 것은 정한 일이
아니냐."

고양이.  "네. 정한 일인데요. 그러나 그 쥐색기가 깜작 놀라서 그 시게에
서 뛰여내렷서요. 내가 거게 잇는 것도 이저버리고 내 신짝 엽흘
지나 도망햇서요. 잡을래면 곳 잡을 것이나 난 우수워서 우수워
서 그냥 '하하하' 하고 웃고만 잇서서 그새에 쥐색기는 구멍으로
얼런 드러가고 마럿서요."

少　女.　"응. 그래. 괜야. 나도 그 쥐색기라면 알어. 책에서 봣는대(이상 64쪽)
　　　　뭐. 이런 거지!"

　　잭각 잭각 잭—각
　　쥐색기가 시게에 뛰여올라간다
　　시게가 한시를 뗑하고 친다
　　쥐색기가 놀라서 시게에서 뛰여내려온다 잭각잭각잭—각

　어멈 대신에 어머니를 너코 인물은 역시 세 사람으로 장면(場面)은 히곡
화(戲곡化)에서 말하면 삼장(三場)의 소녀의 집입니다. 전 히곡화의 처음
과 이 히곡화의 처음과를 비교하여 보면 그 틀림이 잘 알리라고 생각합니
다. 전 것에 "빨리 문을 열여 줘요" 하고 소녀에게 말하게 하고 어멈이 가서
문을 열어주는데 반(反)하야 이것은 어머니가 "봐라. 벌서 문압헤 왔다.
빨리 가서 열어줘라" 하고 소녀에게 일러주게 하는 것같이 되어 잇는 것도
한 가지의 같지 안은(相異) 점입니다.
　아모것도 안인 것 같은 것이나 이 "문을 열어준다"는 한 가지의 일이나마
인물(人物)과 장면(場面)을 취(取)하는 법에 잇서서는 누가 열라 가도 상
관이 없읍니다.
　이것은 언제든지 소녀가 가서 열여주는 것이라고 생각하면 아마도 누가
히곡화하든지 똑같은 것이 되고 말 것임으로 아마도 자미(滋味)잇는 히곡
화는 될 수 없으리라고 생각합니다.(이상 65쪽)
　전 것은 고양이가 드러와서 천천(徐々)이 문답(問答)에 드러가나 이것
은 문을 열라 와서부터 곳 소녀와의 대화(對話)가 시작되여 잇습니다.
　전 히곡화한 사람은 아마도 이곳에 다소(多少)의 흥미를 부치랴고 어멈
에게 문을 열게 하지 안엇나 하고 생각됩니다.
　소녀가 그냥 문을 열여주면 벌서 원 동요와 같은 문답이 되고 말 것입니
다. 문답은 같아도 이것에는 결말(結末)이 틀립니다.
　"그 쥐를 잡엇니?" 하는 문(問)을 만들고 그리고 또 한 가지 '마자구르쓰'

의 동요 '잭각 잭각잭-각' 하는 것을 가저와서 끝을 만들고 잇습니다. 동요 히곡화(童謠戲곡化)는 언제든지 원 동요가 단지 하나만에 한한 것이 아니고 이런 방식으로 두 개의 동요를 취하야 일편(一篇)의 히곡화로 만들 수 잇다는 참고는 될 수 잇지요.

이 두 편의 히곡화는 같은 동요를 선택하여서도 제각기 취급(取扱)하는 식(式)이 다른 것을 볼 수 잇습니다. 어느 것이 조타고 딱 끊어 말할 수도 없거니와 또 필요(必要)도 없습니다다.[125] 다만 전 것과 이번 것과 어느 것이 조흔지는 여러분 독자의 판단에 맡겨두기로 합시다.

물론 히곡화라고 하는 것은 그것을 연출(演出)하여 보는 아동(兒童)의 정도(程度)에 따라서 또는 그것을 대화체(對話体)로 또는 각본형(脚本形)으로 쓸 수 잇는 참고(參考)로 드리려고 할 때면 상대(相對)에 의하야 여러 가지가 틀리는 것이니 같은 재료(材(이상 66쪽)料)를 히곡화 한 것이 여러 개 잇슬 경우에는 그 우열(優劣)을 정하는 것보다 오히려 그 어느 것에서라도 따서 참고로 할 수 잇는 개소(個所)가 잇는가 없는가를 발견하는 것이 가장 효과적(效果的)이라고 생각합니다.

대화체(對話体)로 각본형(脚本形)을 쓰는 것을 참고로 드리려는 때에도 연출(演出)하여 볼 때에는 하나보다는 둘로 둘보다는 셋으로 수가 많을수록 그 정도(程度)에 적합한 선택도 하게 될 것이고 또 맨 처음에는 간단(簡單)한 형식으로 되어 잇는 것부터 그다음에는 좀 복잡한 것 – 이러캐 맡겨 줄 수도 잇지요!

그러나 아모리 간단한 것이라도 그것을 연출하여 봐서 자미잇다든가 읽어 봐서 희곡화의 참고가 된다든가 하는 정도의 간단한 것이 안이면 안 됩니다.

결국은 참말로 히곡화 된 것이 안이면 출연해 봐도 별로 자미가 없으며 아모 참고가 되지 안을 것입니다.

그러면 너머 어려운 것이 같지 안은 것과 같이 또 너머 쉬운 것도 같이

---

125 '없습니다.'의 오식이다.

참고가 되지 안을 것입니다. 맨 처음(最初)에는 조곰 어려울지 모르나 한 번 봐서 실증이 안 나게 보이고 잘 읽어 보면 히곡화로 되어 잇는 것을 되푸리하는 것 같지만 그 한번 봐서 실증이 안 나게 보이는 것이 희곡화로 된다는 것과 또 그것을 연출하는데 한 참고가 된다는 점을 세세(細細)히 드러볼 것입니다.   -(막음)-(이상 67쪽)

牧羊兒, "讀後感－八月號의 詩", 『가톨릭少年』, 제1권 제7호, 1936년 10월호.[126]

童謠 「첫 영성체」 李奉順 作

童謠라기보다 詩로 읊엇스면 합니다. 얼골의 생김생김에 따라 붉은빛 흰빛으로 化粧을 하여야 될 것입니다. 그와 같이 글의 內容(思想)을 살리기 爲해서는 너무 形式에 拘束되지 않을 것이며 力量을 크게 갖어야 할 것입니다. 소리 없는 울음이 더 애닲을 것이겟지요? "아이고대고" 하듯이 句節마다 요 字를 부친 것이 不自然스럽읍니다. 울어서 슮은 것보다는 슮어서 울어야 참울음일 것이겟읍니다.

詩 「痛悔」 完山人 作

참다운 사람이란 잘못을 알고 그 자리에서 뉘우치는 것을 말하는 것이겟습죠? 痛悔의 눈물! 罪를 뉘우처야 琉黃불을 끌 수 있겟지요? 이런 詩를 읽을 적에는 안 지은 罪라도 지은 것갖이 가슴이 두군두군합니다. 萬若 한 少年이 不注意로 그릇을 깨첫다고 하여 어른들이 주먹을 욹은붉은하는 것보담 그를 오히려 慰勞하여야 感化(懺悔)性의 量이 클 것입니다. 그러고 少年雜誌 보는 어린이에게는 뜻이 퍽으나 어렵습니다.(이상 42쪽)

童謠 「누나야!」 北人 作

少年詩로 퍽 滋味있게 읽엇습니다. 뒤에 두 節은 어린이의 純眞한 마음 그대로입니다.

누나야! 그소리들엇니?
쪼르릉쪼르릉 山새소리를
누나야! 꽃이좋니 새가좋니
재재대는 물소리 귀엽지안니?

---

126 '牧羊兒'는 강영달(姜永達)의 필명이다.

몇 번 거듭 읽어도 실증이 안 납니다.

詩 「아침」  尹正淑 作

形式에서나 內容에서 別로 不自然한 곧이 없읍니다. 그러타고 別로 뛰여나게 感動을 주는 것도 없읍니다. 以前에 말슴드린 靜的(體)이라고 하고 싶읍니다.

우리가 每日 볼 수 있는 해와 달 물과 불……에 對하여 어느 누가 感謝를 늣김니까. 우리가 모시고 있는 어머님 아버님의 恩惠를 누가 알고 있읍니까? 그러케 흔한 물 늘 볼 수 있는 해이기 때문에! 父母가 돌아가신 뒤에야 恩惠를 찬송할 것이외다. 우리도 아침마다 造物主의 恩惠를 찬송함으로서 삶의 빛과 希望이 있을 것이외다.

詩 「故鄕 떠나」  전히수 作

너무 지루합니다. 卽 說明體입니다. 가령 "장미가 곱다고 꺽거보니까…" 이런 詩를 더 延長식히어 外形 成分推想……을 거듭한 세음입니다. 가시(이상 43쪽)가 몇 개 꽃닢이 몇 개 꽃씨는 몇 대……하고 헤아리는 것 같읍니다. 歎息에도 "오!"—나 "아!" 한 字만으로 無限을 表現할수 있을 것입니다. 故鄕을 떠나기 싫은 마음만이 表現되엿으나 우리나라 부인들이 "아이고대고" 하며 옛날이약이같이 사설을 역거 가며 우는는 듯합이다.[127]

童詩 「봄달잡이」  金冕郁 作

글에 調理가 없이 갈팡질팡한 感이 있읍니다. 意思는 單純한 童心이나 좀 더 外形을 갖우어 주섯드면 합니다.

童謠 「나의 고향」  崔奉祿 作

아모런 村이나 보잘것없는 故鄕이라도 늘 가슴속에 남어 있을 것이외다. 몇 十萬 人口의 都市이나 아모리 좋은 고장이라도 내 故鄕만은 못할 것입니다. 題目을 故鄕 生覺으로 하엿드면 합니다. 「나의 고향」 하면 고향을 紹介하여야 될 것인데 꽃 피고 새 우는 故鄕이 되고 만 듯합니다. 누가 곁에서야! 그까짓! 龍井에도 새도 울고 꽃도 있는데……하면 좀 不足한

---

127 '우는 듯합니다.'의 오식이다.

듯합니다.

以上은 評이라기보다 先生님 或은 讀者들의 詩를 읽고 난 讀後感이외다. 하나하나 나의 늑인 대로 쓰기는 하였읍니다만은 決코 여러분의 늑인 것과 같다고 할 수는 없읍니다. 열 사람이면 열 사람 어떤 目標는 같을지언정 그 方式은 各々 달을 것입니다. 그럼으로 여러분의 共通点은 取할 것이고 잘못된 点은 버리서야 할 것입니다. 大體로 보아 나의 要求 내가 切實히 늑인 것을 잠간 적어 보겠읍니다.

一. 少年詩의 "範圍"는? 二. 지루한 "說明體"의 短點은? 엇떻게 하겟는가 가 問題입니다.(이상 44쪽)

勿論 少年雜誌이라고 少年少女들의 詩만이 안일 것입니다. 여러 少年의 模範 作品도 잇슬 것이며 이를 指導하시는 어룬들의 詩도 잇서야 할 것입니다. 指導의 形式도 여러 가지가 잇슬 것이나 爲先 그 엇더한 一定한 範圍 內에 잇서야 할 줄 압니다. 少年雜誌라고 하여 內容과 形式이 너무 얕은 것만을 意味하는 것도 안이겟읍지요? 普通 年齡으로 본 少年과 學校 年齡 으로 본 少年이 달을 것입니다. 雜誌를 보고 글을 지을 수 있는 學校 年齡을 標準하는 것이 좋을 듯합니다. 簡單히 말하자면 小學校 三年에서 中等學校 二三學年까지라고 봅니다.

너무 어려워도 안 될 것이고 中等 二, 三學年 以上이면 몸의 發育과 아울 러 思想까지도 크고 複雜할 것입니다.

그럼으로 그 中間을 標準하여 少年詩의 範圍라고 싶읍니다.[128] 指導者이 나 少年을 爲하여 詩를 쓰시는 분도 自己의 標準보담 그 範圍 內의 "思想!" 그 範圍 內의 "形式"을 직혀야 할 줄 압니다. 完山人 作 「痛悔」[129]는 내가 보기에는 퍽 어려웟습니다. 北人 作 「누나야」는 그에 比해서는 自然스럽습 니다. 두어 번 읽어 보면 가슴속에서 무엇이 對答하는 듯이 單純한 어린이 의 말로 역거 노았읍니다.

---

128 '하고 싶읍니다.'에서 '하고'가 빠진 오식이다.
129 「痛悔」의 오식이다.

說明體의 短点이란 그 作品(詩)의 "量"을 적게 하는 것입니다. 아버지가 "이놈아!" 하고 한마듸 눈을 부릅뜬 것이 어머님이 "이놈! 이놈아!" 하고 두 마듸 이를 악문 것보담 더 무서웁습니다. 아하! 하고 긴 한줄긔의 한숨은 아! 아! 하고 쉬는 짧은 두 한숨보다 더 悲慘을 말하는 것이외다. 自殺하는 사람이 그 結果를 生覺하고는 實行을 못하게 되는 것과 같이 머리 우에 떠오른 瞬間的 輪廓(눈 깜짝 사이의 테두리)를 두고두고 맛을 보아 가며 쓰면 조곰도 詩다운 멋이 없을 듯합니다. 그럼으로 詩는 머리(이상 45쪽)로 生覺하여 쓰는 것보담도 고때고때의 感情을 써야 할 것이외다. ─(끝)─

---

## 牧羊兒, "讀後感", 『가톨릭少年』, 제1권 제8호, 1936년 11월호.

나날이 느러 가는 우리 가톨릭 文壇을 볼 때 먼점 누구보담 깃거워 마지 않읍니다. 나의 時間 關係로 토막토막 적은 늣김(讀後感)에 勿論 조리(條理) 없엇슴을 늣기는 바이다. 그럼으로 독자문단을 읽은 후 나의 몇 가지 生覺을 고때고때에 말슴드리기로 하겟읍니다.

九月號 四二頁 독자문단

◎ 「아침」(德源) 具요안 作

一, 二節이 다 잘 되엿읍니다. "形式"이나 "內容"에 별로 缺點이 없읍니다. 그런대 一節에 "뗑! 뗑! 뗑! 제가 먼저 이러낫다 뽐내임니다" 이 "句節"은 少年의 마음! 生覺하기에는 無理하지 않으나 다시 더 한층 생각하면 聖堂의 鍾소리가 자랑하는 소리 같지는 않을 테임니다. "어서 이러나라 뗑! 뗑! 어서 이러나라 뗑! 뗑!" 이렇게 들려야 그 鍾소리가 더욱 거룩할 것이며 主께서 우리 마음속에 게실 것입니다. 詩는 "知的 活動"이 안이고 "感情的 活動"이라고 하나 이때 亦是 "感情的"으로 그렇게 生覺됨이 옳은 일이라고 生覺합니다.

"知的 活動"…(나의 知識! 즉 내가 머리로 生覺해서 말을 보태서 쓰는 것)

"感情的"…(知的 加工이 없고 엇던 자극(刺戟)에 對하야 순간적(이상 22쪽)(瞬間的)으로 表現되는 것)

◎ 「이래 봐도」 李鳳聖 作

우리가 슯을 때에 슯은 音樂을 듯는 것이 滋味스러운 것은 사실입니다. 그럼으로 우리는 우리의 "環境, 生活"에 어그러지지 안어야 합니다. 作者는 남달은 環境에서 이 노래를 웨친 것입니다. 남에게 굴(屈)하지 않고 싸워나 가는 意志만은 좋읍니다. 그러나 지금 푸로레타리아(구차한 階級의 사람) 의 詩라고 하여 나오는 글을 더러 보면 그 內容이 퍽으나 拘束된 늑김이 있읍니다. 그러고 "이놈! 두고 보자!" 하고 이를 부득부득 가는 威脅의 늑김 이 있읍니다. 그보담은 좀 더 부드러운 말로 쓸 수도 있을 것입니다.

◎ 「언니의 이별」 盧玉蓮 作

作者의 글을 읽으면 늘 조용한 弱하고도 긴 쏘푸라노의 獨唱을 듯는 듯 합니다. "形式"에 은은히 울리는 韻律(리즘)에 따른 作者 혼자 가진 獨特한 表現 "언제 한번 다시 오련" (오니) (주소) (이라오)………이런 것이 퍽 滋 味있엇습니다.

의례히 詩에는 '리즘'이 잇서서 읽어 가는 동안 가슴속에서 音樂 같은! 活動寫眞 같은! 것이 움직여야 할 것입니다. 그런데 한 가지 우서운 것은 이별이면 그저 서러워 울면서 떠나든가 하여야 될 터인데 노래를 불럿다 니 이상합니다. 勿論 노래는 서러운 노래이겟지요! 그러나 演劇이나 活 動寫眞이 안인 現實의 사람으로서 이별에 노래를 하는 것은 드물 것입니 다.(이상 23쪽)

◎ 「옵바를 그리며」 尹正淑 作

八月의 「아침」보다 못하다고 生覺합니다. "內容 表現"에는 別로 틀림없 으나 "形式의 語句가 洗鍊"되지 못한 듯합니다. 더구나 二節의 첫줄에 "솔솔 솔솔 간들간들" 같은 形容詞는 좀 더 生覺하엿드면 합니다.

◎ 「追慕의 故鄉」 韓宗燮 作

이 글은 七月號 「思鄉」과 비슷비슷합니다. 늘 詩體가 선들선들한 멋이 잇습니다. "돌종개" "거마리" "찌드렉이" 같은 普通 우리가 갑작이 生覺해 내지 못할 名詞 같은 것은 퍽 힘써 生覺한 듯합니다. 故鄕이 그리워 남덜은 울며불며 하여도 作者는 우서가며 그려 하니 그리 쉽게 늙지는 않겠습니다. 힘든 일에도 이런 시언시언하고 건들건들한 詩를 읊엇스면 世上의 괴로움도 아모것도 없을 듯합니다. 그러나 作者는 知的 方面에 脫線되지 않도록 언제나 힘써 주섯스면 합니다. 音樂에서도 나즌 도가 잇스면 높은 미도 잇서 그 높은 소리와 나즌 소리 쏘푸래노(男子低音)와[130] 바스(男子低音)의 코-라스(合唱)를 듯는 것처럼 그 以上 시원하고 듯기 좋은 것이 없을 것입니다. 詩의 리듬(音律)도 그와 같이 높고 나즌 것(變化性)이 잇서야 그 內容이 뚜렷이 낱아날 것입니다. 音樂에 같은 소리 1. 1. 1. 1만을 불너도 아모 滋味가 없고 염쯩이 날 것입니다. 그럼으로 이 詩의 內容 形式이 다 잘되엿스나 그 흐르는 '리즘'(音律)이 1. 1. 1. 1처럼 들니기 쉽습니다.(이상 24쪽)

◎ 애기병아리  李在謙 作

作者는 병아리가 너머 귀여윗는지 우리집 병아리는 애기병아리 우리집 병아리는 노랑병아리 를 三節에다 썻스니 남어지 남는 것이 삐용! 뽕! 토닥토닥…뿐입니다. 아버지가 아들이 귀여워 "에익" 요놈! 하고 눈을 흙겨도 그 한마듸도 詩입니다. 그러나 그 두 줄(二行)을 節마다 다 쓴 것이 詩 全體를 꽉 나려눌르는 듯합니다.

◎ 가을바람  李龍均 作

참 잘 지엇습니다. 나도 이젓던 가을을 차저낸 듯합니다.

버러지들의 우는 소리도 들리는 듯합니다. 가을바람이 부는대 웨 울까요. 끝에 두 줄(二行) "설게 우는가?"는 어린 마음 그대로입니다. 萬一 어른들이 그 소리를 들으면 "아— 나도 죽을 날이 멀지 안엇구나" 하고 탄식할 것입니다. 어린이는 그 單純한 經驗을 쓰게 됩니다. 自己를 사랑하는 어머니와 언니가 第一 중할 것입니다.(이상 28쪽)

---

130 '쏘푸래노(女子高音)의'의 오식이다.

張赫宙 외, "책머리에 드리는 말슴", 『世界傑作童話集』, 朝光社, 1936.10.

어느 나라에나 해가 뜨고 달이 밝고 구름이 날고 별이 반짝입니다. 어느 나라에나 산이 잇고 물이 흐르고 새가 울고 고기가 뜀니다. 그와 같이 어느 나라에나 이야기가 잇고 노래가 잇습니다.

슬푼 이야기가 잇고 웃어운 이야기도 잇고 여러 천 개 여러 만 개 이야기가 잇습니다. 그 이야기를 다 들어보앗으면 얼마나 좋겟습니까. 나라마다 다 다른 재미잇는 그 이야기들을.

그러나 어떻게 그 이야기들을 다 들을 수가 잇겟습니까. 한 나라에서 한두 개씩을 뽑아 열다섯 나라의 이야기를 한데 모아 이 책을 만들어 여러분에게 들려 드리는 것입니다.(이상 2쪽)

이 책을 만들기 위하야 열다섯 나라의 이야기를 열다섯 분이 맡아 쓰시기에는 여간 힘든 일이 아니엇습니다. 그분들은 다 그 나라말을 잘하시는 이들이오 또 혹은 그 나랏말을 알지 못하는 이가 잇다 하여도 그 나라 이야기를 쓰시기에는 누구보다도 맞는 이들이니 참 믿을 만한 책이라 할 수 잇습니다.

여러분! 앉아서 이 열다섯 나라 이야기를 설흔 개나 들으실 수 잇는 것은 얼마나 고맙고 즐거운 일입니까. 그리고 또 그 우에 재미잇는 그림까지 그려 넣어서 읽으며 보며 실증없이 이 한 권을 다 떼어 버릴 줄 압니다.

조선일보사출판부 (이상 3쪽)

## 리원조, "애기들에게 읽힐 만한 책—세계걸작동화집을 읽고 나서(一)", 『조선일보』, 1936.11.27.

어느 날 일이엿습니다. 하로는 로산 리은상(鷺山 李殷相) 선생이 잠간 보자기에 갓더니마는 하는 말이

"엡분 책을 한 권 드릴 테니 청을 하나 드러주겟소"

하고 물엇습니다. 책을 준다는 바람에 청이라는 것이 무엇인지도 물어보지 안코

"그러지요"

하고 대답하엿습니다. 그적새는 책상 설합을 열더니마는 정말 엡분 책을 한 권 끄내엇습니다. 펏득 보아도 장정 그림은 석영 안석주(夕影 安碩柱) 선생의 솜씨인 것을 알 수 잇섯습니다. 그림은 앵두가티 어여쁜 두 애기가 연을 띄우러 가는 것이엿습니다. 그 여페 푸른 글짜로『세계걸작동화집(世界傑作童話集)』이라고 씨여 잇섯습니다. 나는 이 책을 바다 들고 정말 기뻣습니다. 하도 기뻐하니까 리 선생은 말슴하기를 "나도 한번 읽어 보앗는데 하로ㅅ밤은 새울 만합듸다"

하엿습니다. 그적새는 나도

"대체 청이라는 것은 무슨 청입니까"

하고 무럿더니마는

"다른 게 아니라 이 책을 읽고서 그 감상을 하나 써 주시요"

하는 것이엿습니다.

이 청은 정말 어려운 청이엿스나 기왕 승락을 하고 책까지 바덧스니 인제 와서 이러니저러니 할 수도 업슬 뿐만 아니라 그보담도 책 모양이 하도 마음에 드러서 이러한 책을 읽으면 무슨 말이라도 쓸 수 잇스려니 하는 꿍심만 대고 그 자리를 떠나왓습니다.

분주한 책상머리에서 정신 드려 읽을 수는 업스나 우선 페여 보고 덥허도 보고 드러도 보고 노하도 봅니다.

목녹(目錄)은 세계 열다섯 나라를 골라서 한 나라마다 두 편식을 추려 만드럿스니 도합 삼십 편이 실린 것입니다. 그중에 번역은 멧 분만 빼여노코는 모다 그 나라 말에 정통하신 분을 골라 맥긴 모양이니 첫재 이 책을 만드는데 잇서서 얼마나 주밀한 용의로써 완전한 체재를 만드려고 애썻는가를 짐작할 수가 잇습니다.

이때까지 나온 책들 중에서 동화집이니 동요집이니 하는 것이 결코 적지는 안흘 것입니다. 그러나 긔왕에 나온 그러한 책들에 비해서 이 책이 훨신 빼여낫느냐 떠러젓느냐 하는 것은 다시 내용을 보아야 할 일이지마는 첫재 안 읽고도 눈에 뜨이는 이 책의 특색이며 또한 이채(異彩)라고 할 것은 아모 질서나 의도가 업시 되는대로 주어 모흔 것이 아니고 세계 열다섯 나라에서 가장 대표적이라고 할 만한 것을 두 편식 뽑아서 이 책 한 권만을 가지면 세계 어느 나라 이야기던지 다 드를 수 잇게 만드럿다는 것입니다. 말하자면 이 책을 가지면 동화의 세게일주를 할 수가 잇습니다. 영국 이야기를 듯고 시프면 영국 편을 뒤저보고 로서아 이야기가 듯고 시프면 로서아 편을 여러 보면 되게스리 되여 잇습니다.

---

**리원조, "애기들에게 읽힐 만한 책－세계걸작동화집을 읽고 나서(二)", 『조선일보』, 1936.11.28.**

사실 이 한 권의 책을 가지면 세계 어느 나라이든지 그 나라의 이야기를 마음대로 읽을 수 잇다는 것이 가장 편리하고 특색 잇는 점이겟습니다.

그러나 이러한 편리는 오히려 거트로 보히는 편리이지마는 다시 이 책을 페여 들고 읽어 가는 중에서 좀 더 기피 맛을 본다면 이야기가 모다 비슷비슷한 듯하면서도 실상인즉 나라에 따라서 다 각각 다른 재미와 다른 맛이 잇는 것을 늣길 수 잇는 것입니다. 이러한 것은 이 책을 읽는 사람에 따라서 다를넌지 모르지마는 내가 이 책을 읽으면서 늣긴 중에 가장 큰 흥미라고 하고 시픈 것은 실로 이 책에 실린 이야기들이 모다 제각각 그 나라의 인정과 풍토와 습속에 따라서 가튼 듯하면서도 다른 데가 잇는 것을 발견한 것이엿습니다. 그럼으로 이 책을 다 읽고 나서 생각하기를 만약 이 책을 실용적으로 쓰자면 어떠케 하엿스면 조흘가? 하고 생각해 보앗습니다. 그래서 나는 다시 생각하기를 이 책을 읽을 사람들은 대개 보통학교 상급생에서 중학교 하급생에 미칠 것이니 이네들이 학교에서 배우는 지리나 역사의 과외참고서 가튼 것으로서 읽는다면 한편으로는 학교에서 배우는 과목을 훨신 더 자세하게 또는 참되게 리해할 수가 잇는 동시에 이 책으로 말미아마 산 역사와 산 지리를 배울 수 잇슬 것이며 다른 한편으로는 우리네가 항상 일허버리기 쉬운 동심의 세계를 훨신 더 아람답고 깨끗하게 할 수 잇스려니 한 것입니다.

우에서 나는 열다섯 나라의 동화가 자세히 읽어 보면 다 각각 다른 점이 잇다고 하엿스니 말이지 그중에서 가장 뚜렷한 례의 하나로는 영국 편이나 불란서 편을 읽고 나서 한번 로서야 편을 읽어 보시요. 전자는 한업시 화려하고 애틋한 몽상적인데 비해서 후자는 그대로 소박하고 순진한 현실적입니다. 이러한 다른 점으로서도 우리는 긔후와 풍토가 다르고 인정과 습속이 다르면 거긔에서 비저 나오는 이야기도 서로 다르다는 것을 깨다를 수가 잇습니다.

그러나 이것은 내가 이 책을 읽는 동안에 이러한 것도 발견하엿소 하는 것에 지나지 못하는 것이니까 여러분도 이 책을 읽는 중에서 이러한 것을 발견한다든지 또는 그런 것을 연구해 보는 것도 재미잇는 일일 듯하기에 간단히 말하는데 지나지 못하지마는 이것보담도 좀 우수운 이야기 가트나 이 책을 읽는 동안에 내가 격근 한 가지 이야기만 하고 끄틀 막겟습니다.

저녁을 먹고 나서 처음에는 책상머리에서 안저 읽다가 피곤하기에 그 다음에는 누어서 읽엇습니다. 방이 외풍이 세여서 발꿋치 시려 오고 다리가 선선해서 이불을 덥헛스면 꼭 조켓스나 참아 읽든 책을 덥지 못하고 누가 이불을 페여 주엇스면 하는 중에 우연히도 발끄테 싸허 노앗든 이불이 툭 떠러지며 선선하든 다리와 발끄틀 덥허주엇습니다. 그때에 나는 이 책의 어떠한 구절을 읽고 잇섯느냐 하면 서반아 편 「조고마한 새」라는 이야기 중에 '발토로'라는 소년이 신긔한 새 한 마리를 어더서 그 새에게 무슨 말이든지 일르기만 하면 그 당장에 나타난다는 이야기엿습니다. 나는 '발토르'와 가티 그러한 새를 가지지 못한 때문에 맛난 음식이나 진주나 보배는 엇지 못하엿서도 그 이야기만 읽어도 치울 때에 저절로 이불이 네려 덥허진 것이엿습니다.

여러분 중에서도 무엇이든지 원하는 바가 잇거든 이 책을 한번 읽어 보십시요. 반드시 그 원하는 바를 어드리다. 그러나 그 원하는 바를 내가 미리 아노니 만약 "아람다운 마음"을 어드려거든.

(定價 一圓 發行所 朝鮮日報社出版部 振替 京城五八七八番)

## 량주삼, "序", 朴裕秉 著, 『(어린이얘기책) 사랑의 세계』, 光明社, 1936.11.

어린아이가 좋은 음식을 먹음으로 몸이 자라는 것과 같이 좋은 교훈과 이야기로서 어린아이의 정신적 생활을 풍부하게 할 수 있는 것이 사실이다. 이에 있어 어린아이의 이야기와 교훈이 얼마나 귀함을 생각할 수 있는 것이다. 우리에게는 이야기가 많이 있으나 특히 그리스도의 정신으로 지도할 만한 그것이 부족함을 유감으로 생각하든 바 이제 이 방면에 수고를 하여 온 박유병(朴裕秉) 목사가 취미 있고 아름다운 솜씨로써 도덕적 종교적 교훈이 될 만한 十여편의 이야기를 저술(著述)하여 내여놓게 됨은 참으로 기쁨을 마지않는 바이다. 이것이 우리 어린이를 지도하는 여러분 특별이 어린동무들에게 많은 도음이 있을 줄 믿고 열심으로 이를 소개하는 바이다.

一九三六年 十一月 日

기독교조선감리회종리원에서

량 　주 　삼 (이상 1쪽)

## 田榮澤, "序", 朴裕秉 著, 『(어린이얘기책) 사랑의 세계』, 光明社, 1936.11.[131]

붓을 가지고 일삼는 이가 우리 교계에는 극히 드믈고 설혹 있다고 하여도 세상이 도라보지 않고 쓰일 길 없어 묵고 있는 형편인데, 저자는 이 드문 사람, 도라보지 않고 쓰일 길 없어 묵고 있는 이 가운데 한 사람이다.

---

131 원문에 '秋湖 田榮澤'이라 되어 있다.

그러나 그는 오래 전부터 꾸준이 이 문필도에 종사하는 중 특별이 어린이를 위하야 많은 흥미를 가지고 아름다운 이야기를 힘써 써 왔다. 이제 저자 스르로 『사랑의 세계』란 적은 책을 내이면서 나에게 서문을 구하시매, 우리 그리스도교계의 문필운동에 한걸음 기세를 올리고, 특히 가난한 우리 어린이문학을 한층 부(富)하게 하고 장식할 것을 기뻐하여, 단마음으로 붓을 들어 크리스마스를 가장 즐거워하는 조선의 많은 어린이들에게 아름다운 선물이 될 줄을 믿고 또 그렇게 되기를 빌기를 말지 아니하는 뜻을 표하노라.

十一月 六日　　경성 문밖 소곰골에서

秋湖　田　榮　澤 (이상 3쪽)

---

朴裕秉, "序", 朴裕秉 著, 『(어린이얘기책) 사랑의 세계』, 光明社, 1936.11.

나는 얼마 전부터 이야기를 좀 써 보았읍니다. 그것을 모아 한 책을 만들어 보고 싶은 생각도 많이 있었읍니다. 그러나 여러 가지 사정으로 여의치 못하다가 이제 이 글을 내여놓게 되엇읍니다. 벌서 오래 전 『신학세계』, 『청년』, 『아이생활』 등 잡지에 발표된 것 중에서 골라 이 책을 만들게 된 것입니다. 비록 적은 것이나 우리 어린동무들에게 도움이 있기를 빌면서 이 적은 선물을 삼가 드립니다. 끝으로 이 적은 책을 임이 세상을 떠나신 씨 에취 빨넨타인 선생의 긔렴으로 드림을 말합니다.

一九三六年 十一月　日

著　者　識

# 李光洙, "尹石重 君의 집을 찾아", 『아이생활』, 1936년 11월호.

아기노래의 가장 큰사람 尹石重 군의 집을 경서 하수일리(京西下水溢里)에 찾다. 당인리역(唐人里驛) 七 분정(分程).

붉은 진흙 언덕길 가에 예대로의 초가집이 몇 집. 늙은 느트나무와 은행나무, 젓나무가 웃둑웃둑 몇 나무. 석양(夕陽)에 번뜨기는 한강(漢江)이 몇 구비. 밤섬의 흰 모래판에 앉은 배 몇 척. 尹 군이 가르치는 데를 보니, 어떤 집 마당에는 조무라기 五六인이 모여서 공기를 논다.

쑥갓꽃 노라케 피고 실파 까마케 자라는 채마 속에 앉은 아담한 개와집 하나. 하야케 새로 도배하고 문마다 발을 느린 사랑의 새 보금자리다. 건넌방에 앉은 백발인 노부인(老婦人)이 군의 외조모(外祖母)로서 군을 가장 사랑하고 군이 가장 잊지 못하는 이. 어려서 어머니를 여윈 군은 자녀 없는 외조모의 손에 길렀단 말과 군의 동경 류학을 갔다가도 八十 당년의 외조모의 보고 싶어 하므로 돌아왔다는 그 부인임은 묻지 아니하고서 알았고, 눈찌와 얼굴 표정조차 군과 흡사한 단려(端麗)한 젊은 부인은 곧 군의 부인으로 이 역시 소개 없이 알았다. 군은 소개의 말도 없었다.

방안에는 군의 첫 딸, 인제 난 지 百十일 되는 香蘋아가의 햄목[132]과 벽에 붙은 동화(童畵).

안ㅅ방 서창(西窓)에서는 음 五月 四일의 반달이 등생이 우에 뜬 것이 바라보인다. 뜰가에 여름에 필 구와 포기들이 황혼 속에 소두룩.

모모지[133] 말이 없는 주인.

香蘋을 다려오라면 수집어하는(이상 20쪽) 젊은 아버지. 香蘋을 안아 주는, 나와 함께 간 盧天命, 朴魯慶[134] 두 분과 내 八세아 榮根이.[135] 그리고 이따

---

132 'hammock'을 가리키는 것으로 보인다.

133 '도모지'의 오식이다.

134 일본 와세다대학(早稻田大學) 출신의 여류 연극인이다. 1937년 6월 동경학생예술좌(東京學生藝術座)가 제2회 공연으로 「春香傳」을 올렸을 때 성춘향 역을 맡았다. 1948년 10월

금 보이는 이 동시인(童詩人)의 부인.

준치와 민어와 쑥갓과의 둥근상의 저녁밥.

별로 기억할 만한 화제(話題)도 없으면서도 유쾌하던 二시간 반.

밤 九시 二十五분 차를 타랴고 나올 때에는 한강은 조수(潮水)로 물이 퉁퉁 불었고 지나가는 뱃불과 언덕의 집불이 거꾸로 비초였다.

바람 한 점 없는 고요한 밤. 수은(水銀)같이 뽀야케, 반반한 한강 구비.

금성(金星)이 스콜피어스의 붉은 심성(心星)을 향하고 달리고 달은 멀리 강 끝 구비를 비초이고 있다.

주인은 명일 다도해(多島海)를 지나 소록도(小鹿島)에 문둥ㅅ병 앓는 동포들의 생활을 보러 간다고.

주인은 벌서 역사적 인물(歷史的人物)이어니와 아직 三十 전. 더욱 큰 역사가 그의 앞길에서 기다릴 것이다.

(丙子 六月 二十二日 夕) (이상 21쪽)

---

우리나라 최초의 여성 연극단체인 여인소극장(女人小劇場)을 박노경과 그의 남편인 오화섭(吳華燮)이 창단하였다.

135 이광수의 아들 이름이다. 이광수는 첫 번째 부인 백혜순(白惠順)과의 사이에서 이진근(사망)을 낳았고, 허영숙(許英肅)과 재혼하여 장남 이봉근(7세 사망), 차남 이영근(미 존스홉킨스대 원자물리학과 교수 역임), 딸 이정란(미 변호사), 딸 이정화(펜실베이니아 의과대학 부속병원 연구실 교수 역임, 『아버님 춘원』의 저자)가 있다.

## 윤복진, "물새발자옥", 『아이생활』, 1936년 11월호.

### 물새발자옥

黃昏이었읍니다. 비둘기의 보드라운 숨결같이도 고요히 깊어 가는 明沙十里의 黃昏이었읍니다. 저 멀리 아득한 水平線 우에 고향꿈을 그리고는 조고만 힌 돛에 붉은 海棠花 꽃닙 속에 은모래 금모래로 쌓아 올린 모래성! 바다의 아가씨가 한나절 공들여 쌓아 올린 고 조그마한 城內에도 黃昏이 고요히 찾어드는 때이었읍니다.

○

바다를 찬미하던 都會의 젊은 그들, 바다를 희롱하던 漁村의 씩씩한 아들딸들이 그렇게도 살가워하고 귀애하던 바다를 바리고 모다를 꿈 맺힌 푸른 寢室을 찾어 돌아간 明沙十里의 黃昏! 꿈결 같은 어둠의 물결이 바다의 아름다운 風景을 가만가만히 덮는 이 조용한 黃昏에 나는 내 발 아래서 멀리 앉는 밀물가에 이름도 없는 조그마한 물새 한 머리를 찾어보았읍니다.
들고 나는 밀물을 따라 오루루조루루 건니는 귀여운 물새 한 머리를 찾어 보았읍니다.

○

아니다. 아니여. 내가 이 조그만 물새를 찾아보기 전에 黃昏의 잔잔한 물결이 잔잔한 바람이 먼저 보았던가 봐요.
그러길래 바람의 아들이 밀물가 모래밭에 남긴 물새발자옥을 보고 귀엾다구 어루만졌겠지요. 잔잔한 물결이 저도저도 어루만저 보겠다고 바람의 아들을 냅다 떠밀치고 돌아앉어 자꾸만 어루만지고 있었겠지요.

○

그렇습니다!
이 「물새발자옥」이란 抒情小曲은 나의 明沙十里의 回想曲입니다.
이 「물새발자옥」이란 抒情小曲은 내가 잊을래야 잊을 수 없는 明沙十里

의 黃昏을 그린 나의 夜想曲입니다.(이상 38쪽)


　　해저믄 바닷가에 물새발자옥
　　지나가던 실바람이 어루만저요
　　고발자옥 이-뿌다 어루만저요.

　　하이얀 모래밭에 물새발자옥
　　바닷물이 사-르르 어루만저요
　　고발자옥 귀-엽다 어루만저요.[136] (이상 39쪽)


---

136 「물새발자옥」은 '尹福鎭 謠, 朴泰俊 曲'의 동요곡보가 수록되어 있으나, 여기서는 가사만
　　옮겼다.

## "생각한 일입니다. 그림책 선택─어린이들에게 무서운 영향", 『조선일보』, 1936.12.18.

어린이들에게 보혀 주는 그림책과 노리개! 여긔 대한 주의가 우리네의 가정에 제일 부족한 것 갓습니다.

어린 마음에 그림책과 노리개는 얼마나 큰 영향을 주는지 알 수 업습니다. 군것질을 시키지 못하야 애쓰는 부모가 잇다면 그 어린이의 마음을 교화시키는 그림책과 노리개에 대한 주의가 소홀하여서는 안 될 것입니다. 요사히 가가에 내여노코 파는 노리개감이라던지 그림책은 대개가 조흔 종류에 속하나 개중에는 나뿐 것이 만습니다. 례를 들면 그림책 손에[137] 잇는 만화 가튼 것에 사람을 칼로 목을 베여 노코 영웅이나 된 듯시 질거워하는 것도 잇고 참혹하며 지긋지긋한 짐승이 동물을 자버먹는 것 가튼 것이 만습니다. 이러한 것은 어린 마음에 처음 볼 때는 무섭게 생각하나 여러 번 보면 자연 아모러치도 안케 녁여집니다. 그리하야 그 아이의 성질을 그릇치고 나뻐지는 것이니 이러한 것은 사서 주지 말도록 하여야 합니다. 노리개감으로도 빗갈이 너무 흉측스럽다던지 독한 것을 쓴 것은 어린이의 눈에 해로울 뿐만 안이라 성질을 그리치는 원인이 됩니다.

빗갈은 될 수 잇는 대로 순하고 약하여서 정서를 도울 것으로 골라서 주며 모양도 우습광스러우면서도 무슨 리치를 해득시키게 된 것을 사서 주도록 하는 것이 좃습니다.

---

137 '그림책 속에'의 오식이다.

鄭寅燮, "序文, 아기는 귀여워요－노리를 많이 줍시다", 金相德 編, 『世界名作兒童劇集』, 朝鮮兒童藝術研究協會, 1936.12.[138]

어린 애기의 눈동자를 한참 들어다보았습닛가?

어여뿐 꽃송이를 처다보니 마음이 기쁘지요? 또 참새들이 재책거릴 때 같이 뛰며 노래하고 싶지 않습닛가?

그리고는 하늘에 반짝이는 별을 보고 무어라고 속삭이럼닛가?

애기 꽃송이 새 그리고 별… 어린 옛날의 꿈을 다시 생각해 보시지요.

그래도 생각이 잘 안 나시거든 날이 흐리거나 맑거나 "숫곱질 작란" 하기를 좋와하는 어린아이들에게 무러보십시요.

그러면 그 애들은 아모 말없이 빵긋 웃기나 그렇지 않으면 겨우 "하고 싶어 해요!" 하고 할 것입니다. 노리는 아이들의 본능입니다.

좋은 음식도 주어야 하겠지마는 자미있고 유익한 노리도 주어야 합니다. 아동극이라고 하는 것은 이 노리 중에 제일 훌륭한 것이올시다. 거기는 노래도 있고 그림(이상 1쪽)도 있고 작란감도 있고 그리고 말버릇과 몸짓도 아름답게 될 뿐 아니라 마음성까지 좋와지고 여러 가지 산 공부를 하게도 됩니다.

×

김상덕 군은 오래동안 이것을 생각도 하고 연구도 해 보고 실제로 써 보기도 하고 지도도 해 왔습니다. 그리고 〈아동예술연구협회〉 회원으로 많은 활동도 했고 그 열과 성이에는 감탄할 바가 적지 않습니다.

이번에 여러 가지 유명한 것을 모아서 한 책을 만들게 되는 것도 그의 정성에서 나오는 열매올시다. 외국 것으로는 '하웁프트 만'의 「한네레의 승

138 '귀여워요'는 '귀여워요'의 오식이다.

천」이라던지 '그림'의 「정남이와 정순이」이라던지는 세계적으로 유명하거니와 신진 아동문학가 毛麒允, 李龜祚, 金泰晳, 尹喜永, 金鳳免[139] 外 여러분의 작품까지 망라했으니 조선아동문예사로 보아서도 기렴할 만한 책이 될 줄 압니다.

교회서나 학교서나 소년소녀회에서나 가정에서도 많이 이용해 주시기 바랍니다.

서울 신촌

鄭　寅　燮 (이상 3쪽)[140]

---

**曹希醇, "序文", 金相德 編, 『世界名作兒童劇集』, 朝鮮兒童藝術研究協會, 1936.12.**

어린이의 世界는 깨끗합니다. 그러나 어른들의 世界는 그야말로 醜하고 惡합니다. 하지마는 어린이 여러분도 반듯이 한번은 어른들의 世界를 맞보고 體驗해야 됩니다. 이것은 到底히 避할 수 없는 儼然한 事實입니다. 醜하고 惡한 줄을 뻔히 알면서도 到底히 避할 수 없다면 이 얼마나 섭섭하고 괴로운 일이겠읍니까?

어린이들이여! 여러분에게 賦與된 이 깨끗한 天眞한 世界를 機會를 잃지 말고 마음껏 맞보고 享有합시다.[141] 다시 도라오지 않을 이 世界를! 힘껏 뛰고 놀고 소리처 노래 부르고 실껏 울고 허리가 굽히도록 우서 봅시다.

---

139 '김태석(金泰晳)'은 '김태석(金泰晳)', '김태철(金泰哲)' 등으로 다양하게 나타나 좀 더 면밀한 확인이 필요하다. '金鳳免'은 '金鳳冕'의 오식이다.

140 쪽수 매기기가 잘못되어 1쪽 다음에 3쪽으로 이어졌다.

141 '享有합시다.'의 오식이다.

하는 수 없이 드러가야 할 맞보아야 할 醜하고 惡한 어른의 世界로 드러가기 前에.

어린이의 世界를 지내 온 그러나 그 世界를 幸福스럽게 愉快하게 맞이도 또 보내지도 못한 내가 어린이 여러분에게 忠心으로 드리는 선물의 말슴이 올시다.

이제 내가 어린이들게 권하고 싶은 것은 새로 짜어진 이 『世界名作兒童劇集』입니다. 이 책은 어린이들게 주는 사랑의 선물입니다. 나는 내가 짜은 것이나 조곰도 다르지 안께 여러분께 이 책을 권하는 바입니다.

劇藝術研究會 曹 喜 醇[142] (이상 4쪽)

---

## 金泰午, "序文", 金相德 編, 『世界名作兒童劇集』, 朝鮮兒童藝術研究協會, 1936.12.

心理學上 見地에서 觀察하면 兒童은 遊戲本能(藝術本能)이 있으니 遊戲本能은 참다운 世界를 創造하려는 努力에서 생긴 것이다. 實로 兒童의 日常生活은 이미 戲曲的이라 自由로운 舞臺에서 뛰놀기를 좋아하며 끊임없이 遊戲的 生活을 繼續한다. 果然 말도 잘 견우지 못하는 도런님들이 나무토막을 가지고 집을 짓는 거라든지 어린 아가씨들이 陽地짝에서 숫곱노리하는 그것이 그냥 작난이라기보다도 장래에 자라서 家庭生活을 하려

---

142 〈劇藝術研究會〉는 1931년 7월 8일 창립되어 1938년 3월 일제에 의해 강제 해산된 연극 단체이다. 동경유학생들인 김진섭(金晉燮), 서항석(徐恒錫), 유치진(柳致眞), 이하윤(異河潤), 이헌구(李軒求), 장기제(張起悌), 정인섭(鄭寅燮), 조희순(曺喜淳), 최정우(崔珽宇), 함대훈(咸大勳) 등 10명이 주동하였고, 연극계 선배인 윤백남(尹白南)과 홍해성(洪海星)을 영입하여 12명의 동인으로 구성하였다.(「新劇 樹立을 目標로 劃期的 團體 出現 ─ 劇界 數氏와 劇文學專 方面 諸氏, 劇界淨化에 于先 注力」, 『동아일보』, 31.7.19) '曹喜醇'은 오식으로 보인다.

는 演劇을 하고 있는 것이다.

演劇은 遊戲 中에서도 藝術的으로 가장 進步된 것이므로 藝術敎育上 많은 소임을 하고 있다. 더욱 童劇은 兒童의 綜合藝術이기 까닭에 그들 生活에 없어서는 아니 될 것이니 그들의 活動 本能을 滿足시키며 心靈을 美化시켜야 하겠다.

近年 조선에도 兒童劇에 對한 理解가 점점 普及되어 從從 그 實踐의 자취를 보고 있다. 그러나 個中에는 兒童의 世界를 理解하지 못한 劇을 볼 때마다 實로 寒心할 일이 적지 아니하다.

그런데 이에 느낀 바 있는 金相德 君이 각금 라디오와 童劇會를 通하야 그 實踐해 본 것 중에 좋은 것으로 골라서 『世界名作兒童劇集』이란 冊子를 發刊하게 되었으니 어린이 指導者와 이에 關心을 가진 여러분에게 絶好한 參考書籍이 될 뿐만 아니라 普通學校 主日學校 少年會에서 上演하기에 適當하다고 본다.(이상 5쪽)

끝으로 이 아름다운 책을 짜어 놓은 金 君의 남다른 정성을 고맙게 생각하는 同時에 앞으로 더욱 兒童藝術 方面에 꾸준한 活動을 期待하는 바이다.

丙子 十二月 九日

中央保育學校 金　泰　午 (이상 6쪽)

---

李定鎬, "序文", 金相德 編, 『世界名作兒童劇集』, 朝鮮兒童藝術研究協會, 1936.12.

아동극은 예술이란 그 독자성의 가치는 그만두고라도 이것이 교육과 접촉되는 곧 즉 예술교육의 일부로서 론평 되는 때에 아동심성의 교양발달에 있어서 대단히 지중한 갑슬 가지고 있습니다.

×

우리들이 아들들의 세상을 좀 더 눈역여본다면 그 어느 것이나 죄다 연극 아닌 것이 없읍니다. 아동들은 원래 모방성이 많음니다. 다른 무엇을 흉내 내려는 욕구가 아모보다도 강렬합니다.

그리하야 녀아들은 솟곱노리를 하고 남아들은 병정노리나 기타 모-든 것을 본떠 하는 것도 모다 그 모방성에 긔인된 극적본능의 시초입니다. 다시 말하면 아동은 모-든 유희를 연극화 합니다. 그럼으로써 이들 독특의 만족을 늣김니다. 이것은 곳 온갓 사물을 사회화 하는 인류 아동의 본능적 동작이며 표현입니다.

이들은 이 가상의 세게에 들어가 그것의 실연을 하는 동안 평소의 자기에 비해서 보다 큰 보다 나은 어떤 다른 한 개의 인격이 되여집니다.

　　　×

그러니까 이들의 일상생활에 대한 그 심리를 잘 포착하고 어떤 실질 있는 상상력을 주입하야 만들어진 극본으로 잘만 지도하면 이들 자신의 심혼은 그 환경 속에서 제절로 그(이상 7쪽) 세 개와 결합되고 어떤 성격 표현 그가 분장하는 인물에 대한 새로운 리해와 터득으로 령과 육에 적지 않은 충동을 주어 객관적으로는 자신에 대한 취미와 각성의 정서가 발달되는 동시에 주관적으로는 그 표현적 본능이 발달하야 인생의 가장 중요한 창조라는 것을 무지불식간에 완성하게 되는 것입니다.

　　　×

그러니까 결국 아동극 자체가 어린 사람에게 낏처 주는 효과를 대별하면
(1) 知的 敎養 (2) 德育의 發達 (3) 團體的 變化의 發達 (4) 藝術的 本能에 對한 反應적 創造 等으로 논울 수 있겠습니다.

　　　×

그러나 우리 조선에서는 아즉도 이 방면에 對한 전문가가 없고 또 간혹 있다고 하드라도 특별히 이를 조장할 만한 기관과 기회가 비교적 없었기 때문에 조흔 극본 하나를 따로 갓지 못하여 왓습니다. 그더든[143] 것이 이번 에 라디오의 방송 아동극으로 또는 아동예술단체의 관게로 이 방면에 많은

---

143 '그러든'의 오식이다.

경험을 가진 金相德 君이 『世界名作兒童劇集』을 내여놋케 된 것을 크게 깃버하는 동시에 또한 金 君의 노력에 감사하는 바입니다.

丙子 菊秋에

兒童文藝家 李　定　鎬

---

## 金相德, "머리말", 金相德 編, 『世界名作兒童劇集』, 朝鮮兒童藝術研究協會, 1936.12.

어린이를 위하야 노래나 이야기는 옛날부터 있었지만 어린이를 위한 연극 어린이 스스로가 연출하는 연극은 전세게를 통하야 그 歷史가 극히 짧음니다.

더욱이 조선에서 아동극운동이 생기기는 最近에 일입니다. 극은 유희 중에서도 가장 藝術的으로 進步된 것임으로 어린이들에 마음에 깃븜을 주고 그들 心靈을 한없이 뻐더나게 하며 그들 生活에 업서서는 안 될 위력을 가젓습니다.

그리하야 저는 조곰이라도 어린이 여러분에게 도음이 될가 하는 생각에서 아동극운동에 뜻을 두고 연구와 실천을 해 왔읍니다.

그러나 아직도 조선에는 아동극집이 만치 못하야 누구나 다 공허를 느낄 것입니다. 여기에 느낀 바 있어 그동안 모은 兒童劇 中에서 추리고 추려서 사랑하는 조선의 어린동무들에게 사랑에 첫 선물로 『世界名作兒童劇集』를 짜어 노았읍니다.

이 적은 책이나마 퍼저 나가 어이[144] 指導者와 이에 뜻을 둔 여러분에게 조곰이라도 도음이 된다면 제가 바라는 소망은 다 이루엇다고 하겠습니다.

끝으로 이 책을 위하아 각가지로 도음을 주신 여러 선생님과 이 책이

---

144 '어린이'의 오식이다.

되기까지 많은 원조와 사랑을 주신 朴興珉 林鴻恩 두 형님에게 진심으로써 감사를 드리오며 이 부족한 책이나마 제 손으로 짜어진 것을 스스로 깃버하는 바입니다.

一九三六 크리쓰마쓰을 앞두고

서강에서 編者 사룀 (이상 9쪽)

---

金相德, "남은 말슴", 金相德 編, 『世界名作兒童劇集』, 朝鮮兒童藝術研究協會, 1936.12.

크리스마스 날자가 촉급하야 그 안에 일즉 내노려고 단 한 달 동안을 가지고 짜으노라고 미비한 점이 많은 듯싶음니다. 그리고 더욱이 미안한 말슴은 노래의 曲譜을 全部 너흐려고 하엿다가 지면상 넛치 못하엿으니 널리 용서하십시오. 그리고 曲이 所用되시거든 編者에게 말슴하시면 보내 드리겠슴니다.

— 編者로부터 — (이상 137쪽)

## 張師健, "(讀書後感)孝心에 불타는 少年 '마르코'", 『조선일보』, 1937.1.17.[145]

最近에 이르러 나는 「어머니를 차지려 三千里」라는 孝心小說을 읽엇다. 이 小說은 伊太利가 나흔 作家 '에드몬드·데 아미-듸스'의 名著 『구오래』라는 冊 속에 잇는 有名한 이야기다.

自己 一家의 財政 困難을 救하기 爲하야 弱한 女子의 몸으로서 故鄕을 버리고 또 사랑스러운 아들을 두고서 멀고먼 異鄕 亞米利加로 辛勞스러운 써-밴트 生活의 길을 밟으려 가는 母親의 깁고 큰 愛情 - 母親의 安否를 근심하고 不過 十三歲의 少年 '마루코'가 혼자 大西洋의 荒波를 건너 異鄕의 쓰라리고 눈물겨운 旅行을 繼續하는 그 도타운 孝心. 아름다운 人間愛의 最高頂을 表示한 이 作品을 읽고 어찌 感激의 눈물을 아니 흘릴 수가 잇스랴. 少年 마루코는 母親과 離別한 날의 일을 잘 알고 잇섯다. 어느 날 새벽 눈을 번쩍 뜨고 샌트(聖) 스태프아노 寺의 먼 鍾소리를 꿈과 가티 듯고 잇슬 때에 소리 업시 열리는 門박게에는 눈물을 微笑 우에 띄운 어머니가 서 잇섯다.

"마루코야! 나는 너와 離別하러 온 것이다."

그리고

"作亂 말고 어머니가 돈을 만히 버러 가지고 올 때까지 기대리고 잇거라." 하든 말의 餘響이 아직도 귀에 잔잔하다.

이것이 母親의 □理이며 母性愛인가?

나히 어린 마루코는 다만 送別의 항케취만 휘두르면서 아직 人氣 업는 아침 거리를 굴러가는 더러운 二輪車만 바라보고 잇섯다.

세월은 빨라 어느듯 二年이 지나 비록 나히는 十三歲이나 斷絶된 母親의 消息을 차지려 父親(不具者)에게 許可를 엇고 汽船會社의 同情을 어더 아

---

145 원문에 '京城第一高普 張師健'이라 되어 있다.

루젠틴까지 無料 搭乘 許可를 마터 氣分 납분 鍾소래를 꿈과 가티 들으면서 어린 마음일지라도 다만 消息 업는 母親과 만난다는 깃붐으로서 멀고 먼 旅行의 길을 떠나는 少年 마루코.

"마루코야 너의 어머니는 죽엇다."

惡魔와 가튼 소리에 깜짝 놀라 눈을 뜨면 이제 말은 꿈이엿다는 것을 알고 나오랴든 叫聲을 꾹 참고 또 슬프고 애달픈 꿈나라로 가는 것이엿다.

最初의 目的地 부에노스아이래스市에도 母親은 아니 게시고 미덧든 伯父님도 도라가시고 말엇다.

그 洞內 한 少年으로부터 自己 어머니는 고루도바라 하는 都市로 가신 것을 알고 어느 親切한 紳士의 同情을 어더 艱辛히 고루도바까지는 왓스나 거기에도 亦是 아니 게시고 쓰-그만이란 곳으로 가셧다 한다.

마루코의 신은 해여지고 조고마한 발에서는 피도 흐르고 病도 낫섯고 배도 고팟섯고 "이 집 업는 놈아 놀지 말고 빨리 일을 하여라" 하는 無情한 隊商人에게 야단을 마지며 하로 終日 勞働을 하얏다. 母親 게신 쓰-그만 도시를 五哩 아페 두고 깁붐을 이기지 못하야 노래를 불럿다.

> 오늘밤寢臺는풀우에
> 내일은어머니의무릅우에
> 마루코는내일의기쁨에
> 우스며눈을감겟습니다
> 薄命한少年 마르코!

萬若 어머니가 病으로 因하야 重態에 잇다는 것을 알면 그 놀라움과 失望과 슬픔…….

'쓰-구만'에도 아니 게시고 結局은 '사라지-로'라는 村 어느 病室에서 自己 어머니를 보게 되엿다. 다시 母親과 만낫다는 깁붐과 重態에 잇는 母親의 얼골을 보앗슬 때 슬픔과 별안간 突發한 疲困한 몸을 어머니의 무릅 우에 노앗다.

세 번 네 번 絕望에 絕望은 싸혀 暴雨와 暴風을 맛난 몸은 衰弱하고 발에서는 피가 흐르면서도 어듸까지던지 어머니를 차지려고 애쓴 結果 再會의 歡喜를 어든 少年 마루코의 行爲는 單純함과 愛와 鋼鐵 가튼 意志가 잇스면 어떤 困難한 일이라도 成功할 수 잇다는 것을 우리들에게 아르켜준다. (끗)

## 金水鄕, "望鄕", 『아이생활』, 1937년 1월호.[146]

이 노래는 아득한 회향심(懷鄕心)을 담은 어여쁜 가곡으로 유명한 곡입
니다. 그러나 그 작곡자 W.S.HY는 어떤 나라 사람인지 어느 시대의 사람인
지 전연 알 바가 없읍니다. 저 유명한 '그로버ー'의 음악사전이나 '옥스포ー
드' 음악사전에도 그 이름을 찾아낼 수 없었읍니다.[147]

       ×      ×

이 노래를 부르실 때는 첫 번에는 말(歌辭)로 부르시고 다음 번에는 '험
임(입을 담을고 콧소리)'[148]으로 그 다음 번에는 다시 말로써 불렀으면 좋으
리라고 생각됩니다.(이상 14쪽)

먼ー산에 진ー달내 옭읏붉읏 피ー고
보ー리밭 종ー달새 우지우지 노래하면
아ー득한 저산넘어 고향집 그리워라
버들피리소리 나는 고향집 그리워라[149] (이상 15쪽)

---

146 원문은 김수향 가(歌), W. S. Hays 곡(曲)의 「望鄕」이 곡보로 먼저 제시되고, 이어서 작시
　　배경이 제시되어 있다. '金水鄕'은 '윤복진'의 필명이다.

147 15쪽에 있는 곡보에 보면 작곡자 이름이 'W. S. Hays'라 되어 있어 'W. S. HY'는 오식이다.
　　'헤이스(W. S. Hays, 1837~1907)'는 미국 켄터키(Kentucky) 주 루이스빌(Louisville)에
　　서 태어나 많은 작곡을 남겼다.

148 'humming'을 뜻한다.

149 '金水鄕 歌, W. S. Hays 曲'의 「望鄕」을 곡보 중에 가사만 전사하였다.

毛允淑, "『世界傑作童話集』을 읽고 ─ 家庭에 備置할 寶書",
『女性』, 1937년 1월호.[150]

우리는 동화에 배곯은 사람들이다. 어린이들에게 엄격한 訓話를 주는
것도 그 성장에 있어서 큰 도움을 주는 것이 사실이나 그보다도 그들에게
갓가운 世界의 실례를 항용 리해하기 쉬운 이야기로 그 리치를 매개해 줌이
어린이를 갖인 社會的 任務라 해도 과언이 아닐 것이다.

우리에겐 과거에 적지 않은 동화 서적이 있었다. 그러나 그것만으로는
도저히 발전되여 가는 어린이들의 지식 정도를 만족식힐 수 없었든 것이
다. 지금 이 世界동화집 한 편을 읽고 나매 童話世界에 趣味를 두는 이들
게 큰 福音 하나를 알려 드리고 싶은 충동을 받게 된다. 이 책은 한 나라
의 습관이나 전통 사이에서 맨드러진 冊이 아니라 世界各國 가장 진긔한
습관과 풍토를 무대 삼고 독특한 그 나라 語學에 능한 이들이 번역 소개
한 것이다. 그럼으로 東洋的 분위기에 취햇든 머리를 멀니 구라파나 英國
의 風土 환경에 갖어갈 수 있는 旅行的 特色을 보여 주는 冊이라 할 수
있다.

동화 내용에 있어서는 全部가 善의 勝利를 主張 삼어 꿈여진 이야기들인
대, 동양은 동양적 습성에서 서양은 서양적 풍토를 타고 맺어진 깻끗한
이야기들이다. 특히 이 동화집은 그 內容에 있어 在來엣 것보다 文化的
신선味를 加해 있고 敎養을 갖운 貴高한 맛을 알게 한다. 이야기들이 속된
데 끝치지 않고 한번 읽으매 어린이들에게, 잠시의 깃븜이거나 슬픔을 제공
하기보다 무엇이나 한참 생각할 여유와 힘을 주고 있다. 그럼으로 아조
적은 어린아이들은 리해키 困難한 줄거리도 있을 듯하나 十三歲 以上엣
어린이는 누구나 보아 그 진품에 하로밤을 새울 만한 이야기冊이라 보아진
다. 궁궐 이야기가 너머 많이 포함된 것은 아희들이 지루하게 생각할지

---

150 『世界傑作童話集』(조광사, 1936)을 가리킨다.

모르나 그는 여러분이 각각 맡은 동화 내용을 서로 통하지 못하게 된 관게상 避치 못할 일이라고 생각한다.

여하간 이때까지 못 보든 새로운 취미와 즐거움을 우리에게 긔탄없이 전해 주는 同時에 깨끗한 체재가 하로밤 우리들의 귀와 눈을 찬연케 할 것을 믿는다.(이상 53쪽)

高長煥, "인사", 高長煥 編, 『現代名作兒童劇選集』, 永昌書館, 1937.1.

◇

나는 가끔 兒童劇 脚本의 부탁을 밧습니다. 그래서 우리 조선에 脚本集이 드문 것을 알고 늘 유감으로 생각해 나려왓섯습니다.

그래서 우선 미미하나마 황급히 이 책을 짜아서 그의 한 도움이나 될가 하고 내어 바침니다.

아울러 이 劇本이 우리네 어린 가삼에 고히고히 언치어 아름다운 꽃이 되고 오는 날의 福됨이 잇슴을 바라 마지안나이다.

－ 丙子年 여울 －

編者 사룀

高長煥, "부치는 말", 高長煥 編, 『現代名作兒童劇選集』,
永昌書館, 1937.1.

◁ 筆者는 只今부터 十年 前에 童歌劇集 『파랑새』 外에 여러 가지 兒童讀物을 내노코 한동안 別로 文筆에 從事 안 하다 이번에 우연한 關係로 이 冊을 꿈여 본 것입니다. 그리고 앞으로 다시금 이 方面에 留念해 나가려 합니다. 많이 愛護해 주십시오.

◁ 갑작이 書店과 말이 나서 '크리쓰마스' 前에 내노려고 별안간 急急히 대엿새 동안을 가지고 이 冊을 짜 노앗습니다. 그리노라고 좀 더 조흔 것과 손댈 곧이 만흐나 어쩌는 수 없이 이대로 내놉니다. 이리 된 라[151] 모든 未備한 點이 잇드라도 깊이 諒解해 보아 주십시오.

◁ 그러나 이 冊을 짜키 爲하야 三十餘種의 外國 脚本集을 보고 그중에서
우리네한테 하기 쉽고 돈 얼마 안 드려 實際 舞臺에 올니기 쉬운 것으로
짤막한 것만 골나 뽑앗습니다.

◁ 한 개의 脚本을 내노흐랴면 거기에 曲과 춤이 붓고 裝置 及 衣裳 圖案에
이르기까지 다아 올녀 잇서야 充分하다고 보겟습니다. 그런대 여기에
그리하지 못함을 큰 遺憾으로 生覺합니다.

◁ 이 冊의 內容 글字는 完全한 "한글"이나 "正音"도 아닙니다. 그저 누구
나 다 알기 조흔 普通學校 讀本式으로 너엇습니다. 그리고 便宜上 四
部로 나누엇스나 編輯體裁上 그러한 것으로 누가 아무거나 어듸서 해
도 다 조흔 것입니다. 이러한 것도 눌러 보아 주십시오.

◁ 이 冊 脚本 中에서 上演을 하신대거나 물으실 點이 잇스면 아무 때라도
물어 주십쇼. 아는 대까지 親切히 아르켜 듸리겟습니다. 더욱 遠近을
不拘코 直接 가서라도 돌보아 듸리겟습니다. 조금도 念慮 마시고 만히
利用해 주십시오.

編　　者

---

151 '터라'에서 '터'가 탈락한 것으로 보인다.

牧羊兒, "(詩評)十·十一月號 詩壇評", 『가톨릭少年』, 제2권
제1호, 1937년 1-2월 합호.

"머릿말 = 號마다 讀後感을 쓰기는 합니다마는 첨에도 말슴한 바와 같
이 주제넘게 남의 글을 함부로 다룬다고 욕하실 분도 게실 것입니다.

나 역시 아모것도 몰으는 독자의 한 사람으로써 나의 보고 느끼는 그대로
쓰는 것이니 다른 사람들의 의견과 다른 점도 의례히 많을 것이외다. 우리
는 조흔 말만 들어서 잘되는 것이 않습니다. 여러 가지를 참고해야 됩니다.

그래서 또다시 十, 十一月號를 겸처서 금년 마즈막으로 평하렵니다."

童謠 「살구꼿」 李種貞 作

제목은 살구꼿- 그 내용에 흐르는 듯한 따뜻한 봄날의 느낌이 잇습니다.
멧 번 다시 읽으면 졸리울 듯한 봄날의 경치가 뚜려시 보이는 듯합니다.
졸리울 듯한 그것이 늘 말하는 리즘일 것입니다.

그런데 二절에 "눈오는 겨울생각 뭉쿨합니다" 이것만은 너무 뜻밖입니
다. 웨냐하면 一절과 二절 중간까지 평화스럽든 봄의 리즘이 갑재기 뭉쿨한
겨울 생각에 맥켯습니다. 그 뭉쿨이 十月號에 말슴드린 지적 가공이라고
하겠습니다.(이상 44쪽)

童謠 「農少의노래」 한宗燮 作

동요로는 너무 어룬답습니다. 그리 形式의 글字를 마췄다고 리즘이 아님
니다. 四四五라는 귀틀에 꼭꼭 꾸겨너흔 듯합니다. 그 내용이나 형식에 리
즘이 없으면 읽는 사람으로서 실증을 나게 합니다. 作者의 힘(熱)은 훌륭하
다고 생각합니다. 形式을 죽여서라도 이 리즘에 힘써 주섯스면 합니다.

童謠 「우리집강아지」 金德和 作

아주 쩔막하고 귀엽습니다. 글字만 많이 써도 모두 조흔 글이 아니겟지
요. 이런 동요는 정말 자미잇습니다. 그런데 어린이는 의례히 눈에 보이는
것, 귀에 들리는 것이 제일 먼저 머리에 떠오르며 입으로 웨치게 됩니다.

그러면 강아지가 울면 "깨ㅇ 깨ㅇ"이나 "앙앙" 하고 우름소리가 들려야

할 터인대 그곳이 조곰 부족한 듯합니다.

소년시 「黃昏」 靑竹 作

少年시라고 우리들만이 보는 것보다 어룬들에게까지 자랑하고 십습니다. 黃昏의 描寫― 그는 과연 훌륭한 시입니다. 압흐로 많은 努力을 무릅쓰고 우리 독자를 위하야 꾸준히 실려 주십시오.

童謠 「숲」 朴신송 作

少年시로는 다시 두말할 수 없시 잘되였다고 봅니다. 形式과 內容의 리즘에 조곰도 不만이 없습니다.(이상 45쪽)

童謠 「귀뜨라미」 金德和 作

十月號의 「우리집 강아지」 같은 리즘으로 作者의 獨特한 재조가 븨여집니다. 힘써 지어 주십시오.

童謠 「저마을」 李鳳聖 作

혼자서 뭇고 대답하는 對話体입니다. 이런 글도 퍽 자미잇습니다. "會議"라는 것을 다른 말로 썻드면 합니다.

童謠 「우리애기」 朴永變[152] 作

어쩌면 요로케 깜직하게 잘 지엇는지 합니다. 글의 리즘은 안즌뱅이꼿(菫)같이 갸름한 눈을 감은 듯한 조고마코 에뿌고…………무에라고 더 말할 수 없는 귀염성스런 作品입니다.

이만하고 인제는 童謠 童시 少年시의 관계를 적어 보렵니다. 우리는 어떤 것을 童謠 어떤 것을 少年시 하고 따지기가 어렵습니다. 그래서 어룬의 시도 童謠 길다란 作文을 또막또막 끈어 놓아도 童謠 하여간 아래와 우를 마처서 꾸며만 놓으면 童謠인가 하엿습니다. 그러나 나는 이것을 내가 생각한 대로 써 보렵니다. 그러고 멧 가지 實例를 드러서 말해 보렵니다. 그러고 以前에 어려운 말로 쓴 것을 後悔하면서 이번엔 퍽 쉬운 말로 쓰기를 애쓰렵니다.

어린이들의 感情은 무엇보다 단조롭고 깨끗한 것은 옛날 어룬들도 말슴

---

152 '朴永燮'의 오식이다.

햇지만 "白紙 같은 童心"이니 "聖스러운 童心이니" 하는 것은 모다 아이의 마음이 天진스러운 것을 말하는 것이외다.(이상 46쪽)

어린이가 점점 커 갈수록 그 感情과 思想이 또한 커 가는 것은 우에도 말햇습니다.

一. 童謠는 形式의 리즘을 크게 넉이고 天진스러워야 할 것.

二. 童시는 글字 形式의 拘束이 없이 天진스러워야 할 것.

이러케 생각하지만 더 자세하게 이것을 分間하자면[153] 너무 머리 아푼 일입니다. 어떤 데는 共通되는 点도 없지 안습니다. 그러타고 童謠와 少年 自由시가 같다고 할 수는 없읍니다.

日本 某 평론家는 "童謠는 四五才의 어린이가 부르는 노래다"라고 말햇스나 그러케까지 지나치게 한 말을 찬성할 수는 없으나 크게 참고가 될 만하다고 생각합니다. 그러모로 童시·謠에는 天진스런 어린이의 마음을 그려야 하며 그 作品에는━그 童心━아모런 욕심도 불평도 없어야 됩니다. 따라서 부러운 것도 뮈운 것도 없이 손짓 발짓 춤추고 흥얼대는 것이 그저 즐겁고 만족해야 됩니다.

먼저 말한 것과 같치 이런 순박한 童心이 그들이 커 가면 커 갈수록 환경에 물드러 남을 뮈워도 하고 나비나 참새 같은 것도 잡아 죽이고 고흔 꽃이나 혹은 제 맘에 드는 것을 닥치는 대로 해하기도 합니다. 이것은 十月호에 말한 소학교 三학년(八九才쯤)에서부터라고 생각합니다. 이와 같이 그 어린이의 思想 感情이 다름으로 여기서 少年 自由시 하는 童謠나 童謠보다 좀 더 복잡한 것이 필요하게 된다고 봅니다.

이러케 말하면 少年 自由시에는 天진스런 마음이 없는가 하면 결코(이상 47쪽) 그러치도 안습니다.

童謠, 童시보다 內容 形式이 좀 더 進步된 좀 더 어룬다운 것을 말할 뿐입니다. 少年시에 잇서서도 다시 두 가지로 노눌 수 잇스나 구태여 노나 놀 필요가 없다고 생각합니다. 內容에 잇서서는 少年이 가저야 할 天진이

---

153 '分揀하자면'의 오식이다.

잇서야 할 것이외다. 그것을 잠깐 적어 보면

一. 公明正大해야 함

二. 사람에게 믿븜을 가지고 공경하고 사랑해야 함

三. 動植物을 사랑해야 함

四. 늘 쾌활해야 함

이런 것을 主觀으로 하여야 됩니다.

이제 童謠와 少年시 멫 절을 소개하렵니다.


童謠「고드름」 柳志永 作

　　고드름 고드름 수정 고드름

　　고드름 따다가 발을 역거서

　　각씨방 영창에 다러 놓아요　　以下 약


이 한 절만 읽어도 저절로 엉덩춤이 나오고 억개가 우쭐우쭐하지 않습니까. 이것이 늘 말하는 리즘이올시다.


童시「달님」　西條八十 作(이상 48쪽)

　　달님! 혼자잇지오? 나두 한가지 혼자예요

　　　　×　　　　　×

　　달님은 하늘우에. 나는 숲풀에

　　　　×　　　　　×

　　달님! 멧살이유. 나는 일곱살 엄마도 없는

　　　　×　　　　　×

　　달님! 인젠가요? 나두조리워요 달님! 잘가세요!


이것은 어린이의 애처러운 묘사입니다. 글 句節에 拘束이 없지 않어요! 머리속에 둥그런 달님이 뜨고 가슴속에 고 어린 것이 앉어 잇는 듯합니다.


少年시「바람」　크리스데나 롯세데 作

누가 바람을 보앗슬가요? 나두 당신두 보진 못햇지오!
그러나 나무잎을 스치고 바람은 지나갑니다.
　　　　　×　　　　　×
누가 바람은 보앗슬가요 당신두 나두 보진못햇지오!
그러나 나뭇가지는 머리를 숙이고 바람은 지나갑니다.


　六月號에 李湖星 作 「바람」과 비슷합니다 作者도 늘 이런 리즘으로 꾸준히 지어 주면 조선의 '크리스테나가 될 줄 압니다. 이런 것을 少年 自由시라고 부르고 십습니다.
　　　　　　　　一九三六. 十一. 五.

## 정인과, "(社說)本誌 創刊 十一週年을 맞으면서", 『아이생활』, 1937년 3월호.

본지가 탄생하기는 一九二六년 三월 十일에 창간호를 내인 이래 금년이 十二년째 만 열한 돐을 맞게 되었읍니다. 어린이들의 취미를 돕고 지식을 더하여 드릴 만한 잡지 하나가 변변치 못하든 十一년 전 옛 조선에서 외로이 걸어 나가든 『어린이』와 짝하야 새로운 이내 면목으로 여러분 六백만의 친구가 된 열이오 또 두 햇만에 세월도 많이 변하였읍니다. 소파 방정환(小波方定煥) 선생의 가심을 따라 여러분의 사랑 『어린이』 잡지도 그 자최를 감춘 지 발서 四五년째 되지 안습니까.

그 뒤를 니어 『별나라』도 없어지고 『新少年』도 흐지부지 휴간되고 그 다음으로 났든 어린이 잡지들은 났다 꺼젓다 이와 같이 지나는 동안 저 『아이생활』 혼자만은 꾸준한 열한 돐을 맞으려니 동무를 잃은 아픈 서름도 서름이려니와 이토록 대순 올라가듯 쭉쭉 뻗어 올으는 저만의 행복이 도리여 안탁가운 심정을 금할 길 없소이다. 그러면서도 제 한 몸이라도 여러분 어리신 동무들과 함께 자라며 동무가 되어 지나는 것만은 여간 유쾌한 일이 아니오 기쁨을 자아내는 내 생일의 감회를 무어라고 말할(이상 26쪽) 재조좇아 모자랍니다.

저도 이만치 자라는데 남모르는 비애가 없은 바도 아니었답니다. 더구나 작년은 병자년(丙子年) 조선 역사적으로 좋지 못한 일이 많은 그해에 아슬아슬한 어려운 고비를 하마트면 저도 못 넘어서 이날의 기쁨을 꿈 밖에 두었을 번 했을런지도 마치 몰랐지오. 그 아슬아슬한 고비를 옛말 삼아 이야기해 볼까요? 글세 이 바요 제 면목을 나타내 주는 인쇄소에서 뚱단지처럼 작년 열 돐을 막 치르고 나자 물가가 비싸젓다는 둥 어쩌는 둥 하야 인쇄비를 거의 갑절이나 올리니 그만 일 년 세운 예산에서 겨우 석 달을 치르자 그리 되고 보니 거기서 큰 적자(赤字 모자라는 것)가 나고 또 육칠월부터 매삭 계속 광고 四十원이 중지되어 버리자 세계 마라손 왕 손기정 언니 특집호인 九월호가 통채로 발매정지가 되고 보니 비싸진 인쇄비와 광고 요금 감소와 구월호 발매정지 이 세 가지 사정으로 해서 작으많지 적자 기호가 일천여원이라는 지표(指表)를 가르치게 되었읍니다.

여기 대한 대책으로 본지 경영의 재정적 후원의 책임을 진 〈조선주일학교연합회〉와 〈조선예수교서회〉에 그 부족금 분담 후원을 청하였으나 할 수 없게 될 뿐더러 종래의 후원 관계도 그만두기로 〈조선주일학교연합회〉는 작년 十월 七일 총회의 결의로 〈조선예수교서회〉는 작년 十월 二일 실행부 회의 결의로 연하야 결정적 통지를 받게 되었읍니다. 이에 대하야 본사 창립 리사장 장홍범(張弘範) 씨로부터 창립 리사 대표자 회의를 작년 十월 八일 이래 수삼 차의 회의를 거듭한 결과 一九二七 이래로 본지 발행에 많은 후원을 하여준 〈조선주일학교연합회〉와 〈조선예수교서회〉 두 기관에 각각 감사장을 보내고 창립 리사 중 성의 있는 이의 주금 얼마를 다시 불입하는 일방 그 부족금을 장노교총회 종교교육부에 우선 출채하기로 하고 그 위원으로 리사장 장홍범 씨와 본사장으로 취천하야 란경을 우선 넘어서게 되었읍니다.

그리고 연래로 예수교서회를 거처 후원금을 보내는 뉴욕부인회와 카나다선교회에 본사 리사회로 직접 후원금을 계속하여 보내 달라는 공함을 보내어 도쾌락하는[154] 회답을 받게 되어 본사의 기초는 다시 튼튼한 터 우에 서며 열한째의 돐을 맞게 된 것입니다. 작년도 적자가 청장에도 모다 계획이 서서 꾸준이 걸어 나아가게 되었음은 본지를 늘 사랑하고 해마다 앞을 타토아 불러 주시는 여러분 독자 어리신 동무에게 삼가 말슴 드리는 바입니다. 이 기쁜 돐마지에 옛말 삼아 한마디 올린다는 말이 지루해진 감이 있읍니다. 부대 여러분과 가치 자랄 때부터 우리의 바른 정신적 수양과 지식의도와 취미진진한 그 모든 독서를 통하야 얻는 덕으로 해서 十一 년 차의 탑이 올라감을 여러분과 또는 여러분에게 글을 다달이 보내 주시는 크게 고마우신 여러 선생님들과 같이 이날의 기쁨을 즐겨 말지아니하는 바입니다.(이상 27쪽)

---

154 '쾌락하는'인데 '도'가 잘못 삽입된 오식으로 보인다.

嚴達鎬, "(講座)童謠에 對하야",『가톨릭少年』, 제2권 제2호,
1937년 3월호.

## 一. 眞正한 童謠

동요가 어린이 마음(童心)의 나타남(表現)이라 해서 어린이들의 즐거하
는 노래를 모다 동요라고 부를 수는 업습니다. 요사이 잡지나 신문에서
읽는 동요 중에는 아모런 생각 없이 그저 이름 석 자만 활자에 찍혀 내놓는
것을 목적으로 삼는 것 같은 것이 흔합니다.

그러면 어떠한 것이 참다운 동요일까?

서투른 솜씨로나마 적은 참고가 될가 하야 이 붓을 들고저 하는 바입니다.

참된 동요로부터 동요 예술의 대강(槪要)을 극히 조각조각(斷片的)으로
말하렵니다.

첫재로 동요는 예술다운 값이 잇고 음악다운 맛이 많어야 합니다. 그
작품이 음률적(音律的)이어서 어린이들이 읽는 그 자리에서 되는 그대로
의 곡조로 노래 부를 수 잇서야 합니다.

둘재로 어린이의 마음 그대로 단순해야 합니다. 그 작품이 아무리 예술
적으로 훌륭하게 되엇다 할지라도 작품의 내용이 어린이의 세상(이상 30쪽)을
떠나서 너무 넓게 재료를 취햇다든가 나타냄(表現)이 너무 복잡하다든가
어린이들이 늘 쓰는 쉬운 말로 쓰지 않고 너무 어려운 문구로 써서 어린이
들로 하여금 쉽게 맛 드릴 수 없게 한다든가 해서는 안 됩니다.

셋재로 그 작품이 읽는 어린이들에게 지나치게 구슬픈 마음을 이르켜서
는 자미 적습니다.

이런 조건 아래서 눈에 보이는 것 귀에 들리는 것을 노래한다든지 알지
못하는 나라(未知의 世계)를 안달하야(憧憬) 노래한다든지 해야 거기에서
참된 동요가 나올 것입니다.

이 세 조건에다가 한 가지 더 보태서 말하려는 것은 어느 문학 부분의

창작에 잇서서나 다 그렇겟지만 동요 창작에 잇서서도 그 민족의 전통(傳統)과 향토미(鄕土美)를 저버려서는 안 됩니다. 어린이들의 감정 정신 흥미에 잇서서 어느 나라 어린이든지 어느 정도까지는 서로 같은 점도 잇지만 이 세상에 태여날 때부터 귀에 듯고 눈에 보이는 것이 나라마다 서로 다른 것이 잇기 때문에 알지 못하는 새에 보고 듯는 것 때문에 정서(情緒)도 달러지는 것입니다.

그래서 조선의 동요 작가는 조선의 전통과 향토미를 떠나서 동요를 쓴다면 그것은 옳지 안습니다. 조상적으로부터 흘러나려 오는 풍속과 습관을 이저서는 안 된단 말입니다.

때(時代)의 변함을 따라 동요의 취재(取材)와 모양은 변하지 안을 수(이상 31쪽) 업지만 그러나 조선의 동요는 만대를 지날지라도 조선의 동요로서의 특증을 가지고 잇서야 하겟습니다.

요사이 어떤 분은 조선 어린이로서는 도모지 깨닷지 못할 —— 조선을 떠난 —— 다른 나라 모양의 동요를 간간히 보여 주는데 잇서서 섭섭한 뜻을 금할 수 업습니다.

이 아래 본받을 만한 동요 한 편을 소개하고저 합니다.

「힌구름」　高奉鎬 作
　뭉게 뭉게 흐르는
　힌구름은 요
　하늘에서 보내는
　힌솜이야요
　　　×　　×
　뭉게 뭉게 흐르는
　저솜 따다가
　내동생 저고리에
　두어줫스면!
　　　一九三六. 一二. 二〇.
　　　牧丹江에서 (이상 32쪽)

嚴達鎬, "(童謠講座)眞正한 童謠(二)", 『가톨릭少年』, 제2권
제6호, 1937년 7월호.

진정한 동요의 뜻을 새로히 더 깨달으시게 할려고 요전번에 보여들인
「힌구름」을 감상(鑑賞)하여 보렵니다.

　　힌구름　　高奉鎬 作[155]
　뭉게뭉게 흐르는
　힌구름은요
　하늘에서 보내는
　힌솜이야요

　뭉게뭉게 흐르는
　저솜따다가
　내동생 저고리에
　두었으면요

이 노래를 읽으신 여러분은 "참 쉽기도 하다"라고 생각하실 것입니다.
첫째로 이 노래는 아직 더 젓내가 나는 네다섯 난 어린이들에게도 잘
알 수 있을 만치 노래에 씨여진 글 마디마디가(이상 64쪽) 예술적(藝術的)으로
유(柔)하게 되여젓습니다. 귀에까지 음악적인 소리가 들니는 듯합니다. 이
와 같이 동요에 있어서는 음률(音律)을 중하게 보는 바입니다.
　세상에서 부르는 동요는 작곡가(作曲家)의 곡을 얻어 가지고 처음으로
어린이들에게 불리여집니다.
　이런 경우(境遇)에 그 곡조의 좋고 구즘(優劣)은 음악적 지식(知識)의

---

155 고봉호(高奉鎬)의 「힌구름」(『조선중앙일보』, 36.1.3)이다. 이 작품은 1936년 『조선중앙
　일보』의 현상모집에서 동요 부문에 2등으로 당선된 것이다.

척도(尺度)로서 해설(解說)될 것입니다.

이것은 꼭 그래야만 될 것입니다. 그러나 동요의 본질(本質)로서는 작곡을 한다는 것은 나종 문제이고 곡이 있으나 없으나 스사로 그 작품의 말속에 음악적 기분과 색채 (色彩)가 있어야 합니다. 다시 말하면 음률적인 말과 말이 씨여(作用)저서 한 동요가 지어져야 한다는 말입니다.

이러한 의미로서 「힌구름」은 잘 씨여진 노래라 할 수 있습니다. 읽는 그 자리에서 곳 노래라도 할 수 있을 듯하지 않읍니까?

둘째로 「힌구름」 이것은 내용이 단순(單純)합니다. 즉 이 노래의 자리 (範圍)가 넓지(廣汎)가 않읍니다.

(힌국름은[156] 하늘에서 보내는 힌솜이다)(이상 65쪽)

이 노래가 갖인 소설(小說)에 있어서는 데-마(主題)라고 부르는 내용입니다. 내용이 간단하지 않읍니까? 이것을 「힌구름」의 작자는 낱아냄(表現)을 또한 잘하였읍니다. 그 힌솜과 같은 솜구름을 따다가 동생저고리에 두자고 단지 한 말을 쓴 곧에 이 노래는 더욱 값(價值)이 있는 것입니다. 만일 아버지 바지에도 두고 어머니 저고리에도 두고 누나 버선에도 두고……라고 너저분하게 여러 말을 낱아내엿다면 이 노래의 레벨(地位)은 낮어졌을 것입니다.

(내 동생저고리에 두었으면요)

이 구절만 썼어도 읽는 사람(讀者)들은 아버지 바지에도 어머니 저고리에도 누나 버선에도……라고 작고  많이 상각(聯想)할 것입니다. 여기에 노래의 값이 있고 뜻이 있는 바입니다. 여러분은 노래를 짓고 싶지 않읍니까?

셋째로 「힌구름」에 슯은 빛이 있읍니까? 이것은[157] 구구히 말(說明) 아니

---

156 '힌구름은'의 오식이다.
157 '이것은'의 오식이다.

하여도 여러분은 발서 짐작하셨을 줄 믿습니다. 이렇케 생각할 때 요전번에 처들은 세 가지 조건(條件)으로 「힌구름」은 잘 썻다는(驅使) 겄을 능히 알 수 있읍니다.(이상 66쪽)

서양 사람은 힌구름을 힌 양과 갗이 노래하였읍니다.(그 노래를 소개하면 좋겠으나 지면관계로 실리지 못함을 유감으로 생각합니다.) 우리들은 힌구름을 볼 때 힌 솜과 갗이 봄은 웬일일까요?

여기에 민족적 차(民族的 差異)가 있는 것입니다. 이것은 전회 분을 보시면 잘 알겟끼에 고만 쓰럽니다.

「힌구름」은 교육적 가치(敎育的 價値)에서 보아도 훌륭한 동요입니다. 다음 기회에 동요의 교육적 가치에 대하야 쓰려고 하여 길-게 말 안 하나 하여튼 제 욕심을 집어 버리고 동생의 저고리를 생각한 곳에 동생을 사랑하였다는 것을 엿볼 수 잇다는 것만은 감상하는 끝에 써 두는 바입니다. 다음에 동요 한 편을 소개하니 잘 감상하시고 동요의 본질을 깨다르시기 바랍니다.

**봄나드리**　尹石重 作[158]
　나리나리 개나리
　입에따다 물고요
　병아리떼 종종종
　봄나드리 갑니다.
　　　　　一九三七. 三. 二四 (이상 67쪽)

---

[158] 석동(石童)의 「봄 나드리」(『중외일보』, 30.4.30)이다.

윤복진, "(如意珠)자장가를 실으면서", 『童話』, 제2권 제3호,
1937년 4월호.[159]

1. 해바라기 그림자 울넘어지고
   초저녁별 영창에 졸고앉엇네
   자장 자장 자장 자장 우리아가야
   자장 자장 자장 자장 잠잘자거라

2. 하늘나라 아가가 무지개타고
   오색실에 비단꿈 뀌여온다네
   자장 자장 자장 자장 우리아가야
   자장 자장 자장 자장 잠잘자거라[160] (이상 7쪽)

산밋테 조고만 초가집엔 째각째각 시계 하나도 없지요. 앞담 밋테 웃둑
서 있는 해바라기가 이 산골동리에서 시계가 되엿지요.

산밋테 조고만 초가집 영창엔 파랏코 빨가코 노-란 유리조각 하나도 없
지요. 귀여운 애기가 손쑤락으로 송송 뚤은 문구멍이 유리창 대신 있지요.

산밋테 조고만 동리에 밤이 기퍼지면 깜깜한 어둠의 막이 왼 천지를 둘너
싸고야 말지요. 그러면 애기가 무서워 감히 바같을 나오지 못하고 제가
뚤어 논 문구멍으로 가만히 바갓을 내다만 보지요.

깜깜한 바같 무서운 산길로 무슨 정다운 동무가 찾어오겟습니까?

저 높듸 높은 하늘에 별빛만 총총 빛날 뿐이죠.

심심한 산골애기가 저하구 놀아 줄 동무를 기대리다 기대리다 잠이 들고
야 말겟지요. 그러면 하늘나라 아가가 오색실에 비단 꿈을 조롱조롱 뀌여서
고흔 무지개 다리를 타고 내려옵지요. 조-기 산밋 동리에 씨근쌔근 잠을
자는 착한 애기를 주려고. (윤복진) (이상 23쪽)

159 일본어 "こもりうた[子守歌]"로 "자장가"를 뜻한다.
160 "金水鄕 謠, 英國 子守歌"의 동요곡보 중 가사만 전사하였다.

## 李殷相, "少年을 내면서", 『少年』, 제1권 제1호, 1937년 4월호.

우리는 잡지『소년』을 내어보냅니다. 조선의 여러 백만 어린이들을 위하
야 보내어 드립니다. 여러분의 가장 든든한 스승이 되라고, 여러분의 가장
정다운 동무가 되라고 우리는 잡지『소년』을 여러분에게 보내는 것입니다.

여러분에게 모르시는 것이 있거든 이『소년』을 뒤져 그 모르시는 것을
알아내십시오. 『소년』은 여러분의 스승이십니다.

그리고 여러분이 공부하시는 틈틈이 이 착하고 정다운 동무『소년』을
찾으십시오. 『소년』은 반드시 여러분에게 웃음을 드릴 것입니다. 또 여러
분을 좋은 길로 이끌어 드린 것입니다.

사랑하는 여러 백만 어린이들이어. 우리가 여러분에게 잡지『소년』을
보내 드리는 뜻이 어디 있는지를 깊이 생각하십시오. 그리하야 달마다 이
잡지가 나오기를 손꼽아 기다리셨다가 한 달도 걸르지 말고 한 장도 빼지
말고 꼭 읽어 주셔서 저 뒷날 훌륭한 이들이 되어 주시기를 바라는 것입니
다. (주간) (이상 9쪽)

## 윤석중, "만들고 나서", 『少年』, 제1권 제1호, 1937년 4월호.

□ 나는 이 잡지를 꾸미는 동안에 아주 전 욕심쟁이가 되어 버렸습니다.
좋은 그림을 재미나는 이야기를 한 장이라도 더 한마디라도 더 보여
드리고 들려 드리고 싶은 생각에 두 책 모가치나 되는 것을 한꺼번에
넣을랴고 애를 쓴 것입니다.

□ 그것은 사발 하나에다가 밥 두 사발을 담으려는 것이나 마찬가지 욕심이
었습니다. 그러나 밥은 많이 먹으면 배탈이 나기 쉽지마는 아모리 많이
알드라도 우리 머리는 체하는 법이 없습니다.

□ 보시면 아시겠지마는, 참말 조선서 처음 보게 아름다운 잡지가 되어 나왔습니다. 돈 주고도 못 살 "世界一週大말판"까지 껴서 겨우 十전, 열권을 한데 본사로 주문하시면 한권에 단 七전 골입니다. 이러케 싼 잡지가 세상에 어디 있습니까. 우리『少年』은 이 세상에서 제일 싼 잡지입니다.

□ 나는 여러분이 더도 말고 "한 분이 한 분씩만" 우리『少年』애독자를 늘려 주시기를 바랍니다. 그러면 千명이 대번 二千명으로 萬명이 대번 二萬명으로, 우리들의 동무가 부쩍부쩍 늘 것이 아닙니까. 이보다 더 기쁘고 이보다 더 신나는 일이 어디 있겠습니까. 우리는 시방부터 이 담에 커서 큰일을 가치 할 참된 동무를 사귀어 나가야 합니다.

□ 그러면 여러분, 인제 새달에 만나십시다. (윤석중) (이상 80쪽)

千青松, "朝鮮童謠素描－童謠 再出發를 爲하야－", 『가톨릭少年』,
제2권 제3호, 1937년 4월호.

　一. 머릿말

어린이게 노래는 숨결 같습니다.

우리들이 숨쉬지 않고는 못 백이는 것과 마찬가지로 어린이는 노래를
불으지 않고는 못 견딘답니다. 이와 같이 어린이와 노래는 뗄래야 뗄 수
없는 것입니다. 우리들은 천진한 어린이들의 노래에서 새로운 앞날과 굳센
힘을 발견할 수 잇는 것입니다.

어린이들은 때에 따라서 기쁜 노래와 슬픈 노래를 불으게 됩니다. 그러
나 지금 조선의 어린이들은 그 어떠한 노래든 불으지 않습니다. 불으지
않는 것이 않이라 노래를 잃엇습니다.

옛적부터 조선의 어린이들도 노래를 잃지 않고 불러 왓든 것입니다. 그
노래는 구슬을 굴리는 듯한 소리는 않이지만 목쉰 소리로나마 불럿든 것입
니다. 더욱 육칠년 전까지만도 어린이들의 노래를 그 씩씩한 불으지즘을
들어볼 수 잇엇든 것입니다. 허나 근년에 와서는 노래를 잊은 '카나리아'처
럼 어린이들의 입에서 노래가 흘러나오지 않음을 볼 때 저윽키 섭섭함을
금치 못하겟습니다.

지금 조선의 어린이들은 곳곳에서 노래를 부르고 잇스나 우리들이 그
노래를 들어볼 수 없는 것인지도 모르겟습니다. 그 원인은 노래를 발표할
기관이 없기 때문인가 합니다. 그럼으로 나는 어서 하로밧비 우리 어린이들
이 마음끝 불으는 노래를 들을 수 잇게 많은 아동잡지들이 나타나기를 바라
마지 않습니다.

어린이들의 노래 그 노래 가운데도 여러 가지가 잇슬 것입니다만은 나
는 우리들이 항상 "동요"라고 부르는 것을 여러분과 함께 살펴보고저 합니
다.(이상 57쪽)

　二. 古童謠의 吟味

우리들은 먼저 옛적 어린이들이 – 아니 우리 조상들이 어떠한 노래를
불으섯든가 알어보기로 합시다. 그리고 그 동요는 어떠한 맛을 가지고 잇는
가고 살펴봅시다.

내가 여기서 말하려는 우리 할아버지들께서 부르시든 노래를 어린 여러
분들이 아직 불으고 잇을 것입니다.

### 파랑새[161]

새야 새야 파랑새야
　　녹두밭에 안지마라
녹두꽃이 떠러지면
　　청포장사 울고간다

이 동요는 남선지방에서 많이 불려짐니다만은 지금에 와서는 북국에서
도 이 노래를 듯기가 그리 어려울 것은 아닙니다. 더욱 남을 동정하는 심리
는 어린이들의 순진한 마음씨일 것입니다.

청포장사하는 사람은 더 말할 것도 없이 가난한 사람일 것입니다. 어린
이들의 순진한 마음씨는 이와 같은 사람들에게 동정하지 않고는 못 견딜
것입니다. 그리고 만일 이 글을 보는 어린 동무들의 집에서도 이런 청포장
사를 한다면 그 충동은 더하여질 것입니다.

청포장사의 가난한 살림사리를 알고 잇는 어린이가 녹두밭에 앉으려는
파랑새를 보고 이러한 노래를 자연이 불으게 될 것입니다.

그러나 다른 나라 어린이들이 불러도 그들은 이렇게는 노래 불으지 않을

---

161 이성홍(李聖洪)이 『동아일보』 "地方童謠欄"의 "陜川地方童謠"로 발표된, 「파랑새」(『동아
　　일보』, 23.11.25)다. 원문은 다음과 같다.

　　**파랑새**
　　새야〰 파랑새야
　　녹두남게 안지마라
　　녹두꼿이 쩌러지면
　　청포장수 울며간다

것입니다. 그것은 그들의 환경(처지)과 우리들의 환경이 달은 까닭입니다.

파랑새를 보고 잡어 가질 생각도 하지 않고 가난한 청포장사의 가련함을 동정하는 그 마음은 가난한 조선 어린이가 않이고서는 얻어 볼 수 없을 것입니다.

그럼으로 이 노래는 조선 어린이의 마음을 여실이 나타낸 동요라고 할 수 잇는 것입니다.

### 비[162]

비야 비야 오지마라
　우리언니 시집갈때 (이상 58쪽)
가마속에 물이들면
　다홍치마 얼룩진다

어린이는 옛날도 그러하엿지만 지금도 어른들의 구속을 받기에 여렴이

---

162 『동아일보』(23.11.25)의 "地方童謠欄"의 "咸興流行童謠"로 발표되었다. 원문에는 제목이 빠져 있다.

　　　　金鍾淏
비야비야 오지마라
우리누나 시집갈째
가마속에 물드러가면
다홍치마 얼넉간다
무명치마 둘너쓴다
비야비야 끈치여라
어서어서 끈치어라
우리누나 시집가면
어느째나 다시만나
누나누나 불너볼가
누나누나 가지마오
시집을랑 가지마오
시집사리 좃타해도
우리집만 하오릿가
이리모다 그러하니
시집을랑 가지마오
비야비야 오지마라
우리누나 시집갈째

없읍니다. 조선 어린이에게서 자유로움과 명랑함을 찾어보려면 그것은 먼 앞날에나 바랄 것이지 오늘날과 같이 역시 어린이들에게 조곰도 자유를 주지 않는 지금에는 도저히 바랄 수 없는 것입니다.

이와 같이 구속을 받어 온 어린이들은 더욱히 자연에 대하여는 반항할 용기를 잃게 됩니다. 그리하야 「파랑새」에서도 그러하엿지만 「비」를 노래함에도 역시 아모러한 굳센 의사를 발견할 수 없이 자연에 대한 탄원으로 끝이고 말게 됩니다.

구즌 비 나리든 날 시집가는 언니를 보내는 어린이의 심금에는 구즌 비가 야속스럽게 보일 것입니다. 그리고 가마 속에 물들가 바 무서워하는 그곳에서 순진하고도 어린이다운 감정의 표현을 발견할 수 잇지 않습니까. 이 노래를 볼 때 어른들도 지나간 옛날 누님의 시집가든 날을 추억하게 될 것입니다. 이렇게 소박한 어린이의 심리를 표현하는 곳에 동요의 생명이 사러 뛰는 것입니다.

이제 우리는 조상 할아버지들이 불으시든 노래를 대강이나마 맛보앗습니다. 얼핏하면 묵은 것을 남을하고[163] 새것이면 맹목적으로 추종하는 기풍이 보이나 이 동요만은 그같이 헐하게 남을할 수 없읍니다.

낡으면서도 새로운 것이란 이와 같이 동심을 잘 표현한 동요를 말하는 것입니다. 우리는 옛 동요를 잘 맛보는 가운대 새로운 훌륭한 노래를 지을 수 잇는 것입니다. ―(게속)―(이상 59쪽)

---

千靑松, "朝鮮童謠素描―童謠 再出發를 爲하야―", 『가톨릭少年』, 제2권 제4호, 1937년 5월호.

三. 口傳童謠의 改作 問題

---

163 '나무라고'의 뜻이다.

구슬은 닦어야 합니다. 그리고 '다이야몬드'도 캐여낸 그대로는 아름다운 광채를 나타낼 수 없는 것입니다. 이룰테면 우리들의 하라버지에게서 배운 동요는 캐여낸 그대를의[164] 구슬일 것입니다. 구슬은 그대로만도 값잇는 귀한 것입니다. 그러나 우리는 그것을 더 빛갈 나는 귀중한 보배를 만들기 위하야는 옛날 동요를 다시 지어보기에 애써야 할 것입니다.

### 잠자리[165]

盧羊兒

짱아 짱아 잠자리
높이 뜨면 쇠아들
얕이 뜨면 내아끼

◇

짱아 짱아 잠자리 (이상 56쪽)
날아 가면 개똥이
날아 오면 꿀단지

(朝鮮日報)

이 동요를 읽을 때 우리는 울타리 밑에 서서 잠자리를 잡으려는 어린 아희의 모습이 나타나는 듯하지 않습니까.

잠자리 잡을 때 불으는 노래로서는 이 이상 더 자잇게[166] 표현 할 수 없을

---

164 '그대로의'의 뜻이다.
165 「잔자리」(『조선일보』, 34.2.6)의 원문은 다음과 같다.

**잔자리**

盧羊兒

짱아 짱아 잔자리
노피뜨면 쇠아들
야치뜨면내아제.

● ● ●

짱아 짱아 잔자리
날아가면 개똥밧
날아오면 꿀단지.
=잔자리 잡으며 부르는 노래=

것입니다. 캐여낸 그대로의 구슬 같은 「잠자리」 노래는 비로소 개작됨으로
그 빛을 완전이 나타낼 수 잇는 것이 아닙니까. "높이뜨면 쇠아들" 같은
구절은 쌍스런 말 같지마는 이 구절이 이 동요에 나타날 때 빛나는 구슬이
되여 아름다운 맛이 우러나는 말이 되여 잇는 것입니다.

쌍말이라고 거저 덮어놓고 나물할 것이 않이라 우리는 그것을 어떠한
곳에 써야만 할 것인가를 마음속 깊이 아로색이엿다가 잘 리용하여야 할
것입니다.

잠자리가 나러갈가 바 "쇠아들"이라고 욕하다가도[167] 날어오라고 "내아끼"
라고 하며 놀리는 것이라든지 또는 날어갈 곳이 "개똥밭이"라고 나물하다
가도 "꿀단지"라고 속이는 것은 어린이의 마음을 드려다 보는 듯하게 잘 나타
내엿다고 할 수 잇지 않습니까.

우리들이 잠자리를 잡을 때 잠자리가 날러다니기만 하고 안지 않을 때
마음이 애타든 기억을 더듬어서 이 작품을 감상게 된다(이상 57쪽)면 자연이
이 작품이 훌륭함을 인정하게 될 것입니다. 그럼으로 우리들의 옛동요를
무근 것이라고 돌보지 않을 것이 않이라 그 노래들에다가 살을 부처 아름답
게 비저 놓는다면 그 작품은 영원이 살어 잇는 것입니다.

이와 같이 옛적부터 전해 온 동요를 개작하는 것도 흥미 잇는 일이며
따라서 뜻깊은 사업입니다. 나는 여러분 중에 만일 이 방면에 소질이 잇는
이가 잇다면 이 한길로 나가라고 권하고 싶습니다.

### 四. 新童謠의 鑑賞

우리들은 그 어떠한 노래를 불럿든가요! 사오년 전에 불으던 어린이들의
노래를 다음부터 보살필가 합니다. 그 시절에는 동요의 전부가 다 그러한
것은 않이엿지만 대개는 너무 이지적이엿스며 또는 그 형식이 거츠러워습
니다. 이를테면 어린이들의 순전한 노래 같지 않엇습니다.

---

166 '자미잇게'의 오식이다.
167 '욕하다가도'의 오식이다.

## 봄편지[168]

徐德出

연못가에 새로핀 버들잎을 따서요

우표한장 붙처서 강남으로 보내면

작년에간 제비가 푸른편지 물고요

조선봄이 그리워 다시찾어 옵니다 (이상 58쪽)

동요에는 어룬들이 어린이를 위하야 지여주는 것과 어린이 자신이 지어 읊는 두 가지가 잇습니다. 이 동요의 작자는 어린 때에 이 노래를 지엇습니다. 그러나 우리는 이 노래가 어린이 자신의 동요답지 않은 점을 발견할 수 잇습니다. 이 동요는 어린이들의 심리를 나타내엿다고 하지만 그 표현이 너무나 어룬다운 점이 잇습니다. 이 노래를 삼천리 방방곡곡에서 어느 곳을 물론하고 어린이들의 입가에서 떠날 사이 없이 불러지든 아름다운 노래입니다. 허나 우리 어린이들이 오륙년 전에는 이와 같은 노래가 감흥 깊게 불러젓지만은 지금에 와서는 어린이들의 입술을 떠나고 마럿습니다. 그것은 섭섭한 일이 않이라 도로혀 깃거운 사실입니다. 우리들의 동요는 한거름 앞으로 진보한 것을 의미하는 것입니다. 아까 말한 것과 같이 어린이들 자신이 지은 것처럼 어린이들에게 감흥을 주는 노래 즉 다시 말하면 여실이 어린이들의 심리를 자연스럽게 나타내인 동요래야 어린이들의 절대한 환심을 사게 되는 것입니다. 그렇다고 어룬들은 훌륭한 동요를 지을 수 없는 것이라고 생각한다면 큰 잘못입니다. 어룬들도 어린이들의 비위에 맞는 좋은 작품을 어린이의 세상에 도라가 지을 수 잇습니다.

그리고 참다운 노래를 지을려면 멫 해 동안에 되는 것이 않이라 오래오래 두고 연구하는 가운대 비로서 동요의 아름다운 숲속으로 드로갈 수 잇는

---

168 서덕출(徐德出)의 「봄편지」(『어린이』, 제3권 제4호, 1925년 4월호, 34쪽), 「봄편지」(徐德出 作謠, 尹克榮 作曲; 『어린이』, 제4권 제4호, 1926년 4월호, 1쪽), 「봄편지」(『동아일보』, 27.10.12)이다.

것이니다. (계속) (이상 59쪽)

---

## 千靑松, "朝鮮童謠의 素描-童謠 再出發을 爲하야", 『가톨릭少年』, 제2권 제5호, 1937년 6월호.

### 집직키는 아희의노래[169]

金子鎌

어머님 일터에서 오시지않어
애기는 울다울다 잠이들엇네
젓한목음 못먹고 배만골아서

---

[169] 1932년『동아일보』신춘현상문에 동요 부문 1등 당선작이다. 「집짓키는 아희의노래」(『동
아일보』, 32.1.2)의 원문은 다음과 같다.

집짓키는 아희의노래

利原 金子謙

어머님 일터에서 오시지안어
애기는 울다울다 잠이들엇네
젓한목음 못먹고 배만골어서
여윈애기 쌕─쌕 코곤답니다
　　　　×
애가나흔 세돌시 지나갓것만
어머님 얼굴모양 알어못보네
그리운 어머님의 품속이여서
　　　　×
보채는 어린애기 보고싶어서
어머님 일터에서 눈물흘리고
말못하는 애기는 엄마찾어도
공장에서 쒸니소리 들려만오네
　　　　×
자장가 불으기에 내목말으고
공장일 하시기에 울엄마늙네
엄마아 일터에서 돌아오구려
애기가 살이찌게 젓을먹게요
─ 一九三一. 十二. 二〇 ─

여윈애기 쌕 쌕 코곤담니다.

  (此間 二節 略—靑松)

자장가 불으기에 내목말으고

공장일 하시기에 울엄만늙네

엄마야 공장에서 돌아오구려

애기가 살이찌게 젓을먹게요


  이 동요는 '푸로레타리아' 동요라고 하여 가난한 어린이들이 부르든 노래입니다. 이 밖에도 이러한 동요가 많으나 그 형식이(이상 22쪽) 너무 거츠러운 것들이기에 우리들이 어색하지 않게 부를 수 잇는 노래 중에서 선택하여 내인 것이 이 노래입니다.

  순박한 어린이들의 심리를 나타내엇다는 동요로서는 너무나 리지적이고 복잡하지 않습니가. 가난한 어린이들의 심정을 형식적으로는 거츠럽다고 하겟스나 충분히 표현하기에는 성공한 작품입니다.

  어렵게 사러 가며 고난과 싸우고 잇는 가난한 어린이들의 심리와는 판이한 감정을 가지게 될 것입니다.

  그러나 그 감정을 잇는 그대로 형식의 여부는 가리지 않고 노래한 것이 지나간 날의 '푸로레타리아' 동요일 것입니다.

  이제로부터의 동요는 그 내용을 살려가지고 형식에 노력함이 없어서는 안 될 것입니다. 나는 이 앞으로 이 방면으로 나가려는 여러분께 이 점에 대하야 충고합니다.

  형님들이 부르시든 노래 그것 역시 보배임에는 틀림없으나 그 뒤를 이여 그보다 더 빛나는 구슬을 비저 노아야 할 것이 우리 어린이들 두 억개에 지워저 잇습니다.

  이럼으로 우리들은 앞으로 내어디딜 거름의 첫 게단이 지금 맛본 노래들입니다.

### 五. 新童謠의 再出發

  어린이 자신이 지은 것이면 더욱 좋지만 어른들일지라도 어린(이상 23쪽) 시절로 도라가 어린이답게 지은 동요가 어른이 어린이들에게 불으게 하려고 지은 것보담은 그 간절하고 단순한 점이 더 귀엽고 아름답지 않습니까.

그럼으로 이 앞으로도 동요는 이와 같이 어린이들의 순진하고 소박하며 단순하고도 간절한 노래가 발전하는 가운대 조선 동요의 앞날은 더욱 빛날 것은 안인가 생각합니다.

### 간난이[170]

趙鳳九

한살난 간나이
엄마젓 두통을
다먹고 나서
고사리 주먹을
작고 빱니다.
(『朝鮮中央日報』)

이 동요를 읽어 갈 때 우리들의 참다운 동요가 않일가 하고 절실히 느껴집니다. 우리들의 눈앞에 간난아이가 어머님 젓을 먹고 나서 주먹을 빠는 것이 어엽비 나타난 듯하지 않습니까.

더 다시 표현할 수 없이 잘되엇다고 생각하는 것은 "고사리주먹"이라고 주먹을 나타낸 구절입니다. 이와 같은 묘사야말로 참으로(이상 24쪽) 아름다운 발견이 아니라고 하지 않을 수 없읍니다. 어린이가 간난이를 보고 느껴진 그 감정이야말로 고귀할 것이며 따라서 다시 어더볼 수 없는 보배일 것입니다. 나는 이 동요를 그 몇 번을 두고 잘못된 곳을 찾어볼려고 애만

---

170 1935년 『조선중앙일보』 신춘문예 동요 부문 "佳作童謠"인 「간난이」(『조선중앙일보』, 35. 1.5)의 원문은 다음과 같다.

**간난이** (佳作童謠)

群山 趙鳳九

한살난 간난이.
엄마젓 두통을
　　다먹고나서
고사리 주먹을
　　작고빱니다

쓰다가 말엇습니다.

이 앞으로 우리들이 거러 나갈 길은 이 동요가 캄캄한 밤에 앞길을 빛어 주는 등대불같이 조선 동요의 앞길을 빛여주지나 안는가고 생각합니다.

### 六. 맺는말

우리는 이것으로 조상 하라부지들이 부르시든 노래의 달콤한 맛도 보앗고 형님들의 노래하시든 동용의[171] 시원한 맛도 보아 왔습니다. 다시 우리 앞에 남은 문제는 할아버지들이 남겨 주고 간 동요를 다시 개작할 것과 새로운 동요는 어린이들의 순박하고 천진한 그 속에서부터 울어나오는 것이여야만 한다는 것입니다. 노래를 잃은 조선의 어린이 여러분들은 노래를 영영 잃고 말겟습니까? 나는 여러분들의 "고사리주먹"에서 새로운 조선 동요의 빛나는 앞날이 이끄러지기를 바라고 미비한 점은 다음 기회로 미루고 이 붓을 놓습니다.    (끝) (이상 25쪽)

---

171 '동요의'의 오식이다.

## 牧羊兒, "讀者文壇評", 『가톨릭少年』, 제2권 제4호, 1937년 5월호.

一二月 合倂号 「대장깐」 光中 김양머리 作

대장깐을 말하면 위선 대장깐 하라버지의 얼골 생김이 생각될 것이외다. 텁석부리라던가 흰 머리깔 주름 잡힌 이마………다음에는 풍구소리가 풀떡⌒하고 들려야겟지요. 그다음 쉿덩어리를 두드는 소리가 날 것입니다. 챙사랑⌒하고 쉿덩어리가 떠러지나요? 그보다 망치에 맞는 소리면 "뚝닥⌒" 같은 形容詞를 썻드면 합니다. "챙사랑⌒" 하면 엿장수의 가윗소리나 그렇지 않으면 洋鐵 뚜드는 소리로박게 안 들립니다. 다람쥐가 어물⌒ 기여간다던가 황소가 쪼작⌒ 걸는다던가 호박이 썽충⌒ 굴어떠러진다면 우섭습니다. 좀 더 形容詞를 골라서 썻드면 합니다.

「가 보앗스면」 金錦玉 作

글 全体에 아모런 리즘도 없읍니다. 내가 쓴다면 이러케 하엿드면 그 리즘이 살 것 같읍니다.

> 둥근달넘 뜨고요 별아씨 반짝
> 나를보고 우서요 나는나는 푸루롱
> 별나라 날러서 애기별을 만나죠
> 달님별님 만들어 엄마의 외로운가슴
> 위로나할까……

形式의 리즘을 마추기 爲하야 作者는 많은 힘을 쓴 것 같읍니다. 그러나 요것(이 着想)만으로도 글귀에 拘束이 없이 自由体로 하엿드면 리즘이 더욱 애련스럽고 귀여울 것입니다.

「봄」 光高女 林玉金 作

많이 洗諫된[172] 글입니다. 形式 內容이 具備된 어여뿐 作品이외다. 二節

---

172 '洗鍊된'의 오식이다.

에 "얼엇든 시냇물 어름풀리고" 이것은 '라인 線'이라던가 '마메 콩' '모찌떡' 같은 말과 같이 들립니다.

語學上으로 보면 動詞는 "얼엇다" 名詞는 "어름" 하고 눈을 부릅뜨겟지만 詩로서는 그렇게까지는 따질 必要가 없읍니다. 될 수 있으면 "얼엇든 시냇물 마음도풀려" 하엿드면 합니다.

마음이라 하면 사람에게만 잇는 것이 안이라 詩(이상 63쪽)를 쓰는 우리로서는 하늘 따 책상 모자 달 별…… 아모것에나 마음이 잇다고 봅니다.

「오리떼」 任南公普 尹學榮 作

자미잇게 되엿스나 "동々々갈々々"이 잘못되엿습니다. 그것을 끝으로 모라다가

　　오리떼가 떠나간다 엄마오리 앞서가며
　　새끼오리 따라가며 동동동 갈갈갈 (以下 略)

이렇게 하엿드면 합니다.

「둥군 달님」 大成中學 朴章鳳

生覺만은 훌륭합니다. 作者의 마음속에 비최인 그 달이 슬퍼 보이니 作者 亦是 무슨 슬푼 일이 잇는 것 같습니다. 달은 말 못하는 것입니다. 그것을 요모저모 뜨더보는 데 따라 에여뿌게도 보이고 슬푸게도 보입니다. 李太白 같은 詩人은 술에서 달을 찾고 어버이나 아들을 잃은 사람들은 눈물 속에서 달을 찾게 되는 것입니다. 그럼으로 詩는 마음의 거울이라고도 하겟습니다. 어데까지 正直하기 때문에 그 달이 作者의 慰安이 되고 우름의 벗이 된 것입니다. 끝에 줄을 "언제던지 자미잇개노라주럼" 하는 것이 좋겟습니다.

三月號「눈보래」 한종섭 作

第一 먼저 말하자면 머리로서 짜내인(知的 加工) 글이라고 봅니다. 마음으로 우러난(感情 表示) 글이 안입니다. 마음으로 우러난 글이라면 그 가운데 리즘(韻律)이 自然이 있어질 것입니다. 글은 얼마 안 돼도 퍽 지루합니

다. 그것이 二節에 잇는 산토끼와 가투리들이 너무 덤빈 탓인지는 몰으나 거게 노루까지나 들엇드면 큰일 나겟습니다. "이럭〰 화로불을 서로끼고 서" 같은 말들은 좀 더 天然스럽게 할 걸 그랫습니다.

흐르던 리즘이 너무 잦어서 "작년에갓던각설이" 하는 것처럼 들립니다. 內容이 複雜한 것보다 글줄만 마춘 것보담 리즘이 사러야 할 것입니다.

宗燮 君의 지은 作品은 이 리즘이 없습니다. 音樂에서나 美術에서도 리즘이 第一 重要한 것이며 그 時間 空間을 잘 配列하여 놓는 것입니다.

例를 들면 135 | 135 | ……만 繼續하여 불러서는 아모 자미가 없을 것이며 陰陽이 없는 그림은 보기 싫을 것입니다. 다음에 기회 잇스면(이상 64쪽) 리즘에 對한 나의 生覺을 말하렵니다.

童謠에 대한 嚴達鎬 先生의 講座에서도 많이 참고하여 주십시요.[173]

金龍珠 作「내집」 韓春基 作「우리동생」은 한종섭 作 평을 참고하여 주십시요. 그 外形만을 가추지 말고 自由럽게 少年自由詩로 하엿스면 얼마나 그 리즘이 살어날 것입니까. 四四五調만이 童謠가 안일 것입니다.

詩나 童謠! 그것은 마음의 表現입니다. 어럽계 말하자면 靈的 心象이 상증화[174] 된 한 形象입니다. 心靈(마음 그 精神)의 表現일 것입니다. 그럼으로 마음 가운데 律動(리즘)이 없고 對象에 對한 感激과 아울러 그 情緒가 없으면 안 될 것이외다. 가령 봄 하늘의 어슴푸례한 달을 보면 그 달은 나의 마음이라고 할 수 잇습니다. 幸福스런 사람이 그 달을 보면 한없이 즐거울 것이며 슬푼 사람이 보면 그 달도 슬퍼집니다. 그림이나 글 쓴 것을 보고 펄펄 뛴다던가 좋은 曲을 듯고는 잘 넘어간다. 이런 것이 卽 마음의 리즘을 말하는 것입니다.

더욱 童謠는 情緒 感情의 溫床에서 자라나는 마음(心)의 꽃일 것이외다. 그럼으로 知的 加工(머리로만 짜내인 것)은 千萬不當한 일이며 形式의 拘

---

173 엄달호의「(講座)童謠에 對하야」(『가톨릭少年』, 제2권 제2호, 1937년 3월호),「(童謠講座)眞正한 童謠(2)」(『가톨릭少年』, 제2권 제6호, 1937년 7월호)를 가리킨다.
174 '상징화'란 뜻이다.

束을 받아서 그 가운데에 리즘을 죽이는 것은 누가 보나 자미없다고 할 것입니다. 그럼으로 우리는 어데까지던지 그 精神(리즘) 純朴單純 感激性 이런 것을 잊어서는 안 될 줄 앎니다.

金龍珠 作 「내집」에도 內容이 넘우 複雜하여젓스며 單純 感激性 같은 것이 없읍니다. 그러구 韓춘기 作 「우리동생」에서는 第二節에서 어여뿐 동생의 描寫와 內容의 單純은 잇스나 지루하고 리즘이 없는 점은 같읍니다.

「간다구」 宋鎭玉 作

내 마음속에도 애처러운 情緖가 흐르는 듯합니다. 내 마음은 나무잎입니다. 오랫동안 그리던 어머니를 글세 언제나 가볼렌지요? 나뭇잎의 어머니 나라는 어데일까요? 作者의 마음이겟지요. 題目에 「간다구」한 것이 더 貴엽게 들립니다. 그리고 音律(리즘)的입니다. 내가 作曲家라면 담박 曲을 부치고 싶도로[175] 가슴속에서 읊어집니다.(이상 65쪽)

---

175 '싶도록'의 오식이다.

金玉粉, "(講座)童話를 戲曲化 하는 方法(第一回)", 『가톨릭少年』, 제2권 제5호, 1937년 6월호.

전번에는 동요(童謠)를 희곡화(戲曲化)하는 방법을 말해 드리엿스나 이번에는 다시 동화(童話)를 희곡화하는 방법을 말해 드리겟습니다. 여러분도 다 같이 이에 따라 연구해 봅시다.

동화를 희곡화할여면 먼저 그 근본이 될 동화를 잘 읽어 봄이 가장 필요합니다.

그러나 그 동화의 희곡화된 것이 잇다면 그것을 참고함도 좋습니다.그 희곡화된 것과 원화(原話)와를 잘 대조해 봐서 같은 곳과 같지 않은 곳. 같은 것이 좋은 점과 같지 않은 곳이 좋은 점을 추려내서 희곡화의 방법을 아는 것이 제일 빠른 길이라고 생각합니다.

그러면 어떻게 희곡화할가? 희곡화함에(이상 56쪽)는 근본이 될 동화를 대개 어떠한 방식으로 읽으면 좋겟다 하는 생각은 들겟지요. 희곡화 된 것과 근본이 될 동화를 비교해 봐도 그 차이(差異)를 살펴보고 표현함에 주의하면 이야기 그대로를 취급하는 곳과 그렇지 않은 곳 즉 원화(原話)대로는 희곡화하기 어렵다는 개소(個所)가 분명하게 나타나리라고 생각합니다. 그리고 몇 개에만 한한 장면에 노나 표현할 때에는 그 이야기의 어떤 부분은 넓히고 어떤 때에는 그와 반대로 좁히고 하지 않으면 안 될 때가 생기는 것을 잘 알게 되겟지요.

"원화대로" 즉 처음 이야기대로 하는 것이 희곡화의 표어이지만 그렇다고 원화대로만 하라는 것은 않입니다. 원화에 없는 일이라도 보충해 쓰고 또 어떤 점은 다소 변갱해 쓰는 데서 오히려 원화 그대로 하는 것보다는 한층 더 내용의 맛을 돋아주는 때도 적지 않습니다.

그리고 희곡화할여고 할 때는 서사적 이야기 순서대로 희곡의 맛을 그곳에 써서 말과 몸가짐으로서 무대(舞台) 우에서 이(이상 57쪽)야기로 하지 않으면 않이 됨으로 원화 그대로라는 표어만을 존경할 수는 없게 됩니다.

그러나 그것을 고처 쓸여면 처음 이야기를 잘 읽고 그것에 지도를 받아 그 지도에 따라 하는 것이 아니면 적어도 그 이야기의 회곡화는 잘되지 않으리라고 믿습니다. 정신을 드려 읽으면 이야기의 한 사람의 말로써 상대자의 말이 씨여 잇지 않아도 그것이 쉽게 상상되고 이야기 가운데 똑똑이 써 잇지 않는 사건이라도 앞뒤의 관게로서 그것을 회곡적으로 연구하고 맞추어 나가면 퍽으나 뜻잇는 창작적(창作的) 행동이라고 보겟습니다.

그래서 먼저 『끄림동화』의 「무」와 그것을 회곡화한 것을 드러보기로 합시다.

조곰 양염(品位)을 부치는 것 같으나 동화 다음에는 그것을 회곡화하는데 참고로서 조곰식 써 넣으니 혹 그것만의 방법과 재료라도 회곡화할 수 잇다고 생각하엿다면 풀랜이라도 세워 주시면 고맙겟습니다. (게속)

(이상 58쪽)

---

金玉粉, "(講座)童話를 戲曲化 하는 方法", 『가톨릭少年』, 제2권 제6호, 1937년 7월호.

原話 무

어떤 곳에 형제가 잇엇습니다.

형제가 다 병정이엿섯는대 형은 부자엿고 아우는 가난하엿습니다. 가난한 아우는 어떠케 해서든지 돈을 좀 모와 훌륭한 사람이 되리라고 여때해 오든 병정생활을 그만두고 지게를 지고 농사꾼이 되엿습니다. 그래 열심히 땅을 파고 밭에다 처음으로 무를 많이 심엇습니다. 그런데 이상하게도 많은 무 가운데 하나가 점점 자라 하늘 끝을 찌를 만치 컷습니다.

이렇게 큰 무는 이때끝 보지 못햇슬 뿐 아니라 이후라도 보지 못하리만치 무의 왕이라 해도 좋을 지경이엇습니다. 그 무가 점점 커서 달구지 한 채에 가뜩 싫고 두 마리의 소가 끌시 않으면 안 되리 만치(이상 60쪽) 자랏습니다. 그래서 아우는 이렇게 큰 무를 어찌햇스면 좋으며 대채 이런 무가 생긴 것을 기뻐해야 좋을는지 그것도 아지 못하엿습니다.

어떤 날 아우는

대체 어찌햇스면 좋을가 판단해도 다른 무보다 더 받을 수도 없고 또 먹는다 하면 퍽 작은 무가 더 맛이 이슬 것이니 이 무를 사 갈 리도 없고 그래 이 큰 무를 가지고 가서 원님에게 드리자.

하고 혼자 중얼거렷습니다.

그래서 소 두 마리에다 달구지를 메워 그 큰 무 하나를 실고 관가로 드러가 원님에게 드리엿습니다. 원님은 그 무를 보시고

아조 훌륭한 것이다. 나는 여러 가지 이상한 것을 보앗스나 이것처럼 이상하게 큰 무는 본 적이 없어. 자네는 이런 종자를 어디서 손에 넣엇나. 그렇치 않은면[176] 혼자 제절로 이런 것이 생겻나. 만약에 그렇다면 자네는 오작 깁부겟나.

하고 말슴하엿습니다. 그래 아우는

아니올시다. 그날그날도 사러 가지 못하는 아(이상 69쪽)조 가난한 병정이올시다. 그래서 병정복을 벗고 그만 땅을 파는 백성이 되엿습니다. 저에게 형이 한 분 게신데 형은 아조 부자입니다. 원님도 형을 아실 것입니다. 이 나라에서는 몰으는 사람이 없읍니다. 그러나 저는 가난하기 때문에 아무도 아러 주는 사람이 없는 것입니다.

하고 눈물어린 얼골로 대답하엿습니다. 이 말을 들으신 원님은 대단히 불상히 생각하고

아 그런가. 만약에 그렇다면 오늘부테 부자 되게 해 주지. 조곰도 걱정할 것은

---

176 '않으면'의 오식이다.

없어. 자네 형보다 더 부자 되게 해 주리.

하시고 돈과 땅과 말이람 소람[177] 주엇습니다.
  그래서 아우는 대번에 큰 부자가 되엿습니다.
  형보다는 몇 배의 큰 부자가 되엿든 것입니다. 이 말을 들은 형은 대단히
부럽게 생각하고 어떻게 하면 아우보다 더 큰 부자가 될가 하고 밤낮으로
머리를 썩엿습니다.
  그래서 어떻게 아우보다 재치잇게 해 보리라 생각하고 먼저 돈과 홀륭한
말을 원님에게 드럿습니다.(이상 70쪽)


  웨 아우는 십전자리도 못 되는 무를 갓다 드리고 그렇게 부자가 되엿는대
  나는 얼마나한 부자가 될가

하고 아조 퍽으나 기다렷습니다.
  원님은 대단히 깁버하시며


  이 보물보다 더 큰 보물은 없어. 그러니 자네는 이 무를 가지고 가게. 내게
  잇는 보물은 천하에서 구하기 힘든 이 큰 무밖에 없으니까!

하시며 그 큰 무를 주섯습니다.
  형은 기절이라도 하리 만큼 놀래엿스나 원님의 말슴이라 하는 수 없이
그 무를 실고 집으로 도라왓습니다.
  그래서 그 뒤에 형이 아우를 퍽 밉게 생각하고 그 갚음을 하리라 햇다가
도리여 자기가 더 큰 코를 다치게 되엿습니다. 이 이야기는 나종에 잇스나
이곳까지 한 막으로 하고 회곡화(戲曲化)해 보기로 합시다.  (게속) (이상
71쪽)

---

**177** '말이랑 소랑'의 오식이다.

**嚴興燮, "(나의 修業時代, 作家의 올챙이 때 (7) 七歲 때 밤참 얻어 먹고 얘기책 보던 時節─다시금 그리워지는 내 故鄉(上)", 『동아일보』, 1937.7.30.[178]**

"나그네"가 옛 故鄉이 그리워지는 것처럼 나의 作家 以前의 올챙이 때 記憶이 그리워지긴 한다.

그러나 嚴密히 말하자면 아직도 修業期에 잇는 나로서 이런 類의 原稿 注文을 받고 보니 어쩐지 "내가 발서 늙엇는가?" 싶은 一種의 早老的 幻滅 과 憂鬱이 먼저 새암솟아 올라온다.

그 成果가 크고 적은 것과 넓고 깊은 것은 論外로 하고 적어도 文學道에 精進하는 사람 ── 特히 作家 ── 들은 그의 幼少年 時代부터 그 環境이 平坦치 안흐며 그 生長이 順調롭지 안은 例가 만타.

맑심 고리-키나 도스토에프스키- 같은 作家의 幼少年時代의 逆境生 活 같은 것은 우리가 다 아는 일이며 朝鮮文壇에 잇어서도 曙海, 民村[179] 같은 이는 幼少年時代에 잇어 누구보다도 深刻한 逆境生活을 한 사람들 이다.

나도 幼少年時節을 別로 남에게 빠지지 안흘 만큼 逆境과 싸워 나왓다.

百濟의 古都 扶餘 落花岩을 씻어 나리는 물줄기가 비단결같이 흘러나렷 음인지 幼年時節의 내 故鄉의 江이름은 "錦江"이엇다.

"錦江"은 어린 나에게 적지 안흔 思索을 길러 주엇다.

해지는 夕陽, 감빛 돗을 달은 漁船이 "어여디여!" 뱃노래를 불르며 떠나 가고 떠나오는 風趣, 그다지 높은 山은 아니엿것만 老松이나 奇岩怪石이 잇는 山은 아니엿것만 山頂에만 올라서면 속이 뚫릴 것 같은 江ㅅ바람이 부러처오는 거라거나 四圍 數百餘里의 감감한 文平野가 한눈에 기여드는

---

178 원문에는 '小說家 嚴興燮'이라고 되어 있다.
179 '曙海'는 최학송(崔鶴松), '民村'은 이기영(李箕永)의 필명이다.

快味라거나 이런 것들은 나의 幼年時代에 잇어 가장 印象깊게도 情緒的
雰圍氣를 만들어 준 것들 中에 屬한다.

그러나 "錦江"은 때로는 뱃노래와 달빛과 비단결 같은

平和를 가저다 주는 代身에 沿岸一帶를 濁浪 속에 집어너코 家屋과 人
畜을 流失시키는 暴君이 되는 때가 만헛다.

나는 自然의 힘이란 무서운 것을 實로 이때에 느끼엿다.

더구나 그때는 湖南線 鐵道가 敷設된 지 몇 해 안 되고 江景市街에는
韓一銀行支店, 湖南病院, 東拓支店 等의 그 當時의 雄大한 建物들이 群小
草家를 짓눌르는 판이엿으니 그야말로 資本主義가 朝鮮에 侵入하야 그 第
一期的 施設에 着手한 때엿다.

그때 나의 집은 조고만 地主로서의 自作農이엿으나 해를 거듭할수록 急
激한 템포로 沒落되어 가는 不安 속에서 生涯를 繼續해 나갓다.

그 經濟的 不安 가운대서도 어린 나는 漠然한 向學慾이 솟아올랏다.

學校를 갓다. 一學年부터 漢文讀本을 배워야 하는 때엿다. 先生은 종아
리를 때리기가 例事엿다. 敎授方法이란 書堂式이나 마찬가지엿다.

나는 내 兄과 집에 도라오면 옛날 사랑방 구석지에 굶굴든 이야기책을
주어다 읽엇다.

사실 내 자랑하는 것 갓기는 하나 나는 八歲의 幼年이 이웃집 노인들에게
불려 단여 이야기책을 읽든 것을 생각하면 至今도 苦笑가 튀어나온다.

내가 읽은 이야기책들은 껍질조차 떠러진

肉筆로 장지에 써서 기름 쩌려 노은 것이다. 그 當時는 무에 무언지도
몰랏으나 至今 생각하면 그것들이 『李大鳳傳』『유충렬전』『조웅전』 等이
엿든 모양이다.

그것들을 두 차례 세 차례 反復 朗讀하는 가운대 나는 無意識한 가운대
어린 英雄心이 刺戟되어젓다.

"유충렬"이 되고 싶고 "李大鳳"이 되고 싶엇다.

말하자면 漠然한 意味의 正義感과 義狹心과 義憤같은 心理가 比較的
쉽게 發展되어 버렷다.

이러한 內在的인 "알"이 배여지는 同時에 나는 또한 外在的으로 어떤 **特**異한 環境에서 어린 頭腦가 思索에 괴로워저 들어갓다.

그때(日韓合倂 前後) —— 二十七八年 前의 忠南 一帶는 淸人 勢力이 굉장한 때엇다.

日淸戰爭에 敗戰한 남어지 本國에 못 가고 떠러진 殘留部隊들은 牙山, 成歡 같은 小邑을 中心으로 하고 各地 市場으로 흐트저 暴惡한 장돌뱅이가 되어 가지고 無罪한 村民에게 暴行을 할 때엇다. 그 弊習은 朝鮮的 大市場 인 江景市場에까지 흘러 잇엇다. 한 村民이

**石**油 등잔을 사기 爲하야 淸人집에 가서 흥정을 한다. 비싸다고 안 사고 돌아스면 그들은 村民을 亂打한다.

"타마나가비 —— 느 위해 우리 와서 싸워써! 저써, 이거 안 사가 망할 놈의 쌔기!"

村民 十餘人이 淸人 一人을 못 이것다.

日淸戰爭을 헷다. 그래서 젓다. 젓으니까 本國에 못 가고 느 땅에서 장사 하지 안느냐? 그런데 왜 비싸다고 안 사느냐? 이놈아! 하고 덤비는 데야 羊 같은 村民들은 언제나 한결같이 亂打를 當할 뿐이엿다.

그들은 市場에서 商權을 가지고 버티는 一方 村으로 七, 八名式 뭉치어 다니며

**젊**은 村婦女들을 농낙하는 例도 만헛다.

어째든 그 當時는 우는 아이에게 "淸人이 잡으러 온다! 울지 마! 응?" 하고 威脅하면 아모리 발버둥치든 아이도 울음을 그치는 때엿다.

비록 어린 나엿으나 이러한 現實 가운대서 커다란 精氣를 타고 낫든지 엇잿든 제법 맹냉한 憎惡感과 義憤과 批判的 精神이 좁살눈처럼 뿌리박히 기 始作햇엇든 것이다.

嚴興燮, "(나의 修業時代, 作家의 올챙이 때 (8) 讀書에 兄과도 競爭, 小學 때 童謠 創作 —『習作時代』前後의 揷畫(中)", 『동아일보』, 1937.7.31.

철없이 까불고 덜렁대야 할 少年時節을 나는 漸漸 沈鬱한 思索 속에 犧牲시켜 바렷다.

술레잡기도 땅뺴앗기도 발칙이도 자치기도 別般 趣味가 없엇다. 게다가 내 큰兄이 一攫千金을 꿈꾸고 群山, 全州 等地로 轉傳하며 投機事業을 하다가 失敗를 하고 만 影響을 받어 둘재兄과 나는 實로 家庭的 憂鬱과 逆境에서 허덕이고 잇엇다.

이때 어머니가 世上을 버리시고 큰兄마저 夭折해 버리자 우리 兄弟는 孤兒狀態가 되여 叔父가 게신 晋州로 나려왔다.

晋州는 우리 代代의 故鄕이엿다. 아버지는 어떤 事業慾을 품고 忠南으로 移住햇든 것이엇으나 내가 幼兒時節에 四男妹를 남기고 作故하시고 말엇든 것이다.

晋州에 나려와서 우리 兄弟는 쉽게 小學校에 轉學되엿다.

그 當時 小學 擔任先生은 말하자면 퍽도 自由主義的 進步思想을 가진 이엿다.

판에 박힌 學科를 가르키는 것보다 世上이야기를 더 만히 들려주고 世界各國의 有名한 童話와 趣味科學에 對한 것들을 만히 이야기해 주는 것이엿다.

나는 그 當時 『아라비안나이트』니, 『로빈손클로소』니, 『이소프物語』니 하는 것들을 擔任先生에게 빌려다가 읽곤 햇다.

이때부터 나는 讀書에 趣味가 붙고 愛着을 느끼엿다.

作文時間처럼 신이 나는 時間은 없엇다.

나는 作文을 짓기만 하면 의례이 "甲上"을 받엇다. 한번 나는 "甲"으로 떠러진 일이 잇엇다. 그것 때문에 나는 兄에게 불퉁이를 쥐여박히고 난

뒤로는 兄의 作文點數를 有心히 노리다가 兄도 "甲"으로 떠러진 것을 한번 發見하고 오금을 박엇다.

叔父는 우리 兄弟가 優等을 못한다거나 優等을 하더라도 序次가 반드시 一番이 아니면 容許를 안할 만큼 嚴格한 父性愛를 가진 분이엇기 때문에 作文에 "甲上"을 받엇다고 그다지 칭찬을 들어 본 일조차 없엇다.

叔父는 嚴格한 性格이면서도 때로는 홀色을 띠우고 부드러운 表情으로 "工夫도 重하지만 몸들이 튼튼해야 한다─" 하시곤 野球 클넙을 두 개 사다 주섯다.

우리 兄弟는 時間表를 作成하야 工夫와 運動을 適當하게 配置해서 施行햇다. 그 施行된 時間表의 大部分의 時間을 차지한 거 사이

科外讀物을 읽는 時間이다.

學科는 兄도 나도 宿題 以外엣 것은 떠들어 보지 안엇다. 實로 大膽한 自信을 가지고 同級生의 實力들을 깔본 行動들이엿다.

兄과 나는 級은 달럿으나 成績點數에 잇어 조은 意味의 競爭心理가 일어 낫다.

兄이 童話冊을 읽으면 나도 그것을 따러 읽고 兄이 少年雜誌 같은 것을 읽으면 나도 따라 읽엇다.

兄은 내 웃반이엇으므로 언제든지 내가 읽기에는 벅찬 冊들을 가저와 읽엇다.

그때 兄은 『新青年』『講談俱樂部』等 같은 것을

耽讀하는 둥 量에 잇어 헐신 나보다 多讀하군 했다.

兄은 언젠가 夏目漱石의 『吾輩は猫である』[180]를 누구에게서 빌려와 읽 엇다.

小學生이 그것을 읽엇다는 것을 至今 생각하면 우수운 이야기나 그때

---

180 나쓰메 소세키(夏目漱石)의 처녀 장편소설 『나는 고양이로소이다』로 1905년 1월 잡지 『호토토기스(ホトトギス)』에 발표하자 호평이 이어져 1906년 8월까지 연재되었다. 고양 이의 눈을 빌려서 메이지(明治) 시대의 교양 있는 신사들의 위선적인 언행과 그 시대를 날카롭게 풍자해 대호평을 받았다.

兄의 年齡과 知識水準은 至今의 中學 二, 三年級 程度를 넘엇다.

나도 그것을 읽엇다.

兄은 한참동안 詩集을 사드리엇다.

『하이네 詩集』『빠이론 詩集』『꾀-테 詩集』等을 언제나 冊褓 속에 너코 다니엇다.

말하자면 내가 文學에 뜻을 두게 된

原因은 이러한 兄의 影響이 만엇다고 생각된다.

나는 어느 程度까지의 亂讀을 避하게 되고 새로운 엉뚱한 生覺이 새암숫음에 놀랏다. 그 엉뚱한 生覺이란 創作慾이엿다.

나도 그런 것을 써 보고 싶엇다.

그러나 기껏 써 노코 봐야 童謠의 領域을 못 벗엇다.

그러는 동안 童謠를 짓기 조와하는 同級生들과 자조 모이게 되여 구룹이 하나 생겻다. 그러나 그룹의 名稱은 없엇다. 이 그룹에 낀 동무들은 하로에 대개 四五篇式의

童謠들을 지여 가지고 서로서로 돌려 읽으며 鑑賞하곤 햇다.

이런 小學校 때의 버릇이 뿌리가 박히엇음인지 中學에 들어가자 나는 年齡도 마침 春情期이엿음인지 하이네風의 情熱的인 戀愛詩를 쓰기 始作햇다.

노-트를 사다가는 글씨를 活字처럼 곱게 써서 冊꼼이에 꽂아 두고 때때로 그것을 끄내 봤다.

實로 이 瞬間처럼 感情이 陶醉되고 自慰되는 瞬間은 없엇다.

나는 그中에서 가장 自信이 잇다고 생각는 詩 一篇을 추려 當時 『東亞日報』 文藝部로 投稿햇다. 一週日 만에 그것이 發表되엿다. 意外로 速히

發表되엿기 때문에 投稿에 對한 意慾이 새암숫앗다.

그것이 아마 지금부터 十四年 前 여름의 일인가 생각된다.

詩句는 全然 記憶이 안 되나 詩題만은 「들에 피는 꽃」[181]이엿음을 記憶

---

181 엄흥섭(嚴興燮)의 「들에 피는 꽃」(『동아일보』, 25.9.29)을 가리킨다.

한다.

　暴風雨의 迫害를 當하고도 피여나는 한떨기 野生花의 군센 意志를 노래
하려 한 것이 그 詩의 內容이엿든 것만은 어렴풋이 떠오른다.

　나는 내 이름이 作品과 함께 活字化되여 新聞에 發表되엿을 때 限없이
깃벗고 또한 붓그러웟다.

---

**嚴興燮, "(나의 修業時代, 作家의 올챙이 때 (8) 同好者가 모이어
『新詩壇』 發刊 - 當時 同人은 現存 作家들(下)", 『동아일보』,
1937.8.3.**

　兄은 내게 또 投稿하라고 激勵해 주엇다. 兄은 내 作品을 때때로 곳처
주곤 햇다. 그러나 兄은 나처럼

　**投**稿나 發表에 對한 趣味를 갓지 안엇다.

　이때 中學 同級生으로 李燦馨, 文珍喜, 朴相敦, 全小度鎰 같은 親舊들은
모다 文藝를 조와햇음으로 나와 思想 感情이 通햇다.

　우리 몇 사람은 〈學友文藝會〉라는 團體를 組織햇다.

　〈學友文藝會〉는 全校 生徒의 大部分이 會員으로 構成되고 每學期마다
會誌 『學友文藝』를 發刊하는 것이엿다.

　처음 編輯委員들은 會員의 投稿를 整理해 가지고 밤을 새워 가며

　**謄**寫햇다. 部數가 二百部 以上에 達햇음으로 創刊號 以後부터는 印刷
所에 넘겼다.

　會費를 五十錢 받어 가지고 그 印刷費에 썻다. 菊版 七八十頁의 얇직
한 冊이 되엿다. 表紙도 木刻 一度 印刷다. 原稿 配當表도 없이 無秩序
狀態로 첫 페-지에서부터 끝 페-지까지 全部 五號 活字로 二段에다 製版
해 나갓다.

　이 當時 編輯委員들은 무슨 큰 벼슬이나 한 것처럼 웃줄거리고 빼고 야

단이엿다.

惡評하자면 相當히 건방젓고 好評하자면 제법 進就的이엿다고나 할가!

이 〈學友文藝會〉는 다만 學友들의 作文發表 機關紙 發行의 役割을 하는 以外에 校內에서 일어나는 生徒 相互間의 問題, 寄宿舍 自治問題, 職員 對 生徒間의 問題 等等에 이르기까지의 最高協議機關이 되여 나려왔다.

그때 校長 某氏는 至今은 故人이 되엿지만 相當한 自由主義者엿고 또 直接 우리 일에 監督權을 가진 作文 敎員이 田山花袋, 國木田獨步 等의 寫實主義 文學에 깊은 理解를 가진 文學愛護家엿기 때문에 그만한 中學生으로서는 大規模의 일이라고 볼 수 잇는 〈學友文藝會〉의 事業을 順調롭게 進行할 수 잇엇다.

그 『學友文藝』의 原稿의 八割은 朝鮮文이엿다. 거기다가 나는 匿名으로 小說도 쓰고 제법 건방지게 卷頭論文도 썻다.

學友 中에 不幸하게도 夭折한 사람이 생기자 우리 編輯委員會는 緊急會議를 열고 그 學友의 追悼特輯 原稿를 맨들어 臨時號를 發行하기로 햇다. 그리다가 仁川의 秦雨村, 韓亨澤, 金道仁 諸君과 손을 잡고 『習作時代』란 同人誌를 비로소 文壇에 내노앗다.

그때 同人은 우리 外에도 劉道順, 朴芽枝, 梁在應, 崔秉和, 廉根守 諸君이엿다.

그때 나는 小說 「국밥」詩 「바다」를 發表햇다.

『習作時代』가 三號까지 나오고 몇 달 間 못 나오다가 公州 尹貴榮 君의 힘으로 『白熊』이 나왓으나 또 못 나오게 되엿다.

곳 뒤이여 나는 晋州서 『新詩壇』이란 詩歌 同人誌를 만들엇다. 이때 同人은 金贊成, 金炳昊, 朴芽枝 諸君이엿다.

『新詩壇』을 만들어내기까지 金炳昊 君과 나는 여러 날 밤을 새웟다. 炳昊 君이나 나는 學校는 달르나 職業은 마찬가지 敎員이엿음으로 雜誌를 해 나가는 데엔 二重三重의 不自由스런 몸이엿다.

우리는 專혀 編輯만 맡고 營業에 關한 것은 다른 사람에게 맡겨버럿다. 炳昊 君과 나는 同人 獲得에 對한 플란, 編輯方針에 對한 協議 等으로 거이

날마다 만나 밤늦도록 떠러지지 안엇다.

어떤 땐 現實에 對한 極度의 幻滅을 늣긴 남어지 끝없이 興奮되어 精神 없을 때까지 술을 마시기도 했다.

그리다가 金 君과 나는 職業的 危機가 왔음으로 當分間 만나는 回數를 적게 하고 內在的으로 實力養成에 니를 갈엇다.

이때 朝鮮文壇은 新傾向派文學이 擡頭되여 燦爛한 論戰이 始作될 때 엿다.

그 當時 炳昊 君은 나보다 "詩"를 잘 썼다. 나는 "詩"에

才操가 없음을 미리 알고 散文으로 들어섯다.

그리하야 이제부터는 本格的으로 體系를 세워 海外 名作小說을 耽讀 했다.

무엇보다도 내 마음에 든 作家가 톨스토이, 트르게넵흐, 터스토엡스키― 엿다.

그러나 나는 건방진 自尊心을 가지고 그들의 作品을 嚴酷하게 解剖 批判 하려 했다. (끝)

楊美林, "放送에 나타난 兒童文藝界의 한 斷面", 『아이생활』,
제140호, 1937년 10월호.

이 글의 맺는말이 되야 할 성질의 부분을 보통 글투에서 벗어나서 한번
먼저 글머리에 써보려고 한다. 별 이유는 없다. 귀타여 이유를 부친다면
이 글의 중점(重點)이 단순이 방송(放送)에 나타난 지난 열한 해 동안의
조선아동문예게(兒童文藝界)의 변천(變遷)한 한 단면(斷面)을 한번 사적
(史的)으로 회고 비판(回顧批判)함으로써 끝이려는 것보다도 오히려 거기
서 얻은 한 줄기의 교훈(敎訓)을 등에 지고 한거름 나가서 다시 한 번 아동
문예의 본질(本質)과 임무(任務)를 외치고 다시 한거름 더 나가서 적어도
오늘 조선의 아동문예가(家)로 스스로 처(處)하고 또 이에 뜻을 가진 분들
에게 당돌이 한마디 부탁하고 싶은 것이기 때문이다.

그러면 그 한마디 부탁을 먼저 고백(告白)하겠다.

"조선의 아동문예가 여러분! 먼저 모름직이 어린이를 배우고 다음으론
항상 그들과 친(親)하고 그들을 충심(衷心)으로 사랑합시다. 어린이를 떠
난 아동문예가 이 강산에 얼마나 많습니까! 그 다음 또 한 가지는 오늘
방금붙어도 결코 늦지는 않으니 그 '딜딜탄티즘'[182] —— 적당한 번역이 없
음으로 도락주의(道樂主義)를 그중 가까운 뜻으로 하겠다 —— 은 참말
깨끗이 청산(淸算)해 버립시다" 이것이다.

이 부탁은 다시 더 길게 오늘의 모든 실제 문제와 한 가지씩 비쵀여 보며
연역(練繹)해 말하지 않어도 매일 저녁마다 세 신문의 어린이란(欄)과 방
송(放送)의 어린이시간을 보고 들으며 또 달마다 이름이 바뀌며 백보(百

---

182 딜레탕티슴(dilettantisme: dilettantism)을 가리킨다. "예술이나 학문 따위를 직업으로 하
는 것이 아니고 취미 삼아 하는 태도나 경향"이란 뜻이다.

步)오십보(五十步)의 차인 수준(水準)의 내용으로 나오는 잡지를 조심해 엄숙(嚴肅)히 읽고 또 자녀들에게 읽히려는 사람이면 누구나 이구동언(異口同言)으로 너무도 그 기대(期待)에 어그러져서 실망(失望)과 탄식(嘆息)에 드러가는(이상 39쪽) 용기를 끌어내서 외치고 싶은 매우 급박한 요구(要求)의 소리일 것으로 믿는다.

새삼스러이 경종(警鐘)을 울릴 성질의 것이 아니지만 어린이들은 참으로 한 사회의 원동력(原動力)이고 히망(希望)이다.

어린이를 참말 사랑해 기르고 감개성(感激性)이 만만한 정조(情操)교육을 베푸는 사회는 히망이 넘치고 가장 건실(健實)한 사회라고 할 수 있다.

이 땅에서도 어린이들을 참말 사랑할 줄 안다면 지금까지 걸어온 것 같은 영양불량(榮養不良)인[183] 체질(體質)에 피(血)까지 순결(純潔)치 못한 몸 소름끼치는 우리 아동문예의 역사이랴!

스포-츠(運動)나 낙시질(釣魚) 같은 것이면 취미(趣味)나 도락(道樂)으로 해도 상관이 없고 아무 사회적 책임성(社會的責任性)이 있는 것은 아니다.

그러나 이 신성(神聖)한 —— 더 적당한 말이 없는 듯하므로 —— 하고 가장 사회적 책임이 중한 아동문예를 그저 호기심(好奇心)에서 함부로 취미나 도락의 대상(對象)으로 삼어서는 결단코 않 된다. 또 사회로서도 용서할 수 없는 일이다. 아동문예에는 아동문예로서의 본질(本質)과 임무(任務)가 있다.

성인문학(成人文學)의 예속(隸屬)도 물론 아니다. 이 한계를 모르고 문단(文壇)을 꿈꾸는 병아리 문사(文士)나 여드름 청년의 습작 대상(習作對象)이 되여서는 너무도 정면으로 여지없이 아동문예의 순결(純潔)을 짓밟히게 하는 것이다.

우리는 항상 무었이나 현실(現實)을 떠나서는 말할 수 없다.

그러면 지금까지 밟아 온 우리 아동문예계의 역사와 및 오늘의 현실을

---

[183] 일본어 'えいよう(榮養, 營養)'로 우리말로는 "榮養"이 아니라 "營養"으로 표기한다.

삷여볼 때 과연 어린이를 떠나지 않은 아동문예가들이 있고 또 아동문예의 본질과 임무를 확실이 인식(認識)하고 어린이들을 위해서 온 마음을 못 바친 그런 모든 유감(遺憾)이 없었다고 큰소리로 장담할 수 있을가?

—— 九. 一六 —— (이상 40쪽)

洪曉民, "(文藝時評)少年文學·其他(完)", 『동아일보』,
1937.10.23.[184]

朝鮮文壇에서 가장 賤待받는 그것이 하나 잇다. 그것은 少年文學이다.
少年文學이 어찌해서 朝鮮文壇에서 賤待를 받게 되엇는가 하면 첫째는
이 少年文學이란 外國의 것을 만히

**直** 輸入한 까닭일 것이다. 그것도 外國의 것을 그대로 直輸入하면
오히려 낫겟는데 抑强附會해 가지고 自己의 것인 양 하는 데서 少年文學의
品位는 漸次로 떨어지게 된 것이다. 甚한 것은 東京文壇의 故 巖谷小波
氏나 小川未明[185] 氏의 것을 그대로 移植하면서 自己의 것인 양하는 데는
상을 찌푸릴 程度다.

이것은 벌서 朝鮮의 少年文學이 出發을 할 때부터 그릇 드러간 길이엇섯
다. 그리고 그러한 態度는 十年如一하게 밟어 가고 잇는 까닭이다.

만약에 朝鮮에도 훌융한 少年文學을

**樹** 立하랴고 하거던 좀 더 創作的인 것을 쓰라. 그러치 안커던 아주
外國의 그것들을 갓다가 읽키는 便이 훨쩍 나흘 것이다.

　　　　○

朝鮮文壇에는 『創造』라는 純文學 雜誌를 創刊하기 비롯하야 『白潮』이
니 『新靑年』이니 『金星』이니 『廢墟以後』이니 『朝鮮文壇』이니 『朝鮮文
藝』이니 『朝鮮文學』이니 한 二十餘 種이나 되게 文藝雜誌가 나왓엇다.

---

184 이 글은 홍효민의 「문예시평(文藝時評)(전6회)」(『동아일보』, 37.10.17~23)의 마지막 회
에 해당한다. 전체 6회 중 아동문학과 관련된 내용은 마지막 6회째인 본회뿐이다.

185 이와야 사자나미(巖谷小波, 1870~1933)는 메이지(明治)에서 다이쇼(大正) 시기에 걸쳐
활동한 작가이자 아동문학가이다. 오가와 미메이(小川未明, 1882~1961)는 일본의 소설
가이자 아동문학 작가로, 본명은 오가와 겐사쿠(小川健作)이다. "일본의 안데르센", "일본
아동문학의 아버지"라고 불렸다.

그러나 지금에는 이들 文藝雜誌가 하나도 繼續하는 것이 없다. 數月 前까지도 나오든 『風林』도

**休** 刊이고, 그래도 좀 꾸준하엿다는 『朝鮮文學』도 休刊 狀態다. 남은 것은 地方에서 季刊인지 月刊인지 未分明한 몇 개의 同人雜誌가 잇을 뿐이다.

噫! 朝鮮의 文藝雜誌의 運命이여!

그러면 이것은 무슨 까닭으로 그리 되는 것인가. 勿論 財力의 缺乏이 그러케 맨든 것이라고 할 것이다. 그러나 이것은 財力의 缺乏보다도 나는 經營方針의 不足한 點이 잇든 것이 아닌가 한다. 곧 文人的인 頭腦로 雜誌를 經營하면 收支가 맛겟지? 收支가 안 맛드래도 事業인데 힘자라는 데까지 해보다가 아니 되면 그만 두는 것이지? 하는 心算으로

**經** 營해 나오지 안헛든가 한다. 곧 企業的인 方便이 아무래도 틀인 까닭이라고 생각한다. 또 그다음은 아즉도 朝鮮에서는 文學이 무엇인 줄 몰으는 層과 文學을 안다는 層 때문에 아니 팔리는 것이라 생각한다. 假名을[186] 解得하는 사람이면 朝鮮의 것을 읽지 안는 弊習이 朝鮮社會에는 잇는 것이다. 文學이 무엇인지 모르는 層과 朝鮮의 것을 안 읽는 層 때문에도 文藝雜誌가 여간 累를 받는 것이 아니다.

이러한 複雜한 事情이 究竟 文藝雜誌가 나오기가 무섭게 收支가 맛지 안코, 倉庫에 드러 싸이게 되어 그만 못하게 되는 것이다. 그러트래도

**紙** 類 物價가 安價이면 그래도 經營을 維持하랴 할 것이나 紙類 物價조차 高騰하고 보니 秋風에 落葉같이 凋落하고 만는 것이라 생각한다. 만약 文藝雜誌를 經營한다면 資金의 積立도 積立이려니와 經營과 編輯을 混同 말어야 할 것이다.

○

---

186 'か な〔仮名〕' 곧 "한자(漢字)의 일부를 따서 만든 일본 특유의 음절 문자"를 가리킨다.

또 한 가지 말하고 이 文藝時評을 끝막으려 한다. 곧 文學을 한다는 것은
이 社會와는 어느 程度까지 距離가 떨어저 잇는 것과 苦難이 앞을 스고
잇는 것을 몰라서는 아니 된다. 내가 이 말을 웨 하느냐 하면

文 學을 하느냐 또는 節操를 깨트리느냐 하는 것을 말하고자 함에서
다. 흔히는 文學을 버리고 먹기 위하야 다러나는 일이 만타. 이러케 될 바에
는 처음부터 文學을 志願햇든 것이 誤入인 것이다.

무엇이고 간에 十年은 해 볼 것이다. 얼마도 해 보지 안코 絶望해서 다른
職業으로 轉換한다든가 또는 抛棄하는 것은 암만해도 賢明한 態度라고는
할 수 업다. 될 수 잇으면 財力이 豊富하고 時間의 餘裕가 잇고 才幹이
잇고 햇으면 더 조흔 일이나 그러치 못하드래도 해 볼 것은 해 보아야 한다.
文學이란

財 力이 豊富하고 時間의 餘裕가 잇고 才幹이 잇는 속에 만히 나오는
것만은 事實이나 그러치 안흔 곳에서도 만히 난다. 또한 文人이란 그가
살아 잇는 時代에는 몰낫다가 다음 時代에 알려지는 일도 만흔 것이다.
'코리키'도 貧窮과 싸홧으며 '윌리암·부레크'도 그랫으며, '죠지·기싱'도
그랫든 것이다.[187] 文學은 반듯이 넉넉한 사람만이 成功하는 것이 아니다.
亦是 意志의 薄弱치 안흔 사람이라야 成功하는 것이다. (끝)

---

[187] 러시아의 작가 고리키(Maxim Gor'kii, 1868~1936), 영국의 시인이자 화가 블레이크
(William Blake, 1757~1827), 영국의 소설가이자 수필가 기싱(George Robert Gissing,
1857~1903)을 가리킨다.

## 毛允淑, "序文", 朴永夏, 『晩鄕童謠集』, 晩鄕詩廬, 1937.10.

晩鄕 君은 純眞한 魂을 갖인 詩人이다.

그는 罪惡이 침범할 수 없는 아기 나라의 情緖를 呼吸하고 그를 다시 空間에 옮겨 우리들의 感情과 魂을 慰撫하여 준다.

누구보다도 이 晩鄕 君은 어린이의 感情을 잘 理解한 분이다. 그의 『三人童謠集』[188]에서도 많이 그의 獨特한 純眞性을 알 수 있으나 더욱 이번 그가 다시 世上에 내여보내는 『晩鄕童謠集』에서 分明이 그 才分을 알 수 있다.

아모 現代的 修飾을 加하지 않은 地方色이라든지 言語味는 그의 芸術 感情의 가장 尊敬할 만한 点이라 하겠다.

이 한 卷을 읽으실 여러 어린 동모와 함께 祝福과 感激을 보내며 앞으로 더 큰 收穫을 보여주기 바라고 끈친다.

丙子 十一日 漢陽셔

毛允淑

---

188 朴永夏, 蔡澤龍, 韓竹松 合作, 『三人童謠集』(晩鄕詩廬, 1937)을 가리킨다.

## 盧良根, "序文", 朴永夏, 『晩鄉童謠集』, 晩鄉詩廬, 1937.10.

세상에 어느 누가 노래를 싫다 할 이 있겠는가?

기쁠 때에 노래를 부르면 더 기뻐지고 슬플 때 부르면 마음의 慰安을 받는 이상한 힘이 있는 그 노래를 누가 싫다 하겠는가?

壯年들에게도 그렇거니와 더구나 어린이에게 있어서는 밥 대음으로 업지 못할 것이 노래다

그렇거늘 —— 朝鮮의 어린이들은 노래에 굶주리고 노래에 목말라 있다. 그러면서도 어린이에게 노래를 들려주기에 게을르고 어린이 自身들이 興겨워 부르는 노래까지도 들려줄 줄을 모른다.

이러한 環境에서나마 晩鄉 朴永夏 君은 오직 心琴에서 울려나오는 노래를 참지 못하야 혼자 브르고 부르고 어느덧 해를 거듭하야 努力에 努力을 쌓어 일 一集을 세상에 내놓게 되었으니 어린이를 爲하야 童謠運動을 爲하야 함께 기뻐하지 않을 수 없다.

또한 朴 君은 가난한 家庭에 태여나 學業도 변변이 닦지 못하고 家事를 돕는 一便 꾸준이 노래를 빚어내기에 마음을 다하였으니 그 誠意 그 眞實된 態度에는 누구나 머리 숙일 줄 믿는다.

그리고 이 『晩鄉童謠集』에 모은 것들은 그의 數百篇 作品 中에서 가장 自身 있는 것만 추린 것인 만큼 일 一集은 알알이 반짝이는 眞珠 같이 빛나고 값있는 것이라 每篇을 들추어 감안이 불러보면 여기서 높은 香氣를 맡을 줄 안다.

丙子 十一月 三十日

盧良根

## "선택해서 줄 애기들 그림책-애기들의 사변 인식", 『조선일보』, 1937.11.16.

지나사변은[189] 어린들의 그림책에 커다란 영향을 가지고 잇습니다.

사변을 반영한 그림책을 어린이의 나라로부터 쪼처내라는 것은 아니나 지금 일반 책점이나 노리개점에 나와 잇는 것을 살펴보면 너무나 한심한 것이 만습니다.

그저 더퍼노코 피 흘리는 전쟁 장면만을 그려서 어린이들에게 지나친 자극을 주어서 유아에게 밋치는 영향은 어룬들이 상상하기보담 더 심각한 형편에 잇습니다.

이러할 때에 어떠한 방법으로 어떠한 그림책을 선택하야 어린이에게 보여줄가 하는 것이 일반 가정의 당위사의 하나가 안일 수 업습니다.

어린이의 그림책은 대개 두 종류로 분류할 수 잇습니다. 옛날이야기를 그림으로 그린 것 또는 여러 가지 자연계라든지 기차나 전차를 그린 것과 한 가지는 그 시대의 사회적 변화에 따라가는 어린이의 홍미를 중심으로 한 것이 잇습니다.

어룬으로 말하면 언제든지 재미잇는 영화와 뉴-스 영화의 관계와 흡사합니다.

그래서 어린이들이 사회의 영향을 상당히 굿세게 밧는 데는 그때그때에 상당한 그림책을 사 주지 안흐면 안 됩니다.

이것은 어린이들에게 대하야 신문의 역할을 하는 것입니다.

그런 의미로 오늘날의 어린이에게 전쟁을 그리고 시국에 관게 되는 정경을 그린 그림책이 홍미를 끌게 된 것은 당연한 일입니다. 그리고 이러한 그림책을 사 주는 것도 정당한 노릇입니다.

---

189 '지나사변(支那事變)'은 1937년 7월 7일부터 일본이 침략하여 중국 전국토에 전개된 전쟁인 "중일전쟁(中日戰爭)"을 달리 일컫던 말이다.

이러할 때의 그림책은 일반적의 흥미본위라던지 교육품이 되는 것은 물론 이 시국을 어린이들에게 엇더케 정당히 인식시키며 교육시킬가 하는 데 큰 효과를 가지고 잇는 것입니다.

물론 국가 동원― 비상시국에 처하는 국민의 각오라던지 나라를 위하야 싸우는 병사에게 감사를 드릴 정도의 것은 잇서야 하는데 요사히 서점에 나와 잇는 여러 가지 그림책은 이러한 정당한 인식보다도 다만 전쟁의 처참한 정경과 장면을 로골적으로 취급하야서 전쟁의 근본적 의의보다도 어린이들에게 조치 못한 자극만을 주도록 만들어저 잇습니다.

더욱이 사변에 의하야 지나인이라는 막연한 명칭 미테 누구나 지나인이면 적으로 미워하고 감정을 노피도록 하여 잇스니 거북한 일입니다.

가튼 사변을 취급한 그림책 가운데도 될 수 잇는 대로 정당한 것을 선택하지 안흐면 안 됩니다.

금일의 사변을 어린이에게 정당히 인식시키랴고 애써 만들 것과 아모 생각 업시 그냥 강한 감정과 자극만을 자어내도록 된 것을 주의하야 구별하도록 하십시요.

이것은 지금 새삼스러운 일이 아니나 그림책 선택이라는 일반적인 이야기인데 그림책을 만드러 내는 화가나 출판자는 물론 일반가정에서도 그림책이 어린이에게 정서와 감정에 얼마나 큰 영향을 가지고 잇다는 것을 잘 생각해야 할 터인데 실상은 모도가 무관심하게 그냥 되는대로 만드러 내고 되는대로 사서 주는 형편입니다.

어린이는 그림책을 살 때 그림책 속에 드러 잇는 기픈 뜻보다도 위선 빗갈과 모양에 기픈 연상을 밧게 된다는 것을 주의하야 주십시요.

宋昌一, "兒童文學 講座(一) - 童謠篇", 『가톨릭少年』, 제2권 제9호, 1937년 11월호.

## 第一章 동요(童謠)란 무엇인가?

동요란 무엇을 의미하는 것이냐? 하는 문제에 잇어서 수많은 시인(詩人) 들의 정의한 바가 있으나 긴단히 한마디로 말한다면 "아이들의 노래" 혹은 "아이들이 불을 수 잇는 노래"라고 하겟습니다.

그런데 옛날사람들은 동요를 "아이들의 노래"라고 정의는 해 노앗다고 하지만 지금 사람들의 생각과는 그 의미를 다르게 가지는 것이라고 보게 됩니다.(이상 30쪽)

왜 그러냐 하면 옛날 사람들은 동요를 한 그 시대에 흘러다니는 노래(流 行歌)로 해석하엿지만 지금 사람들은 적어도 예술적 가치(藝術的價値)를 가진 시(詩)의 한 종류로 보기 대문입니다.[190]

보십시오. 옛날 동요란 누가 지엇는지 어느 때부터 시작되엿는지 알 길 이 없는 것이지만 지금 동요란 지은 사람과 지은 시간과 목적을 다 알 수 있게 되지 않엇습니까?

그리고 어른이나 아이나 다- 동요를 지을 수 잇는 자유가 잇게 되엿단 말입니다.

또한 지금까지 동요를 "짓는다"든가 "만든다"고 말해 왓지만 이 말들은 바로 된 말이라고는 할 수 업읍니다. 똑바로 말하자면 동요란 일부러 애써 만든 것이 아니라 아이들 마음속에서 어떤 자극을 받어 제절로 울어나오는 노래일 것입니다.

이런 의미에서 동요는 산술과 같이 공식적(公式的) 성질을 가지지 못하 는 것입니다. 혹 공식적으로 성립될 수 잇는 동요가 잇다고 가정하드래도

---

190 '때문입니다.'의 오식이다.

진정한 의미에서 그것은 동요라고 할 수 없고 다만 말의 라열(羅列)밖에는 될 것이 없읍니다.

어떤 이는 말하기를 동요작가(童謠作家)가 되려면 특재(特才)가 잇어야 한다고 하지만 결코 그런 것은 아닙니다. 무슨 일에든지 특재가 잇다면 더 좋기는 하겟지만 그것은 잘하고 못하는 문제에 속하는 것이지 그 일을 하(이상 31쪽)고 못하는 문제는 아닙니다.

지금 학교에서도 동요교육(童謠教育)을 하고 잇는 바 아동들이 동요를 꽤 잘들 써내고 잇는 현상입니다.

물론 아동들의 작품인 만큼 문장(文章)의 유치한 점이 잇다 하겟지만 동요에서는 문장을 보는 것이 아니라 순진스러운 아이의 마음(童心)을 그대로 읊엇는가를 보는 것인 때문에 아동 자신들도 다— 동요작가(童謠作家)가 될 자격이 잇는 것입니다.

이제 긴 설명은 그만두기로 하고 여기에선 다만 현대동요로써 가저야만 될 성질 몇 가지를 들어보려 합니다.

　1. 동요는 자연(自然)스러워야 합니다

조금 전에도 말햇거니와 동요는 만드는 것이 아니고 제절로 생겨나는 것인 만큼 자연스러워야 합니다.

여러분이 잘 부르는 노래 중에 "햇빛은 쨍쨍 모래알은 반짝……" 하는 노래가 잇지 않읍니까? 이 노래만 보더래도 아모 기교(技巧)를 보인 흔적은 없고 아름다운 리즘(韻律)만이 자연스럽게 읊어저 잇습니다.

　2. 단순(單純)한 내용이 필요합니다

아동의 세계는 언제나 단순한 것입니다. 그것은 아동의 머리가 어른의 머리처럼 복잡하게 발달되지 못한 때문이겟습니다.

동요의 단순성(單純性)이란 쉽고도 어려운 문제입니다. 왜 그리냐 하면 그(이상 32쪽)저 무조건하고 단순만 하여서는 아무 자미가 없는 까닭입니다.

다시 말하면 동요는 간단하고 단순하면서도 읽으면 읽을수록 복잡한 내용을 맛볼 수 잇어야 한다는 것입니다.

나는 방에 놓인 스도브(란로)를 보며 직각적(直覺的)으로 이렇게 노래를 써 봅니다.

### 스도브

스도브는 성이 낫서요
얼골이 막 빨개가지구
애구 무서워 그얼골
금방 터질것 같애요.

써 놓고 보니 잘된 것 같지 않으나 이렇게 단박 생각이 낫스니 고칠 필요
도 없겟습니다.

보십시요. 스도브가 빨가케 되엿을 때 그것을 성난 모양에다 비한 그
단순한 마음, 그 성난 얼골이 무섭다는 아모 꿈이 없는 생각, 이것이 그야말
로 동심(童心) 속에서 제절로 울어나오는 꿈임없는 노래입니다. 이 단순한
노래를 읽으면 읽을수록 복잡한 생각이 이러나는 것입니다.

스도브는 왜 성이 낫슬까? 하는 것이 첫재에 생기는 의문입니다.

그래서 나는 이 동요를 다시 이렇게 고처 봅니다.(이상 33쪽)

### 스도브

스도브는 성이 낫서요
얼골이 막 빩애가지구
하로종일 석탄만
먹여 준다구.

이렇게 쓰고 보니 너무 설명적(說明的)이 되여서 처음에 쓴 것만치 자연
스럽지 못해 보입니다.

거듭 말하거니와 동요는 단순해야 된다는 것입니다.

3. 아동의 말(童語)로 써야 합니다

말(言語)에는 어른들이 쓰는 말과 아이들이 따로 쓰는 말이 잇다고 봅
니다.

어른들은 어려운 말을 쓰지 않고는 말을 못하지만 아이들은 쉬운 말로도

다 이야기할 수 잇습니다. 그런 즉 어른이 동요를 쓰는 경우라도 아이들의 말로 쉽게 써야 하겟다는 점에 항상 주의해야 하겟습니다.

먼저 쓴 스도브라는 동요에 잇어서도 어른들은 "성이 낫서요"라는 말을 "대노(大怒)햇서요" 또는 "발노(發怒)햇서요" 같은 말을 쓰지만 이와와[191] 같이 어려운 말을 동요에 써서는 안 됩니다.

만일 이런 어려운 말을 쓴 노래가 잇다면 그것은 절대로 동요라는 이름을 부칠 수는 없읍니다.

동요의 정의(定義)는 "아이들의 노래"라고 한 이상 아이들이 읽어서 모르는 노(이상 34쪽)래라면 두말할 것 없이 그것은 동요가 아니라고 하겟습니다.

4. 상상적(想像的) 요소가 많어야 합니다

동요를 시(詩)의 한 부분이라고 한다면 내용에 잇어서 상상적 요소를 많이 가저야 하겟습니다.

상상(想像)은 동요를 낳게 하는 어머니입니다.

어른이나 아이들의 작품을 물론 하고 거이 다― 상상 속에서 나온 것들입니다.

아동은 어른이 생각할 수 없는 엉뚱한 생각을 잘하는 것입니다.

나무가 말을 하며 꽃이 우스며 새가 노래할 수 잇다는 것이 아동의 세게에서밖에는 찾을 수가 없는 것입니다.

나는 어젠가[192] 이런 노래를 지어 본 일이 잇습니다.


### 달나라

흰구름 백마를 잡아타구요
훨―훨 달나라 올라가서요
게수나무 찍어다 곱게다듬어
초가삼간 정말로 지어봣스면.

---

191 '이와'의 오식이다.
192 '언젠가'의 오식이다.

힌구름 백마를 잡아타구요
훨-훨 달나라 올라가서요
어여쁘신 옥토끼 곱게모서다 (이상 35쪽)
게수나무 집속에 길러봤스면.


이 노래는 내가 어려서 들은 전설(傳說)에서 얻은 노래인데 아동의 무한한 상상성이 표현되여 잇다고 봅니다. 아동의 상상세게(想像世界)는 거침없는 넓은 세게입니다. 지상(地上)을 떠나 힌 구름을 집어타고 딜나라까지 가는 것입니다.

나는 언젠가도 이런 말을 쓴 일이 잇지만 내가 아는 아홉 살짜리가 천사(天使)를 보여준다는 말에 삼십리나 되는 먼 길을 따러 간 일이 잇읍니다.

여기에서 우리는 그저 우서버릴 것이 아니라 아동은 이렇게 현실(現實)에서 볼 수 없는 상상적 사실을 현실화(現實化) 하려는 마음까지도 가젓다는 것을 절실히 늑겨야 하겟습니다.

아동의 심리(心理)가 이렇기 때문에 그들에게서 읊어지는 노래가 상상적일 것이며 다른 사람의 작품에서도 이런 것만을 환영하고 잇는 것입니다.

### 5. 동요는 의문(疑問)에서 시작됩니다

아동의 세게는 상상세게인 동시에 의문의 세게(疑問世界)입니다. 무슨 사물(事物)을 볼 때든지 "무엇?" "왜?" "어떻게?" 이런 의문을 가지게 되는 것이 아동입니다.

이렇게 의문을 가지게 되는 것은 아동의 머리가 아직 과학적(科學的)으로나 리지적(理智的)으로 발달되지 못한 때문이겟습니다.

이런 심리는 장차 훌륭한 발명가를 맨드는 동기(動機)가 될 것입니다. 세게의 유명한 학자(學者)나 발명가(發明家)들이 훌륭한 학설(學說)을 지어내거나 훌륭한 물건을 발명해 내인 것도 처음에 의문을 품지 않고는 될 수 없을 것이라고 봅니다.(이상 36쪽)

"하얀눈 ⌒ 어째서 하얄노? 마음이 맑으니 하야치……"
이런 노래를 불러 보앗습니까?

"하얀 눈"이란 평범(平凡)한 물건을 볼 때 아동으로서는 "어째서?"라는 의문을 품게 되는 것입니다.

나는 일즉이 이런 노래를 지어본 일이 잇습니다.

### 바람

누가누가 바람을 보앗슬까요
나무잎이 팔팔팔 춤추니알지.

누가누가 바람의 소리들엇나
전선줄이 윙윙 우니까알지.

누가누가 바람과 힘내기햇나
눈보래를 날리니 힘센줄알지.　(以下 略)

바람 부는 것을 누구나 늘- 보는 사실이지만 여러분은 이렇게 의문을 부처 생각해 본 적이 몇 번이나 잇습니까?

평범한 사실이라도 곰곰히 생각하면 의문 안 생기는 것이 하나도 없을 것입니다.

이상으로써 간단하나마 동요가 무엇인가를 말한 것으로 알고 지나가렵니다.

－(來月號 繼續)－

---

宋昌一, "兒童文學 講座(二)", 『가톨릭少年』, 제2권 제10호, 1937년 12월호.

## 第二章　동요가 그려내는 아동의 세계

동요를 아동의 문예(文藝)라고 한다면 그 작품 속에는 아동의 세계가 그대로 그려저 뵈일 것이 사실입니다.

동요를 어룬이 지엇거나 아동이 지엇거나를 물론하고 작품의 내용이 아동의 세게를 말하고 잇스면 꼭 마찬가지의 동요일 것입니다.

이제 여러분들이 지으신 동요를 한두 편 들어 그 작품 속에 아동의 어떤 세게(이상 25쪽)가 그려저 잇는가를 생각해 보기로 합시다.

一. ─아동의 실지 생활 속에서 얻은 작품─


버들피리　　　李璟魯 作
네 피리가 날랄랄 소리나니까
내 피리두 날랄랄 소리나누나
　　◇　　　　◇
네 피리와 내피리 함께부니까
쌍 피리가 되여서 듣기가좋다
　　◇　　　　◇
우리들이 만드는 버들피리는
곻은소리 날랄랄 잘도나누나!


여러분은 이 노래를 읽고 어떤 감상을 가지십니까. 아마 각각 자기들의 경험에 빗최여 아동의 실지 생활 속에서 울어나온 작품이라고 생각하실 줄 믿습니다.

소경잡기내기[193]　　　（筆者 作）

---

193 宋昌一의 童謠 「소경잡기내기」(『동아일보』, 30.4.3)의 원문은 다음과 같다.

　　1
다들다들 비켜라 내잡아봇게
이런이런 세상이 팽팽도누나
　　×　　　×
올치올치 복동이 너잡혓구나
엑키엑키 헛잡앗네 기둥바덧네
　　2
손벽치며 리리라라 놀려보앗다
눈못봐도 넘려업다 내잡어줄라

다들다들 비켜라 내 잡아볼게

이런이런! 세상이 팽팽도누나! (이상 26쪽)

옳지옳지 복동이 너 잡혓구나

에키에키 헛잡엇네! 기둥잡엇네!　(以下 略)

이 노래는 아동들이 마당에 둘러서서 소경노리를 하는 데서 얻은 작품인데 실감(時感)을 줍니다.

## 二.　-아동의 상상(想像)을 나타낸 작품-

아동은 어룬이 생각해 낼 수 없는 이상한 세계를 상상하고 잇는 것입니다.

어떤 때는 구름을 타고 달나라로 가려고도 하고 어떤 때는 거북이를 타고 바다속을 가봣스면 하고 바라기도 하고 길까에 포푸라 나무와 애기도 해 보는 겁입니다.

이와 같이 아동은 우주에 충만한 모든 뵈이고 안 뵈이는 물건과 일을 다 살려 내려는 것입니다.


**반달**　　　尹克榮 作

푸른 하늘 은하수 하얀 쪽배엔

게수나무 한나무 토끼 한마리

돗대도 아니달고 삿대도 없이

가기도 잘도 간다 서쪽 나라로.

　　　　◇　　　◇

은하수를 건너서 구름나라로 (이상 27쪽)

---

　　　×　　　×
올치올치 어득선이 이거노구냐
엑키엑키 한아름 장독잡혓네
3
이리비틀 저리비틀 참재미잇다
넓은마당 열두번채 곱잡어돈다
　　　×　　　×
올치올치 이번에는 꼭잡혓구나
요고요고 순남이 너잡을차리
　　　(봄날 마당에서)

구름나라 지나선 어대로 가나
멀리서 반짝반짝 빗최이는것
샛별 등대란다 길을 찾어라.

이 노래가 암만 불러도 싫어지지 않는 이유는 그 속에 무한한 아동의
상상세게가 열려지기 때문입니다.
반달을 은하수 강에다가 띠워 논 배로 생각하고 그 속에는 게수나무와
토끼가 타고 돗대 삿대 모다 없이 서쪽 니라로 직고 간다는, 다시 말하면
조선의 고유한 전설을 아름답게 불으는 노래입니다.

제비꽃　　　張孝植 作[194]
냇물가 언덕우에 제비꽃 하나
물새보고 방긋웃는 제비꽃하나
곻은 얼골 물속에 빗치여보며
한들한들 춤추는 제비꽃하나

한번 읽어 평범한 작품 같으나 읽으면 읽을수록 재미잇는 동요입니다.
작자(作者)는 아름다운 동심(童心)의 눈으로 냇물 가 언덕 우혜 핀 제비꽃
의 마음을 곱게도 그려 냇습니다.
三. ㅡ의문 속에서 생겨 난 작품ㅡ (이상 28쪽)
아동은 어룬이 가장 평범하게 보는 것을 가지고도 놀랄 만큼 이상한 눈으
로 보는 일이 잇습니다. 가령 겨을에 나리는 눈을 보고

웬꽃인가요[195]　　　筆者 作

---

**194** 장효섭(張孝燮)의 「제비꽃」(『중외일보』, 28.6.26)이다. '張孝植'은 장효섭(張孝燮)의 오
식이다.
**195** 송창일의 「웬꽃인가요」(『동아일보』, 30.11.10)의 원문은 다음과 같다.
　　**웬 꽃인가요**
　　　　　宋昌一
　　1
　가을지나 겨을날 웬꽃인가요

가을 지나 겨울날 웬 꽃인가요
새벽 하늘 펄펄펄 웬 꽃인가요
화단우혜 꽃들은 찬서리맞고
고개고개 숙이고 시들엇는데!
　　　　(以下 略)

이렇게 웬 꽃이냐고 의문을 품고 잇는 그 마음— 여기서 온갖 발명이
생겨나며 연구의 시작이 움트는 것입니다.
　유명한 발명가 에디손을 보십시오! 그는 어려서 연을 띠우다가 줄을 통
하야 감각되는 전기를 발견하고 이상히 넉여 연구를 게속한 결과 오늘날의
밤이 없는 세게를 만들지 않엇습니까!
　四. —그리워하는 마음속에서 나온 작품—

　　고향하늘　　　　尹福鎭 作
　푸른산 저 넘어로 멀리보이는 (이상 29쪽)
　샙파란 고향하늘 그리운 하늘
　언제나 고향집이 그리울제면

———————

　새벽하늘 펄펄펄 웬꽃인가요
　　　——◇——
　화단우에 꽃들은 찬서리맞고
　고개고개 숙이고 시들엇는데
　　　　2
　철다지난 겨울날 웬꽃인가요
　찬바람에 펄펄펄 웬꽃인가요
　　　——◇——
　이땅에는 모든꽃 다진이때에
　하늘나라 달나란 봄날인가요
　　　　3
　겨울새벽 펄펄펄 나리는꽃은
　아마아마 달나라 한창피는꽃
　　　——◇——
　한들한들 바람에 휘날리어서
　너풀너풀 이땅까지 나린게지요
　　—— 첫눈 오는 아츰 ——

저산넘어 하늘만 바라봅니다.

　고향을 떠난 아동이 집을 그리워하는 안타까운 마음이 그려저 잇는 노래입니다. 이런 작품은 좀 애수적(哀愁的) 기분에 빠지기 쉬운 것인 만큼 작자는 신중한 태도로 붓을 들어야 할 것입니다.
　　五. ─우서운 사실에서 얻은 노래─
　아동의 생활 세계 가운데에는 퍽 우서운 사실이 많이 숨어 잇는데 이것을 동요화 한다면 매우 자미스런 것이 많습니다.

### 오줌싸개 똥싸개[196]　　尹福鎭 作
　백말타고 진치는 꿈을꾸다가
　글방도령 간밤에 오줌쌋다지
　얼레얼레 달레달레 우습구나야
　오줌싸개 똥싸개 소문내볼가　　　(以下 略)

### 잠꼬대　　　　　　筆者 作
　사진구경 갓다가 늦잠이들어 (이상 30쪽)
　우리앞집 작난꾼 잠꼬대하네
　자든이불 박차고 겅충이러나
　핑핑핑핑 멋잇게 도라가누나

---

196 尹福鎭, 「오좀싸기 똥싸기」(『조선일보』, 33.9.6)의 원문은 다음과 같다.
　一. 백말타고 진치는 꿈을꾸다가
　　글방도령 간밤에 오줌쌋대죠
　　〈후렴〉
　　얼내얼내 달네달네 우습고나야
　　오줌싸기 똥싸기 소문내볼가
　二. 꾸중듯고 쫏겨나 키를쓰고서
　　소곰꾸러 왓다가 울고갓대죠
　三. 뭘할냐고 하눌천 글배두 윗나
　　글안배도 울애기 양반되엿죠

벌거숭이 밋친놈 우서웁구나
사진배우 숭내를 내보는게냐
일어낫다 앉엇다 야단을치며
중얼중얼 몰을말 짓거려보네
        ◇        ◇
자든어멈 이러나 왼귀쌈치며
이애가 밋첫나 정신채려라
푸푸― 한숨을 내여쉬드니
부끄러워 이불로 쑥드러가네

이와 같이 잠꼬대나 오줌싸개는 아동생활 중에서 흔히 보는 사실입니다. 이것을 동요로 표현할 때는 퍽으나 흥미를 도두지 않습니까? (계속)

(이상 31쪽)

---

宋昌一, "兒童文學 講座(三)", 『가톨릭少年』, 제3권 제1호, 1938년 1월호.

## 二. 동요란 무엇 (속)

### 六. ―동정심에서 나오는 작품―

사람의 마음속에는 남을 동정하야 불상이 넉이는 마음이 누구게나 다 잇지만 더욱 어린아이들은 그 마음이 강한 것입니다.

어룬은 이해(利害)를 따저가지고 생각하지마는 아동은 그런 생각은 없는 것입니다.

조심하서요        李久日[197] 作

---

197 '李久月'의 오식이다. 「조심하서요」(『별나라』, 통권42호, 1930년 7월호, 24쪽)의 지은이

까치들만 앉고가는 전신주꼭지
전선공부(電線工夫)아재씨 용하게앉어
앞만보구 똑딱똑딱 일하고잇네
조심해요 떠러지면 어떻케해요
          ×      ×

우리형님 지난겨울 굴뚝후비다
떠러저서팔다리가 병신됏서요 (이상 67쪽)
우리집 밥줄이 떠러젓서요
조심해요 떠러지면 어떻게해요!


　　　동정(同情)　　　李影水 作
복동아 북간도에 물이낫단다
순히가 길까에서 울고잇겟지
어머님 아버님을 잃어버리고
흘─흘 어린몸이 떨고잇겟지
복동아 엄마보구 연필산다고
서푼만 타두엇다 한푼남겨라
내해와 한데모돠 두푼되거든
불상한 순히한테 보내주작꾼!
          ×      ×


이 얼마나 아동의 아름다운 애련(愛憐)의 정입니까! 읽을수록 그 곺은
마음에 아니 끌릴 수 없읍니다.
　　　七. ─활동적 힘을 주는 노래─


　　　영치기　　　朴樂農 作
깜정 흙속에 푸른새싻들이
흙덩이를 떼밀고 나오면서
　　　히─영치기 영차 (이상 68쪽)
_____
는 이구월(李久月)이다.

히-영치기 영차

    ×    ×

돌꽉속에 이뿐 새싹들이
돌꽉을 떼밀고나오면서
   히-영치기 영차
   히-영치기 영차

    ×    ×

흙덩이두 무섭지않구
돌덩이두 무섭지않다
   히-영치기 영차
   히-영치기 영차

    ×    ×

새싹들이 땅과 돌덩이를 햇치며 "영치기 영－차" 하며 기운차게 몰켜 나오는 모양을 생각해 볼 때 얼마나 씩씩한 감정을 이르키는지 모르겟습니다. 이런 노래는 활동적 힘을 이르켜 주는 좋은 요소(要素)가 됩니다.

八. －말을 거듭 너허 지은 노래－

소     鄭恩重 作
소소 우리소 소소 작은소
소소 풀밭에 소소 아가소 (이상 69쪽)
소소 에미소 소소 쓰는소
소소 우차를 소소 장한소
소소 밭가리 소소 장한소.

    ×    ×

이 동요는 어떤 신문사 신춘현상모집에 입선된 열 살 먹은 아동의 작품인데[198] 그리 신통치는 않으나 소라는 말을 여러 번 거듭 써서 소를 설명한

---

198 정은중(鄭恩重)의 「소」(『조선중앙일보』, 35.1.1)는 1935년 『조선중앙일보』의 아동작품 공모 동요 부문 입선 작품이다. 이때 정은중은 "慶源公立普通學校 第二學年"으로 "十歲"

것입니다.

### 까딱 까딱　　姜小泉 作

까딱 까딱 까딱 까—딱
손목이 까딱
누굴보구 까딱
엄마보구 까딱
어째서 까—딱?
젓달라구 까딱.
　　×
까딱 까딱 손목이 까—딱
누굴보구 까—딱
누나보구 까—딱
어째서 까—딱
업어달라 까—딱 (이상 70쪽)
　　×
까딱 까딱 손목이 까—딱
누굴보구 까—딱
달님보구 까—딱
어째서 까—딱
놀라오라 까—딱


이런 동요는 같은 말을 거듭거듭 씀으로 동요의 내용을 더욱 힘잇게 만들며 더구나 운율적(韻律的)이어서 듯는데 퍽 자미스럽습니다.

동요는 리즘(韻律)이 잇서야 하지 않습니까!

리즘이 고롭게 된 동요는 부르기도 쉽고 또 듯기에도 자미잇습니다.

### 九. —물건을 사람처럼 보아 지은 동요—

아동은 샘물이나 무생물을 다 사람으로 변캐 해서 보기를 잘합니다. 인형이나 벼개 같은 것을 꼭 애기처럼 가지고 노는 것만으로 보아도 잘 알

────────

였다.

수 잇습니다.

### 할미꽃　　尹克榮 作

뒷동산에 할미꽃
가시돋은 할미꽃
쌌날때에 늙엇나
호호백발 할미꽃 (이상 71쪽)
천만가지 꽃중에
무슨꽃이 못되여
가시돋고 등곱은
할미꽃이 되엿나!
히히히히 우습다
꼬부라진 할미꽃
젊어서두 할미꽃
늙어서두 할미꽃.

### 시내ㅅ물[199]　　睦一信 作

시내ㅅ물이 졸졸졸

---

**199** 목일신의 「시내물」(『동아일보』, 35.7.21)의 원문은 다음과 같다.

### 시내물
睦一信

시내물이 졸졸졸
귓속말로 졸졸졸
사이조케 도론도론 얘기하면서
손목잡고 흘러간다 졸졸 졸졸졸
　　　◇
시내물이 슬슬슬
글씨공부 슬슬슬
햇님보고 반짝반짝 눈짓을하며
오불꼬불 편지쓴다 슬슬 슬슬슬
　　　◇
시내물이 돌돌돌
소리마춰 돌돌돌
하로종일 찰낭찰낭 곡조를마춰
노래하며 흘러간다 돌돌 돌돌돌

귓속말로 졸졸졸
사이좋게 얘기하면서
손목잡고 흘러간다 졸졸 졸졸졸!   (以下 略)

더 깊게 예를 들지 않겠스나 이상 두 편만 보더래도 할미꽃을 그 이름대
로 할머니에 비긴 것이나 시냇물의 흘러가는 소리를 이야기한다고 본 것은
참 자미잇는 것이라 하겟습니다.

이 밖에도 자세히 나누러면 더 항목(項目)을 들 수 잇겟스나 이것만으로
도 대개 동요가 그려내는 아동의 세계를 설명햇다고 봅니다. (게속) (이상
72쪽)

---

宋昌一, "兒童文學 講座(四) - 童謠 篇", 『가톨릭少年』, 제3권
제2호, 1938년 2월호.

## 第三章 동요의 교육상 가치(價値)

동요가 아동교육상 얼마만큼 유익하냐 하는 교육상 가치(價値)를 뭇는
다면 동화에 지지 않는 큰 역활(役割)을 하고 잇다고 단언(斷言)할 수가
잇겟습니다.

다만 동화가 도덕(道德), 과학(科學), 지리(地理), 역사(歷史), 정서(情
緖), 미(美) 등 여러 방면에 관게를 가지는데 대하야 동요는 단지 정서와
미를 주로 하고 잇는 점에서 시(詩)로써의 구속이 잇기 때문에 어떤 의미에
서는 동요가 동화보다 좁다는 생각이 들지만 교육상 가치에 잇서서는 별로
차이(差異)가 없을 것이라고 믿습니다.

동요에 잇서서 한 가지 특이(特異)한 점은 아동도 능히 제작(製作)할
수 잇다는 것입니다.(이상 27쪽)

동화는 내용이나 구상(構想)이 복잡하여 아동의 머리로는 완전한 작품

을 만들기가 곤란하지만 동요는 아동의 말로 나타내여야만 할 단순한 노래인 만큼 아동의 손으로 얼마든지 제작될 수 잇습니다.

동요를 제작한다고 이 우에 여러 번 말해 왓지만 동요는 억지로 제작하여서는 않 됩니다.

바로 말하면 마음속에서 밖으로 울어나오는 자연적 발표가 되여야 하겟습니다. 그러므로 동요는 아동의 생각을 자발적(自發的)으로, 또는 본질적(本質的)으로 나타내는 동시에 동화 이상으로 심각(深刻)한 교육상 효과를 보이게 됩니다.

이제 몇 개의 작품을 통하여 동요의 교육적 가치가 어데 잇는가를 음미(吟味)하여 봅시다.

### 1. 자신을 창조하며 발견한다

이 말은 무슨 말이냐 하면 아동이 동요를 창작함에 잇서서 동요라는 시(詩)를 통하야 아동이 가진 감정(感情), 사상(思想), 경험(經驗) 등 마음의 활동을 꿈임없이 발표하야 여기에서 아동은 자신을 분명히 발견하며 자신을 좀 더 고상한 인격으로 창조(創造)해 올리는 것이 된다는 것입니다.

참으로 아동이 자기를 발견하며 창조하는 데서 완전한 인격(人格)을 일우으리라고 믿습니다.(이상 28쪽)

동요의 교육상 가치도 또한 여기에 잇는 것입니다.

### 2. 정서(情緒)의 표현

동요는 아동의 품은 정서(情緒)를 아동의 말로 쉽게 표현(表現)하는 일종의 시(詩)라고 볼 수 잇습니다.

그러므로 아동이 동요를 제작할 때는 아지 못하는 중에 아름다운 아동의 정서가 작품 속에 나타나는 것입니다.

교육 중에 정서교육이라 하는 것이 중요시 되여 지금에는 학교에서도 음악, 레코-드, 라디오, 화원(花園) 그 밖에 여러 방법을 통하야 아동의 정서 감정을 길러 주고 잇습니다.

정서 감정은 교육을 받고 훈련(訓鍊)을 받을수록 아름다워지며 묘하게도 세련(洗鍊) 되는 것입니다.

이 증거는 동요를 제작하는 아동의 심적(心的) 활동과 동요를 모르는 아동의 심적 활동에 잇서서 정서 감정의 차이(差異)가 너머도 현격하다는 것을 보고서서[200] 알 수가 잇는 것입니다.

### 봄편지　　徐德出 作

연못가에 세로핀
　　버들잎을 따서요 (이상 29쪽)
우표한장 붙여서
　　강남으로 보내면
작년에간 제비가
　　푸른편지 보고서
조선봄이 그리워
　　다시찾어 옵니다.


이 작품에서 우리는 아동의 가진 무한하고 아름다운 아동의 정서의 움직임을 엿볼 수 잇습니다. 이른 봄 제비가 어서 오기를 기다리는 갸륵한 동심은 연못가에 새로 핀 버들잎에다 우표를 붙혀 보내면 봄소식을 알고 온다는 정서를 읊게 하엿습니다. 동요 작품을 많이 제작할수록 아동의 정서는 발달되는 것이 틀림없는 사실로 동요는 실로 정서교육에 가치가 큰 것입니다.

### 3. 지력의 발달(知力發達)

동요는 아동의 눈에 빗최는 자연현상(自然現象), 자연물(自然物), 생물(生物), 인사적 현상(人事的 現像) 이것이 그대로 그려지는 기록입니다.

그러니만큼 동요를 쓸 때 그 사물에 대한 지식이 없이는 발표할 수 없을 것입니다.

가령 눈(雪)을 들어 쓴다면, 눈은 하늘에서 오는 것, 눈은 힌 것, 눈은(이상 30쪽) 찬 것, 눈은 녹는 것 같은 눈의 생긴 모양, 빛갈, 성질 등에 대한 지식이 필요한 것입니다.

---

200 '보고서'의 오식이다.

### 도는 것　　崔鎭弼 作

바람에 도는건 바랑개비
냇물에 도는건 물레방아
챗찍에 도는건 팽이지만
고초먹고 도는건 뒷집애기.

보십시오! 아동의 지력(知力)은 이만한 것은 이해할 수 잇습니다.

돈다는 단순한 사실에다 바랑개비, 물레방아, 팽이, 고초 먹은 애 등을 생각해서 붙혓습니다.

그뿐 아니라 바람에, 냇물에, 채찍에, 고초 먹고 돈다는 설명까지 붙혓습니다.

아동이 동요를 읽고 또 제작함에 잇서서, 자연과 인사(人事) 관게에 대한 지식이 넓어지고 발달되는 사실을 보아 또한 교육적 가치를 발견치 않을 수 없읍니다.

### 4. 관찰력(觀察力)의 예민

동요를 아동이 제작함에 잇서서 지력(知力)이 발달된다는 것은 이미 말하엿거니와 동시에 관찰력(觀察力)이 예민하여지는 것입니다.(이상 31쪽)

### 한개 두개 세개　　尹石重 作

한개, 한개, 머이 한개?
하라버지 쌈지속에 부싯돌이 한개
두개, 두개, 머이 두개?
갓난애기 웃을때, 앞이빨이두개.
세개, 세개, 머이 세개?
아빠 화내실때 주름쌀이 세개.

이 동요를 일고 난 감상이 어떻습니까!

아마도 처음엔 재미나는 작품이라고 탄복할 것이고 그 다음엔 참 세밀히 관찰헷다고 감탄할 것입니다.

참으로 동요를 많이 읽고 쓰면 사물을 관찰하는 힘이 커지는 것입니다. 여기에 또한 교육상 가치가 잇는 것입니다.

### 저바다    尹石重 作

저바다,
저바다,
저 바다가 울 언니를 잡어갓대요.(이상 32쪽)
고기잡이배 타고 서 바다루 나간지
열달이 되여도 아니돌아오는 울 언니.
저바다,
저바다,
저바다가 울언니를 잡어갓대요.
울언니 내노라구 돌을 집어 때리면,
싱글 싱글 웃구 내빼는 저 바다.
저 바다,
저 바다,
저 바다를 내, 메여버릴테야.
저바다,
저바다,
저 바다를 내, 메여버릴테야.
울 언니 잡어간 저 바다를
흙으루 흙으루 메여버릴테야.

이 노래는 윤석중 동시집[201]에서 뽑아낸 것으로 자유시 형식으로 쓴 노래인데 이 노래에서 우리는 언니를 잡아간 바라를 볼 때 어린 생명(生命)의 탄식(嘆息.)이 잇고 바다란 자연에 경이(驚異)가 생기며 언니를 잃은 슬픔이 보(이상 33쪽)입니다.

여기에서 어린 생명을 자기가 누구인가를 발견하엿스며 앞으로 자신의

---

201 윤석중(尹石重)의 『尹石重童詩集 第一輯 잃어버린 댕기』(게수나무會, 1933, 36~37쪽)를 가리킨다.

할 바에 대한 창조적 노력을 또한 보여주고 잇습니다.

우견(愚見)을 가한다면 "바다를 메여버릴테야" 하는 말은 언니를 빠트려 죽엿다는 복수심에서 나온 말로만 생각지 말고 언니가 어부(漁夫)로써의 실패를 햇스니 나는 바다의 지지 않는 용사가 되리라는 결심으로 보아도 무방할 것입니다.

5. 동정심이 들어간다

아동이 동요를 지으면 자연과 생물을 자조 살피며 더듬게 됨에 따라서 자연을 사랑하며 생물들을 동정하게 됩니다.

제비나 나비를 보면 사랑할 마음이 생기며 풀과 꽃을 보면 에뿐 생각이 생겨집니다. 여기 따라서 생물을 불상이 넉이는 동정심이 생기게 됩니다. 나는 멧 해 전에 길에서 자동차에 치여 죽은 강아지를 보고 이런 노래를 써 본 일이 잇습니다.

### 죽은 강아지　　筆者

불상해요 큰길우에 죽은 강아지
뿡뿡뿡뿡 시끄러운 자동차가요
거름발도 겨우타는 어린강아질
사정없이 치여서 죽여서버렷서!
불상해요 큰길우에 죽은강아지
오늘마침 어미따라 큰길에왓다
어미개가 곁눈파는 깜짝새이에
첨보는 자동차에 치엿습니다.


강아지가 자동차에 치여 죽은 것을 볼 때 아이 마음은 그저 잇지를 못합니다. 불상하다고 생각하는 천진스런 생각은 동요를 통하야 발표되고야 마는 것입니다. 어룬들은 세상사리 고초에 부닥기여 감정이 둔해젓기 때문에 웬만한 일에는 눈물과 우슴이 없지마는, 아동은 참답고 보드러운 마음을 그대로 가지고 우슴과 눈물의 세계에서 살기 때문에 그 말과 행동이 모다 참되고 착하고 아름답고 사랑이 가득 차 잇는 것입니다.

아동은 동요를 지음으로 그들이 가진 아름다운 동정심을 늘게 하는 것입니다.

### 6. 말의 교육

동요는 말로써 표현하는 시이기 때문에 말없이는 동요를 배타낼 수가 도무지 없읍니다. 그런데 말에는 고상한 말, 야비한 말, 아름다운 말, 더러운 말, 유익한 말, 해로운 말, 이렇게 여러 여러 가지의 말이 잇는데, 교육을 받는 아(이상 35쪽)동들에게 동요를 읽히며 짓게 할 때에 말을 살 가려 쓰도록 해야 할 것입니다.

동요는 시(詩)인 동시에 아동의 정신의 양식입니다. 언짠은 음식은 육체에 해로운 것과 마찬가지로 세련(洗鍊) 되지 못한 말로 쓴 동요는 정신(心靈)에 상처를 줄지언정 육익은[202] 없을 것입니다.

눈　　朴左京 作[203]

눈 오네, 눈!눈!
나리고 쌓이네
눈쓸고 눈치고
발꽁꽁 손꽁꽁
다-얼겟구나!

나는 이 노래를 처음 읽고 어쩌면 이렇게도 말을 잘 가려 썼나! 하고 감탄햇습니다.

도모지 맷 자 안 되는 말로도, 눈이 많이 와 쌓인 것과, 몹씨 칩다는 것을 잘 표현하지 안엇습니까. 말을 가릴수록 세련된 말이 나오며 아름다운 순정을 주는 것입니다.

그래서 동요는 말을 가르처 주는 점에서 교육적 가치를 또한 가지는 것입니다. 　(계속) (이상 36쪽)

---

202 '유익은'의 오식이다.

203 「눈」(『동아일보』, 30.12.6)의 지은이는 목고경(木古京)이다. 목고경은 박고경(朴古京)의 필명이므로, '朴左京'은 오식이다.

宋昌一, "兒童文學 講座(五) – 童謠 篇", 『가톨릭少年』, 제3권
제4호, 1938년 4월호.

## 第四章 동요의 요소(要素)

동요가 어떤 요소(要素)를 가저야 하느냐 하는 문제에 잇서서는 두 가지
방면으로 난우어 말할 수가 있는데, 첫재는 형식 방면(形式方面)이요, 둘
재는 내용 방면(內容方面)입니다.

이제 작품의 예를 들어가며 이야기하려 합니다.

　　第一節 동요의 형식 방면

　　아동의 말로 쓸 것 (이상 47쪽)

동요의 정의(定義)를 아동의 노래다라든지, 아동의 세게에서 얻을 수
잇는 아동의 시(詩)란다든지 여하간 아동의 것이라고만 한다면 두말없이
쉬운 말로 즉 아동들이 흔히 쓰는 쉬운 말로 써야 할 것입니다.

**참새**　　尹福鎭 氏

살구꽃 우스면 봄이온다고
참새가 쨱쨱쨱 노래하지만
복사꽃 다지면 봄이간다고
참새가 쨱쨱쨱 슯이운다오

이 작품에서 만일 살구꽃 복사꽃(복숭아꽃)을 향화(杏花), 도화(桃花)
로 슯이 운다오 하는 말을 애통(哀痛)하오 한다든지 통곡(痛哭)한다든지
해 놓면 어떨가를 생각해 보십시오.

물론 향화, 도화, 애통, 통곡이란 문자를 보통 이야기하는 가운데도 쓸
수 있는 말이지만 아동들은 이해할 수 없는 어려운 말들입니다.

잇다금 밝표되는[204] 작품 중에 이 점에 주이하지 않고 쓴 작품을 많이
볼 수가 있게 됩니다.

유년이나 소년들이 쓴 동요에는 그런 일이 없겠지만 어룬들이 만든 동요에는 간혹 그런 실수가 보입니다.

요컨대 동요를 쓰랴면 동심(童心) 그대로의 표현(表現)이어야 할 것임니다.(이상 48쪽)

### 노래하는 기분으로 쓸 것

동요는 노래입니다. 동요를 읽을 때 저절로 노래하는 기분이 이러나야 할 것입니다.

즉 다시 말하면 동요는 경쾌(輕快)한 운률(韻律)을 갖어야 한다는 말입니다.

흔이 '리듬'이 좋와야 좋은 동요가 된고[205] 하지 않습니까?

이 '리듬'이라는 거이 즉 운률을 말하는 것입니다.


### 보리방아　　늘샘 氏
　아적방이 쿵다쿵
　　　저녁방이 쿵다쿵
　김창봉네 마당에
　　　보리방아 쿵다쿵


보십시요. 이 작품에서 우리는 한번 읽어 방아를 찧는다는 실감(實感)을 얻게 됨은 어떤 이유일까요?

물론 작품 전체에 흐르고 있는 '리즘'이 좋은 탓일 것입니다.

"아적방아 쿵다쿵 저녁방아 쿵다쿵" 읽으면 읽을사록 억게춤이 절로 나는 것 갓습니다.

작곡자(作曲者)의 말을 들으면 동요작품이 전체적으로 부드러운 '리즘'이 돌지 않으면 작곡하기가 곤란하다고 합니다.

말이 뻣뻣하면 원만(圓滿)하게 작곡이 될 수가 없다는 것입니다.(이상 49쪽)

---

204 '발표되는'의 오식이다.
205 '된다고'의 오식이다.

## 글자수(字數)에 구속(拘束)되지 말 것

지금까지 동요라면 四三一(調) 四四조, 三三五조, 三四五조, 四四五조 등 글자를 꼭 맞우어 지어 왔스나 이것은 그리 좋치를 못합니다.

웨 그러냐 하면 동요가 일종의 시(詩)인 만큼 마음속에서 절로 홍에 겨워 울어나와야 할 텐데 너무 글자에 제한(制限)을 주고 보면 나오든 홍이 다 깨여질 염려가 있게 되는는[206] 것입니다.

참다운 동요 즉 실감(實感)을 주는 동요를 맨들랴면[207] 글자의 구속(拘束) 없이 나오는 그대로 솔직(率直)하게 그려 놓아야 하겠습니다.


### 정답게    尹石童 氏 譯

엄마 없는 애기를,
애기 없는 엄마를,
정답게 한집에서
살게 해 줘요


이 작품은 인정(人情)이 가득 찬 동심의 솔직한 고백(告白)입니다.

작자는(실은 역자) 글자의 제한 없이 자유시형(自由詩型)으로 써 놓았는데 지금까지 많이 보고 읽든 정형률(定型律)에 비하여 얼마나 더 실감적이며 새로운 맛이 나는지 모르겠습니다.

이 노래를 아모리 솜씨 있게 정형률로 곷인대도[208] 이상으로 만들 수는 도저이 없을 것이라고 믿습니다.

너무 시조(時調) 격으로 글자에만 제한을 받는다면 동요의 발전성이 없어질 염여(이상 50쪽) (이하 자료 부재)


---

206 '되는'의 오식이다.
207 '맨들랴면'(맨들려면)의 오식이다.
208 '고친대도'의 뜻이다.

宋昌一, "兒童文學 講座(六) - 童謠 篇", 『가톨릭少年』, 제3권
제5호, 1938년 5월호.[209]

---

宋昌一, "兒童文學 講座(七) - 童謠 篇", 『가톨릭少年』, 제3권
제6호, 1938년 6월호.

## 第五章 동요의 창작(創作)

### 第一節 동요 창작의 의이(意義)

문화(文化) 정도가 향상 발달된 오날에 잇서서 재래의 전래 되는 몇 편의
동요로는 만족을 얻을 수 없는 것은 사실인 만큼 여기에 동요의 창작성이
존재(存在)하는 것입니다.

동요는 기지(機智)와 기분(氣分) 문제가 아니라 동요는 시(詩)요 예술적
작품입니다.(이상 26쪽)

현금 동요의 교육상 활용(活用)은 말할 수 없이 큰 바 특히 많이 충분치
못한 유치원 시대의 아동의게는 더욱 그렀습니다.

어린 아동들의게 과학적 사실 그대로를 또는 도덕적 교훈 그대로를 너어
주랴고 아모리 애를 쓴대도 효과는 별로 없겠습니다.

다만 그 방식에 잇서서 아동의 상상성을 만족식일 수 잇는 동요를 통하여
서만 큰 수확을 얻을 것이라고 생각합니다.

동요를 너무 교육적으로만 보아 공리적(功利的) 조건만 붓치는 것은 좀
생각할 문제가 되겟스나 그 밖에도 아동의 정신작용과 육체활동에 많은
영향(影響)을 직접 간접으로 밋치는 힘을 가젓습니다.

---

[209] 『가톨릭少年』(제3권 제5호, 1938년 5월호)이 부재하여 6회분은 확인할 수 없었다.

재래로 불르는 창가는 가사(歌詞)가 어렵고 내용이 아동을 표준하지 않은 것이 많어서 도리여 효과를 보이지 못하엿스나 현금 많이 창작되는 동요는 아동들의 애창(愛唱)하는 바가 되엿습니다. 지금 형편으로 본다면 유치원 교육에 잇서서 동요 교육은 뺄 수 없는 중요한 과목의 하나인데 아직도 여기에 관심하는 분이 적어서 적합한 동요를 제작하지 않어 동요의 기근을 맞난 형편이 않인가 하고 생각될 때가 많습니다.

동요도 문예작품인 만큼 시대의 변천을 따라 새로운 것이 많이 창작되여야 할 성질의 것입니다.

### 긔차[210]  睦一信

가다가다 멋추고 또다시가고 (이상 27쪽)
하로종일 긔차는 나그네라오
푸파푸파 가뿐숨을 내여쉬면서
왼-종일 가고가는 나그네라오

(以下 二節 略)

---

210 목일신의 「童謠 긔차」(『조선일보』, 30.8.19)의 원문은 다음과 같다.

**긔차**
睦一信
가다가다 멈추고 또다시가고
하로종일 긔차는 나그네라오
푸파푸파 가푼숨을 내여쉬면서
왼-종일 가고가는 나그네라오
◇　◇
굴러가다 멈추고 쏘굴러가고
흰연긔를 쏨으면서 달리는긔차
머나먼길 가는사람 나리는사람
오고가는 나그네의 길동무라오
◇　◇
다러나다 멈추고 쏘다러나고
덜걱덜걱 굴러가는 저긔차는요
우렁찬 긔적소리 힘차게불며
밤낮으로 가고가는 나그네라오
── 一九三〇. 八. 一一 ──

비행기 　韓泰泉

(낮)

우루루 우루루

비행기가 떳—다

구름우에 놉—이

비행기가 떳—다

　　　×

우루루 우루루

비행기가 떳—다

은빛날개 반—작

재조 넘는다

(밤)

우루루 우루루

비행기가 떳—다

새빩안불 반—작 (이상 28쪽)

밤비행기 떳—다

　　　×

우루루 우루루

비행기가 떳—다

새파란불 반—작

별나라로 간—다


전차와 반달　　台千 作

땡 땡 땡 전차가 다러난다

빨리 빨리 다러난다

　　　×

　　싱싱싱 반달이 따로온다

빨리 빨리 따러온다


　이상의 "기차" "비행기" "전차" 등 옛날에 볼 수 없섯든 것을 노래힌 동요를 우리는 볼 때 어떠한 늣김이 이러납니까?

기차나 비행기나 전차를 눈으로 볼 때 엇지하야 노래가 나오지 않을 수가 잇겟습니까. 두말없이 동요는 시대의 반영물(反映物)인 동시에 얼마든지 창작할 필요와 성질을 갖이는 문예적 작품이라고 생각하게 되는 것입니다.
(계속) (이상 29쪽)

---

宋昌一, "兒童文學 講座(八)", 『가톨릭少年』, 제3권 제7호, 1938년 7월호.

第二節　창작상 요건(要件)
1. 약동적(躍動的)인 노래를 쓸 것
동요는 자라나는 아동을 대상으로 하는 만큼 애수적(哀愁的)인 노래를 할 수 잇는 대로 피하고 경쾌하고 약동적인 노래를 만드러야 하겟습니다.
어렷슬 때붙어 너무 가슴에 슯은 상처(傷處)를 준다면 자란 뒤에도 활발하고 용감한 인물이 되지 못합니다.
우리 가정에서 애들의 울면 "범 온다" "귀신 온다" 등 여러 가지 말로 애들을 위협하는 일이 많은데 이것은 교육적으로 보아 큰 죄악인 줄 압니다.
이런 가정교육을 받은 아지 못하는 중에 그만 비겁(卑怯)한 인간이 되여버리는 것입니다.
이제 거듭 말하는 바는 동요는 경쾌하여야 하겟다는 것입니다.(이상 25쪽)

　　　형제별　　　故 方定煥 作
　날점으는 한울에 별이삼형제
　반짝〳〵 정답게 지내이드니
　웬일인지 별하나 보이지안코
　남은별이 둘이서 눈물흘니네

이 노래는 유치원에서 흔이 부르는 노래임으로 조선 방방곡곡이 퍼지지 않은 곧이 없을 줄 압니다. 나는 이 노래를 좋아하지 않습니다.

도라가신 방 선생님께 실례가 될는지 모르겠스나 웨 방 선생은 이런 애수적인 노래를 남기시고 가섯는가 하고 반문(反問)하고 싶습니다.

아름답게 반작이는 별을 보고 웨 눈물을 흘닌다고 햇슬가요?

별이 햇죽햇죽 웃는다고 햇드면 수많은 어린 가슴에 좀 더 경쾌한 깃븜을 주엇슬 것입니다.

## 2. 야비(野卑)한 말을 피할 것

동요를 만들 때에 말을 선택해야 한다는 말은 벌서 여러 번 이야기해 온 말이지만 주이하지 않는 중에 속(俗)된 말을 쓰게 되는 수가 많습니다.

여러분은 어떻게 생각하시는지 모르겠습니다만은 나의 생각에는 윤복진 씨 작인 「말탄 놈도 꿋덕, 소탄 놈도 꿋덕」 같은 것은 좀 더 고려(考慮)할 점이 없는가 하고 생각됩니다.(이상 26쪽)

"놈"이란 말은 우리가 오래동안 관습적(慣習的)으로 써 나려온 남을 업수이 역이는 데서 나온 말입니다.

이렇게 말하면 너무 잔소리가 되겠습니다만은 이 작품이 "놈" 자를 넣기 때문에 노래에 힘은 잇서 보이지만 노래의 인상(印象)으로 보아 그리 좋아 보이지 않습니다.

## 3. 미신적으로 되지 않도록 할 것

동요가 아동의 상상(想像)을 노래하는 만큼 잘못하면 미신적 내용을 취급하기가 쉽게 됩니다.

미신이라는 것은 꼭 한 사람을 얼마나 비겁하고 약한 것으로 만드는지 모릅니다. 어린 머리에 미신적 노래를 넣어 준다면 그들은 그대로를 절대로 신앙(信仰)하는 때문에 큰 해독을 줄 것이라고 봅니다.

"귀신" "독갑이" "미럭" 이야기 등을 취급한 동요가 잇다고 한다면 귀신의 힘을 말하고 독갑이의 지혜를 말하며 미럭의 능력(能力)을 찬양(讚揚)하는 내용을 넣어서는 절대로 불가하다는 말입니다.

동요가 귀신이나 독갑이를 노래해서야 어데 쓰겠습니까?

미신 타파(迷信打破)를 부르짓는 오늘에 잇서서 더욱 그러합니다.

어떤 아동이 이런 동요를 지은 일이 잇습니다.(이상 27쪽)

독갑이불

시내가에서도 벅쩍[211]
산허리에서도 번쩍
저녁만 먹으면
우리동리는
독갑이 불 천지죠
　　　×
올나가면서 번쩍
나려오면서 번쩍
저녁만 먹으면
무서워서 밖에는 못나가죠

이 노래를 보고 나는 말하기를 이 담에는 이런 미신에 흐르는 노래는 만들지 말나고 잘 설명을 해 준 기억이 생깁니다.

만약 이런 노래가 아동의 입으로 불니워진다면 모도 밤에는 밖에 나가지 못하는 비겁한 아동들이 다 될 것입니다.

동요의 밋치는 영향은 이렇게도 큰 것입니다.

### 4. 참혹(慘酷)한 내용을 피할 것

동요가 애린(愛憐)의 정(情)을 가저야 할 터인데 이와 반대로 참혹한 사실을 품는다면 이것은 물론 좋은 동요라고는 할 수가 없겟습니다.

언젠가 어떤 아동이 이런 노래를 지은 것을 본 기억이 잇습니다.(이상 28쪽)

공기총

아버지가 사다준 공기총으로
참새색기 쏘는맛 참말좋아요

---

211 '번쩍'의 오식이다.

살금살금 숨어서 탕하고쏘면
푸덕푸덕 피흘리며 떠러지지오

×

잡은참새 갖이고 집에도라와
숫불에다 빠직빠직 구어먹지요.


읽은 뒤 감상이 어떻습니까? 물론 불쾌해질 것입니다.

참새를 쏜다는 사실만 보아도 잔인스러운데 게다가 숯불에다 구어 먹는다는 사실은 참혹하기 짝이 없습니다.

아동의 심리(心理) 중에 잔인한 것을 좋아하는 성질이 없지는 않으나 그것을 만족케 하기 위하야 동요에다 그런 사실을 취급하는 것은 올치 못한 일이라고 봅니다.

## 5. 음악적 '리듬'을 가칠 것

동요 작품이 정형률(定型律)로 되여 글자 수가 꼭 맞어야 된다는 말이 아니라 읽을 때에 음악적 리듬(韻律)이 잇어야 하겟다는 말임니다.

동요 작품에 따르는 둘재 문제는 작곡(作曲) 문제인데 동요작품에 리듬을 생각지 못한 것은 작곡자의 두통거리가 되는 것입니다.(이상 29쪽)


달과별[212]　　　　睦一信 作


---

212 목일신의 「달과별」(『동아일보』, 35.6.2)의 원문은 다음과 같다.

**달과별**
　　　　　　睦一信
달,달, 초생달
허리굽은 조각달
초저녁길 아장아장
　　　어데를가나
넓다란 밤하늘에
　　　길동무없이
혼자서 길가는데
　　　적적하겟네

달, 달, 초생달
허리굽은 조각달
초저녁길 아장아장 어데를가나
넓다란 밤하늘에 길동무없이
혼자서 길가는데 훤하겟네 (一節 略)


이 작품의 일절(一節)에서 우리는 음악적 리듬을 얼마만큼 맛볼 수 잇는
지 각자(各自)가 스사로 감상할 바이지만 나로써는 정형률이 않이면서도
리듬을 충분이 발휘하엿다고 봅니다.

음악가가 않인 나로써 무어라고 비판하기가 힘들지만 통속적(通俗的)으
로 보아서도 술-술 거침없이 읽어지는 작품은 충분한 리듬을 가젓다고
봅니다.

### 6. 작품의 중심점을 잃지 말 것

중심점을 잃은 작품은 맞이 항해(航海)하는 배가 목적지가 없는 것처럼
무엇을 노래하고 잇는지 모르는 산문(散文)이 되겟습니다.

그럼으로 정확한 중심점을 파악(把握)할사록 좋은 작품이 될 것입니다.

本章 계속 (이상 30쪽)


별,별, 반짝별
하늘나라 어린별
요리반짝 조리반짝
　　　　누구를찾나
은하수 강물가에
　　　　모혀들앉어
정답게 얘기하기
　　　　재미나겟네

宋昌一, "兒童文學 講座(九)－童謠篇", 『가톨릭少年』, 제3권 제8호, 1938년 8월호.[213]

## 第五章  동요의 창작(創作) (계속)

### 第三節 동요와 시(詩)

아동의 세계는 시(詩)의 세계입니다.

그러므로 아동의 입에서 새여 나오는 말은 당연히 시가 않이면 않 될 것입니다. 그러나 지금 사회 상태로 보아서는 아동을 너무나 천사시(天使視) 할 수는 없게 되였읍니다.

여기에서 우리는 아동의 정조교육(情操敎育)이 필요하다고 주창하게 되였읍니다. 그야말로 아동을 아동의 본래 세계인 시의 나라로 도라가게 하는 것이 어룬들의 임무(任務)라고 생각합니다.

학교에서 사용하는 교육독본에서 보는 시와 동요는 지덕체(知德體) 삼육(三育)에 치중해서 모도 공리적(功利的) 립장에서 만드러진 노래라는 것은 사실임니다.(이상 22쪽)

실례를 든다면 「토끼와 거북이」 노래 같은 것은 부즈런하면 성공한다는 교훈적 립장에서 만든 것입니다.

이런 노래는 읽어 보면 '리듬'도 잇고 노래로 불은다면 흥미도 생길는지 모르겟으나 진정한 의미에서 생각한다면 시(詩)도 아니요 동요도 않임니다.

동요는 결코 교훈을 주기 위한 선전도구(宣傳道具)가 되여서는 안 될 것입니다. 다시 말하면 동요는 산술도 아니요 지리(地理) 리과(理科)도 안임니다.

---

213 이 글 말미에 '계속'이라 되어 있고 글이 끝나지 않았으나, 『가톨릭少年』은 1938년 8월호를 마지막으로 폐간된 것으로 확인된다.

다만 작자가 아동이든 어룬이든지를 물론하고 시의 감정에서 울어나와야 합니다. 동요의 생명이란 또한 여기에 잇는 것입니다. 동요는 일종의 시(詩)입니다. 그 표현에 잇서서 아동이 알기 쉽도록 된 것이면 어룬의 시와 구별될 수 잇는 동요가 될 것입니다.

그러나 시와 동요를 엄밀하게 감상하여 본다면 시는 취재(取材)에 잇서서나 형식(形式) 운률(韻律)에 잇서서 자유(自由)로운데 비하야 동요는 년령 제한을 받는 동시에 말의 구속을 받는 점이 다른 것입니다.

그러므로 동요 창작에 잇서서 언제나 작가의 머리를 고집(固執)하고 잇는 문제는 이상에 말한 제한과 구속입니다.

그렇타고 동요와 시를 분리식힐 수는 없읍니다.

현금 동요는 점점 시에 접근(接近)해 가고 잇다는 현상은 부인할 수 없는 사실입니다.

三木露風 氏의 동요집 서문에 쓰기를(이상 23쪽)


동요에는 역시 작자 자신이 표현됩니다. 자기를 작품 속에 낱아내지 못하면 훌륭한 동요는 될 수 없는 것입니다. 창작 태도로써는 동요를 만드는 것도 자신을 노래하는 것입니다. 동요는 즉 천진(天眞)스러운 감각(感覺)과 상상(想像)을 쉬운 말로 노래하는 시(詩)입니다. 참말 시와 다름없는 것을 쉬운 아동의 말로 표현한다는 의미에서 동요는 시입니다.


라고 햇습니다.

그 외의 여러 시인(詩人)들도 동감을 가지고 말하고들 있읍니다.

### 第四節 동요의 취재(取材)

동요를 창작함에 잇서서 동요를 시의 일종이라고 단정해 놓는다면 취재의 범위의 제한도 자연 없어질 것입니다.

그러나 현재 동요의 내용을 본다면 몇 가지로 분류(分類)할 수가 잇는데 이 분류를 또한 발전되어 나아가는 계단(階段)으로 보아도 무방합니다.

원시적(原始的) 동요는 어룬이 아동을 사랑함에서 출발하여 아동을 위로하며 즐겁게 하며 교훈을 주겟다는 즉 다시 말하면 아동본위(兒童本位)의 동요였읍니다.

이제 아동 자신이 창작하는 동요에 대하여는 장(章)을 밧구기로 하고 어룬들이 아동의게 주는 작품을 이야기해 보기로 합니다.　(게속) (이상 24쪽)

牧羊兒, "讀者文壇 讀後感", 『가톨릭少年』, 제2권 제10호, 1937년 12월호.

五月号

동요 「가을비」 金德和 作

가을비 온 뒤 으스스 치운 바람에 떠러지는 꽃잎 백일홍과 봉선화는 얼마나 떨고 잇슬까요. 휘준하게 젖은 꽃잎을 보면 사람들의 몸에 소름이 끼칩니다. 가을비 한 번 두 번 오면 치위도 한거름씩 닥처오겟지요. 內容과 形式이 참 잘되엿습니다.

동요 「콩닭아먹기」 朴慶伊 作

"톡톡 무엇이 튀노? 남남 무슨 소릴까?" 많은 동요 中에서 보기 드문 방법입니다. 뭇고 대답하고 구즌 비 오는 날 손꼽질하며 웅절대이며 쟁개비에 튀는 콩알을 훅훅 불며 먹는 것이 뵈는 듯합니다.

六月号

동요 「종달새의 봄노래」 全霜玉

"삐삐졸졸……" 그 아래 얼마나 "졸졸"이 잇습니까. 봄을 즐기는 제비의 "졸졸" 소리가 강山에 덮인 것 같습니다. "……" 이런 것은 어려운 말로 餘韻이라고 해서 읽는 사람의 가슴속에서 같은 "삐삐 졸졸" 소리가 오래 남어 잇는 것입니다. 인경 소리가 "꽹"하고 들리면 "왕! 왕!!"……하고 점점 가늘게 약하게 들리는 것과 같은 것입니다. 조선의 소년소녀들도 봄을 즐기는 제비처럼 펄펄 날뛰는 듯한 마음을 가젓스면 합니다. 作者여! 많이 힘써 주시우.

동시 「형님」 李波峰 作

형님을 그리는 동생의 마음이 퍽으나 귀엽습니다. 동생을 귀여워하는 兄도 동생이 보구 싶엇겟지요. 內容의 리즘이 조용하게 흐르다가 뚜벅⌒이라는 데 와서 웃둑 이러섯습니다. 내 생각으로는 "형님 형님은(이상 61쪽) 왜 안이오우? 江기슭 버들방천에두 봄은 왓는데……" 하고 餘韻을 두엇드

면 합니다. 作者여! 참 잘 지엇습니다. 그러나 늘상 눈앞에 없는 형만을
생각하여 무엇합니까. 우리는 질거운 일은 같이 질겨 하고 슬픈 일을 잊어
버리도록 힘씁시다.

七八月号

동요「갈대」 李鍾潤 作

서글〜하고 기운찬 노래입니다. 어린이들 수수때로 안경을 만들고 모
래로 까치집을 짓드시 갈대를 둘러메고 병정노름에 정신없는 어린이들!
힘 잇게 씩씩하게 자라날 것입니다.

오랫동안 바뻐서 펜을 들 수 없엇습니다. 以上으로 내 읽어 보고 잘되엇
다고 녁인 것을 써 보앗습니다. 사람마다 글을 읽고 중히 녁이는 점은 달을
것입니다. 그中 나는 리즘을 크게 생각합니다. 언젠가 內容의 리즘(心靈)
이니 形式의 리즘이니 하고 조리 없는 말로 떠든 듯합니다. 이번에는 리즘
에 對한 내 생각을 써 보렵니다.

리즘이라면 퍽 딱딱한 무슨 법률같이 정해 놓은 것이 안입니다. 누구나
다ー 번연히 알고 잇스면서도 글로 표현하기 어려운 것입니다. 리즘이란
詩에만 잇는 것이 안이고 거리에서 떠드는 소리, 어린아이의 우는 소리,
말발굽소리, ……별별 곧에 다 잇는 것입니다. 우리의 손짓 발짓 가는 곧마
다 쉴 새 없이 따러단이는 것입니다. 가령 우리가 왼종일 일을 마치고 잔다
고 합시다. 그 자는 숨소리에도 리즘이 잇다고 생각합니다. 그中에도 內容
의 리즘과 形式의 리즘이 잇다고 생각합니다. 그것을 實例를 들어 말하면
다음과 같습니다.

― 內容의 리즘을 살린 것 ―

「돌」

돌! 왜말이없수? (이상 62쪽)
이렇게 치워도
시츰을 뚝따고

가만히 앉엇수?

— 形式의 리즘을 살린 것 —
「돌」
대글대글 돌맹이
가많이앉어
칩고치운 겨울도
혼자앉엇네………

이 둘을 비교하여 봅시다. "돌! 왜 말이업우?" 한 것은 돌의 억개를 툭 치고 아주 多情한 듯이 들리지 안습니까? 그리고 말업이 가만히 앉어 잇는 그 돌 가운데는 퍽으나 슬픈 일이 잇서도 잇고, 무슨 큰 걱정스러운 일이나 하여튼 무엇이 그 속에 잇는 것같이 무거워 보입니다. 그것을 形式으로만 써서 "대글〳돌맹이……" 이렇게 쓰면 그저 가마니 앉은 돌맹이가 어떤 때에는 대글〳 굴기도 한다는 그것뿐입니다.

얼마나 가볍게 들립니까. 그렇기에 內容의 리즘이 重한 것은 말하지 안어도 알 것입니다. 內容의 리즘은(心靈, 精神, 感情,……) 이런 漢字로 해석햇스면 합니다.

그러무로 어데까지 마음으로 우러나는 것이야 합니다. 形式의 리즘은 知的 加工하는 일입니다. 機械입니다. 활판소에서 한 字〳식 골라서 꽂아 놓는 일입니다.

얼골에 분을 바른 것이나 비단옷 입은 것 같은 것입니다. 그보다도 훌륭한 지식이 잇고 인격이 잇는 사람이 분을 바르고 비단옷을 입으면 더 찬란할 것처럼 훌륭한 詩謠라면 內容 形式의 리즘 다시 말하면 靈과 知를 잘 어울리게 한 것이라고 믿습니다. 形式의 리즘은 內容의 리즘에서 自然히 우러나오는 것입니다. 卽 우연히 나와야 하는 것입니다. 사람이 죽어서 "아이고〳" 하고 우는 것도 조선의 그른 풍속의 하나이라고 하는 것은 슬프지 안어도 곡소리를 내야 한다는 바람에 "아이고대고"(이상 63쪽) 하기 때문입니다. 그보다 소리 업이 "흙흙" 늣겨 우는 것을 볼 때에는 곁에서 보는 사람도 같이 쪼차서 울게 되는 것입니다. 그것이 卽 內容의 리즘(心靈)인 것입니다. 只今 흔히 廣告 같은 데 或은 선전하는 데 쓴 글은 모다 形式만을 重히 녁인 것입니다.

「가을」 레-도 作
가을 햇볕은
단풍을 붉히고
들국화 향긔러운
레-도 구리-무
「레-도 구리무 本舖」

이런 글에는 처음에 "가을……" 해 놓고 여러 사람의 주의를 끌어 놓고는 뒤에다는 "레-도구리-무" 하여 놓습니다. 그런 것은 廣告하는 方法이나 사람들은 "허허" 하고 우스면서도 그 商店으로 끌려가게 되는 것입니다. 그러무로 우리들도 나의 명예를 생각하고 或은 투고하여서 돈을 받겟다든가 하는 데는 볼 만한 作品이 없을 것입니다. 언제나 내 精神 끝 내 마음에서 우러나온 것이야말로 참다운 作品이라고 할 수 잇습니다.

내 마음속에는 리즘에 對한 말이 많으나 글로 쓸라면 엇재 그런지 마음먹은 대로 안 됩니다. 다음부터는 讀者文壇을 通하여 리즘에 對한 실례를 가지고 말슴드리겟습니다.(이상 64쪽)

# 一選者, "新春作品 選評", 『동아일보』, 1938. 1. 12.[214]

## 兒童作品

兒童作品은 例年에 比하야 本質的으로는 顯著한 進步도 退步도 보이지 안코 數에 잇어서만 激增을 보엿다. 그리고 한 가지 看取되는 것은 時局의 影響이라 할 만한 內容을 가진 作品이 相當히 만흔 것이엇다. 그러나 可取할 程度로 藝術化된 것은 하나도 업엇다. 이것은 巨大한 體驗이 藝術化하기까지에는 어느 程度의 時間的 距離와 反省을 要하기 때문이리라.

그리고 兒童作品에 잇어서 한 가지 不美한 現象은 成人의 模作을 兒童 名義로 應募한 것이엇다. 이것은 判別되는 대로 除外하기에 힘썻으나 或 아리숭달숭한 것은 不得已 그대로 選에 너흘 수밖에 업엇다. 이러한 應募는 단지 賞品을 얻기 爲한 것으로서 조치 못한 일임이 勿論이다.

## 童話

童話는 大體로 水準이 엹엇다. 應募한 作家의 거의 全部가 童話와 少年 小說과를 區別 못하는 것 같다. 그리고 童話라면 먼저 "이야기"가 줄거리가 되되 반듯이 童心이 나타나야 한다. 그저 우습다고 童話가 아니며 滋味잇다고 童話가 아니다.

그리고 어린이들이 主人公만 되어 잇으면 그것이 그대로 童話가 되는 줄 아는 것 같앗다.

率直히 말하면 今年에는 入選시킬 童話가 단 한 篇도 업엇다. 當選作 「세발 달린 황소」[215]도 童話라기보다는 차라리 少年小說이다. 이 作者도 좀 더 童話라는 어떤 것인가를 그 工夫할 必要가 잇다.

---

214 「新春作品選評(전4회)」(『동아일보』, 38.1.9~14) 가운데 아동문학 관련 내용인 1월 12일 자만 전사하였다. 글의 제목이 다르다. 1, 2회는 「新春創作選評」, 3, 4회는 「新春作品選評」이다.

215 1938년 『동아일보』 신춘현상 동화 부문 당선작인 정수민(丁秀民)의 「세발 달린 황소」를 가리킨다.

童話를 그대로 "옛날이야기"로 하는 사람도 만헛다. 첫 序類부터 "옛날에도 아주 오랜 옛날"이라든가 "옛날 고려 적에" 하고 始作된 作品이 應募 總數의 約 半이나 되엇다.

### 作文

어린이들의 作文은 例年에 比하야 훨신 조핫다. 李丙南 君의 「어머니」나 金熙昌 君의 「우리집 개」 金秉宙 君의 「우리 언니」 어느 것을 勿論하고 童心이 그대로 엿보이는 귀여운 作品들이엇다. 特히 金秉宙 君은 아직 八歲의 어린이다. 이 나이에 이만한 力量이 잇고 이만한 表現을 햇다는 것은 놀라운 일이다.

### 童謠

應募作品 中 가장 篇數가 만흔 것이 童謠엿다. 그러나 뛰어나게 조흔 것은 없엇다. 甲으로 當選한 「꽈-리」[216]가 좀 낫기는 하지마는.

### 習字

習字는 學校에서 시간에 배우는 外에 조흔 先生의 아래서 自習하는 兒童들의 作品으로는 조흔 것이 만히 잇엇다. 그中에서 골라서 두 사람의 글씨를 特選으로 뽑앗다. 이것은 考選基準을 學校에서 배우는 것만으로 잘 쓰는 兒童에게 두려 하엿기 때문에 特選이라는 名目으로 조케 말하면 優待하엿고 나쁘게 말하면 除外한 것이엇다. 그다음으로 普通學校 兒童답게 쓴 것 中에서 甲乙을 골라 내엇다. 이것은 決코 校外의 自習을 조치 못하게 생각하는 까닭은 아니다. 學校 時間에서만 習字하는 兒童의 習字를 더 獎勵하자는 생각에서 한 일이다.

### 圖畵

圖畵에도 조흔 作品이 만헛으나 在籍學校 學年을 쓰지 아니하고 自己의 住所만 적어서 應募한 作品 中에서 兒童답지 못한 너무 능난한 솜씨로 그린 그림들은 選者의 判別力이 미치는 限까지는 選에 너치 아니하엿다. 그

---

216 1938년 『동아일보』 신춘현상 동요 부문 '甲' 당선작인 허길옥(許吉玉)(明川郡 明潤學校)의 「꽈리」(『동아일보』, 38.1.6)를 가리킨다.

러고 이것도 習字와 함께 그 巧拙과 學年別과를 參酌하야 考選하엿다. 이 것은 이번 新春의 兒童, 自由畵와 習字에만 限한 考選 方針이 아니라 從來, 또는 今後 "어린이日曜"欄에 投稿된 習字 圖畵와 作文 等에 對하여서도 마찬가지 方針임을 여기서 말해 둔다.

宋完淳, "童謠論 雜考 - 硏究노-트에서(--)", 『동아일보』,
1938.1.30.


　　　一

　　어린이도 어른과 다름없는 生活者이다. 어른과 한가지로 밥 먹고 옷 입
고 방에서 자는 生活者인 것이다.

　　그러나 어른은 直接的인 生活의 運轉者임에 反하야 어린이는 間接的인
生活의 寄託者이다. 또 人間的 條件만으로도 —— 어른은 모든 것에 잇어
서 크고 자랏슴에 反하야 어린이는 적고 어리다.

　　이 生活條件과 人間條件의 相異는 必然的으로 그 觀察方式(或은 樣式)
의 差異를 齎來한다.

　　어른은 知覺的 理知로써 分析的으로 事物을 보고 複雜하게 생각한다.
어린이는 感覺的 叡智로써 直觀的으로 事物을 보고 單純하게 생각한다.


　　—— 대나무는 대나무다. 어린이도 그러케 보고 어른도 그러케 본다. 어린이
는 單히 본다. 그리고 直覺한다. 어른은 細히 본다. 그리고 깊이 內外에 徹한다.
그러나 어느 편이나 대나무는 대나무로서 볼밖에 없는 것이다.(北原白秋 氏의
『童謠 私論』[217]에서)


　　똑같은 대나무에 對한 어른과 어린이의 觀察方式의 이 差異에 爲先 注意
하라.

　　　二

　　어린이는 말하자면 原始的인 人間이라고 할 수 잇다. 그들은 文明人種
中의 未開人이다. 그들의 想念과 行動은 粗野하고, 單純하고 感情的이다.


---

217 『白秋全集』(제18권, アルス, 1933)에 따르면 '34~50쪽에 걸쳐 "童謠私觀"이란 글이 있는
　　데 이것을 가리키는 것으로 보인다.

그러타고 勿論, 어린이의 心狀의 複雜相을 否認할 수는 없다. 人間七情에서 發源되는, 모든 여러 가지 感情을 어린이도 具有한다.

오직 어린이는 이 여러 가지의 複雜한 感情을 어른에 잇어서처럼 複雜한 그대로 또는 互相關聯的 或은 連續的으로 穿鑿하여 생각지를 못한다. 複雜한 것을 單純하게 個別的 = 非關聯的으로 直感하는 것이다.

가령 똑같은 環境에 處해서 똑같은 것에 對하여 喜悅이나 或은 悲哀를 느끼는 境遇에 어른은 當分히 哲學的(語弊가 잇으나)임에 反하여 어린이는 多分히 現象的이다.

三

어른은 어린이를 幼稚하다고 한다.

어린이의 하는 짓, 어린이의 생각하는 것이, 直接 實生活에 裨益도 못되고 도로혀 有害한 작난처럼만 보는 어른이 만타. 特히 朝鮮의 어른에 잇어서 그러타.

그러나 어른이 아모리 有害하고 아모리 幼稚타고 생각하는 것일지라도 그것을 行하는 어린이 自身에 잇어서는 훌륭한 眞實인 것이다.

모든 것에 잇어서 成熟치 못한 어린이에게 어른의 註文대로[218] 어른의 算盤에[219] 마춰서 어른의 살림사리에 利로운 짓만 골라서 하기를 바라는 것은 無理도 甚한 것이다.

그 有害하고 幼稚한 생각과 行動을 바르게, 높게 指導는 할지언정 打算的인 見地에서 非難하고 抑壓하여서는 안 된다.

自身으로서는 眞實인 것을 侵害당할 때, 結果될 것은 反撥밖에 없을 것이다.

四

어린이의 幼稚한 생각과 작난을 敬愛하라.

어린이의 原始的인 感覺的 叡智 속에는 將來의 高貴한 理知의 溫床이

---

218 '注文대로'의 오식이다.
219 '算盤'은 "소반(そろばん)"으로 읽는다. "주판, 셈, 손익계산"이란 뜻의 일본어이다.

準備되어 잇고 偉大한 靈魂의 싹이 눈트고 잇는 것이다. 그리고 그들의 有害한 것 같은 작난은 將來의 社會的 活動을 爲한 豫習인 것이다.

우리는 어떤 部類의 사람들처럼 어린이를 天眞爛漫이라는 麗句로써 不可侵의 天使視하여 地上의 現實로부터 超然한 存在로 昇天시킬 必要는 조곰도 없다. 그것은 어린이의 本望도 아닐 것이다.

그러나 同時에 이런이를[220] 어른의 附屬物視하여 하나의 작난감이나 奴隷로 對하는 것에도 斷然 反對하지 안흐면 안 된다.

우리는 現實의 어린이를 잇는 그대로 보고 생각지 안흐면 안 된다.

따라서 이 어린이의 잇는 그대로의 自然感情의 부르지즘이야 말로 童謠의 出發點이다.

그러므로 어림에 徹한 것일사록 훌용한 童謠라고 할 수 잇다. 어림을 無視할 때 거기에서는 어린이가 어른 옷 입은 것 같은 喜劇的 擬似童謠밖에 안 생길 것이다.

어림에 徹하여야 한다는 것은 口尙乳臭한 稚拙에 徹하여야 한다는 意味는 아니다. 無邪氣하고, 單純한 —— 다시 말하면 어른에 잇어서와 같은 雜念이 없는 原始的 心性이라고 할 수 잇는 童心에 徹하여야 한다는 말이다.

### 五

어린이는 本能的 生活者이다.

倫理라든지 道德이라든지를 잘 알지도 못하고 깊이 掛念하려고도 안는다. 瞬間的 刹那 直感에 依하여 어떠한 悖倫, 어떠한 非道德的인 일이든지 敢行하는 그들인 것이다.

童謠는(特히 어린이 自身의 作品에 잇어서) 이런 것을 取材할 수도 잇다. 旣成의 儒敎的 公式觀念으로 이것을 非難만 하여서는 안 된다.

童謠도 하나의 兒童敎育의 手段이기는 하다. 童謠를 通하여 우리는 자라나는 어린 生靈들을 陶冶하기에 힘쓰지 안흐면 안 된다.

---

[220] '어린이를'의 오식이다.

그러나 그 方法은 機械的이거나 一徹한 敎訓的이어서는 안 된다. 童謠
는 修身敎科書와는 달르다. 現在의 學校的 唱歌를 非라 하게 되는 原因도
여기 잇다.

童謠에 依한 敎育의 本質은 自然에 잇다. 저도 몰르게 自然히 拘束 없이
薰陶하는[221] 그런 노래가 아니면 안 된다.

抑制와 劃一主義는 童謠의 禁物이다. 또 그것은 어린이의 心性을 삐뚜
로 되게 한다.

---

宋完淳, "童謠論 雜考 - 연구노-트에서(二)", 『동아일보』,
1938.2.2.

사람들이여, 板백이的 倫理觀과 道德觀에서만, 童謠를 輕蔑하지 말라!
어린이의 單純한 直觀이 天下의 萬象에 直面하여 그것을 제멋대로 感覺
하고 想念할 때 거기에는 어른으로서는 생각지도 안흔 또는 못한, 深奧한
眞理가 나타나고 巨大한 靈魂이 움직이고 哲學 以上의 哲學의 閃光이 번득
이고 偉大한 詩가 생겨나는 것을 알지 안흐면 안 된다.

어른은 理性으로써 眞理를 穿鑿하지만, 어린이는 感性으로써 眞理를 直
感하는 것이다.

어른은 眞實로는 神秘를 느끼기 어렵지만 어린이는 眞實로 神秘를 느
낀다.

童謠詩人은 어리디 어린 말로 불리우고 씨(書)여지는 童謠에서 이러한
深奧하고 偉大한 眞理의 움직임을 感觸할 줄 몰라서는 참된 詩人이랄 수
없는 것이다.

七

---

221 '薰陶하는'의 오식이다.

이미 어린이의 生活과 心性이 單純하고 素朴하고 感覺的이라면 童謠에 잇어서 機智는 歡迎할 것이 못 된다.

先天的으로 타고난 叡智는 必要할지언정 後天的으로 거즛 만흔 社會에서 얻은 어른이나 갖일 수 잇는 機智는 必要할 것이 없는 것이다. 機智는 挾雜物을 만히 內包한 人爲的 슬기인 때문이다.

　—— 純眞한 兒童에는 特히 이 機智를 꺼린다.(北原白秋 氏의 前揭書)

딸허서 童謠의 表現을 技巧와 修辭로만 일삼어서는 안 된다.

어린이는 새것은 조와하지만 人爲的 巧妙만을 探究하지는 안코 말을 배우는 途程에 잇는 그들인 만치 修辭的 美辭麗句에는 도로혀 眩惑感만 늣길 것이다.

그럼에도 不拘하고, 朝鮮의 現代童謠의 一般的 傾向은, 이 技巧와 修辭를 童謠의 根本條件으로 삼어 온 것 같다. 所謂 童謠作家들의 童謠를 훌터보면, 擧皆가 허수아비에 고흔 옷 입힌 것 같은, 新奇한 語句만, 不自然하게 羅列한 것이엇다. 技巧를 爲한 技巧, 修辭를 爲한 修辭만을 追求한 것이다. 그나마, 어설피기 짝이 없는, 拙劣한 方法으로 ——

보라. 形式과 樣式은 日本 內地의 것을 몰래 꾸어 오고, 그럴듯한 朝鮮말의 美辭麗句와 巧辯, 妙語 줏어 모아다가, 서툴르게 野合시켜 노흔 것이, 朝鮮의 이른바 新童謠라는 것이 아니엇든가.

### 八

吾人은 童謠에 잇어서의 形式主義의 必要를 絕對的으로 否認하는 것은 아니다.

아모리 훌융한 內容을 갖인 童謠일지라도, 形式을 全然 無視하여서는 안 된다.

事實에 잇어서 어린이는 內容의 完璧에보다 形式 또는 樣式의 美에 더 感하는 일이 만타.

未開種族들이 그 歌謠를 意味를 몰르면서도 사랑하여 노래 불르고 또는

無意味하고 單純한 音의 피푸리에서[222] 愉悅을 늣기는 것은 흔히 그 綴音의 長短과 分量 及 旋律의 高低 等의 形式과 樣式 때문이라 한다.

그러타면 文化民族의 未開人으로서의 어린이가 形式美를 사랑하는 것도 理의 當然이다.

다른 것은 다 고만두고 —— 사람에게는 아모 意味도 없는 音聲의 反復에 지내지 못하는 것같이만 들리는 例컨대 꾀꼬리 노래 같은 것에 恍惚을 늣기는 自力을 各其 생각해 보라.

물론 生活環境이 달른 만치 아모리 未開하고 原始的이라고는 할지라도 文化民族의 어린이를 未開種族과 全然 同一한 것으로 볼 수는 없다. 後者에 比하면 前者는 어느 모로 보든지 開化한 人間들이다. 그러므로 形式의 美를 사랑하고 그것에 一時 眩惑되는 일은 잇을 지라도 恒久的으로 그러치는 안흘 것이다.

結局 어린이는 內容의 훌융한 童謠에 훨신 만흔 愛着을 갖고 興味와 愉悅을 느끼는 것이다.

딸어서 內容의 完과 形式의 美가 가장 잘 調和한 童謠야말로 훌융한 藝術的 童謠일 수가 잇고 生命도 길 것이다.

그러면서도 形式主義的 童謠도 必要하다는 것은 어린이의 飮食物에 군것도 必要하다는 것과 같은 程度를 意味함에 지내지 못하는 것이다. 그러나 이 말을 技巧主義的 童謠도 必要타는 意味로만 생각해서는 안 된다.

技巧는 機巧에 通한다. 形式과 技巧는 각가운 것 같으면서도 멀은 寸數다. 形式은 藝術性을 갖지만은 技巧는 機智 잇는 小才의 輕薄한 손작난에 지내지 못한다.

### 九

우리는 技巧萬能主義와 함께 形式의 固定化를 極히 警戒하지 안흐면 안 된다. 이른바 定型律의 行마침과 字마침 때문에 朝鮮의 童謠는 機械主義에 墮하고 말지 안헛는가. 變化 없는 無理한 一律的 樣式 —— 主로

---

222 '되푸리에서'(되풀이에서)의 오식으로 보인다.

七五調式 定型律 —— 때문에 朝鮮의 童謠는 얼마나 發展을 妨碍 當하엿든가?

조선말 童謠에 七五調가 適當한지 못한지 그것은 좀 더 討究할 問題이기는 하다. 그러나 이제까지의 狀態로 보면 理解가 相半이엇다고 할 수 잇을 것이다. 그런 것을 無條件하고 朝鮮童謠의 主形에 올려 안치는 것은 斷然 不可하다. 朝鮮童謠에 傳統이 全無하다면 別問題이지만 四四調라는 傳統이 뚜렷이 잇고 그것이 조선말을 童謠에 가장 適當한 樣式이엇든 만치 이제 갑작이 딴 데서 꾸어 온 樣式으로 이 儼然한 傳統을 無視하는 것은 絶對로 誤謬가 안닐 수 없다.

폼人은 四四調를 强調하지는 안는다. 四四調가 조선말에 適當하든 時代와 現世代는 모든 點에 잇어서 달른 때문이다. 言語 그것도 만이 進步되엇다. 그러나 그러타고 七五調가 必要하다는 理由는 成立되지 못할 것이다.

새로운 形式과 樣式과 調律은 四四調라는 傳統의 再檢討에서 出發하여 樹立되지 안흐면 안 될 것이다.

하나, 어떠한 境遇에 잇어서든지 定型律을 絶對視하여 固執해서는 안된다.

童謠는 본래 불르는 것을 生命으로 삼는다.

불르기 爲하여서는 定型律이 簡便할 것이다.

하지만, 度를 넘어서, 不自然하게 抑制로 字와 行만 마추려는 것은 큰 잘못이다. 그것만이 定型律은 아니고 그것만이 불르기 조흔 것은 아니다.

字와 行마침을 안드라도 얼마든지 불를 수 잇고 作曲할 수 잇을 것이다.

宋完淳, "童謠論 雜考 - 연구노-트에서(二)", 『동아일보』,
1938.2.3.[223]

十[224]

白秋 氏는 어른이 童謠를 지을 때에는 그 어른은 童心에 還元해야 한다
해서 感覺的 直接性을 提唱하고 西條八十 氏는 童謠는 어린이의 精神과
어른의 精神의 類似(analogy)를 發見함에 잇다 해서 北原[225] 氏의 方法을
否認하엿다.

西條 氏의 —— 精神上의 類似 發見 云云은 어린이에게서 어른的인 것을
發見하여야 한다는 말이 아니라 어른에게서 어린이的인 것을 發見하여야
한다는 말일 것 같다. 或은 어린이에게서는 어른的인 點을 어른에게서는
어린이的인 點을 發見하여야 한다는 말로도 解釋된다. 또 달리 —— 어른
的도 아니고 어린이的도 아닌 다시 말하면 어른과 어린이 精神의 中間的인
"무엇"을 發見하여야 한다는 말로도 생각한다.

한데 以下의 西條 氏의 말슴은 精神의 類似 發見이라는 것이 어린이에게
서 어른的인 點을 發見하여야 한다는 意味처럼 들긴다.

—— 우리들이 어린이에게 주는 童謠라 할지라도 그것은 따지고 보면 똑같은
目標에 이러진(繫) 길을 겨우 一步 앞선 者가 떠러진 자를 불러이르키는 소리거
나 또는 새로 함께 손을 잡고 거러가는 者의 勇敢한 進行歌가 아니면 안 된다.(西
條八十 氏의 童謠集 『鸚鵡와 時計』[226] 序文)

童謠도 兒童敎育의 一手段이라고 볼 때에는 이 말에도 一理가 없지는

---

223 순서로 보면 '三'이 맞다.
224 원문에 횟수 '十'이 없다. 맥락을 고려해 횟수를 매겼다.
225 앞의 '白秋 氏'와 '北原 氏'는 "北原白秋"를 가리키는 것이므로 같은 사람이다.
226 『鸚鵡と時計』(赤い鳥社, 1921)를 가리킨다.

안타. 그러나 이 말대로 한다면 童謠는 구태여 必要할 것이 없을 것이 아닌가. 學校式 唱歌와 어른의 詩歌만으로도 充分할 것이 아닌가.

果然 童謠의 窮極의 目的은 자라는 어린이의 精神을 引導함에 잇는 것이기는 하다. 어린이가 어리고 童謠가 어림에 徹하여야 한다고 어린이의 精神을 더욱 稚拙한 方面으로만 低下시켜서는 안 된다.

하지만 그러타고 어린이를 爲한 童謠에 어른的 精神을 作爲하는 것은 誤入의 甚한 것이 아닐 수 없다.

十一

童謠는 어린이의 노래다. 그러타면 詩人은 童謠의 創作에 잇서서 무엇보다도 먼저 어린이的이지 안흐면 안 된다.

自己에게 남어 잇는 童心을 發見하고 自己의 어렷슬 때의 마음에 還元하기에 힘써야 한다. 同時에 어린이를 어린이 그것으로서 理解하여야 한다.

어린이에게서 어른的인 類似만 찾으려 한다든지 第三者的 態位에서 童謠를 어린이에게 빌려주려는 것 같은 짓은 斷定코 못 쓴다.

어린이의 世界에 들어가서 그들의 生活과 그들의 생각하는 것과 그들의 느끼는 것과 그들의 하는 말 속에서 童謠를 發見하지 안흐면 안 된다. 童謠를 짓는다느니 보다도 發見하여야 하는 것이다. 이것이야말로 깊이 생각해 볼 重大한 課題다.

어른은 어른 行勢를 하면서 "너의들은 이리로 오지 안흐면 안 된다"는 式의 童謠는 其實 童謠도 아모것도 아니다. "우리는 이러타. 그리고 이러케 되어 간다"는 것을 不知中에 깨우처 줌으로써 隱然한 가운대에서 "이러케 되지 안흐면 안 된다"는 것을 스스로 깨닷도록 하는 노래야말로 참진 童謠요 敎育的 效果도 더 만흘 것이다.

十二

어른으로서 童心의 還元하여, 어린이의 立場에 선다는 것은 極히 어려운 일이 아닌 것은 아니다. 可能하다고 하드라도 完全히 純粹한 意味에서 어린이的이지는 못할 것이다.

어른은 어린이로부터 어른에 成長하는 동안에 純粹한 童心은 거의 다 일어버린다. 間或 한구석에 남어 잇는 것일지라도 純粹타고 保證키는 어려울 것이다. 그것은 오래동안의 모든 雜것에 侵害를 不絶히 當하여 때가 묻을 대로 묻은 童心일 것이다. 뿐 아니라 그것은 童心 自體대로 잇지를 안코 어른的인 精神과 心性 속에 파무처 잇는 것이다.

그러므로 어른이 아모리 童心에 還元하여 어린이의 精神과 心性에 一致하는 瞬間이 잇다 할지라도 어린이로서 보면 비슷한 것에 지내지 못하는 것일른지도 몰른다. 心理學上으로 이 一致라는 것을 完全한 意味에서 證明할 때까지 이 童心에의 還元이라는 것은 根本的 解明을 留保해 둘밖에 없다.

그러므로 詩人은 어린이的이어야 한다. 童心에 還元하여야 한다. 하는 말은 이 境遇에 消極的 可能을 意味하는 것임을 注意하지 안흐면 안 된다.

十三

問題는 이러케 解決 짓는 것이 妥當할 것 같다. ——

往時에는 어른도 어린이 時節을 지낸 사람이요 現在에는 그 理知로써 어린이의 生活과 精神을 能히 理解 會得하고 또 能히 自己를 어린이의 心狀에 想定할 수가 잇는 만치 童心에의 還元이 어느 程度까지는 可能할 것이다.

그리고 刹那的으로 어린이에 가장 近似한 瞬間을 어떤 어른이든지 자조 經驗한다.

詩人은 이 모든 어린이的인 境遇를 敏捷히 捕捉하여 最大 限度로 活用하지 안흐면 안 된다.

어린이와 함께 작난하고 싸우고 울고 웃고 — 어린애 노릇을 하여야만 반듯이 어린이世界에 參加하는 것은 아니다. 어린이 自身의 創作의 境遇에는 別問題이지만 어른의 意識的인 創作의 境遇에는 그것은 도로혀 害가 만흘 것이다. 웨 그러냐 하면 童謠를 어른이 創作하는 것은 最後의 目的이 어린이를 醇化 向上시키려는 것에 잇는 때문이다.

詩人은 어린이의 世界에 들어가야 하고 童謠는 "짓는다"느니보다도 "發見"해야 한다고 그것을 公式的으로만 생각해서는 안 된다. 參加 또는 參入

과 沒入을 區別하고 發見과 創作을 關聯的으로 解釋하여 이 境遇의 創作이
라는 말은 發見과 同義語이지 決코 "作爲"를 意味함이 아니라는 것을 疑心
해야 한다. 다른 兒童藝術에 잇어서도 그러치만 特히 童謠에 잇어서 이
作爲라는 것은 가장 禁忌할 行爲다. 그러면서도 어른의 創作童謠는 어린이
自身의 創作童謠처럼 無目的的이 아닌 點에 社會的 存在價値가 잇고 보다
藝術的일 수 잇는 것이다.

作爲를 禁하고 自然을 強調하면서 一定한 目的을 갖지 안흐면 안 된다는
말은 一見 矛盾인 것 같다. 그러나 어린이의 노래라고 그리 쉬웁게 創作할
수 잇는 것은 안다. 도로혀 어른 아닌 어린이를 相對하여 어른이 어린이
의 노래를 創作하는 것인 만치 어른의 詩歌에 잇어서 보다도 困難을 倍加
할 것을 미리 覺悟치 안흐면 안 된다.

---

宋完淳, "童謠論 雜考－연구노－트에서(完)", 『동아일보』,
1938.2.4.


　　　十四
西條 氏와 北原 氏는 그 童謠創作의 態度에 잇어서도 서로 달른 見解를
갖고 잇다.

西條 氏 － "童謠詩人으로서의 現在의 나의 使命은 고요한 情緒의 노래
에 依하여 高貴한 幻想 卽 叡智的 想像을 世上의 어린이들에게 너어 주는
일이다."(西條 氏의 前揭書)

北原 氏 － "그들 어린이의 詩情을 우리들은 다만 끄러내 주면 充分하다.
그 以上은 적어도 어른으로서는 僭越이라는 것을 알지 안흐면 안 된다.
참된 童謠는 本來 어린이 自身의 것이다."(北原 氏의 『童謠復興』[227])

---

227 『白秋全集』(제18권, アルス, 1933)에 따르면 '4~33쪽'에 걸쳐 "童謠復興"이란 글이 잇다.

童謠를 어른과 어린이가 손잡고 나아가는, 勇敢한 進行歌라고 한 앞에 引用한 西條 氏의 말슴과, 여기 引用한 말슴과는, 矛盾이 되지 안을까? 勇敢한 進行歌에는 고요한 情緒는 必要치 안흘 것이다. 進行은 動을 意味한다. 그리고, 動하는 것에는 幻想이 別로 없다. 또, 幻想만이, 叡智的 想像은 아닐 것이다.

要컨대, 西條 氏의 저 말슴과 이 말슴은, 서로들 否認하는 것이다. 그러나 여기에서는, 여기에 引用한 말슴만, 따로 考究해 보기로 하자.

西條 氏의 말슴대로 한다면 童謠는 오직, 抒情的 歌謠이면 조타. 고요한 幻想 속에서, 至上의 情緖的 甘美夢만을 노래하면 고만이다.

우리는, 어린이의 幻想이라든지, 靜的인 一面을 否認하지 안는다. 되는 것도 아니다.

끈임없는 好奇와 未知의 것에 對한 꿈과 未見한 것에 對한 그리움과 바람은 往往히 어린이들로 하여금 無我의 恍惚境에서 幻想에 夢遊케 하고 間間히 느끼는 哀愁, 孤獨, 後悔, 思慕 等等의 感情은, 그들로 하여금 고요한 沈默에 잠기게 하는 일이 없지 안타. 그러나 이러한 幻想과 靜寂은 副次的인 것에 지내지 못한다.

어린이는 本質에 잇어서 實際的이요 動的인 人間인 것이다. 말하기에 따라서는 어른보다도 헐신 動的인 現實主義者라고 할 수 잇다.

世波를 理知的으로 知覺 못하는 그들은 生의 喜悲劇에 對하여 어른처럼 深刻한 經驗과 認識을 갖지 못한 만큼 더러 느끼는 센치멘탈과 메랜코리ー도 그 瞬間만 지내면 忘却해 버리고 또 될 수 잇는 대로는(無意識的이기는 하나) 樂觀的으로 處理해 버리는 것이 普通이다. 그리고 쉬임없이 生動하는 그들의 靈魂은 꿈과 幻想의 渦中에서도 決코 靜止하는 일이 흔치 안타.

그러면 靜的인 幻想의 哲學으로써 生動하는 어린 靈을 사로잡으려 하는 것은 惡質의 誤謬라고 안흘 수 없다.

十五

꿈, 幻想, 神秘 等의 空想을 無視하면 童謠는 乾燥無味한 것이 되고 말을 것이다. 空想을 풍부히 갖일사록 童謠는 潤澤해질 것이다.

어린이는 現實主義者이기는 하지만은 現實 執着者는 아니다. 끝임없이 나아가려 하고 끝임없이 보다 나은 것을 꿈꾼다.

童謠는 이 꿈과 空想의 進取性을 잘 받어드리어 어린이의 精神的 糧食을 좀 더 營養價値 잇게 해 주어야 한다.

吾人은 童謠도 그 基礎를 리얼리즘에 두어야 한다고 믿는 者이나 리얼리즘이라고 꿈과 空想을 無視치는 못할 것이다. 꿈, 幻想, 神秘라는 것을 超現實的인 것으로만 생각하는 사람도 잇으나 그것은 決코 天堂的인 관념이 아니라는 것을 알지 안흐면 안 된다. 現實을 떠난 꿈, 幻想, 神秘라는 것은 하나도 없다.

그러타면 이런 것을 取하여 싹트는 어린이의 想像力을 豊潤히 길러 주는 거름이 되게 하는 것은 도로혀 바랄 일이 아닌가. 오직 注意할 것은 이것을 西條 氏처럼 靜的으로만 思惟치 말을 일이다.

### 十六

童謠의 敎育的 價値나 社會的 效用價値만을 絶對視하여서는 안 된다. 이러한 機械的 實利主義는 童謠의 自殺을 促하는 結果밖에 못 갖어올 것이다. 그러나 童謠의 全 目的을 오직 "어린이의 詩情을 끄러내어 주면 充分하다"는 點에만 두는 北原 氏의 말음은 너무 放任的이다. 其實 童謠의 目的을 否認하는 것이다. 童謠가 작난거리라면 別問題일 것이다. 어린이는 작난조와하는 人間이지만 童謠는 單純한 작난거리가 아니다.

그러므로 童謠는 어린이의 詩情을 喚起해 줄 뿐 아니라 그 以上으로 어린이의 全人格을 길러 주는 것이 아니면 안 된다.

그러타고 유-모어를 不必要하다는 것은 아니다. 悲觀 속에서가 아니고 樂天的인 속에서 우리 어린이를 키우려 할 진대(그러케 하여야 한다) 유-모어도 童謠의 重要한 要素가 될 것이다. 하나 유-모어와 單純한 작난과는 같은 것이 아니다.

### 十七

사람들은 童謠를 輕視한다. 特히 朝鮮의 어른들에 그런 사람이 만타. 그리고 童謠는 아모나 지을 수 잇는 것으로 녀긴다. 어린이的인 말로 어린이의 노래 같은 外貌만 꾸며 노흐면 童謠가 되는 줄 안다.

그러나 童謠가 얼마나 貴重하고도 짓기 어려운 것인가는 우에 이야기한 것만으로 넉넉히 짐작할 수 잇을 것이다.

앞으로 우리는 좀 더 眞摯히 童謠를 硏究하지 안흐면 안 된다.

社會 各界에서도 좀 더 後援이 잇어야 할 것이다.

朝鮮의 童謠는 이래서만 發展할 것이다.

牧羊兒, "十月號 詩評과 鑑賞", 『가톨릭少年』, 제3권 제1호,
1938년 1월호.

여러 번 讀者文壇에 눈을 살폇스나 내가 말하는 리즘 內容과 形式을 찾
을 수 없엇습니다. 내가 보고 조흔 것이 여러분이 보면 낫분 것도 잇슬
것입니다. 그럼으로 내가 느낀 그것이 꼭 그래야만 된다는 理由는 없다는
것을 거듭 말해 둡니다. 이번 호부터는 讀者文壇에 대한 평을 쓴 뒤에 先生
님들의 作品을 鑑賞(맛보는 것)을 하여 우리는 남의 作品을 보는 공부를
더해야 되겟다고 生覺합니다.

◀「할미꽃」　　배豊 作
할미꽃을 하나 뜯고 "붓도 한 자루" 하엿스니 作者는 너무 算術하는 式입
니다. 좀 더 재미잇는 말을 골랏드면 합니다. 내 생각으로는 이렇게 하엿드
면 內容의 리즘이 더 사러날 것 같읍니다.

> 할미꽃을 뜯어서
> 붓을만들엇조
> 침발나 팔목에다
> 배－ 豊－ 이라고
> 써보앗서요….(이상 55쪽)

◀「여름」　　朴京鍾 作
여름은 푸른빛에 싸인 것은 정말입니다. 그러나 푸른푸른……어듸까지
푸른 것인가요. 듯기 조흔 말도 자조하면 듯기 싫습니다. 形容詞에 더 힘드
리섯드면 합니다.

◀「거즛뿌리」　　尹童주 作
우리 어린이 나라의 동무 참 많습니다. 개, 고양이, 닭, 비둘기, 꽃, 나
무……이 모－두가 동무입니다. 글 全体로 보아서는 좀 지루하나 강아지
꼬리치는데 속은 것과 닭이 우는데 속은 것을 퍽 자미잇게 썼습니다.

◀「새벽종」　許昌善 作

땃듯한 이불 속에서 눈을 뜨고 그 거룩한 종소리를 드를 때! 그 마음이야 말로 샘물같이 맑을 것입니다. 우리는 일할 적이나 놀러 갈 제나 우리의 손발 닷는 곧마다 이 종소리를 가슴에 들으며 잇서야 할 것입니다. 이 거룩한 종소리는 마음을 시처 주는 비누와 같은 것입니다. 作者여 만히 힘써 지으시우.

◀ 鑑賞 童詩「時計」　朴晩鄕 作

우리가 學校에서 先生님이 作文 지으라면 무슨 題目으로 지을까 하고 머리털을 빡빡 긁습니다. 讀者 여러분에게 가령 "돌(石)"이라는 것으로 詩를 쓰라면 무엇(이상 56쪽)을 어떻게 썼으면 하고 역시 머리를 긁을 것입니다. 위선 돌이 사람이거니 하고도 생각하고 돌이 어떻게 하고 잇다는 것을 보아야 될 것입니다. 時計라는 題目은 정말 간단하고도 어렵습니다. 作者는 먼저 時計가 사람이거니 하고 본 것입니다. 사람 같으면 밤에 자부러워 못 견딜 텐데 밤에도 쉬지 않고 재각재각 한다는 것을 찾아냇습니다. 요러케 內容이 좁은 題目으로도 이렇케 자미잇게 지을 수 잇는 것입니다.

◀ 童謠「은실비」　李봉수 作

內容과 形式의 리즘은 잘 어울려 맛친 것이 조흔 童謠라고 봅니다. 內容의 리즘은 빨레줄에 떠러진 빗방울이 구슬 열리드시 매여달렷다가 둘씩 이렇게 합해서는 한꺼번에 또르르 하고 떠러지는 것 二節에는 우산 우에서 금시 하나 둘 셋 하고 뛰여내리는 것 三節에는 도랑에서 에뿐 애기의 연주 빰같이 뱅그르르 도는 그 비오는 소리며 모양이 눈 감아도 환히 보이는 듯합니다.

形容으로 본다면 나슬나슬 또르르 또르랑 뱅그르 이 얼마나 자미잇습니까. 나는 몃 번이나 읽어 보앗는지 몰으겟습니다. 내가 作曲家라면 曲을 부처서 비오는 날 불으고 싶읍니다. 讀者 여러분도 거듭 읽어 주십시요. (끝) (이상 57쪽)

## 田榮澤, "序", 林鴻恩 編, 『아기네 동산』, 아이생활사, 1938.3.

버드나무 숲위로
둥근달이 솟았고
햇쌀찟는 물방아
소리맞혀 도누나
쿵닥쿵 쿵닥쿵
쿵닥쿵 쿵닥쿵
햇쌀찟는 물방아
요란하게 잘돈다다

林 君은 우리 가운데 드문 童詩人이다. 林 君의 이 노래를 들으면 어른
된 우리 마음도 한가해지고 그윽해지고 깨끗해진다. 그는 노래를 짓기만
잘할 뿐 아니라 목소리로 부르기도 잘한다.

영감 영감 야보소
에라 이놈 침줄가

君이 이 노래를 불러 주면 아이들은 좋아서 어쩔 줄을 모른다. 그는 노래
를 짓고 부르기만 잘할 뿐 아니라 그 마음 그 정을 가지고 그림을 그리기도
잘한다. 일즉 『아이생활』에 연재된 만화 「무쇠의 모험」은 얼마나 많은 어리
니들을 웃기고 『아이생활』의 페지 페지를 단장한 예쁜 그림은 얼마나 저들
을 기쁘게 하였는고.

그는 노래를 짓고 부르고 그림을 그릴 뿐 아니라 이야기도 잘 쓰고 잘한
다. 그는 스스로 어리니가 되어 가지고 어리니를 위하여 노래를 짓고 부르
고 그림을 그리고 이야기를 쓰고 하고 모으고 해서 어리니들의 가장 반가운
동무가 되기를 힘쓴다. 그러는 가운대 어려움도 많겠지만 그는 이 사명을
위하여 꾸준히 나가는 것을 우리는 감사하지 않을 수 없다.

林 君은 일즉이 童謠曲集을 내고 이제 또 자기 노래와 그림에 이름 있는
동무들의 노래와 이야기를 모아서 한 책을 만들었으니 참말 훌륭한 『아기
네 동산』이다.

아름답고 平和로운 『아기네 동산』에

林 君의 이 귀한 사업에

하느님의 祝福을 빌면서

－ 뒷동산에 오랑캐꽃 피기 시작하는 三月 卄六日 －

田　榮　澤


## 崔鳳則, "序", 林鴻恩 編, 『아기네 동산』, 아이생활사, 1938.3.

소꿉질 작란에 정신을 잃던 시절이 지나면 어리니들은 글 속에 버려지는
상상세계를 동경하는 것이 이상의 아름다운 취미입니다.

그러나 조선의 어리니들은 그 상상세계를 만족히 할 만한 아모런 서적이
없는 아주 숯 밭과 같은 이때에 어리니들의 정조를 가장 잘 살필 뿐만 아니
라 노래(童謠)로, 애틋한 말로, 기기묘묘한 그림 솜씨로 우리 어리니들의
벗이 되는 林鴻恩 君이 그러한 책을 만들어 놓은 것이 바로 『아기네 동
산』이란 이 책입니다.

君의 자기 글뿐만이 아니라 다른 선생님들의 하도 잘 쓴 글까지를 모아서
혹은 곡보를 붙여 노래 부를 수도 있고, 혹은 그림을 편마다 넣어 더욱이
읽을 맛을 돋히게 한 이 책은 참으로 소꿉작란 시대를 넘어서는 우리 어리
니들에게 새로운 선물이요 아름다운 상상세계에 둘도 없는 길자비요 길동

무라고 믿습니다.

　정말로『아기네 동산』이 한 책을 한번 읽어만 보시면 이 책의 내용을
소개하는 말이 너무도 신통치 아니한 데 놀래일 것입니다.

三月 十六日　　崔 鳳 則

姜　炳　周　　先生
崔　鳳　則　　先生
鄭　三　賢　　兄
任　元　鎬　　兄

　이번에 여러 가지로 많은 도움을 주신 이 여러 선생님과 형님께 삼가
사의를 표하나이다.


序　　文　田榮澤, 崔鳳則
作　　曲　朴泰俊, 金世炯, 朴泰鉉, 張洛喜
童　　話　任元鎬, 金福鎭, 崔以權, 丁友海, 都貞淑, 林마리아
童　　謠　尹石重, 尹福鎭, 朴泳鍾, 張仁均, 金大鳳, 睦一信, 金泰午,
　　　　　金英一, 康承翰, 李銀峰, 朴濟盛, 崔守福, 姜小泉, 李湖影,
　　　　　朴明玉
綴字校閱　姜炳周

　**삼가** 이 여러 선생님과 여러 동무께 감사하나이다.

## 六堂學人, "朝鮮의 民譚 童話(一)-遊離性의 說話", 『매일신보』, 1938.7.1.

原始時代의 文學的 產物 中 가장 몬저 생긴 것은 어느 神靈님을 中心으로 하야 天地人事의 온갖 現象을 說明하는 神話(Myth)란 것입니다. 그러나 사람의 智識 程度가 놉하저서 모든 것이 神의 造化로부터 생겻다 하는 이약이에 의심을 가지거나 쏘 興味를 늣김이 엷어지게 되면 이약이의 構成 手段이 變하야 神靈님 대신 偉大한 人間, 곳 人格的 英雄을 세워서 이약이의 主人公을 만들게 됩니다. 이러한 것을

神話에 對하야 傳說(Legend)이라고 부릅니다. 이 神話와 傳說은 만흔 境遇에 어느 한 地方의 風土 事情과 한 國民의 思想感情을 담아서 제각금 제 特色을 나타내는 한 國民詩를 이루고 잇슴니다.

그런데 原始人民의 詩的 感興을 도아주는 것, 더 切實히 말하야 小說的 衝動을 滿足하야 주는 것이 神話와 傳說의 外에 쏘 한 가지 잇슴니다. 그것은 神話나 傳說과 가치 特別한 主人公 —— 中心人物도 업고 언제, 어듸서, 어쩌케라 하는 特殊한 制限 拘束을 가지지 안코서 아모 대를 가서 누가 듯든지 자미잇다고 생각하게 생긴 普遍性 —— 휘쑤로 씨우는 이야기의 一 種類입니다. 곳

學者의 말로 Märchen, Folktale이라고 부르는 이약이人類가[228] 그것입니다. 朝鮮語의 "이약이"라 하는 것은 神話나 傳說에 보담도 이 '메르헨'에 該當한다 할 것입니다. "이약이"란 말이 廣義에 잇서서는 神話, 傳說, '메르헨' 等 一切의 說話의의 것을 包括할 것이지마는 狹義的으로 切實하게 말하자면 "이약이"란 곳 '메르헨' 그것을 나타내는 말씀 됩니다. 近來에 혹시 漢文으로 써서 "民譚"이라고 니르는 것이 곳 이것입니다. 民間에 流布한 一 쩌도라다니는 이약이를 意味하는 것입니다. 이러한 民譚이란 대개

---

228 '이약이類'에 '人'이 잘못 들어간 오식으로 보인다.

人類 智識의

**幼稚**하든 時代의 産物이기 째문에 內容이 非現實的이기도 하고 구석이
뷔는 수작이매 人類 心理의 發達을 짜라서 저절로 長成한 사람에게는 興味
를 주지 못하야 차々 一般性을 일코 겨오 어린아이, 쏘 아이가치 어린이들
의 사이에만 行할빳게 업시 됨이 通例—니 이러한 意味에서는 民譚이라는
것을 쏘 童話 — 아이들 이약이라고 부르기도 합니다. 民譚과 童話와는
결국 그것을 놀리는 對象을 짜라서 한 물건이 두 이름으로 닐컬럼에 不過한
것입니다. 이

**民譚** 쏘 童話라는 種類의 이약이는 아모 나라에를 드러가도 쏙가치 자
미를 늣게 생기고 쏘 어쩌한 神話나 傳說의 속에 드러가 끼여도 일 업시
거북할 것 업시 그 一部分을 形成하도록 생긴 것임으로 아주 아득한 녯날
로부터 아주 自由 活潑스럽게 全世界와 왼 人類의 사이로 골고로 傳播하
야서 天然덕스럽게 제각금 그 나라의 固有한 이약이인 체들을 호대 가만
히 그 性質을 삷히고 脈絡을 들추어 보면 실상은 한 가지 形의 여러 장
寫眞임이 분명하니 그럼으로 이러한 種類의 民譚·童話를 學問上에서는
遊離說話 —— 써도는 이약이라고 부릅니다. 무론 民譚·童話의 中에는
어느 한 國民의

**創作**으로서 어느 한 國土 안에만 行하는 것도 만치마는 쏘 아모 나라
에도 맨 데 업시 이 나라 저 나라로 써드러 가서 그네들의 國民詩의 中에
더부살이 노릇을 하는 것도 진실로 작지 아니합니다. 그中에 東洋이면 東
洋, 西洋이면 西洋, 쏘 東西洋 間에 어느 좁은 範圍의 몃 나라 사이에만
行하는 것도 잇지마는 어쩐 것은 古今東西라는 時間·空間의 모든 障壁
을 다 써러버리고서 全世界를 範圍로 구석구석 드러가 박인 것도 만흐니
이러한 種類를 짜로 世界 大流布說話라고 부르는 일도 잇습니다. 이러한
이름을

**必要**로 하도록 그런 이약이들은 世界的 普遍性을 가지고 잇슴이 事實
입니다. 이러한 種類의 이약이는 어듸서든지 歡迎되고 언제든지 사랑을
밧는 만큼 그 傳播는 速하고 影響은 크고 쏘 壽命이 가장 長遠하야서 말하

자면 이약이 中의 이약이라 할 것이고 普遍性의 民譚 童話입니다. 神話는
세월을 일허버린 지가 이미 오래고 國民的 傳說은 제 나라에서는 어찌 갓든
지 남의 나라에게는 아모 存在의 의미를 가지지 못하는 中에 遊離性의 說話
世界의 流布說話만은 시방도 오히려 淸新鮮明한
**生命**을 世界 各 國民의 사이에 普遍하게 發揮하고 잇습니다. 시방쑨
아니라 아마 언제까지도 그러하겟지오.

시험하야 朝鮮의 이약이에 나아가 약간 考察을 더해 보건대 다른 무슨
文化 現象에서보담도 이 이약이 文化의 우에서 朝鮮 文化의 世界性을 쭈렷
하게 認識할 수 잇습니다. 사람이 잘 精神 차리지 못하는 中에 朝鮮과 世界
가 이약이를 通하야 벌서 언젠지 모르는 아득한 녯날로부터 손목을 꽉 붓잡
고 잇슴이 분명합니다. 이것을 朝鮮의 民譚에서도 1. 오랜 녯날부터 잇서
온 것, 2. 시방도 널리 行하는 것, 3. 이약이의 表面에 朝鮮의 鄕土色이
진하게 물드러 잇는 것, 세

**標準**으로써 代表될 만한 것 몃헤서 檢討하야 보겟습니다. 그런데 朝鮮
의 이약이에는 누구나 다 아는 것을 새삼스레 주어섬기기도 도로혀 싱거운
일인즉 그냥 쒸여가서 外國의 이야기 — 갓가운 데, 먼 데 할 것 업시 남의
이약이를 주섬주섬 들추어 보겟습니다.

몬저 南쪽, 濟州에서도 짜만 저쪽에 잇는 海上의 조고만 섬나라 琉球[229]
에서도 가장 主要한 地方으로

**有名**한 中山王國이 잇든 시방 中頭郡(ナクガミ)[230]의 無漏(ムルチ)라
는 湖水에 關하야 대강 이러한 이약이를 傳해 잇습니다.

ムルチ湖에는 惡한 이묵이가 잇서 항상 사나운 風雨로써 附近의 걱정을 지으
니 居民이 童女를 사다가 물에 너코 祭祀 지내여서 無事함을 어덧다. 宜野灣(ギ
ノワン) 村에 사는 章 氏의 쌀 眞鶴이란 아이가 어머니를 爲하야 몸을 팔어서

---

229 류큐(りゅうきゅう)는 오키나와(沖繩)의 옛 이름으로, 가고시마 현(鹿兒島縣)과 타이완
   사이에 있는 열도를 말한다.
230 나카가미 군(中頭郡, なかがみぐん)은 오키나와 현(縣)의 군(郡)이다.

그 犧牲이 되니 하늘이 그 孝誠에 感動하야 대시 이묵이를 滅해 버리고 그 색시를 살려 내시는지라 王이 크게 깃버하야 그 색시로써 王子의 配匹, 꿋며느님을 삼앗다 하는 이약이입니다.

---

## 六堂學人, "朝鮮의 民譚 童話(二) - 박타령의 同源", 『매일신보』, 1938.7.4.

언뜻 드르서도 남의 이약이와 갓지만 아니하실 것입니다. 웨 그러냐 하면 우리의 『沈淸傳』의 졸가리만을 추려 내서 옴기는 이약이만 갓기 째문입니다. 沈奉事고 쌩덕어미고 黃州고 인당소고 蓮꼿송이고 盲人 잔치고 이러한 소리ㅅ군의 입에서 겹々이 粉바르고 살 올리고 처덕처덕 옷 입힌 것을 죄다 벗겨 버리면 『沈淸傳』 일판이 역시 이 琉球의 '무루지' 湖水 이약이허고 如合符節 꼭 가튼 것임은 더 說明할 必要가 업슬 것입니다. 琉球와 朝鮮과의 사이에는 혹 貿易上 關係를 因하고 혹 漂風한 船人들의 往來로 因하야 두 나라 사이의 交通이 진작부터 열렷섯고 우리가 거긔 저의가 우리게서 피차간에 여러 해ㅅ식 살다가 도라오고 도라간 일도 만히 잇슨즉 彼此의 넷이약이가 서로 傳해질 機會는 미상불 업지 아니하얏습니다. 그러나 언제 어쩌케 沈淸이가 琉球에도 잇고 朝鮮에도 잇게 된 것을 본 듯하게 말할 수는 무론 업습니다. 위선 沈淸이가 朝鮮에만 잇는 孝女가 아님만을 記憶하시기 바랍니다.

다음 內地[231]로 건너가서 시방부터 八九百年 前의 著述로 認定되는 『宇治拾遺物語』라는 古談集을 써드러보건대 그 卷三에 "雀報恩事"란 題目으로 이런 이약이를 적어 잇습니다.[232]

---

231 '內地'는 "외국이나 식민지에서 본국을 일컫는 말"이므로, 일제강점기 조선에서 '日本'을 가리키는 말로 쓰였다.

232 우지슈이 모노가타리(『宇治拾遺物語』)는 13세기 전반경에 성립된 중세 일본의 설화 이야

어느 해 日記和暢한 봄날에 마누라님 한 분이 뜰에서 일을 하노라니 참새 한 마리가 돌팔매에 마저서 허리를 분지르고 날개를 퍼덕거렷다. 불상해라 하고 얼는 집어서 쓰다듬고 물과 머이를 주어서 나날이 정성을 다하야 구완하얏더니 여러 날만에 다친 데가 다 나하서 아주 깃붐에 못 이기는 듯한 모양으로 훨적 날라갓다. 그런지 數十日만에 이 할머니 잇는 방 窓밧게서 참새소리가 요란히 남으로 행여도 하고 내다본즉 과연 눈에 닉어 이치지 안튼 그 참새임으로 오냐 네드냐 하고 마주 나가매 새가 반기며 질겨하며 입에서 나달[233] 하나를 배아타 노코 그만 훌적 날라갓다. 무엇인고 하고 주어 보니 박씨 하나가 써러저 잇섯다. 그것도 귀여웁다 하고서 쌍에 심엇더니 무럭무럭 자라서 박이 어찌 만히 열리는지 모름으로 그대로 싸서 동내에 무한 인심을 쓰고 그中에도 잘 영근 것 몃 개는 박아지를 타서 쓰리라 하고 싸서 매달고 굿기를 기다렷다. 얼마 뒤에 쓰집어 나리려 하니 무게가 유난히 무거운지라 에그 힘드러라 하고 간신히 나려 노코 칼을 대고 시적시적 켜고 보니 그 속에 박 속은 업고 하얀 쌀이 하나 가득하얏다. 이상한 일도 만타 하고 엇잿든 쏫고 하면서 다른 그릇으로 옴겨 내니 금시에 쏘 하나가 그득한지라 올치 우리 귀여운 그 새가 恩功을 갑노라고 갓다 준 것이야 하고 쏫고 닷고 열고 쏘다서 그만 거룩한 長者[234]가 되야 버렷다. 그래서 이 소문이 나자 그 前에 빈정거리든 洞里 사람들이 이제 와서는 부러워하기를 말지 아니하는 中에 욕심쑤럭이 女人 하나가 와서 前後 사연을 자세히 무름으로 숨길 것 업시 지낸 일을 낫낫치 닐러 주니 응 그랫서 하고는 저의 집으로 도라가서 쑥지 부러진 참새를 갑작이 맛날 수 업스매 돌몽이를 주어 가지고 참새 모여 잇는 데를 가서 팔매질을 하야 퍼덕거리고 애쓰는 놈을 세 번에 세 마리나 붓잡아 다가 다친 데를 싸매고 □□□ 구완하다가 다 나흘 만하매 날려 보내고 이제나 저제나 하고 참새 도라오기를 기다렷다. 과연 十餘日 뒤에 새 세 마리가 다 와서 씨를 써러터리거늘 인제 낫느냐 하고 밧비 주어다가 쌍에 심으고 더듸 자람만을 갑갑해 하얏다. 얼마 만에 박이 열리매 洞里 사람에게 자랑 겸하야 만히 싸서 두루 논하 주고 저도 하나를 먹어 보니 어찌 맛이 쓰고 괴악한지 입을 주체할

기집으로 설화문학의 걸작이다. 편저자는 미상이다. 쓰카모토 데쓰조(塚本哲三)가 편집한 『宇治拾遺物語』(東京: 有朋堂書店, 1922)를 참고해 보면, 전체 15편으로 구성되어 있는 데, 그중 '卷第五'에 수록된 '雀恩を報ゆる事'를 가리킨다.

233 '나달'은 '낟알'을 뜻한다.
234 '長者'는 "큰 부자를 점잖게 이르는 말"이다.

수가 업는데 가저다가 먹은 洞里 사람들도 사람 먹지 못할 것을 주어 생으로 病들을 어덧다고 쑤억쑤억 모여 드러서 是非를 하고 드리 덤벼 싸리는 통에 위선 죽을 곡경을 한번 치럿다. 그러나 이 女人의 생각에 아마 질에 싸서 채 익지를 못하야 그런 것이지 하고 남저지는 싸서 화수분을 만들려고 오래 다라 두엇다가 그만하면 하고 하로는 쌀 바다 낼 그릇을 수두룩하게 가지고 박 다라 논 방으로 드러가니 박마다에서 벌에 등에에 지네에 그리마에 가진 독한 버러지들이 쎄쎄이 나와서 이 女人의 눈 코 입 손 발 할 것 업시 쏘고 물고 해서 그만 죽어 버렷다. 부리지 말 것은 괜은 거염이야.

한 이약이가 눈에 씌웁니다. 여러분 드르시기에 과연 서투른 外國 것만 갓습니까. 아마 그것이 內地 이약이야 하고 십흐실 것입니다.

쏘 한번 발길을 돌려서 反對 되는 北方 蒙古의 古談을 한번 구경하실까요. 거긔 이런 것이 잇습니다.

한 색시가 마루에 안저 바느질을 하고 잇더니 簷牙 꼿혜 집 짓고 사는 제비 한 마리가 바닥으로 써러저서 날개를 퍼덕어리고 애를 쓰는지라 웨 그러노 하고 가서 본즉 쑥지가 부러젓거늘 애그 불상해라 하고 바느질하는 五色실로 부러진 데를 동여매 주니 제비가 고맙고 깃분 빗츠로 날라갓다. 얼마 뒤에 그 제비가 아주 튼튼해진 모양으로 날라 도라와서 고마운 치사를 하는 체하고 도로 날라가는데 그 자리에 무엇이 써러지는 듯하기로 살펴본즉 박시 한 알이얏다. 이상한 일이다. 심거 보리라 하고 쌍을 파고 심엇더니 다 자란 뒤에 박이 하나 여럿는데 엄청나게 크거늘 이런 것 보앗나 하고 켠즉와 그 속에 金銀寶貨가 數업시 나와서 그 색시가 그만 長者巨富가 되얏다. 洞里에 심사 바르지 못한 색시가 잇더니 이런 이야기를 듯고 거염이 더럭 나서 나는 그러케 못할 줄 아느냐 하고 제집 첨아에 집 짓고 잇는 제비를 휘두드려 처서 쑥지를 분지르고 五色실로 동여매여서 날려 보내엇다. 얼마 만에 과연 박씨 한 알을 무러다가 써러터림으로 얼는 심그니 역시 커다란 박이 하나 열렷다. 어서 金銀을 쓰내야지 하고 그 박을 켠즉 무서운 毒死가 그리로서 나와서 그 거염장이 색시를 무러 죽엿다.

하는 것입니다.

六堂學人, "朝鮮의 民譚 童話(三) － 蒙古의 박타령", 『매일신보』,
1938.7.5.

內地 이약이에는 참새라 하야서 그래도 좀 어쩔가 하섯겟지마는 蒙古의
것에서 제비란 말을 듯기까지 하시면 언제는 선뜻 그것에 우리 박타령이
아니냐고 하실 이가 만흘 것입니다. 그럿습니다. 땅이 全羅, 慶尙道의 接界
가 아니오 사람이 興夫, 놀부가 아니요 초상집에 춤추고 불붓는 데 부채질
하는 빗만 뵈지 안코 첫 박 둘재ㅅ 박 차례〵 타는 대로 사람의 慾望을
골고로 滿하게 해 주는 가진 물건이 골고로 나오는 대문은 업지마는 內地의
두 마누라와
蒙古의 두 색시가 하나는 홍부요 하나는 놀부임은 대체 의심 업지 안흘
가요. 돈 兩 밧는 맛에 代ㅅ 볼기를 마지려고 官家를 向해 드러가는데 뻘거
케 새로 칠한 紅箭門 창ㅅ살을 치여다보고 "에이 그놈 사람 만히 잡아먹엇
다" 하는 것 가튼 寸鐵殺人 작아도 苦椒ㅅ 갑슬 하는 朝鮮的 警句가 이여
인차 내다를 법해도 『興夫傳』 박타령은 결국 朝鮮만의 것이랄 수 업습니
다. 위선 內地에도 잇고 蒙古에도 잇는 것 가튼 이약이가 朝鮮에도 잇고나
할밧게 업습니다.
박 타는 이약이를 內地의 갈개발로 쓰러온 것이 좀 未洽하니 蒙古의 古談
쏘 하나를 들추어 보겟습니다.

한 어머니가 쌀 너흘 더리고 사는데 막내쌀은 아직 젓먹이이얏다. 하로는 어
머니가 親庭으로 가더니 어둑〵해서 도라와서는 房으로 드러와서 깜々해도
불도 켜지 안코 막내쌀을 더리고 그냥 뒷방으로 드러가 버렷다. 그러더니 좀
잇다가 무엇인지를 오도독 오도독 깨무러 먹는 소리가 남으로 세 쌀이 "어머니
어머니 무엇을 잡수시오" 하고 무른즉 어미 말이 "오냐 밧헤서 캐여 가지고 드러
온 무우를 먹는다" 하거늘 "그러면 우리들도 좀 주오" 하야 하나 내여주는 것을
보니 무우가 무엇이야 분명 씃헷 동생의 색기 손가락이얏다. 웅, 큰일 낫군. 어머
니가 아니라 귀신할멈이 드러와서 씃헷아이를 벌서 잡아먹엇구나 하고 놀랍고

무서워서

兄弟가 그만 집에서 튀어나와 도망을 가는데 나올 적에 쇠가죽으로 만드[235] 큰 줄을 가지고 나왓다. 어머니는 뒤조차 나오면서 "거긔들 잇거라. 차례차례 잡아먹겟다" 하고 짜라 섬으로 도망할 수도 업고 하야 그만 큰 나무 우흐로 더위잡아 올라가 버렷다. 어멈이 나무 밋까지 와서는 "너의들은 어쩌케 해서 나무를 올랏느니" 하거늘 세 아이가 위에세[236] 대답하기를 "녜 우리는 이 쇠가죽 줄을 붓잡고 올라왓소. 어머니도 올라오려거든 이 줄을 나려보낼 것이니 그 동그라케 맨 속에 드러서 붓잡고 올라오시오" 하얏다. "그러면 그 줄을 나려보내라" 하거늘 우에서 탁 나리서서 올개미 든 속에 그 할미의 머리를 올가 너허서 셋이 당긔엿다 늣구엇다 하야서 그만 그 할미를 죽여 버렷다. 그래서 세 아이가 나무로서 나려와서 그 죽은 屍體를 나무 밋혜 파뭇고 집으로 도라갓다. 그런데 파무든 자리에서 멧칠 뒤에 커다란 白菜가 한 포귀 낫다. 또 얼마 뒤에 荒貨장수 한 사람이 이 색시 집에 와서 실이나 바늘이나 가위, 쪽집개 사지 아니하려오 하다가 겻혜 탐스러운 白菜가 난 것을 보고 그 장사가 "이 白菜를 내게 팔라"고 하거늘 "그러면 검정 실허고 흰 실허고를 내면 밧고아 주리다" 하야 말대로 하고 그 장사가 이 白菜를 쏩아서 궤짝에 너허 질머지고 갓다. 한참을 가노라니까 등에 질머진 白菜가 말을 하기를 "얘야 네가 질머진 것이 네 어미이다. 네가 네 어미를 지고 간다"고 하거늘 이상하야 나려노코 본즉 궤짝 속에 너헛든 白菜는 간 곳이 업고 늙은 할머니가 하나 드러잇는지라 "우리 어머니가 이러튼가" 하고 함께 집으로 도라와서 어머니 대접을 착실히 하고 저는 항상 등짐장사로 나가 다녯다. 그런데 이 할미가 집에 와서 잇슨 뒤로 洞里의 어린애들이 하나둘식 나날이 업서짐으로 모두들 이상한 일이라고 하얏다. 하로는 장사가 어둑해서 집으로 도라오니 아루목에서 어멈이 무엇인지 먹고 잇슴으로 가만히 가서 본즉 남비에 어린애를 살마노코 먹고 겻헤도 또 어린애 하나 놀고 잇거늘 이것 큰일 낫다. 위선 저 어린애를 살려내야지 하고 그 아이를 후루처 안쏘 집 밧그로 나가서 쌩손이를 하얏다. 귀신할미가 쏫차 나오면서 내 저녁밥을 거긔 노하라 하고 그냥 뒤를 짜르니 일이 몹시 착급하야 제가 가젓든 가락지를 내여던진즉 가락지가 변하야 냇물이 되얏는데 귀신할미가 그것을 집어서 손에 끼매 내ㅅ물이 업서지고 또 잡히게 되얏다.

---

235 "만든"의 오식이다.
236 "위에서"의 오식이다.

인제는 할 수 업다 하고 가젓든 거울을 내여던지매 거울이 변하야 허허바다가 되고 그 할미가 거긔 빠저 죽엇다.

하는 이약이가 잇슴니다. 이 이약이도 과히 귀에 서투르지는 안흐실 것임 니다.

沈淸이나 興夫처럼 타령에까지 드러서 어른아이 귀에 젓지는 안는 것이 지마는 누고든지 어렷슬 때에는 다 한 번식 드럿든 일이 어슴프러하게 記憶 속에 자극을 내고 잇슬 것입니다.

---

## 六堂學人, "朝鮮의 民譚 童話(四) - 범의 天罰", 『매일신보』, 1938.7.6.

저 朝鮮民俗資料 第二編인 『朝鮮童話』[237]의 「第二十四番, 범의 天罰」이 란 이약이가 그것입니다.

　구차한 寡婦가 자식 두 男妹를 더리고 사노라고 날마다 洞里ㅅ 집으로 품팔이 를 가면 집에는 어린 男妹가 어미 도라오기를 기다리고 잇섯다. 하로는 어머니가 이웃 洞里의 푸지할 일을 마타서 개쩍 조각을 만드러 가지고 아이들에게 집 잘 보고 누가 오든지 마고 집에 드리지 말라고 신신당부하고 나갓다. 이웃 洞里로 가는 고개마루 턱에를 當到하니 난데업는 범이 한 마리 나와서 "가진 것이 무엇 이냐" 그것을 주면 아니 잡아먹겟다고 하는지라 겁이 나서 펄석 주저안즈면서 쩍을 내여던진즉 한 입에 널늠 집어먹고 "요것으로는 아니 되겟다. 네 올흔 편 팔을 쩨여먹게 하면 살려 주마" 하거늘 할 수 업시 내여주고 이여 원편 팔을 내여주고 이러케라도 해서 집에 두고 온 자식을 또 맛날가 하얏더니 무도한 범이

---

237 조선총독부(朝鮮總督府)는 '朝鮮民俗資料'를 연속으로 발간했는데, '第一編'이 『朝鮮의 謎』이고, '第二編'은 『朝鮮童話集』(大阪屋號書店, 1924)이었는데 이를 가리킨다. 『朝鮮童 話集』에는 25편의 전래동화가 수록되어 있는데 24번째가 「虎の天罰」이다.

마츰내 어멈을 왼통 잡아먹고야 마랏다. 그러고 범이 그 아이들까지 삽아먹으랴
으로 어미의 옷을 죄다 벗겨 입고 그 집으로 와서는 "門 여러라, 어머니가 왓다"
한즉 아이들이 처음에는 열지 안코 여러 번 승강하다가 나종에는 속아서 문을
열고 드럿다. 드러오는 것을 보매 옷은 가태도 어머니는 아님으로 두 아이가
겁이 나서 "뒤깐에 좀 갓다 와요" 하고 그만 밧그로 나와서는 우물ㅅ 겻헤 잇는
큰 나무 우흐로 더위잡고 올라갓다. 범이 기다리다가 못하야 밧그로 나와서 우물
속에 두 아이의 그림자가 비쵠[238] 것을 보고 나무 우흘 치여다보고서 "너의들
어쩌케 그 나무로 올라갓느니" 하거늘 올아비는[239] 약아서 "네 기름칠을 하고
올라왓세요" 하야 그대로 해서 밋그러워 올라오지 못하다가 다시 동생을 보고
무르매 아직 철이 업서ㅅ "독긔로 찍어 발 드릴 금을 내고 올라왓소" 하야 그대로
하야 부덩부덩 올라오게 되얏다. 두 男妹가 "이를 어찌하나 하느님이 나 살려
주옵소서" 하고 하늘을 우러러 축수수를[240] 하얏더니 과연 하늘로서 굵은 동아줄
이 나려와서 그것을 붓드매 줄이 술술 당긔여서 하늘로 올라갓다. 범도 긔어히
아이들을 쏘차가 잡으량으로 역시 하늘을 向하야 祝願을 한즉 쏘 동아줄이 나려
오거늘 그것을 붓드니 여전히 술술 올라갓다. 그러나 이 줄은 썩은 동아줄이얏
다. 놉다케 올라가자말자 중둥이 탁 쓴허저서 범이 그만 곤두잡이로 써러저서
쎄도 남지 안코 바아저 죽엇다. 그 써러지는 곳에 마츰 수수ㅅ대가 섯더니 범의
피가 무더 붉은 줄이 지니 시방까지 수수ㅅ강의 붉은 점은 그때 범의 피가 傳해
나려오는 것이요. 이 男妹는 하늘로 올나가서 오라비는 해가 되고 누의동생은
달이 되니라.

하는 이약이가 잇지 안습니짜. 원래 蒙古의 이약이에도 짠 이약이의 한
部分이 드러와 붓고 朝鮮 이약이에도 複合된 分子가 잇슴으로 하야 어듸서
부터 어듸까지 꼭 符合하지는 아니하지마는 大體에 잇서서 이 두 군대 이약
이가 서로 남이라고 할 수 업슴은 누고나 생각할 것입니다. 蒙古 가튼 沙漠
에서는 밧게 나가서 무서운 것이 귀신할멈이겟지마는 朝鮮가티 山이 만코

---

238 '비쵠'(비친)의 오식이다.
239 '올아비는'은 오라비(오라버니)의 뜻이다.
240 '축수(祝手)를'에 '수'가 한 번 더 들어간 오식이다.

山에는 범이 만튼 나라에서는 시골ㅅ길에 나서서 가장 무서운 것이 범을 맛남입니다. 이러한 地方 事情을 짜라서 必要한 變化를 이루면서 이약이의 대줄기 사연은 依然히 共通되는 根源을 나타내고 잇습니다.

內地와 朝鮮이 文化的으로 어쩌케 密接한 關係를 가지고 지냄은 새삼스럽게 니르도 말려니와 蒙古와 朝鮮으로 말할지라도 人種으로나 言語로나 風俗으로나 歷史로나 彼此間에 所料 以上의 親密한 交涉이 잇슴은 두드러진 事實입니다. 아득한 넷날 일은 모르는 체 할지라도 高麗 時節에는 下代 一百三十年쯤 동안 두 나라 王室이 항상 장인 사위의 關係를 繼續하야서 줄잡아도 兩國의 京城과 宮庭의 사이에는 줄곳 同一한 空氣가 서려 잇고 同一한 生活 事實, 또 文化 價値가 存在하얏섯스니까. 이러한 事情만으로라도 兩國 民族의 民譚 童話의 우에 相當한 類似와 連絡이 잇슴직함이 毋論입니다. 그러나 民譚 童話 —— 곳 이약이 世界의 交通은 이러한 後代的 條件을 훨신 超越해 가서 감을감을 아질아질한 오랜 넷날에까지 溯及해 올라감이 普通의 事實이오 中間과 後世에 이러한 關係가 잇슬 것 가트면 다만 그러한 機會가 더 만코 그리 될 條件이 더 便利햇슬 것을 생각케 할 따름입니다. 엄청난 넷날에 엄청나게 멀리 쩌러저 잇는 나라와 나라들 사이에 엄청난 이약이가 서로 連絡을 가지는 例가 퍽 만히 잇습니다. 朝鮮에도 그런 實例를 수두룩하게 指摘할 수 잇슴이 毋論입니다.

---

六堂學人, "朝鮮의 民譚 童話(五) - 승냥이와 염소", 『매일신보』, 1938.7.7.

위선 어머니 업는 틈을 타서 사나운 짐승이 어머니 신용을 하고 와서 집에 두고 나간 자식들을 잡아먹으려 하는데 어미의 부탁으로 자식들이 얼는 門을 여러 주지 안는 것을 목소리를 고치고 검은 손발에 흰 칠을 하야 감쪽가치 속이고 드러가서 자식들을 잡아먹고 혹은 먹지도 못하고서 그

짐승이 큰 버력을 입는 이약이로만 말하야도 朝鮮, 蒙占에만 잇는 것 아니라 쒀여기[241] 西洋 여러 나라에 더 자미잇는 본새의 여러 이약이를 發見하는 바입니다. '끄림'과 밋 그 童話集이라 하면 어린아이에게는 世論이오 어른들의 사이에도 널리 愛讀되는 冊이지오. 그中의 어느 것은 文學上에 큰 讚賞을 밧기까지 함은 시방 새삼스레 說明할 것도 업는 일이어니와 그 童集[242](처음 出板이 西曆 一八一二年)에 採錄된 '쎄르만' 民族의 民譚 童話 二百三十餘 篇의 中에서도 이러한

**套式**의 이약이를 차저내자면 차저낼 수 잇습니다. 위선 「第五番, 승냥이와 염소의 색기 일곱마리」──

어이염소[243] 하나가 색기 일곱 마리를 더리고 사는데 하로는 숩속으로 먹을 것을 차지라 나가면서 색기들더러 신신당부하기를 승냥이를 조심하야 혹시 變服을 하고 올지라도 집에 드리지를 마라. 승냥이는 목이 쉬인 소리요 발이 색쌈아니까 注意해 보면 "너의들도 속을 까닭이 업느니라" 하고 나갓다. 얼마 아니 하야 門밧게서 "門을 여러 다오. 너 어멈이다. 너의들 먹을 것을 가지고 왓다" 하는데 쉬인 목소리임으로 색기염소들이 핑잔 주기를 "우리 어머니는 목소리는 고은데 너는 쉬인 소리니 승냥이야 누고를 속이려고 하느냐" 하얏다. 승냥이가

**市街**로 나와서 白墨 하나를 사 먹어 목소리를 다듬어 가지고 와서 쏘 門을 열라고 하면서 색쌈안 발로 窓지방[244]을 집헛다. 색기들이 발을 보고 "그 발을 가지고 누고를 속이려고" 한대 승냥이가 다시 밀ㅅ가루 칠을 하야 가지고 가서 하얀 발을 보이면서 영절스러운 말을 함으로 이번에는 색기들이 속고 門을 여러 주엇다. 그런데 드러오는데 한 놈은 '테불' 밋흐로, 다음 놈은 寢床 속으로, 셋지 놈은 煖爐속으로, 넷재 놈은 부역으로, 다섯재 놈은

---

241 터키(Turkey)의 음역어인 토이기(土耳其)를 가리키는 것으로 보인다.

242 '童話集'의 오식이다. '그림동화집'의 원제목은 『어린이와 가정의 동화(Kinder und Hausmärchen)』(1812)이다. 초판(1812)에 156편이 수록되었고, 그림 형제(Grimm)의 생존 시 마지막 제7판(1857년)에는 240편으로 완성되었다.

243 '어이염소'는 어미염소를 뜻한다. '어이'는 "짐승의 어미"란 뜻이다.

244 '창지방'은 "창턱"의 옛말이다.

饋欄 속으로, 여섯재 놈은 쌀놈은 승냥이임으로 색기염소들이 魂이 나서 몸들을 避하는 래ㅅ자박이 밋흐로, 일곱재 놈은 壁에 걸린 時計錘 槻ㅅ 속으로 쮜여 드러갓다. 그러나 승냥이는 숨은 놈을 차저내서 모조리 잡아먹고 다만 時計錘 槻ㅅ속에 드러간 놈만이 들키지 안코 마랏다. 어이염소가 고대 도라와서 집안이 散亂한 꼴을 보고 여섯 놈의 이름을 불러야 죄다 대답이 업는데 닐곱재 놈만이 時計錘 槻ㅅ속에서 "나 여긔 잇소" 함으로 쓰집어내여 前後經過를 드럿다. 어이염소가 너무도 원통하야 울면서 밧그로 나와 보니 승냥이가 食困으로 하야
亭子나무 밋헤서 쌍이 쩌나가도록 코를 골면서 잠이 깁히 드럿다. 어이염소가 승냥이를 보니 터지게 부른 배ㅅ속에서 무엇인지 굼을굼을하거늘 색기들이 아직 살앗나 하고 얼른 싸라온 막내놈을 식여 집으로부터 가위와 바눌과 청올치245를 가저다가 가위로 승냥이 배를 가르니 색기들이 한 놈식 톡톡 튀어 나왓다. 승냥이가 원체 배가 곱핫든 터이라 모도 원통으로 쓸덕쓸덕 삼켯든 고로 니ㅅ자죽 하나 나지 안코 성하게 잇슨 것이다. 그래서 일곱 놈을 식여 얼는 조약돌을 날라다가 승냥이 배ㅅ속에 대신 처너코 번개가치 쌀니 갈랏든 데를 쮜여매노니 어더케 감쌕가티 햇든지 승냥이는 잠도 깨지 아니하엿다.
실컷 잔 다음에 승냥이가 잠을 깨니 목이 말라서 못 견듸겟슴으로 몸을 이르킨즉 배가 출렁출렁하고 다그럭대그럭 소리가 남으로 내가 염소색기를 먹지 안코 조약돌을 먹엇든가 야릇한 일도 잇다 하고 개울로 가서 몸을 굽히고 물을 먹으려 하다가 무거운 조약에게 쓸려서 그냥 개울물에 쌔저서 죽엇다.

하는 것이 그 一例입니다. 歐羅巴 森林 속의 승냥이는 朝鮮 山ㅅ골에서는 범으로도 變하겟지오. 손에다가 밀가루 칠 하는 데까지가 용하게 가톱을 신긔히 녁일 만함니다. 「虛容歌」의 문자로 山에 물에 千里萬里를 멧치나 쏩지른 듯 地方에서 이만만 하야도 內容이 신통히 一致한다고 할 것 아님니까.

---

245 '청올치'는 "칡덩굴의 속껍질"이란 뜻이다. 베를 짤 수도 있고 노(실, 삼, 종이 따위를 가늘게 비비거나 꼬아 만든 줄)를 만드는 재료로도 쓴다.

六堂學人, "朝鮮의 民譚 童話(六) - 朝鮮 民譚의 兩 大將 格인 범과 독갑이", 『매일신보』, 1938. 7. 8.

범의 이약이로 쏘 한 가지 자미잇는 實例를 말슴하고 십습니다. 朝鮮에 잇는 民譚의 主人公의 兩 大將이라 할 것이 한편의 독갑이와 쏘 한편의 범입니다. 특별히 動物關係의 說話에는 그 九十 '퍼센트'까지가 범의 이약이임은 누구나 다 잘 아는 바와 깃습니다. 그中에서도 가상 著名한 것을 말하자면 아마 이런 것이겟지오.

한 할머니가 콩밧헤서 일을 하고 잇노라니까 범 한 마리가 와서 잡아먹으려 함으로 할머니가 "이러케 말라빼진 것을 먹는대야 신신치 못하리니 내가 가 콩을 싸다가 粥을 쑤어 먹어 살이 좀 윤택해진 다음에 먹겟스면 먹어라" 하야 범도 그러자고 하얏다. 그래서 할머니가 집으로 와서 粥을 쑤면서 엉엉 운즉 겻헤 잇든 매ㅅ돌(시골말로 망짝)이란 놈이 우는 곡절을 듯고 "걱정 마오. 나를 粥 한 그릇만 주면 일을 펴이게 하리다" 하얏다. 이러케 닭의 알, 멍석, 지게, 자라, 개똥, 동아줄, 호믜, 송곳 들이 차례차례 粥을 한 그릇식 어더먹고는 제각금 나는 여긔, 너는 어듸 하면서 목쟁이 목쟁이를 직히고 할머니는 몸을 피하야 어듸로 숨엇섯다. 이리하자 범이 와서 작난 겸 아궁지의 불을 헤친 즉 닭의 알이 툭 튀여나와서 눈을 싸리고 "애쿠" 하고 뒤로 둘러안즌 즉 송곳이 밋구멍을 찌르고 "아야" 하고 이러서다가 개똥에 밋그러저 넘어지고 "엄맘마" 하고 개수ㅅ물 그릇에 발을 너코 씨스려한 즉 자라가 손가락을 물고 "애 아서라" 하고 허둥거리는 중에 벅국에서 맷돌이 써러저서 골통을 쌔터리고 그러자마자 멍석은 와서 뚤뚤 말고 동아줄은 덤벼시 친친 동이고 지게는 달겨드러 그 屍體를 질머지고 나가매 호믜가 싸라 나가서 땅을 파고 무덧다.

하는 이약이, 아이들이 드르면 마듸마듸 고소해서 하는 이약이가 이것 아닙 이까.

이 이약이 투식도 『쓰림의 童話集』中에 주섬주섬 여러 篇을 주어댈 수 잇습니다. 위선 「第三十番 쓰레멘의 音樂隊」——

한 農軍이 당나귀를 한 마리 부리다가 늙어서 일을 못하매 먹을 것을 주지 안흘 생각을 하니 당나귀가 알아차리고 질에 몸을 쎄여 나와서 '브레멘' ― 獨逸의 有名한 宗教的 都市 ― 을 바라고 도망질을 하엿다. 그리 가면 市廳 專屬의 樂手로 就職될지도 모르리라고 당나귀가 생각함이얏다. 가는 中路에 늙은 산양ㅅ개, 구박 맛는 괴양이, 잡아먹게 된 닭을 맛나서 서로 신세타령들을 하고 우리 죄다 함께 '쓰레멘'으로 가서 樂手들이 되자 하고 네 마리가 同行을 하얏다. 가다가 날이 점을매 山中의 불 켠 큰 집 하나를 어더서 갓가히 가서 엿본즉 强盗의 집인데 飮食을 잔득 차려 노코 한참 먹으려는 판이라 넷이 공론을 하고 당나귀가 압발로 그 집들 창을 집고 서고 당나귀 등에 개가 올라 안쏘 개 우에 괴양이가 안쏘 괴양이 이마에 닭이 올라 안저서 마츰 軍號를 해 두엇다가 一齊히 홍々, 멍々, 야옹, 꾜끼요 하고 쎠드니 盜賊놈들이 "이키 독갑이다" 하고는 그만 튀여나가 도망질을 함으로 네 놈이 드러가서 시장한 김에 배불리 먹고 곤한지라 불을 쓰고 제각금 잘자리를 차저서 당나귀는 거름ㅅ두엄 위에, 개는 부엌문 뒤에, 괴양이는 붓두막의 짜뜻한 잿속에 가서 다들 두러눕고 닭은 들ㅅ보 위에 가서 홰를 타고 잠들이 깁히 드럿다. 盜賊놈들이 숩속에서 한참 겁을 삼키고 잇다가 괴괴해진 모양을 보고 한 놈을 보내여 망을 보고 오라고 하얏다. 집속으로 드러가 보니 아모 긔척도 업슴으로 위선 불을 좀 켤 양으로 부엌으로 드러갓다가 벌거케 환한 괴양이 눈알을 불 잇는 숫츠로 알고 석냥ㅅ불을 부치려고 석냥가지를 쿡 쎌르니 괴양이가 놀라서 와락 달겨 드러서 그놈의 얼골을 박 할퀴엿다. 그놈이 쌈짝 놀라 밧그로 튀여나가는 것을 개가 덤석 덤벼서 다리를 물고 뜰밧긔 거름ㅅ두엄 압흐로 지나는 놈을 당나귀가 뒤ㅅ발로 눈에서 불이 나게 냅다 거더차고 이 야단통에 들ㅅ보에서 자는 닭도 잠을 쎄여 "꾜끼요"ㅅ 소리를 청승스럽게 질럿다. 望보라 왓든 놈이 그만 魂이 나서 단거름에 頭目에게로 달겨와서 한다는 소리가 "녜. 말슴 맙시오. 부엌 속에는 암상스러운 女독갑이가 잇서서 내 얼골에 입김을 뿜고 기다란 손톱으로 박 할퀴고요, 門 뒤에는 찬 칼 가진 머슴놈이 대령햇다가 내 다리를 쩔르고요. 그나 그쑨입니까. 뜰에는 식컴어니 무엔지 모르는 怪物이 두러누엇다가 나무몽치로 죽어라 하는 듯 후려갈기구요, 그만이면 조케요. 들ㅅ보 우에는 裁判하는 영감장이 잇서서 그것이 호령호령하기를 네 이 애들아 냉큼 盜賊놈들을 잡아 대령하라고 합듸다요. 녜, 업흐러지며 걱구러지며 이마가 맛닷도록 도망해왓습니다" 하얏다. 盜賊놈들이 듯고 보니 긔가 막혀서 그 집으로 도로 드러갈 생각을 못하고 그만 장짜를 주엇다. 그러고 「쓰레멘의 音樂隊」 네 마리는 그 집이 마음에 드러서 인위 눌러 사랏다.

하는 이약이입니다.

---

## 六堂學人, "朝鮮의 民譚 童話(七) - '쎄르만'의 이야기", 『매일신보』, 1938.7.9.

천엽 속 가튼 山스골작이에서 애욱시리 살림들을 하는 朝鮮과 팁팁한 森林을 혜처 가면서 질번질번한 音樂으로 歲月을 이저버리는 中歐 '쎄르만' 民族과의 사이에는 쪽 가튼 이약이를 傳하는 동안에도 여러 가지 地方的 差異가 생길 것은 定한 일이지오마는 변변치 못한 여러 물건이 힘을 合하야 世上에 무서운 놈 朝鮮에서는 山中의 범 '쎄르만'에서는 森林 中의 強盜 쎄를 滅亡식이고 安穩한 生活을 하게 되얏다는 이약이의 쩌대는 두 것이 쪽 갓다 할밧게 업지요. 쪼 「第四十六番 코르베스씨」——

넷날에 암닭 숫닭이 同伴하야 遊覽을 나가는데 밝안 박휘가 넷식이나 달린 홀란한[246] 馬車를 만들고 생쥐 네 마리로 하야곰 끌게 하얏다. 가다가 괴앙이를 맛나 괴앙이가 "어듸들을 가시오" 함으로 "응 잠간 소풍 次로 '코르베스' 씨스 宅으로 갑네" 한즉 "그러거든 나도 좀 가치 타고 갑시다" 하고 다음 매스돌, 그다음 닭의 알, 그다음 물오리, 그다음 못, 맨 나종엔 바늘을 만나서 태워 달라는대로 다 언저 실코 죄한테 덜그럭거리면서 '코르베스'의 집으로 갓다. 와서 보니 主人은 출입하고 업섯다. 생쥐는 馬車를 車庫로 집어 노코 두 닭은 들보 위에가 올라 안고 괴앙이는 壁에 뚤코 드러 안친 煖爐에 드러 안코 물오리는 물통 속으로 드러가고 닭의 알은 손수건에 가서 두르를 말리고 못은 椅子의 담뇨 바닥에 가 박히고 바늘은 寢臺로 올라가서 벼개스 속으로 튀여 드러가고 매스돌은 門틀 위에 가서 두러누엇섯다. 그리한 다음에 '코르베스' 씨가 도라왓다. 煖爐에 가서 불을 피우려 하얏더니 괴앙이가 '코르베스'의 얼골에 재를 움켜 던젓다. 부엌으로 나가선 씨서 버리려 하얏더니 물통 속에서 오리가 물 발씰질을 하얏다.

---

246 '혼란하다(焜爛-)'는 "어른어른하는 빛이 눈부시게 아름답다"는 뜻이다.

수건으로 씨스려 한즉 닭의 알이 굴러 나와 터지면서 눈에 가서 철썩 푸럿다. 쉬우려 하야 椅子에 걸타 안진즉 못이 쑥 엉덩이에 박혓다. '코르베스' 氏가 火症을 내면서 누어 벼개를 베니 바눌이 쏙 뒤통수를 찔럿다. 그만 "으아"ㅅ 소리를 지르고 허둥지둥 門을 박차고 쮜여 나오는 통에 門 우흐로서 맷돌이 쩌러저서 그만 '코르베스'를 바스러쩌려 죽엿다. '코르베스'란 아주 고약한 놈이얏다.

하는 것도 동일한 套式의 이약이임이 毋論입니다. 「第十二番 난봉 년석」이도 역시 이 種類의 이약이입니다. 이러케 同一한 套式의 이약이가 朝鮮에도 여럿, 다른 나라에서 만코, 그런데 그것이 偶然한 一致로 볼 수 업는 理由도 잇스면 거기 必然한 理由 —— 니를테면 共通한 本源이 잇서 이리저리 傳播된 것 아닌가를 생각함이 쏘한 고이치 안습니다.

역시 '쯔림' 童話에는 「第二十三番 재두루마리」이라 하야 이런 이약이가 잇습니다.

한 富者의 夫人이 쌀 하나를 남기고 天堂으로 가 버럿다. 쌀 兄弟더러 後室댁이 드러와서 前室 쌀의 눈물겨운 歲月이 시작하얏다. 조흔 옷도 벗기고 신도 신키지 안코 나막신을 쓸려서 밤낫 부엌구석에서 세찬 일을 하다가는 거기서 그대로 쓰러저 자니 저절로 왼 몸이 재두루마리가 됨으로 "재두루마리" "재두루마리" 하는 嘲弄을 밧고 지내엿다. 하로는 父親이 市場으로 가면서 後室 쌀 둘에게 무엇을 사다 주랴 한즉 하나는 "시체 옷감" 하고 하나는 "眞珠와 寶石" 하거늘 前室 쌀더러 무른즉 "아버지 집으로 도라오시는 길에 맨 몬저 아버지 帽子에 툭 거치는 나무ㅅ가지를 썩거다 주십시오" 한다. 그래서 場에 갓다가 다 그대로 해 가지고 도라와서 請求하든 대로 논하 주엇다. 前室 쌀은 아버지가 갓다 준 상수리나무가 장귀를 어머니 무덤 압헤 심그고 限업시 우니 눈물에 저저서 나무가 얼는 자랏다. 날마다 세 번식 이 나무 밋흘 가서 울고 祈禱를 하는데 그째마다 하얀 새 한 마리가 그 나무에 와서 안거늘 차차 이약이를 하다가 가지고 십은 것을 말하면 무엇이고 던저 주엇다. 한번은 임금님께서 大宴을 排設하야 三日을 繼續하고 왼 나라 안의 어여쁜 處女들을 모조리 招待하니 王子의 색시를 揀擇하는 것이얏다. 그래서 後室 쌀 둘도 드러가는데 前室 쌀도 가기를 願한즉 繼母가 못한다고 하다가 못하야 "그럼 내가 綠豆 한 그릇을 재ㅅ덤이에 쑤릴 것이니 네가 그것을 二時間 以內로 주어 넬 것 가트면 더리고 가마"고 하얏다. 재두루마리가 뒷문으로 나가서 "하얀 새 비둘기새 죄다 와서 조역 좀 해 다오" 한즉 곳 하얀비둘기들이 쩨로 드러와서 콕々 쏘아 내서 一時間이 못 되야서 죄다へ 골라내여 주거늘 그릇에 담아 가지고 繼母에게로 가니 繼母가 새삼스레 "옷이 잇니 노래개가 잇니 저 쏠을 하고 어듸를 간단 말이냐" 하다가 "그럼 이번에는 綠豆 두 그릇을 뿌릴 것이니 한 時間에 골라내면 꼭 더리고 가리라" 하얏다. 이번 에도 비둘기들이 쏘아 내서 半時間도 못 되야서 다 골라내엿스나 繼母는 종내 "저 쏠로 가면 집안의 붓그럼이니라" 하고 핑잔만 주고 저의 三母女만 大闕로 드러가 버렷다. 재두루마리가 할일업시 어머니 무덤 압 상수리나무 밋헤 와서 푸념 겸 노래로 "귀여운 내 나무야 우줄へ 흔들려라 흔들へ하는 대로 銀에 金에 쏘다저라" 한즉 그 새가 나타나서 五色실로 繡는 옷과 비단으로 만든 고은 신을 나려쩌려 줌으로 얼는 바다서 가라입고 잔치ㅅ 참예를 드러갓다. 하도 홀난 한 옷을 입고 짠 사람 가트매 저의 繼母도 아라보지 못하고 어느 나라에서 公主 님이 나오섯나 보다 하얏다. 王子가 나오서서 춤추는 짝을 고르시는데 그 만흔 색시들 中에 하필 재두루마리 아씨를 골라 가지고 이 아씨허고만 춤을 추고 다른 색시는 도라다보지도 아니하엿다. 저녁째가 되야 다 각기 집으로 도라가매 王子 가 이 색시의 집을 알 량으로 뒤를 짜라 갓섯스나 색시가 몸을 피하야 옷을 새에 게 돌려보내고 여전히 재두루마리로 잇스니 마츰내 그 踪迹을 몰랏다. 이튼날 잔치에도 繼母 三母女가 대궐 드러간 뒤에 역시 어제가치 새에게 옷을 바다 입고 잔치 참예를 드러가매 모든 사람이 仙女가 下降하엿다고 놀라고 王子는 苦待하 고 게시다가 終日 붓들고 춤을 추시고 저녁째 돌아갈 째에는 단々히 뒤를 발앗섯 스나 색시가 재바르게 몸을 避하고 여전히 재두루마리로 잇슴으로 역시 踪迹을 몰랏다.

---

六堂學人, "朝鮮의 民譚 童話(八) - '신더렐라'型 童話", 『매일신보』, 1938.7.11.

사흘 되는 날 잔치 꼿혜는 王子쩨서 쐬를 내여 層階 우에다가 松津을 발라 두니 재두루마리가 얼는 도망을 갈 째에 비단신 한 짝이 層階에부터 그냥 버리고 갓는데 王子가 그 신을 집어 보니 金으로 맨든 것이 맵시도 絕等 (한 줄 해독 불가) 신을 내여 노시고 내가 장가들 색시는 이 신에 발이 꼭 맞는 사람이라 하시고 신을 가지고 맞는 이를 차지라 나섯다. 신이 이 집으로 오매 後室 딸 둘이 본대부터 발 맵시 자랑들을 하든 터이라 그中에도 믜이 내게 맛겟지 하고 신허 본즉 발잇치 커서 드러가지 아니하거늘 어미가 찬칼을 주면서 "발잇츨 좀 내이고 신허라. 王子妃가 되면 거러다닐 일도 업스니" 하야 그대로 하야 압흔 것을 참고 억지로 그 신을 신고 王子를 나와 뵌대 "응 그대드냐" 하시고 두 분이 말을 타고 가실 새 상수리나무 밋흐로 지나노라니까 나무에 안젓든 비둘기 한 쌍이 "뒤를 봅시요. 뒤를 봅시요. 신에 피가 그득합니다. 발이 너무 적습니다. 찻는 색시는 집안에 잇습니다" 함으로 王子가 살펴보니 과연 피가 신 밧그로 넘처 나왓는지라 다시 (한 줄 해독 불가) 주고 정말 색시를 내보내라 하시니 어미가 그래도 욕심이 잇서 다시 그 신을 작은색시를 신겨 본즉 이번에는 뒤축이 커서 신이 아니 드러감으로 뒤축을 베고 신겨 보냇다가 또 상수리나무 밋헤 가서 發覺이 되야 또 退짜를 맛나 쌀 둘이 병신만 되얏다. 王子가 정말 색시를 나오라 하시니 主人이 "저의 집에는 또 게집애라고는 前妻 所生의 아주 변변치 못한 것 하나가 잇습니다마는 王子님 눈에 보일 것이 못 됩니다" 하고 繼母도 "그 더러운 것을 보시기를 어쩌케 보시겟습니까"고 곁채를 드럿다. 그래도 王子가 더러내 오라고 쎄를 쓰세서 어쩔 수 업시 부르니 재두루마리가 깨끗하게 소세를 하고 나와 禮를 한 뒤에 王子의 내여 주시는 黃金 신을 밧자와 고 나막신을 벗고 발을 데미니 꼭이 발에 마춰서 부어낸 것인 듯 (한 줄 해독 불가) 꼭 마젓다. 王子가 네로구나 하하시고[247] 그만 추켜 안서서 말께 실코 繼母 三母女가 놀라고 원통해 하는 것을 모르는 체 하시고 그만 채를 언저 달려가섯다. 그 상수리나무 아레로 지나려니까 한 상[248] 비둘기가 "뒤를 좀 봅시요. 뒤를 좀 봅시요. 한 방울 피나 잇스리까. 신인들 어쩌케 꼭 맛습니가. 정말 새 색시를 더리고 가십니다"고 노래 하고 홀적 날라 나려와 색시 左右 억개에 갈라 안저서 가지를 아니 하얏다. 그래서 王子와의 婚禮가 擧行되는데 繼室 딸 둘이 그래도 무슨 幸福을 논하 가저도 하고 재두루마리 색시님이 敎會로 드러가실 째에 그 左右에 부터서 싸라 드러가더니니[249] 한 쌍 비둘기가 달겨드러서 눈 하나씩을 쩍어 내엿다. 禮式을 마추고

---

247 '하시고'에 "하"가 한 번 더 들어간 오식이다.
248 "한 쌍"의 오식이다.
249 '드러가더니'에 "니"가 한 번 더 들어간 오식이다.

나올 째에도 두 색기가 左右에 벌려서 짜라 나오더니 이번에는 비둘기들이 남저지 한 눈을 마저 찍어 내여서 마음을 잘못 먹은 갑스로 두 색시는 불상한 소경으로 한 平生을 지내엿다.

한 것이엇습니다. 하도 이약이가 (한 줄 해독 불가) 리신 눈은 혹시 말슴하시기를 앗가운 時間에 죄다 아는 「콩지팟지」 이약이를 웨 하고 잇느냐고 할 듯합니다. 그럿습니다. 콩지팟지 이약이 그것임니다. 그런데 이것도 『쯔림 童話集』 中의 한 篇임이 자미잇습니다.

그런데 이런 이약이가 『쯔림 童話集』에만 잇서도 그만이겟는데 실상은 '께르만' 民族의 사이에도 이 套式의 이약이가 여러 가지로 行하고 西洋에서는 이것을 「신더렐라」 이약이라 하야 一般으로 佛蘭西 童話의 主人公으로 생각하는 터입니다. 佛蘭西에서는 「콩지팟지」를 「신더렐라(Cinderella)」라고 이름하는 짜닭입니다. 그러고 이 套式의 이약이는 원채 널리 여러 民族의 間에 두루두루 行하야 學者는 硏究의 便宜上으로 「신더렐라」 型이라는 이름을 지여서 이것을 蒐集하고 比較하는 터입니다. XoCssiM라는 學者는 이 類話 凡 三百四十五篇을 모아 노핫습니다. 쏘 東洋에서도 朝鮮쁜 아니라 支那, 內地 其他에서도 두로 그 類話가 發見되야 잇습니다. 더욱 支那서는 一千百餘年이나 以前의 著述인 唐나라 段成式의 『酉陽雜俎』[250]란 冊에 이 이약이가 잇습니다. 거긔 적혀 잇는 것은 ——

南方에 一洞이 잇서 主人이 吳 姓 人임으로 土人들이 그곳을 吳洞이라고 불럿다. 吳 氏가 兩妻를 장가드럿더니 一妻가 葉限이란 쌀을 두고 作故하얏는데 葉限이 敏慧하야 父親의 사랑이 대단하얏다. 뒤에 父親이 죽으매 後母에게 虐待를 바다서 항상 險한 곳에 나무를 하고 깁흔 곳에 물을 깃게 되엿다. 한번은 二寸씀되는 赤鬐金目의 고기를 한 마리 어더서 동의에다 기르는데 날마다 우젹우젹 자라서 연방 그릇을 갈되 밋처 짜를 수가 업섯다. 그리하야 後池 中에 던지고

250 중국 당나라 때 단성식(段成式, ?~863)이 엮은 이야기책이다. 이 책에 『흥부전(興夫傳)』의 근원설화라고 일컬어지는 「방이설화(旁㐌說話)」가 수록되어 있어서 일찍부터 국문학 연구자들의 관심이 높았다.

저의 먹는 밥을 남겨서 그 고기를 길럿더니 이 색시가 가면 고기가 나와서 고개로 못가를 비고 누엇스며 다른 이는 가도 나오는 일이 업서다.

繼母가 알고서 하로는 새 옷을 葉限에게 닙혀서 數百里 먼 샘으로 물을 길라 보내고 제가 그 헌 옷을 닙고 못가를 가서 고기를 부르니 고기가 곳 고개를 내밀 거늘 감초아 가지고 갓든 독괴로 그 고기를 처 죽이고 그 살로 반찬을 해 먹고 그 뼈를 뒷간 밋헤 너허 버렷다.

날을 지내고 葉限이 도라와서 못가에 가서 고기를 불러도 감감하야 대답이 업스매 뜰 밧게 나가서 엉엉 우니 문득 머리 풀고 烏衣 닙은 사람이 天上으로서 나려와서 이 색시를 위로호대 "우지 마라, 너의 어머니가 그 고기를 죽엿느니라. 그 뼈가 똥 밋헤 드럿스니 네가 도라가서 그것을 끄내여 방에 가저다 두고 소용되는 물건이 잇거든 거긔 차지면 願대로 나오리라" 하얏다. 색시가 이 말대로 하야 金銀寶玉과 衣食을 마음대로 어더 썻다.

洞里에 노리가 잇스매 繼母가 제 딸만 더리고 가며 葉限은 뜰의 果木을 직히라고 하얏다. 그러나 葉限은 繼母의 멀리 간 것을 보고는 조흔 옷을 입고 金履를 신고 그리로 가서 참여하얏다. 繼母의 所生女가 보고 암만 해도 葉限일시 분하다 하매 繼母도 그럴사하게 알거늘 葉限이 들킨 줄 알고 얼는 도라오는데 급한 통에 신 한 짝을 써러터려서 洞人의 어든 바가 되엿다. 繼母가 도라와 보매 葉限이 나무를 안고 졸므로 다시 녑려를 하지 아니하얏다.

그 洞의 이웃은 海島요 島中에 陀汗國이란 나라가 잇서 군사가 强하야 數十島에 王 노릇을 하고 水界가 數千里러니 洞人이 그 신을 가저다가 陀汗國에 파라서 王의 손에 드러가니 王이 左右에게 신겨 보매 맛는 이가 업고 왼 國中의 婦人에게 모조리 신겨 보되 쏘한 그러하며 신의 가볍기가 털 갓타서 물을 밟아도 소리가 업스매 陀汗王이 아모래도 洞人이 非道로써 어든 것이라 하야 드듸여 禁錮를 하고 주리를 틀되 마츰내 所從來를 알지 못하다가 나중에는 그 洞을 집집이 뒤저서 葉限을 차저서 신겨 보매 꼭 마젓다.

그래서 葉限을 잡아내는데 葉限이 조흔 옷에 그 신을 신고 나서니 홀란하야 天人과 갓트니 王이 葉限과 魚骨을 다 실코 도라가서 葉限으로 上婦를 삼고 魚骨로 나라의 구차한 것을 폐엿다. 繼母와 그 딸은 飛石에 마저 죽엇다.

얼마 뒤에 魚骨이 靈을 일허서 다시 보배를 나치 못하매 王이 이것을 海岸에 뭇고 珠百斛으로써 덥허두고 有事할 쌔에 쓰려 하얏더니 하로는 *海潮*의 씨서 간 바─ 되엿다 하얏습니다.

六堂學人, "朝鮮의 民譚 童話(九) - 童話 「糠福米福」, 內地의
「콩지팟지」 이야기", 『매일신보』, 1938. 7. 12.

內地에서는 「糠福米福」 - 겨순이·쌀순이라는 이름으로 이러케 이약
이를 합니다!

"糠福" - 겨순이는 前室 所生이오 "米福" - 쌀순이는 後室 所生인데 하로는
繼母가 두 姉妹더러 山에 가서 밤을 주어 오라고 命하면서 겨순이에게는 바닥
업는 망태를 주고 쌀순이에게는 바닥 막힌 망태를 주고 겨순이는 묘이니 압서서
줍고 쌀순이는 아우니 뒤서서 주으라고 닐러 보냇다. 둘이 山에 가서 밤을 주을
새 형은 아모리 주어 담아도 바닥 업는 망태기라 그대로 왼통 새여 버리고 아우는
뒤를 짜라가면서 새여 쩌러지는 것을 주어 담아서 금세 망태가 그쪽 찻다.
  점심째가 되야서 둘이 언덕으로 올라가서 점심밥을 먹으려 하다가 밥 덩어리
가 쩌러저서 개울 바닥으로 나려감으로 그것을 쪼차 나려가 본즉 거긔 조고만
집 한 채가 잇섯다. 드러가 본즉 할멈 하나가 안젓다가 너의들이 무엇하라 왓느
냐고 하거늘 밥 덩어리를 차저 왓노라 한즉 할멈의 말이 그 밥은 내가 집어 먹엇
스니 뒤조차 물어 노흐려니와 도대체 여긔는 너의 올 곳이 아니니라. 고대 이
집의 兄弟가 도라오면 너의를 잡아먹을 것이니 냉큼 내 궁둥이 밋혜 드러가서
숨어 잇스라 함으로 그대로 한즉
  그 집의 묘과 아우가 도라와서 "어머니, 사람 냄새가 나오. 사람 내가 왠 일이
오" 하매 할머니가 "사람이 웨 잇다는 말이냐, 내가 고대 새를 잡아서 복가 먹엇더
니 그 냄새인 게이지. 그것은 어찌 갓든지 어서 나가서 사슴이나 산양해 가지고
들러 오렴느냐" 하고 兄弟를 도로 내보내엿다. 그러고 할머니가 궁둥이로서 두
아이를 나오라 해서 날이 저물기 前에 어서 집으로 가거라 하고 겨순이의 망태기
밋홀 막아서 밤을 너허 주고 쏘 "이 애들아 고리짝을 하나씩 줄 터인데 거벼운
것으로 주랴 무거운 것을 주랴" 하거늘 쌀순이는 "나는 쌀이니 무거운 것을 가지
겟세요" 하고
  겨순이는 "나는 겨이니 가벼워도 조와요" 하야 둘이 願대로 할머니에게서 고
리짝 하나씩을 바더 가지고 山으로서 나려왓다. 거진 洞里로 다 와서 쌀순이가
저의 짊어지고 오는 고리짝이 넘어 무거움으로 무엇이 드럿는지 열어 보자 하는

데 겨순이는 집으로 다 가기까지 열어 보지 안켓다고 하엿다. 쌀순이는 긔어히 열어 보겟다고 하야 쑤께를 열고 보매 그 속에 지렁이, 배, 지네, 쇠똥이 하나 그쓱 드럿는지라 혼이 나서 그것을 내던지고서 兄의 것을 보자 하거늘 兄은 그러나 듯지 안헛다. 겨순이가 집으로 와서 밤에 가만히 열어 보매

**조혼** 비단 옷이 수북하게 드러 잇는지라 몰래 고앙 한구석에 감추어 두엇다. 長者집에 큰 노리가 버러저서 繼母와 쌀순이는 구경을 가는데 겨순이는 구경을 갈 수 업서서 훌쩍훌쩍 울고 잇더니 동네ㅅ집 할머니가 와서 "너 웨 구경도 가지 아니하고 울고 잇느냐" 하거늘 겨순이가 "그런 것 아니라 구경이 가고 십지마는 물을 닐곱 동의 깃고 면주실을 닐곱 톨이 감꼬 피를 닐곱 절구 찌여 노라고 해서 시방 실을 감꼬 잇소" 하얏다. 할머니가 "그런 일은 내가 다 해 줄 것이니 어서 구경터를 가거라" 함으로 겨순이가

**아주** 깃버서 낫츨 씻고 분을 바르고 고앙에 드러가서 山 할머니에게서 바다 온 조흔 옷을 닙고 나갓다. 노리터로 가매 쌀순이가 겨순이를 보고 "어머니 저것 보오. 겨순이가 왓소" 한대 繼母가 "어쩌케 온단 말이냐 다른 사람이지" 하얏다. 쌀순이가 "그럼, 어듸, 떡조각을 던저 보리꽈" 하고 쌀순이가 떡 한 덩이를 내여 던지매 겨순이가 그것을 덤석 바다 먹는지라. "여보오 저 애가 겨순 언니가 분명 하오" 하얏다.

**繼母**는 "네 兄이 저런 훌륭한 옷이 어듸서 나서 닙는단 말이냐. 아니다. 아니다" 하고 다토다가 "그러면 집으로 도라가서 보자" 하고 母女가 집으로 도라왓다. 겨순이가 이 母女보담 압질러 집으로 도라와서 묵은 옷을 도로 입고 얼골에 검덩이를 바르고 물을 깃고 잇슨즉 繼母가 도라서서 "저것 보아라. 겨순이가 저긔 저러케 잇지 안흐냐" 하는 참에 長者ㅅ집에서 겨순이를 며느리로 더러가겟다고 중매가 왓다. 繼母가 쌀순이를 더려가라 하야도 중매가 실타고 함으로

**어쩔** 수 업시 겨순이를 보내기로 하얏다. 겨순이가 엽부다라케 단장을 하고 훌륭한 옷을 내여 입고 방울 주렷단 말을 타고 덜털 정그렁하며 長者집으로 시집을 갓다. 쌀순이가 이것을 보고 나도 시집을 보내 달라고 울고 보채매 어미가 하는 수 업서 "너는 달라는 사람이 업스니 절구에나 태워 아모 대로나 가자" 하고 우렁이 껍질을 주어다가 절구에 달아서 대그럭듸그럭 소리를 내면서 논틀로 끌고 가다가 절구가 찌그러저서 쌀순이가 논ㅅ바닥의 우렁이가 되얏다. (佐佐木喜善 撰 『紫波郡夜話』)

하는 것입니다. 內地의 「신더렐라」에는 신짝에 關한 대문이 업서 신발 신

씨 아니하는 民俗을 反映하는 等의 미상불 日本스러운 特徵도 잇지마는 대체로 쪽가튼 투로 생긴 것임은 새삼스레 說明할 것도 업습니다. 「콩지팟지」는 어느 國民의 사이에도 죄다 잇는 셈입니다.

---

### 六堂學人, "朝鮮의 民譚 童話(十) – 朝鮮과 西洋과의 說話上 交涉", 『매일신보』, 1938. 7. 14.

東洋의 이야기가 西洋에도 잇다 하며 朝鮮의 「콩지팟지」가 『끄림 童話集』에도 잇다고 하면 긔이하게 생각하실는지도 모릅니다.

그러나 地方이 멀리 써러저 잇고 時代가 오래 틀리는 사이에 생가망가한 이야기가 서로 一致하는 例는 이 밧게도 퍽 만습니다. 니른바 口碑로 그냥 도라다니는 것뿐이 아니라 여러 百千年 前의 文獻에까지 실려 잇서 쪽 이 나라의 녯날 것으로만 아는 것도 그 밋츨 캐여 보면 意外의 方面에 그 동생을 發見하게 되는 것이 적지 안습니다. 朝鮮과 西洋과의 說話上 交涉이면 녯날로부터

**存在**한 것을 자미잇게 說明하는 一例를 『三國遺事』라는 녯날 文獻에서 들추어 오겟습니다. 곳 新羅의 第 四十八代인 景文大王의 일이라 하야 거긔 적기를 ——

王은 본대 第四十七世 憲安大王의 사위로 王에게 아들이 업서 그 位를 밧게 된 者인데 王位에 올은 뒤에 王의 귀가 문득 느러나서 당나귀가치 되니 王后와 宮人들도 다 모르고 오직 幞頭匠(감투 만드는 사람) 하나가 이런 줄을 알되 平生에 감히 사람을 보고 이 이야기를 하지 못하다가 그 사람이 죽을 림시에 滑林寺 竹林 中 無人處로 드러가서 竹을 向하야 소리 지르기를 우리 상감 귀는 당나귀 귀와 갓다고 하야 그다음부터

바람이 불면 대에서 우리 상감 귀는 당나귀 귀와 갓다는 소리가 나거늘 王이 이것을 미워하야 대를 버히고 山茱萸를 심엇더니 바람이 불면 다만 소리가 나되

우리 상감은 귀가 길다고 하얏다.

한 것이 잇슴니다. 그런데 이것과 쎠대 쏙가튼 이약이가 머나먼 希臘의 古代神話 中에 發見되니 신긔치 안켓슴니까. 곳 ――

'미다스'(Midas) 王이 '쌕코스'(Bacchus) 神의 先生 兼 丈人인 '실네노스' (Silenus)을 保護해 준 功으로 '쌕코스' 神에게 손에 닷는 것이 모다 黃金으로 變하는 神通力을 어덧다가 食卓을 對하매 쩍과 술까지 손이 닷는 대로 黃金이 되어서 자치ㅅ 하다가는 굴머 죽겟슴으로 다시 '쌕코스' 神에게 哀願하야 이 神通力을 업새 버리고 이로부터 '미다스' 王이 財物의

貪心과[251] 豪奢하는 버릇을 버리고 시골로 가서 살면서 森林神 '판'의 崇拜者가 되얏다. 한번 '판' 神이 腹大하게 琴神 '아블로'더러 音樂 내기를 하자고 請하야 山神 '트몰로스'(Tmolus)의 審判下에 競技를 하는데 '트몰로스'가 審判席에 나아가매 近處 樹木을 베여 버려서 소리가 잘 들리게 하얏다. 군호를 짜라서 몬저 '판'이 피리를 부는데 그 상스러운 音律에 當者와 거긔 會同해 잇든 忠實한 部下인 '미다스'와가 豪氣騰々하얏다. 이때 '트몰로스'가 '아블로' 神에게로 고개를 돌리니 모든 樹木이 그와 한가지 다 그쪽을 向하얏다. '아블로'가 이러낫다. 머리에는 月桂樹 테를 쓰고 몸에는 티色 드린 큰 옷을 쯔텃다. 左手에 竪琴을 가지고 右手로 그 줄을 울렷다. '트몰로스'는 그 美妙한 音律에 精神이 怳惚하야서 즉시 琴神이 익인 것을 宣言하얏다.

누구든지 올타고 하는 中에 다만 '미다스' 王 한 사람이 크게 不平하야 '트몰로스'의 審判에게 抗議를 提出하얏다. 이것을 보고는 '아블로' 神이 이 싸위 墮落한 귀를 사람의 모양대로 둘 수 업다고 생각하얏다. 그래서 그 귀를 붓적 잡아 느려서 길다라케 하고 그 안팟케 털이 나게 하고 쏘 귀 밋치 움즉여지지 안케 하얏다. 얼른 말하면 당나귀 귀하고 조곰도 다르지 안케 한 것이엿다.

'미다스' 王은 이 變故에 꼴이 아주 사나워젓다. 그러나 이것은 숨길 수 잇는 일이니 다행이라 하야 커다란

幘頭 감투를 만드러 써서 남모르게 하얏다. 그래도 그 상투 트러 주는 사람만은 이 秘密을 알밧게 업슴으로 嚴截히 신칙하기를 決코 이런 말을 外泄하지 말

―――――――――
[251] '貪心'의 오식이다.

라. 말이 나면 嚴罰을 당하리라고 얼러 두엇다. 그러나 상투장이가 이런 秘密을 잠잠하고 잇슬 수 업서서 牧場으로 나가서 쌩에 구덩이 하나를 파고 그 속에 입을 대고 이 이약이를 하고는 다시 흙을 그러 덥헛다. 얼마 아니 가서 거긔 갈대가 무덕이로 나서 차々 자라매 '미다스' 王의 귀의 秘密을 짓거리기 시작하얏다. 그래서 그째부터 시방까지 바람이 갈닙흘 근더릴 째 족족 "미다스는 당나귀 귀를 가젓다"는 소리를 속삭이게 되엿다.

하는 겁니다. 그런데 希臘에쑨 아니라 더 먼 埃及 地方에도 이 비슷한 이약이가 잇습니다. '나일' 江畔에 시방도 行하는 民譚에 ——

옛날에 亞歷山大 大王이 귀가 기다래서 그것을 숨길 양으로 머리를 길게 길럿다. 이 秘密을 아는 이는 大王의 專屬 理髮師쑨이얏는데, 理髮師가 이런 줄을 알면서 남에게 漏說하지는 못하야 혼자 속이 답답하얏다. 견듸다가 못하야 어느 날 가만히 들 밧그로 나가서 물네방아에게 가만히 이런 말을 하얏다. 이째로부터 물네방아가 "亞歷山大의 귀, 亞歷山大의 귀" 하고 혼잣말을 하면서 돌게 되야 시방까지 그러타.

하는 것이 잇습니다. 埃及에서는 물네방아 도는 소리에 부처서 이 이약이를 한층 實際 方面으로 活動식흰 셈입니다.

---

六堂學人, "朝鮮의 民譚 童話(十一) – '라브라' 王의 事蹟", 『매일신보』, 1938. 7. 15.

쏘 北海의 한 귀퉁이 愛蘭國에서는 '라브라'(或作 로라) 王의 사적이라고 이러한 이약이를 傳합니다. (T. W. Rolleston, 『Myth and Legends of the Celtic Race』)

'라브라' 임금님은 一年에 한 번식만 理髮을 하시는데 불러드려다가 구실을

치르게 한 理髮師는 大體로 드러가면 그만이지 도로 나오는 일 업슴으로 필시
죽여 업새는 것이라 하야 理髮師들이 죄다 避하고 이 구실 맛는 이가 업섯다.
그래서 이번에는 왼 나라 안의 理髮師를 모아 노코 제비를 쏩아서 구실을 치르게
하는데 그 제비가 공교히 늙은 寡婦의 외아들에게로 쏩혓다. 寡婦가 愁心에 싸혀
서 울고불고하다가 되나 안 되나 님금님께 請이나 해 볼밧게 업다 하고 대궐로
와 본즉 마츰 門直이가 업슴으로 쑥 寢殿으로 드러와서 울면서 사정을 말슴하고
제발 목숨을 부처 줍시사고 하야 하도 불상하야 許可가 나렷다. 이튿날 그 아들
이 理髮 구실을 치르라 드러갓는데 목숨이 가위 하나를 隔해서 왓다갓다 하는
판이매 理髮 시작하기 前부터 넉시 半이나 나갓다. 王이 특별히 온화한 音聲으로
"그러지 마라 이번에는 理髮이 씃나면 너를 곳 돌려보내 줄 터인데 다만 理髮을
하다가 어쩌한 이상한 것을 보든지 밧갓헤 나가서 發說을 하얏다가는 直刻으로
잡아다가 바다로 던지리라"고 미리 단속하셧다. 그래서 理髮을 하면서 보니 머리
가 길 째에는 거긔 가려서 몰랏더니 짜르게 싹그매 王의 귀가 사람의 귀가 아니라
말의 귀임으로 깜짝 놀라면서 상포동 이런 내평이 잇섯고나 하면서도 것츠로는
태연히 머리를 다 잘 싹가 드리고 賞까지 타 가지고 나왓다. 그래서 어머니가
아들이 사라 나옴을 보고는 조와라 조와라 하고 서로 붓들고 축수를 하얏는데
어찌 된 셈인지 하로ㅅ밤 동안에 아들이 重病에 걸려 몸을 꼼짝하지 못하게 되얏
다. 醫師를 불러다가 보인즉 그 말이 "이것은 尋常한 病이 아니라 필시 무슨
秘密한 일을 품어 가지고 그 말을 말리라 그 말을 말리라 하는 중에 긔운이 鬱結
하야 생긴 重症이로다" 하거늘 그 아들이 "분명 그럿습니다. 그러나 입을 벌렷다
가는 죽을 터임으로 말을 못합니다" 한다. "그러면 사람만 듯지 아니하면 그만일
것이니 혼자 깁흔 樹林속으로 드러가서 제일 깁흔 구석에 잇는 큰 나무 밋헤
깁흔 구멍을 파고 그 속에다가 秘密한 일을 짓거려 너코 고대 흙을 더퍼 무더
버리면 그만일 것 아니냐" 함으로 그도 그럴사하야 혼자 깁흔 숩속에 드러가
큰 나무 밋흘 파서 구덩이를 만들고 다만 한 마듸 "상감님 귀는 말 귀!" 하고
커다라케 움겨 잡어 너코 곳 파무더 버린즉 미상불 精神이 灑落하야 깃븜으로
집으로 도라왓다. 王께서는 이 사람을 내여보낸 뒤에 별 소문이 업슴으로 "그놈
信用할 만한 놈이로다" 하야 이로부터는 이 理髮師만을 불러드려 쓰섯다. 이쌔
이 나라에 '크라쯔틴'이라는 거믄고 잘 타는 이가 잇서 마츰 대궐 안 큰 잔치에
풍악 치는 구실을 마탓는데 본대 가짓든 거문고가 破傷된 고로 새로 작만을 하는
데 나무를 골라 숩흐로 드러갓다가 하필 理髮師의 秘密한 소리를 파무든 그 나무
가 마음에 합당하야 버여서 거문고를 만드러 가지고 대궐 안 잔치ㅅ 자리로 나갓

섯다. 王의 압혜 나서서 차차 조용한 것으로부터 雄壯한 것을 타서 曲調마다 大讚賞을 밧고 王께서도 滿足히 생각하시더니 잔치ㅅ床이 드러오매 坐 한 曲調 타라는 命이 나렷다. '크라쯔틴'이 막 거문고를 당긔여 줄을 골느랴 하자마자 금시에 하늘에 쩨구름이 돌고 天動 번개를 하면서 돌비가 쏘다짐으로 '크라쯔틴' 도 마음이 소란하야 거문고를 쥔 채 한참 하늘만 치여다보앗다. 이리하는 中에 그 거문고가 제출물에 울기를 시작하야 이상한 소리가 나는데 처음에는 잘 모르 겟더니 차차 소리가 커지는 것을 드러 보니, 사람 가튼 音聲으로 "상감님 귀는 말 귀! 상감님 귀는 말 귀!"를 수업시 되풀이함으로 '크라쯔틴'은 이르도 말고 殿閣에 그득한 모든 손님들이 이상한 일도 만타 하면서 죄다 눈이 王에게로 갓 다. 王이 坐 그 소리를 듯더니만 어방업시 火症을 내셔 "저 요망한 거문고를 쌜니 내다 불살으라, 듯는 귀도 더러워진다" 하시고 逆情 씃혜 고개를 내두르시다가 冕旒冠이 벗겨지면서 그 밋헤서 말 귀 둘이 쑈쭉 내미니 殿閣 안 일판이 깜짝 놀라서 "올쿠먼, 거문고 소리가 정말이로군, 상감님 귀는 말 귀! 말 귀 가지신 상감님이얏섯군" 하면서 우슴을 참지 못하얏다. 이로부터 이 임금이 아주 威嚴이 덜려서 "상감님 귀는 말 귀! 말 귀 가지신 상감님!" 하고 왼 나라 안의 이약이ㅅ거 리가 되얏다.

하는 것이 가튼 種類의 이약이 中에는 특별히 戲曲的 興味를 만히 가지기 도 하얏습니다.

　內地에도 이런 套式의 이약이가 行한 듯한 形迹은 시방으로부터 約 九百 年 前의 選述인 『大鏡』이란 丹에[252] "생각에 잇는 일을 직겨리지 못하면 미상불 배가 찡찡 부른 것 갓다. 그러키로 녯 사람이 말이 하고 십허서 구덩 이를 파고 말을 옮겨 집어너흔 것이로다" 하는 말이 잇슴으로써 짐작할 수 잇습니다. 그러면 이 당나귀 귀의 이약이 말을 구덩이에 파뭇는 이약이도 쐬 일즉 坐 널리 東西洋 各地에 流布되얏슴을 넉넉히 살피는 同時에 一千 年 前, 혹 그보담도 더 헐신 오랜 녯날에 埃及, 希臘 가튼 먼 서쪽 나라 사람들의 입에 오르나리는 이약이가 無窮花 피는 東方 들안진 나라에서도 나블납신 도라다닌 일이 얼마나 자미잇다 하리싸. 新羅의 景文王이란 이는

---

252 '冊에'의 오식으로 보인다.

시방부터 一千○六十年 前쯤 되는 어른이지마는 當初에는 이 々약이가 필시 한 遊離說話로 써도라다니다가 무엇인지의 因緣으로써 景文王의 사적으로 變한 것이리니 그것이 처음 半島에 드러오기는 얼만지 몰라도 훨신 그 前의 일々 줄로 생각됩니다. 위선 『松澗貳錄』[253]이라는 冊에는 이 이약이를 沙伐國 王의 일이라 하얏는데 沙伐國 — 시방 尙州에 잇든 작은 한 나라는 『三國史記』를 보건대 新羅 沾解王(西 二四七~二六一) 째에 滅亡 하얏스니까 景文王보담 七百年이나 前이 됩니다.

이 이약이를 긔록한 처음 文獻인 『메타쯔세스』의 作者 '오쎄디우스'[254]는 시방으로부터 約 二千年 前의 詩人인데 이 詩人의 붓대보담 더 쌔르고 自由스러운 입과 입의 '릴레이'는 그보담 얼마 前에라도 東方 아모 구석에라도 到達하얏슬 수 잇습니다. 說話의 遊送・興味의 輸入에는 人種의 好惡도 업고 山川의 險阻도 업고 言語의 障壁도 업섯습니다.

이러하야 '머르헨' 世界의 東西交通・人類連絡은 실로 想像 以上의 오램이 잇는 것입니다. 바람 부는 데까지 植物의 種子가 날려 가는 것처럼 사람 사는 데면 어듸든지 싸러가고 굴러 갓습니다. 世界大流布說話란 이러케 생기고 또 數가 만하진 것입니다.

---

**六堂學人, "朝鮮의 民譚 童話(十二) ─ 南洋群島의 說話",**
**『매일신보』, 1938.7.16.**

훨쩍 쮜여가서 南洋群島의 이약이를 하나 紹介하겟습니다. 西太平洋 珊瑚 海上□□□□□ New Herides[255] 椰子나무 그늘에서 사람 잡아먹는 '파

---

253 『송간이록(松澗貳錄)』은 19세기 전후에 쓰인 것으로 추정되는 백과사전으로, 당시의 일상・문화・학문・역사・자연을 알 수 있는 기록으로 평가된다.

254 오비디우스(Publius Ovidius Nasō, BC 43~AD 17)는 고대 로마의 시인이다. 그의 작품 중에 『변신 이야기(Metamorphoses)』(AD 8)는 서사시 형식으로써 신화를 집대성한 것이다.

'푸아' 人種의 사이에 行하는 이약이임니다.

넷날 어느 때 天上仙女들이 나려와서 하늘 옷들을 버서 노코 맑은 못물에 메욕[256]들을 감고 잇섯다. '다가로'라는 사람이 몰래 가서 그 옷 한 벌을 훔처다가 저의 집 기둥 밋헤다 감초고 못으로 도라와서 보니 다른 仙女는 다 날라가고 나래 도친 하눌 옷을 일허버린 仙女만이 혼자 시향을 못하고 남아 잇거늘 '다가로'가

仙女를 달래고 위로하면서 집으로 더려다가 아이를 나코 사랏다. 하로는 '다가로'가 仙女더러 밧헤 김을 매라 하얏더니 仙女가 일을 히다가 감자넝쿨을 근더려서 감자가 쑵혓다. 한테서 일을 하든 '다가로'의 兄弟들이 아직 다 자라지도 못한 감자를 쑵앗다 하야 눈이 빠지게 꾸지람을 하니 선녀가 무안하고 분해서 집으로 도라와서 기동을 의지하야 눈물이 쏘다지면서 울고 잇섯다. 눈물에 흙이 패이자 거긔 감초앗든 하늘 옷이 드러나니 仙女가 네가 거긔 잇섯더냐 하고 그것을 쓰내여 입고 그만 아이를 더리고 하눌로 올라가 버렷다. '다가로'가 집으로 도라와서

妻子가 다 업서짐을 보고 구름으로 사다리를 만드러 하늘을 쏘차 올라가려 한즉 天上으로부터 '바니안'의 넝쿨이 나려옴으로 그것을 타고 올라가서 妻子를 다려오려 하얏더니 仙女가 독기로 그 中間을 탁 쓴어서 '다가로'가 쌍에 써러저 죽고 仙女의 母子는 하눌에서 사랏다.

하는 것이 잇습니다. 이 이약이는 太平洋 여러 島上에 두루 傳布하야 多少의 變化들을 가젓스니 니를테면 '인도네시아'의 '짜빠' 地方에 行하는 것을 드르면 ──

한 寡婦가 어느 곳 나무 밋헤서 어린애 하나를 어더다가 길럿더니 자라서 名弓 ── 활 잘 쏘는 名人이 되얏다. 하로는 새 산양을 나가서 깁흔 山中으로 드러갓더니 보지 못하든 큰 늡히 거울가치 열리고 그 늡 물에서 仙女 五六人이

255 'New Hebrides'의 오식이다.
256 '메욕'은 "냇물이나 강물 또는 바닷물에 들어가 몸을 담그고 씻거나 노는 일"이란 뜻의 "미역"이다.

메욕을 감고 잇섯다. 가만가만 가서 그들의 버서 논 날개 돗친 옷 한 벌을 집으니 仙女들이 놀라서 죄다 하눌로 올라가고 옷 쌧긴 仙女만은 날개가 업서서 어찌할 줄을 몰으고 다만 울고만 잇거늘 갓가히 가서 달래고 더려다가 안해를 삼아 자식까지 나핫다. 仙女 색시는 변변치 아니한 감을 가지고도 飮食을 맛나게 하야 줌으로 늘 이상히 넉이다가 한 번은 가만히

饌襨을 뒤져보니 쌀과 물 조금밧게는 역시 아모 특별한 것이 잇지 아니하얏다. 仙女색시가 찬장 뒤여 본 것을 안 뒤에는 神祕한 힘을 일허버려서 다시는 훌륭한 飮食을 만드러 내지 못하얏다. 그 뒤에 仙女가 偶然한 機會에 날개 도친 옷 감춘 데를 알고 그것을 차저 입고 하눌로 올라가면서 男便더러 니르기를 "아이가 보채여 울거든 집호러기를 태우시오. 그 냄새를 맛고 나려와서 젓을 먹이리다" 하얏다. 아이들은 차차 자라매 仙女와 가치 아름다웠다.

합니다. 어떤 데서는

仙女가 하눌로 올라가니짜 활을 한 대 쏘아서 하눌에 박고 쏘 한 대 쏘 한 대 뒤대여 쏘아서 그것이 마조 이여 쌍에까지 닷게 하고 그것을 붓들고 올라가서 妻子를 도로 더려왓다고도 하얏습니다.

이 이약이는 支那에도 잇고 琉球, 日本 '아이누'에서도 자미잇는 變化를 뵈엿지마는 이제 다 모르는 체하고 훌쩍 날라서 저 북쪽 東半球의 北東端 '축치'人의 사이에 傳하는 이약이를 구경하겟습니다 ──

한 젊은 사람이 커다란 湖水 잇는 데로 갓다가 곤이, 갈매기 等 許多한 새들이 날개 도친 옷들을 버서 노코 놀고 잇는 것을 보고 그 옷덤이를 모착 훔처 버리니 새들이 제발 도로 달라하거늘 다 내여주고 갈매기 색시의 것 하나는 주지를 안코 그대로 더려다가 안해를 삼아 아이 둘을 나핫다. 村中의 女人들이 들 밧그로 나무를 나갈 째에 이 갈매기 색시도 가치 가서 푸새만을 글거오니 그 싀어머니가 몹시 꾸지람을 하얏다. 갈매기 색시가 故鄕 생각이 나서 못 견듸는 참에 마츰 집 밧게 큰 곤이 색시가 날라감으로 그에게 請을 하야 아이와 한쎄 그 날개에 의지하야 멀리── 가 버렷다. 젊은이가 도라와서 신발을 만히 만드러 지고 새 나라를 차저서 지향 업시 나섯더니 길에서 늙은이를 맛나 그에게 길을 배고 쏘 배 한 隻을 만들어 주면서 이리저리하면 目的地로

當到하리라 하는 指導를 밧고서 그대로 하야서 새 나라로 드러감을 어덧다.

배에서 나리며 그 아들ᄉ이 불녁에서 놀다가 그 아비를 아라보고 반가워함으로 어머니 잇는 대로 指路하라 하여 가서 보니 그 안해가 새 나라 임금의 配匹이 되야 잇는지라 여러 번 주목함과 슬긔로 싸홈을 하야 이기고 간신히 안해를 쌔고 자식을 더리고 다시 人間으로 나와서 잘 사랏다.

하는 사연이 되야 잇습니다.

---

## 六堂學人, "朝鮮의 民譚 童話(十三)－仙女羽衣 傳說", 『매일신보』, 1938.7.18.

北冰洋 가장이 어름에 파무처 사는 사람들의 사이 — 亞細亞에서는 '야구트'人, 歐羅巴에서는 '라프'人, 亞米利加에서는 '에스키모'人의 사이에도 수선스럽고 아름다운 이 套式의 이약이가 잇습니다. 亞弗利加만은 아직도 모르지마는 그 남아지 여러 大陸 — 亞細亞, 歐羅巴, 大洋洲, 亞米利加[257] 等 新舊世界의 모든 나라에 어느 나라에서고 다 發見하는 것이 ᄉ 날개옷 쌔아서 仙女를 장가드는 투식의 이약이입니다. 니른바 世界大流布說話의 中에 가장 著名하고 代表的의 것이 ᄉ러한 套式의 이약이입니다. 이러케 世界에 다 잇는 이약이가 朝鮮만을 돌려놀 리가 업슬 터이라 하고 새삼스레 말끗츨 쓰러낼 것까지 업시 여러분께서는 앗가 벌서부터 朝鮮에 行하는 套式의 이약이를 생각하섯슬 줄 밋습니다. 웨 그러냐 하면 어썬 데서는 나무쑨이라 하고 어썬 데서는 산양쑨이라 하야서 여긔저긔서 이 모양 저 모양으로

山中에 드러가 버서 논 옷을 감초고 메욕 감든 仙女를 장가드럿다는

---

257 '北冰洋'은 북극해, '亞細亞'는 아시아(Asia), '歐羅巴'는 유럽(Europe), '亞弗利加'는 아불리가(阿弗利加)의 오식으로 아프리카(Africa), '大洋洲'는 오세아니아(Oceania)를 가리킨다. '亞米利加'와 '亞美利加'는 둘 다 아메리카(America)를 가리키는데 중국과 우리나라는 '亞美利加', 일본은 '亞米利加'로 표기하였다.

이약이를 傳하고 또 近來 와서는 金剛山으로써 이 이약이의 배경을 삼은 까딸에 이 이약이의 意識이 더욱 鮮明하야지々 아니하얏습니까. 『朝鮮童話集』『第九番, 天女의 羽衣』[258]란 題目 알에 ──

　　저 北쪽으로 먼 咸鏡道의 깁흔 두뫼에 孝行 갸륵한 사람이 잇섯다. 일즉 母親을 여의고 偏親侍下로 살더니 아버지께서도 偶然得病하야 百藥이 無效하매 생각다 못하야 天上仙女나 맛나서

　　天桃를 좀 어더 잡숫게 하얏스면 하고 지냇다. 하로는 역시 이 생각을 골돌히 하고 길을 가다가 길을 잘못 드러서 여긔저긔 해맨 뒤에 한 江물ㅅ가를 당도하얏다. 여긔가 어듸야 하고 四面을 둘러본즉 斷岸千尺에 樹木이 鬱蒼하고 그 밋헤 커다란 소가 식검어케 소용도리를 치거늘 정신이 얼떨하야 잇는 판에 문득 上流로서 번쩍하고 눈을 쏘는 것이 잇섯다. 이것은 무엇인가 하고서 자세히 삷혀보니 平生에 처음 보는 찬란한 무지개가 써쳐서 하늘로서 소에 다리가 되고

　　無數한 仙女들이 홀란한 옷자락들을 펄쩌거리면서 그 위로 걸어 나오려는 中이엇다. 놀라면서도 숨을 내쉬지 안코 그 하는 양을 본즉 仙女들이 江上으로 나려와서는 옷들을 활활 버서서 나무ㅅ가지에 걸고 하나식 둘씩 풍덩풍덩 물로 드러가서 헤욤들을 치며 놀앗다. 한참 보다가 바람에 납붓기는 그 옷에 탐이 나서 가만히 가서 그中의 한 벌을 집어서 나무ㅅ 기슭에 감초고 또 하는 양을 보고 잇슨즉 한참 만에 仙女들이 물로서 나와서 제각금 옷들을 쩨여 입고 다시 무지개를 타고 天上으로 올라가는데 한 仙女만이 옷을 엇지 못하야 갈팡질팡

　　四方으로 搜索하고 잇섯다. 이쌔 孝子가 나무ㅅ 기슭에서 이러나 々와서 "당신은 누구며 무엇을 차지시오" 한다. 仙女가 "나는 天上仙女로서 여긔 나려와서 옷을 버서 걸고 목욕을 하얏더니 나와 보니 옷의 간 곳이 업서서 그것을 찻소" 하는지라 孝子가 仙女란 말이 너무도 조해서 "녜, 당신이 仙女이애요. 그러면 仙桃를 가지섯슬 테니 그것을 나를 주면 내가 당신 옷을 차저 드리리다."

　　仙女가 "옷을 주신다 하면 仙桃를 드리고말고요. 그런데 仙桃는 웨 求하시오", "그런 것이 아니라 이러이러한 事情으로 仙桃를 찾는 터이요" 한다. 仙女가

258 조선총독부(朝鮮總督府)는 '朝鮮民俗資料'를 연속으로 발간했는데 '第二編'이 『朝鮮童話集』(大阪屋號書店, 1924)이다. 『朝鮮童話集』에는 25편의 전래동화가 수록되어 있는데 9번째가 「天女の 羽衣」이다.

그 말을 듯더니 크게 感歎하야 仙桃를 셋이나 주고 옷을 바다 입고 "부디 親患을 물려서 安過太平하시오" 하고 그만 하늘로 올라갓나. 孝子도 喜出望外하야 곳 집으로 가지고 와서 하나를 父親께 잡수시게 하매 곳 重患이 快差하시고 하나는 제가 먹으매 긔운이 웃적 나서 父子가 다

不老長生하는 사람이 되고 남져지 하나는 뜰압헤 선 소나무 쑤리에 파무덧더니 소나무 닙사귀가 금세 새파래저서 어리듸 어린 나무가 되더니 이로부터 世上의 모든 나무닙히 죄다 가을ㅅ바람을 보면 노라케 시드러서 쩌러저 버리는데 오직 소나무만은 春夏秋冬 四時節에 쥐양 푸른 빗츨 지니고 가는 常綠樹가 되얏다.

하는 좀 다른 맛부튼 仙女羽衣 傳說의 一例를 거두엇습니다. 孝子니 仙女니 하는 대문은 너무도 支那色과 敎訓的 意味가 濃厚한 혐의도 잇습니다마는 最後의

松樹의 常綠에 對한 民譚的 解說은 마치 希臘神話나 니러는 듯한 늣김도 잇서서 퍽 자미잇습니다. 여하간에 이 이약이도 그 骨子는 밤낫 해야 아모 대서고 보는 仙女羽衣 傳說의 一種에 不外하는 것입니다.

---

六堂學人, "朝鮮의 民譚 童話(十四) ─ 朝鮮 民譚의 世界的 背景", 『매일신보』, 1938.7.20.

대체 世界에 잇는 이 套式의 이약이 ── 곳 天上이나 他界의 女性이 人間으로 나타나서 그 험을이나 날개 도친 겁흘을 벗고 사람의 女子 形體가 되야 물에 메욕을 감는데 人間의 어느 男子가 그 버서 논 것을 훔처서 飛行하는 能力을 일케 하고 억지로 안해를 삼앗더니 뒤에 험을이나 겁흘을 發見하야 그것을 도로 입고 날라갓다 하는 民譚은 가장 널리 世界各地에 流布하야 잇는 것인 만큼 그 잔사설과 이약이거리에는 진실로 複雜多樣의 變化가 잇습니다. 니를테면 이약이의 女主人公이

朝鮮 內地, 琉球, 支那, 시베리아, 緬甸, 늬유헤브리데스 等에서는 天上仙女, 蒙古, 露西亞, 瑞典, 獨逸 等에서는 白鳥(곤이), 南스말란드, 匈牙利, 쏘헤미아, 蘇格蘭에서 海豹, 佛蘭西에서는 蛇, 크로아치아에서는 승냥이, 세레베스에는 게, 加拿陀에서는 매, 에스키모에서는 갈매기로 나오고, 男主人公이 朝鮮에서는 樵夫, 內地에서는 漁夫, 琉球에서는 農夫, 蒙古에서는 獵夫, 크로아치아에서는 軍人, 波斯에서는 商人의 자식, 印度에서는 王 혹 牧羊者로 나오고 어쩐 데서는 夫婦가 되기도 하고 아니 되기도 하고 어쩐 데서는 子息을 나키도 하고 아니 나키도 하고 어쩐 데서는[259]

子息이 하나도 되고 여럿도 되고 어쩐 데서는 나중에 本處로 가기도 하고 아니 가기도 하고 어쩐 데서는 本處로 갓다가 도로 오기도 하고 아니 오기도 하는 等 差異가 각가지로 잇습니다. 그러나 이것들은 地方的 事情과 쏘 原始母型으로부터 發展變化된 程度 如何에 말미암는 것일 싸름이요 이 모든 것이 죄다 同一한 根本骨子를 가지고 잇는 것만은 明白의實하야 의심이 업는 바입니다. 그러고 이 이약이가 처음 西洋學者의 손에서 西洋의 材料를 主로 하야 比較硏究가 行할 때에 西洋의 類話에는 女主人公이 흔히 물에 쁜 白鳥(곤이)로 나옴으로 이

套式의 說話를 "白鳥處女型(Swan-Maiden Type)"이라고 이름 하얏든 關係로 天上仙女 其他 여러 가지 다른 動物도 女主人公 되는 事實을 알게 된 뒤에도 習慣上 依然히 "白鳥處女說話"란 말을 使用합니다. 쏘 東洋에는 녜부터 羽衣란 문자가 잇고 天上仙女는 羽衣를 닙고 飛行한다는 觀念이 잇슴으로써 東方 나라의 學者 間에는 일변 羽衣 傳說이란 말도 通容 되고 잇습니다. 이 白鳥處女說話의 內容에 對하야는 學者들이 여러 方面으로부

---

259 琉球는 오키나와(沖繩), 支那는 중국, 緬甸은 미얀마(Myanmar), 늬유헤브리데스는 뉴헤브리디스(New Hebrides), 露西亞는 러시아(Russia), 瑞典은 스웨덴(Sweden), 匈牙利는 헝가리(Hungary), 쏘헤미아는 보헤미아(Bohemia), 西班牙는 스페인(Spain), 波斯는 페르시아(Persia), 蘇格蘭은 스코틀랜드(Scotland), 佛蘭西는 프랑스(France), 크로아치아는 크로아티아(Croatia), 加拿陀는 가나다(加那陀)의 오식으로 캐나다(Canada)를 가리킨다. 세레베스는 세르비아(Serbia)를, 남스말란드는 스웨덴(Sweden)의 스말란드 주 남쪽 지역을 가리키는 것으로 보인다.

터 種種의 解說을 시험하야 그中에는 자미잇는 學說도 잇지오마는 여긔서는 말할 것 아니오 다만 朝鮮에 行하는 이 套式의 이약이도

世界에 잇는 白鳥處女型 說話의 比較 硏究上 자못 重要한 一 材料가 되는 것만을 부처 말슴해 두겟습니다.

白鳥處女說話란 것은 神話學上으로 말하면 니른바 神婚說話 —— 사람과 超自然的의 異性 —— 사람과 神靈과란다든지 사람과 動物과란다든지의 사이에 男女關係를 맺는 녯날이약이 中의 하나입니다. 朝鮮의 神話 傳說 民譚의 中에도 이 神婚說話에 부치는 것이 작지 안케 잇습니다. 朝鮮의 最古 文獻을 쩌들면서 첫머리에 나오는 天帝子 桓雄이 熊女로 더부러 假婚하야 檀君을 낫는 대문이 이미 그 一例도 되지오마는 이것은 이미

神話 이약이를 할 째에 약간 말슴한 바와 가트며 이 박게서 比較硏究上 자미잇는 一例를 들춘다 하면 무엇보담도 『三國遺事』(卷二, 後百濟)에 보인 後百濟 始祖 甄萱의 誕生談입니다 ——

넷날 光州 北村에 사는 長者 한 사람이 딸 하나를 두니 人物이 絶等하얏다. 하로는 父親더러 하는 말이 밤마다 붉은 옷 입은 산아희가 와서 가치 자고 간다 하거늘

父親이 니르기를 "그러면 긴 실을 바늘에 쮀여 두엇다가 그 옷에 찌르라" 하야 그대로 하고 이튼날 실 간 곳을 차저가니 바늘이 큰 지렁이의 허리에 쏘쳐섯다. 인하야 몸이 잇서 아들을 나흐니 이 이가 甄萱이얏섯다.

하는 것입니다.

六堂學人, "朝鮮의 民譚 童話(完) － 朝鮮 民譚의 世界的 背景(續)", 『매일신보』, 1938.7.21.

쏙 이와 가튼 이약이가 淸 太祖 奴兒哈赤[260]의 誕生談으로 咸境道 地方에

行하기도 하고 달리도 여러 가지 모양으로 民間에 流布하거니와 朝鮮뿐 아니라 外國에도 이러한 이약이가 잇고 갓가운 內地에는 특별히 이 套式의 이약이가 만코 더욱 古神道上에 重要한 地位를 가지는 "三輪山" 神의 사적이라 하아서 매우 有名한 神話의 하나가 되여 잇습니다. 『古事記』(卷中), 崇神天皇 條에 ——²⁶¹

　　大田田根子命은 後世의 三輪氏의 祖上이니 그의 出生한 來歷이 이러하다. 陶津耳命의 따님 活玉依姬가

　　人物이 絶等하더니 大物主神이 少年丈夫가 되여서 이 색시에게로 다니섯다. 이 少年丈夫가 낫에는 보이지 안코 밤ㅅ중에만 몰래 왓다가 가는데 容貌風采가 어찌도 잘랏든지 뜻이 서로 감동하야 친밀히 지내는 동안에 어는덧 색시가 아이를 배엇다. 그 父母가 괴이히 녁여서 시집도 아니 가서 아이를 가젓스니 웬일이냐고 힐문하매 색시가 대답하기를 "신수 잘난 少年이 이름도 이르지 안코 어듸서 온 것도 말하지 안코 밤마다 와서 자고 가는 동안에 자연 배가 불럿습니다"고 하엿다. 그 父母가 少年의 蹤跡을 알고저 하야 "그러커든

　　黃土를 자리ㅅ 가상이에 펴고 청올치를 바늘에 꾀여 두엇다가 그 少年이 나갈 째에 그 옷깃에다가 쏘자 노흐라"고 가르처서 그날밤에 父母의 니르시는 대로 하고 밤이 샌 뒤에 보매 청올치 실이 덧문의 열쇠ㅅ 구멍으로 나가고 겨오 세 둘레만 남앗다. 이것을 보고 그 少年이 열쇠ㅅ 구멍으로 出入하는 줄을 알고 그 실을 짜라서 차저가매 三輪山에 이르러 大神의 사당으로 드러갓는지라. 이 째문에 三輪山의 大物 主神님이 다니시든 것임을 아랏다. 이 뒤에 活玉依姬가 奇御名命을 나코 그

　　子孫에서 大田田根子命이 나섯다.

함이 그것입니다. 이러한 이약이를 內地에서는 "三輪山式" 說話라고 하니

---

260 '奴爾哈赤'의 오식이다. 누르하치(Nurhachi)로 중국 후금(後金)의 초대 황제이다. 여진족의 추장에서 칸(Khan) 자리에 올라 후금이라 칭하였다. 아들인 태종(太宗) 때 국호를 청(淸)으로 개칭하였다.

261 오노 야스마로(太安麻呂)가 지은 『고지키(古事記)』(712)를 가리킨다. 고대 일본의 신화, 전설 및 사적을 기술한 책이다.
　　일본 제10대 천황 스진 덴노(崇神天皇)을 가리킨다.

우리 쪽으로부터 말하자면 甄萱式 說話라 할 것이겟지오. 무엇이라고 할 것이든지 간에 이러한 투의 이약이도 특히 東洋 여러 國民의 사이에 두르 行하고 잇는 바입니다.

朝鮮의 民譚이 어쩌케 世界的 背景을 가지고 人類共通의 呼吸 中에 잇는 **事實**을 말하려 하면 얼마든지 자미잇는 例證을 들출 수 잇지마는 이번에는 이 以上의 時間을 가지지 못하얏슴니다. 通俗 講座의 性質上 아못조록 具體的 事實을 드러 말슴하기를 主로 하야 그 理論的 方面 그 法則的 關係를 말슴하지 아니함을 혹 섭섭히 생각하실지도 모릅니다. 그러나 내 이번의 말슴은 朝鮮과 世界와의 文化交涉이 어쩌케 오랜 넷날부터 쏘 남모르는 中에 깁고 큰 것이 잇슴을 다시 한 번 생각함에 잇서서 民譚 童話 —— 이약이란 것이 어쩌케 的確한 證明 材料됨을 이약이하려 한 것입니다. 이번에는 생각하는 바가 잇서 世界說話의 總本源이라 하고 事實에 잇서서도 朝鮮 說話의 母胎가 되는 印度 關係의 것을 일부러 쌔고 쏘 短話 —— 토막 이약이, 笑話 —— 우스개이약이에 關한 자미잇는 連絡 事實을 하나토 이약이 못합니다마는 以上에 얼마 말슴한 것만 하야도 이약이를 通하야 朝鮮과 世界가 어쩌케 넛짓이 緊密한 交涉을 가진 것, 이약이라는 財産에서 世界와 朝鮮과의 사이에 네것 내것 할 것이 업는 것, 世界가 朝鮮 속에 잇고 朝鮮이 世界 안에 잇는 正堂한 文化意識을 붓잡을 것이 잇스리라고 생각합니다. (쯧)

李石薫, "(新刊評)宋昌一 氏 著 『참새학교』 評", 『조선일보』, 1938.9.4.

朝鮮에 잇서서의 兒童文學運動은 近年에 이르러 거의 窒息狀態에 잇지 안흔가 한다. 唯一한 代表的 兒童誌 『少年』을 보더라도 十年來의 執筆者 란 殆無하야 兒童文學運動의 盛衰를 如實히 말하드키 執筆者의 變動도 無常하다. 勿論 스스로 發表를 삼가거나 其他의 理由로 沈默을 지키면서 精進을 게을리하지 안코 잇는 사람들도 적지 않을 줄 미드나 아무러튼 寂寞 하기 짝이 업다.

이러한 가운데서 宋昌一 氏의 存在는 우리의 兒童文學運動을 爲하야 참으로 보배롭다 하지 안흘 수 업다. 이번에 그의 十年來의 꾸준한 精進의 結晶이 『참새학교』로서 出版케 된 것은 호올로 나의 기쁨에만 끄치지 안흐 리라 밋는다. 二百六十頁 四六版, 鄭玄雄 氏의 裝幀이 매우 斬新하야 이 冊을 드는 이에게 벌서 好感을 이르키게 한다. 內容을 보면 第一部(幼年童 話) 第二部(少年童話)를 合하야 三十六篇 모두 苦心의 자최가 뚜렷한 力作 들이다. 나는 宋 氏로부터 이 冊을 선물 바든 卽時로 내 아이에게 주엇다. 그는 다달이 꼭꼭 보내 주는 『少年』 誌를 바들 때처럼 『참새학교』를 바더 들고 조아라고 껑충껑충 뛰며 기뻐하다가 곳 안즌자리에서 읽기 시작하야 단김에 全卷을 讀破하고야 말엇다. 참 재미잇다고 놀라운 기쁨으로 두 눈 을 빗내인다. 나는 『참새학교』의 무서운 魅力을 놀람이 업시 생각할 수는 업섯다. 나의 小說을 果然 단 한 사람이라도 이러틋 놀라운 기쁨으로써 읽어 주는 사람이 잇슬가? 생각하매 나는 小說의 붓을 꺽고 어린이 讀物을 쓰기로 方向을 바꿀가 하는 衝動이 나의 마음을 굿세게 뒤흔들믈 느끼엇다. 그는 그中에서 『참새학교』가 제일 재미난다고 한다. 이 作品은 個中에서 小說的 要素가 濃厚하고 어린이의 想像을 자극하는 퍽 조흔 文藝的 作品이 다. 그담은 「봉사꽃」이 재미잇다는 것이다. 이것도 대단히 文藝味가 豊富 한 아름다운 作品이다. 나는 여기서 아이들이 單純히 敎訓的인 이야기보다도 그들의 想像世界를 수놋는 "이야기"性이 豊富한 作品에 보다 더 큰 興味를 느낀다는 것을 알 수 잇섯다. 宋 氏의 『참새학교』는 이러한 文學的 作品으로서 比較的 成功한 作品이 만히 收錄되엿다. 어린이들뿐만 아니라 어른들이 읽어도 퍽 재미나는 冊이리라 밋는다. 文章도 대단히 間潔하고[262] 平易하나 다만 會話에 잇서서 아직 硏究의 餘地가 만흔 것 갓다. 하여튼 兒童讀物이 零星한 今日 이처럼 조흔 內容과 아름다운 表裝으로써 된 『참새학교』의 出版을 기뻐하며 同時에 어린이를 둔 이들에게 子女들에게의 조흔 선물로 한 冊식 사 주기를 勸하고 십다.

(定價 普及版 七十錢 洋裝 一圓 總販賣所, 平壤府 南山町 四三, 平壤愛隣院印刷所 振替 京城 二九○五六番)

---

262 '簡潔하고'의 오식이다.

李仁, "出版記", 盧良根, 『날아다니는 사람』, 朝鮮紀念圖書出版館, 1938.11.[263]

人類의 歷史는 悠久하나, 人生의 一世는 實로 蒼空一瞬이다. 다시 그 長短의 比할 바 아니다. 文人 蘇軾으로 하여금 人生의 須臾를 슬퍼하고 長江의 無窮함을 부럽다고 嗚咽 長歎하게 하였음이 아니냐. 廣漠無涯한 宇宙 속에서 滄海一粟에 不過한 人生으로는, 다만 그날그날의 지난 足跡을 記錄한 歷史가 있고, 子子孫孫이 綿綿相傳하는 文化가 있을 뿐이다. 만일 文化 그것이 없었던들, 人類의 生活은 暗黑面 그것뿐이요 우리의 生活은 光彩와 意義가 全然 없을 것이며, 사람으로써 後世 子孫에게 唯一한 선물이요, 참된 遺産은 田宅財貨가 아니라, 가장 光輝 있는 文化일 것이다. 累萬 財貨는 一夜에 消散될 수 있으되, 先人의 傳한 文化는 永世不朽함을 볼 때 人生의 生命素는 오직 文化 그것이겠고, 宇宙의 至寶로 文化 그것뿐일 것이다.

이번에 우리의 文化生活 樹立에 항상 念願을 게을리하지 않던 吳世億 氏, 夫人 李淑謨 氏가 人生 一世에 가장 紀念될 結婚에 當하여, 童話大家 盧良根 氏의 多年苦心의 著述인 童話集을 本舘의 第二回 紀念出版으로 나타나게 한 것이다.

吳世億 氏와 그 夫人 李淑謨 氏의 文化에 對한 깊은 念願과 盧良根 氏의 오랫동안 努力이 偶然히 合하여, 世世의 어린이로 하여금 至極한 寶物을 갖게 함에, 本舘뿐 아니라, 全 社會는 感謝와 欣快를 禁하지 못하는 바이다.

이 뜻깊은 出版이 세상으로 하여금 吉凶大事의 虛禮冗費를 文化生活에

263 원문에 '朝鮮紀念圖書出版舘 李仁'으로 되어 있다. 이인(李仁, 1896~1979)은 변호사이자 정치인이다. 일제강점기 허헌(許憲), 김병로(金炳魯) 등과 함께 우리나라 변호사로서 항일 독립투쟁사에 남을 만한 사건에 두루 참여하였다.

善用하여, 사람의 紀念心을 發興하게 하여 一世가 榮華를 같이 할 文化에
寄與하면, 本舘의 發意는 於斯에 盡하리라고 생각한다.

昭和 十三年 七月　　日

朝鮮紀念圖書出版舘　李　仁


吳世億, "紀念辭", 盧良根, 『날아다니는 사람』, 朝鮮紀念圖書出版
舘, 1938.11.[264]

結婚은 人生의 큰일의 하나이다. 그러므로, 一生을 通하여 잊을 수 없
는 일이다. 昭和 十二年 十二月 二十九日에 小生이 李淑謨 님으로 더불
어 百年佳約을 맺었는데, 이날에 遠近各處에 계신 여러 師友를 많이 모시
고 茶菓의 一席이라도 베풀어 기쁨을 같이 하게 못 된 것은 늘 섭섭히 생
각하는 바이었으며, 한쪽으로는 一卷의 書라도 各 文化機關과 有志에게
進呈하는 것이 우리 文化生活에 滄海一粟의 보탬이라도 된다면 다행이겠
다고 생각하던 바, 때마침 朝鮮紀念圖書出版舘의 斡旋을 좇아, 이번에 이
出版物을 박여서, 諸位에게 敢히 드리는 것이다. 이 微誠을 알아 준다면,
感謝함을 말지 아니하겠다. 오랫동안 힘들인 貴한 原稿를 빌리어 준 盧良
根 先生에게 對하여서와 出版舘 諸位에게 勞를 또한 感謝함을 말지 아니
하는 바이다.

昭和 十三年 一月　　日

吳　世　億


---

264 이 글 앞에 「吳世億, 李淑謨 兩氏의 略歷」이 있으나 아동문학 관련 "序跋批評"에 해당한다
고 보기 어려워 생략하였다.

## 이경석(李景錫), "축사", 盧良根, 『날아다니는 사람』, 朝鮮紀念圖書出版舘, 1938.11.

동화책이라는 것은 아이들을 가르치는 데 없지 못할 책이다. 아이들에게 좋은 이야기를 들리어주는 것은 참된 교육이 된다. 이것으로써 효도와 충성과 사랑과 의리와를 알게 되어 사람의 도리를 배운다.

노양근(盧良根) 선생은 일찌기 동화 방면에 뜻을 두어, 오랫동안 애써 오는 가운데, 벌써 신문 잡지 강연 등 여러 방면으로 많은 발표가 있는 것은 세상이 다 잘 아는 바이다. 이 동화 방면을 위하여 굳센 뜻과 뜨거운 마음으로 꾸준히 힘써 나가는 데 대하여, 우리는 감사의 뜻을 말하지 아니할 수 없다. 그런데, 이번에 그 귀한 동화집 원고를 세상에 내어놓게 되자, 마침 결혼기념으로 이 책을 출판하게 된 것은 더욱 빛나는 일이다.

이번에 자기의 결혼기념으로 이 동화집을 출판한 분은 신랑 오세억(吳世億) 씨와 신부 이숙모(李淑謨) 씨인데, 오세억 씨는 우리 운동계에 활동과 공로가 많은 분으로, 사회적 봉사심이 많은 것은 우리가 일찌기 경모하는 바이며, 이숙모 씨는 교육계에서 아동교육을 위하여 마음을 다한 것은 우리가 경의를 표하는 바이다.

그런데, 이 두 분이 그 결혼 비용을 줄이어, 그것으로써 이 뜻깊은 동화집을 출판하여, 희망과 광명의 아동세계에 사랑의 선물로 세상에 널리 펴어 주는 데 대하여, 그 고마운 뜻을 참 마음으로 비는 바이다.

소화 십삼년 칠월

이　경　석(李景錫)

李克魯, "머리말", 盧良根, 『날아다니는 사람』, 朝鮮紀念圖書出版館, 1938.11.

아이들은 이다음 사회의 임자입니다. 그러므로, 그들에게는 바랄 것이 많고 환한 빛이 있을 뿐입니다. 이제 사람이 장래를 위하여 힘쓰는 것은 곧 아이들을 위하는 것입니다. 굳세고 아름답고 훌륭한 아이를 만들려면 먼저 정신적 양식을 주어야 됩니다.

이야기란 것은, 참으로 그런 일이 있는 것도 있고, 또는 생각하여 새로 만드는 것도 있읍니다. 무엇이나 새로 만드는 것은 더 힘드는 일입니다.

그런데, 노양근 선생은 오래동안 아이들 이야기를 새로 짓기에 땀을 흘리었읍니다. 그 끝에 이 귀중한 동화집이 세상에 나오게 되었읍니다.

이 책의 넉넉한 감과 아름다운 말은 아이들의 정신이 살찔 양식이 될 것은 틀임이 없읍니다.

이 동화집이 가는 곳에는 향기로운 풀과 아름다운 꽃이 쌓인 봄 동산과 같이, 살아 움직이는 모든 생명의 세계가 이루어질 것입니다.

정축년 벼 익는 가을에
서울에서 이 극 로 씀


崔仁化, "序", 盧良根, 『날아다니는 사람』, 朝鮮紀念圖書出版舘, 1938.11.[265]

朝鮮 童話界도 이제야 비로소 正道에 올라섰다. 朝鮮 童話界는 그동안

---

[265] 이 글 앞에 「吳世億, 李淑謨 兩氏의 略歷」이 있으나 동화책의 "序跋批評"에 해당한다고 보기 어려워 생략하였다.

여러 時代로 지나왔다. 할아버지와 할머니가 화롯가에서 이야기로 전해
주던 口傳童話 時代. 그다음 兒童雜誌가 생기면서 外國童話 飜譯時代이다.

朝鮮의 童話史를 쓴다면, 이 創作童話 時代가 眞正한 의미에서 朝鮮 童
話界 草創時代라고 볼 수 있다. 이 創作時代의 開拓者는 누구나 이 創作童
話集 『날아다니는 사람』을 쓰신 盧良根 先生을 들 것이다.

나는 盧 先生이 낳아 놓은 이 童話集을 評價하여 紹介하기 전에, 먼저
盧 先生이 朝鮮 어린이를 사랑하는 마음과 참된 童話道에 精進하는 그 精
誠과 이 童話集을 만들어 내는 동안에, 어려운 周圍環境을 무릅쓰고 분투
하여, 기어이 朝鮮의 童話를 처음으로 말할 수 있는 童話集을 낳아 놓은
거기에 敬意를 表하며, 아울러 創作을 배우려 한다.

이 童話集을 通하여, 童話의 高尚한 價值를 깨닫는 기쁨과 朝鮮 어린
靈이 살찌고 새 기운을 낼 어린 靈의 새 양식을 發見한 기쁨은 이 童話集을
낳아 놓은 이의 기쁨에 지지 않을 것이다.

이 童話集이 出現함으로, 朝鮮의 童話界가 한 계단 올라서고, 眞正한
童話道가 더욱 光明하게 나타나니, 진실로 기쁜 마음으로 童話에 마음 있
는 이와 함께 하루속히 널리 전하고 싶다.

十月 八日　京城 童話社

崔 仁 化 識

---

盧良根, "自序", 盧良根, 『날아다니는 사람』, 朝鮮紀念圖書出版
舘, 1938.11.

사람의 입은 밥을 먹는 외에 이야기하는 문이니, 누구나 입 가진 사람은
이야기하지 않고는 못 견디는 것입니다.

어디 사람뿐인가요? 여러분은, 빨래줄에 마주앉아 아주 정답게 조잘거
리며 이야기하는 제비 남매나 풀숲에서 씨르렁씨르렁 속삭이는 벌레들의

이야기 소리를 들은 일이 있겠지요? 그리고 보니, 사람이나 짐승이나 다 이야기를 하지 못하고는 못 견디는 모양입니다.

그래서, 이야기를 하고 이야기를 듣고 이야기를 전하고 이야기를 듣고 싶어 하는 것입니다.

나도 사람인 까닭에 어릴 적부터 아주 이야기를 즐겨하였읍니다. 어머님 무릎을 베고 이야기해 달라고 졸라도 보았고, 어떤 때는 이야기 잘하시는 동네 할아버지네 집에 가서 이야기를 듣다가 밥 먹기를 잊은 때도 여러 번 있었읍니다.

그때 들은 이야기 중에 「콩쥐팥쥐」나 「흥부놀부」나 「심청이」 이야기나 「하늘에 올라간 오누」 이야기 같은 것은 지금도 머리속에 분명히 남아 있읍니다.

그 후 내가 차차 크면서부터는 나도 남에게 무엇이든 이야기해서 들려주고 싶은 생각이 자꾸 일어났읍니다. 그 마음을 참을 수 없어서, 필경은 신문이나 잡지 같은 데 어린사람의 이야기를 써서 내오기 시작한 것이, 어느덧 해를 거듭하여 벌써 십여 년이란 세월이 흘러갔읍니다. 그동안 내가 세상에 내놓은 이야기들 중에서 몇 편을 뽑아서 첫 번으로 이 동화집 한 책을 만들었읍니다. 이 동화집에 모인 이야기들이 재미있을지 없을지 또는 값이 있는 것인지 없는 것인지 그것은 내가 모르지만, 어쨌던 여러 곳에 흩어졌던 것을 한 그릇에 담아 놓고 보니, 어쩐지 내게는 좀 탐탁해 보입니다.

이 한 책이 여러분의 품에 안길 때, 여러분은 동무를 대하듯 귀히 어루만져 주시며, 내가 이야기하고 싶어 하는 그만큼, 여러분도 또 다른 동무에게 이야기해 주신다면, 이 책을 내는 뜻을 벌써 다 이룬 것이니, 나는 더 바랄 것이 없읍니다.

끝으로 이 책을 내도록 주선하여 준 朝鮮紀念圖書出版舘과 인쇄비를 부담하신 吳世億 李淑謨 두 분과 그 외에 여러 가지로 힘쓰신 崔仁化 씨에게 진심으로 감사를 드립니다.

昭和 十二年 十月

著者 盧 良 根

李軒求, "(新刊評)燦爛한 童心의 世界―兒童文學集 評",
『조선일보』, 1938.12.4.

지극한 정성이 잇고 지극한 사랑이 잇다면 그것은 어린이를 위하야 바치
는 정성일 것이요 또 어린이의 마음에서 찾는 사랑일 것이다.

朝鮮서 어린이를 사랑하자는 運動이 일어난 十六年 前부터 어린이를 위
한 文藝運動이 全面的으로 노파저 왔다. 勿論 그 以前에 兒童을 위한 文藝
作品으로『검둥이 서름』²⁶⁶과 가튼 훌늉한 外國小說이 굉장히 그때의 어린
이엿든 우리를 울렷섯다. 그러나 어린애란 말을 "어린이"라는 하나의 人格
을 가진 言語로써 새로운 社會的 倫理를 樹立시키면서 오늘에 이른 歷史는
正히 十七年이다.

그리하야 "童謠"의 世界를 거치지 아니한 오늘의 詩人이나 小說家가 업
슬 만큼 한때는 宏壯히도 童謠熱이 旺盛햇다. 인제 이번 發刊된 新選文學
全集 第三卷인『兒童文學集』²⁶⁷을 펼처 노코 보니 實로 거기엔 感激이 새로
운 가지가지의 노래가 곱게 역거저 잇다.

朝鮮兒童文學을 爲하야 一生을 바친 故 小波 方定煥 氏를 비롯하야 五十
餘 氏의 童謠, 童話, 童劇, 少年小說 等 한가지로 어린이의 마음의 糧食으
로서 뿐 아니라 거츠른 現實에서 童心을 喪失當한 어른들에게 잇서서도
몹시 情다웁고 親近스러워 마치 따뜻한 봄날 잔디바테 드르누어 종달새
우는 봄 하늘의 구름을 바라보는 淡淡하고도 微笑에 넘치는 憧憬의 마음을
느껴진다.

---

266 이광수(李光洙)의『검둥의 셜음』(신문관, 1913)을 가리킨다. 이광수의 "머리말"에 "이 칙은
　　세계에 일홈 난『엉클 톰스 캐빈』의 대강을 번역혼 것"이라 하였다. 이로 보아, 해리엇
　　비처 스토(Harriet Beecher Stowe)의『Uncle Tom's Cabin』(1852)을 번역한 것임을 알
　　수 있다.
267 조선일보사출판부에서 제1회『朝鮮文學讀本』, 제2회『新人短篇集』에 이어 제3회로 발간
　　한『朝鮮兒童文學集』(1938)을 가리킨다.

"푸른 하늘 은하물 하얀 쪽배에……"의 이 노래가 全 朝鮮 坊坊曲曲 아름다운 멜로듸를 타고 도라다니든 때와 徐德出 君의 「봄 편지」의 눈물겨운 記憶도 또한 이 文學集을 通하야 새로워진다. 더욱 小波의 「난파선」은 『사랑의 선물』의 첫머리에 노혀서 오늘은 三十이 된 어른들의 感激을 짜내든 兒童文學史上의 名作의 훌늉한 번역의 하나이다. 그리고 高漢承 氏의 「百日紅 이야기」도 또한 가장 愛讀되엿든 傳說이다.

단 한 가지의 所望을 적는다면 이 冊의 活字가 더 굵고 사이사이에 더 만흔 이쁜 그림이 함께 끼여저 잇엇다면 이 한 冊은 한글로 된 兒童書籍이 적은 朝鮮에 잇어 더한층 빗낫슬 것이다. 玉에도 티가 잇고 또한 그러한 出版에는 多大한 物資를 要할 것이매 鄭玄雄 氏의 커트 裝幀으로 이만큼 아담하고 아름다운 冊으로 꾸며진 것도 우리는 한가지로 장하게 생각해야 될 줄 안다.

李勳求, "序", 『朝鮮兒童文學集』, 朝鮮日報社出版部, 1938.12.[268]

이 『朝鮮兒童文學集』은 世上에서 다 잘 아는 바와 같이, 朝鮮日報社出版部에서 새로 刊行하는 新選文學全集의 第三回 單行本이다.

第一回 『朝鮮文學讀本』과 第二回 『新人短篇集』은 이미 江湖의 絶大한 歡迎裡에 初版이 다 되고, 將次 第二 第三版을 刊行하지 아니하면 아니되게 된 것은 自他가 共히 朝鮮文學界를 爲하여 기뻐하는 바이다.

이 『朝鮮兒童文學集』은 七百萬 兒童들의 伴侶가 되고 寶物이 될 것을 自信 不疑한다. 그것은 누구나 다 아는 바와 같이, 數많은 어린이들에게 읽어야 될 또는 읽을 만한 諺文書籍이 從來에 매우 보잘것이없었던 것이다. 그리하여서 第二世 國民에게 情緒敎育 또는 文學的 敎養이 너무도 閑却되어 있었다. 이와 같은 缺陷의 萬分之一이라도 補足시키고, 따라서 朝鮮 文運에 多少라도 貢獻하는 바가 될가 하는 까닭이다.(이상 1쪽)

그러므로, 兒童들 自身은 勿論, 兒童을 가진 家庭에서도 不可無의 典籍이다.

內容을 잠깐 紹介하면, 現代 朝鮮兒童文學의 代表作이라 할 만한 九十餘篇을 蒐集한 것이요, 文의 種類는 童謠 童話 童劇 少年小說 等이 全部 網羅되었다. 實로 兒童文學의 集大成이요 淵叢이다. 이것은 自畵自賛으로[269] 어떤 迷妄에서 하는 말이 決코 아니요. 眞正한 意味에서 朝鮮 兒童을 爲하여 衷心으로 勸獎하는 바이다. 江湖 一般은 本書의 出刊 本旨와 및 本書가 가지고 있는 그 自體의 眞價를 諒하므로써 넉넉히 辯證이 될

---

268 이훈구(李勳求, 1896~1961)는 교육자이자 정치가이다. 충청남도 서천(舒川) 출생으로 일본 도쿄대학(東京大學) 농학과 3년 수료 후, 1927년 미국 캔자스주립 농과대학을 수료한 후 위스콘신대학교에서 철학박사 학위를 받았다. 1938년 조선일보사 주필 겸 부사장이 되었다. 저서로 『朝鮮農業論』(漢城圖書株式會社, 1935), 『滿洲와 朝鮮人』(平壤 崇實專門學校 經濟學研究室, 1932) 등이 있다.
269 '自畵自讚으로'의 오식이다.

것이다. 本書 上梓의 日에 當하여, 執筆한 諸氏의 援助와 協力을 謝하면서, 몇 마디의 蕪辭로써 冠하여 둔다.

昭和 戊寅 小春 上澣

李 勳 求 識 (이상 2쪽)

## 金泰午, "盧良根 氏의 童話集을 읽고", 『동아일보』, 1938.12.27.

조선에서 童話로서의 形態를 가추어 가지고 나오기는 距今 二十餘年 前의 일이다. 그동안 傳來, 口傳童話의 活字化, 或은 改作 等을 거처 그다음 外國童話의 翻譯期를 지나 四五年 以來 創作童話의 길을 밟게 된 後 最近에 이르러 創作熱이 더욱 旺盛하여 감은 實로 이에 關心을 가진 者 앞으로의 兒童文學을 爲하야 欣喜하여 마지아니한다. 魯 氏의 童話集 『날아다니는 사람』[270]을 펠처 들고 처음 「복단지」로부터 「날아다니는 사람」까지 二十餘 篇의 童話를 通讀하여 본다면 「웃음꽃」 「은숭이와 까치알」 「뒝박대장」과 같은 興味와 喜悅을 주는 하나의 유모러스한 快感과 또는 勇敢冒險을 즐기든 兒童의 心理와 生活相을 그린 것도 잇고 「임자 없는 책상」 「의조흔 동무」 「눈 오는 날」과 같은 아름다운 友情에서 나오는 同情, 和睦, 救助의 불타는 마음 「눈먼 소년」 「순이와 빵장수」 「피리 부는 억쇠」와 같은 人類社會의 奉仕心과 同情心이라던지.

그리고 傳來童話로는 「금예은예」(新콩쥐팥쥐)와 「이상한 맷돌」에서 보여지는 惡行의 應報, 善行의 勝利, 「열두 고개」 「한 가마에 두 색시」 「막내둥이 별」은 口傳童話를 改作한 것 같은 느낌을 주며 여기서는 兒童心靈의 美化를 엿볼 수 잇다. 「눈 오는 날」 「순이와 빵장수」 「날아다니는 사람」 等은 純童話라기보다도 少年小說이라 함이 조켓고 나는 차라리 「웃음꽃」 「눈먼 소년」 「피리 부는 억쇠」를 優秀한 作品으로 推薦하고 싶다. 이는 그가 高踏的 超現實的 傾向보다도 民衆的이오 現實的인 傾向에의 關心을 가지고 애써 조선 兒童의 生活相을 그리려 하는 자최가 보인다는 것이다. 그러나 여기서 注意할 것은 자칫하면 童話인지 少年小說인지 分別하기 어

---

270 '魯 氏'는 '盧 氏의'의 오식이다. 조선기념도서출판관(朝鮮紀念圖書出版舘)에서 기념간행 제1집으로 김윤경(金允經)의 『朝鮮文字及語學史』를 발간한 후, 제2집으로 발간한 "盧良根 동화 第一集" 『날아다니는 사람』(1938)을 가리킨다. 오세억(吳世億), 이숙모(李淑謨) 두 사람이 결혼 기념으로 출판 비용을 댔다.

려운 것을 맨들어 노키 쉬운 것이다.

◇

以上에서 例擧한 바와 같이 이 童話集의 內容은 實로 여러 가지 思想과 敎訓이 內包되어 잇서서 읽는 사람으로 하여금 "재미"라는 魅力으로 끄을어 간다는 것이다. 이 "재미"라는 것도 그리 쉽사리 이루어지는 것이 아니오 著者가 多年間 兒童敎育 方面에 實際 體驗 하에 얻은 모든 材料를 새기고 깎어 하나의 積功을 이룬 것으로 볼 수 잇으니 全體를 通하야 느껴지는 것은 그가 兒童을 爲하는 精誠이 一貫하여 잇다는 것이다. 그리고 이 冊에는 童話의 本質的 使命인 文學的 價値와 從屬的 使命인 敎育的 價値가 相伴되어 잇어 兒童은 勿論, 어른이라 하더라도 一讀할 만한 價値가 잇다고 생각한다.

發行所 京城府 化洞町 朝鮮語學會紀念圖書出版部

## 崔鳳則, "退社 人事", 『아이생활』, 1938년 12월호.

벌써 八년 전 일입니다. 바루 소화 六년 一월부터 본 아이생활사에 입사가 되어 사장과 이사 여러분의 지지와 六백만 조선 어린이들의 사랑을 힘입어 七년째를 하루같이 지내왔습니다. 그동안 독자도 수삼천명이나 입사 당시보다도 증가하여지는 기쁨도 컸거니와 소년소녀 여러분을 애끼시고 취미와 수양과 지식적 향상을 위하여 문필계에 종사하시는 여러 선생께서 원고료 한 푼도 이렇다는 사례를 받지 못하시면서도 명문을 통하여 금옥같은 말씀을 보내시어 본지의 면목을 늘 새롭게 하여 주시던 여러 선생의 은혜가 실로 태산 같습니다.

이러한 귀한 글을 읽으시기에 너무도 재미로워서 밤잠도 잊는 수가 있고 때로는 끼니조차 몰랐으리만큼 본지를 애독하노라는 독자 여러분의 뛰는 가슴의 보고를 주시던 그 모든 기쁨이 가지가지로 생각히입니다.

이렇듯 가슴에 차는 감격으로 일곱 해도 언제 지나는 줄 모르게 지나다가 아불사 필자의 불민한 탓으로 여러분에게 인사도 닦을 여유 없이 신상에 일어나는 변화로 해서 작년 八월 하순에 사표를 내었습니다. 그러면서도 여러분에게 이렇다는 말씀을 드릴 형편도 아니었더랍니다.

한데 『三千里』잡지 十一월호 꼬십에 제가 아이생활사로 다시 입사하였다는 소식이 전하였답니다.[271] 그것을 보신 독자로부터는 복직 치사의 글월이 노상 답지한다는 말씀을 지금 『아이생활』 편즙에 중임을(이상 16쪽) 띠고 계신 임원호 선생(任元鎬先生)에게 듣고는 그만 깜짝 놀라지 아니치 못하였습니다. 『三천리』꼬십 기사는 잘못되었습니다. 저는 지금 장노회 총회 종교교육부 서적과에서 지난 十월초부터 일을 보게 되었습니다. 아이생활사와 한 번지 같은 삘딩이기 때문에 아마 잘못 소문이 전하여진 것

---

271 "○ 崔鳳則 氏 = 다시 '아히生活'社 主幹으로 就任하다. 아마 一年有餘만이 되리라"(『삼천리』, 제10권 제11호, 1938년 11월호, 17쪽)라 한 것을 가리킨다.

이라고 생각합니다.

하옇든 이 기회에 말씀드리는 것은 과거 여러분에게 받은 은혜를 귀한 지면을 통하여 그 사례의 말씀을 대신하오며 때로는 겨를할 수 있는 대로 일본 내지의 고금 유명한 이들의 전기를 편편이 소개하여 수양기에 있는 여러분에게 한 참고를 드리기로 합니다. 이것으로써 과거의 입은 은혜를 갚을가 생각합니다.

지금 본사 이사장이요 사장을 겸임하신 장홍범[272] 목사께서 본지 발전의 전 책임을 지시고 뒤에서 크게 노력하시며 또는 여러분과 글을 통하여 깊은 인연을 맺으신 임원호 선생이 각 방면 여러 선생의 후원을 받아 책임 편즙을 하고 계시니 앞으로는 본지의 면목이 이상 새로와질 것을 기뻐하는 바입니다.

한 가지 서운한 정을 여러분으로 더불어 같이 마지아니함은 절묘한 필치를 통하여 본지를 장식하며 그림과 글의 독특한 맛을 더하던 임홍은 선생(林鴻恩先生)이 역시 사정으로 본사를 떠났음에 애끼는 정이 실로 큽니다. 그러나 임 선생의 동생 되시는 임동은 씨가 그 형님보다도 못지아니한 숫솜씨로 본지에 삽화를 담임하여 오매 실로 여러분에게 다행한 것을 같이 기뻐하는 바입니다.

崔鳳則 妄言多謝 又 再拜

---

272 장홍범(張弘範, 1878~?)은 황해도 안악(安岳) 출생으로, 한국 장로교 목사이다. 소학교 교사를 지낸 경험으로 특히 어린이에 대한 전도에 힘썼으며 1924년 조선주일학교연합회 회장, 1933년 조선예수교장로회 총회장 등을 역임하였다.

一記者, "新春文藝選評", 『동아일보』, 1939.1.13.[273]

(전략)

兒童作品 中 「언니의 편지」[274]는 小說的인 感은 잇으나마 亦是 언니에게 感謝하는 동생의 心思가 잘 나타낫다.

「밤」[275]은 지나치게 素朴하면서도 어린이가 본 「밤」이 잘 나타낫다. 童謠 「울엄마」[276]는 小學 二年生의 作品 같지 안흘 만큼 想이나 表現이나가 잘 살앗다. 이 作者는 分明히 天才에 屬하리라.

273 앞부분은 일반문학 작품에 관한 것이어서 생략하고 아동문학 작품에 관한 것만 전사하였다.
274 「언니의 편지」는 "入選 作文 甲" 「언니」(『동아일보』, 39.1.4)의 오식으로 보인다. 1939년 『동아일보』 신춘 현상에 "作文 甲"으로 당선된 "陜川尋小 六 女 金德順"의 작품이다.
275 「밤」(『동아일보』, 39.1.8)은 "作文 乙"로 당선된 "龍仁尋小高二 李康熙"의 작품이다. 1월 8일자 작품의 작자명은 "李庚熙"로 되어 있으나 여자인 경우 반드시 "女" 표시를 하는 것으로 보아 남자 이름인 "李康熙"가 맞을 것 같다.
276 「울엄마」(『동아일보』, 39.1.4)는 1939년 『동아일보』 신춘 현상에 "入選童謠 甲"으로 당선된 "平壤府 敬臨小 二女 金鎭敬"의 작품이다. 1월 4일자 작품의 작자명은 "金敬鎭"으로 되어 있으나 "女"라 표시된 것으로 보아 여자 이름인 "金鎭敬"이 맞을 것 같다.

## 尹石重, "추리고 나서", 『尹石重童謠選』, 博文書舘, 1939.1.

그동안 지은 동요 가운데서, 쉰여섯 편을 추려 모았다 내 딴에는 좀 나은 것으로 추리노라 하였지마는, 그러나 익지 않은 옥수수는 아무리 벗겨도 껍질뿐이요 알맹이는 나오지 아니한다. 아무리 추려도 신통치 않은 내 노래 들을 이 덜 익은 옥수수에나 비길가.

이 속에 몇몇은 이미 불려진 노래로, 못마땅한 채 기념으로 그대로 넣었 고, 또 더러는 몇 군데 손을 대어 고쳤다.

"늙을쑤록 젊어지는 게 머어냐?" (이상 115쪽)
"고추"

이런 수수께끼가 있다.
돌아보건대, 맨 처음 동요를 짓기는 열네 살 때 봄, 햇수로 치면 열다섯 해가 된다. 나는 노래로 자랐다. 그러나, 나의 마음은 늙을쑤록 젊어지는 고추 모양으로 갈쑤록 점점 더 어려질 것이다.

　　범 해 동짓달 보름날

　　　　서강 와우산 밑에서

　　　　　　　윤 석 중 (이상 116쪽)

秋湖, "序", 田榮澤, 朱耀燮 編, 『田榮澤 朱耀燮 名作童話集』,
敎文社, 1939.5.[277]

글을 가지고 이 땅의 어리니들의 마음과 뜻을 곱게 바르게 높게 길러
주는 일이 썩 귀한 일이언마는 그 일에 힘을 쓰는 이가 과연 얼마나 많은가.
이 책을 엮어 내는 최인화 군은 이 아름다운 일에 한평생의 정성을 바치기
로 하여 『동화』 잡지의 간행을 시작하고 나에게 집필을 청하므로 그 꾸준한
성의와 나를 믿는 뜻을 보아 바쁘고 몸이 아픈 것을 사양치 않고 계속하여
이야기 한 편씩을 써 왔더니 군은 다시 그것을 거두어서 할 수 있는 대로
많은 어리니에게 두고두고 읽히며 아울러 『동화』 잡지 발행 기념을 삼고저
하여 주요섭 씨의 것과 합하여 한 책자를 만들어 보겠다고 하므로 나는
단마음으로 허락하고, 군의 이 길에 바치는 노력에, 이 보잘것없는 이야기
들과 이 이야기를 읽는 사랑하는 어리니들에게 하느님의 축복을 빌면서
이 서문을 쓰노라.

　　　　昭和 十三年 三月 三日

　　　　　　　　서울 塩洞에서　　秋　　湖

---

277 '秋湖'는 전영택(田榮澤)의 필명이다.

朴泳鍾, "(뿍레뷰)再現된 童心 ─『尹石重童謠選』을 읽고",
『동아일보』, 1939.6.9.[278]

> 누구 키가 더 큰가,
> 어디 한번 대보자.
> 발을 들면 안 된다.
> 올라서면 안 된다.
> 똑 같구나, 똑 같애,
> 내일 다시 대보자.

이것은 『尹石重童謠選』[279]에 끼엇는 「키대보기」다. 童謠에서 가장 重要
한 要素는 童心의 正確한 捕捉일 것이다. 그래서 그것을 나아가 아름답게
採集하는 것이 童謠이며, 童謠詩人일 것이다. 비단 童心의 完全한 捕捉
은 兒童文學과 인연이 잇는 者만이 關心할 것이 아니라, 모름직이 가령
兒童과 인연이 잇는 사람(없는 사람이 누구랴)이면 그것은 늘 소홀히 못
할 問題일 것이다. 現在 朝鮮처럼 兒童에 關한 모든 것이 모든 問題圈外
에서 冷視 받고 잇는 것을 느낄 때 다시 童話, 童謠, 卽 兒童文學의 讀者
라는 것을 一顧할 必要가 잇는 것이나 左右間 兒童의 正確한 指導가 必要
한 만큼, 그만큼 完全한 童心의 捕捉이 필요한 것이다. 이런 意味를 떠나
서라도 兒童의 讀書가 얼마나 큰 價値 그것이 곧 靈의 糧食이라 할진대
반드시 어버니 된 者는 조흔 책을 아이에게 읽히워야 할 義務를 지닌 것
이다.

이제 尹石重 氏의 童謠選을 생각건대 그것은 가령 「키대보기」에서 끝
句,

---

278 이 글은 『博文』(제9호, 1939년 7월호)의 특집 "各紙와 各誌의 評文"에 재수록 되었다.
279 『尹石重童謠選』(博文書舘, 1939)을 가리킨다.

똑 같구나, 똑 같애.
내일 다시 대보자.

이처럼 妙한 "아기들의 하루", 그것은 說明도 圖解도 없을 것이다. 오늘 키가 똑 같으니, 내일 다시 대보자. 이 한 節은, 오늘과 오늘밤과 그것은 아이들의 生活에서는 단지 오늘과 오늘밤뿐이 아닐 것이다. 이외라도 篇篇이 아기들 生活에 透徹한 尹石重 氏 自身을 볼 수 잇는 것이다. 그래서 이 童謠集 處處에서 그것은 실로 넓고 높은 所望을 가진 아기를 對할 것이나 아마 그 아기는 늘 尹石重 氏 가운데 살고 잇서 노래로 朝鮮의 모든 아기와 혹은 손꼽질 동무로 소곤소곤히 사귈 것이며 혹은 길까에서 서로 노래할 것이다. 그래 그 아기는 겨울날 눈을 뭉처 굴리기에도

눈을 뭉처 굴려라.
데굴데굴 굴려라.
지구를 한바퀴 돌아라.

지구 한 바퀴 도는 것을 꿈꾸는 것이라, 이 생각은 이대로 조선의 아기들에게 그것은 넓은 天地에의 憧憬이 되어 갈 것이다. 넓은 天地 그것은 여러 가지를 意味한 彼岸의 天地일 것이다.

○

그러나 尹石重 氏 童謠 가운데 그 作品 모두가 傑作이라는 그 以上 十五年이라는 歲月이 생각나는 것이다. 한길로 十五年. 著者도 "나는 노래로 자랏다" 하엿거니와 事實 著者가 노래로 자라나는 동안 朝鮮의 어린이는 著者의 노래로 자랏던 것이다. 「낮에 나온 반달」을 목청을 높여 부른 것은 너 나뿐이 아닐 것이다. 그래서 우리가 이 책에서 尹石重 氏 自身의 生長과 따라 朝鮮 現代童謠의 모든 發育을 一目瞭然하게 보게 될 것이며 讀者의 지내간 날 아름다운 追憶을 심지어 이 책 篇篇히 가지엇을지도 모를 것이다.

一言以蔽之하고『尹石重童謠選』은 아기들의 가장 조흔 讀本으로 나아가 童謠手法讀本으로 童心硏究書로 左右間 여러 가지 意味에서 一讀을 충심으로 비는 바다.

"늙을스록 젊어지는게 머어냐?"
"고추"

　이런 수수꺽기에 겨누어 著者는… "나의 마음은 늙을스록 젊어지는 고추 모양으로 갈스록 점점 더 어려질 것이다" 하엿으며, 이것은 著者의 將來에 대한 約束일 것이다.

博文書館 發行 振替 京城 二〇二三 定價 二〇

宋南憲, "創作童話의 傾向과 그 作法에 對하야(上)", 『동아일보』,
1939.6.30.

最近 發表되는 童話의 傾向을 볼 때 두 갈래의 特色을 發見할 수가 잇다.
그 하나는

童話가 어린이를 爲한 文學으로써의 特色 卽 文學化의 傾向이고 또 하나
는 口演化의 傾向이다.

童話가 文學化 해 왓다는 것은 文學를 通하여 獲得할 수 잇는 어린이의
世界에 必然的인 擴張이며 어린이들이 文化的 敎養의 度를 넓이면 넓일
수록 複雜化하고 데리게이트하게 되어가는 것이 當然한 것이다. 이것은
文學 그 自體의 發達의 뒤를 도라보더라도 單純한 것으로부터 複雜한 것
으로 素朴한 것으로부터 微妙한 것으로 發展의 徑路를 밟고 잇는 것이 事
實이다.

口演化의 傾向에 對해서는 처음 童話의 發行이라는 것이 父母 乃至 祖父
母가 그 幼兒에게 口授口傳한 이야기이니까 이 口傳이라는 것은 童話의
가장 素朴한 原始 形式이다. 그리고 이야기하는 話術의 發達에 따라 純然
한 口演童話의 發生을 보게 되엇다. 그 우에 또 라디오라든지 童話會 같은
發表機關이 조금式 旺盛하여 가기 때문에 口演童話는 發展過程에 잇다고
볼 수 잇다.

童話가 이럿케 두 갈래의 傾向을 取하고 잇다는 것은 어떤 것이 올코
그르다는 것이 아니라 童話가 갓이는 要素라는 것은 읽는다든지 이야기로
한다든지 다 같이 잇어야 될 必要한 것이지만 다만 이와 같이 두 갈래의
길을 取하게 되엇다는 것은 童話의 表現形式上의 分化라고 볼 수 잇다.

朝鮮에서 兒童文學으로서 童話에 先驅的인 길을 開拓한 이는 故人이
된 小波 方定煥, 微笑 李定鎬, 두 분일 것이다. 小波와 微笑는 일적이 兒童
文學 草創期에 잇어서 雜誌 『어린이』를 主宰하엿고 創作童話와 西歐童話
의 飜譯과 飜案을 하여 童話文學의 先驅的인 길을 開拓해 노앗다. 그러나

小波의 童話에서는 그 香氣와 感觸에 잇어 非常히 貴族的이고 超現實的인 作品이 만헛지만 그 文章의 스타일은 어린이의 主觀을 通하여 엿볼 수 잇는 新鮮한 어떤 分野가 開拓되어 잇엇다. 그는 一面 詩人이엇고 그 詩人的 一面이 小波 童話 大部分에서 엿볼 수 잇엇다. 微笑의 童話에도 이런 傾向을 볼 수 잇지만 微笑는 어린이들의 現實生活을 基礎로 한 寫實的 風이 만헛다. 일직이 小波와 같이 『어린이』 十年 동안 兒童文學을 爲하여 만은 힘을 쓰던 그는 이달 三日날 드디어 故人이 되엇다.[280]

그 다음은 『별나라』를 中心으로 한 詩人 朴世永 氏 等의 童話作品에 잇어서도 現實的인 題材를 갖이고 寫實的인 描寫와 傾向的 一面을 表現한 데 特色이 잇엇다. 『어린이』와 『별나라』는 벌써 廢刊된 지 오래고 『少年』[281] 『아히생활』이 지금 잇고 日刊 學藝欄에 兒童欄이 잇다. 그中에 만히 쓰는 이로는 金泰午, 玄德, 咸世德, 田榮澤, 任元鎬, 崔秉和, 宋昌一, 金相德, 毛麒允, 金泰哲, 姜小泉, 金來成 氏 等의 作品을 볼 수 잇다. 其外에도 小說과 詩를 쓰는 이로서 種種 童話를 쓰는 이도 잇다. 여기서 이 여러 作家들의 作品을 一一히 例擧하야 考察해서 그 傾向과 作法을 論議하기보다 그들의 一般的인 創作 傾向을 通하여 創作童話에 對한 考察을 해 보고자 한다.

지나간 날의 童話에서는 主로 달이라든지 해가 말을 하고 새가 노래를 부르고 草木이라던지 물고기 山즘생 같은 것이 人間과 같은 感情을 가지고서 人間과 自然히 서로 交涉을 하엿다.

이러던 것이 어느 결에 그러한 것이 不自然視되어 現在와 같은 現實的인 童話文學이 生겨나왓다. 小說이 옛날의 荒唐無稽한 이야기 時代로부터 漸

---

280 이정호(李定鎬)의 타계 연도는 1938년으로 알려져 있으나 이는 잘못이고, 1939년 5월 3일이 맞다.(『매일신보』, 39.5.5; 『조선일보』, 39.5.6) '이달 三日날 드디어 故人이 되엇다'고 한 '이달'은 이 글이 발표된 '6월'이 아니라, 이 글 말미에 나타나 있듯이 투고한 달인 '5월'이다.

281 윤석중 편집으로 조선일보사출판부에서 1937년 4월 1일 창간호가 발간되어 통권45호 (1940년 12월호)로 강제 폐간당한 어린이 잡지를 가리킨다.

漸 今日과 같은 科學的으로 解剖된 藝術이 된 거와 같은 길을 거러왓다고 할 수 잇다.

文學이 自然主義 以後에 잇어 浪漫으로부터 事實로 變하엿다면 童話文學도 天國의 描寫로부터 現實의 描寫로 變化의 길을 거러왓다. 그러나 이 寫實的인 傾向은 아이들 世界에서 꿈을 빼서 오고 身邊生活에서 取材를 하여 그것이 少年小說인지 童話인지 分別키 어려운 作品까지 나오게 되엇다. 種種 發表되는 童話 中에는 이러한 傾向을 볼 수 잇다.

우리들이 어떤 옛날이야기를 드를 때 그中에는 거기서 어떤 人生에 對한 暗示를 받는 수가 잇다. 조금도 不自然하게 생각됨이 없는 것이 잇다. 이것은 오직 超現實的인 永遠한 眞實을 取扱한 까닭이 아닐까, 이러한 것이 眞實한 童話의 本質이 아닌가 한다.


宋南憲, "創作童話의 傾向과 그 作法에 對하야(下)", 『동아일보』, 1939.7.6.


그러던 것이 後世가 됨을 따러 卑近한 勸善懲惡을 爲하여 쓰이게 되고 또는 其 時代의 道德을 維持하기 爲하여 功利的인 主張을 하게 되여 眞實한 必然性을 일코 다만 學校에서 또는 家庭에서 아이들을 訓戒하기 爲하여 쓰게 되엇기 땜에 童話라는 것이 자미가 없이 되엿다.

뿐만 아니라 이러한 實生活을 取扱한 童話는 童話가 가질 來來의[282] 本質을 喪失하엿다. 童話란 처음부터 어린이들에게 空想의 世界를 주고 情緒의 敎化를 目的한 것이니까 다만 어린이들의 生活을 그린다던지 하여 어린이들의 感情과 感覺을 代辯하는 데서만 아이들의 對한 認識을 하게 됨은 眞實한 認識이 못 될 것이다.

---

282 '本來의'의 오식으로 보인다.

어린이 世界에 숨어 잇는 人間의 本性을 깨워 두어 어린이들에게 豊富한 人間性을 너허 주는데 童話의 本來의 使命이 잇을 것이다. 그러하기 爲해서는 아모래도 美이라든가 眞이라든가 善이라든가 하야 眞善美라고 하는 것이 무엇인가를 알려 주는 것이 必要하다. 여기서 비로소 空想物 作品을 만들지 안흐면 안 된다. 藝術的인 아름다운 것 眞實한 것 善한 것을 알려 주기 爲해서는 다만 어린이들의 生活만 보고 認識하여서는 안 될 것이다.

그 形式은 옛날이야기 式의 形式을 取하는 것이 조흘 것이다. 藝術的으로 그리서 空想的 暗示的인 것은 조곰도 卑近한 功利的이 아니다. 作家가 眞實하게 그러케 느끼고 좀 더 높은 곳에서 批判的인 態度로 自然을 볼 때에 거기엔 人間과 甚히 共通한 여러 가지 生物에서 새들이라든지 즘생들이 말을 하게 되는 것도 반드시 不自然이 아니고 表現할 수 잇을 것이다. 萬約 이러한 것을 알기 쉽게 어린이들 마음속에 들어가게 이야기할 수 잇는 事實이 잇다면 그것을 참으로 童話, 散文으로써 그리어진 特異한 詩가 아니면 안 될 것이다. 오늘날의 少年을 主人公으로 한 文學이 반드시 童話는 아닐 것이며 앞에 말한 거와 같은 自由스럽고 眞實하게 生覺하여 生겨난 藝術이 비로소 形式은 옛날이야기 式을 取한다 하지만 그것이 새로운 童話가 아닌가 한다.

이것은 가령 우리들이 옛날의 原始的인 風土記나 口碑 等을 읽을 때 거기서 時代를 超越한 人間과 自然 사이에 通하는 어떤 生命에 接할 잇다.[283]

이러한 어린이나[284] 어린이나 差別이 없는 옛날이야기가 創造된다면 이것이 眞實한 童話일 것이다. 어린이들의 生活만 그려서는 童話가 안 된다. 아모래도 이야기와 꿈을 만들 必要가 잇고 그러케 하자면 옛날이야기 式을 取하는 것이 조타는 것이다.

어떠한 空想的인 것이라도 時代性을 갖이게 될 것이다. 그러나 그것이 詩일 때에 그 속에 永遠한 것을 갖이게 될 것이다.

---

283 '接할 수 잇다.'의 오식이다.
284 '어른이나'의 오식이다.

어린이들 世界는 로맨틱한 것이니까 作家는 먼첨 어린이의 눈을 갖이고 어린이의 마음을 갖이고 어린이와 같은 率直한 表現으로서 꿈을 이야기해야 될 것이다.

그 꿈에 사랑과 理解만 갖인다면 꼭 아이들에게 이야기하는 어머니의 이야기와도 같이 이야기에 힘을 갖이게 될 것이다. 作家란 언제나 寫眞한 것을 自己 속에다 갖이어야 될 것이다. 언제나 어린이 된 自己를 버릴 수 없이 어린이 世界를 이야기한대야 그것은 어린이 世界의 속속까지 드러가지도 못할 것이며 그러한 것은 次次로 現在와 같은 童話까지도 쓰지 못할 것이다.

童話에 잇서서는 그것이 文學的이라던지 科學的이라고 區別이 없어도 조흘 것이다. 現實과 空想을 같이 取扱하여도 좋다.

素材에 對하여 作家가 同情과 理解만 잇다면 새가 노래 부르고 해나 달이 웃는 모양을 發見할 수 잇슬 것이다. 그러니까 거기는 時代의 差도 없고 學問의 有無를 生覺할 必要도 없고 그 表現도 아주 쉽게 해야 될 것이다. 意識으로 伏線을 그리고 크라이막스를 生覺하여 그 結果까지 計算하게 된 것이 지금과 같이 童話를 墮落시킨 것이다. 日常 아무런 奇異도 없는 대서 느끼는 驚異와 讚嘆을 그냥 노래해야 될 것이다. 어린이들이 구름이나 빛이나 또는 즘생이나 물고기에 또는 벌레에서 우리들이 어린 날에 느끼던 거와 같이 이 世上에서 느끼는 畏敬을 率直하게 表現해야 될 것이다.

何如間 모든 것은 作者가 갖인 童心 如何에 달렷다. 自然의 모양 그대로의 世上을 對할 때 이러나는 求眞의 마음 이것을 童話作家는 일허서는 안될 것이다.  (五. 十五)

## 桂貞植, "歌謠曲集 물새발자욱을 보고", 『동아일보』, 1939.7.26.[285]

얼마 前에 『물새발자욱』[286]이란 歌謠曲集을 보게 되엇다. 至今까지 내가
보던 이 方面의 作品으로는 그 創作集의 表裝으로부터 애야 좀 色다르다.
尹福鎭 氏의 十三 篇의 珠玉같은 童謠와 詩와 民謠 等에 作曲家로써 周知
의 朴泰俊 氏의 作曲이 어우러저서 『물새발자욱』이란 한 덩어리를 빚어
노흔 感을 준다.

이즈음 流行歌를 歌謠曲이란 名稱을 붙이어 불르는 것을 흔히 본다. 勿
論 流行歌도 歌謠임에는 틀림없다. 그러나 音樂史上에 빛나는 藝術歌謠
卽 쿤스트 리-드를 아는 우리로써는 雜스러운 流行歌가 音樂인 척 擡頭함
을 볼 때에는 音樂 自體로서의 冒瀆을 느낄 뿐 外라 한 社會 將來를 爲하여
서도 健全한 노래 없음이 한낫 憂慮에만 끈칠 바 아님을 痛感하지 안흘
수 없다. 이 問題는 뜻잇는 詩人 뜻잇는 作曲家의 마음 깊이 오르나리는
問題일 수밖에 없다. 여기에 뜻을 가치한 尹 氏와 朴 氏의 力作인 詩와
曲이 아울러 鄕土의 情緒를 곱게 힘잇게 彈力잇게 읊어 노래 브른 作品의
出現이란 決코 偶然한 일이 아니라고 본다.

모두가 鄕土味가 탐뿍 실리운 篇篇이지만 特色으로써 헤일 만한 몇 가지
를 들어 말하면 첫재로 朝鮮 節奏의 重要한 要素가 되어 잇는 롬발드리즘
을 自由스럽게 驅使하여 朝鮮歌謠의 傳統性을 表現한 作曲家의 巧妙하고
能熟한 手法을 짐작할 수 잇다.

例를 들면 「갖모를 잇고」 같은 것은 詩의 呼吸이나 風格이 舊歌謠의 風
을 띠웟는데 거기에 呼吸을 맞후어 여봐라! 어허, 의 말에서 울어나는 리듬
卽 롬발드리즘을 使用하야 作曲한 것이다.

둘재로 들 特色은 至今까지 흔히 씨우지 안흔 레치타티브[287] 쓴 것이다.

---

285 원문에 '瑞西音樂博士 桂貞植'이라 되어 있다. '瑞西'는 스위스(Swiss)의 음역어이다.
286 가요곡집의 정확한 이름은 『물새발자욱』(敎文社, 1939)이다.

「마님과 머슴」에는 特히 이 레치타티-브로써 이 民謠의 生命인 말과 유모러쓰한 感情을 如實히 그리어 愉快하게 거들거리며 노래하고 仰天大笑하게쯤 되어 잇다. 더구나 느러놋는 머슴의 능청맞은 호박 타령에는 말 自體에 이미 生動하고 잇는 리듬이 뚜렷하여 거기에는 가장 效果的인 '레치타티이브'로써 表現되어 잇는 것 等 特히 注目할 點이다. 이 노래뿐 아니라 全體的으로 明朗性이 잇고 輕快한 맛이 잇어서 젊은이들에게 움직이는 氣運을 줄 수 잇는 作品이 만타고 하는 것은 哀愁的이요 悲觀的이며 消極的 노래가 만흔 半島의 雰圍氣에 한 快消息이 아닐가 한다.

셋재로는 朝鮮音階를 使用하여 固有한 朝鮮音樂의 情緒을 隱然中에 表現하엿다는 것이다. 「물새발자욱」이라든가 「갓모를 잇고」, 「요-호」 等에는 宮商角徵羽의 五音階를 使用하여 作曲된 것을 들 수 잇다.

以上에 말한 것과 같이 朝鮮音樂의 節奏와 朝鮮音樂의 音階 等으로 朝鮮의 情緒를 表現함에 努力하엿으며 "말"을 또한 살리기 爲하여 레히타티-브를 使用한 것 等이 『물새발자욱』의 다른 것과 區別하여 볼 수 잇는 點이라 할 수 잇거니와 이 外에도 看過 못할 重要한 한 가지가 잇으니 그것은 卽 詩와 노래의 가진 바 感情의 一致된 表現美를 들지 안홀 수 없다. 藝術歌謠의 巨匠 슈우베르트도 슈우만에 날카로운 메스에 걸릴 때에는 間或 詩에 對한 理解가 不足하다는 非難을 받고야 말엇다.

그러나 이 『물새발자욱』에 잇어서 作曲家 朴 氏는 朝鮮의 슈우만의 評을 물리차기에 足할 만큼 詩에 含蓄된 情緒에 푹 젖엇다는 것보다 自己自身이 詩人이 되어 잇고 一方에 作詩한 尹 氏 亦是 詩만을 읍조리는 詩人이 아니요 이미 리듬에서 한 걸음 나아가 멜로디를 豫想하고 그 멜로디의 餘韻을 다시 想像할 수 잇는 自己自身 이미 作曲家의 境地에서 言外의 詩를 듣는 餘裕를 가지고 詩와 曲의 完全한 融合을 圖謀하엿다는 點을 곳곳이 發見할 수 잇다. 作曲家의 使用한 轉調라든가 拍子의 變化는 詩를 爲한 作曲者로

---

287 레시터티브(recitative, recitativo)로, "오페라 종교극 따위에서, 대사를 말하듯이 노래하는 형식"이다. 레치타티보라 하기도 하고 서창(敍唱)으로 옮긴다.

써의 手法의 表現이라고 볼 수 잇으며「요-오-」,「그이 생각」같은 것은
作詞者의 言外의 詩를 作曲者가 自由로운 旋律과 거기 따르는 伴奏로 自由
롭게 展開시키어 노래 부르는 사람으로 하여금 其 歌謠에 실리운 情緖를
豊富히 맛보고 限없는 餘額[288] 가운데서 詩歌의 生命을 찾을 수 잇게 한
作詞者의 周到한 努力이 보인다. 낯낯이 들어 評할 機會는 後日에 밀우고
健全하고 眞摯한 藝術歌謠를 要求하여 마지안는 이때에『물새발자욱』의
出現을 기뻐 마지안는 同時에 이 出現을 出發點으로 하고 앞날을 發展과
完成을 爲하여 祝賀하며 또한 넓히 맞이를 받고 넓히 반김을 받으리라고
믿는 바이다.   七月 二十日

---

288 '餘韻'의 오식으로 보인다.

崔泳柱, "微笑 갔는가―悼 李定鎬 君", 『문장』, 제1권 제6집,
1939년 7월호.

微笑 갔는가? 정말 갔는가?

靑靑할 그대 더욱 푸르靑靑할 그대 돌아갈 길이 그렇게 바빴든가? 微笑!
우리는 微笑의 그 반가운 얼(이상 190쪽)굴을 다시 맞날 수 없고, 그 情 담긴
목소리를 다시 들을 수 없게 되었단 말이오?

微笑 왜 갔는가? 어째 갔는가?

외로웠든가, 고닯헛든가? 무슨 때문에 그렇게 서둘러 가는 것인가. 자별
하던 그대가 인사도 없이, 소리도 없이 그렇게 慌慌히[289] 가다니, 무엇이
그렇게 급하였든가? 微笑! 微笑! 그대 나이 설흔 넷! 나와 동갑이었소.
스무 살부터 한 서울 한마당에서 함께 자라다 헤어지다 하면서도, 늘 나를
염려해 주고 위로해 주더니, 맞날 때면 으례 얼굴빛이 왜 저 모양이냐고
健康을 注意하라고 타일러 주더니 그래 그대가 먼저 그렇게 매물치게 간단
말이오.

微笑! 어떻게 갔는가? 어쩌자고 가는 것인가?

위로 年老하신 父母, 아래로 사랑하는 안해 철모르는 子女, 모두 그대를
바라고 있거늘 어떻게 뿌리치고 갔는가? 微笑는 그래 그렇게 모오진 데가
있었든가? 그렇게 마음이 모질었든가?

나는 그대의 訃音을 石童의[290] 電話로 듣고 茫然하였소. 病席에 누웠단
말을 듣고도 찾지 못하고 만 것이 먼저 가슴에 찔리었소. 그러면서도 그대
를 탓하였소. 사람두 하고.

그대 가야할 까닭을 따져보나 따질 것이 없소. 그대야말로 오래오래 살
아 있어야 할 몸이 아니오. 그렇거늘 너무 일찍 간 것이 아니오. 그대의

289 '遑遑히'의 오식이다.
290 '石童'은 윤석중(尹石重)을 가리킨다.

靈이 있으면 지금 後悔하지, 아니하오?

微笑! 그대는 그대 이름대로 微笑였소. 怒할 줄 모르는 微笑고 너털웃음을 한번 아니 웃은 微笑였소. 늘 가느단 웃음을 지닌 조용한 그리고 너무나 착한 微笑였소.

微笑! 그것이 아깝구료. 설흔넷 나이보다도 그대의 그 곱다란 性格이 더 아깝구료. 왜 가는 것이오. 어째 가는 것이오.

微笑! 그대는 이름대로 쓸쓸하였소. 그대에게는 華麗한 舞臺가 없었소. 있다면 開闢社 十年! 실증 모르고 꾸준한 일군 노릇만 하던 開闢社 十年이 있을 뿐이구료. 千篇一律로 쓰는 고 가냘핀 그대의 붓글씨처럼 그대는 開闢社에서 千篇一律 실증 모르고 지내 주었소.

『어린이』『新女性』『別乾坤』『開闢』十年 동안 그대의 功은 너무나 컸소. 아무도 몰라주는[291] 그대의 숨은 功은 너무나 컷소. 그러나 寂寞하고 괴로운 生活이었소. 雜誌 編輯者의 숨은 苦衷은 活字를 만지는 이 外에 누가 알겠소. 더구나 悲境으로 흘러 들어가는 開闢社를 등에 지고 버티던 그대의 苦衷을 알 리가 누(이상 191쪽)구겠소.

그런 중에서도 그대는 『사랑의 學校』를 『世界一周童話集』을[292] 數많은 美談을 數많은 兒童讀物을 써냈소. 그대가 가진 信念, 그대가 가진 情熱은 괴로움과 寂寞 속에서 더욱, 빛났던 것이오.

微笑! 그대는 小波를 잃고 울었소. 같이 落膽하였소. 그때 나는 울면서 開闢社 책상을 떠났건만 그대는 울면서 開闢社를 지켰소. 一年 동안 떠돌다 다닐러 갔을 때 그대는 나를 붙들고 같이 있자고, 졸라 주었소. 그리고 기우는 開闢社의 기둥을 버티기에 시달림을 받았소. 開闢社의 運命이 가까워오자, 모두들 달아났소. 나도 또다시 달아났소. 그러나 그대는 끝끝내 지키고 마지막 臨終의 물까지 떠 넣어 주었소.

---

291 '몰라주는'의 오식이다.

292 李定鎬 譯, 『사랑의 學校―全譯 쿠오레』(以文堂, 1929)와, 李定鎬 編, 『世界一周童話集』(以文堂, 1926)을 가리킨다.

그 뒤 그대의 心境, 그대의 行動이 퍽으나 厭世的인 것을 알았소. 小波를 잃고, 開闢社를 잃고 — 그대 가슴속에 無常의 印이 재처서 찍혀졌을 때 어진 그대가 착한 그대가 落膽과 寂寞에 쌓여 厭世的이, 되었다 해서 그것을 어찌 탓하겠소.

그러나 오늘 그대가 이다지 속히 小波의 뒤를, 開闢社의 뒤를 따라 갈 줄은 참말 몰랐구려. 나는 어쩌오. 남아 있는 父母, 妻子, 兄弟, 親舊, 모두가 그대가 맛본 無常의 毒杯를 다시 맛볼 것이 아니오.

微笑! 내가 이 글을 쓰면서도 기막히오. 이미 간 微笑에게 이런 글을 써서 무슨 慰勞가 되겠소. 도움이 되겠소. 쓸쓸하던 그대를 더 쓸쓸하게 더 외롭게 할 것이구료.

微笑! 그러나 이것이 友情 때문인지도 모르오. 아까운 탓인지도, 모르오. 고만 쓰겠소. 이미 갔으니 그곳에서나 華麗하고 福되고 豪氣스럽게 지내소서. 그리고 그대가, 늘 사랑하고 늘 마음에 못 잊는 조선 어린이들의 幸福을 더욱 구버, 살펴주시오. 남아있는 우리들의 쓸쓸함도 寂寞함도 슬픔도 이제는 우리들의 運命이라고 하리라.

微笑! 微笑! 永遠히 福되시오. 永遠히 빛나시오. (五月 二十一日)

(이상 192쪽)

노양근, "(一週一話)讀書하기 조흔 때이니 조흔 책 읽으시오",
『동아일보』, 1939.9.17.

사랑하는 어린이 여러분 — 글 읽기 조흔 때가 왓습니다. 더웁지도 안코
치웁지도 안코 선선해서 새 정신이 날 뿐 아니라 밤도 차차 길어져서 참말
글 읽기 조흔 때가 왓습니다. 과연 가을은 글 읽기 조흔 때입니다. 그래서
신량입교허 등화초가친(新凉入郊墟하니 燈火稍可親이라)[293] 예전부터 이
런 글구가 생겻는데 이 글구가 즉 무슨 뜻인고 하니 "샛바람이 나서 날도
선선해지고 밤도 길어지니 등불을 돋우고 글을 읽기에 조흔 때"라는 뜻입
니다.

여러분 — "총명하고 지혜 잇는 사람이 되려면 글을 만히 읽어야 된다"고
요전번 여기서 잠깐 이야기한 일도 잇지만 참말 글 읽는 사람처럼 값잇고
무게 잇고 장냇성 잇는 사람은 없읍니다.

전찻간에서나 기찻간에서나 책 들고 앉어 열심으로 글 읽는 사람을 보는
나는 어쩐지 그 사람 앞에 머리를 수기고 싶은 생각이 납디다. 남들은 공연
히 지지하게 웃고 떠들어 시간을 버리거나 그러치 안으면 그냥 멀뚱멀뚱
앉어서 공연이 시간을 보내는데 그들은 짧은 시간이나마 쓸데없이 버리지
안코 귀히 쓰는 것을 볼 때 자연히 그들이 보통 사람보다는 무엇인가 한층
높게 생각되기 때문입니다.

사랑하는 어린이 여러분 — 여러분은 예전에 글을 열심으로 읽던 사람들
의 이야기를 들은 일이 잇습니까? 어떤 사람은 글은 읽고 싶으나 등불이

---

[293] 당(唐)나라의 문학가이자 사상가인 한유(韓愈)가 아들의 독서를 권장하기 위해 지은 시
「부독서성남시(符讀書城南詩)」의 한 구절이다. 전문은 다음과 같다.
時秋積雨霽(때는 가을이 되어, 장마도 마침내 개이고)
新凉入郊墟(서늘한 바람은 마을에 가득하다.)
燈火稍可親(이제 등불도 가까이할 수 있으니)
簡編可舒卷(책을 펴 보는 것도 좋지 않겠는가.)

없어서 이웃집 바름벽을 뚫코 그리로 새여나오는 불빛에 글을 읽엇다 하며 어떤 사람은 호박꽃에다 반딧붓을[294] 만히 잡아 너코 그 빛에 글을 읽고 또 누구는 멍석에 곡식을 널어 말리면서 그 옆에서 글을 읽다가 어찌 글에만 정신이 팔랫든지, 소낙비가 퍼부어 곡식이 다 떠내려가도 몰랏다 하며 또 누구는 글은 읽고 싶으나 졸녀서 견딜 수 없으므로 노끈으로 상투를 들보에 달아매고 꺼떡꺼떡 졸 때마다 노끈이 상투를 잡아채니까 다시 정신을 채려서 글을 읽고 읽고 하여서 그들은 모다 유명한 사람들이 되엇다는 이야기를 들엇습니까? 그리고 미국의 '린컨'은 이럿을 제 어찌 집이 가난하던지 학교에도 못 가고 남의 헌책을 빌어다 열심으로 혼자 공부해서 마침내 유명한 대통령까지 된 것을 여러분도 잘 알겟지오? 불란서 문호(文豪) '졸라'는 어려서 출판회사의 소사로 잇으면셔 열심으로 독서(글 읽음)하야 필경은 세계적 문학자가 되엇으며 그 밖에도 열심으로 독서(讀書)하야 훌륭한 사람들이 된 이야기는 이로다 손꼽을 수도 없습니다. 여러분은 이제 가만히 생각해 보시오.

여러분은 글을 읽으려고만 하면 조흔 자리에서 넉넉한 시간을 가지고 조흔 책을 마음대로 읽을 수 잇으니 그런 사람들에게 비해서 생각하면 여러분은 얼마나 행복스럽습니까? 그러컨만 글 읽지 안는 사람은 참으로 어리석고 불상한 사람입니다. 학교에서 공부하는 책도 물론 열심으로 읽어야겟지만 그 밖에 조흔 책도 구해서 더 읽고 읽어야 더욱 훌륭한 사람이 될 것입니다.

그런데 여러분 ― 동무 중에는 조흔 동무도 잇고 나쁜 동무도 잇는 것처럼 글과 책도 조흔 글, 조흔 책인지 그것은 선생님께나 부모님께나 알아보아서 열심으로 글을 읽으시오. 글 읽기 조흔 새 가을이 왓습니다. 여러분 ―.

---

294 '반딧불을'의 오식이다.

정인섭, "少年少女에게 읽히고 싶은 책", 『소년』, 1939년 9월호.

一. 方定煥 선생이 지으신 『사랑의 선물』[295]
이것은 조선서 처음 난 동화집이요, 또 제일 이야기 잘하시는 선생님이
지으신 것입니다.

一. 朝鮮日報社出版部 發行 『朝鮮兒童文學傑作集』[296]
이것은 조선서 유명하신 여러 선생님들이 지으신 童謠 童話 童劇을
모으신 것입니다.

一. 崔仁化 선생이 지으신 『世界童話集』[297]
이것은 오래동안 童話를 편집하고 동화 구연에도 이름 높으신 선생님
이 모으신 것입니다.(이상 62쪽)

---

295 방정환의 『사랑의 선물』(초판: 개벽사, 1922; 제11판: 박문서관, 1928)을 가리킨다.
296 책의 이름이 잘못되었는데, 『朝鮮兒童文學集』(조선일보사출판부, 1938)을 가리킨다. 장
혁주(張赫宙) 외 14인이 번역한 작품을 모은 『世界傑作童話集』(초판: 朝光社, 1936.10;
제4판: 1940.9)은 다른 책이다.
297 최인화(崔仁化)의 『世界童話集』(大衆書屋, 1936; 福音社, 1938)을 가리킨다.

## 宋完淳, "兒童文學·其他", 『批判』, 제113호, 1939년 9월호.

兒童文學의 現狀을 이야기함에 잇서서 過去와 簡略한 對照를 먼저 하여 보는 것도 決코 無意味하지는 안흘 것이라고 생각은 하나 나는 敢히 그러고 싶지를 안타. 紙面의 制限도 잇거니와 그러케 해 보고 싶은 興味가 업는 것이다. 어쨋든지 씩씩한 氣運이 漲溢하든 過去의 兒童文學(뿐이 안이엇 지만)의 狀貌를 追憶할 때 놀랠 만치 萎縮衰退한 現今의 꼴은 너무나 슬픈 콘도라스트인 때문이다.

나는 過去만을 一切에 잇서서 現在보다 優越하고 아름다윗다고는 생각 지 안는다. 거기에도 喜悲와·醜美와·正誤는 勿論 잇섯다. 現在보다 劣等 한 點도 업지 안헛다. 그러나 大體에 잇서서는 現在보다 훨신 나엇든 것이 다. 悲觀材料가 이다지 만히 堆積하지는 안헛섯든 것이다.

보라. 現今의 兒童文學의 慘憺하게도 形骸化한 꼴을! 일직이 그 누가 이러한 꼴을 보게 되리라고 豫測하엿섯스랴. 뜻잇는 者 이 꼴을 보고 뉘라 서 가슴 앞어 하지 안흘 수 잇스랴.

或者는 例에 依하여 例와 가티 客觀情勢가 至極히 不利하게 된 때문에 이러케 되엇다고 할른지도 몰른다. 客觀情勢가 未曾有로 困難하게 된 것은 事實이다. 그러나 境遇의 如何를 莫論하고 殺人的인 客觀情勢라는 것은 업는 것이다. 그러키 때문에 俗談에도 한울이 문허저도 솟아날 구멍은 잇다 는 格言이 잇다. 아모리 客觀條件이 不利하고 또 不利할지라도 제 中心만 튼튼하엿다면 이토록 되지는 안헛슬 것이다. 朝鮮의 兒童文學은 元來의 體質이 脆弱하엿든 것이다.

그러나 形骸化는 하엿슬지언정 죽지는 안엇고 絶對로 不治할 症勢는 안 이다. 努力 如何에 依하여서는 更生할 可能性이 充分히 잇다. 그러컨만 現今의 兒童文學 分野의 雰圍氣는 너무나 惰氣滿滿하여 도모지 믿엄직하 지를 안타.

前보다 兒童文學者의 數도 적고 雜誌와 新聞의 兒童欄도 貧弱하기 짝이 업다.

質의 良否를 量의 多少로만 決價할 수는 勿論 업다. 量이 雜多한 것보다 良少한 것이 質의 價値를 爲하여서는 도로혀 나은 수가 만타.(이상 82쪽)

그러나 現今의 兒童文學 分野의 量少는 同時에 質의 劣等化도 意味하는 것이다. 웨 그러냐 하면 能動的으로 良少化한 때문이 안이라 被動的으로 良少한 部分이 潰滅된 뒤에 劣質은 안이나 良質도 안인 部分만이 겨우 延命하여 잇는 때문이다.

그것은 所謂 兒童文學者(及 藝術家)라는 사람들의 昨今의 行爲를 보드라도 넉넉히 짐작할 수 잇다.

그들은 朝鮮의 兒童文學에서 이미 淸算되어 버린 제 오래인 天使主義에 還退하여 새로운 무지개를 그리고 잇다.

이 天使主義는 『어린이』誌 式의 그것처럼 센티멘탈하지를 안코 헐신 樂天的인 맛을 갖기는 하엿스나 하나의 幻想인 點에 잇서서는 後者와 달를 것이 업다. 그러나 그 質로 볼 때에는 後者보다 前者가 더 나쁘다. 웨 그러냐 하면 『어린이』誌 式 센티멘탈이즘은 現實을 잘못 認識한 데에 그 原因이 잇섯스나 現今의 樂天主義는 애제부터 現實이라는 것은 認識해 보려고 하지도 안는 때문이다. 즉 現實에 對하여 一切로 吾不關焉하고 한갓 象牙塔 속에 틀어백혀서 무지개 가튼 幻想을 그리며 그것만을 즐거워하는 類의 樂天主義者가 現今의 兒童文者들인 것이다.

萬一 그들이 現實에 對하여 조고마치라도 認識을 가지려 하엿다면 그러케 輕易하게 樂天主義로 기울지는 안엇슬 것이며 그리 되엇드라도 現今과는 헐신 달른 面貌를 가저슬 것이다. 딸러서 그들이 樂天的임에도 不拘하고 生動하는 情熱과 氣魄이 도모지 不足하고 恒常 消極的에만 始終하는 것은 決코 偶然한 怪異가 안이다. 現實을 떠나서 머릿속으로 맨든 樂天主義에 生命이 잇슬 까닭이 업는 것이다.

나는 그러타고 三〇年代의 兒童文學에 잇서서와 가튼 感情的 現實主義를 再唱하려는 생각은 눈꼽만치도 업다. 現情勢下에서는 實現不可能한 일뿐 안이라 設或 可能타고 할지라도 그런 誤謬를 되푸리하고 싶지는 안타.

웨 그러냐 하면 그것은 嚴密한 意味에 잇서서의 兒童文學은 안이엇든 때문이다. 그러나 될 수 잇는 데까지는 現實을 正當히 認識하려 한 그 態度와 어지까지든지 能動的이든 그 情熱과 氣魄은 높이 살(買) 必要가 잇다. 兒童은 天眞爛漫하고 無邪氣한 天使라고 그야말로 樂天的으로 생각하고 안는 것은 自己의 自由다. 事實에 잇서서 兒童이 大人보다 純眞한 點이 만흔 것은 否認할 수 업다. 그러나 同時에 그들은 神 안인 사람으로서의 大人과 함께 그 庇護 밑에서 生活하는 人間이라는 것도 否認할 수 업는 事實이다. 그들은 어느 누가 떠받들어 줄지라도 人間의 테 박게 나가지는 決코 못할 것이다. 아모리 天使를 맨들려고 할지라도 발이 땅에 부터 잇는 限은 神話的 天使로 昇天하지는 絶對로 못할 것이다. 實로 空想的 樂天主義者의 幻想은 아름다웁기는 하다. 그러나 그것이 現實에 對한 背理인 以上은 하로 바삐 버리지 안흐면 안 된다. 아름다웁다는 것만으로서는 存在價値를 主張할 權利는 조곰도 업는 것이다.

都大體 이 따위의 몬지 안진 思想을 戀戀不忘하는 것은 兒童文學—— 안이 兒童 그것에 對하여 正當한 理解가 不足한 데(이상 83쪽)에 樞要한 根因이 잇다고 나는 생각한다. 이것에 理解가 깊엇다면 現今과 가튼 結果는 안 되엇슬 것이다. 兒童文學者들은 새삼스럽게나마 再出發하지 안흐면 안된다. 그리하야 從來와 가튼 惰氣를 버리고 좀 더 眞摯하게 相助協力하여 兒童을 硏究하여야 한다. 그러치 안코서는 兒童文學을 그것다웁게 發展시키지는 到底히 못할 것이다.

이것을 爲하여서는 무슨 團體가 不可不 必要하다. 그러나 文學藝術만의 專門團體보다도 兒童問題 全般을 硏究하는 機關이 먼저 緊要하다. 內地에도 〈日本女子大學兒童硏究所〉〈子供の硏究會〉[298] 其他 이 方面의 專門團體 機關이 여럿 잇다. 朝鮮에도 이런 것 한둘쯤은 잇음직하건만 이때껏 消息이 업다. 다른 사람들보다 먼저 兒童問題에 손을 대인 兒童文學者 及 藝術家들은 다시금 깊은 自覺이 잇서야 할 것이다. 그리고 一般社會 人士

---

298 '子供'는 "코도모(こども, 子ども)"라 읽고, "어린아이, 아들딸" 등의 뜻이 있는 일본어이다.

들도 猛省을 하지 안흐면 안 된다.

아직까지도 朝鮮의 父母兄姊들은 兒童을 사랑할 줄만(盲目的으로) 알지 그들에 對한 眞實로 正當한 科學的 理解를 가지려고 研究하는 사람은 別로 업는 것 갓다. 그럼으로 우리 어린이의 十中八九는 좀 지내친 말일지는 몰르나 山野에 放牧되여 길리우는 것과 가튼 기매키고 애달픈 處地에 잇는 것이 숨길 수 업는 現實이다. 언제까지 이러케 無關心한 態度를 갓고 잇슬 心算들인가. 錦衣玉食을 시키려는 마음은 잇서도 홀융한 精神 가진 사람을 맨들려는 마음은 업단 말인가?

知識의 低紙한[299] 사람들이 自覺을 못하는 것은 차라리 當然한 일이라고도 할 수 잇슬 것이다. 그러나 所謂 文化를 爲하여 무엇을 한다는 사람들까지가 그러하니 痛嘆할 노릇인 것이다. 안 그러타고 할 사람이 잇는가? 잇다면 나는 그 사람에게 뭇고 십다 —— 昨今에 잇서서 學校敎育事業에 義捐하는 것도 結局은 兒童을 爲함임에는 틀림업다. 그러나 學校的 敎訓과 非學校的 感化는 決코 同一한 것은 안이고 또 學校的 兒童研究와 社會的 兒童研究도 그 分義가 달르다. 그러면서도 兩者에는 輕重이 업다. 즉 똑가티 重要한 것이다. 그러컨만 事業家들은 이때까지 한편에만 치우치게 일을 하여 왓다. 眞實로 自覺한 兒童文化 事業家라면 이럴 수가 잇슬까?

다음으로 昨今의 朝鮮文化界에는 出版熱이 꽤 旺盛하여젓다. 最盛期이든 三○年代 以上으로 雜誌와 單行本이 許多히 刊行되엿다. 그러나 兒童을 爲한 單行本은 五指를 넘지 못하고 定期刊行物조차 文學爲主誌인 『少年』과 基督敎 宣傳誌인 『아히생활』의 겨우 두 가지뿐이다. 萬一 그들이 眞實로 兒童을 생각한다면 兒童讀物에 이다지도 等閑할 理는 업슬 것이 안인가?

前에는 兒童을 多少 厚待해 주든(特히 文學 方面에 잇서서) 新聞紙조차 인제는 冷待를 하고 잇다. 如上의 不美한 風潮를 딸허서 그러는지 商策上의 不得已한 事情으로 그러는지는 몰르겟스나 朝鮮文化에 對한 新聞紙의

---

299 '低級한'의 오식이다.

使命을 좀 생각해 보는 것도 쓸(이상 84쪽)데업는 일은 안일 것이다. 兒童을 좀 厚待한다고 自覺 덜한 社會이기는 하나 不賣同盟은 하지 안홀 것이며 딸러서 張薄[300]에 赤字가 날 念慮도 업슬 것이 안인가. 일흠만 조흔 "어린이 日曜페이지"와 家庭欄 한 구통이를 억제로 빌려주어서 어린이들을 꾀수는 것 같은 안이꼬운 짓은 차라리 고만두는 편이 나을 것이다. 그것으로 말미암어서 販賣部數가 늘을 理는 萬無할(이것은 나의 잘못 생각인지도 몰르기는 하나) 紙上病院 家庭顧問欄 따위를 업새고 그 자리만 더 빌려주어도 功獻하든 바가 헐신 크런만 고것쯤도 안는 터이니 더 말하면 무엇하랴.

大體로 만흔 사람들은 非學校的인 兒童文化事業은 敎育과는 아모 關聯도 업는 일이라고 생각하고 또 財資上으로 或種의 疑懼를 갓는 모양이다. 이것은 徹頭徹尾의 그릇된 생각이다. 學校만을 兒童敎育 及 兒童文化 一切의 萬能機關이라고 생각하는 것은 물만 마시면 밥은 안 먹어도 長壽할 수 잇스리라고 妄想하는 것과 가튼 愚想이며 財資上의 多少의 損失만을 疑懼 哀惜하는 것은 自己 子女에게 밥 먹이고 옷 입히는 것도 돈이 든다고 악가워하고 怯내는 類의 人間과 달를 것이 업다. 하기는 現下 朝鮮에 잇서서 非學校的인 兒童文化事業은 利 보는 장사가 되기는 퍽 어려울 것이다. 그러나 學校的인 敎育事業이 商業이 안이라면 非學校的인 兒童文化事業도 商業이 안일 것이다. 이것을 商業視하는 것은 그것만으로서 하나의 큰 侮辱이 안일 수 업다. 犧牲! 이것만이 必要한 것이다. 設或 일이 썩 잘되여 乃終에는 物質的으로도 利보는 幸運이 잇게 될 때에는 되드라도 처음에는 財物의 損害를 覺悟하고 犧牲될 決心으로 着手하여야 한다. 어려운 일이다. 말하기처럼 容易한 일이 안인 것은 나도 잘 안다. 그러나 兒童問題에는 비록 等閑한 사람일지라도 自己自力을 사랑한다면 敢히 反對하지는 못할 것이다. 웨 그러냐 하면 將來의 相續者인 兒童을 爲하는 것은 結局에 잇서서 自己自力을 爲하는 것에 지내지 안는 때문이다.

끝으로 兒童敎育에 直接 關係하고 잇는 先生 여러분에게 한마디 할 말이

---

300 '不買同盟'과 '帳薄'의 오식이다.

잇다. 學校의 兒童들에게도 朝鮮文 雜誌 及 單行本을 될 수 잇는 대로 만히 읽혀 주기 바란다. 그러면 兒童 敎養에도 조흘 것은 勿論 社會에서 兒童을 爲하여 努力하는 冊子 刊行者에게도 財資的으로 큰 援助를 하는 것이 될 것이다.

朝鮮語는 學科에 直接 必要하지가 안타 해서 朝鮮文 冊子는 숫제 읽히려고도 안는 先生이 만흐나 그것은 斷然 잘못이다. 當局에서도 朝鮮語文을 撲滅하려는 뜻이 업기 때문에 數年 前부터 한글을 敎科書에 採用하고 한글 簡易敎科書도 編纂하고 其他 朝鮮文 刊行物도 禁止하지 안는 것이 안인가? 그런 것을 어린애들을 가르친다는 사람들이 제멋대로 反對하고 禁하다 싶이 하는 것은 僭越이라 안흘 수 업다.

나는 朝鮮의 어른들에게 몃 번이라도 뭇고 싶다. —— 그대들은 이 뒤로도 언제까지든지 사랑하는 어린이들을 放牧하고만 잇슬 생각이냐?고.
——

(五月 二十八日 夜) (이상 85쪽)

宋昌一, "童話文學과 作家(一)", 『동아일보』, 1939.10.17.

흔히 童話라면 혹 뗀 이야기, 호랑이 이야기, 義조흔 兄弟 이야기, 이상한 절구 이야기, 占쟁이 이야기, 세 가지 보배 이야기, 말하는 남생이 이야기, 둑겁이 이야기 等等의 無數한

口碑童話 와 沈淸傳, 興夫, 놀夫傳, 洪吉童傳, 烏鵲橋이야기, 三姓穴이야기, 檀君, 箕子와 其他 慶州의 無數한 傳說 神話와 金庾信, 李舜臣 等의 英雄譚을 聯想케 하는 것이 通例이다.

以上의 이야기들은 오랜 歲月 동안 民衆의 머리속에 뿌리박은 것으로 누구에게나 共通的으로 口傳되어 나려왔다.

이런 이야기 中에는 現今 文字로 記錄되여 傳來하는 것도 만흐나 아직도 殆半 口傳되고 잇는 現狀이다. 在來로 우리는 이런 이야기를 總括하여 "옛말"이라는 代名詞를 붙여왔다.

이제 童話라는 新術語가 생겨나고 科學童話나 藝術童話나 하는 類의

創作童話 가 盛히 製作되는 今日, 아직도 "옛말"이란 因襲的 觀念에 사로잡힌 民衆은 創作童話를 理解치 못하는 것 같다.

여기에서 童話作家는 "옛말"과 創作童話의 儼然한 區別을 明示할 義務가 잇다.

在來로 童話라면 大部分이 口演을 意味한 것이엇고 文學的 記述이 아니엇다.

近日 文學童話라 하야 文學的 要素를 內包한 事實을 記述하는 作品이 만히 創作됨에 따라 在來童話는 價値가 低落되는 感이 잇다.

勿論 文學이 時代의 反映物이 아닐 수 없으니까 兒童文學인 童話도 亦是 時代性을 띨 수밖에 없겟으므로 時代와 風習이 다른 옛날이야기가

現代兒童 을 滿足시키기에 不適한 것이 不少할 것이다.

그러타고 口碑童話를 全的으로 排擊할 수는 없다. 理由는 口碑童話란 文字的 記述이 아닐지라도 長久한 歲月 동안 口傳될 때에 人間心理에 滿足을 줄 수 잇도록 改作되고 洗練된 것이 적지 아니한 때문이다.

作家는 文學童話에 偏重하는 것보다는 口碑童話 中에서도 버리기 아까운 것이 잇으면 多少 內容을 고처서라도 훌륭한 童話를 만들 必要가 잇다.

너무 새것에 沒頭하여 옛것을 無視한다는 것은 不可한 思想일 것이다.

옛것에서도 버릴 수 없는 것이 잇을 것이며 새것에서도 버려야 할 것이 만흘 것이다.

「桃太郎」[301]이란 童話가 國寶的인 童話가 된 것도 意義 없는 일은 아닐 것이다.

그러므로 作家는

口碑童話 를 蒐集하며 取捨選擇하여 永遠히 兒童세계에 남겨 노흘 만한 이야기를 만들 義務도 잇다.

이러케 함으로써 "옛말"과 創作童話에 대한 大衆의 混亂된 생각이 淸掃될 것이다.

作家가 口碑童話, 傳說을 通하여 象徵的이요 夢想的인 美의 世界를 보여 주는 同時에 文學的이요 藝術的인 創作童話를 通하여 現實을 探究케 하며 眞의 世界를 發見케 하도록 만들어야 하겠다.

現在 創作童話에 붓을 대고 잇는 분으로 盧良根, 姜小泉, 崔秉和, 李黨祚[302], 任元鎬, 丁友海, 金起八, 金應柱 外 數氏를 들 수가 잇는데 作品이

---

301 "모모타로(ももたろう)"라 읽는다. "모모타로"는 일본 전설의 대중적인 영웅의 이름이다. "모모타로"는 여러 이야기에서 주인공으로 등장한다. 에도(江戶) 시대의 이야기에 따르면, 옛날 아이가 없는 노부부가 살았는데, 어느날 노파가 냇가에 빨래하러 갔다가 떠내려 오는 큰 복숭아를 발견하고 집으로 가져와 먹으려고 쪼갰더니 그 속에서 남자아이가 나타나 이름을 모모타로(桃太郎)라 하였다. "복숭아"란 뜻의 "모모"와 "장남"을 뜻하는 "타로"를 합쳐 "모모타로"라 이름 지은 것이다. 모모타로가 성장하여 귀신섬(鬼が島, おにがしま)의 귀신이 사람을 괴롭힌다는 말을 듣고 귀신을 퇴치하기로 한다. 귀신섬으로 가는 도중 부모로부터 받은 수수경단을 개, 원숭이, 꿩 등에게 나누어주고 그들을 부하로 삼는다. 귀신섬에 가서 귀신을 물리치고 귀신으로부터 뺏은 보물을 갖고 돌아와 행복하게 살았다는 이야기다.

殆半 小說的인 傾向이 만타.

諸作品을 通하여 極端으로 藝術的이요 象徵的인 것과 現實的이요 事實的인

二大潮流 를 發見할 수가 잇다.

나는 以上 두 潮流의 代表作家로써 姜小泉 氏와 盧良根 氏를 들고 싶다.
姜 氏는 近日 「돌맹이」[303]란 童話를 썻다. 그 作品을 읽을 때 無生物인
돌맹이를 眞實味 잇게 擬人化 햇으며 곱고도 매끄러운 文章으로 描寫햇다.
果然 童謠詩人으로써의 天稟을 所持햇다고 보는 同時에 獨創的인 藝術境
에 到達하려고 努力하는 痕跡이 엿보인다.

다음 盧 氏의 作品을 보면 兒童을 主人公으로 하고 現實을 背景으로
한 現實話가 만타. 그의 創作童話集을 더듬어 보아도 數篇을 除한 外에는
모다 身邊童話인 것이다.

이런 類의 作品은 眞實味가 豊富하여 兒童心理的으로 보아 忠實한 이야
기가 될 것이다.

兒童에게 주는 童話는 決코

現實社會 生活과 遊離할 수 없는 關係를 맺엇다고 본다.

---

宋昌一, "童話文學과 作家(二)", 『동아일보』, 1939.10.19.

萬一 兒童文學作品으로써 兒童生活과 全然 無關係한 內容을 가젓다면

---

302 '李龜祚'의 오식으로 보인다.

303 강소천은 「돌맹이(전5회)」(『동아일보』, 39.2.5~9)와, 「돌맹이(전5회)」(『동아일보』, 39.
9.13~18)를 발표했다. 「돌맹이」(39.9.18) 말미에 "이 동화는 지난 三月에 본보에 소재햇
든 「돌맹이」의 속편입니다. 기회 잇는 대로 나는 다시 한 번 더 이 제목으로 써서 이 「돌맹
이」의 아조 끝을 맺으려 합니다"라고 밝히고 있다.

그것은 唐荒無稽한 閑談밖에는 될 것이 없다.

그런데 盧 氏의 作品을 細密하게 觀察한다면 童話라기보다는 小說的인 傾向이 만타.

勿論 童話와 兒童小說이 本質的으로는 何等 相異點이 없겟으나 兒童文學에 잇어서 區分하여 잇는 것만은 事實이다.

그러타면 무엇을 가지고 區分하느냐는 것이 問題가 된다.

여기 대하야 어떤 評者는 말하기를 小說을 讀者에게 呼訴하는 藝術이라 한다면 童話는 注入하는 藝術이라고 함이 조켓다고 했다.

나는 생각하기를 童話와 兒童小說을 구태어 區分하고 싶지는 안흐나 區分을 할 必要가 잇다면 童話는 兒童心理에 잇어서 空想世界를 그린 作作品이요[304] 小說은 人間世界를 그린 作品이 아닌가 한다.

또는 한 개의 作品이 兒童에게 쉽게 理解될 수 잇는 것이냐 하는 것으로 童話를

　規定할 수　도 잇는 것 같다.

童話와 小說의 區別은 宣明한 斷案을 나리우기가 困難하지 안흔가도 싶다.

나는 淺識으로나마 어떤 作品을 대할 때마다 童話냐 小說이냐는 問題를 自問自答해 보는데 그 基準을 作品의 形態, 文章, 表現, 內容描寫 等을 보아 童話的 要素가 內包하엿는가로 定한다.

以上에 말한 姜 氏의 藝術童話와 盧 氏의 現實童話는 조흔 對照가 되는 同時에 創作童話에 잇어서 兩者가 다 要求되지 안흔 바가 아니다.

童話의 要素를 眞善美에다 둔다면 姜 氏의 作品은 美에 偏重하여 眞善을 缺할 念慮가 잇고 盧 氏의 作品은 眞善에 偏重하여 美를 失할 憂慮가 엿보인다.

　만흔 作家　中에서 特히 두 분만을 論하는 것은 實例이지만 現今

---

[304] '作品이요'에 '作'이 거듭 삽입된 오식이다.

童話界는 以上 두 가지 潮流가 흐르는데 두 분이 代表 格인 感이 없지 안흔 緣故다.

近日 新聞 學藝面이나 月刊雜誌에 실려지는 만흔 創作童話를 읽을 수가 잇는데 어떤 作品은 엉터리없는 말을 羅列해 노흔 것이 잇다.

童話가 말을 敎育하는 敎辨物이라면[305] 모르거니와 內容 없는 童話, 短語의 羅列은 絕對로 童話의 價値가 없다고 본다.

나는 이런 作品을 쓰는 作家보다도 그런 孟浪한 作品을 실어 주는 編輯者의 心理를 모르겟다.

童話도 一個의 文學作品이어야 할진대 적어도

創作基準 이 잇어야 할 것이며 作品이 具備해야 될 要素를 內包해야 할 것이다.

現今 編輯者들은 一回分의 短篇童話를 歡迎하는 모양이나 이것은 作品本位는 아니요 一時的 營業政策일 것이다.

制限된 字數에다 作者의 構想을 充分하게 表現할 수는 到底히 不可能한 일이다.

그러므로 編輯者는 童話의 向上을 위하야 作家의 便宜를 보아 줄 義務도 잇는 것이다.

兒童雜誌가 貧弱한 우리 社會에서는 日刊新聞이 兒童文學의 中樞的인 發表機關이 아닐 수 없는 것도 事實이다.

---

宋昌一, "童話文學과 作家(三)", 『동아일보』, 1939.10.20.

現今 朝鮮兒童들은 童話의 涸渴[306]을 免치 못하는 形便이다.

---

305 '敎鞭物이라면'의 오식으로 보인다.
306 우리 사전에는 등재되지 않은 단어로 글자 그대로 읽으면 "학갈"이 된다. "고갈(枯渴)"이란

목마른 者 에게 물을 주듯이 兒童에게 童話를 만들어 주어야겟다.
그런데 여기에서 問題되는 것은 濫作을 避하자는 것이다.

　作家가 作品慾에만 끌릴 때는 盲目的인 作品이 나올 것이다. 成人을 對象으로 한 文學은 讀者에게 多少 有害한 것이 잇더래도 容認할 餘地가 잇을는지 모르겟으나 아모 批判力이 없는 天眞한 兒童에게는 眞, 善, 美의 世界를 아름답게 明朗하게 表現한 完全無缺한 作品을 보여 주도록 最善을 다해야 한다. 이것은 作家가 언제나 作品의 對象이 兒童이라는 觀念을 가지는 데서만 차즐 수 잇는 것이다.

　나는 생각하기를

　童話 한 篇 을 構想하는 努力이 小說이나 戲曲을 構想하는 努力에 決코 떠러질 수 없다고 믿는다.

　오히려 童話에는 語彙와 內容에 制限이 잇기 때문에 더욱 힘이 들른지 모른다.

　世間에서는 童話作家라면 아모 姓名쪼차 없고 도로혀 嘲笑를 사는 形便이지만 나는 때로 童話作家의 自慢을 느낀다.

　그 理由는 世上이 貴重히 여기지 안는 文學을 그냥 維持해 보려는 忍耐가 크다는 것보다도 事業이 너무나 聖스럽기 때문이다.

　世上에 數多한 事業과 運動이 잇다 해도 價値를 論한다면

　兒童文化 運動에서 더 큰 것이 없을 것이라고 믿는다.

　朝鮮에는 아직 이 運動에 忠實한 先覺者가 없는 것 같다.

　내 일즉이 만흔 文學評論 속에서도 한 조각의 兒童文學論을 못 보앗다. 勿論 여기에는 作品이 論議될 水準에 達치 못하는 理由도 잇겟지만 一般이 너무 이 方面에는 等閑하다는 것이 事實이다.

　그러나 나는 決코 兒童文學을 優待할 줄 모르는 社會를 나무라지 안는다.

　그저 作家들의 힘이 아직 微弱함을 嘆息할 뿐이다.

---

　뜻으로 일본어 "고카쓰(こかつ〔枯渴, 涸渴〕)"를 빌려 쓴 것으로 보인다.

過去에 故 方定煥, 故 李定鎬 같은 분들이 斯道의 先輩가 아닌 것은 아니지만 別로 이러타할 創作品을 남겨 주지 못하고 그저

翻譯文學 을 紹介함에 지나지 못햇다. 그中『사랑의 선물』이나『사랑의 학교』같은 것은 相當한 部數가 나갓을 것이다.

至今도 書店에 가면 童話集을 찻떤 사람들이 할 수 없이 以上의 翻譯集을 사 가는 것을 각금 目睹하는 悲慘한 現狀이다.

---

## 宋昌一, "童話文學과 作家(四)",『동아일보』, 1939.10.22.

童話가 兒童文學의 中樞요 人生敎育의 第一步라 할진대 아직까지 이 社會에 변변한 創作童話集 하나도 나오지 안는가 하는 것이 痛切히 느껴진다.

그나마 近刊에 盧良根 氏의『날아다니는 사람』과 拙作集『참새학교』[307]가 겨우 出刊되엇으나 얼마나한 反響이 잇엇는지는 자못 疑問이지만 不遇한 環境에서나마 出版을 꾀한 誠意만도 크다 할 것이다.

兒童敎育 에 從事하는 분들을 만나면 변변한 童話集 하나 볼 수 없다는 말에 常套語지만 여기에 共鳴하여 出版을 企圖하는 人士가 없으니 참말 怪異한 現象이다.

現今 우리 社會의 兒童은 모든 方面에서 營養素를 取하고 잇으나 第一 큰 營養素인 童話를 배불리 먹지 못하는 不幸이 잇다.

幼年時代로부터 훌륭한 童話의 洗禮를 받지 못하면 明朗한 人間이 될 수 없다는 것을 斷言한다. 그것은 童話가 人生의 要約을 敎示하며 人生의

---

[307] 『날아다니는 사람』(朝鮮紀念圖書出版舘, 1938),『참새 학교』(平壤愛隣院, 1938)를 가리킨다.

빛과 기쁨을 暗示하는 役割을 하기 때문이다.

우리 成人들의 幼時를 回顧해 본다면 "옛날두 옛적 한 옛날에…" 하는 따위의 定型的인 옛말을 할머니 무릎에서 들은 사람도

極少數의 幸運兒를 내어노쿠는 없겟다.

우리네의 幼時는 過去로 돌려 버린다 처도 우리 子弟에게는 좀 더 참다운 童話文學을 세워줄 義務가 잇다고 생각한다.

朝鮮에 兒童文學이 發芽한 지 距今 二十餘 星霜, 언제는 그럴 듯한 創作 童話集 몇 卷쯤은 나올 때가 되엇으렷만 아직 이러타는 消息이 들려지지 안는다.

現代兒童은 外國童話의 飜譯物 같은 것이나 口碑物인 神話, 傳說로는 滿足을 얻지 못하고 다만 時代的이요 心理에 適合한 創作童話를 要求한다.

그 理由는 神話나 傳說이 無知한 原始人들의 人間과 自然과의 關係, 人間과 人間과의 問題에 대한

不可思議 요 驚異的인 事實을 말한 것으로 흔이 空中의 日月星辰, 地上의 山, 河, 海, 森林, 平野, 禽獸, 昆蟲에 이르기까지 모두 取扱하여 온 데 比하여 좀 더 科學的이요 現實的인 童話를 사랑하고 즐겨하기 때문이다.

여기에서 作家는 또 한가지 硏究의 餘地가 잇는 것이다.

卽 現代童話는 感覺的이요 神秘的인 데 머믈지 말고 좀 더 나아가 眞實을 一貫한 童話, 다시 말하면 人生의 참맛을 가르치는 童話가 되어야 하겟다.

創作童話로써 作品의 眞實性을 缺하엿다면 그것은 文字의 羅列은 될지언정 아모 思想的 敎訓이 될 수 없는 것이다.

一般家庭 에서나 學校에서 兒童에게 童話를 읽히기를 그리 즐겨하지 안는 理由도 童話로써 敎育的 價値를 無視한 것이 만타는 데 잇다.

勿論 童話도 文學인 以上 敎育이란 功利的 條件에만 붓들려서야 안 되겟

지만 그래도 童話의 使命이 情緒敎育에 一役이 된다면 童話의 敎育的 一面도 認定치 안흘 수 업다. 間或 敎育者 中에서도 童話無用論을 말하는 사람이 잇는데 이런 사람은 아직도 架空的이요 象徵的인 "옛말" 類에서 解脫되지 못한 思想을 가진 데 不過할 것이며 좀 더 兒童과 童話의 心理學的 乃至 敎育的 見地에서 아모 硏究도 못해 본 탓이겟다.

나는 어떤 意味에서 每日 兒童을 相對로 하는 職業人으로써의

童話作家 가 最適한 作家라고 말하고 싶다.

참으로 兒童生活에 接觸해 보지 못한 作家는 아모래도 童心的인 作品을 쓴다 해도 흠이 만히 생기는 것이다.

마치 金剛山을 눈으로 보지 못한 사람이 紀行文이나 잇고서 金剛山을 말하는 것과 恰似하다고 본다.

成人文學에 잇어서 "眞實"이란 말이 만히 論議되엇으며 小說의 本質을 또한 여기에 두어야 한다고 主張하고 잇는 것과 마찬가지로 童話文學에 잇어서도 眞實을 生命으로 하여야겟다고 强調한다.

眞實을 缺한 美談이 도로혀

兒童에게 僞善은 가르킬는지 모르는 것 마찬가지로 眞實을 無視한 童話는 兒童에게 有害할지언정 無益할 것이다.

空想的 作品이라 해서 絶對로 眞實性이 업는 것은 아니다. 아모리 無生物을 擬人化하고 象徵的인 事件을 描寫한 作品일지라도 作品 속에 人生의 眞實을 그려 노흘 수가 잇는 것이다.

---

宋昌一, "童話文學과 作家(五)", 『동아일보』, 1939.10.26.

童話의 題材가 現實的이요 實在的이 아니라 해서 眞實性이 업다고 斷定할 수는 업다는 말이다.

近日 發表되는 멧 作家의 作品을 보면 말의 技巧에만 偏重하야 質的 무게가 없는 것이 엿보인다.

以上에서 도 말햇거니와 童話가 多少의 敎育性이라도 가졋다면 읽어서 頭腦에 남는 것이 잇어야겟다.

입속에서 녹는 砂糖 모양으로 배속에 남는 것이 없는 童話는 歡迎할 수 없다.

만흔 作品이 技巧主義에 흐름을 따라 讀者는 도로혀 倦怠를 느껴 神話나 傳說이나 英雄譚을 憧憬하게 되는 奇現象을 惹起케 된다.

技巧主義의 童話는 또한 口演材料가 될 수 없다는 데서 排斥을 받게 된다.

나는 砂糖보다는 밥을 願한다. 밥은 砂糖처럼 신통한 甘味는 없어도 암만 먹어도 실증이 안 나고 充分한 榮養이 되기 때문이다.

이런 意味에서 나는 "옛말"이란 在來 童話形式에 愛着을 가진다.

이 形式은 文藝童話의 對立物인 것이 될는지 모르나 버리기 앗가운 內容을 가진 것이 不少하다.

그러나 童話作家는 "옛말"의 어떤 形式이든지 혹은 『아라비안나잍』같은 大作을 模作하려고 애쓸 必要는 없을 것이다.

所謂 名作童話라고 하는 西洋童話는 擧皆가 空虛한 꿈의 이야기에 不過하는 것이요, 現實的인 氣分이 全無하다.

童話의 使命은 兒童에게 現實을 가르키며 同時에 現實 속에 꿈을 보여주는 데 잇는 것이다.

언제나 人間의 現實이란 幸福된 것만이 아니어서 이따금 童話 속에나 不幸한 運命에 빠진 兒童을 取扱할 때도 잇게 된다. 참으로 童話가

人生敎育 의 使命을 가젓다면 明朗하고 幸福된 生活面만 그리는 데 멋지 말고 不幸하고 可憐한 生活相도 그려야 하겟다.

勿論 人生生活이 幸福 그것이 全部라면 모르겟거니와 現實은 幸福보다

는 苦痛의 世上이 아닌가! 이제 可憐한 兒童을 主人公으로 한 作品이 잇다 하자.

이 哀話가 讀者인 兒童에게 어떤 感想을 줄 것인가 자못 興味잇는 問題다.

나는 생각하기를 讀者는 貧者와 富者의 두 層이 잇는데 貧兒에게는 苦痛스런 現實에서 發奮과 努力과 忍耐의 抵抗의 精神을 붓도다 주는 힘이 되며 富兒에게는 社會的 理解를 주어 貧者에게 對한 同情과 救護의 義理心을 發하게 만드는 偉大한

**精神敎育** 을 줄 수 잇다고 맏는다.

'링컨' 大統領이 幼時에 '와싱톤' 傳記를 읽고 決心한 바가 잇엇다는 것을 알거니와 兒童時代에 잇서서 童話의 힘이 얼마나 그들의 心靈을 움즉이는데 偉大한 것인가를 推測할 수가 잇다.

要컨대 童話作家는 童話의 本質과 使命을 究明한 後 文學으로써의 童話를 創作하기에 努力할 必要가 잇다.

現實에 立脚한 童心的인 作品이야말로 兒童世界에 忠實한 童話가 될 것이다.

바라기는 우리네 作家들의 손으로 어서 速히 永遠히 빛날 兒童文學의 塔이 建設되기를 빌어 마지안는다. (끝)

## 李軒求, "小波의 印象 - 小波全集 刊行에 앞서서", 『博文』, 제12호, 1939년 10월호.

내가 小波를 처음 만난 때는 至今부터 十六年 前인가보다. 이해 三月 『어린이』가 創刊되었고[308] 또 이때부터 各地에는 "少年會運動"이 猛烈히 일어나던 時節이다. 내 시골에도 "少年會"가 생겨가지고 "어린이날"을 擧行할 텐데 이에 必要한 宣傳材料를 얻어 보내라는 것이엿다. 그때 나는 아직 中學에 다닐 時節이엿는데 어느 날 學校에서 나오는 길로(아마 土曜日이엇든가) 正午쯤 해서 天道敎堂으로 小波를 찾아갔다. 勿論 아무의 紹介도 있는 게 아니고 또 用務가 그러했으니 事務的으로 찾은 것 外에는 다른 意圖가 없었다.

조금 있더니 작달막하고 그때도 亦是 上高머리를 깎은 뚱뚱한 분이 血氣旺盛하게 玄關에까지 나와서 맞아 준다. 그런데 그 후도 그랬지만 小波의 音聲은 유달리 熱이 있어 보였다. 마치 가느다란 管을 通하여 聲量을 불어내는 듯 입을 동그라니 모아 가지고 조금 아랫턱을 치켜올리고는 혹흑 말을 뿜어낸다. 그때 나는 그 音聲에 特別한 印象을 받았다. 威嚴이 있다는 것보다도 德性스러운 活動家의 素質을 가진 분으로 보았다.

그 후 내가 東京에 가 있으면서 兒童問題보담도 兒童文藝에 關心을 가졌으면서 여름 休暇 때에도 特別히 小波를 찾거나 하지는 않았다.

그러다가 내가 大學 一年에 있을 때 나는 朝鮮 어린이를 爲해서 兒童藝術展覽會 같은 것을 가져 볼 作定으로 거의 혼자서 兒童藝術一般의 資料募集에 한 달 以上 비가 오나 날이 더웁거나 헤아리지 않고 돌아단겼다. 元來豫定은 休暇 동안 내 故鄕인 咸鏡道 地方이나 돌랴든 것이 일은 커져서 그때 마침 開闢社에서 計劃 中이던 世界兒童藝術展覽會가 準備 中 여러 가지 事情이 있어 遷延되어 오던 次 드디어 이 機會에 이 計劃을 合同하여

---

308 '創刊되었고'의 오식이다.

實現하기로 되었던 것이다. 이해(昭和 三年) 八月에 나는 南朝鮮地方을 거쳐 上京하여 爲先 小波와 및 開闢社에 있는 동무들과 만났다.

말하자면 나는 이때 小波를 비로소 한자리에서 만난 셈이었다. 그날 밤 어느 料亭의 뜰에서 南山을 對坐하며 五六人이 여러 가지 얘기를 하는 것이었다.(이상 38쪽) 나는 初面이요 또 學生 氣分이 남아서 잠잫고 이야기를 듣기만 하였다. 그때 무슨 얘기를 했던지는 잘 記憶에 없으나 아직도 尹克榮 兄의 「반달」이 全盛時代여서 이 노래를 부르는 것이었고 또 「카나리야」[309]가 이 자리에서는 「반달」에 못지않게 愛唱되던 것이엿다.

그해 十月 二日부터인가 天道敎記念館에서 一週間 展盛會가 열렸다. 晝夜를 함께 하여 우리는 이 일에 全力했다. 總指揮者인 小波는 그때 마침 蔚山인가에 있는 어떤 少年의 눈물겨운 그림 哀話가 있어서 이야기를 가지고 餘興會場인 記念講堂에서 數百數千의 어린이를 모와 놓고 熱에 찬 그 音聲으로 마치 그 자리에 있는 한 사람 한 사람씩의 귀에 얘기를 혹혹 불어넣듯 땀을 뻘뻘 흘려 가며 얘기를 하는 것이다. 그것은 산 敎訓이기도 하였다고 滿場은 感謝하여 눈물의 바다를 이루는 것이다.

小波가 朝鮮 어린이를 생각할 때 언제나 그는 그들에게 마음의 糧食을 주고 그들에게 感謝할 줄 알고 참된 正義心을 가질 줄 알게 하라는 것이었다. 오로지 이에 받히는 精誠과 熱이 그의 全身에다가 無限한 生命을 잡아넣었던 것이다. 그리하여 그 生命을 그의 얘기를 通하여 어린이의 마음 가운데 불어넣는 것이다.

나는 不幸히 小波의 두 時間 세 時間式 계속해 한다는 그 熱의 이야기를 듣지 못한 것이 무엇보담 遺憾이었다.

그 후 내가 學校를 나와 가지고 六月에 서울로 나와 그를 社로 찾아도 가고 또 집으로 찾아도 갔다. 그때부터 小波의 病은 危機에 빠지기 始作했

---

309 「かなりや」는 일본의 동요로 사이조 야소(西條八十)가 짓고 나리타 다메조(成田爲三)가 곡을 붙였다. 원 제목은 「かなりあ」로 1918년 11월호 『赤い鳥』에 게재되었다. 1919년 『赤い鳥』의 전속작곡가였던 나리타 다메조가 이 노래에 곡을 붙여 1919년 5월호 『赤い 鳥』에 「かなりや」로 제목을 바꿔 게재하였다.

던 모양이다.

"여기(花洞)서 社까지 가는데 몇 번을 쉬는지 죽을 지경이요" 이러면서 그 큰 몸집을 가누지 못하여 한편에 기대 누어 있었다. 그 후 한 달이 다 못하여 七月 二十三日 夕陽에 그는 三十三을 一期로 눈을 감았다. 나도 臨終하는 그의 벼개머리에 가서 그의 손을 잡았다. 그러나 그때는 意識이 朦朧하여 잘 보이지 않는 視線을 애써 우리들께 돌리는 것이었다.

반드시 그는 生時에 늘 하던

"朝鮮의 어린이를 付托하오!"

이 말을 다시 한번 最後의 遺言으로 남겼을 것임에 틀림없다.

小波가 간 지도 어느듯 九年. 아직도 그 獨特한 몸집과 그 속에 無限히 숨어 있는 愛情과 熱과 눈물에 넘친 얘기가 들리는 듯 마음이 恍惚하다.

ㅡ八月 二十四日 記ー (이상 39쪽)

## 宋完淳, "兒童과 映畵", 『映畵演劇』, 창간호, 1939년 11월호.

映畵는 자미잇다. —— 그가 精神上의 不感症 患者가 아닌 限은 映畵를 자미잇다고 생각지 안는 사람은 아마 업슬 것이다. 全體的으로 보아 자미 업는 映畵도 勿論 업지는 안흐나 그러한 것에도 자미잇는 數個의 場面만은 반듯이 잇는 것이다.

그럼으로 映畵는 무엇보다도 먼저 자미가 잇도록 製作하여야 한다. 觀客으로 하여금 그 瞬間에는 그 映畵의 場面——에 一切의 精神을 빼앗기게 하여야 한다. 이러한 魅力은 映畵뿐 아니라 演劇이나 書籍이나 其他 文化의 모든 것이 다 가저야 할 것이지만 映畵는 그것들 以上으로 더 만히 가저야 하는 것이다. 웨 그러냐 하면 映畵는 立體的이 아닌 데다가 畵面의 轉變 時間이 極히 짤버서 觀客의 注意가 조곰이라도 빗나가게 하면 觀客은 畵面間의 連結을 일허서 갈팡대거나 하품을 하게 되는 때문이다.

그러타고 映畵는 意味가 업서도 조타는 것은 안이다. 意味를 갓는 것은 조흔 일일 뿐 아니라 單純한 넌센스劇이 아닌 限은 될 수 잇는 데까지는 明瞭한 意味를 반듯이 가저야 한다. 다만 그 意味를 表現함에 잇서서 哲學 敎科書와 가튼 方法을 取하여서는 안 된다. 의미를 갓는 同時에 觀客에게 끗까지 볼 자미를 주어야 하는 것이다. 아모리 훌융한 意味일지라도 그것을 表現하는 畵面이 자미를 주지 못하면 그 映畵는 失敗作이라 안흘 수 업슬 것이다. 例컨대 書冊 가튼 것은 자미가 적은 데면 더퍼 두엇다가 마음에 내키는 대로 언제든지 다시 꺼내 볼 수도 잇고 또 자미업는 句節일지라도 두고두고 參考할 必要가 잇서서 간직해 두는 수가 만치만 映畵는 그러케 할 수가 업는 것임으로 어떠한 意味를 觀客에게 너허 주기 爲하여서는 자미라는 武器로써 그 當場에 效果를 엇도록 하지 안흐면 안 되는 것이다.

이럼으로 딸허서 兒童을 爲한 映畵는 더욱 더 자미가 잇서야 한다. 大人 映畵는 意味에 자미를 多少 犧牲시킬 수도 잇스나 兒童映畵는 그 反對이어야 한다.

이것은 兒童과 大人의 人間的 差異에 그 까닭이 잇다.

兒童도 大人과 한가지로 人間七情은 갓고 잇다. 그러나 兒童의 心情은 말하자면 未完成品이다. 人間七情이 各自의(이상 34쪽) 型을 일우어 제 行勢를 하지 못하고 一括해서 動物的 樂觀이라고 할 수 잇는 生理條件이 結果하는 原始的인 活動本能에 支配되어 잇다. 그럼으로 兒童은 一切의 心理와 事象의 不斷한 變化에 對하여 어디까지든지 樂天的이고 遊戲的이다. 아모리 悲哀롭고 憂愁롭고 嚴肅하고 痛憤할 일 等々이라도 兒童은 오래두고 생각지를 안는다—느니보다도 못한다. 그러케 할 執着力도 持續力도 統制力도 抵抗力도 弱한 데다 樂天的이고 遊戲的인 以外의 것에 對하여서는 興味를 갓지 못하는 것이다. 그리고 비록 樂天的이고 遊戲인 것일지라도 그때만 지내면 大槪는 이저버린다. 健忘症 患者나 或은 변덕쟁이와 恰似한 것이 兒童의 心狀이다.

그러나 어떠튼지 本質에 잇어서 樂天主義者인 것이 兒童임으로 자미가 업어서 그 遊戲本能을 刺戟하지 못하는 것은 아모리 훌융한 意味를 內包하엿드라도 使命을 다하지 못하고 말을 것이다. 于先 자미로써 觀客의 注意부터 끌어야 하는 映畵는 더 말할 나위도 업다.

따라서 兒童映畵는 悲劇보다도 喜劇과 活劇이 조코 때로는 넌센스劇도 必要하다. 悲劇도 아조 不必要하지는 안흐나 그런 境遇에도 자미를 考慮하지 안어서는 안 된다. 大人映畵의 悲劇에 잇어서도 그러치만 兒童映畵의 悲劇에 잇어서는 자미에 關한 配慮를 最大限으로 하여야 한다. 悲劇이라고 자미잇게 하지 못하는 것은 아니다. 자미라는 것을 우슴과 즐거움만을 想定한다면 悲劇에 자미가 잇슬 까닭이 업지만 좀 더 廣汎히 魅力이라는 것을 前提 삼고 생각한다면 悲劇에도 자미가 十分 可能하다. 남의 슬퍼하는 것을 보고 同情하는 것부터가 第三者에게는 자미라면 하나의 자미라 할 수 잇는 것이다.

그리고 兒童映畵는 아모쪼록 短篇物이 조타. 너무 길으면 자미도 일케될 뿐 아니라 거기에 나타나 잇는 意味를 統一하지 못할 것이다. 따라서 스토리—도 簡單한 것이어야 할 것은 勿論이다.

오로지 餘興本位의 것은 多少 길고 複雜해도 큰 關係가 업겟지만 一定한 教化를 目的하는 것은 그래서는 안 된다. 내 생각에는 餘興本位의 映畵는 最大限으로 一時間 內外가 適當할 듯하다.

그러나 教化映畵라고 그 影響力을 너무 甚大 評價하여서는 안 된다. 書籍 가튼 것의 影響力에 견주면 映畵의 影響力 따위는 問題도 안 된다.

固陋한 道學 先生들과 杞憂를 愛好하는 人士들은 映畵의 影響力을 기매키게 强大視하여 이러니저러니 안허도 조흘 念慮까지도 하고 잇으나 그러타면 兒童教育에 書冊 대신 映畵를 使用하는 것이 조치 안흔가. 그리고 學校를 讀書教室로 하지 말고 映畵館으로 改替하는 것이 올치 안흔가?

映畵의 힘이 그다지 强大하다면 教育家 政治家 憂世思想家들은 오늘부터라도 그 心勞를 할 必要가 업슬 것이다.

웨 그러냐 하면 映畵의 힘으로써 能히 人間의 모든 問題를 解(이상 35쪽)決지어서 이 世上을 地上樂園을 맨들을 수가 잇슬 것이니까.

그러나 나는 不幸히?도 例컨대 깽이 깽 映畵는 産出시켯스되 깽 映畵가 깽을 大量 新造하엿다는 말은 일직이 듯지 못하엿다. 또 쇠리ー・템플이나 보비의 映畵가 그들과 가튼 天才 兒役者를 單 幾人이나마 出現시켯다는 말도 듯지 못하엿다.

映畵의 影響力이란 그 印象 如何로부터 結果되는 것인데 實相을 따지고 보면 映畵의 印象처럼 虛綻한[310] 것도 드물다. 아조 자미잇게 구경하고 나서 도라서면 언제 그런 것을 보앗느냐는 듯이 이저버리는 것이 映畵의 印象의 普通이다. 겨우 남는 印象이래야 漠然한 輪廓이 아니면 멧 개의 斷片뿐이다. 그리고 그것을 다시 더 자세히 보고 십허도 주머니 속에나 冊床 우에 잇는 것이 아니어서 不可能하고 또 다시 보게 될지라도 보고 나면 남는 印象의 澱物은 前과 別로 달름이 업는 것이다. 그런데 이것마저 오래 持續되지를 못하고 얼마 안 잇서서 깨끗이 업서저 버리고 만다.

大人에 잇서서도 映畵의 印象이란 이런 것임으로 兒童에 잇서서는 어떨

---

310 '虛誕'의 오식이다.

것이라는 것은 뭇지 안허도 自明한 일이다.

그럼에도 不拘하고 兒童에게도 映畫는 必要하다. 첫재로는 娛樂을 爲하여 둘재로는 敎化를 爲하여 ──

보고 나면 잇는다면서 敎化란 웬 말이냐고 할 사람이 잇슬지나 조흔 映畫를 여러 번 보면 저도 모르게 自然히 熏陶되는[311] 것이기 때문이다. 이런 일을 한번 想像해 보는 것도 조타 ── 가령 加害症 잇는 兒童이 加害症은 나뿐 것이라는 것을 主題로 한 映畫를 보고 "아 나는 인제부터 그런 나뿐 짓은 하지 안켓다"고 切實히 늣기어서 映畫의 印象이 사라진 뒤에도 그 버릇을 無意識中에 덜 하게 또는 안케 된다. 卽 最初의 刺戟을 밧는 瞬間 그는 이미 加害症을 만히 일케 되여 映畫의 記憶이 消滅한 뒤에도 繼續的으로 그러타. 그러면 이러한 刺戟이 여러 번 되푸리되면 完全히 그 病을 고칠 수도 잇슬 것이다.

이것은 決코 엉터리업는 空想은 아닐 것이다. 十分의 可能性이 잇는 想像일 것이라고 나는 밋는다.

그럼으로 要컨대 映畫에 敎化되는 것은 映畫의 記憶 "卽 印象" 그것의 長久性에 依함이 아니라 그 映畫에서 받은 刺戟의 潛在的 習慣化에 依함이라고 할 수 잇슬 것이다.

딸아서 兒童을 敎化함에 잇서서 나뿐 映畫는 勿論 歡迎할 것이 못 되나 그러타고 그 影響力을 나뿐 書籍 以上으로 무서워할 必要는 조곰도 업다. 나뿐 映畫 열보다 나뿐 書籍 한 卷이 도로혀 더 무서운 것이다.

그러나 저러나 이러케 말을 하다가 보니 나는 누구를 對해서 한 말인지를 알 수가 업게 되엿다. 朝鮮 兒童을 爲하여 한 말이기는 한데 이 要求를 들어 줄 만한 相對者가 아직 업는 상 십흔 것이다.

내 생각이 잘못이 아니라면 ── 朝鮮에는 兒童映畫를 製作해 낼 만한 演出者도 업고 演技者도 업다. 最近에 禹壽榮이라(이상 36쪽)는 兒童?의 作文을 題材로 삼어서 「授業料」라는 兒童映畫를 製作 中인 모양이니[312] 上映時

---

311 '薰陶'의 오식이다.

에 보면 알겟지만 大人映畵에도 公衆한 演出者가 업는 터이라 미리 疑懼를
안 늣길 수가 업다. 演技者들은 未知數이나 템플 보비는 잠간 두고 片山明
彦 悅ちゃん쯤의[313] 兒役者나마 잇슬른지 몰으겟다.

兒童映畵라고 하찬케 녁여서는 큰 잘못이다. 도로혀 大人映畵보다 몃
倍나 製作하기 어려운 것이다.

兒童問題의 全般에 亘하여 相當한 一家的 理解를 갓지 못하고서 兒童映
畵에 손을 대는 것은 어리석은 冒險이다. 「授業料」演出者는 그만한 準備
가 잇서서 着手하엿는가? 萬一 그러치 안타면 그의 冒險은 成功 —— 半分
쯤의 成功도 못하고 말을 것이다.

朝鮮의 映畵人은 兒童映畵를 製作하고 십거든 —— 아니 반듯이 製作할
義務가 잇지만 —— 于先 兒童問題를 어느 程度까지 硏究할 일이다. 專門
的 知識은 구태여 必要하지 안으나 普通의 常識 以上의 認識은 반듯이 가
저야 한다. 그러한 뒤에야 비로소 朝鮮에도 兒童映畵다운 兒童映畵가 産出
될 것이다.

그럼으로 나는 朝鮮의 兒童映畵는 今日에 企待하지 안코 明日을 企待하
는 者다.　　　　　　　　　—— 九月 十九日 —— (이상 37쪽)

---

312 「授業料' 製作 어린이役 多數 募集」(『매일신보』, 39.5.17), 「映畵 '授業料'-六月 中旬
　　攝影 開始」(『매일신보』, 39.6.2), 「映畵 '授業料'의 主役」(『매일신보』, 39.7.1) 등의 기사
　　에 따르면, 『京城日報』 당선 작문인 우수영(禹壽榮)의 「授業料」를 八木保太郞이 시나리
　　오로 만들고 최인규(崔寅奎)가 감독을 맡아 고려영화사(高麗映畵社)에서 영화로 제작하
　　기로 하여 1939년 6월 26일부터 촬영에 들어갔다. 이 영화에 대한 비평으로는, 이규환(李
　　圭煥)의 「(試寫評)授業料의 印象(상,중,하)」(『매일신보』, 40.4.20~23), 서광제(徐光霽)
　　의 「(新映畵評 上)童心世界의 沒理解-高映의 授業料를 보고」, 「(新映畵評 下)스토리-
　　中心의 作品-高映의 授業料를 보고」(『조선일보』, 40.5.1~2), 안종화(安鍾和)의 「最近
　　의 佳作 「授業料」를 보고(上,下)」(『동아일보』, 40.5.1~4), 김수향(金水鄉)의 「(映畵寸
　　評)童心의 誤謬-映畵 授業料를 보고」(『동아일보』, 40.5.10) 등이 있다.
313 「悅ちゃん(えっちゃん)」은 1936년 7월부터 1937년 1월까지 연재된 시시분로쿠(獅子文
　　六)의 장편소설이다. 연재 후 곧 영화화 되었고, 전후(戰後)에도 여러 번 텔레비전 드라마
　　로 제작되었다.
　　가타야마 아키히코(片山明彦, 1926~2014)는 일본의 배우로 황태자 역을 했다. 본명은
　　鹿兒島 燁彦이다. 1937년경부터 배우로 데뷔하여 1970년대 전반까지 활동하였다.

宋南憲, "藝術童話의 本質과 그 精神 – 童話作家에의 提言(一)",
『동아일보』, 1939.12.2.

童話도 一種의 藝術이며 그 形式은 散文이지만은 本質에 잇어 敍事詩에
屬하는 文藝다. 이런 意味에서 童話의 使命은 兒童을 中心으로 한 藝術의
使命에 一致한다. 卽 兒童의 自省心의 誘發에 依하여 童心을 純化하고 兒
童의 本城을 保持하기 爲하여 社會에 對한 代辯이 아니면 안 된다. 여기에
잇어서 童話는 兒童 中心의 藝術이고

童話作家 는 散文詩人이다.

노바-리스와[314] 같은 神秘主義者도 일직이 童話를 가르처 "文學의 規準"
이라고까지 말하고 "一切의 詩的인 것은 童話的이 아니면 안 된다"라고 하
여 童話를 가지고 藝術의 最高 形式이라고 生覺한 것도 無理는 아니다.
佛蘭西에 샬·페롤(1628~1703)을 發端으로 하야 드-노아 伯爵夫人
(1649~1705), 獨逸에 하우푸(1802~1827), 近世 藝術童話의 王座 丁抹
에 안더-센(1805~1875), 露西亞에 크리로프(1768~1844), 톨스토이,
英國에 와일드(1856~1900), 以外에 米國에 빼-네트夫人, 스타우夫人,
호-톤, 佛蘭西에 아나톨 푸란스, 丁抹에 스트린드 벨그, 獨逸에 뮤-렌,
白耳義에 메-터-링크, 露西亞에 솔로-그브, 러몬토브, 갈신, 瑞典에 라-
겔레브, 日本에 小川未明 氏[315] 等의 藝術童話가 藝術의

---

**314** 노발리스(Novalis)는 프리드리히 폰 하르덴베르크(Friedrich von Hardenberg, 1772~
1801)의 필명이다. 노발리스는 독일 낭만파의 대표적인 시인이자 철학자였다.

**315** 프랑스의 샤를 페로(Charles Perrault, 1628~1703), 돌느와 백작부인(Marie-Catherine
d'Aulnoy, 1650~1705), 독일의 빌헬름 하우프(Wilhelm Hauff, 1802~1827), 덴마크의
안데르센(Hans Christian Andersen, 1805~1875), 러시아의 이반 크릴로프(Ivan
Andreevich Krylov, 1769~1844), 톨스토이(Lev Nikolayevich Tolstoy, 1828~1910),
아일랜드의 오스카 와일드(Oscar Wilde, 1854~1900), 미국의 버넷(Frances Hodgson
Burnett, 1849~1924), 스토 부인(Harriet Beecher Stowe, 1811~1896), 호손
(Nathaniel Hawthorne, 1804~1864), 프랑스의 아나톨 프랑스(Anatole France, 1844~

최고형식 最高形式 으로서 다른 一切의 藝術과 對等의 文學的 評價를 要求하는 것도 當然한 일이다.

藝術이 人生을 爲하여 그 存在意義가 잇다면 人生을 爲한 藝術이 새삼스럽게 兒童을 中心으로 하는데 새로운 意義가 잇다는 것도 오늘이란 時代가 險惡한 世代이고 이 險惡하고 混亂한 現實 속에서 成人들이 時代에 對한 苦惱의 그림자를 兒童의 生活에도 反映하야 그들 兒童은 그 그림자를 짊어지고 다음 時代를 建設하려고 한다.

이런 意味에서 이들 第一 多感한 兒童期를 敎化한다는 것과 今日과 같이 成人의 文學이 大槪 商品化하야 쩌-내리즘의

賞品市場 에다 娛樂的인 讀物을 提供하는대 反하야 兒童을 中心으로 한 文學이 藝術의 健全性과 良心의 存在를 可能케 할 수 잇다는 點에서 兒童文學을 再認識해야 될 줄 안다.

朝鮮에 童話運動이 일어난 지 벌서 二十餘年 가까운 歲月에 이러타 할 成果가 없이 遲遲하게 나가는 것이 반드시 客觀的 條件에 不利로만 돌려보내는 것도 妥當치 안으며,

近來에 發表되는 童話가 그 量으로 보아 決코 적다고는 할 수 없는데도 不拘하고 質的으로 볼 만한 것이 없음은 여러 가지 觀點으로 보아 原因이 잇겟지만 童話의 本質과 그 精神을 把握치 못한 데서 原因을 찾을 수 잇다고 生覺한다. 今年 一年間 發表된 作品을 對하야 보드라도 指摘할 수 잇는 問題이며

詩的 香氣 의 欠乏, 人生的 敎訓을 딴 象徵의 貧弱, 文字를 羅列한

---

1924), 스웨덴의 스트린드베리(August Strindberg, 1849~1912), 오스트리아의 뮤흐렌 (Hermynia Zur Mühlen, 1883~1951), 벨기에의 마테를링크(Maurice Maeterlinck, 1862 ~1949), 러시아의 표도르 솔로구프(Fëdor Sologub, 1863~1927), 미하일 레르몬토프 (Mikhail Yuryevich Lermontov, 1814~1841), 가르신(Vsevolod Mikhailovich Garshin, 1855~1888), 스웨덴의 셀마 라겔뢰프(Selma Ottiliana Lovisa Lagerlöf, 1858~1940), 일본의 오가와 미메이(小川未明, 1882~1961) 등을 가리킨다.

無意義譚을 넘우도 만히 發見할 수가 잇다.

원체스터- 氏는 그 著 『文學的 批評의 諸 原則』에서 眞正한 文學은 "情緒에 訴하는 힘" "想像力에 訴하는 힘" "眞理의 基底" "完全한 形式" 이 네 가지 條件이 具備해야 된다고 하엿으나 眞正한 童話도 또한 이 條件이 필요할 줄 안다. 이것은 未開民族의 童話이나 文化民族의 童話에서도 볼 수 잇는 사실이고 童話가 文藝가 될 수 잇는 것도 이 條件을 具備하고 잇기 때문이다.

여기에 잇서 이 條件을 具體化하여 童話로서의 特別한 本質的 要素를 考察하고저 한다.

---

宋南憲, "藝術童話의 本質과 그 精神－童話作家에의 提言(二)", 『동아일보』, 1939.12.3.

童話가 敍事詩라고 하엿지만 敍事詩인 데서 童話的 韻律이 必要하게 된다. 童話의 韻律은 兒童의 內心에 잇는 韻律性의 自然的 發展이다. 이것은 第一 먼첨 擬聲으로서 表現된다. 더구나

幼年童話 에 잇어서는 擬聲 없이는 創作할 수도 없고 口演할 수도 없다. 그다음으로는 歌句로서 表現된다. 古來로 훌용한 童話에서는 討句[316]를 만히 썻다. 그 例로 獨逸에『그림童話』속에 잇는 「헨젤과 그레-델」「요린드와 요링겔」안더-센의 『雪의 女王』日本에 濱田廣介[317] 氏의 諸

---

316 맥락으로 볼 때, '詩句'의 오식이다.

317 하마다 히로스케(濱田廣介, 1893~1973)는 일본의 동화 작가이며 일본아동문예가협회 (日本兒童文藝家協會) 초대 이사장이었다. 쓰보타 조지(坪田讓治, 1890~1982), 오가와 미메이(小川未明, 1882~1961)와 함께 아동문학계의 산슈노진기(三種の神器, 일본의 왕위 계승의 표지로서 대대로 계승된 세 가지 보물이란 뜻에서 "세 가지 귀중한 물건"이란 뜻)로 불렸다.

作品은 이 歌謠를 巧妙하게 利用하고 잇다. 이것은 幼年童話에서 만히 볼 수 잇고 其外에는 이야기 全體에 나타나는 韻律的 構圖와 文章 自體에 韻律的 表現이 必要하다. 事件의 平面的 描寫를 떠나서 音樂的 形態를 가추는 데 效果가 잇다.

朝鮮의 口碑童話에 "옛날 옛적에 할머니가 꼬부랑 짚행이를 짚고 꼬부랑 나무에 올라가서……"란 童話 等은 韻律을 띠운 童話의 例다.

眞正한 文藝가 情緖에 許하는 힘을 가진 同時에 또한 想像力에 訴하는 힘이 잇어야 된다고 하엿지만 이것은 童話에도 同一하다. 童話가 成人文學과 區別되는 特色이 그

**自由奔放** 한 空想性에 잇다는 것은 두말할 것도 없다. 從來에는 空想이 없는 童話라고는 없엇지만은 近來에 科學的 知識의 尊重과 文學上에 레얼리즘적 傷向[318]은 童話의 世界에도 그 影響을 주엇다. 그리하여 空想性을 떠난 現實主義의 童話가 漸漸 나오게 되엇다. 이 點에 對해서는 本紙 五月 二十九日附 拙稿와 七月 六日附 「創作童話의 傾向과 그 作法」[319]에서 仔細히 論議하엿거니와 現實主義的 童話라고 하더라도 그 想像의 作用에 잇어서는 成人의 文學과 달러 童話에 特有한 것이다.

童話의 空想은 心理學的으로는 未開民族의 思考形式의 殘滓이고 兒童 心理에 잇어서는 人類의

**過去生活** 의 再現이고 心的 發達에 잇어서 必然的인 存在이다. 童話를 兒童들이 즐겨 하는 것도 그 自由奔放한 空想性과 獨特한 想像의 形式에 잇다는 것은 勿論이다. 리얼리스틱한 童話라는 것은 童話에 한 形式으로서 出現한데 그치고 文學上에 浪漫主義 以後에 寫實主義 文學이 代身하듯이 在來 童話의 位置를 代身하지는 못할 것이다. 兒童은 本能的으로

---

318 '傾向'의 오식이다.
319 송남헌의 「創作童話의 傾向과 그 作法에 對하야(上, 下)」(『동아일보』, 39.6.30~7.6)를 가리킨다.

그 時代를 空想의 世界에서 生活한다. 로맨티시즘의 리틈은 그들의 脈搏이고 甘美한 幻想은 그들 身體를 싸고 도는 雰圍氣일 것이다.

作家가 兒童敎化를 爲하여 作品을 쓰고저 할 때 自己의 藝術的 主張과 主義를 檢討하기 前에 兒童의

心理世界 를 깊히 認識해야 된다.

童話의 空想性을 主張하게 되면 或 兒童의 아니미즘的 傾向을 憂慮할는지 모르지만 兒童이 空想的으로 본다고 반드시 正確한 科學的 知識을 敎育할 수 없다고는 斷定할 수 없다. 情緒의 豊富한 發達을 期待하는 兒童時代에 잇어서 藝術敎育이 가장 必要하고 兒童 自身이 또한 智識慾이 旺盛하기 땜에 科學的 智識을 敎育하기 不可能하다고는 할 수 없다. 兒童 自身이 갖인 世界는 勿論 敎育의 結果도 잇겟지만은 科學的으로 보는 傾向과 藝術的으로 보는 두 갈래의 先天的 傾向을 갖이고 잇다고 하는 것은 事實이다. 兒童의 아니미즘을

憂慮하기 前에 成人의 아니미즘을 淸算해야 될 것이다. 지금 小學校 三, 四年쯤 되는 兒童이 달을 바라보고 그 속에서 토끼가 게수나무 밑에서 약방아를 찟는다고는 믿지 안는다. 學校에서 배운 바와 같이 그 前에는 이 地球와 같이 遊星이던 것이 지금은 冷却하야 死滅햇다는 것은 그들의 常識이다. 그러치만은 兒童의 想像世界는 여기에 그치지 안는다.

"저 달 속은 얼마 찰가 무엇이 살지나 아니할가 萬若 사람이 飛行機를 타고 날러갈 수 잇으면 엇더할가?"

이러케 그 空想은 끝일 수가 없을 것이다.

이런 空想的인 곳에 兒童의 本質이 잇는 것이고 그들에게는 現實과 空想은 何等 撞着하는 것이 아니다. 科學的 知識을 濾過하고 이것을

背景으로 로맨티시즘의 本領을 發揮한 것이다. 달을 감도는 陰影을 가지고 토끼로 보는 것도 死火山으로 보는 것이나 다 그들에게는 로맨티시즘의 姿態라는 데 틀림이 없다. 언제나 作家가 兒童의 世界에서 살고

兒童의 마음과 兒童의 눈으로 人間을 보고 自然에 接할 때에 作家의 心情은 純粹化될 것이다.

童話를 創作할 수는 없어도 發見할 수는 잇다는 것도 이런 意味에 잇어 一面 眞實한 말이다.

童話的 想像은 이러케 兒童世界에서는 띨내야 띨 수 없는 것일 뿐 아니라 兒童의

心性發達 을 爲하여 必要한 것이다.

넓은 生活은 넓은 想像力에서 나오고 偉大한 藝術은 偉大한 想像力에서래야 나올 것이다. 歐洲의 諸 文豪 저 괴-테, 실러, 디켄스 等도 모두 兒童期에 잇어 想像的인 童話를 滿喫하고 거기서 그들의 偉大한 心理世界는 建設되엇다고 하며 大沙翁도[320] 童話, 멜헨[321]에서 心的 培養을 받지 안헛다면 그 戱曲 中에서 그러케 만히 童話的 要素가 끼여 잇지 안헛을 것이라고 한다.

---

宋南憲, "藝術童話의 本質과 그 精神-童話作家에의 提言(三)",
『동아일보』, 1939.12.5.

童話의 空想은 傳說童話나 口碑童話뿐 아니라 近世 藝術童話에 그 重要한 位置를 占領하고 잇다는 것은 안더-센의 童話가 얼마나 自由奔放한 空想에 차 잇으며 와일드나 라겔레-브의 童話들이 얼마나 그 空想性이 豊富하고 淸算하엿든가를 볼지라도 알 것이며 現代 日本의 最大 童話作家 小川未明 氏의 作品이 그 얼마나 奔放不羈한 美的 空想에 차 잇는 것을 볼지라도 알 것이다. 더구나 안더-센의 「The tinsoldler」[322]를 보라. 거

---

320 '沙翁'은 Shakespeare를 달리 이르는 말로 "大沙翁"은 "대 셰익스피어"란 뜻이다.
321 독일어 'Märchen'으로 "동화, 옛이야기"란 뜻이다.

기에는 數만은

經驗事象 에서 出發하여 奔放한 想像世界를 展開하고 그 想像世界
의 모든 事象은 快活과 魅力을 가지고 描寫하고 잇다.

兒童들은 「The Soldier」의 諸驗[323]에 對한 情緒를 中核로 하고 自己의
지금까지의 逢着한 諸 經驗에 따르는 同一 또는 類似의 情緒를 일으키고
또 이런 것을 中核的 情緒에다 結托하고 잇다. 童話가 이러한 意味에서
라스킨이『想像的 能力에 對하여』(近世畵家 卷一)에서 말한 Associatire[324]
imagination을 內包한 文藝로서 훌륭한 價値가 잇다.

그러나 童話가 아모리 空想性을 띤다 하여도 時代性은 가진다. 이런 意
味에서 奔放한 空想도 豊饒한 現實을 溫床으로 하지 안흐면 안 된다.

現實에서 發生치 안흔 童話는 벌서 生氣를 일어버린 것이다. 토기
가 방아를 찟는다는 時代의 兒童의 智識은 그 生活狀態와 調和하고 잇엇기
땜에 何等 不自然함을 늣길 수 없엇지만은 지금의 兒童의 智識은 이러한
現實的 根據가 없는 空想을 拒否한다. 그들은 놀 때나 언제나 智識과의
調和를 求하게 된다. 空想이 아모리 自由스럽다고 하지만은 現實에 立脚해
야 될 것이다. 北國에 沈鬱한 하눌 아래서 生長한 兒童이 저 南國의 明朗한
自然과 生活을 가령 이야기로 듣고 書籍으로 보앗다고 하더라도 참다운
南國의 情緒는 理解할 수 없다. 이것을 얼마만이라도 理解시키자면

藝術의 힘 을 빌려야 된다. 같은 바다라도 北海의 沈鬱한 바다와
南海의 明朗한 바다와는 그 色彩 感覺 特性 等이 그들 兒童의 海洋에 對한
空想 憧憬을 달리 한다. 槪念的인 바다 또는 學問的인 바다만으로는 滿足
치 안는다. 그들의 經驗과 智識이 調和하고 그 우에 建設된 아름다운 世界
가 아니면 안 된다. 過去의 口碑童話나 傳說童話가 그 當時의 生活과 經驗

---

322 'The tinsoldier'의 오식이다. 「장난감 병정」, 「꿋꿋한 양철 병정」 등으로 번역되었다.
323 '(The Soldier)의 諸經驗'의 오식으로 보인다.
324 'Associative'의 오식으로 보인다.

이 調和하여 생겨 나온 것이니까 새 時代의 童話는 今日의 生活에서 나온 아름다운 꿈이 아니면 안 된다.

童話가 空想的 産物이기 땜에 그만큼 現實과 共關하고

| 現實性을 | 가시지 안흐면 안 될 텐데도 불구하고 지금까지 發表된

作品을 볼 때에 여러 가지 指摘할 問題가 만타. 그 例로 童話가 이야기고 이야기는 所詮[325] 架空을 材料로 한 것이란 理由에서 될 수 잇는 대로 現實에서 離脫하려고 한 形跡이 濃厚하다. 그 結果 作品이 가질 正常的 形態를 屈曲하여 단지 妖怪談이 되어 버리고 또는 滑稽만을 띤 것이 되고 그러치 안흐면 露骨的으로 敎訓을 띤 것이라든지 또는 全部가 넨센스로 마치는 作品을 만히 볼 수가 잇다.

이런 作品들이 素材를 想像世界에서 갖어 왓다고 그 作品이 반드시 眞實性이 잇다고는 볼 수 없다. 이런 것은 兒童의 智識이 發達하여 감을 따라 滿足치는 못한다. 兒童의 讀物을

| 科學的인 | 것으로 돌리고 兒童의 아니미즘的 傾向을 矯正해야 된다

는 것도 이런 傾向에 對한 反動일 것이다.

그러나 科學的 智識만을 基礎로 한 讀物은 그것이 興味와 好奇心을 多分이 끄은다고 하지만은 個性이나 特質 體驗이란 것을 無視한 것이기 때문에 前者 架空的 無意義譚이 現實을 無視한 것와 같은 結果를 낼 것이다. 왜 그러냐 하면 兒童의 現實的 生活은 單純한 것만이 아니고 複雜한 것이니까 兒童을 爲하여 만은 眞實한 讀物은 언제든지 그들의 生活과의 關係가 잇는 것이래야만 될 것이다. 智識과 經驗의 調和가 잇는 後에 비로소 조흔 童話를 또는

| 조흔 讀物 | 을 만들 수 잇을 줄 안다. 「新時代의 童話」(『文藝』十三

年 六月號)란 데서 豊島與志雄[326] 氏는 "新時代의 童話는 明晰한 눈을 要求

---

325 일본어 'しょせん〔所詮〕'으로, "결국, 필경, 어차피, 도저히, 아무래도"란 뜻이다.
326 도요시마 요시오(豊島與志雄, 1890~1955)는 일본의 소설가이자 아동문학가이다.

하고 新鮮한 움직임을 要求한다. 그리고 이 눈과 움직임 가운데 조금이라도 間隙이 잇으면 안 된다. 이 눈과 움직임이 잇을 때 如何한 現實的 重壓이 잇더래도 언제나 人間性의 明朗함을 確保할 수가 잇다. 明朗한 눈이라 知性이고 新鮮한 움직임이란 것은 行動이다."

---

**宋南憲, "藝術童話의 本質과 그 精神－童話作家에의 提言(四)", 『동아일보』, 1939.12.7.**

"明朗한 눈과 新鮮한 움직임의 合致를 必要로 하는 童話의 世界를 夢想할 수가 잇다. 이 夢想은 단지 로맨틱한 憧憬이 아니고 科學的인 現實的인 꿈이 아니면 안 된다. 現實과 꿈이 融合하지 안으면 안 된다. 그러니까 또 知性과 行動이 融合하는 世界를 翹望할 수 잇다. 가령 現實에서 그것이 不可能하다고 하드라도 文學에서는 이런 冒險도 可能하다"고 말하엿지만은 兒童의 全一的

  心的 培養 이란 立場에서 볼 때에 童話에 依하여 그 知性을 밝게 하고 銳敏하게 한다는 것은 童話에 依하여 그 情緖와 想像을 豊富히 하고 微妙하게 하는 대에 지지 안는 價値를 갖이고 잇다. 에마-슨이 "知性"에 關한 그의 論文 中에서 "우리는 우리가 무엇을 생각하려나 하는 것을 決定하려고 하는 것은 아니다. 우리는 단지 우리의 五官을 열고서 事實을 덮고 잇는 모-든 障碍를 될 수 잇는 대로 닦어 버리고 知性을 갖이고 밝에 보이게 하도록 할 뿐이다"라고 하엿지마는 童話作家는 兒童의 知性의 눈을 晦冥하게 하는 모든 障碍를 걷어 버리고 그들의 知性으로 하여금 밝고 날카롭게 볼 機會를 주지 안으면 안 될 줄 안다. 今日의

  藝術童話 에 잇서 知性的 要素에 周密한 注意를 한다는 것은 이것을 읽는 兒童에게 "思索하는 힘"을 주어서 그 知性을 밝이고 날카롭게 할

수가 잇다. 이런 傾向의 作品으로 졸단 氏의 『돌맹이 이야기』 等은 好適例인 것이다.

眞實한 藝術童話는 兒童의 誠實한 동무가 되고 忠告者가 되어 조흔 代辯者가 될 수 잇으며 觀念的으로 强壓하는 代身 內部的으로 感奮興起식힐 수 잇은 것이다.

조흔 作品은 强制的으로 感激식히는 것이 아니고 그 自體 속에서 發生하여 詩的 感情을 일으키는 데 잇을 줄 안다. 兒童文學의 至難한 點도 이 點에 잇을 것이다.

童話가 敍事詩에 屬한다고 말하엿거니와 그 形式은 散文이고 또

  說話體의 스토-리다. 童謠와 童話가 닮은 點도 이 스토-리의 有無에 잇다는 것은 勿論이다.

그리고 說話의 形式을 갖후기 爲해서는 거기에 事件이 必要하게 된다. 事件이 없는 說話는 存在할 수 없기 땜이다. 왜 그러냐 하면 說話라는 것은 엇떤 事件의 記述이니까 여기서 童話가 敍事詩는 될 수 잇서도 叔情詩[327]는 될 수 없다. 童謠와 같이 咨嗟詠嘆할 수 없다는 것도 여기에 잇다.

---

宋南憲, "藝術童話의 本質과 그 精神 − 童話作家에의 提言(五)", 『동아일보』, 1939.12.8.

이러케 韻律과 想像과 事件이 結合한 뒤에 또 여기에 作家의 體臭라고 할가 人格이라고 할가 作家의 童話的인 性格이 나타나서 비로소 童話的 氣分을 나타낼 수가 잇다. 童話的 氣分이란 것은 卽 유-모언데, 유모-어는 滑稽와는 좀 意味가 닮러 滑稽보다는 조곰 노-불한 것이다.

---

327 '抒情詩(혹은 敍情詩)'의 오식이다.

兒童生活 에 잇서서는 유-모어를 多分이 갖이고 잇다는 것을 잊어서는 안 된다. 兒童은 유-모어의 찬 作品을 조하한다. 이것은 兒童期에 한 特徵일 것이다. 또 兒童은 誇張을 조하하는 誇張的 要素를 갖이고 잇기 때문에 『巨人 이야기』라던지 『小人 이야기』를 즐겨한다.

안더-센 童話에도 이런 것들을 종종 볼 수 잇는데 이것은 안더-센의 裝飾 없는 그의 性格에서 自然히 흘러나왓을 것이다. 안더-센이 結婚도 하지 아니하엿엇고 아이도 갖어 보지 못하엿지만 그에 作品은 꼭 童心 그것이라는 것은 그 奔放自在한 想像을 일부러 믿든 것도 아니요 꼭 兒童과 같은 性格을 갖이고 그 性格에서 自然히 흘러나온 땜이다. 童話가 小說과는 甚히 닮어

類型的인 것이 되어 個性이 뚜렷하지 못하다. 도로혀 이 個性이 뚜렷하지 안은 것에 童話의 特徵이 잇을는지 모르겟으나 안더-센 童話는 어느 點으로 보아 個性的이라고 할 수 잇다. 藝術童話의 技巧로 보아 안더-센 以上의 作品이 없는 바 아니지만 그에게 따르지 못하는 것이 오직 그의 性格일 것이다.

以上에서 대강 藝術童話의 本質이 輪廓이나마 나타낫을 줄 안다. 그러나 이것은 外面的인 輪廓이고 다시 內面的인 精神이 없이는 허수아비에 지나지 안타.

文壇에서도 일직이 文學에 잇어 藝術性과

思想性이 問題되엇지만은 童話에 잇어서도 童話는 다만 兒童에게 興味만 잇게 만들면 그만이라는 사람도 잇지만은 嬰兒譚이나 無意義譚이며 모르되 藝術童話에 잇어서 必然的으로 要求하는 것이 童話의 精神이다. 童話는 思想的 産物이며 童謠와 같이 呑嗟詠嘆만 하는 것이 아니고 그것은 思想하는 것이며 批評하는 것이다. 童話는 비단 詩로서만 머무르지 안코 이것은 哲學이다. 社會의 相을 如實이 反映하는 거울이다.

이러한 問題는 모다 童話의 本質的 要素이다.

童話의 表現問題에 對해서는 이것은 作家의 技術問題고 作家의 技巧와 手法에도 달렷다.

이 問題 亦 今年 作品을 通하여 볼 때에 全體的 有機的 統一이 잇게 表現해야지 그러치 안코 꽁지에다 꽁지를 또 부치고 부처서 이야기를 展開시켜서 그 分量이 長編이 되고 兒童이 鑑賞하기에 힘이 들고 그들의 頭腦의 愉悅보다도 疲勞를 주고 通俗的 興味本位의 讀物로 흘러 버린 作品을 볼 소 잇엇다. 人物의 數도 넘우 만흐면 그 性格의 特異性이 自然 稀薄하고 이야기가 褒雜하여 散漫하기 쉽다. 人物의 數를 可及的 少數로 하여 그 性格을 鮮明히 統一할 必要가 잇다. 性格이 分裂을 하여 成人과 같은 複雜한 性格을 만들면 自然히 兒童의 單純한 머리로서는 理解하기 어렵게 된다. 童話의 性格은 單純하고 鮮明해야 된다는 것은 여기에 잇다. 古代의

未開 人類 의 文學은 今日 文化民族의 文學에 比하여 그 性格이 넘우도 單純하엿다. 文化의 發達에 따라 人類의 思考形式이 複雜해짐을 따라 文學의 性格도 複雜해젓다. 그 例도 舊約聖書든 創世記 人物들의 性格이 얼마나 單純한가 보아도 알 수 잇다. 童謠가 닮은 點이 事件의 揷入에 잇지만은 이 事件도 반드시 必然性을 갖어 와야 된다는 것은 一般 藝術作品의 共通한 常識이다.

---

宋南憲, "藝術童話의 本質과 그 精神－童話作家에의 提言(六)", 『동아일보』, 1939.12.10.

이 點에 對해서도 今年 作品 中에서 必要없는 人物이라든가 事件이 登場하는 것을 볼 수 잇엇는데 이런 것은 口碑童話를 아무런 批判도 없이 그 形式을 뽑뜬 結果가 아닌가 한다. 이것은 口碑童話가 藝術的 洗練이 不足하엿기 땜에 그 內容의

必然性을 잊어버린 것이다. 童話의 精神을 잊어버리고 感覺的 描寫만을 爲主하는 것도 안 될 일이지마는 描寫에 잇어서는 童話의 描寫는 반드시 感覺的 描寫가 아니고 抽象的 言語를 羅列한댓자 兒童에게 아무런 感興도 주지 못하고 漸漸 질역이 나게 할 뿐이다. 兒童의 心理는 新鮮하고 銳敏하여 그 想像의 活躍은 그들의 感覺과 密接한 關係가 잇다. 그리고 成人의 文學에는 悲劇이 잇지만은 童話의 文學에는 悲劇이 잇지마는[328] 成人의 文學에는 寫實主義가 잇지만은 童話의 文學은 理想主義 文學이다. 이것이 童話의 文學과 成人의 文學과 닮은 點이다.

口碑童話 의 "예숍"과 같이 露骨的으로 教訓을 담은 寓話가 兒童心理에 맞을 理 없고 藝術童話가 兒童의 情緒的 滿足과 道義的 美感을 주는 것도 그 神秘的 象徵이 兒童에게 感興과 愉悅을 주기 땜이다. 成人이 갖인 正義의 觀念은 大部分 幼年時代에 들은 童話 속에서 不知間에 배운 바가 만타고 할 수 잇으니 이것을 생각할 때에도 童話가 人間敎育에 얼마나 큰 役割을 하는가 알 수가 잇다. 現代 日本의 至寶 最大 童話作家 小川未明氏의 童話 가운데 불타는 道義感 한군데나 빠젓든가. 大톨스토이는 寓話 『이반의 바보』(一八八五年 作)에서 그 얼마나 辛辣한 嘲笑의 筆鋒을 둘넛던가. 거기에는 톨스토이의 人生觀, 社會觀, 宗敎觀, 國家觀, 道德觀 等 그의

全 思想을 具象化하고 잇는 點으로 보아 톨스토이 童話의 第一 力作이며 汎勞働主義도 잇으며 無抵抗主義도 잇고 金錢否定의 思想이 잇는가 하면 사랑의 福音도 잇으며 大톨스토이의 全貌를 나타낸 點으로 보아 이것으로 一大 論文이라도 作成할 수가 잇다.

作家가 童話 한 篇을 쓸 때에 단지 自己의 藝術的 滿足과 兒童의 興味만을 助長할 때에 童話는 屈曲된 形態로 그 本質과 精神을 저바리게 될 것이다.

---

[328] '童話의 文學에는 喜劇이 잇다.'의 오식으로 보인다.

作家가 좀 더 높은 곳에서 一步라도 兒童의 精神生活을 높은 곳으로 끄러올리랴고 애를 쓸 것 같으면 조고마한 平和와 滿足을 가르키는 欺瞞的 童話創作의 態度를 버리고 飛躍的 大乘的 童話를 創作해야 될 것이다. 時代는 바야흐로

生動하고  混亂하다면 混亂할수록 새로운 光明面을 찾게 된다. 人間의 努力과 意志의 發動으로. 그리고 文學을 그 그림자를 作品에다 反映한다. 兒童은 그 時代의 影響과 時代의 感覺을 第一 銳敏하게 받어드린다. 作家가 時代의 色彩 感覺 方向을 正確히 把握 못하고서는 그 藝術은 生氣를 일흔 靜的인 倦怠한 存在밖에 아무것도 아닐 것이다. 一切의 功利主義的 槪念的인 指導精神을 떠나서 作品에다 指標와 理想을 갖일 때에 今日의 社會에서도 움즉이는 한 幅의 그림으로 音響 잇는 詩로서 光과 色이 錯雜하고 流轉하는 現代詩로서

感得할 때  에 今日의 現實에서도 한 篇의 童話를 夢幻할 수 잇지 안흘가.

이런 意味에서 童話는 創作할 수 없지만 發見할 수 잇으며 童話作家는 叡智인 同時에 多感해야 될 것이다. 끝으로 作家를 떠나서 前日 한가지 宋昌一 氏는 本紙 「童話文學과 作家」[329]란 論文에서 "世間에서는 童話作家라면 아모 姓名조차 없고 도로혀 嘲笑를 사는 形便이지만 나는 때때로 童話作家의 自慢을 느낀다. 그 理由는 世上이 貴重히 여기지 안는 文學을 그냥 維持해 보려는 忍耐가 크다는 것보다도 事業이 너무나 聖스럽기 때문이다"라고 하엿지만 이땅 兒童文學作家의 悲愴한 心情을 높이 사주어야 될 것이다.

朝鮮의 文化가 思想的으로 形態的으로 아직도

過渡期的  模倣文化 階段을 벗지 못하엿다고 하지만은 "한 社會가 그 社會에 품안에 안은 兒童들을 어떠케 取扱하나 — 하는 것으로 곧 그

---

329 송창일(宋昌一)의 「童話文學과 作家(전5회)」(『동아일보』, 39.10.17~26)를 가리킨다.

社會에 文化 程度를 測定할 수 잇는 것이다."(『批判』十三年 十二月號 「兒
童問題의 再認識」[330])라고도 하엿거니와 朝鮮에 新文學 發生 四十年에 兒
童文學이 今日과 같이 形骸만 남엇다는 것은 그 責任이 이 時代의 쩌-널리
즘의 指導者일까 이 땅의 인테리겐챠일까. (끝)

---

330 범인(凡人)의 「兒童問題의 再認識」(『批判』, 제6권 제12호, 1938년 12월호)을 가리킨다.

## 楊美林, "少年必讀 世界名著 案內", 『소년』, 1939년 12월호.

‖ 엉클 톰스 캐빈 ‖ 미국의 수토우라는 부인이 검둥이의 생활을 두고 쓴 가엾은 이야기 『검둥이의 설음』이라고 번역된 것이 있다.[331]

‖ 프란다-스의 개 ‖ 『불상한 동무』라고 번역된 것이 있다. 백이의(白耳義)의 작가가 쓴 한 소년과 개가 아주 형제처럼 고생을 가치 하며 지내는 동물의 감격스러운 이야기[332]

‖ 파랑새 ‖ 백이의(白耳義)의 유명한 극작가 메-테르링크가 한 남매의 즐거운 크리스마스 전날 밤의 꿈을 그린 동화극.[333]

‖ 小公子 ‖ 영국의 바-넷트라는 여류 작가가 고생을 모르고 살던 貴公子의 급변한 생활을 그려서 쓴 이야기.[334]

‖ 피-터-판 ‖ 영국의 바리라는 작가가 지은 동화극. 피-터-판이 양친의 싸움을 보고 집을 나가서 여러 가지로 격고 보고 들은 이야기.[335](이상 27쪽)

‖ 크리스마스 캐롤 ‖ 영국의 인도주의 작가 찰-스 디큰스가 크리스마스 날 저녁 한 가난한 집의 생활을 그리고 자비심 없는 그 주인의 마음을 회개케 한 인정 이야기.[336]

---

331 미국의 작가 스토(Harriet Elizabeth Beecher Stowe)가 1852년에 발표한 『Uncle Tom's Cabin』을 가리킨다. 이광수(李光洙)가 1913년 처음 『검둥의 셜음』(新文館)이라 번역하였다.

332 영국의 여류 작가 매리 루이스 드 라 라메(Marie Louise de la Ramée; 필명 Ouida)가 벨기에의 플랜더스 지방 마을을 배경으로 1872년에 발표한 동화 『A Dog of Falnders』를 가리킨다. 최남선(崔南善)이 번역한 『불상한 동무』(신문관, 1912)가 있다.

333 벨기에의 극작가 모리스 마테를링크(Maurice Maeterlinck)가 1906년에 발표한 6막 12장으로 된 아동극 『L'Oiseau Bleu』를 가리킨다.

334 미국의 여류 작가 프랜시스 호지슨 버넷(Frances Hodgson Burnett)이 1886년에 발표한 소년소설 『Little Lord Fauntleroy』를 가리킨다.

335 영국의 소설가이자 극작가인 제임스 메튜 배리(Sir James Matthew Barrie)가 1911년에 발표한 동화 『Peter Pan』을 가리킨다.

336 영국의 소설가 찰스 디킨스(Charles John Huffam Dickens)가 1843년에 쓴 『A Christmas

‖ **이솝 이야기** ‖ 동물이나 식물을 두고 이야기를 지어서 교훈 비유를 한 웃읍고 재미있고 유익한 이야기.

‖ **끄림 童話集** ‖ 독일의 유명한 동화 수집가 끄림 형제가 힘을 합하여 한평생 걸려서 옛날부터 전해 내려오든 동안의 동화를 뽑고 재미있게 고쳐 쓴 것.[337]

‖ **안데르센 童話集** ‖ 전설동화의 할안버지가 끄림이면 창작동화(또는 예술동화)의 할아버지는 안데르센이다. 훌륭한 문학자가 쓴 이 동화는 아마 오래도록 없어지지 않을 이야기들뿐이다.[338]

‖ **톨스토이 童話集** ‖ 흔이 톨스토이 民話集이라고도 하는데 어른들이 읽어도 좋을 것이기 때문이다. 大思想家, 文豪 톨스토이가 어린이들을 위해서 쓴 여러 편의 동화에는 한없이 깊은 진리가 들어 있다.(이상 51쪽)

---

Carol』을 가리킨다.

337 야코프 그림(Jacob Grimm)과 빌헬름 그림(Wilhelm Grimm) 형제가 편찬한 『어린이와 가정의 이야기{Kinder und Hausmärchen(Children's and Household Tales)}』를 가리킨다.(제1권은 1812년, 제2권은 1815년, 편자의 생존 시에 낸 마지막 판인 제7판은 1857년에 발간되었고 200여 편의 옛날이야기를 담고 있다.)

338 안데르센(Hans Christian Andersen)이 1840년에 처음 펴낸 단편동화집 『그림 없는 그림책(Billedbog uden Billeder)』을 가리킨다.

## 朴泳鍾, "童詩讀本", 『아이생활』, 제15권 제2호, 통권164호, 1940년 2월호.

동시(童詩) 한 편쯤 됨직스러운 소위 시상(詩想)은 가졌으나 그러나 능히 생각할 만한 겨를이 없어서 그대로 적어 보내는 것은 나중에 잘 만지작거려 동시가 되어 나오게 되면 어연중 동요작법(童謠作法)이라는 것을 깨달을 분도 있게 되리라는 그런 생각도 있는 까닭이며 그보다는 오히려 임 선생님의 청을 묘면할[339] 길이 없는 연고라 할가요.

### I. 문

그렇게 크다는 남대문이나 동대문이나 그렇지 않으면 옛날 대궐의 문짝은 얼마나 클 것인가?(이상 42쪽)

서울 대궐 대문짝
얼마만큼 크나.

달문보다 무엇보다 무엇 무엇보다 더 클 것이다. 그 무엇 무엇만 잘 생각하면 될 것이다.

### II. 애기 장갑

혹 상점에 나가 보면 커다란 커다란 어른장갑 사이에 곱고 예쁜 꼬마장갑이 대롱대롱 달려 있는 것이다. 애기장갑은 그 예쁘게 작은 꼬마장갑은 털실 몇 바람으로 뜰 것이며 아기가 자는 틈에 한 바람 노는 틈에 한 바람이만 해도 동요 한 편.

### III. 달 밤

달밤 —— 토뜰 아래 댕그랗게 신발 벗어 놓고 엄마 기다리던 애기는 혼자서 잘 것이다. 이만.(이상 43쪽)

---

339 '모면할'의 오식이다.

## 전영택, "책머리에", 노양근, 『열세동무』, 한성도서주식회사, 1940.2.

저자 노양근 씨는 썩 드물고 귀한 우리 소년문예가다.

꼭 보통 창작소설을 써야만 하고, 어린이를 위한 소설이나 더구나 동화를 쓰는 것은 유치하게 생각하고 심지어 한 장난으로 웃어 버리는 이 사회에, 같은 노력이면 어른을 위한 작품을 써서 한번 문단과 사회에 이름을 드날리려고 할 터인데 저자는 소설로나 시에도 뛰어나는 천분을 가지고도 그런 야심을 가지지 않고 꾸준히 소년문예창작에 정진하여 오늘에 이른 것은 오로지 빈약한 반도의 소년문예에 공헌함이 있고자, 이 땅의 어린이들을 생각하고 사랑하는 마음이 간절한 나머지에 일종 희생적 생활이라고 볼 수 있으므로 더욱 고마운 생각이 있다.

저자는 일찌기 『날아다니는 사람』이라는 아름다운 창작동화집을 내어 놓고(이상 1쪽) 이제 다시 『열세동무』를 출간하게 된 것은 보잘것없는 우리 소년문예에 큰 수확으로 보아 여간 기쁜 일이 아니요 어린이와 어린이문학을 사랑하는 나는 남달리 반갑게 생각이 되어 이 서문 쓰기를 영광으로 생각한다.

이 『열세동무』는 이미 신문지에 연재될 때에도 많은 독자를 울리고 격려하였지마는 이제 이 책이 나가서 농촌의 불쌍한 소년소녀들의 좋은 동무가 되고 앞길을 보여 주는 지남침이 되어지기를 기대하여 마지아니한다.

일월 이십육일

전 영 택 (이상 2쪽)

## 民村 李箕永, "책머리에", 노양근, 『열세동무』, 한성도서주식회사, 1940.2.

"未來는 靑年의 것이다"란 말을 좀 더 基本的으로 생각한다면, 文學에 있어서도 少年文學을 疎忽히 할 수는 없는 일이다. 이 땅에 少年文學이 發生하기는 그리 오래진 않으나 그 方面에 專門하는 作家 亦是 드문 것 같다.

그런데 나는 盧良根 氏의 쓰신 少年小說 『열세동무』를 原稿로 읽을 機會를 얻은 것을 기뻐한다. 同時에 朝鮮에도 少年文學을 爲하여 이만큼 健實한 作家가 있다는 것을 못내 信賴하는 바이다.

『열세동무』의 主人公 格인 時煥이는 現實이 要求하는 가장 忠實한 人間이다.

이 땅에 師表가 될 만한 指導的 人物이 드물다는 말은 靑少年層에서 가끔 듣는 바인데 萬一 그렇다면 農村의 後進으로도 그런 歎息이 不無할 것이다.(이상 3쪽)

이에 그들은 自己들의 살길은 오직 自己들의 힘으로 開拓할 수밖에 없다는 信念을 自覺ㅎ게 한다. 그것을 躬行實踐, 써 勇敢히 生活改善의 方途를 打開하는 것이 오늘날 農村의 現實的 要求가 아닌가 한다.

『열세동무』는 正히 그런 要求의 時代的 産物이다. 十三道 農村의 坊坊 谷谷은 實로 이런 人物의 出現을 기다린 지 오래지 않았던가?

就中 主人公의 굳건한 信念과 苦鬪하는 意志가 더욱 좋다.

少年讀物로서 좋은 文學的 선물이 될 줄 안다.

　　　一月 下浣

　　　　　　　　　　民村 李　箕　永 (이상 4쪽)

盧良根, "지은이의 말-序를 代하여", 노양근, 『열세동무』,
한성도서주식회사, 1940.2.

해마다 봄이면 각 학교에서 쏟아져 나오는 수많은 졸업생들 중에 더욱이
농촌에서 소학교나 마치고 상급학교에도 갈 수 없는 소년소녀들이 갈팡질
팡하는 것을 늘 보게 된다.

나는 이제 이 소년소녀들이 꽃피는 앞날의 건설을 위하여 씩씩하게 일
(活動)하기를 바라면서 이 『열세동무』의 이야기를 써 보련다.

(附記) 이 一篇은 數年 前에 『東亞日報』에 四十七回 가량 連載하다가
不幸히 『東亞日報』가 오랫동안 停刊 中에 있게 되어 不得已 續載하지 못하
고 말았던 것(이상 5쪽)이다.[340]

이처럼 未完成品으로 내버려 두게 된 것은 나 自身으로도 매우 섭섭한
느낌이 있었거니와 한편 拙作이나마 읽어 주시며 激勵하여 주시든 讀者,
特히 少年讀者들로부터 "그 結末이 어찌 되었느냐?"는 質問을 여러 차례
받을 때마다 實로 그처럼 未安하고 죄송스러울 데가 없었다.

그래서 내 心中에는 언제든지 機會만 있으면 그 나머지 이야기를 完結하
여 單行本으로라도 出版해서 그 未安스러움의 謝過를 하려고 늘 생각하여
왔다. 하다가 이미 發表된 것도 多少 修正하고 또 남은 이야기를 마자 마치
어 이제야 내놓게 된 것을 一便 기쁘게 생각하며 또한 愛讀하여 주시던
여러분께 謝過하는 同時에 더욱 반가이 읽어 주시기를 빌 뿐이다.

　　　　단기 四二七三年 一月 晦日

　　　　　　　　　　　　盧　良　根 (이상 6쪽)

---

340 『열세동무』는 『동아일보』 1936년 7월 2일부터 시작하여 1936년 8월 28일(제47회)까지
　　연재하다 중단되었다. 『동아일보』는 베를린올림픽 마라톤 경기에서 우승한 손기정(孫基
　　禎)의 유니폼에서 일장기(日章旗)를 삭제한 사진을 게재했다는 이유로 1936년 8월 29일부
　　터 정간 되었다가 1937년 6월 3일 속간되었다.

楊美林, "盧良根 著『열세동무』讀後感", 『조선일보』, 1940.3.11.

畏友 盧良根 氏의 會心作 少年少女 長篇小說 『열세동무』를 기쁨과 感激으로 바다 읽엇다.

氏는 年前에 童話集『날아다니는 사람』을 世上에 내노하 이 땅 어린이들의 貴한 벗을 삼게 하고 뒤이어 또 이 훌륭한 大著作을 내노흐니 먼저 그의 精力과 熱誠에 感服치 안홀 수 업다.

近來 一般 出版物은 比較的 旺盛한데도 不拘하고 조흔 兒童讀物에 주렷던 이 땅 少年少女들에게 엇기 드문 훌륭한 선물이 될 것으로 미드며 沈滯한 우리 兒童文藝界의 一大盛事라고 아니할 수 업다.

著者의 經歷과 力量은 지금 새삼스러히 呶呶할 餘地가 업슬 만큼 周知되어 잇스며 作家生活의 年條로 보아서나 우리 兒童文學 作家의 第一人者로 밧들기에 躊躇치 안는다.

이 著者가 오랫동안의 敎壇生活에서 어든 貴한 體驗을 土臺로 그 熟練한 붓을 가지고 그려낸 것이 이『열세동무』다. 作品의 '스케일'이 크며 그 속에 흐르는 線이 굵고 무게가 잇는 것만으로도 從來 小市民的 兒童生活의 한두 가지 斷片을 그리기에 腐心하던 技巧(?) 兒童文學을 一掃하는 데 警醒이 될 것이다.

作中의 열세 어린이는 이 땅 모든 어린이의 縮圖다. 農村을 背景으로 그린 이 열세 어린이의 素朴하고 着實한 兒童生活은 이 땅 어린이들의 '파노라마'며 兒童生活史다. 主人公 "시환"이는 오늘 우리가 가장 要求하는 人物이다. 그 奉仕的 犧牲的 精神에는 누구나 눈물 업시 읽을 수는 업슬 것이다.

이 한 卷은 讀者에게 가슴속 기피 무엇을 한 가지 남겨 주고야 말 것이다. 더욱이 卒業期인 이때 小學校만을 卒業하는 少年少女 諸君에게 一讀을 勸한다.

(漢城圖書株式會社 出版 定價 八十錢)

朴興珉, "(뿍레뷰)盧良根 著『열세동무』", 『동아일보』, 1940.3.13.

이 땅과 같이 어린이에게 읽힐 만헌 少年文學書, 童話集, 少年小說集이 적은 곧은[341] 世界에서 그 類를 찾기 힘들게다.

그만큼 이 땅 어린이들은 冊에 굶주려 잇다고 해도 過言이 아닐 것이다.

童話, 少年小說, 童謠를 못 읽은 어린이의 精神(靈)은 잎(葉) 떠러진 가지와 같이 앙상하다고 볼 수 잇으니 이 어찌 한심한 노릇이 아니랴.

"兒童들에게 무엇이나 冊을 읽혀야겟는데 安心하고 읽힐 만한 마땅한 冊을 얻기 어렵다"는 父兄들의 말을 들을 때마다 우리는 스스로 부끄러움을 느껴 왔다.

故 方定煥 氏의 『사랑의 선물』을 내세우기에는 數만흔 꺼리낌이 잇고 尹石重 氏의 童謠集을 말하자니 童謠集은 읽히느니보다는 불리우는 것이 當然한 노릇이고.

그러고 보니 "이 책을 읽히시요" 하고, 선선히 對答을 못하고 한숨만 쉴 밖에.

헌데 當分間 우리는 이 물음에 對答을 못하고 半病身 노릇하던 것을 면하게 되엇다.

畏友 盧良根 氏의 少年少女 長篇小說 『열세동무』가 出版되엇기 때문이다.

이 冊을 읽고 나는 가슴이 벅차도록 感激하엿다.

남을 잘살게 하는 게 곧 自己를 잘살게 맨든다는 崇高한 思想, 이것이 『열세동무』의 主題다.

이 事實만으로도 이 『열세동무』는 어린이에게 읽히기에 充分한 作品이다.(文學的 價値는 別問題로 하고라도)

---

341 '읽힐 만헌 少年文學書, 童話集, 少年小說集이 적은 곧은'은 "읽도록 할 만한 소년문학서, 동화집, 소년소설집이 적은 곳은"이란 뜻이다.

現實이 要求하는 가장 充實한 指導的(農村) 人物로서 우리는 春園의 『흙』 속에서 허숭을 發見햇고 이제 다시『열세동무』의 主人公 時煥을 얻 엇다.

盧 氏는 十餘年 가까이 이 땅 어린이의 情緖敎育을 爲하야 兒童文學運動 에 꾸준한 熱誠과 努力을 기우린 분이다.

그 結果로 우리가 갈망하는 人物, 허숭의 동생 장시환 君을 創造하야 우리에게 주엇다.

이 땅의 어린이들은 장시환 운을[342] 기껍고 즐겁게 맞이해야 할 것이며 어버이들은 그 子女들에게 장시환 君을 맞이해 주어야 할 것이다. 그만 큼 이『열세동무』는 小說이며 同時에 人生의 산 敎育을 指示하는 人生 敎 科書다.

卒業과 入學期인 只今 七百萬 어린이는 누구나가 다 이 冊을 읽어 時煥 의 마음을 본받기 바라며 어린이를 갖인 父母들은 이 冊을 그 子女들이 읽도록 勸해 주기를 바래 마지안는다.

(京城府 堅志町 漢城圖書株式會社 發行 定價 八十錢)

---

342 '군을'의 오식이다.

楊美林, "(북·레뷰)金泰午 謠…金聖泰 曲, 幼稚園童謠曲集",
『조선일보』, 1940.4.25.

오래간만에 童謠曲集 한 卷이 나왔다. 金泰午 謠 金聖泰 曲의 『幼稚園童
謠曲集』이 바로 그 책이다. 참으로 貴하기 비길 데 업다. 近來 一般 出版物
은 加速度的으로 旺盛히 나옴에도 不拘하고 볼 만한 兒童圖書의 新刊을
接하지 못함은 답답하고 遺憾스럽기 짝 업는 現象이다. 俗談에 "가물에 콩
나듯"이란 말이 잇지만 아마 그 格도 잘못 될 듯십다.

어쨋든 오래간만에 손에 들어온 이 새 童謠曲集은 속을 펴 보기 전에
벌서 그 作謠者와 作曲者의 두 이름으로 넉넉히 歡迎할 수 잇다.

새삼스러히 呶呶할 餘地도 업슬 만큼 金泰午 氏는 우리 童謠詩人의 重
鎭이오 또 金聖泰 氏는 衆評에 버서나지 안는 俊才 熱誠의 新進 作曲家로
서 可謂 名 '콤비'다. 그리고 또 그뿐만 아니라 두 분이 모두 現職으로 保
育學校에서 教鞭을 잡고 잇는 點에 이르러서는 참으로 適任이라 아니 할
수 업다.

책을 펴 본 즉 「해야해야」 外 二十五篇으로 된 精選 小曲集이며 朝鮮의
鄕土情緖가 謠, 曲을 通해서 흐르고도 남는다.

그러나 "玉에도 티가 잇다"는 格으로 다못 多少의 不足不滿을 指摘한다
면 참을 수 업는 새 抱負와 新開地를 開拓하기 위해서 만들어 낸 것이라기
보다는 지난 作品生活을 回收 蒐集하여 한 卷을 만든 感이 濃厚하며 또
幼稚園 園兒에게는 부르기 어려울 것이 數 曲 잇다.

그러나 寫譜 裝幀에도 매우 공든 것이 歷然하며 編輯에 적지 안은 머리
를 쓴 것 等 幼稚園 教材 乃至 幼年教育 資料에 줄린[343] 이 땅에 새로운
큰 財産 한 가지가 더 늘엇다.

---

343 '주린'의 오식으로 보인다. 본래 '資料에 린 이 땅에'로 되어 있으나, 2행 앞 끄트머리에
   '줄'이 불필요하게 더 들어가 있는 것을 연결한 것이다.

全鮮의 幼稚園은 勿論 各 家庭, 兒童團體, 教育家 諸位에게 널리 推薦하기에 躊躇치 안는다.

京城 鐘路 二丁目 九一, 主校出版社 發行 定價 八〇錢

盧良根, "兒童文學에의 길 - 열세동무 出版紀念會 所感",
『新世紀』, 제2권 제3호, 1940년 4월호.

庚辰 三月 九日 午後 六時.

나는 이날을 一生을 두고 잊을 수 없을 것이다.

"조선서는 少年讀物로서 처음 되는 出版物"이라거니 "오랜 歲月을 꾸준히 兒童文學運動에 몸을 바친 데 感服한다"거니 여러 가지로 너무나 지나친 讚辭의 말씀을 좁은 가슴에 暴雨처럼 퍼부어 주신 것은 오히려 스스로 부끄러움을 느꼈다. 그러나 나는 그 때문에 이날을 잊을 수 없다는 것은 아니다.

그야 勿論 조선서 少年讀物로서 더욱 長篇小說로서 出版된 것은 拙著 『열세동무』가 처음일지도 모르니, 또한 數年間 내 딴엔 兒童文學運動을 하여 오노라고 한 것도 아마 事實일지도 모르나 거기 對한 讚辭를 주신 것으로만 이날을 잊을 수 없다는 것은 아니다.

내가 이 땅의 어린이들과 少年들을 사랑하고 그들의 將來를 근심하는 그만치 이 땅의 兒童들을 사랑하는 여러분의 마음이 내 마음과 通하는 그 마음을 發見한 그 큰 기쁨을 도무지 잊을 수가 없을 것이다.

나는 從來에 兒童文學을 하여 오면서도 "의붓子息"이라 혼자 自處하여 왔다. 어디를 가든지 賤待와 蔑視밖에 받을 줄 모르는 "의붓子息"이 내다라고 自處하여 왔다. 그리다가 이번 拙著 『열세동무』 出版記念會에서 따뜻한 여러 손길에 쓰다듬을 받고 비로소 나는 즐기든 "의붓子息"의 이름을 떼여 버려야 될 것을 깨달았다. 이것을 깨달을 때 어찌 이날을 잊을 수 있으랴!

事實 생각하면 이 땅에서처럼 兒童文學 少年文學을 等閑視하고 疎忽히 여기는 데가 어디 또 있는가?

成人文壇에서는 당신들의 文學遺産을 끼처 줄 그릇(器)을 準備하는 心情으로라도 兒童들에게 참된 文學을 주도록 指導하고 떠바뜰어 주어야 할 터이고, 出版文化 事業者들은 兒童들에게 좋은 讀物을 주어야 自己들 事

業의 將來가 길 것이고 父兄들은 그 子女들의 精神이 一層 高尚化하고 美化 되기를 바라는 마음으로 兒童에게 文學書類를 읽혀야 할 것이고 敎育者들은 自己들이 目的하는 敎育的 立場에서 亦是 兒童들에게 참된 文學書類를 주도록 努力하여야 할 것임에 不拘하고 저들은 모다 兒童文學을 等閑視한다.

이러고서야 兒童들의 心靈이 北魚같이 빼빼 말르지 않고 어찌 될 것인가?

나는 이것을 생각할 때 도저히 가만히 있을 수 없다. 해서 내 붓끝이 둔하고 비록 내 作品이 보잘것없을지라도 오직 이 땅의 어린이들을 생각하는 마음으로 熱과 誠을 다 바쳐 꾸준히 이 길을 걸어 나온 것이고 앞으로도 내 一生을 여기에 바치려고 하는 것이다. 남이야 "의붓子息"으로 알든지 못난이로 여겨 코우숨을 치든지 내게 相關할 바가 무어랴. 오직 나는 내 갈 길을 꾸준히 걸으면 그것으로써 내 使命은 다하는 것이고 내 뜻은 이루는 것이다.

내가 兒童文學, 少年文學에 留意하고 그 方面에 從事하여 온 것이 꼽아 보면 벌써 十餘年이 되었다.

그동안 한 篇, 한 篇의 作品을(이상 84쪽) 發表할 때마다 어느 것 한 篇이라도 "이 땅의 兒童에게 주는 것이 있게 하자"는 생각을 念頭에 잊은 적이 없다.

얼마 전 再版된 拙著 童話集 『날아다니는 사람』도 그런 心情에서 써진 것이고 이번 少年小說 『열세동무』도 亦是 내 精誠을 다 드려 쓴 것이다. 精誠을 다하야 썼다고는 하나 文學的 價値로 보아서 拙作임에 틀임없는 이 『열세동무』가 出版되자 이처럼 激勵와 讚辭를 주실 때에 이것은 오로지나 一個人의 기쁨이라기보다는 차라리 우리 兒童文學 發展에 多少라도 衝動을 주는 바가 있을 것을 생각하고 그윽히 기쁨을 禁치 못한다.

畏濫한 말 같지만 어떤 兒童文學이거나 참말 참된 兒童文學이고 보면 成人文學과 무게를 달어 본 대도 決코 가볍게 달려지지는 않을 줄 믿는다. 참된 兒童文學인 限에서라는 것을 거듭 말하고 싶다.

참되고 바르고 좋은 兒童文學이나 少年文學이면 亦是 이 땅의 社會에서나 文壇에서나 그렇게 一顧의 餘地도 없이 내버리는 것이 아닐 것을 이번에 비로소 깨닫고 從來의 가저오든 自過之心을 버리려고 스스로 생각하였다.

여기서 兒童文學 少年文學에 留意하여 오는 우리들 一群은 다시금 自覺하는 바가 있어야 할 것이고 反省하여 좀 더 熱과 誠을 가지고 眞摯한 態度로 精進하여야만 이 땅 兒童文學 事業은 더욱 앞날에 빛날 것이다.

오늘의 兒童이란 것이 卽 明日의 成人이고 明日의 成人이 卽 오늘의 兒童이란 것을 생각할 때 兒童文學의 重大性을 느끼게 되고 兒童文學運動에 從事하는 作家들의 어깨가 무거운 것을 느끼게 될 것이다.

正義와 眞과 善과 美와 信과 勇과 愛와 感激과 눈물.

이 모든 것을 兒童文學으로써 料理하야 兒童들에게 줄진대 저들은 北魚같이 悲慘하게 빼빼 말르지는 않으리라.

끝으로 다시 奔忙하신 틈을 내시어 出版記念會에 參席하였든 여러분께 衷心으로써 감사하며 그 冊子를 出版하여 주신 漢城圖書에 감사 드려 마지않으며 또한 처음으로 그것을 連載하였든 『東亞日報』에도 감사한다.(이상 85쪽)

楊美林, "(私設放送局)老童은 神聖하다", 『조광』, 제6권 제4호,
1940년 4월호.

"勞働은 神聖하다"라는 格言이 있다.

나는 이와 同音인 "老童은 神聖하다"라는 새(?) 格言을 하나 더 提唱하고
싶다.

우리가 貴한 童心을 잃어버리는 것은 人間의 가장 큰 共同遺産을 蕩盡해
버리는 것이다.

누구나 自己의 어렸을 시절을 도리켜 생각해 보면 어느 것 하나 그리웁지
않은 記憶 아닌 것이 없을 것이다.

兒童의 社會, 童心의 世界는 참으로 아름답고 幸福스러운 것뿐이다.

세상 사람들이 모두 그 貴한 童心을 잃어버리지 않은 老童들이라면 우리
社會는 얼마나 明朗하고 愉快하고 幸福스러우랴! 나는 '마이크'를 通하여
한 五,六年째 이 땅의 어린이들과 사괴여 온다. 決코 긴 歲月도 아니고
또 그동안에 어린이들을 위해서 변변히 해 논 일도 없다. 그러나 내 自身을
위해서는 두세 가지 切實히 깨닫고 단단히 마음먹게 한 것이 있다.

세상 일에 輕重이 있고 職業에 貴賤이 있으랴만 어린이들을 위한 事業처
럼 가장 거룩하고 뜻있는 일이 또 없음을 생각할 때 내 가슴 속은 感謝의
기쁨과 責任感의 交流로 꽉 찬다.

그래서 먼저 老童 되기를 늘 힘쓴다. (끝) (이상 226쪽)

楊美林, "兒童學序說 - 兒童愛護週間을 앞두고(上)", 『동아일보』, 1940.5.1.

## 緒 言

해마다 五月 五日을 中心으로 前後 一週日 동안 施行해 오는 "兒童愛護週間"은 거이 全國的 年中行事로 되어 잇으며 今年도 멀지 안허서 또 이 週間이 돌아오게 되엇다.

今年으로 벌서 十四回를 算하게 되는데 內地의 實績은 모르되 적어도 朝鮮에 잇서서는 그저 形式化한 한 年中行事에 不過하며 볼 만한 큰 成果를 걷운 것으로는 생각되지 안는다. 遺憾千萬이다.

그러나 遺憾으로만 看過할 問題가 아니며 반드시 그 原因을 究明하야 將來의 對策을 講究 樹立치 안흐면 아니 될 것이다.

그런데 그 原因은 한두 가지로 끝일 것이 아니며 또 單純한 것이 아니나 大綱 그것을 分析해 보면

1. 一般民衆이 너무도 兒童을 理解치 못하며 사랑할 줄 모르는 것.

2. 指目할 만한 兒童研究家 乃至 兒童文化運動家가 없는 것.

3. 따라서 볼 만한 兒童文化 機關, 團體, 施設이 없는 것.

以上의 셋으로 歸하리라고 믿는다. 다시 그 세 原因을 敷衍하여 좀 더 具體的으로 說明하면

1. 平素에도 兒童의 社會的 存在理由와 國家的 存在價値를 理解 認識치 못하는 民衆이 갑자기 겨우 一週間의 兒童愛護週間의 高喊 소리에 呼應할 리 萬無하며 況次 그것이 命令的이며 極히 形式的에 잇어랴!

2. 間或 큰 抱負와 熱誠을 가지고 兒童研究 乃至 兒童文學運動에 投身하엿던 人士들도 生活이 保障되지 안흠과 그 밖의 客觀的 事情으로 흐지부지 물러나 버리고 말엇다.

3. 世上 모든 일의 原動力은 사람이요 또 사람의 結合이다. 그런데 먼저 말한 바와 같은 形便이니 볼 만한 兒童文化 機關, 團體, 施設이 없을 것은

自然의 結論이다.

여기에 對해서는 참말 앞으로 有志人士의 義捐 奮發을 渴望해 마지안흐며 有力한 精神的 物質的 援助 없이는 到底히 이루워지기 어려운 큰 事業이다. (이 點에 對해서는 適當한 다른 機會에 詳論키로 하겟고)

何如間 이런 現狀이니 八百萬 朝鮮兒童을 對象으로 한 아무런 科學的 硏究(즉 兒童學的 硏究)와 體系的 報告(知能 體位 等等)도 없이 다못 抽象的 形式運動을 늘 되푸리햇을 뿐이다.

더구나 朝鮮 人口構成의 가장 重要한 地位를 차지한 農村에서는 兒童愛護週間이 잇는 줄이나 알며 또 무엇을 하는 것인지 아는지가 疑問이다.

이 機會에 兒童愛護週間을 大衆에게 呼訴 理解케 하는 한편 將來의 質的 運動을 꾀하기 爲하여 基礎理論이 될 "兒童學"이란 무엇인가를 紹介코저 한다. (계속)

---

**楊美林, "兒童學序說 － 兒童愛護週間을 앞두고(中)", 『동아일보』, 1940.5.4.**

兒童學이란 무엇인가

(獨 Paidologie 英 Paidology)

　　　　1

兒童學이란 兒童의 身體와 精神의 構成, 機能 及 發育을 硏究하야 그 發育의 原理와 法則을 發見하고 觀測하는 한 개의 純正科學이다.

朝鮮에는 아직 兒童學이란 學名쫓아 잘 紹介되지 안헛으며 勿論 一家를 이룬 兒童學者 乃至 兒童硏究家도 없는 現狀이다.

그러나 兒童學은 이미 한 개의 훌륭한 學問(科學)으로서 體系가 섯으며 學界에 뚜렷한 한 地位를 찾이하게 되고 先進諸國의 兒童學界는 자못 健全한 發達과 볼 만한 活動을 하고 잇다.

## 2

兒童學의 沿革부터 簡單히 紹介하면 十八世紀 末葉頃부터 벌서 兒童을 科學的 態度로 硏究하기 시작한 敎育學者나 醫學者가 적지 안헛으며 그 成果는 敎育上의 貴重한 資料가 되엇고 오늘 兒童學 發達에 만흔 貢獻을 하엿다.

'티-데만'의『兒童의 精神能力에 關한 觀察』(一七八七年)을 嚆矢로 '레비쉬'의『兒童精神發達史』(一八五一年), '지기스문드'의『兒童과 世界』(一八五.六年), '크스마웰'의『初生兒의 精神生活의 硏究』(一八五九年), '프라이어-'의『兒童의 精神』(一八八一年) 수만흔 硏究 發表가 뒤이어 나타낫다.

그러나 正式으로 "兒童學"이란 術語를 쓰기 시작한 것은 米國의 有名한 兒童學者 '크리스만'이 一八九三年「兒童의 聽力」이란 論文 中에서 쓴 것이다.

그리고 一八九四年엔 兒童學의 體系를 完全히 세워서 獨逸 '이예나' 大學에 學位論文으로 提出하엿엇는데 이것이 바로 兒童學의 濫觴이다.

世界 各國은 거이 競爭的으로 兒童學 硏究에 注力하여 모두 獨特한 發達과 著名한 兒童業者를 産出하엿다.

그중에서도 가장 發達한 나라는 米國이며 多數의 著名한 兒童學者들은 確實히 世界兒童學界를 리-드하고 잇다.

그러나 英國, 佛蘭西, 獨逸 모두 相當한 發達을 보여 주며 學會를 비롯하야 여러 가지 훌륭한 硏究機關과 出版物이 잇다.

## 3

다음으로 內地의 兒童學界를 紹介해 보련다.

外山正一, 元良勇次郎[344] 等의 諸氏가 一八九〇(明治 二十三 年) 東京에서〈日本敎育硏究會〉를 組織하엿엇으나 얼마 못 가서 解散되엇고 高島平

---

344 도야마 마사카즈(外山正一, 1848~1900)는 메이지(明治) 시대 일본의 사회학자, 교육자이다. 도쿄제국대학 문과대학장, 총장, 문부대신(文部大臣)을 역임하였다. 모토 유지로(元良勇次郎, 1858~1912)는 일본의 윤리학자로,『(訂正增補)倫理學』(1900),『(中等敎育) 元良氏倫理書』(成美堂書店, 1906) 등의 저서가 있다.

三郎, 塚原政次, 松本孝次郎[345] 等의 諸氏가 一八九八年(明治 三十一年)에 『兒童硏究』란 雜誌를 發刊하엿으며 一九○二年(明治 三十五 年)엔 이 雜誌를 機關紙로 하는 〈日本兒童學會〉를 組織하여 오늘에 이르럿다.

日本의 著名한 兒童學者, 心理學者, 醫學者는 거이 다 이 學會에 入會하고 잇다.

이 밖에 久保良英[346] 氏를 비롯하야 몇 분의 〈兒童硏究所〉가 잇으며 各大學의 心理學 敎室에서도 日本 兒童의 훌륭한 硏究報告가 적지 안타.

---

**楊美林, "兒童學序說 – 兒童愛護週間을 앞두고(下)", 『동아일보』, 1940.5.5.**

### 兒童學의 本質과 任務

1

거듭 말하거니와 兒童學은 兒童의 身體와 精神의 構成, 機能及 發育을 硏究하여 그 發育의 原理와 法則을 發見觀察하는 純正科學이다.

純正科學은 應用科學에 對한 말인데 後者는 原理 及 法則을 實際로 應用함이 目的 또는 本質임에 對하야 前者는 그 硏究對象에 關係 잇는 모든 現象을 檢討 硏究하야 그 모든 現象 間의 原理와 法則을 發見함을 直接 目的으로 하는 것이다.

그러므로 兒童學은 純正科學에 屬함이 分明하며 敎育學과 같음은 心理

---

345 다카시마 헤이자부로(高島平三郎, 1865~1946)는 일본의 교육자, 심리학자, 사회교육 활동가로 도요대학장(東洋大學長) 등에 재직하였다. 쓰카하라 세이지(塚原政次, 1871~1946)는 메이지(明治) 시대에서 쇼와(昭和) 초기에 걸친 시기의 일본 교육심리학자이다. 『敎育心理學』(金港堂書籍, 1898), 『靑年心理』(金港堂書籍, 1910) 등의 저서가 있다. 마쓰모토 고지로(松本孝次郎)는 일본의 교육학자이다.

346 구보 요시히데(久保良英, 1883~1942)는 일본의 심리학자로 정신분석학이랑 게슈탈트심리학을 소개하고, 비네(Binet)식 지능검사의 표준화에 공헌하였다.

學, 生理學, 兒童學 等의 純正科學이 얻은 原理와 法則을 兒童教育 實際에 適用하는 것이므로 應用科學에 屬한다.

2

다음으로 兒童學의 研究對象인 兒童의 定義와 兒童學의 範圍에 對해서는 學者 間에 異論이 만흐나 "學의 定義"는 먼저 말한 그것으로 大畧 歸一하며 研究範圍는 (1) 兒童學 自體의 研究, (2) 兒童의 系統的 個體(個別)的 研究, (3) 兒童心身의 構造, 機能 及 發育現象의 研究, (4) 發育規制 及 發育異常의 研究, (5) 發育原理, 또 觀點의 角度를 달리함에 따라서는 (1) 過去 兒童의 研究, (2) 現代 兒童의 研究 A. 未開 及 半未開國의 兒童 B. 文明國의 兒童 가. 正常兒童 나. 異常兒童, (3) 兒童實驗 等으로 限定할 수 잇다.

그리고 兒童學과 關係를 가지는 諸 科學을 列擧하면 大綱 다음의 세 部分으로 볼 수 잇다. 解剖學, 胎生學, 生理學, 病理學, 精神病學)

A. 兒童學의 基礎科學　生物學, 醫學, 心理學, (兒童心理學)

B. 兒童學의 補助科學　人類學, 社會學, 法學, 犯罪學, 言語學, 倫理學, 數學, 統計學, 歷史學, 宗教學, 美學(哲學, 文學)

C. 兒童學의 應用科學　教育學은 勿論 以上 말한 外에 家庭, 學校에 잇어서의 實際 教育, 社會教育, 感化教育, 特殊教育이 모두 兒童學을 基礎로 삼지 안을 수 없으며 兒童保護, 讀物(兒童圖書)의 出版, 玩具, 運動具, 教育用品 等을 製作하는 대로 基礎理論이 아니 될 수 없다.

3

緖言에서도 먼저 말햇거니와 朝鮮 兒童文化이 振興을 위하야 몇 가지 提案을 내노코저 한다.

첫째로는 朝鮮에도 하로바삐 朝鮮 兒童을 研究對象으로 하는 兒童學을 樹立할 것, 그 研究機關으로는 朝鮮兒童學會(假稱)를 組織할 것.

둘째로는 中心指導的 兒童文化 團體가 생겨 學會와 緊密한 提携下에 適切 有效한 活動을 할 것.

여기서 暫間 中間 說明을 너허야 할 것은 或 政治的 乃至 思想的 意圖에

서 出發하거나 營爲할 것으로 잘못 생각할 이가 잇을지 모르나 全혀 그런 데서 超越하야 純粹한 文化運動이야만 한다.

有志의 結合과 財政의 確立을 完成하면 非但 兒童愛護週間 中만 아니고도 進步的, 建設的으로 兒童들을 위한 綜合的 事業을 해 나갈 수 잇을 것을 確信한다.

거이 門外漢에 가까운 筆者의 이 拙稿를 一讀하고라도 共鳴하는 人士가 잇다면 無上의 光榮이며 兒童學에 더 깊은 硏究를 뜻하시거나 兒童文化運動에 誠意를 품으신 분은 私信으로라도 JODK 兒童係나 兒童奉仕園 事業部의 筆者로 問議하시면 아는 데까지는 敎導하고 힘자라는 데까지는 協力 아끼지 안켓다. (五·一)


(兒童學의 參考書 몇 卷을 紹介하면)

1. Whipple: Manual of mental and physical test. 二卷
2. Terman: The measurement of intelligence.
3. Starch: Educational measurement.
4. Haotings: The essential of mental measurement.
5. Plass: Das kind in branch und sette der välker.
6. Chrisman: Paidolagy, the historical child.
7. Oshea: The child, his nature and his needs.
8. 兒童學原論 (閔寬之 著)
9. 兒童學要說 (上下)(武政太郎 著)
10. 兒童學全集 (建設社 刊行)
11. 子供硏究講座 (先進社 刊行)
12. 久保良英兒童硏究所紀要
13. 東京 文理科大學 文科 紀要 第十四卷(田中寬一 博士 編)
(이것은 朝鮮人 及 朝鮮 兒童의 知能 硏究를 特輯한 매우 貴한 資料다.)
(끝)

## 宋南憲, "兒童文學의 背後(上)", 『동아일보』, 1940.5.7.

人類文化의 進步라는 것은 人類가 언제까지라도 繼續한다는 것을 前提로 하고 잇다. 子子孫孫이 서로 傳함으로서 우리의 限界가 잇는 生이 永續性을 가지게 되고 向上 發展하여 간다고 볼 수 잇다.

그러나 나는 여기서 死後의 生命에 對하야 詮索하려는[347] 宗敎家의 解說을 附與하려는 것은 아니다. 우리가 地上에 잇어서의 社會生活에 잇서 各 個人은 形體上 死滅한다고 하지만은 社會 그것은 永遠히 繼續하고 또 無限하게 進展하여 간다는 信念을 갖는 바이다. 그리하야 우리들은 언제나 이 우에다가 理想的 社會를 實現하고자 努力하고 잇다. 이 理想的 社會라는 것은 自己 一代에 實現되는 것은 아닐 것이다. 理想이 높으면은 높을수록 먼 將來를 期待하게 된다. 그러나 自己 一代에 實現되지 안는 理想이 무슨 價値가 잇을가 다만 空想에 지나지 안는가 하는 議論도 잇을 것이다. 그러면 이것이 萬若 空想에 지나지 안는다면 人生은 넘우도 空虛한 것이 아닐가. 우리는 모도가 厭世家가 아니 되고는 못 견딜 것이다. 여기서 宗敎는 彼岸의 世界에다 信仰을 가지게 되지만은 우리는 언제나 이 現實世界에서 理想을 그린다. 社會理想을 探求하야 그 實現을 努力하고 잇다. 人類의 歷史는 全體로서는 進化의 歷史이고 向上 發展한 事實을 呈하고 잇다. 이 人類의 進化 理想의 實現은 무엇으로서 行하게 되는가 그것은 卽 子孫傳承이란 事實에 依하지 안는가.

兒童問題에 關하야 歡心을 갖는 것도 이러한 理由에서다. 換言하면 吾人의 社會上 理想은 子孫을 기다려서 비로소 實現될 것이다. 우리들의 限界가 잇는 生命에 잇서 永遠한 希望과 抱負는 다만 兒童을 기다려서 비로소 空想 아닐 수가 잇다.

人類의 遠大한 理想을 詮索하고 그것을 實現하게 될 後繼者로서의 兒

---

347 'せんさく〔詮索〕'로 "탐색함, 추구함, 파고 듦"이란 뜻의 일본어이다.

童, 國家社會의 相續者로서의 兒童敎養 問題를 여기서 새삼스리 말하게 되는 것이 決코 陳腐한 議論은 아닐 것이다. 언제나 戰爭이 잇을 때에는 또한 兒童問題에 對하야 歡心을 하는 일이 盛한다. 이것은 卽 戰爭에 依한 여러 가지 事象이 사람들에게 國家와 民族의 將來라든가 하는 對하야 特히 깊은 생각을 갖게 함으로서가 아닌가 한다. 以前 世界大戰 때에도 그러하엿거니와 이번 事變에도 그러하다. 더구나 朝鮮과 같이 一般的으로 아직 初等敎育의 普及이 遷延된 곳에서는 더욱 兒童敎養 問題는 重要한 社會問題다.

支那事變이 일어난 後 兒童問題는 더욱 重要視되어 兒童問題에 對하야 지금것 보지 못한 새로운 立場에서 注意하게 되었다. 이러한 傾向은 敎育的으로서는 國民學校 改革案이라든가 兒童敎養 問題로서는 昨年末부터 內務省에 依한 兒童讀物의 淨化運動, 文部省에 依한 優良圖書 推薦制度 같은 것에도 나타나고 잇다.

이러한 影響을 받어서 東京 等地의 兒童文學運動은 近年에 보지 못한 活潑한 姿態를 보이고 잇다. 兒童物을 出版하는 새로운 書店도 생기고 兒童讀物도 엄청나게 만히 市場에 나오고 잇다. 이러한 書籍 等을 펠처 보고 먼첨 느끼는 것은 著名한 作家란 作家는 全部 動員되고 잇다는 것이다. 더욱이 昨年度는 內地 童話界에 일직이 보지 못한 童話集의 出版이 만엇다는 거와 旣成作家의 가진 原稿란 原稿는 거이 全部가 單行本으로서 變하고 잇다는 것이다.

朝鮮의 現象을 여기에다 比할 바 못 되나 이곳 兒童文學의 現狀을 볼 때에 一沫의[348] 寂寞感을 느끼지 안을 수 없다.

朝鮮에 잇어서 事變 以後 인푸레 景氣 틈에 끼인 旺盛한 出版物 속에 兒童을 爲한 讀物이 얼마나 되는가. 單行本으로는 盧良根 氏의 童話集 『날아다니는 사람』과 少年小說 『열세동무』 宋昌一 氏의 童話集 『참새학교』 朝鮮日報社出版部 發行인 『世界傑作童話集』 『兒童文學集』이 잇을 뿐이

---

348 '一抹의'의 오식이다.

다.[349] 이것만 보더라도 이 땅에 文化人이 이 方面에 對하야 얼마나 等閑하다고 할가. 그러치 안흐면 兒童文學 作家의 힘이 微弱함을 歎할가.

그러나 決코 落望할 바는 아니라고 생각한다. 朝鮮의 兒童文學은 아직 成長期에 잇으니까 오직 燦爛한 將來를 바라보고 그 成長을 바라기 때문이다.

---

### 宋南憲, "兒童文學의 背後(下)", 『동아일보』, 1940.5.9.

그中에도 純粹 兒童文學面을 代表하는 前記 兒童作家의 作品들이 흔히 歐美 作家의 作品에서 느끼는 絢爛 多彩 華麗 燎亂한 것은 업지만은 素朴 單純한 詩情의 숨소리는 들을 수 잇어서 以後 좀 더 藝術的 手法에 依하야 童心의 本資를 똑바루 바라보고 純粹한 質的 높이를 作品에다 衿持하려고 努力하야 今後의 童話를 文學으로서 높이는 대 힘쓸 것 같으면 자못 將來가 期待된다.

童話를 一藝術로써 높이 끌어올리지 안흐면 안 되겟다는 것은 外國作家들도 언제나 부르짓는 말이고 또 進步的 作家에 依하야 强調되고 努力하고 잇는 바이다.

그리고 藝術 그 自體도 새로운 것과 낡은 것과 깊이와 넓이와 抒情的인 것과 敍事的인 것이 여러 가지 잇지만은 우리들이 말하는 藝術은 當然히 좀 더 새로운 藝術을 意味하지 안흐면 안 될 줄 안다.

이런 意味에 잇서 特히 外國童話의 새로운 作品과 理論에 注意하야 거기서 그 무엇을 攝取하려고 하는 作家가 없다는 것을 섭섭하게 生覺한다.

---

349 『날아다니는 사람』(朝鮮紀念圖書出版舘, 1938), 『열세동무』(漢城圖書株式會社, 1940), 『참새학교』(平壤 愛隣院, 1938), 『世界傑作童話集』(朝光社, 1936), 『朝鮮兒童文學集』(朝鮮日報社出版部, 1938)을 가리킨다.

朝鮮과 같이 아직 兒童文學이 成長期에잇을 때에는 作家는 可能한 範圍 안에서 外國의 新作童話를 만이 읽고 그것을 自己와 그 周圍 作家의 新作과 比較硏究하여 作品의 質的 同上을[350] 꾀하는 것이 必要할 줄 안다. 日前 어떤 小冊子에서 內地 어떤 童話作家의 感想 가운데서 다음과 같은 글을 읽엇다. "우리는 童話를 現在 쓰고 잇지만은 特히 어릴 때부터 童話만을 工夫하야 온 것은 아니다. 小說도 詩도 劇도 文學一般에 對하야 工夫하엿고 그리고 이런 모든 것이 樹木이라던가 바위틈을 새여 흘러나와서 내물이 되듯이 앞에 工夫한 것이 지금의 나의 童話가 되고 잇다." 이것을 읽고 나서 生覺되는 것은 이러한 모든 文學修業의 醇化된 것이 이분의 童話라면은 今日 兒童文學을 志願하려는 젊은 作家들이 무엇을 工夫하지 안흐면 아니 될까. 젊은 作家들이 안더-센이나 小川未明 氏의 童話만에 붙어 잇어서는 훌륭한 作品은 못 쓰리라는 것을 믿는다. 안더-센의 小說을 안 읽고서는 안 될 것이다. 안더-센의 數만은 作品이 나온 環境을 아는 것이 必要할 줄 믿는다.

안더-센 童話만 만히 읽는다고 조흔 童話가 나오리라고 믿는다면 이런 卑俗한 功利性에서는 決코 傑作은 안 나오리라고 生覺한다. 안더-센의 文學이나 小川未明 氏의 文學의 秘密을 여는 열쇠는 무어라고 하더라도 그들의 小說에 잇을 것이다. 안더-센의 「卽興詩人」, 「바이요링을 타는 사람」 山川未明 氏의 「눈 싸인 線路를 거르면서」, 「北國의 烏」와 같은 作品이 갖는 깊은 生命은 그들의 童話에도 脈脈하게 숨 쉬고 잇다.[351] 이들의 童話라는 것이 童話만 單獨으로 잇는 것이 아니고 小說과 같은 脈을 끌고 잇다고 볼 수 잇다. 이것은 이外의 다른 大作家들의 童話作家로서의 修業도 例外 없이 모다 前記와 같다고 말할 수 잇다.

그리고 近日 나오는 小數한 兒童讀物 中에서 한 가지 느낀 것은 兒童에

---

350 '質的 向上을'의 오식이다.

351 '小川未明'의 오식이다. 언급된 作品은 오가와 미메이(小川未明)의 『北國の鴉より』(岡村盛花堂, 1912), 『雪の線路を歩いて』(岡村書店, 1915) 등이다.

게는 兒童의 에스프리가 잇고 兒童의 센쓰가 잇다. 이런 것을 無視한 讀物을 우리는 종종 發見할 수가 잇다. 이것을 救하는 길은 오직 兒童에게 率直하고 淸潔한 童謠詩를 주는 것이 必要치 안을가. 純粹하고 淸潔하고 素朴한 아름다운 詩를 兒童은 要求한다. 朝鮮 兒童文學의 純粹한 發達을 劃하고 이것을 達成시켜 朝鮮 兒童文學의 씨를 뿌리려는 사람은 반드시 兒童作家뿐 아니라 成人文學作家니 無名作家나 勿論하고 兒童生活에 關心을 가지고 잇는 이면 모두 힘을 나누어야 될 것이다. 兒童文學이라고 文學的 落伍者의 逃避所로 生覺하는 이가 잇다면 이것은 이 땅 兒童의 情操的 不幸이다. 이 땅 兒童을 어떤 곳으로 引導하여 갈가 이것은 오직 當代 文化人에게 課한 命題이다. (完)

金水鄕, "(映畵寸評) 童心의 誤謬 - 映畵 「授業料」를 보고", 『동아일보』, 1940.5.10.

兒童文學에 關心을 가진 나는 映畵 「授業料」를, 여러 가지 意味에서 만흔 期待를 가지지 안을 수 없다.

그러나 二日 밤 明治座[352]에서 본 映畵 「授業料」는 첫 場面부터 歪曲된 童心과 人造童心으로 充滿하여 참아 눈을 뜨고 볼 수 없으리 만큼 不快하엿다.

이 映畵에 描寫된 "學生"과 "學園"은 아모리 好意로 보아도 學生다운 學園다운 곳이 없고 不良少年과 不良少年 問題를 取扱한 「떼드앤드」나 「뽀이스, 타운」에 나타나는 不良少年을 聯想케만 한다. 게다가 低劣한 新派調의 演出로 조곰도 純粹한 童心과 天眞한 童技와 아기자기하고 유모러-스한 그네들의 生活이 歪曲된 童心觀에서 餘地없이 蹂躪을 當코 잇다.

內地 映畵界에 兒童을 取扱한 映畵, 兒童問題와 그 生活을 主題로 한 映畵가 盛行된다고 이 方面에 아모런 準備와 工夫도 없이 엄벙땡하고 덤벼들 것이 안니라 "兒童"이란 것 "兒童 生活"이란 것 "兒童의 世界"란 것을 充分히 研究하고 巡歷한 後에 純粹한 童心을 健全한 童心을 健全한 思想과 手法으로써 製作해야 할 것이다. 이런 意味에서 映畵 「授業料」는 '제로'이라기보다 '마이너스'일 것이다.

---

352 '明治座(めいじざ)'는 일본인 이시바시(石橋良祐)가 경성(京城)의 명동(明洞)에 세운 극장으로 1936년 준공되었다. 1930년대 일본인들의 위락시설로 지어졌기 때문에 주로 일본 영화를 상영하였다. 해방 전까지는 '메이지자'로 불렸고, 해방 후 국제극장(國際劇場)으로 불리다가, 1947년 서울시가 접수하여 시공관(市公舘)으로 개칭하였다.

## 李龜祚, "어린이文學 論議(1) 童話의 基礎工事", 『동아일보』, 1940.5.26.

近間에 發表되는 創作童話를 通讀해 보면 어떤 形質의 作品을 "童話"라 하며 "少年(女)小說"이라 하는지, 또 "幼年小說"과 "童話"의 異同點이 如何한 것인지 알 수가 없다.

區分의 標準이 年齡이라면, 區分되는 各部 卽 區分肢는 그 範圍 內에서 서로 排斥되어야 하는 것이니까 幼年小說과 少年(女)小說도 二分 될 것이다. 그리고 보면 恒用 쓰이는 童話라는 장르가 介在하지 안케 된다.

그러므로 童話(廣義)를 幼年小說 童話 少年小說 옛날이야기로 四大分하는 從來의 見解는 槪念의 混同으로 因한 區分 原理의 把握이 誤謬엿다는 것을 指摘해 낼 수가 있다.

장르 限界의 不明瞭는 그 自體의 不明瞭에만 머므르는 것이 아니고 作品의 테-마의 不明瞭를 招致하는 作用이 잇는 것이다. 童話 創作界의 不振과 萎縮의 一因子가 童話創作 以前에 屬하는 內在的 原因으로 想念케 되는 것은 實로 부끄러운 일이다.

어린이文學의 對象이 兒童讀者라는 特殊性은 어린이文學은 兒童의 心性과 感性 우에 徹頭徹尾 뿌리를 박고 形象化하지 아니치 못하게 한다. 그런 까닭에 콰스트의 『어린이의 文學的 興味』의 階程을 參考로 하자.

一. 멜헨[353] 時期　　　　七歲 － 九歲

二. 純粹 受容 時期 { 男 十歲 － 十三歲
　　　　　　　　　　女 十歲 － 十一歲

三. 過渡的 反射 時期 { 男 十四歲 － 十七歲
　　　　　　　　　　 女 十二歲 － 十五歲

---

[353] 메르헨(Märchen)을 가리킨다. "어린이를 위하여 만든, 공상적이고 신비로운 옛이야기나 동화"를 뜻한다. 메르헨은 민족메르헨과 창작(創作)메르헨으로 구별된다. 민족메르헨은

(一)에는 變化變形 妖術使用 難課題解次[354] 超自然的業績 知能의 賢愚 等을 愛好하는 時期오. (二)에는 男兒는 英雄談 冒險談 女兒는 同情愛情 憐憫取材의 讀物을 選好하는 時期오 (三)에는 純粹受容時期와 같이 無條件으로 享受에만 끄치지 안코 內的 觀照를 하게 되는 때인데 男兒는 身體的 勇猛보다 精神的 優位性의 取材作을 조아하고, 女兒는 理想主義的 主知主義的 傾向의 取材作를 愛讀하게 된다.

(一)과 (二)는 어린이 獨自의 純粹한 世界오, (三)은 性의 心的分化 以後로서 現實社會로 轉向하는 過程인 만큼 어린이의 遺傳과 環境에 딸아서 漠然하게나마 現實生活을 意識하게 되는 때이다.

筆者는 兒童의 文學的 興味에 卽해서 兒童 獨身의 童心文學(새로운 意味로서)을 童話(狹意)로 보고 다시 二分하야 "멜헨 時期"는 幼年童話, 純粹受容時期는 童話로 또 性的 心的 分化 以後에 現實的 生活感情으로 轉換되는 過程期를 少年(女)小說로 봄이 妥當할까 하는 者이다.

그러므로 現在 活動하는 童話作家의 諸作보다 今後의 幼年童話는 보다 더 汎神論인 世界에의 取材한 作品을, 童話는 豪膽無雙의 豁達한 事象의 테-마를 가진 作品을 높게 評價하고 싶다.

以上은 市民層의 子女의 文學的 興味를 觀察해서 세운 論理이지만 그 觀察 對象의 地域을 農村으로 回轉하면 宵壤의 差로[355] 判異해진다.

口碑로 傳承해 내려오는 民族童話에 對한 興味가 僻地로 갈수록 오래

---

그림(Grimm) 동화로 대표되는 것으로 여러 민족에게 전승되던 것을 16세기 이후 각국에서 집대성한 것을 말한다. 민족메르헨의 특징은 주인공의 개성이 결여되어 있고, 동물, 난쟁이, 요정, 마술사 등이 초자연적인 활동을 하면서 인간과 동등한 자격으로 교제하면서 이야기하는 점이다. 창작메르헨은 작가의 상상을 통해 창작된 작품이다. 이야기의 수법과 주제는 민족메르헨을 계승하고 있으며 낭만파(浪漫派) 작가가 많다. 대표적으로는 노발리스 (Nobalis: Friedrich von Hardenberg, 1772~1801), 호프만(Ernst Theodor Amadeus Hoffmann, 1776~1822), 와일드(Oscar Wilde, 1854~1900) 등이 있다.

354 '難課題解決'의 오식이다.
355 '宵壤의'의 오식이다. "하늘과 땅 사이와 같이 엄청난 차이"란 뜻의 "소양지차(宵壤之差)"를 가리킨다.

兒童 感性에 殘留해 잇게 되는 것이다. 이것을 何必 爛熟한 都市 風 文化에로 誘導할 必要가 없을 것이니 口傳童話의 再錄과 그것을 取材한 創作도 해서 農村兒童의 興味 그대로도 살려 줌도 올흘 것이다.

以上 筆者의 所見을 表로 製作해 보면 다음과 같다.

童話 ┌ 創作童話
     ┤
     └ 口傳童話(民族童話)

童話 ┌ 童話
     ┤
     └ 少年(女)小說

┌ 幼年童話
┤
└ 童話

---

## 李龜祚, "어린이文學 論議(2) 兒童時調의 提唱", 『동아일보』, 1940.5.29.

年前에 다른 文章에서 筆者는 七五調와 八五調가 外來形式임을 論證하고 兒童 呼吸에 不適하다는 것을 指摘해 보앗다. 그리고 口傳童民謠의 形式인 四四調, 四三調 또는 三三四調(아리랑調)로써 藝術童謠를 製作함이 조호리라고 提議햇엇다.[356]

爾後 七五調와 八五調는 完全히 爆破되엇으나 破壞 後에 建設이 없이 現在는 어떤 새로운 形式을 붙잡지 못한 양 싶다. 形式이 없이는 到底히 씸풀하고 퓨어ー한 어린이의 世界를 詩歌化하기는 極難한 것이다. 今日의 童謠 作壇이 거의 窒息狀態에 陷入한 까닭도 實로 여기에 잇는 것이다.

假令 朴泳鍾 氏의 近間의 作謠를 보면 七五調의 굴레는 벗고 잇으나 다시 어떤 새로운 形式을 取할지 暗中摸索을 持續하고 잇는 듯하다. 거진 같은 內容과 形式의 謠를 어떤 것은 "童謠"라 하고 어떤 것을 "童詩"라 햇다

---

356 이구조의 「(兒童文藝時論)童謠製作의 當爲性(1)」(『조선중앙일보』, 36.8.7)에서 논의한 것을 가리킨다.

가 또 어떤 때는 "노래"라 命名하는 것이 그것이다.

作者의 所附인지 編輯者의 所附인지는 알 배 아니로되 何如間 朴 氏의 謝가[357] 童謠인지 童詩인지 區別키 어렵게 아리숭숭한 中間을 걷는 때문이다. 童民謠도 노래고 時調 流行雜歌類 等도 노래인데 種概念의 區分이 模糊하니까 類概念으로 "노래"라 命名하는 것은 讀者로 하여금 微笑로 享受케 한다.

> 童謠는 불리울 것이고 童詩는 차라리 고요하게 읽고 느끼는 것이다. 童謠의 表現에는 노래 부를 것으로서의 調律의 整齊를 要하고 童詩의 表現에는 차라리 極히 幽雅한 感情의 活動을 마음에서 마음에로 울리게 하고 또 그러한 自由律은 認容한다. (『白秋全集』 十八券 五十一頁)

北原白秋의 童謠와 童詩의 區別을 좇아서 該氏의 謠를 分析해 보면 大畧 어슷비슷한 程度로 童謠와 童詩의 要素를 含有해서 判然한 區分이 서지 안는다.

그러나 視角을 달리해서 그 외 創作態度의 志向性—作者가 能히 音數律化할 수 잇는 語彙를 가지고도 故意로 自由律로 맹그는 志向性으로 보아 어름어름할 것 없이 "童詩"라고 呼名하고 싶다.

兒童時調의 創作 쳐始를 論爲하려는 筆者가 이러틋 長皇하게 한 童謠詩人의 作品 傾向을 分析하는 本意는 外來形式인 七五調를 爆破하고 自由型으로 나가려는 志向性을 取하면서도 定型律에로 鄕愁를 느끼고 잇다는 것을 抽出하기 爲함이다.

한창때 內地서 兒童自由詩의 運動을 强調하던 남아지 童謠와 童詩와의 位置가 對稱되는 것처럼 思惟한 때가 잇었다. 이것은 音數만 세는 死調에[358] 拮抗하던 情熱임에 不過하고, 어디까지든지 童心世界의 씸풀하고 퓨

---

357 '詩가'의 오식으로 보인다.
358 '말의 어조'란 뜻의 '辭調에'의 오식으로 보인다.

어—한 그것의 果實을 調律이 整齊한 어떤 形式으로 包裝하는 것이 兒童歌謠의 本領이여야만 하겠다. 이런 童味[359]에서, "兒童이 그 獨自의 感動을 스스로 獨特하게 創出한 詩形에 담는 것을 許(傍點—筆者)해 주지 아니하면 아니 된다"고, 西條八十이 兒童自由時調를 許可해 준 것은 先見之明이엿다고 생각한다.

十九世紀 浪漫期의 스티븐슨이 古典主義의 詩形을 깨트린 지도 오랜 十九世期 後葉에 앉아서 童謠만을 쓸 때에는 典型的인 아이암버스(弱强格)와 타이피칼한 라임으로 쓴 것이다.[360] 作表作[361] 『뉴—아라비안나이트』를 執筆 中에 불타는 創作慾으로 童謠를 썻음에도 不拘하고, 均齊한 形式 속에 幻想的이고 簡勁至妙한 內容을 담앗엇다.

이제 七五調를 버리고 自由律로 쓰려면서도 이미 定型律에 鄕愁를 느끼는 朴泳鍾 氏의 創作態度와 西條 氏의 童詩觀과 클래시시즘의 詩形을 無視하는 浪漫主義 詩人 스티븐슨의 整然한 形式의 童謠를 겹처 생각할 때에 今日의 童謠 作壇의 沈滯를 挽回하려면 우리의 童謠詩人들도 어떤 定型律을 붙잡어야 할 것이다.

筆者는 그 打開策의 하나로서 兒童時調의 創作을 提議하련다. 絶句의 起承轉結이 時調에 잇어서는 終章에 該當하니까 時調는 絶句의 模倣이라는 等等의 起源說이 區區한 모양이나 何如間 時調의 節奏는 累百年間 우리 先祖의 五臟六腑에 浸潤되어 잇는 것이다. 한때는 時調撲滅論(金東煥 氏)도 잇엇고 또 現代의 生活感情을 노래하자는 提唱(李秉岐 氏)도 잇엇으나 쉽사리 撲滅될 理도 없을 것 같고 現今의 複雜多難한 社會事象과 人間心象을 時調의 形式으로는 담을 수도 없을 것 같다.

歌謠學에는 門外漢이라 더 깊이 無用한 穿鑿을 일삼지 안커니와 單純하

---

359 '意味'의 오식이다.

360 'iambus'(약강격 혹은 단장격)를 뜻한다. 'iambus'는 'iamb'의 복수로, "음절 하나에 강한(긴) 음절 하나가 따라 나오는 형태"의 운율을 뜻한다. '타이피칼한 라임'은 'typical rhyme'으로 "전형적인 압운 혹은 각운" 정도의 뜻이다.

361 '代表作'의 오식이다.

고 純粹한 兒童世界의 노래로서의 兒童時調는 比較的 拘束이 없는 音數律인 時調形式으로 爾後 잘 發展되리라고 생각된다. 三十二字로 쓰는 內地의 兒童短歌도 꽤 殷盛한 것을 볼 때에 더욱이 信念을 굳게 해 준다.

---

### 李龜祚, "어린이文學 論議(3) 寫實童話와 敎育童話", 『동아일보』, 1940.5.30.

人道主義 文豪 톨스토이도 童話를 썻고, 惡魔主義 文豪 와일드도 童話 썻는데, 前 文豪는 人倫을 强調하는 남어지에 童話 비슷하게 簡潔치 못한 童話를 썻고, 後 文豪는 獨自의 文學觀대로 自由奔放한 感覺世界에서 놀다가도 作品 末尾에 와서는 道德嗅가[362] 나는 童話를 썻엇다. 假令 故 方定煥 氏 編인 『사랑의 선물』中의 「제비와 王子」 같은 作品이 그 好例이다. 두 文豪의 文學觀이란 本是 犬猫의 사이와 같은 것인데 敎育的 關心의 强弱의 差異는 잇을 망정 童話創作 領域만에 잇서서는 이상하게도 그들의 態度가 合致되여 잇는 것이다.

藝術童話의 鼻祖인 앤더슨은 篤實한 基督敎徒라, 그 외 童話의 中心 테-마는 永生 希望(悲哀로 止揚되는) 天分 그리고 友愛와 努力의 精神이니 「석냥장사 처녀」와 「人魚색시」에 形象化된 永生의 信仰이라던지 「미운 게우 새끼」에 나타난 人生의 希望과 悲哀라던지 「전나무」와 「삼(亞麻)」에 表現된 天分의 自覺이라던지 「사랑의 女王」에 發露된 友愛와 努力의 精神 等이 그것이다.

眼界는 좁으나마 이만하면 우리 兒童文學의 傳統이 너무나 宗敎와 道德 萬能에 치우친 것을 알것다. 더구나 文學은 道德을 超越한다고 지꺼리면서 『도-리안 그레이의 肖像』을 쓰던 와일드까지 無意識的이기는 하나 이 카

---

362 '道德臭가'의 오식이다.

테고리 안에 內包시킬 수 잇음에랴.

以上과 같은 傳統을 性急하게 輸入한 탓이엿던지 우리 어린이文學 初創期의 童話作家들은 덮어노코 犧牲萬能의 童話를 쓰거나 年少輩의 恒例事로 兒童을 □毒시키는 센티한 童話를 썻엇던 것이다.

여태까지의 童話作家는 大槪가 現實의 社會와 人間을 洞察할 透徹한 眼目이 부실함에도 不拘하고 단숨에 大思想家의 曲藝를 부려 보려니까 自然의 形勢로 善惡의 抽象的 觀察 遊戲에 빠질 수밖에 없엇다. 自我의 敎育觀들도 없이 空然히 敎育的 價値만 執拗하려니까 陳腐한 道德談이 될 수밖에 없다. "眞"에 追求가 없는 이러한 童話들은 低俗한 通俗作品으로 結實하고 말게 되엿다.

昨今 兩年間 顯著히 兒童生活을 題材로 한 리얼리즘童話가 눈에 띠인다. 雙手를 들어 歡迎하기를 조곰도 躊躇하는 者 아니다.

여기에 文科學校 노우트 우에 오르내리는 리얼리즘文學論을 抄錄해서論的 展開의 前提를 삼을 것 없이 新人 玄德 氏의 童話作品의 分析을 若干試驗하기로 하자.

어떤 詩人(지용)이 辛夕汀의 詩를 評하기를 夕汀은 조흔 詩를 한 개만恒常 쓴다 하엿다. 테-마와 表現이 꼬옥 같으니까 그중의 어느 한 개의詩만 읽으면 그뿐이라는 것이다. 마찬가지 意味에서 亦是 童話作家 玄德氏도 夕汀과 같이 조흔 童話를 한 개만 쓴다. 테-마와 表現이 꼬옥 같으니까 그중의 어느 한 개의 童話만 읽으면 그뿐이다.

이런 意味에서 그의 處女作이며 同時에 代表作인 「물딱총」[363]을 들어말하기로 한다.

첫째의 特徵은 反復이다.(抽象的인 描寫의 反復인데, 그림의 「白雪公主」와 「돼지새끼 三兄弟」와 같이 具體的인 行動의 反復의 敍述이 童話文學의 本領이다. 이 밖에 할 말이 만타.)

둘째의 特徵은 韻律的이다.

---

363 현덕의 소년소설 「물딱총」(玄德 作, 鄭玄雄 畵: 『조선일보』, 38.5.22)을 가리킨다.

셋째의 特徵은 題材에 잇서 凡常한 日常 兒童生活의 形象化이다. 리얼리즘童話로서 마땅히 到達하여야 할 꼬올이겟으나, 新進인 만큼 手法의 未熟으로 因하야 抽象的 描寫의 레피테이슌으로 彌縫하는 傾向이 잇다. 이것은 漸次 克服되겟지만, 동무의 얼굴에 물딱총으로 "찌익" 쏘는 것 같은 野卑한 取材는 어떨까

무릇 리얼리즘童話는 兒童의 行動과 心理를 可能한 範圍 內에서 忠實히 再現시키려는 意圖로 出發한다. 그러나 누구나 아는 常識化한 말이 되어서 쓰기가 멋쩍으나, 作者는 카메라맨만이여서는 아니 된다. 어린이는 天眞하고 爛漫하며 "어른의 아버지"오 地上의 天使만도 아닌 同時에, 개고리 배를 돌로 끈는 것도 어린이오 물딱총으로 동무의 얼굴을 쏘는 것도 어린이오 메뚜기의 다리를 하나하나 뜯는 것도 어린이오 미친 사람을 놀려 먹는 것도 어린이이다.

리얼리즘童話는 人生의 醜雜面을 들추던 自然主義 末期의 前轍을 밟을 必要가 없다. 우리의 寫實童話는 人生의 事實을 描寫 提出함과 아울러, 그 印象을 깊게 하기 爲하야 可能한 事實까지 表現하여야 할 것이다. 참다운 리얼리즘童話는 現實의 人生에 直面하면서도 그 自體 內에서 或種의 希望의 光明을 持續시켜 讀者인 어린이에게 空虛한 刺戟을 줄 것이 아닐까 한다.

敎育童話도 또한 이러한 리얼리즘童話의 槪念 우에 別個의 外延을 添加할 것이 없다. 藝術童謠가 唱歌를 克服하듯이 리얼리즘童話가 俗된 敎育家의 敎育童話의 槪念을 修正시켜야 하겠다. (끝)

## 崔泳柱, "小波 方定煥 先生의 略歷", 方云容, 『小波全集』, 博文書館, 1940.5.

小波 方定煥 先生은 光武 三年 己亥 十月 初七日에 京城 夜珠峴 方慶洙 氏의 長男으로 出生하였습니다. 當時 先生의 家庭은 裕福하였으나 急激한 時代的 變遷은 先生이 普成小學校에 다니는 동안에 다닥드려 先生이 小學校를 마친 때에는 이미 家庭은 貧困 속에 빠지었습니다.

先生은 小學校를 마치고 不得已 向學의 情을 억누르며 家庭에 있어서 機會를 기다리었습니다. 그리고 그동안 隣近의 少年들을 모와 〈少年立志會〉라는 團體를 모으고 스스로 會長이 되어 討論會와 演說會를 開催하는 等 十餘歲 少年으로 이미 不羈의 後日을 엿보게 하였습니다.

大正 三年 先生 열여섯 되던 해 先生의 宿望은 이루어 "그렇게 공부를 더 하겠거든 商業學校나 다녀라" 하는 父親의 許諾을 받고 當時 唯一한 商業學校이던 善隣商業學校에 入學을 하였습니다.

그러나 二學年 되는 해 先生은 그 學校를 뛰어나왔습니다. 그때 學校에서는 一年만 더 다니면 朝鮮銀行 書記로 넣어 줄 터이니 더 다니라고 勸하였으나 뒤도 안 보고 돌아섰다 합니다. — 그때 더 다녔드면 朝鮮銀行에서 萬年 書記 노릇을 하였을 걸세 — 이것은 後日 어느 私席에서 그 當時 이야기를 한 때에 나온 感想이었습니다.

當時 家庭形便은 더욱 말 아니었고 손아래로 남동생 하나(後日 夭逝)와 여동생 다섯이 있어 學校를 나오자 뜻(이상 2쪽)을 다시 하여 某處의 심부름군 노릇을 하며 獨學의 決心을 굳게 하였습니다. 낮에는 심부름군 노릇에 餘暇가 없으면서도 밤에는 原稿를 써서 當時 唯一한 雜誌이던 『靑春』誌에 投稿를 하고 한편으로는 〈少年立志會〉에 힘을 쓰며 猛烈한 讀書를 繼續하므로 先生의 二十四 時間에 緊張 풀어진 때는 없었다 합니다.

더구나 先生의 天稟이라 할 言辯은 놀라워서 先生의 周圍의 사람은 長幼가 없이 先生을 보면 "이야기 先生" "이야기 博士"라고 呼稱하였다 합니다.

열아홉 되던 해 即 大正 六年 봄 四月 初八日에 天道教 第三世 教祖 孫秉熙 氏의 네째 따님 孫溶嬅 氏와 華獨의[364] 典을 擧行하고 그 뒤 先生은 孫秉熙 氏 膝下에 있게 되엇습니다.

그러자 그해 六月 先生이 至極히 思慕하던 慈親께서 別世하시어 新婚의 團欒도 哀痛 속에서 지내었습니다.

그 後 先生은 뜻을 文學에 두고 翌年인 大正 七年에는 가까운 親知들과 손을 합하여 文藝雜誌 『新靑年』[365], 婦人雜誌 『新女子』[366], 映畵雜誌 『綠星』[367]을 發刊하였습니다. 當時 갓 스물 된 若冠으로 對談하다면 무척 大膽한 일이었습니다. 그 이듬해 뜻을 돌이켜 東京에 건너가 東洋大學 文化學科에 籍을 두고 兒童藝術과 兒童問題에 새로운 關心을 가지고 專心 硏究를 비롯하였습니다.

大正 十年 七月 京城에서 〈天道教少年會〉를 組織하여[368] 朝鮮에서의 少年運動의 첫 烽火를 들어 새 氣焰을 올리고 한편으로는 "잘 살기 위하여"라는 演題로 全 朝鮮으로 巡廻講演의 길을 나섰습니다.

그해 가을 東京에 돌아간 先生은 曺在浩, 鄭淳哲, 崔瑨淳, 秦長燮, 孫晉泰, 馬海松, 尹克榮, 丁炳基 等 諸氏와 더부러 兒童問題硏究團體 〈색동會〉를 組織하고 朝鮮 안 各地에 일어나는 少年會를 直接 間接 指導하는 一方 開闢社의 後援下에 少年雜誌 『어린이』를 創刊하였습니다.[369] (이상 3쪽)

---

364 '華燭의'의 오식이다.

365 『新靑年』은 1919년 1월 20일자로 창간되어 1921년 7월 15일 통권6호로 종간된 것으로 보인다.

366 『新女子』는 1920년 3월에 창간되었고, 일엽 김원주(一葉 金元周)가 편집을 맡았다.

367 『綠星』은 도쿄(東京)에서 1919년 11월 15일자로 창간되었다. 이 글처럼 『綠星』의 발행인이 방정환이라고 한 기록이 더러 있으나 사실이 아니다. 판권장에 따르면, 편집 겸 발행자는 이일해(李一海)였다.

368 〈天道教少年會〉는 '大正 十年 七月' 곧 1921년 7월이 아니라, 1921년 5월 1일 조직되었다. "天道教少年會는 今年 五月 一日에 天道教會의 少年을 中心으로 한 서울 少年들의 發起"(「可賀할 少年界의 自覺」, 『開闢』, 1921년 10월호, 59쪽)와, "天道教少年會라는 새 모듬이 생겻나이다. 그 생긴 日字는 지난 五月 初一日이라"(妙香山人, 「天道教少年會의 設立과 其 波紋」, 『천도교회월보』, 1922년 1월호, 15쪽)에서 확인된다.

大正 十二年 先生이 스물다섯 되던 봄 先生은 東京에서 돌아와 開闢社에서 『어린이』를 主宰하는 一方 少年會 指導에 全力을 받히기로 하고 "어린이날"을 提唱하여 그 第一回 紀念을 五月 一日에 盛大히 擧行하엿습니다.

大正 十三年에는 全朝鮮少年指導者大者를[370] 發議 召集하여 分散的이던 少年運動의 新機軸을 세우고 大正 十四年에는 〈少年運動協會〉를 大正 十五年 봄에는 〈朝鮮少年聯合會〉를 誕生시키고 委員長에 被選되어 全 努力을 "어린이 운동"에 傾注시키었습니다.[371] 同年 가을에는 李軒求 氏의 도움을 받아 『어린이』 잡지 主催로 世界兒童藝術展覽會를 開催하여[372] 敎育界는 勿論 各 方面에 새로운 刺戟을 끼치어 주었습니다.

이런 한편으로 大正 十三年 『開闢』의 發禁과 함께 開闢社가 廢門의 悲境에 빠지자 靑吾 車相瓚 氏와 손을 맞잡고 開闢社의 復興을 꾀하여 大衆雜誌 『別乾坤』을 創刊하고 『新女性』 『어린이』와 合하여 三大雜誌 刊行의 全 責任을 지고 活躍하였습니다.[373]

昭和 二年에는 先生은 不得已 運動線上에서 물러서서 『어린이』 雜誌의 童話會, 講演會, 라디오 等을 通하여 어린이의 동무 되기에만 힘썼고, 한편 中央保育學校에서 童話를 擔任하여 先生의 理論을 널리 퍼치기에[374] 努力하였습니다.

---

369 〈색동회〉는 1923년 3월 16일 발족하여 5월 1일 도쿄(東京)에서 창립되었고, 『어린이』는 1923년 3월 20일 창간되었다.

370 '全朝鮮少年指導者大會를'의 오식이다.

371 〈少年運動協會〉는 1923년 4월 17일 방정환, 조철호(趙喆鎬) 등 서울 시내 소년단체 대표들과 신문사 기자들이 〈天道敎少年會〉 사무실에서 결성하였다. 〈朝鮮少年聯合會〉는 〈少年運動協會〉와 정홍교(丁洪敎), 박준표(朴埈杓), 이원규(李元珪) 등이 조직한 〈五月會〉(1925년 5월)를 통합하여 1927년 10월 16일 창립하였다.

372 '世界兒童藝術展覽會'는 1928년 10월 2일부터 7일까지 6일간 "開闢社어린이部"가 주최하였고, 장소는 "京城 慶雲洞 天道敎堂"이었다.

373 '大正 十三年 『開闢』의 發禁'이란 기술은 잘못이다. 『開闢』은 1920년 6월 25일 창간되어 1926년 8월 1일 통권72호(8월호)를 끝으로 폐간되었다. 『開闢』의 뒤를 이어 발간된 『別乾坤』의 실제 창간일은 1926년 11월 1일이다.

374 '펼치기에'의 오식이다.

이런 中에서 開闢社를 運轉함에도 그 功績이 無限하여 『別乾坤』『어린이』의 兩大 雜誌는 朝鮮 雜誌가 가진 最高 部數를 把握케 하고 그 縱橫無盡한 編輯術과 宣傳術은 十年 以上이 經過된 今日에도 오히려 當時의 華麗하였음을 感嘆케 할 만큼 偉大하였습니다.

昭和 六年, 開闢社는 不動의 地盤을 닦아 宿願인 『開闢』을 代身할 綜合雜誌 『彗星』[375]의 發刊을 보게 되어 雜誌人 으로서 先生의 面目이 한껏 빛나려 할 때 그동안의 過勞와 無理는 腎臟炎으로 나타나 病席에 쓰러진 지 不過 一週(이상 4쪽)日로 不歸의 客이 되게 하였습니다.

昭和 六年 七月 二十三日 午後 여섯 時 五十四分, 先生의 危重하다는 飛報를 받고 달려온 京鄕의 百餘 親知와 家族들의 눈물 속에서 城大病院 伊藤 內科 病室에서 三十三歲를 一期로 先生의 靈은 고요히 이 世上을 떠났습니다.

確實히 小波 先生의 一生은 너무 짧았습니다. 그러나 先生의 生活의 線은 뚜렷하게 굵었습니다. 굽힘 없는 意志와 疲困을 모르는 誠意와 强烈한 事業에의 慾望과 不動의 信念은 先生의 全 生涯를 通해서 先生을 아는 모든 사람을 慴服케[376] 하였습니다. 困乏을 困乏인 줄 모르는 좋은 性格과 自己 몸과 私慾을 잊고 오직 事業과 오직 信義에 가장 充實하였던 先生은 實로 朝鮮이 가졌던 좋은 일군이었습니다.

더욱이 先生의 溫柔하면서도 사람의 肺腑를 찌르는 文章과 辯說은 어린 사람뿐만이 아니라 모든 사람을 感化시키는 큰 힘을 가지고 있었습니다. 先生의 文章은 어디까지 淳厚하고 多情多感합니다. 詩人과 같이 아름답습니다. 그리고 뜨겁습니다. 夢見草, 北極星, 雙S, 잔물, 外 十數種의 匿名으로 發表되는 飜案, 創作의 多種多樣한 文章이 各 雜誌 誌上의 人氣를 獨占한 것은 너무도 有名한 事實입니다. 더욱이 世態記事와 飜案讀物은 先生의

---

375 『彗星』은 개벽사(開闢社)에서 1931년 3월 1일자로 발간된 시사종합지이다.

376 '慴服'은 '접복'으로 읽는다. '접복(慴服, 慴伏)' 또는 '습복(慴伏, 慴服)'의 오식이다. "두려워서 굴복함. 또는 황송하여 엎드림"이란 뜻이다.

獨壇場으로 類似 匿名 或은 同名異人의 模造記事가 各社 雜誌에 登載까지 되는 人氣였습니다.

　그러나 우리가 小波를 先生으로 모시고 또 小波 先生을 잊지 못하는 것은 조선 어린이에게 끼친 "사랑"과 "지성"에서입니다. 숨지는 때까지 어린이 問題에 充實하고 어린이를 생각하여 眞實한 동무가 되기에 努力한 그 精誠 그 熱情 그리고 그 信念입니다.

　코피를 쏟으면서도 壇上에 올라가 熱淚를 뿌리며 "어린이의 幸福"을 擁護하고 "童心에의 復歸"를 부르짖던 熱辯, 어린사람을 위한 일이라면 사흘 나흘 밤을 새이는 그 誠意, 이것만은 小波 先生이 아니고는 아무도 가진 사(이상 5쪽)람이 없는 어린이게의 "지성"이요 "사랑"입니다.

　그 뚱뚱하고 그 팔팔해 보이지 않는 姿態에 全 朝鮮 百萬 어린사람이 아버지처럼 아니 그보다도 더 가까운 慈愛를 느끼고 많고 尊敬한 것도 이 숨겨 있는 "지성"과 "사랑"에서 發露된 것입니다.

　小波 先生이 간 지 이미 十年입니다. 그리고 先生이 쌓아 논 事業은 十年 동안에 부지 못하고 사라진 것이 많습니다. 그러나 先生이 남겨 논 이 標語는 어린사람과의 이 約束은 길이 남아 있을 것입니다.

　끝으로 先生의 遺族은 未亡人 孫溶嬅 氏와 云容, 夏容의 두 아드님과 榮嬅, 榮淑의 두 따님이 계십니다. 그리고 先生의 遺骸는 府外, 忘憂里 峨嵯山 墓地에 安葬되어 있습니다.

　　　昭和 庚辰 十周忌를 앞두고

　　　　　　　　　　　　　　崔泳柱

## 金素雲, "序", 金素雲 編, 『口傳童謠選』, 博文書舘, 1940.5.

口傳童謠는 조선의 어린이들이 귀와 입으로 간직해 내려온 童心의 記錄이다. 이제 『口傳民謠選』[377]의 뒤를 이어 이 적은 冊을 엮어 낸 것은 오로지 簡易와 輕便을 爲主한 것이니 이것으로서 洽足한 收錄이라 할 수는 없다. 다맛 童民謠에 留意하는 愛護者에게 손쉬운 伴侶되기를 바랄 뿐이다.

昭和 十四年 五月

金素雲

---

[377] 김소운의 『口傳民謠選』(博文書舘, 1939)을 가리킨다.

李軒求, "(뿍·레뷰)어린이에게 不朽의 선물, 小波全集",
『조선일보』, 1940.6.8.[378]

『小波全集』이 나왔다. 小波가 世上을 떠난 지 十年만에 그의 남긴 가지
가지의 業蹟 中에서 文字만을 通한 功든 塔이 이제 아름답고 두툼한 한
卷 冊으로 나타낫다. 朝鮮의 兒童文學을 論하는 이나, 아니 더 나아가 朝鮮
의 兒童問題를 생각하는 이 가운데에서 小波만큼 先驅者의 가진 苦心과
殉敎者의 獻誠을 다한 이가 업다.

小波는 理論만도 아니었고 行動만도 아니엇다. 이 두 가지를 渾一하여
이 땅의 어린이들에게 새로운 世界를 開拓하기에 곱다라니 그 한 몸을 바친
이다. 그러틋한 精力家요 熱血兒요 多情漢이요 또 正義派인 小波가 三十三
을 一期로 세상을 떠낫다는 것은 오로지 그 한 몸을 朝鮮의 어린이에게
바치는 手苦로움이 너무 크고 많헛던 關係일 것이리라.

아직도 어른들의 재롱군으로서의 귀여움과 업수임을 한 몸에 받아야 하
게 된 運命的인 이 땅의 少年小女에게 "어린이"라는 새로운 世紀的 名稱을
들고 나와 어린이만이 새 世代를 建設하는 勇士요 일ㅅ군이라는 것을 實力
으로서 世上에 보여 준 小波의 獻身的 努力은 壯하고 또 커서 길이길이
이 땅의 文化史 우에 燦然히 빗낼 것이다.

小波는 이러케 아무도 손대이지 아니한 새로운 世紀의 門을 열어 노핫
다. 그러는 한편 小波는 이 어린이에게 精神的 糧食을 베푸러 주기 위하여
『어린이』雜誌를 發刊하였고 機會 잇는 데로 時間 잇는 데로 그는 또한
그의 流暢한 붓끄트로 어린이들이 가장 즐기고 조하하는 童謠, 童話의 飜
譯 創作에 專力하여 왔던 것은 여기서 새삼스럽게 말할 것도 업거니와 이제

378 이 글은 거의 같은 내용으로『博文』에도 수록되어 있다.(李軒求, 「어린이에게 不朽의 선물
(小波全集 新刊評)」, 『博文』, 제19집, 1940년 7월호.)

이 全集을 感激 속에 펴 들고 맨 첫머리에 「어린이의 讚美」라는 文 中 빗나는 구슬이 生命化된 훌륭한 文章에 接하는 기쁨을 느낄 수 잇다.

어린이가 잠을 잔다. 내 무릅 아페 편안히 누어서 낫잠을 달게 자고 잇다. 볏 조흔 첫여름 조용한 오후이다. 고요하다는 고요한 것을 모다 모아서 그중 고요한 것만을 골라 가진 것이 어린이의 자는 얼굴이다! 평화라는 평화 중에 그중 훌륭한 평화만을 골라 가진 것이 어린이의 자는 얼굴이다!

이러케 시작된 이 一文 꼬테 가서

어린이는 복되다. 어린이는 복되다. 한이 업는 복을 가진 어린이를 찬미하는 동시에 나는 어린이나라에 가깝게 잇슬 수 잇는 것을 얼마든지 감사한다.

이 一文 속에 小波의 童心世界에 바친 바 至誠과 感謝와 歡悅을 엿볼 수 잇는 것이다. 小波가 『사랑의 선물』에 모아 노흔 世界 名作童話는 飜譯이라기보다도 오히려 創作이라고 할 만치 그러케도 곱고 아름답고 힘 잇는 한글로 옮겨젓든 것이다. 小波의 어린이를 위하여 쓴 글 하나하나의 苦心과 또 그 속에 살어서 뛰노는 한글의 生命을 우리는 또한 노피 評價해야 할 일이다.

이 全集 속에 收錄되지 못한 글도 적지 아니 만흔 모양이나 이 한 冊만 해도 그 속에는 童話, 童謠, 美話, 實話, 童話劇, 隨筆 等 두고두고 애껴서 읽고 또 읽어서 항상 마음속에 새로히 솟는 맑은 生命의 샘으로 가득 차 잇다. 그리고 이 全集 中에는 이 땅의 男女學生에게 보내는 精誠스러운 글도 적지 아니하다.

小波가 간 지 十年 後 아직도 小波가 살어서 우리에게 크고 기픈 感銘을 일으키는 그 곳에 우리는 童心의 世界 속에 永住하는 小波의 참된 生命을 기피 느끼지 않을 수 없다. 敢히 이 冊을 이 땅의 참된 어머니와 아버지와 또 어린이에게 勸奬하는 바이다.

(京城 鐘路 博文書舘 發行 五百部 限定版 定價 二圓五十錢)

## 白鐵, "(新刊評)小波全集", 『매일신보』, 1940.6.14.

小波 方定煥 氏는 우리들이 尊敬하든 어린이運動의 先驅者엿다. 우리들 後輩를 위하야 힘든 길을 開拓해 준 先驅的인 地位에 섯든 그들의 事業이 어느 것이 貴하지 안흐리요만은 그중에서도 어린이를 위한 先驅的인 地位에 섯든 方 小波의 일은 더한층 困難햇드니만치 더한층 빗낫다. 東洋이 전부가 그러치만 조선 가정과 사회에서만치 어린이가 수모를 當한 곳이 업는 그 頑困한[379] 環境 속에서 方 小波가 온갖 困難을 무릅쓰고 거러 나온 그 荊路란 想像하고 남을 것이 잇지 안으냐!

그 苦難의 길을 거르면서도 그는 오히려 남에겐 樂天家로 뵈리만치 自信과 勇敢을 일치 안는 信念과 情熱의 人이엇다.

그는 그 信念과 情熱을 가지고 未來는 어린이의 것이라는 것을 先覺하고 確實하얏다. 쏘한 重厚한 人格 속에 恒常 天眞스럽고 無邪氣한 童心을 지니고 잇서 어린이들의 존경을 一身에 모흔 어룬이 되는데 足한 人物이 엇다.

그가 故人이 된 지 이무[380] 十年! 지금까지 그를 爲한 아무 記念的인 것이 업슴을 遺憾으로 생각해 오든 차에 이번 博文書舘에서 『小波全集』을 發刊한 것은 뜻이 깁흔 出版이엇다고 생각한다. 小波가 그 어린이운동史上에 남긴 數多한 빗나는 事業 中 이 全集 中에 收錄된 것은 오직 文字를 通한 그의 貴한 遺産의 一部分이다. 그러나 이 冊子를 드는 째에 우리들 눈아페는 그의 重厚한 모습이 방불하고 그가 어린이 아페서 부르짓든 流暢한 이야기 소리가 들니는 듯하다. 우리 어린이들 아페 귀한 선물이 아니랴!

---

379 '頑固한'의 오식이다.
380 '이미'의 오식으로 보인다.

異河潤, "(쁙·레뷰)方定煥 遺著『小波全集』讀後感", 『동아일보』, 1940.6.28.

故 小波 方定煥 氏가 朝鮮의 어린이를 爲하야 남겨 노코 간 『사랑의 선물』大集成이 오늘에야 世上에 나오게 된 것은 오히려 남아 잇는 우리들의 커다란 羞恥엿다고 해도 過言이 아닐 程度다.

그가 『어린이』를 主宰하엿고 少年運動에 全力을 받헛고 귀한 『사랑의 선물』을 어린이에게 선사하엿고 그리고 앗갑게도 三十三歲를 一期로 世上을 떠낫고…… 나는 그 以上 世上이 더 잘 아는 그의 功績이나 畧歷이나 逸話를 여기 들추어낼 겨를이 없다.

紙 饑饉에 物資難이 尤甚한 이때임에도 不拘하고 五百頁에 가까운 尨大한 豪華 裝幀의 『小波全集』限定本이 가난한 내 冊상머리에 노히게 된 기쁨을 난호기 爲하야 달리 適當한 筆者가 잇엄즉함에도 不拘하고 敢히 所感의 一端을 적어보기로 한 것이다.

날저무는 하늘에
별이 삼 형제
빤짝 빤짝
정답게 지내더니
웬일인지
별 하나
보이지 안코
남은 별이
둘이서
눈물 흘니네

이것은 누구나 다 귀에 익은 그의 童謠 「형제별」을 例로 든 데 不過하거니와 여섯 篇밖게 안 되는 그의 童謠의 全部가 우리들의 즐겨 외이고 부르

던 노래들임에 다시금 놀내지 안홀 수 없다. 童話가 스물네 篇 創作도 잇고
飜案도 잇는 모양이나 읽을수록 滋味나게 하는 알지 못할 魅力이 그 속에
가득 서리어 잇어 읽는 이로 하여금 다음에서 다음으로 冊장이 다할 때까지
넘기지 안홀 수 없이 사로잡고야 만다.

夜話가 네 篇 美談 實話가 十三 篇 少年小說이 세 篇 童話劇이 한 篇
隨筆 雜文이 五 篇 卷頭의 「어린이 讚美」로부터 빼노코 읽을 것이 하나도
없다는 것이 率直한 告白이리라.

그의 글은 곳 그의 이야기요 그의 이야기는 곳 그 自身이엇다. 그럼으로
그의 글에서 받는 感動이 卽 그의 말에서 받는 感動이며 또 이것을 다시
말하면 그의 人格에서 받는 感動이엇엇던 것이다.

그럼으로 그는 作品만을 쓰기 爲한 兒童文學者가 아니엇다.

"씩씩하고 참된 소년이 됩시다. 그리고 서로 도웁고 사랑하는 소년이 됩
시다."

그는 이러한 少年을 맨들기 爲한 方便으로 글도 쓰고 이야기도 하고 노
래도 짓고 연극도 꿈이고 하엿던 것이 아닐까.

이 冊에 잇어서만은 어느 것이 더 조타는 말이 必要치 안홀 만치 어느
것을 먼저 읽어도 相關이 없다. 決局은 全部를 다 읽지 안코서는 손을 떼일
수 없을 것이 事實이니까

나는 敎科書 以外에 맘 노코 아이들 앞에 내줄 수 잇는 冊 중에서도 가장
웃듬되는 것이 무엇이냐 하면 서슴지 안코 이 『小波全集』을 내노코 싶다.
敢히 子女를 길으시는 滿天下 人士에게 眞心으로 一讀을 勸하는 所以가
여기 잇다.

(京城 鐘路 二丁目 八六 博文書舘 發行 振替 京城 二〇二三番 五百部
限定版 頒價 三圓 五十錢)

楊美林, "兒童藝術의 現狀(1)", 『조선일보』, 1940.6.29.

## ◇ 머릿말

問題의 範圍가 너무 廣漠하여 무엇을 말하려는가. 讀者의 懷疑를 먼저 자아낼 뜻하나 兒童藝術의 한두 部門을 떼여 가지고 그 方法論을 말하기보다도 오늘 우리로서는 차라리 兒童藝術 全般에 亘한 共通的

**根本精神** 乃至 根本課題를 先決함이 緊急事다.

새삼스러히 兒童藝術의 定義며 種類 形式이며 方法 等을 云云하는 原論的 論陣을[381] 펴려는 것은 아니나 最近 어떤 部門에 잇서서는 너무도 似而非 兒童藝術임을 目睹하게 되므로 槪念的으로나마 兒童藝術의 根本精神 形式 方法 等의 基本課題를 强調하며 最近 朝鮮의 兒童藝術界 全貌를 展望해 보련다.

### ◇ 兒童藝術에의 關心

한때는 거의 絶望視(?) 되엇던 우리의 兒童藝術이 近年에 다시

**復興 擡頭**하여 社會 各 方面의 關心을 끌게 되엇다.

그 原因과 形態는 구태여 말하지 안켓스나 매우 慶賀하여 마지안흘 現象이다. 關心이 모든 일의 原動力은 될지언정 關心만으로 일이 되는 것은 아이니 그 點은 잘 分辨하여 無條件으로 附和雷同치 안토록 銘心할 것이다.

그리고 關心이란 것은 다른 모든 現象과 가치 決코 一面的인 것이 아니다. 藝術家들서[382] 더욱 積極的으로 制作的 體制를 整備하는 것 또 다음으로는 官憲이나 敎育家 側의 理解 接近 그리고 끄트으로 가장 重要한 要素는 顧客 格인 兒童大衆이나 그 父兄姉母들의 歡迎 耽愛다.

兒童藝術에는 性質上 두 가지의 基本 部門이 잇스니 그 하나는 成人

---

381 '論陳을'의 오식이다.
382 '藝術家들로서'의 오식으로 보인다.

兒童藝術家가 兒童을 위하여 制作하는 藝術이오 다른 하나는

**兒童自身**들의 藝術이다. 두말할 것도 업시 이들이 모두 適當히 並行해야 비로소 健全한 兒童藝術의 發達이라고 말할 수 잇스며 過去는 勿論 現在도 前者의 偏重이며 朝鮮의 斯界 宿患인 아모런 基本的 敎養과 人間的 陶冶도 업는 所謂 似而非 未完成 藝術家들의 登龍門이나 養老院 格인 不名譽와 癌을 默認 看過 持續해서는 絶對로 아니 될 것이다.

그러므로 兒童藝術에의 關心이 高調擴大되엇다고서만 樂觀하고 이런대로 傍觀하며 解決치 안는 限 皮相的 盛況에 끄치고 아무런 進步的 建設的 成果를 期待키는 어려울 것이다.

따라서 어떤 意味에서 우리는 이 機會에 斷然 兒童藝術界 全般에 亘하여 徹底한 檢討와 肅淸工作을 敢行할 必要를 느끼며 그 然後에

**自然淘汰**의 原則에 依한 健全한 發達成果(活動, 作品, 機關)를 기다리기로 할 것이다.

### ◇ 兒童藝術에의 理解

먼저 兒童藝術에의 關心을 말햇거니와 이것을 벌써 어떤 程度까지 兒童藝術의 理解 普及을 말하는 것이며 그의 先行하는 것이다.

또 理解라고 쉬웁게 말하지만 事實은 그 程度와 限度가 問題이며 어떤 程度 以上의 水準이 아니고는 理解라고 할 수도 업는 일이다. 近來 우리 社會全般의 兒童藝術에 對한 理解 評價 또 鑑賞 能力은 놀랠 만큼 普及 向上하엿스며 아직

**前途遼遠**하다고 하더라도 前日에 比較하면 참으로 隔世의 感이 잇다.

그中에서도 特筆大書할 큰 現象의 하나는 敎育과 藝術과의 顯著한 接近 乃至 妥協이다. 큰 間隔을 사이에 두고 서로 對立하여 바라다만 보던 敎育과 藝術이 어떤 部門에 잇서서는 完全히 合流하게 되엇스니 驚嘆치 안흘 수 업다.

舊來의 敎育觀으로는 藝術을 賤視 乃至 劣等視하엿스며 危險千萬한 것으로 取扱해 왓스며 또 藝術觀으로서는 藝術의 威信을 일흔 功利主義로 흐르게 될까 警戒하던 相互關係엿다. 勿論 雙方이 모두 一理도 잇섯고 一

課가 잇섯다.

永遠히 銘心해야 될 것이나 아닌 게 아니라 섯불리 術者가 接近하엿다가는 뜻박게 畸形藝術을 派生커나 過誤를 犯하기 쉬운 것이다. 더구나 거의 精神的으로

**動脈硬化**된 大多數의 敎育家들로서는 敢히 藝術에 接近해 볼 생각이 업섯슴도 無理는 아닐 것이다.

그러나 最近의 文藝, 作文(綴方)[383]敎育 獎勵라든지 手工敎育의 再檢討라든지 兒童映畵의 敎育的 效果라든지 學校劇의 隆盛이라든지 音樂, 美術敎育의 振興이라든지 어느 것 하나 敎育과 藝術의 接近 妥協을 記明치 안흐며 兒童藝術의 氣焰을 吐하지 안는 것이 업다.

(게속)

---

楊美林, "兒童藝術의 現狀(2)", 『조선일보』, 1940. 7. 2.

### ◇ 最近의 動向

우리는 世上의 무슨 現象이나 이것을 두 가지 角度에서 볼 수 잇다. 즉 그 하나는 外觀으로 보는 것이고 또 다른 하나는 內面(質的)으로 보는 것이다.

最近 數年來의 우리 兒童藝術界를 一瞥할 때 거기에는 반드시 外觀으로만도 말할 수 업고 또 그러타고 質的으로만 論하기도 어려운 問題가 潛在하고 잇다.

十餘年 前과 가튼

**黃金時代**가 再現되지는 못하엿다 하드라도 한때 絶望視 되엇던 危機에서는 훌융히 벗서나서 어떤 部門에 잇서서는 確實히 質的 向上을 보이고

---

383 '綴方'은 "つづりかた〔つづり方, 綴り方〕"로 "작문, 글짓기"라는 뜻의 일본어이다.

잇스며 또 어떤 것은 全혀 새 部門이 誕生하엿다.

그러나 적어도 皮相的 見地에서 볼 때는 아직도 다른 모든 文化部面에 比較해서 寂寥하기 짝이 업다.

具體的으로 그 實例의 一端을 들면 童話나 童謠가 그 生産數量에 잇서서 到底히 前期(小波 時代)에 比較할 수 업스나 玄德 氏 가튼 優秀한 作家의 出現으로

兒童文學의 水準은 確實히 向上하엿스며 鄭玄雄 氏의 童畵, 兒童映畵 「授業料」等의 出現은 朝鮮 兒童藝術界의 新局面이라고 아니할 수 업다.

그러나 各 部間의[384] 跛行的 成長은 否認할 수 업스며 이것이 均衡 平行치 안는 限 健全한 發達이라고 말할 수는 업다.

### ◇ 跛行性의 原因

有期體에[385] 잇서서 한 가지의 元素만이 不足하여도 死滅하거나 健全한 發育을 못하는 것과 마찬가지로 社會에 잇서서도 다시 文化部面에 잇서서도 各 部門의 均衡을 일코 跛行的으로 成長하여서는 滿足한 綜合的 成果를 바랄 수 업다.

그러므로 우리는 朝鮮 兒童藝術界의 各 部門 現狀을 잘 살펴보고 跛行的 原因을 除去하며

共存共榮의 均衡을 가지고 成長하도록 힘쓰지 안흐면 아니 될 것이다. 이 課題를 解決함에는 한두 사람의 힘으로 可能할 바이 아니며 또 論筆로만 될 일이 아니다. 各 部門마다의 集團的 運動이 必要하며 다시 그 우에 兒童文化協會라든가 兒童文藝家聯盟 가튼 意思 統合 機關이 잇서야 할 것이다. 勿論 純白한 文化的 良心에서 營爲될 것도 두말할 것도 업다. 現在와 가튼 아무런

相互扶助的 精神과 連帶的 責任感 업시 全혀 個人的 行動에 左右되어서는 참으로 全體의 均衡된 成長을 바라기 어려우며 그 박게 數업시 만흔

---

384 '各 部門의'의 오식이다.
385 '有機體에'의 오식이다.

根本的 弊害를 一掃할 수 업다.

◇ 批評에 對한 批評

兒童藝術 自體가 그리 爛漫한 活動을 보이지 못하므로 이에 對한 批評은 거이 업다고 해도 過言이 아니다.

그러나 批評의 貧困은 單純히 이 한마디로 正當化시킬 것이 아니며 亦是 問題는 社會에서

**兒童問題** 乃至 兒童藝術에 對하여 너무도 無關心하고 또 關心이 잇대ㅅ자 徹頭徹尾 蔑視 乃至 輕視해 왓기 때문이다.

그러므로 여간한 勇氣와 熱誠을 가진 獻身的 人士가 아니고는 뛰여드러서 代辯을 하거나 高喊치는 이가 업섯다. 또 그런 사람도 업섯거니와 그 論調를 바더 줄 機關(新聞, 雜誌, 放送, 集會)도 업섯다.

이 點에 對해서는 다른 適當한 機會에 詳論해 보려고 하나, 그러타고 全혀 兒童藝術의 批評이 업섯다고 하는 것은 아니다. 筆者는 그것을 두 部門으로 갈러 보겠다. 그 하나는 新聞 雜誌 其他의 '쩌-날리즘'으로 公然히 發表된 것이오 다른 하나는 한두 會合(間接 直接으로 兒童藝術과 關聯된 것)이나 私談 間에 討議 乃至 話題도 되엇던 것이다. 前者에 屬하는 것은 宋完淳 氏의 「童謠論 雜考」(『東亞日報』) 宋昌一 氏의 「童話文學과 作家」(同上) 宋南憲 氏의 「藝術童話의 本質과 그 精神」(同上) 盧良根 氏의 「兒童文學에의 길」(『新世紀』)[386] 宋南憲 氏의 「兒童文學과 背後」(『東亞日報』) 李龜祚 氏의 「어린이 文學論議」(同上) 映畵 「授業料」의 試寫評(各紙) 等이고 後者에 關한 것으로는 兒童文藝懇談會 '안데르센' 紀念의 밤 盧良根 氏 著 少年小說 『열세동무』 出版記念會 等의 席上에서 이야기된 것들이다.

지금 가만히 以上의 모든 것을 다시 한번 反讀하고 回顧해 보면 거이 다 原論的 形式論이고

---

386 盧良根의 「兒童文學에의 길: 열세동무 出版紀念會 所感」(『新世紀』, 제2권 제4호, 1940년 4월호)을 가리킨다.

朝鮮 現狀에 適用, 參考됨이 比較的 적엇다. 兒童文學에 잇서서는 거이 直譯的 引用에 ᄭ처 아무런 現實性을 맛지 못햇고 外國의 評論이나 內地 作家의 一二 論議를 紹介해서야 無用에 가까우며 또 그것이나마 最近의 思潮가 아니며 一九二 年代의[387] 것임에

映畵 「授業料」의 試寫評은 매우 旺盛하여 一時에 朝鮮, 東亞, 每新 三紙가 映畵界의 重鎭을 動員하여 記載하엿섯스나 映畵의 門外漢인 筆者로서는 映畵評이란 이런 것인가 하고 半信半疑하든 次에 尹福鎭 氏가 『東亞日報』에서 三紙의 同 映畵 試寫評을 寸評으로  網打盡헷슴은 注意를 끌엇다.[388]

ᄭᆞ트로 두세 번의 集會에서 論議된 것은 지금 생각해도 우숩고 얼굴이 붉어질 지경이며 모두

藝術 以前의 童話며 童謠며 童劇을 斷片的으로 지꺼림에 지나지 안헛다.

참으로 指導的 精神을 가진 評論은 藝術活動을 誘發 隆盛케 하며 不斷의 刺戟이 되는 것이다. 그러므로 늘 그때의 現實에 立脚한 評論이 並行해야 될 것이다. 이런 意味에서 이 땅에도 一家를 이룬 兒童藝術 評論(理論)家의 出現을 待望하며 또 나타날 것을 밋는다.

---

387 '一九二〇年代의'의 오식으로 보인다.

388 김수향(金水鄕, 尹福鎭)의 「(映畵寸評)童心의 誤謬一映畵 授業料를 보고」,『동아일보』, 40.5.10)를 가리킨다. 이보다 앞선 영화평으로는, 이규환(李圭煥)의 「(試寫評)授業料의 印象(상,중,하)」(『매일신보』, 40.4.20~23), 서광제(徐光霽)의 「(新映畵評 上)童心世界의 沒理解一高映의 授業料를 보고」,「(新映畵評 下)스토리一 中心의 作品一高映의 授業料를 보고」(『조선일보』, 40.5.1~2), 안종화(安鍾和)의 「最近의 佳作「授業料」를 보고(上,下)」(『동아일보』, 40.5.1~4) 등이 있었다.

楊美林, "兒童藝術의 現狀(3)", 『조선일보』, 1940.7.5.

## ◇ 各 部門의 現狀

-主要한 人物, 作風 其他-

**兒童藝術**의 分類는 사람에 따라 그 方法을 달리 하나 常識的으로 普通 區分하는

一. 兒童文學(1. 童話 2. 少年(少女)小說 3. 童詩(謠))

二. 兒童演劇(1. 兒童劇 2. 童話劇)

三. 兒童美術(1. 童畵 2. 手工(藝))

四. 兒童音樂(童謠 其他)

五. 兒童舞踊

六. 兒童映畵

의 여섯으로 되겠다.

먼저도 말햇거니와 그 사이의 跛行性은 매우 顯著하며 部門을 갈러 對照하여 가면서 말하기는 어려운 點이 잇다. 그러나 언제까지던지 大家族主義(?)로 나아가며 個性의 伸張을 굽힐 수는 업는 일이다. 그러므로 多少 無理가 잇더라도 위선 部門을 갈라 볼 必要가 잇스며 朝鮮 現實에 立脚하여 어떤 程度까지나 關聯性을 가지고 잇는가도 한번 考察해 볼 問題다.


一. 兒童文學

1. 童話

가장 오랜 歷史를 가지고도

**比較的 順調**롭게 發達치 못한 것이 우리 童話다. 거기에는 勿論 原因이 잇스며 또 單純한 한두 가지가 아니지만 一言以蔽之하면 兒童文學 理論의 貧困 때문이엇다. 童話라면 아직도 옛날 애기로나 아는 사람이 잇스며 그래도 兒童藝術이란 바람을 조곰 마시고도 그 모양이다. 勿論 이런 것은 圈外로 칠 것이며 이런 觀念에서 오는 副作用으로 童話의 創作性 藝

術性을 얼마나 減殺햇는지 알 수 업다. 해마다 各 新聞社에서 募集하는 新春文藝의 應募童話를 보면 分明하며 가끔 申請해 오는 放送童話로도 證明할 수 잇다.

그러나 數年來 一部 少數의 優秀한 作家는 우리의 압날을 樂觀해 주엇다. 그 第一人者는 玄德 氏이며 다음으로 盧良根, 宋昌一 等의 諸氏라고 할 수 잇다.

**口碑童話**라도 能히 藝術化하고 創作性을 充分히 불러 너흐며 創作에 잇서서는 寫實主義를 如實히 反映하고 잇다. 다못 生産 數量이 내우 적음은(그 까닭은 全 生活을 이 길에 바치지 못하는 것) 愛惜한 일이다.

童話를 論함에는 口演童話를 뺄 수 업다. 單見으로는 口演童話의 發達과 어느 程度까지 並行해서 비로소 創作童話도 健實히 成長할 수 잇다고 본다. 그러나 近來는 放送과 敎育의 集會 以外에는 별로 活動의 機會가 거이 업다고 해도 過言이 아니다.

童話家의 重鎭 몃 분을 紹介하면 金福鎭, 高在天, 朴仁範, 全向鎭, 崔仁化 等의 諸氏가 아닐까 생각된다.

### 2. 少年(少女)小說

童話와 少年(少女)小說은 本質上 큰 差異가 잇다. 그러나 이것이 아직도 混同되는 傾向이 적지 안흐며 讀者 層에서도 比較的 無關心한 듯하다. 이제

**그 本質과 任務**를 仔細히 말할 紙面이 업스나 童話의 單純浪漫, 感激的이며 少年(少女)小說의 複雜(程度 問題), 寫實, 知性的인 것을 指摘할 뿐으로 끄치겟다. 作家陣을 볼 때 亦是 玄德 氏를 첫손에 꼽지 안흘 수 업스며 盧良根 氏의 『열세동무』가 長篇 單行本으로 出版되엇슴은 또한 看過할 수 업는 일이다.

### 3. 童詩(謠)

童詩(謠)에 잇서서는 最近에 뚜렷이 나타낫다고 볼 優秀한 新人은 업스며 또 새로운 作風이 보이지도 안는다. 尹石重, 尹福鎭 氏 等의 重鎭이 如前히 볼 만한 活動을 하나 별로 새로운 氣魄은 업고 朴泳鍾, 李元壽 氏

等의 新作이 近年 注意를 끄나 童詩(謠)壇(?)의 傳統的인 무슨 引力이 잇는지 驚嘆할 만한 巨彈이 업다. 언제까지든지

**愛誦할 童詩**와 愛唱될 童謠가 나오기 바란다.


## 二. 兒童演劇
### 兒童劇과 童話劇

兒童劇과 童話劇은 戲曲 創作上 演出 演技上 큰 差異가 잇는 것이다. 그러나 이것이 아직도 만히 混同되고 잇스며 그 活動舞臺는 매우 좁아서 지금 兒童劇이라면 放送兒童劇이 거이 獨占한 形便이다. 純粹한 意味의 兒童劇은 인제부터 開拓할 餘地가 만흐며 童話劇과 아울러 그 綜合的 藝術性은 이 땅에서도 漸漸 認識되어 간다.

그러나 綜合藝術인 만큼 쉽사리 發展치 못하며 더구나 協同的 精神에 缺乏한 斯界의 從來 空氣대로는 아직도 압길이 멀다. 優秀한 兒童劇作家와 敎養 見識 才能을 가춘 名演出家가 나타나서 참으로

**協同的 活動**을 展開하기 前에는 큰 期待를 갓기 어렵다. 最近의 한 가지 記憶되는 것으로는 朴興珉 鄭英徹 金相德 等 諸氏의 이 方面의 努力을 본 것이 잇는데 遺憾이나마 그 '레퍼-토리'에 잇서서는 勿論 演出 演技 모든 點에 잇서서 多勞無得인 感이 기펏다. 그것은 細論할 必要는 업스나 거기서 느낀 것은 世上 무슨 일에 잇서서나 첫 條件은 人間問題다. 이 問題부터 出發하지 안코는 아무리 훌륭한 企畵이라도 無益한 일이다. 直感의 一端을 말햇쓸 뿐이며 아프로 集團的인 무슨 일을 할 때나 參考가 되지 안흘까 생각된다. 오늘 우리가 兒童劇(童話劇)의 活動(?)人物이라고 볼 만한 분을 들어 보면 洪銀杓(劇作, 演出) 朴興珉(劇作, 演出) 咸世德(劇作) 等의 諸氏라고나 할 듯하다. 咸 氏의 作風은 매우 獨特한 點이 잇스며

**兒童藝術觀**에 잇서서 個性이 들어나며 纖細한 線만큼 題材에도 注力하면 期待할 바 매우 크다. 演出에도 硏究的 態度를 가지는 분이 나오기 바란다.

## 三. 兒童音樂 童謠 其他

童謠의 全盛時代는 까마득한 옛 記憶으로 지나가 버렷다. 兒童文學(3)에서도 簡單히 말햇거니와 그 原因이 單純히 時代性에만 歸할 것이 아니고 또 作家 作曲家의 無能으로만 돌릴 것도 아니다. 모든 兒童藝術 乃至 文化運動의 衰運을 가장 現象的으로 如實히 나타난 것이 童謠의 不振에 證明되엇슬 따름이다. 나중 言及하겟거니와 兒童藝術家의 生活問題와 一般民衆의 冷情한 相對가 오늘의 現狀을 齎來케 한 것이며 童謠로 말하드라도 가장 功勢가 큰 初期의 作曲家 乃至 運動家들이 거이 다 다른 方面으로 分散하엿스며 또 몃 분의 殘將이 잇서도 時代的 風潮로 모두 氣力을 일흔 形勢다. 前者에 屬하는 분으로 尹克榮 鄭淳哲 金泰晳 尹喜永 諸氏를 들 수 잇스며 後者로 洪蘭坡 朴泰俊 兩氏를 들 수 잇다.

그러나 近來

生活 感情을 土臺로 하는 所謂 '레알리즘'의 童謠가 多少 復興되며 新進 作曲家로 金聖泰 朴泰鉉 金聖道 等의 諸氏를 들 수 잇스며 또 넓은 意味의 兒童音樂을 위해서 童謠 以上의 形式과 內容으로 洪蘭坡 朴慶浩 任東爀 諸氏가 생각하시는 모양이다. 任 氏는 兒童을 위한 小管絃樂 組曲의 作曲 意思를 말한 일이 잇다.

---

楊美林, "兒童藝術의 現狀(4)", 『조선일보』, 1940.7.6.

## 四. 兒童美術[389]

兒童藝術의 한 部分으로 相當히 큰 任務를 가진 것이 이

兒童美術이다. 그러나 다른 部門에 比較해서 매우 뒤떠러젓스며 童話童謠 가튼 것은 相當한 集積이 잇스나 兒童美術에 잇서서는 遺憾이나마

---

[389] 원문에 '四. 兒童美術'은 빠져 있으나 내용으로 보아 추가하였다.

그것이 업다. 兒童藝術이라면 大槪 童話, 童謠, 童劇으로만 기우러진 感이 기펏다. 最近 一般民衆의 美術에 對한 理解와 鑑賞力이 向上됨에 따라서 兒童美術도 關心을 끌게 되엿다.

文敎當局에서도 이 方面에 매우 注力하게 되여 從來의 圖畵 科目을 質的으로 改善하게 되엿스며 새로 手工 科目도 登場하엿고 敎科書 全般에 亘하여 色版 頁을 揷入하고 揷畵도 多少 改善되엿스나 이 點은 아직 未及 莫大하다. 音樂敎育과 아울러 美術敎育에는 아프로 만흔 發展이 約束된 듯하다.

그리고 朝鮮美展에도 해마다 少年少女 秀才의 作品 入選率이 노파 감은 매우 기쁜 일이며 新聞社의 學生展覽會도 볼 만한 것이 되여 간다. 이런 것은 成長해 가는 一面을 말한 것이고 그 素地가 될 만한 것으로는

**藝術的 童話**의 登場이다. 全 生活을 이 方面으로 기우리지 못함은 遺憾이나마 鄭玄雄 氏의 童畵는 確實히 朝鮮 斯界의 第一人者며 아프로 더욱 만흔 期待를 갓게 한다. 이 박게 金奎澤, 林鴻恩, 林同恩, 玄在德 諸氏의 努力을 看過할 수 업스며 新人 漫畵家 金湘旭 氏의 再出發을 切望하여 마지안는다.

手工(藝)은 兒童의 創作的 藝術本能을 形象으로 가장 잘 誘發하는 것이다. 그러나 이 方面을 너무도 一般이 等閑視하며 特出한 硏究家가 업슴은 매우 遺憾이다. 아프로 이 方面에도 뛰어난 硏究家가 續出하기를 바란다.

童畵, 手工(藝)에 잇서서 特히 생각해야 될 點은 題材는 勿論 手法에 잇서서 公演히 남에게 追從하는 것을 自戒하며 綜合的으로 朝鮮의 鄕土色이 忘却되어서는 無意味한 일이다.

아프로 만흔 活動의 餘地가 잇는 部門이다.


五. 兒童舞踊

筆者는 不幸히 훌륭한

**兒童舞踊**을 그리 만히 못 보앗다. 더구나 朝鮮에서는 公演다운 것을 한번도 보지 못하엿다.

勿論 優秀한 兒童舞踊家 乃至 兒童舞踊研究家가 업다고 볼 수도 잇겟고, 大家然하는 분이 잇스나 單純히 模倣에 지나지 안흐며 그것도 어른의 춤 그대로 兒童의 體育이나 本能的 旋律을 無視하기 짝이 업다. 舞踊의 가장 基本的인 出發을 遊戱에서부터가 아닐까고 생각한다. 그러므로 空然한 原理니 理論이니 하는 것만으로 行勢하지 말고 먼저 兒童의 個別的 또는 集團的 自由遊戱를 觀察할 것이며 그것을 規律化, 旋律化, 藝術化 하여 律動遊戱로 昇華한 다음 여기서 다시 舞踊을 만들 것이다.

그런 基本的인 諸 要素가 閑却된 早熟의 兒童舞踊이기 때문에 實際로 해야 될 兒童에게는 苦痛과 不自然 以上의 아무것도 아니며 또 東洋人 固有의 '리듬'을 너무 無視한 것들이다. 이름은 무엇이라고 하든지 兒童의 體育과

**情緖의 醇化**를 目的으로 하는 舞踊에 잇서서 以上의 根本課題와 基本順序를 無視하고는 언제까지 가나 一部의 所謂 舞踊家가 舞臺 위에서 恍惚한 脚光을 바드며 구경이나 시킬 것이지 實際로 普及되기는 遼遠한 일이다. 徹頭徹尾 惡評을 하여 斯界의 各位로부터 큰 不滿을 살 뜻하나 먼저 反省自戒해 볼 일이며 咸奉貴 氏와 가튼 優秀한 兒童舞踊研究家가 잇슴은 將來를 決코 悲觀케만 하지 안는다. 그러나 압흐로 飛躍的 改革이 잇기를 바라며 同時에 舞踊을 위한 音樂도 따로 研究할 한 개의 問題다.

### 六. 兒童映畵

兒童映畵는 아직 따로 떼어서 말할 만한 兒童藝術의 部門은 못 된다. 周知하는 바와 가치 映畵 「授業料」가 畸形으로나마

**朝鮮 最初**의 兒童映畵라는 名目으로 登場한 것이 바로 얼마 전의 일이다.

그것 一篇만을 對象으로 삼아서 말할 수는 업스며 그러타고 一般 兒童映畵 理論은 本稿의 任務에서 버서나는 일이다.

그러므로 映畵 「授業料」를 中心으로 將來 兒童映畵를 製作함에 잇서서 朝鮮的 性格을 가지도록 하며 가장 進步된 綜合藝術로서 다른 모든 兒童藝

術의 指導的 役割을 하도록 바라는 마음에서 몃 마디 말해 보겟다.

「授業料」 ― 小學生의 짧은 作文을 過大히 擴大하여 映畵化하엿슴에
지나지 안엇다. 더구나 그 '스토-리'는 여간 잘 取扱하지 안코는 兒童藝術
의 根本精神에서 버서날 危險性을 만히 품고 잇섯다. 그것을 兒童藝術에
그리 造詣가 깁지 못한 분들이 만들어 냇스므로 從來의

**一般 映畵**에다가 主人公 兒童을 登場시킨 데 지나지 안엇다. 씨나리오
脚色 臺詞 監督 撮影 錄音(音樂을 包含) 等 細別하여 詳論할 紙面이 업스
나 첫 試驗으로는 成功이라고 하겟스나 그만큼 大規模로 着手한 바에는
좀 더 滿足한 것이 되엇스리라고 미덧다. 生活을 縮小한 劇이나 映畵에
잇서서는 더욱 다른 것보다도 兒童自體의 硏究가 必要하며 兒童의 生活을
細密히 觀察한 素養이 업시는 훌륭한 成果를 거두기 어렵다. 映畵人 諸位
도 優秀한 兒童映畵를 만들어 내기 위해서는 먼저 잘못된 先入感을 버리고
兒童을 잘 理解하기에 힘쓰며 또 한편 旣成 兒童藝術家와 緊密한 協力을
하여 나가면 더욱 큰 成長을 보리라고 밋는다.

---

楊美林, "兒童藝術의 現狀(終)", 『조선일보』, 1940.7.9

◇ 끄트로

以上으로 大略 社會一般의 兒童藝術에 對한

**理解와 關心**으로부터 兒童藝術 各 分野의 最近 動向과 現狀까지를
말한 듯하다.

그러나 너무 粗雜하고 斷片的인 記述이엇스므로 筆者 自身도 마음이
노히지 안는다. 그 不滿은 以下의 結論的인 部分으로 補充코저 한다.

새삼스러히 強調할 말이 아니나 永遠한 未來의 繼承者인 兒童을 참으
로 人間답게 成長시키며 人生을 바르게 보고 아프로 더욱 燦爛한 文化의
建設者가 되도록 그 素地를 만들어 주는 데는 兒童藝術 以上의 아무것도

업다.

或 教育과 背馳된다고 말하는 사람이 업다면 그는 참말의 教育과 훌륭한 藝術을 모르는 것이며 또 敎育精神과 어그러지는 藝術이 잇다면 그것이야 말로

**似而非 藝術**이다. 그러므로 兒童藝術을 참말의 藝術領域까지 끌어올 리는 同時에 그 根本精神을 固守하며 한편 社會로서는 全面的 支持를 아끼 지 안허야 될 것입니다. 이미 말햇거니와 무슨 일에 잇서서나 基本課題는 當路의 人間問題와 社會와의 有機的 關聯性 如何의 둘로 歸結한다.

이 두 가지 問題를 考察해 보고 擱筆키로 하겠다.

### ◇ 兒童藝術家 是非

筆者가 보기에는 朝鮮에 아직 純粹한 兒童藝術家는 업다. 그 原因 其他 에 對해는 다음 項에서 말하겠거니와 全生活을 기우리지 못하는 곳에서 큰 成果가 나기는 매우 어려운 일이니 이것을 몰라주며 無條件하고 그

**貧弱과 畸形**을 비웃는 것은 非行이다. 그리고 할 일이 업서서 消日꺼 리로 이것을 건드리거나 또 藝術의 習作으로 兒童藝術을 犯하여 또 한 가 지 아무런 文化的 敎養과 藝術的 素質도 업는 이들이 非人格的으로 兒童藝 術을 云謂함은 將來를 위해서 斷然 淸算해야 될 것이다. 이로 말미아마 從來의 兒童藝術 乃至 兒童藝術家들이 蔑視를 바더 왓스며 旣成 藝術家로 서는 相當히 良心的인 사람이면서도 兒童藝術을 敬遠해 온 感이 잇다. 압 날의 健全한 成長을 위해서는 먼저 少數나마 生活의 大部分을 兒童藝術에 바치는 사람이 나와야겟고 그들의 良心的 活動으로 似而非 兒童藝術을 撲 滅해 버리며 또

**旣成藝術**家들로서는 晏然히 언제까지나 남의 일로만 여기지 말고 좀 더 硏究的 熱誠을 가지고 兒童藝術 分野에서도 活動을 겨을리하지 말 것 이다.

그리고 兒童藝術의 根本課題로 現在 가장 缺乏되어 잇는 兒童自體의 硏究와 兒童生活의 觀察에 더욱 注力하도록 힘쓰지 안코서는 質的 向上을 能率的으로 期하기 또한 어려운 일이다.

## ◇ 兒童藝術觀 是非
### －兒童藝術의 振興을 爲하여－

多少 또 重複되는 말이나 兒童藝術을 正當히 보며 그 價值를 놉게 評價하는 兒童藝術觀이 서지도 못햇기 때문에 아직까지 볼 만한 兒童藝術의 世界가 展開치 못한 것이다. 그 振興을 期함에는 前項에서 말한 諸 問題도 잇지만 社會에서 위선 반가히 마지하며 生産과 消化의 機構를 開放해야 될 것이며 사람과 일에 對해서 尊敬과 感謝를 바치며 그들의

**生活을 保障**해 줄 뿐만 아니라 그 良心的 作品鑑賞에 힘쓰지 안허서는 아무 刺戟도 되지 안는다.

具體的으로 말해야 될 것이 만흐나 너무 張皇하게 되겟스므로 이만 끄친다.

## 宋錫夏, "序", 朴英晩 編, 『朝鮮傳來童話集』, 學藝社, 1940.6.[390]

무릇 人類의 참답고 숨김없는 心的 表現은 그들이 邈矣한 옛날에서부터 悠久한 未來에 傳承하여 가는 神話와 傳說과 童話일 것이다. 人類의 文化 는 或 傳播하여 그 潮流의 交叉로서 互相關聯도 맺지 않는 배도 없지마는 一方으로는 어떠한 特殊한 地理的 環境이 굿세게 感化되어 限定한 그 地域 의 人類만이 獨特한 共鳴과 憧憬을 가지는 것은 全 世界를 通하야 頗多한 類例를 發見하는 것이다. 그러므로 우리는 모든 文化科學의 基礎的 學問으 로 이것에 留意하여야 되는 것은 번연히 아는 배였음에도 不關하고 卽 다시 말하면 그 硏究부터 먼저 着手 闡明하여야 될 것인데 모름즉이 그 浩澣한 範圍와 不少한 努力과 許多한 時日이 앞을 막어 못처럼 내던 勇氣도 挫折 하여 온 것이다. 그러면서 우리는 매양 時代의 潮水는 能히 손바닥으로 막지 못할 만치 닥처와서 傳承하여 오는 이들 神話·傳說·童話가 날노 새 옷을 입고 자칫 잘못하면 그 참 形態를 일케 됨을 몸소 經驗하고 시방 어떻게 해야지 해야지 하고만 空然한 時日을 虛送하여 왔다.

이러든 차에 學界에 샛별같이 낱아난 篤學의 士가 곧 著者 朴英晩 君으 로 그는 아무런 다른 野(이상 1쪽)心보다 朝鮮의 童話를 가장 廣範圍로 가장 正確히 가장 普遍的으로 募集하여 世上에 보내여 一方으로는 學究資料에 一方으로는 兒童의 爐邊叢話로 提供할냐는 用意 以外의 野心밖에는 없다 는 것이며 내 또한 이것을 굳게 믿는 것이다.

내가 君을 비로소 처음 안 것은 偶然한 君의 불타는 決心을 披瀝한 書翰 에 因함이었으며 君에 對하여야 敬服한 것은 酷寒 零下 數十度 되는 白頭 山下 背梁山脈을 關北에서 關西로 넘어 丈雪을 꺼리지 않고 나도 曾往에 踏査한 慈厚兩地는 勿論이요, 그 數十倍의 地域에서 어떤 때는 생나무 내 에 숨이 막히는 窮村의 火田民 집에서, 어떤 때는 잘 곳 없는 荒野에 헤매면

---

390 원문에 '石南 宋錫夏'라 되어 있다.

서 或은 野叟에서 或은 山嫗에서 하나식 둘식 資料를 蒐集하는 눈물겨운 誠心에 對함이였다.

이와 같은 筆紙로서는 能히 記錄치 못할 苦楚의 結晶이 珠玉 같은 今般 의 勞作이다.

著者 朴 君은 本著에 採錄치 않이한 全 朝鮮의 地方을 시방도 遍踏하고 있으니 그가 모조리 世上에 낱아날 때에는 學界는 非常한 惠澤을 받게 될 것이며 朴 君 또한 끄림兄弟 以上의 文化的 功績이 그의 머리에 燦然히 빛오일 것이다.

　　　　昭和 庚辰 夾鍾月[391]

　　　　　　　石南 宋 錫 夏 (이상 2쪽)

---

## 朴英晩, "自序", 朴英晩 編, 『朝鮮傳來童話集』, 學藝社, 1940.6.

口碑로써 傳해 내려오는 所謂 傳來童話는 數千百年을 亘하여 우리의 할아버지 할머니들이 말씀하시고 들으시고 생각하시고 한 흙의 哲學이고, 흙의 詩고, 거룩한 꽃이다.

지금까지 이 아름다운 꽃에 對하여 眞摯한 顧慮가 없었음은 遺憾이 아닐 수 없다.

이런 口碑는 이것을 適當한 때에 손을 썼어 蒐錄하여 두지 않으면 새로 운 化粧을 하고 찾아오는 異國의 딸들과 雜婚을 하여 따스한 溫突房으로부 터 자취를 감추지 않으면 本來의 모습을 찾아볼 수 없게 混色物이 되고 만다. 이것은 슬픈 일이라고 나는 생각했다.

---

391 '夾鍾'은 "동양 음악에서, 십이율의 넷째 음을 이르는 말"이다. "육려의 하나로 방위는 묘 (卯), 절후는 음력 2월에 해당한다." 따라서 '夾鍾月'은 음력 2월을 뜻한다.

먼지 속에 파묻혀서 있는 우리 겨레 固有의 이 꽃들을 救해 내는 것을
나는 나의 使命으로 알고 있다.

내가 이 傳來童話을 蒐集하기 시작한 것은 小學校 時代부터이니, 벌써
十餘年이 된다. 이 十餘年 間 或은 어머님 무릎에서 듣고, 或은 各地로
다니면서 山村 市井의 樵夫, 村媼, 田夫, 나그네들의 입을 빌어 蒐集한
것의 一部를 이제 學藝社를 거처 아름다운 이 땅 文化 동산에 바치게 되었
다. 적으나마 정성에 찬 선물이다.

나는 여기에 當함에 嚴正한 態度로써 內容과 形式에 있어서 原話에 極히
忠實하려고 하였다.(이상 3쪽)

나는 이 冊이 가는 곳 그곳마다 따스함을 기뜨려 줄 것을 믿으며, 이
傳來童話들을 말하여 주신 諸氏에게 感謝를 마지않는다. 또 이 책을 出版
하여 주신 學藝社에게 感謝의 말씀을 드립니다. 그리고 菲才淺學의 저를
끊임없이 指導 激勵하여 주신 民俗學 權威 宋錫夏 先生님께 懇謝를 마지않
는 바이외다. 이런 책이 나오게 된 것도 宋 스승님의 懇款하심이 있었던
탓이올시다. 그리고 한글法을 돌보아 주신 李允宰 先生과 校正을 도아주신
學藝社의 韓遠來 兄에게도 또한 感謝의 말씀을 드리옵니다.

　　　　昭和 十五年 五月 二十七日

　　　　　　　　　　　　　　　於 學藝社 著者 謹識 (이상 4쪽)


　　　　十有七年 동안 넉넉지 못한 家産으로
　　　　저를 工夫식혀 주신 아버지 어머님께
　　　　이 적은 책을 세 번 절하와 삼가 바치옵
　　　　니다.

仁旺山人, "(前哨兵)兒童文學의 意義 - 正當한 認識을 가지자",
『매일신보』, 1940.7.2.


最近 兒童文學에 對한 文壇의 關心은 至極히 等閑視되여 잇다. 첫재 兒
童文學을 하는 사람은 文壇에서 外人部隊로 取扱을 바더 오고 잇다.

말하자면 成人文學(이런 用語가 容許된다면)을 해야 文學하는 사람들
틈에 끼이지 그러치 안코 兒童文學을 하는 사람은 十年을 햇자 文學少年
文學靑年의 取扱을 바더오고 잇다.

허기야 至今껏 文壇의 注目을 끄을 만한 偉大한 兒童文學家의 出現이
업섯든 것도 그 原因의 하나엿슬 것이나 近來에 와서는 兒童雜誌가 겨우
한두 개박게 업고 이짜금 가다가 눈에 씌이는 新聞 兒童欄에 겨우 그 存在
만을 維持하고 잇고 出版界만 하더라도 兒童讀物은 全然 除外한 感이 잇스
니 實로 조흔 兒童文學의 發展을 爲하야 寒心한 노릇이다.

朝鮮兒童들처럼 그 家庭環境의 敎養水準이 낫(低)고 따라서 情緒敎育
에 缺乏된 兒童은 업슬 것이다. 名日의 우리 文化를 繼承하고 發展식혀나
아갈 者는 오직 오늘의 兒童들이다.

그들의 學校敎育 以外의 좀 더 넓은 意味의 文化敎育에 對한 理解가
이처럼 等閑視되여 간다는 것은 亦是 오늘의 文化人들의 怠慢과 認識不足
에서 온 現象이나 아닐가! (仁旺山人)

楊美林, "(演藝週題)高尚한 趣味−兒童의 娛樂 問題",
『매일신보』, 1940.7.29.

國民大衆의 趣味와 娛樂을 보면 그 國家社會의 健實 與否를 能히 알수 잇다. 健全한 國民은 恒常 高尚한 趣味와 娛樂을 즐긴다.

遺憾이나마 우리 社會를 一瞥하면 너무도 低俗한 趣味와 娛樂이 跋扈하고 잇슴에 驚嘆치 안을 수 업다.

다시 또 눈을 兒童의 世界로 돌려볼 째 거긔도 亦是 큰 差異가 업슴은 加重의 一大 問題다.

이것을 解決하는 데는 先年 歐米各國에서 일으켯던 '플레이-무-브멘트'(遊戲善導運動) 가튼 一大 國民運動을 일으키지 안코는 困難하리라고 밋는다.

이런 運動도 一朝一夕에 되는 것이 아니々 具眼之士들은 압흐로 잘 提携하여 兒童들에게 高尚한 趣味와 健全한 娛樂을 주도록 힘쓰며 조흔 遊戲를 考案해야 되겟다.

**尹石重, "머리말", 『(童謠集)어깨동무』, 博文書舘, 1940.7.**

부모도 형제도 집도 없이 자란 나는, 다리를 상한 제비보다도 마음이 설어웠습니다. 그러나 나에게도 고마우신 흥부님이 여러 분 계셨습니다. 그중에도, 젖먹이 석중을 길러 내신 외조모님의 은혜는 하늘보다도 높습니다.

가난한, 그러나 말할 수 없이 착한 나의 고향은 흥부님 고향인지도 모릅니다.

제비는, 흥부님네 집에 박 씨를 물어다가 선사했습니다. 나도, 많은 신세를 진 나의 고향에 맨손(이상 8쪽)으로 돌아갈 수는 없습니다.

동요집 『어깨동무』는 나의 고향에 바치는 조그만 선물입니다.

> 昭和 十五年 첫여름
>
> 　　　　東京·番町에서
>
> 　　　　　　　尹　石　重 (이상 9쪽)

---

**朴泳鍾, "꼬리말", 尹石重, 『(童謠集)어깨동무』, 博文書舘, 1940.7.**

『어깨동무』를 읽어나가며, 아기들의 생각과 보람과 슬픔이 완전한 아기들의 말로서, 여럿이, 혹은 조용히 혼자서, 노래 부르는 것과 소군거리는 것을 들었습니다. 동요 작가의 맑고 깊고 고운 동심 그것은 바위틈을 흐르는 샘물을 연상시킵니다.

이 동요집의 가장 큰 특증은 리즘이 부드럽고 자연스러운 것이 아닐가요. 尹石重 씨도 "아기들이 못 부를 노래가 어찌 좋은 동요가 될 수 있겠느냐" 하시지만, 진실로 생명이 긴 동요란 아기들의 입에서 입으로, 대대로 흐를 것입니다. 가령 「산에 사는 나」에서

"얘얘야" (얘얘야)
산에 사는 나는 무엇먹고 사나.
산에 사는 나는 누구하고 자나.
"얘얘야" (얘얘야)
산에 사는 나는 이슬먹고 살고, (이상 90쪽)
산에 사는 나는 토끼하고 자지.

라든지, 혹은 「아기 잠」에서

엄마가 이쪽에 누어자면
아기도 이쪽을 보고자고

엄마가 저쪽에 누어자면
아기도 저쪽을 보고자고.

는, 우리 맘속에 서린 향수의 율동과 같은 박자며 혹은 어린이들의 무심한 맘의 리즘과 공명될 것입니다. 아기들의 생명과 생활과 어울리는 자연의 음률 한 가닥을 포착한다는 것은, 동요에서(혹은 시에서) 이미 산 생명을 불어넣은 것입니다. 아기들의 생명과 감정에의 완전한 동화, 그래서야 비로소 그들과 같은 박자의 리즘을 얻게 될 것입니다.

『어깨동무』는, 尹石重 씨로서 한층 더 "동화된 아기세계"의 수(이상 91쪽)확이 아니겠습니까.

●

尹石重 씨는 고향을 떠나, 십년 만에 다시 학창생활을 이었으며 귀여운 삼남매를 둔 아버지가 되었습니다. 이 모든 새로운 환경 가운데 『어깨동

무』는 모였습니다. 『어깨동무』세 묶음 설흔 편은 이 귀여운 삼남매로 생각할 수도 있을 것이며, 尹石重 씨와 동갑네인 것도 재미있습니다. "하늘의 별만큼 노래를 지으리라"는 것은 작년 봄 동요생활 십오년 기념회 때 하신 말입니다. 『어깨동무』설흔 편을, 거의 올봄 들어 지은 것이라는 사실과 아울러 생각할 때, 진실로 이후 별만큼 많은 노래가 나올 것을 믿습니다.

이후의 씨의 창작태도, 그것은 聖女 데레샤에게 바치노라 한 「산에 사는 나」나 「이슬」이나, 「집 보는 아기와 눈」에서 볼 수 있는 것과 같이 종교적인 경건한 마음으로 맑은 자연을 읊을 것이 아(이상 92쪽)니겠습니까.

●

하루는 오래간만에 尹石重 씨 댁을 찾아갔습니다. 길다란 반쬬오 골목 돌아나가면 생전 有島武郎[392]이 살던 맞은편, 泉鏡花[393] 옆집. 현관문이 열리면 얼굴이 갸름하고 눈이 총명스러운 香蘋아기가 이내 나오고. 응접실에는 역시 香蘋아기의 꽃시계가 세 시에서 졸고 있고. 책상 위에는 흰 종이에 쓰다 둔 동요,

나비야
나비야
숨어라.

밖은, 복사꽃도 다 진 철 조용한 대낮, 낮도 나팔소리가 골목을 돌아옵니다.

昭和 十五年 五月 東京에서　　朴 泳 鍾 (이상 93쪽)

---

392 아리시마 다케오(有島武郎, 1878~1923)는 일본의 소설가이다. 도쿄 출생으로 귀족학교인 가쿠슈인(學習院)을 졸업한 후, 1903년 미국으로 유학 하버포드대학교와 하버드대학교 등에서 공부하던 중 신앙에 동요가 생겼고, 크로포트킨(P. A. Kropotkin)의 무정부주의 사상에 기울었다. 1910년 『白樺』(しらかば) 지(誌)의 창간과 함께 동인이 되었다.
393 이즈미 교카(泉鏡花, 1873~1939)는 일본의 소설가로 메이지(明治) 후기부터 쇼와(昭和) 초기에 걸쳐 활동하였다.

鄭玄雄, "(뿍·레뷰)尹石重童話集 어깨동무", 『조선일보』,
1940.7.30.[394]

★… 다시 學生이 된 尹石重 씨 그리고 三男妹의 아버지가 된 尹石重
씨가 멀리 東京에서 朝鮮의 少年少女들에게 주는 어엽뿐 선물.

香蘋아 台元아 九야. 이것은 십년 만에 다시 學生이 된 아빠가 학생복을 입은
채로 너이 삼남매를 보아 주며 지은 노래책이다. 쌈 말고 봐라.

少年少女들이여. 尹石重 씨가 주는 이 어엽뿌고 아름답고 맵씨 잇는 선
물을 쌈 말고 바드라. 이것은 너이들이 이제까지 바덧든 무엇보다도 훌륭할
것이라고 장담한다.

近來에 와서 暫時 沈滯하엿던 것 갓던 著者는 環境이 다시 새로워짐과
함께 이우럿던 熱情이 다시 燃燒되엇다. 이 책에 실린 三十餘篇의 作品의
거의 全部가 그의 東京 生活 以後의 것이오 더구나 今年 들어서부터 쓴
것이라는 것을 나는 안다.

★… 짧은 期日 안에 더욱이 學校 工夫와 子女를 보아 주는 그 餘暇에
이 數만흔 作品이 나온 것이니 量으로만으로도 놀랄 만한 것이요 "학생복을
입은 아빠"의 이 熱情과 才能에는 오직 驚歎하지 안흘 수 업다.

오래오래 살 수 잇는 길은 나이 만히 먹는 것이 아니고 언제까지든지
어린 맘을 일치 안는 것이다.

『어깨동무』 頭序에 잇는 作者의 이 말은 永遠한 少年 作家이엇던 尹石重
氏가 어느듯 三十歲의 作家가 된 自己自身에 對한 辯明이면서 또한 鞭撻이
라고 解釋되겟스나 自己의 熱情은 아프로 언제까지든지 涸渴하지 안켓다
는 宣言이라고 듯는 것이 올흘 것 갓다.

---

394 '尹石重童謠集'의 오식이다.

★… 跋文에 朴泳鍾 氏는 尹氏의 童謠를 가리처 "童話化된 아기 世界"라고 한엿다. 妥當한 말이다. 童謠 作家들에게 흔히 잇는 것가치 尹氏는 決코 對象을 억지로 抒情化하지 안는다. 自然을 對象으로 할 境遇에 잇서서도 詩的 感興에 압서 그에 明晳한 機智와 '유모어'는 이것을 교묘하게 事件化하고 '리즘'化 한다. 이것은 尹氏의 獨自世界요『어깨동무』에 잇서서는 이 傾向으로 한 발 더 내드딘 것이라고 본다.

★… 이미 確固한 자리를 가지고 잇는 尹氏의 作品으로 더구나 方向이 다른 나로서 무어니무어니 한다는 것은 어쭙지안흔 일이요 주제넘은 일이니 이런 것은 다른 분께 맛기기로 하고 다만 나로서 말할 수 잇는 것은 이 책이 童謠集으로서는 勿論 朝鮮에 나온 어느 책보다도 體裁로서 製本으로서 印刷로서 優秀하다는 것이다. 表紙에서 扉紙, 目次에서 內□□□까지『어깨동무』는 著者 한 손으로 되엇고 그의 차근차근하고 細密한 神經이 장마다 구석구석 퍼저 잇서서 마치 著者에 面貌를 對하는 것 갓다. 이러케 맵씨 잇는 책을 어덧다는 意味로서만도 出版界에 收穫이라고 생각한다. (定價 壹圓六十錢 博文書舘 版)

尹福鎭, "(新刊評)尹石重 氏 童謠集 억게동무를 읽고",
『매일신보』, 1940.7.30.


朝鮮文壇에선 兒童文學이 너무 賤視되는 傾向이 업지 안타. 兒童文學이
라면 그것은 不具의 文學으로 取扱을 하든가 쪼는 文壇 登場에 初步的인
階段과 가치 여기는 사람이 만타. 그러나 兒童文學이란 果然 그와 가치
虐待를 當하야도 조흔 일일까?

勿論 어느 나라 文壇에 잇서서나 兒童文學이 그 나라 文壇을 리드하는
例는 업슬 것이다.

그러나 그 代身 兒童文學은 文學의 一 領域으로서 文壇에서도 쭈렷한
存在를 主張할 權利도 잇고 理由도 잇다고 본다. 일즉이 英 詩人 '스티분슨'
이 兒童文學을 가르처 "眞正한 兒童文學은 모든 人間의 가슴 속에 潛在해
잇는 永遠한 童心性에 向하야 呼訴하는 文學이라"고 說破햇는데 우리 조선
의 文學者들도 兒童文學에 대하야 이만한 理解를 가저야 할 것이다.

이와 가티 兒童文學이 不過한 조선에서 쭈준히 努力해 온 분의 한 분이
畏友 尹石重다.

尹石重 氏는 이번 新作童謠集 『억게동무』를 博文書館에서 出版하얏다.

事實 이러한 廣義의 健全한 兒童文學觀을 가지지 안코 石重 兄의 童謠集
을 읽는다면 참된 寶石은 차저보지 못할 것이다. 十五年이란 긴 歲月을
푸른 절개를 變함업시 蔑視와 푸待接을 밧는 兒童文學을 홀노 굿게 잡아
前進前進하는 石重 兄의 誠意에 無限한 感動과 感謝를 느끼지 안을 수
업다. 여기서는 그저 이番에 上梓한 童謠集 『억개동무』는 그 內容과 裝幀
이 半島에서는 그 類를 찻저볼 수 업는 샛듯하고도 아름다운 冊子이란 것을
言明해 두고 이 冊子 가운데 내가 가장 조와하는 노래 두 篇을 여기에 轉載
하며 朝鮮 兒童에게 정다운 『억개동무』를 보내 준 童謠詩人 尹石重 兄의
健康과 아프로의 發展을 빌며 붓을 노키로 한다.

## ◇ 아기잠

엄마가 이쪽에
　　누어자면
아기도 이쪽을
　　보고자고.
엄마가 저쪽에
　　누어자면
아기도 저쪽을
　　보고자고.
엄마가 자리에
　　업스면은
베개만 여페다
　　노코자고.


## ◇ 산에 사는 나
　　　— 작은 데레샤에게

「애애야」 (애애야)
산을 보고 부르면
산에서 나는 내 목소리.
「애애야」 (애애야)
산에도 산에도
내가 산다.
「애애야」 (애애야)
산에사는나는 무엇먹고사나
산에사는나는 누구하고자나.
「애애야」 (애애야)
산에사는나는 이슬먹고살고
산에사는나는 토끼하고자지.

李軒求, "어린이에게 不朽의 선물(小波全集 新刊評)", 『博文』, 제19집, 1940년 7월호.[395]

『小波全集』이 나왔다. 小波가 世上을 떠난 지 十年만에 그가 남긴 가지가지의 業蹟 中에서 文字만을 通한 功든 塔이 이제 아름답고 두툼한 한 卷 冊으로 나타났다. 朝鮮의 兒童文學을 論하는 이나, 朝鮮의 兒童問題를 생각하는 이 가운데에서 小波만큼 先驅者의 가진 苦心과 殉敎者的 獻誠을 다한 이가 없다.

小波는 理論만도 아니었고 行動만도 아니었다. 이 두 가지를 渾一하여 이 땅의 어린이들에게 새로운 世界를 開拓하기에 곱다라니 그 한 몸을 바친이다. 그렇듯한 精力家요 熱血兒요 多情漢이요, 또 正義派인 小波가 三十三을 一期로 세상을 떠났다는 것은 오로지 그 한 몸을 朝鮮의 어린이에게 바치는 手苦로움이 너무 크고 많았던 關係리라.

아직도 어른들의 재롱군으로서의 귀여움과 없수임을 한 몸에 받아야 하게 된 運命的인 이 땅의 少年少女에게 "어린이"라는 새로운 世紀的 名稱을 들고 나와 어린이만이 새 世代를 建設하는 勇士요 일꾼이라는 것을 實力으로서 世上에 보여 준 小波의 獻身的 努力은 壯하고 또 귀한 길이길이 이 땅의 文化史 우에 燦然히 빛날 것이다.

小波는 이렇게 아무도 손대이지 아니한 새로운 世紀의 門을 열어 놓았다. 그러는 한편 小波는 이 어린이에게 精神的 糧食을 베풀어 주기 위하여 『어린이』雜誌를 發刊하였고 機會 있는 대로 時間 있는 대로 그는 또한 그의 流暢한 붓끝으로 어린이들이 가장 즐기고 좋아하는 童話 童謠의 飜譯 創作에 專力하여 왔던 것은 여기서 새삼스럽게 말할 것도 없거니와

---

395 이 글은 「(뿍·레뷰)어린이에게 不朽의 선물, 小波全集」(『조선일보』, 40.6.8)으로도 발표되었다. 두 글의 내용은 거의 같다.

이제 이 全集을 感激 속에 펴 들고 맨 첫머리에 「어린이 讚美」라는 文 中 빛나는 구슬이 生命化된 훌륭한 文章에 接하는 기쁨을 느낄 수 있다.

어린이가 잠을 잔다. 내 무릎 앞에 편한히 누어서 낮잠을 달게 자고 있다. 볕 좋은 첫여름 조용한(이상 20쪽) 오후이다. 고요하다는 고요한 것을 모다 모아서 그중 고요한 것만을 골라 가진 것이 어린이의 자는 얼굴이다!

이렇게 시작된 이 一文 끝에 가서

어린이는 복되다. 어린이는 복되다. 한이 없는 복을 가진 어린이를 찬미하는 동시에 나는 어린 이 나라에 가깝게 있을 수 있는 것을 얼마든지 감사한다.

이 一文 속에 小波의 童心世界에 바친 바 至誠과 感謝와 歡悅을 엿볼 수 있는 것이다. 小波가 『사랑의 선물』에 모아 놓은 世界名作童話는 飜譯이라기보다도 오히려 創作이라고 할 만치 그렇게도 곱고 아름답고 힘 있는 글로 옮겨졌던 것이다. 小波의 어린이를 위하여 쓴 글 하나하나의 苦心과 또 그 속에 살아서 뛰노는 한글의 生命을 우리는 또한 높이 評價해야 할 일이다.

이 全集 속에 收錄되지 못한 글도 적지 아니한 모양이나 이 한 冊만 해도 그 속에는 童話 童謠 美話 實話 童話劇 隨筆 等 두고두고 애껴서 읽고 또 읽어서 항상 마음속에 새로히 솟는 맑은 生命의 샘으로 가득 차 있다.

小波가 간 지 十年 後 아직도 小波가 살아서 우리에게 크고 깊은 感銘을 일으키는 그 곳에 우리는 童心의 世界 속에 永住하는 小波의 참된 生命을 깊이 느끼지 않을 수 없다.(이상 21쪽)

"小波全集 記念會 - 六月 廿二日 盛大히 擧行", 『博文』, 제19호,
1940년 7월호.

小波 方定煥 先生의 遺著 『小波全集』의 刊行을 記念하여 先生의 生前에
가깝게 지내던 親知 諸氏의 發起로 六月 廿二日 午後 六時 市內 悅賓樓에
서 記念會가 盛大히 擧行되었다. 當夜 李軒求 氏의 司會로 開會辭가 있은
다음 默禱가 있고 곧 이어 崔泳柱 氏의 全集 刊行 經過報告와 鄭廣朝 李晟
煥 車相瓚 柳光烈 韓錫源 金起林 崔鳳則 異河潤 外 諸氏의 祝辭, 遺族을
代表하여 小波의 嗣子 方云容 氏의 答辭가 있은 後 夕餐에 옮아 小波에
對한 가지가지의 追慕談 逸話 等의 披瀝 嚴格하면서 靄靄한 雰圍氣 속에서
小波를 爲한 하루 저녁이 열리었다.

(寫眞은 記念會長) (이상 21쪽)

金泰午, "안데르센의 生涯와 藝術－그의 死後 六十五年을 當하야(1)", 『동아일보』, 1940.8.2.

## 一. 緒言

世界 童話史上에 잇어서 한스·크리스챤·안데르센(一八〇五～一八七五)의 存在는 너무도 有名하다. 八月 四日은 이 偉大한 童話 作者의 死後 六十五年 祭日이므로 그의 偉大한 文學的 業績을 再認識하며 그의 一生을 通한 兒童文學의 功績을 讚美하는 同時에 그의 文學的 功獻과 또는 意義 깊은 生涯를 追慕하며 記念한다는 것은 우리의 義務라고 생각한다.

안데르센! 그의 名聲은 世界的 存在이어서 世界各國의 兒童은 그의 童話를 읽지 안는 이 없을 것이요 朝鮮에 잇어서도 어린이나 成人이 그의 이름을 모르는 이가 別로 없을 것이다. 그가 童話作家일 뿐만 아니라 旅行家이어서 旅行을 素材로 한 紀行文은 勿論, 長短의 小說 또는 詩와 戲曲에 잇어서도 그의 文學的 遺産은 자못 크고 넓다 할 것이다.

少年小說 風의 『卽興詩人』이[396] 그를 出世케 한 것이라 하지만 그가 世界 文學上 地位를 確保하게 된 것은 그의 創作小說에 잇다고 하기보다도 그가 創出하면 俗傳說과 民謠를 基盤으로 한 詩作에 잇다고 할 것이다.

그의 童話는 十八世紀 佛蘭西 風의 宮庭的 古典인 在來의 童話로부터 離脫하여 民衆的이오 獨逸 風으로서 로맨틱한 點은 『그림童話』와 一脉相通한다 할 것이다. 그는 貧困한 家庭에 태여나서 容貌가 못난 탓으로 女性의 사랑을 그리 받어 보지 못한 채로 世界를 故鄕으로 삼고 彷徨햇든 것이다. 그러나 그의 素質은 매우 純粹하며 로맨틱하엿다. 그리고 事物에 感受性이 豊富하엿고 그의 作風은 想像的이오 藝術的이라 하겟다.

## 二. 그의 幼年時代

한스·크리스챤·안데르센(Hans Christion Anderson)은 一八〇五年

---

[396] 1835년에 발표된 안데르센의 장편소설 『즉흥시인(Improvisatoren)』을 가리킨다.

四月 二日 덴마-크의 東北 카데갓트海와 빨틱海와의 사이에 잇는 픽-렌[397] 이라고 한 小島, 오덴스의[398] 마을에서 誕生하엿다. 그곳은 北方神話 中의 오덴 神이 산다고 하는 곳이엇다. 父親은 極貧한 靴工이오 안데르센은 出生할 때 겨우 卄二歲엿엇다. 母親은 正直은 하나 어질지 못한 洗濯女이엇다 한다. 그리고 그의 祖父는 狂人이엇다 한다. 그건 얼마나 沈鬱한 環境 속에서 幼少年時代를 보냇다고 하는 것은 想像하기에 어렵지 안타.

그러나 그러케 쓸쓸한 生活을 繼續하면서도 文學에 뜻을 두게 된 것은 父親에게 받은 影響은 크다 할 것이다. 아버지는 이따금 구구두[399] 밑창을 두둘기면서도 홀베르크의[400] 詩를 읽어 주기도 하고 아라비아夜話를 들려 주기도 하여 어린 안데르센은 거기에 재미를 붓치어 아버지와 같이 여러 가지 冊을 읽기 始作하엿다. 그리고 안데르센이 學校에 댕길 적에도 틈 잇는 대로 人形을 맨드러 적은 模型舞臺로 演劇을 보여 주기도 하여 안데르센의 美的感情 詩的情操는 이로부터 더욱 啓發하게 되엇다.

이로 보건대 안데르센은 ＝·짝 루소오의[401] 幼年時代를 彷彿케 하고 貧寒한 母親과 祖母의 품에 자라난 怜悧한 少年의 모습이 어쩐지 딕켄스의 데비드·카파필드를[402] 聯想케 한다. 그리고 안데르센의 幼少年時代는 괴-테의 그것과 같은 點이 적지 아니하다. 그러나 藝術的이오 想像的이오 로맨틱한 點에 잇어서 안데르센은 루소오의 型에 더 가깝다고 할 것이다. 그리하여 안데르센의 生涯는 루소오나 듸켄스에 지지 하니한[403] 로맨틱한 것이다.

그의 父親이 當時 나폴레옹 戰爭에 參加하여 幸運의 代身에 病弱한 몸으

---

397 'Funen' 섬을 가리킨다. 영어명으로는 'Fyn'이고 덴마크어 명칭으로 'Funen'이라 한다.
398 덴마크 퓐(Fyn, Funen) 주의 주도인 'Odense'이다.
399 '구두'에서 '구'가 한 번 더 들어간 오식이다.
400 덴마크의 극작가 '홀베르그(Ludvig Holberg, 1684~1754)를 가리킨다.
401 '장·짝 루소오의'(장 자크 루소, Jean-Jacques Rousseau, 1712~1778)의 오식이다.
402 찰스 디킨스(Charles Dickens)의 자전적인 장편소설인 『데이비드 코퍼필드(David Copperfield)』(1849~1850)를 가리킨다.
403 '지지 아니한'의 오식이다.

로 도라와서 病床에서 呻吟한 지 얼마 아니 되어 그가 九歲 時 父親을 死別하엿다. 그리하여 어린 안데르센은 더욱 쓸쓸함을 禁치 못햇다.

게다가 繼父를 맞지 안을 수 없게시리 되엇다. 안데르센은 또 小學校를 退學하게 되엇다.

---

### 金泰午, "안데르센의 生涯와 藝術－그의 死後 六十五年을 當하야(2)", 『동아일보』, 1940.8.4.

一八一九年 오렌스의 聖쿤-트寺院에서 堅信禮를 받고 그해 九月 헐헐 單身으로 그곳서 二十二里를 隔한 首都 코오펜·하-겐으로 다러낫섯다. 그가 十五歲 되던 그때의 逃亡이야말로 그가 放浪生活을 하게 된 動機가 되엇다 할 것이다.

그가 文學과 藝術에 志望하게 된 것은 그 翌年 一八二〇年에 處女 戱曲을 써서 스스로 舞臺 우에 實演해 볼려고 햇으나 그의 못생긴 外貌가 이를 失敗케 한 것이다. 이마는 불숙 나오고 머리는 적고 매부리코에 입술까지 숭하게 생긴 데다가 포플라처럼 멋없이 자란 키로 두 팔을 휘저으며 다니는 꼴은 참아 볼 수 없엇다 한다. 그의 童話에 『못생긴 집오리새끼』의[404] 놀림을 받는 場面이 잇는데 이것은 그때의 記憶에서 써낸 것이 아닌가 한다. 그러나 그의 容貌에 比하야 목소리는 神이 준 膳物이 잇는지 매우 곱고 아름다워서 歌劇劇場에서는 歌手로서 한동안 그를 반가히 맞어 준 적이 잇엇다고 한다.

### 三. 그의 放浪時代

안데르센은 家庭이 不遇한 탓이엇든지 어려서부터 放浪과 旅行을 질겨 하엿다. 그러기에 안데르센이 처음으로 쓴 것은 旅行日記 風의 小說이엇

---

[404] 『미운 오리 새끼』(The Ugly Duckling, 덴마크어로는 Den grimme Ælling)를 가리킨다.

다. 그는 兒時적부터 남같이 탐탁한 家庭에서 자라지 못하고 안옥한 故鄕의 情다움을 그리 맛보지 못햇다. 그러므로 世界를 집으로 삼고 발길 닷는 대로 放浪의 旅行을 繼續햇던 것이다.

이와 같이 旅行은 그에게 잇어서 惟一의 慰安이오 思索의 洞穴이엇다. 그의 休息處는 大槪 旅宿이나 運河의 河畔이엇는데 恒常 旅行의 愉快味를 느끼고 그곳그곳의 風俗習慣이라던가 自然과 人間生活을 摸索하며 心的 榮養을[405] 攝取하면서 넓은 理解와 깊은 觀察을 가지고 그 마음의 世界는 더욱 潤澤해지고 豊富해진 것이다.

그의 出世作인『卽興詩人』은 伊太利의 自然과 生活을 描寫한 것은 偶然한 일이 아닐 것이다. 이『卽興詩人』의 出版은 그가 三十八歲 時 卽 一八三五年이엇다. 그보다도 먼저 나온『詩集』과『하르츠 紀行』[406] 等도 童話가 드러 잇다. 이로 보아 그의 作品의 素材의 業皆는[407] 그의 放浪生活인 旅行에서 얻음이 事實이엇다.

### 四. 그의 著書와 作品 世界

그가 放浪生活을 하다가 後援者를 얻어 學業을 마친 뒤 歐羅巴를 歷遊하고 一八三四年『卽興詩人』을 出版한 後 그가 文學者로서 確乎한 地位를 가지게 된 것이다.

童話에 붓을 들기는 그 翌年 一八三五年부터이엇다.『그림 없는 童話冊』이[408] 一八四〇年에 出版되엇다. 其他의 童話는 一八三五年부터 一八七二年 동안의 出版이 그의 童話集의 大部分이다.『卽興詩人』外에 二三의 小說과 紀行文이 잇다. 처음에는 詩도 쓰고 劇과 小說을 썻으나 어쩨튼 그의 代表的인 文學的 遺産은 童話라고 할 것이다. 特徵을 가장 鮮明히 具現한 것은 그가 三十歲 以後 四十五六歲에 이르기까지의 十數年 間이엇

---

405 일본어 'えいよう(榮養, 營養)'로, 우리말로는 '榮養'이 아니라 '營養'으로 표기한다.
406 독일의 시인인 하인리히 하이네(Heinrich Heine, 1797~1856)의 처녀시집 『시집(Gedichte)』(1822), 『하르츠 기행(Die Harzreise)』(1824)를 가리킨다.
407 '擧皆는'의 오식이다.
408 안데르센의 단편 동화집인 『그림 없는 그림책(Billedbog uden Billeder)』을 가리킨다.

다. 그中 白眉에 屬하는 作品은 대개 이 時代의 作이 잇음을 알 수 잇다.

○

안데르센의 童話는 全部 純全한 創作이 아님을 말할 수 잇다. 그것은 民間에 傳來하는 說話와 民謠 或은 旅行 中에서 들은 이야기 或은 書籍을 通해서 얻은 것을 自己의 個性에 依하야 陶冶하고[409] 潤色한 것이 적지 아니하다. 넓은 意味에 잇어서 童話에는 두 가지 種類가 잇다고 하겟다. 하나는 民俗的 傳說로서 오랜 歲月에 만흔 사람에 依해서 지어진 것인데 그림童話가 그 典型的이오 다른 하나는 在來의 傳說을 取扱한 것이라도 獨特의 創意를 加해서 거이 새로운 童心世界의 興味잇는 이야기로 써낸 것인데 그 方面에는 안데르센의 童話가 그 代表的일 것이다. 이소프, 마리・도・푸란스, 라폰테-느[410] 等과 같은 系統의 이야기가 取扱된 것 中에는 거이 普遍的으로 散在한 世界의 童話文學이 各其 個人의 獨特한 言語와 文脉이 잇음을 본다.

---

**金泰午, "안데르센의 生涯와 藝術-그의 死後 六十五年을 當하야(3)",『동아일보』, 1940.8.6.**

그런데 안데르센의 作品의 世界는 自然에 잇다고 하겟다. 그리고 草木禽獸 또는 家具 文房具로부터 人形에 이르기까지 제각기 生命을 갖게 해서 活動하는 幼兒의 꿈의 世界 想像世界에 이르러서도 안데르센만큼 自由스럽게 創造한 이는 아직 없다고 해도 過言이 아닐까 한다.

素朴하고 眞實하고 自然 그대로의 마음! 아기네의 마음을 가지는 때야말

---

409 '陶冶하고'의 오식이다.

410 고대 그리스의 우화작가인 이솝(Aesop, Aisopos), 프랑스의 시인 마리 드 프랑스(Marie de France), 프랑스의 시인 장 드 라퐁텐(Jean de La Fontaine, 1621~1695)을 가리킨다.

로 참다운 童話 價値잇는 偉大한 藝術品이 生産된다 하겟다. 아기네의 마음—이는 詩人의 마음이다. 안데르센은 이와 같은 마음을 가진 것이다. 『그림 없는 그림책』, 『鍾』은 아름다운 詩가 아닌가. 『卽興詩人』『못생긴 집오리새끼』는 훌륭한 短篇小說이 아닌가. 『꾀꼬리』는 아름다운 로맨스가 아닌가. 그의 童話의 世界에 아기네의 마음, 天眞無垢한 사람에 마음이 何等의 拘束이 없어 自由롭게 靑空을 날고 푸른 들판을 건느는 것이다.

그의 童話集 外에 잊지 못할 것은 一八三一年의 『하르츠 登山記』, 戱曲 『幸運의 꽃』(一八四四年) 自傳 『내 生活의 童話』(一八四六年) 長篇小說 『二人의 男爵夫人』(一八四八年) 紀行文 『瑞典에서』 等의 재미잇는 作品이 잇다.

### 五. 그의 思想과 文學的 業蹟

안데르센의 作品을 通觀한다고 하면 그는 思想的으로 라·폰테-느와 페로오[411]와 對立한다. 그것은 안데르센은 浪漫主義임에 反하야 라·폰 테-느는 古典主義임에 잇다. 그리하야 라·폰 테-느의 이야기는 반드시 어떠한 結論을 必要로 한다. 페로오의 이야기는 極히 透明하다. 그들이 理智的인데 對하야 안데르센은 情緖的이오 浪漫的이다. 따라서 그의 思想은 想像的이오 夢幻的이다.

그는 人生에 對한 諧謔의 態度와 貧民의 同情은 딕켄스를 彷彿케 하고 自然에 對한 憧憬은 루소오와 같다 할 것이다. 以上 三人은 패스탈로치와 푸로벨과 같이 어린이를 사랑하엿다. 그 사랑을 文學上으로 具像化한 이는 안데르센을 따를 이 없다고 할 것이다.

어린이를 사랑하는 마음 이는 안데르센의 全人格이다. 그가 詩를 쓰고 小說을 쓰고 戱曲을 썻건만 그의 作品 中 千秋萬代에 빛나게 한 것은 童心에서 빚어낸 童話일 것이다. 그中 一百五十篇이나 되는 童話는 안데르센의 이름을 永遠히 빛나게 한 것이다. 그러므로 그의 文學的 偉大한 業蹟은

---

411 동화집 『옛날 이야기(Histoires ou Contes du Temps Passé)』의 작가 샤를 페로(Charles Perrault, 1628~1703)를 가리킨다.

亦是 童話文學에 잇다고 할 것이다.

그리고 안데르센은 집도 없고 안해도 없고 子息도 없이 단 한 몸이 一生涯를 旅行과 글 쓰는 것으로 일을 삼고 바람같이 떠돌아댕겻다. 그러타고 自己의 故國인 덴마-크를 잊지는 안엇다. 그것은 外國에서 珍奇한 花草가 잇다고 하면 그 씨를 가저다가 自己 故鄕에다 심엇다고 한다. 그리하여 그는 愛國의 向念이 살아진 적이 없다고 한다. 그가 七十回의 誕生日에 덴마-크의 首府 코오팬 하-겐과 그의 生地 오덴스에서 盛大한 祝賀式이 잇엇다 한다.

그의 文學的 功績은 國民的인 것보다도 오히려 世界的일 것이다. 그가 丁抹의 훌륭한 詩人임에는 異議가 없을 것이다. 그는 一八七五年 八月 四日 지금으로부터 六十五年 前 七十歲를 一期로 丁抹 全 國民의 슬픔 속에서 고요히 잠들엇다. 世界를 自己의 집으로 여기던 안데르센의 胸像이 지금도 丁抹의 서울 코오펜 하-겐 公園에 嚴然히 서 잇다 한다.   (尾)

任東赫, "(뿍·레뷰)尹石重 著『童謠集』어깨동무", 『동아일보』, 1940.8.4.[412]

童謠作家 尹石重 氏의 童謠集『어깨동무』가 이번에 出版되엿다.

이것은 그의 第四 童謠集이다.

시내ㅅ물의 흐름은 섬이나 바위나 또한 뚝(堤防)과 같이 朝鮮의 童謠의 흐름은 氏에 依하야 決定이 되여 왓다.

卽 흔히 在來에는 四四調로

　달아달아 밝은달아
　이태백이 노든달아…

와 같이 불리워 오든 朝鮮의 童謠가 七五調로

　보슬비 보슬보슬 나리는밤에
　줄타고 따르르르 굴러온방

　말없이 소근소근 귀소를하며
　어대서왓을가요 왜왓슬가요…

와 같이 改良되기는 지금으로부터 한 二十年 前의 일이다. 이것을 氏는 다시 極히 自由스러운 立場에서 글ㅅ字의 數爻에 固定하지 안코 自由스러운 調律로 改良하엿다.

　어깨동무 하고 오다가
　구루마 뒤를 밀어 주고.

---

412 '任東赫'은 임동혁(任東爀)의 오식이다.

어깨동무 하고 오다가
길을 한사람 가르처 주고

어깨동무 하고 오다가
쌈을 뜯어 말리고.

어깨동무 하고 오다가
동무를 새로 또 사귀고

이러케 自由스러운 調律이라 하여도 一定한 調律을 가지고 잇어 읽이에도 靑山流水ㅅ 格으로 내려갈 뿐 아니라 曲調를 붙여 부르기에도 適當하다.

이번에 出版된 이 『어깨동무』는 첫재로 눈에 띠우는 것은 그 豪華스러운 裝幀이다. 七色版의 表紙의 그림이라든지 속表紙의 타래버선이며 著者의 그라비아版의 寫眞과 昨年 그의 童謠 生活 十五年紀念會의 寫眞이라든지 各 페-지의 版을 짜흔 것이 아직 朝鮮에서는 처음 보는 童謠集이다. 이 裝幀도 著者의 趣味에 맞도록 著者 自身이 이에 擔當하엿다.

內容으로도 冊을 들고 안지면 冊을 노흘 줄을 모르도록 자미잇는 珠玉의 童謠가 三十篇이 잇고 이것은 읽이에는 勿論이요 童謠作曲家는 한 篇이라도 아까워서 빼여놋치 안코 全部를 作曲하고 말 것이다.

또 冊의 맨 뒤에는 다섯 篇의 童謠가 피아노 伴奏에 依하야 作曲되어 잇다.

나는 衷心으로 이 한 冊을 모든 사람에게 勸하고 싶다.

(京城 博文書舘 發行 振替 京城 二〇二三 番 定一圓六十錢)

朴啓周, "뻑·레뷰, 尹石重 著『어깨동무』를 읽고",『三千里』,
제12권 제8호, 1940년 9월호.

우리 童心 樂園의 아저씨 尹石重 氏가 朝鮮 어린이의 어깨동무가 되여
준 지 이미 十五年. 이제 네 번째의 선물로서 童謠集『어깨동무』를 새로
꾸며서 朝鮮 少年少女 여러분 앞에 이바지함을 여러분과 함께 못내 즐겨합
니다.

□

內容에 있어서는 이미 定評 있는 童謠. 童心把握과 描寫에는 完璧의 이
까림을 받는 石童. 이제 그의 童謠를 다시 論評함이 되려 값을 떨어뜨릴까
怯나 하매 내 붓이 머뭇거릴 뿐입니다.

□

篇篇마다 구슬을 다루는 듯, 읽을쑤록 어룬까지도 童心世界에 빠져서
늙지 않게 하는 不老草. 裝幀에 있어서까지 이처럼 알뜰하고 淸麗하고 雅
淡한 솜씨가 또 어데 있었을까 생각하매, 이 一卷書가 能히 여러분의 곁을
떠나지 않을 여러분의 어깨동무가 될 것을 장담합니다.

□

아버지 되는 이, 어머니 되는 이, 아저씨 되는 이, 언니 되는 이. 여러분은
모름즈기 여러분의 아들과 조카와 동생을 사랑할진댄 이『어깨동무』를 여
러분의 子弟에게 선사하시라.

(博文書舘版 定價 一圓 六十錢) (이상 127쪽)

## 咸大勳, "(新刊評)尹石重 氏 著 어깨동무", 『여성』, 1940년 9월호.

나는 昨年 五月 하르빈을 갔든 길에 秋林이란 百貨店 書籍部에서 『무지개』라는 露西亞 童詩集 한 卷을 샀다. 그리고서 도라오는 車中에서 거이 그것을 逍淡했다. 거기는 露西亞 古代로부터 聖代 革命家에 이르는 作家의 童詩을 모아 놓은 것으로 어떻게 자미있고 어떻게 表現이 아름다웠든지 車中에서 支離感 없이 읽을 수가 있었다.

數日 前 나는 尹石重 氏로부터 童謠集 『어깨동무』를 한 卷 寄贈 받고 있든 그런 感을 느꼈다. 裝幀에서 오는 感이었다. 그리고 內容을 읽으면서 다시 그 少年의 世界로 빠질 수 있었다.

첫째 「어깨동무」란 것에서 그러했고 「이슬」이란 篇에서도 이것을 더욱 느끼었다.

이슬이 밤마다 내려와
풀밭에서
자고 가지요.

이슬이
오늘은 해가 안떠
늦잠들이 들었지요

이슬이 깰가봐
바람은 조심조심 불고
새들은 소리없이 나르지오

이것은 아츰에 기뜨린 淸淨無垢한 이슬을 아기처럼 귀여히 역이고 해ㅅ 볕에 시들 이슬을 아기자기한 솜씨로 그린 것이어니와 그 外에 「아기옷」 같은 것을 읽으면서는 어린 時節에 커 가는 어린이 世界를 聯想하고 다시 도라올 수 없는 童心世界에 아득한 回想을 하게 하는 것이다.

저고리 소매는 팔꿈치에 치고
바지는 바지는 무릎에치고
배꼽이 내다보고 우습니다

「엄마
이건 내 옷 아냐.」
「아니다 (이상 40쪽)
네 옷이다.」
「자, 봐.
이런데.」
「아니다.
너 장년에 입든 옷이다.」
「애개애」


더구나 「체신부와 나뭇잎」에 있어서는 체신부와 어린이들의 一瞬間에
일어나는 갸륵한 맘씨를 아조 자미있게 그리었다.


집집이서 아이들이 뛰어나와서
체신부 아저씨를 졸랐읍니다.

「편지한장 주세요.」
「편지한장 주세요.」

「오늘은 없다.
비켜라 비켜」
「안돼요」
「안돼요」
「안돼요」

나뭇잎을 부욱뜯어 뿌려주면서
「엣다 엣다 나뭇잎편지」

──히 篇篇을 다 여기다 적어 評을 할 수 없는 것이다. 어떻든 이 한 卷에서 나는 尹石重 氏의 童心의 發露를 歷然히 느끼었고 따라『少年』編輯時代의 尹石重 氏의 童心에 어린 그 情緖生活을 回想할 수 있었다.

더구나 東京 學窓生活에 틈을 얻어 이 땅 어린이들을 爲해 이런 좋은 선물을 준 氏의 努力을 謝해 마지안는다.

(定價 一圓 六十錢, 發行所 京城 鐘路 博文書舘) (이상 41쪽)

**趙豊衍, "兒童文學", 『博文』, 1940년 9월호.**

朝鮮의 作家들이 兒童들을 爲한 創作活動에 無關心한 듯이 말하는 사람이 있지만 꼭 그렇다고 斷定하기 어려운 데도 있다.

兒童文學이란 어느 意味로 보아 作家로서는 至高의 力量을 決定하는 것이 되는 것이므로 發育期에 있는 朝鮮 作家에게 이것을 要求한다는 것은 無理일른지 모른다. 世界의 偉大한 文豪들은 많이 兒童文學에 最大의 努力과 力量을 注力하였다. 그런데 톨스토이도 프랑스도 떠스터엡스키도 거의 晩年에 그들의 人格과 藝術이 圓熟한 境地에 達했을 때 兒童의 世界에 自己를 發見하였던 것이다. 그것은 人間이 老熟해진 뒤에 비로소 最高의 教育精神을 自覺할 수 있는 것과 같은 것이라고 본다. 그러므로 人格的으로 未熟한 朝鮮 作家로 하여금 偉大한 兒童藝術을 賦課시킨다는 것은 어려운 注文이다.(여기서 人格이라 함은 道德을 말함이 아니요, 作家的인 內容을 말함이다.)

그러나 우리는 恒常, 아모런 出發도 試驗하지 않고 갑자기 至上의 結實을 바란다는 것은 想像하기조차 困難한 일이다. 文壇이 오늘날 이만큼 活潑해진 것은 적어도 三十年의 歲月과 함께 同志들의 間斷없는 行步가 있었던 때문이다. 이런 點으로 보면 小波가 作故한 지 十年이 지난 오늘날 小波의 뒤를 繼承할 만한 人物은 고사하고 兒童文學이 全部 忘却의 世界로 밀려 나갔다는 것은 적이 서글픈 일이라 아니할 수 없다. 小波가 生前에 發表한 作品은 大概가 飜案한 것이었다. 그렇지만 그가 뿌려 논 것은 이 땅에 가장 新鮮하고 香氣로운 새 境地의 씨알 들이었다. —— 그리고는 그 씨알은 小波의 肉體와 함께 그대로 땅속에 묻혀 버린 것이다. 小波의 精神과 아울러 貴重한 싹은 그늘에 숨겨지고 말았다.

鈴木三重吉[413]이가 兒童文學에 손을 대인 動機를 다음과 같이 말했다.

---

413 스즈키 미에키치(鈴木三重吉, 1882~1936)는 일본의 아동문학가로 일본 아동문화운동의

"나는 내 사랑하는 아들이 읽을 만한 冊을 求하려 東京 市內의 冊肆을 왼통 뒤지었으나 滿足한 것이 없었다. 그래 나는 아들을 읽히려고 童話를 執筆하기로 決心하였다." 그는 同志들과 함께 『赤い鳥』[414]를 발간하여 日本 兒童文學에 크게 貢獻한 것은 有名한 事實이다. 이와 같이 兒童에 對한 참된 사랑이 期於코 燦然한 結實을 보고야 만다.

나는 朝鮮의 作家들이 모도다 그 子(이상 13쪽)弟를 사랑할 줄 아는 이들이라고 믿는 까닭에 閑寂한 兒童文學의 實現을 어떻게 理解했으면 좋을지 모른다. 無關心하다는 것은 정말일까.

尹石重 氏의 『어깨동무』가 새로 出版된 것은 敬意로써 對할 수밖에 없다. 그러나 그것으로만은 到底히 枯渴된 兒童文學을 축여 줄 수는 없다. 旱魃에 소내기쯤은 問題가 아니다. 이 狀態로 나간다면 日後의 收穫은 絶望이라 아니 할 수 없다. 오늘의 朝鮮文壇을 繼承할 世代를 爲하여 準備한다는 것은 打算的으로도 緊要한 일이 아닌가.

朝鮮文壇의 最高層의 作家와 出版業者가 사랑과 熱로 이 運動에 動員된다면 決코 남 못지않는 燦然한 星座가 이 땅의 어린이들에게, 그리고 어른들에게 빛날 것을 믿는다.(이상 14쪽)

---

아버지라 불린다. 1918년 『赤い鳥』(あかいとり)를 창간하였다.
414 『赤い鳥』는 스즈키 미에키치(鈴木三重吉)가 창간한 아동문학 잡지다. 1918년 7월 1일 창간하여 1936년 8월 폐간하였다.

金一俊, "童謠論－童謠作家에게 一言", 『매일신보』, 1940.10.13.[415]

近來 우리 朝鮮에 잇서서도 兒童의 詩 生活을 어느 程度로 注意하게
된 것은 기뿐 일이다. 兒童은 그 思想生活의 進步를 보지 못하면서도 詩
를 創作할 수 잇다는 일은 確實히 世人들에게 驚愕의 눈을 크게 쓰게 햇
다. 그러나 詩 世界의 性質을 우리들이 잘 理解하고 잇다면 어릴수록 詩
를 容易히 써낼 수 잇다는 事實을 切實히 늣기지나 안을가? 우리가 흔히
兒童의 世界는 現實을 영영 써난 假空이라고 부르지만 그러치 안타. 兒童
의 世界는 想像作用의 對象을 抱擁하고 잇는 것이며 想像作用의 世界는
오히려 더 直接的 現實이라고 불을 수 잇다는 點에서 兒童의 世界는 現實
을 써난 것이 아니라고 證明된다. 兒童의 마음이 純粹하게 되는 瞬間을
찻을 째 兒童의 言語가 自然히 詩가 되지나 안을까? 童謠가 우리 文壇에
태여나 生命을 繼續하며 發展의 길을 찾는 것을 나는 無上의 喜悅하는 한
사람이다. 이째 警戒하지 안으면 안 될 것이 만타. 兒童的인 詩 童心에
뿌리를 둔 詩를 高調할 째 그것은 째로는 兒童의 詩心의 發育을 害하지나
안엇든가? 어린 兒孩처럼 어린 詩를 大人이 어린 兒童에게 要求할 째 實
은 大人이 兒童的인 型을 自己自身의 趣味에 依하여 造作하여 내고 그
型을 兒童들에게 强要하지나 안엇든가? 多少 劇團으로 일을테면 大人이
兒童에게 藝術的 作品을 註文한다는 것이 어리석은 일일 것이다. 또 大人
이 兒童이 된 셈으로 치고 童謠을 造作하여 낸다는 것이 바른 일이 안이
다. 兒童의 想像世界는 大人이 생각는 것보다 더 複雜한 것이며 또 그러
케 複雜한 것으로 發達하여 온 것을 大人이 안 된다고 일을 根據가 아모
데도 업슬 것이다. 어느 것이든가 童謠作家가 兒童에게 준 作品은 너무나
一個의 型의 拘束을 밧지나 안엇든가 십다. 또 그곳에서 적은 趣味性이

---

415 원문에 '永生中 金一俊'이라 되어 있다.

틀을 잡고 잇지나 안엇든가?

蒼白하고 脈博이[416] 나즌 것이 오늘날짜지의 童謠가 가지고 잇는 全部엿다. 좀 더 明朗하여지며 人工的임을 버서 버리고 흙을 밟어 나가는 心臟을 가진 것이래야겟다.

---

416 '脈搏이'의 오식이다.

윤복진, "가을바람이지", 『아이생활』, 제15권 제8호, 1940년
9-10월 합호.[417]

1
담우에 시드는 호박잎잡고
바수수 넘는게 갈바람이지
봉선화 꽃씨를 몰래까보고
강가로 달어간 갈바람이지

2
등넘어 옥수수 마른잎잡고
우수수 울린게 갈바람이지
샛빨간 풋고초 흔들어보고
산밑에 달어간 갈바람이지 (이상 6~7쪽)

田園의 가을을 描寫한 노래입니다.

童謠이라기보다 小曲에 가까운 것입니다. 이 노래는 昭和 五年 가을 東
京 가는 길에 洛東江 附近 가을 風景에 내 心琴이 울려서 읊은 노래입니다.
강 언덕─올망졸망한 초가집 집웅에 빨간 풋고초, 강가에 우수수 우는
옥수수 마른 잎, 어디를 보든지 가을이 기피 저저들었습디다그려! 東京
와서 바쁜 生活에 내 고향의 가을 風景도 잊어 바렸습니다. 어떤 날, 郊外로
나갔더니 武藏野[418] 넓은 들에 가을바람이 우수수 불어 흰 갈대가 바람을

---

417 원문은 '尹福鎭 作謠, 朴泰俊 作曲'의 동요곡보와 함께 제시되어 있다. 여기에는 곡보는
제외하고 동요만 전사하였다.

418 무사시노(武藏野)라 읽으며, 일본 간토(關東) 지방 도쿄도(東京都) 스기나미구(杉並區)
서쪽에 접한 도시로 에도(江戶) 시대 초기에 계획적인 신전(新田) 개발에 의해 도시화되었
다. 제2차 세계대전 때에는 군수 공장이 있었으며 전후에는 주거 도시로 급속히 발전하고
있다. "숲의 도시"로 불리며 선사시대 주거지가 있다.

안고 씨러지듯 흔들립니다. 이때 문득 玄海灘 건너 洛東江 平原의 내 고향 가을이 前日 車窓에서 바라보던 가을 風景이 생각나서 읊은 노래가 이 노래 입니다. 조곰 寂寞한 氣分으로 불러 주십시요.

作詩者 (이상 6쪽)

윤복진, "選後感", 『아이생활』, 1940년 9-10월 합호.

### 애기별꽃

李允善

어여뿐 애기별꽃 혼자피었다
호랑나비 남실남실 놀다가랴면
고개를 도리도리 그만가래요

어여뿐 애기별꽃 혼자피었다
애기나비 남실남실 놀다가랴면
방긋방긋 웃으며 놀다가래요.


### 강낭수염

孫逸湧

강낭수염 노랑수염
까불까불 노랑수염

강낭수염 노랑수염 (이상 34쪽)
쇠들쇠들 말랐구나

강낭수염 노랑수염
노랑영감 수염같다

강낭수염 노랑수염
각시머리 땋아보자


### 서울

全一順

언니딸아 서울온지
벌서 일곱밤

내일모래 자고나면
열흘이 되네
기차타고 서울온지
열흘이 되네

종로거리 전차타고
내다 보면
순이옥이 시굴동무
그리워 지네
나물캐든 시굴동무
그리워 지네 (이상 35쪽)

**選後感** 　노래나 글을 짓는 데 두 가지 創作態度가 있다고 생각됩니다. 어떤 분은 노래를 생각하는데 흘으는 물처럼 슬슬 생각해 내고 또 술술 그 생각을 쓰는 분이 있습니다. 卽興的 作家가 그렀습니다. 어떤 분은 한 생각을 가지고 몇 時間 몇 날을 或은 몇 十年을 두고 생각하고 또 생각해 낸 詩想을 어떻게 쓸까 어떤 形式으로 쓸까 하고 몇 時間을 몇 날을 몇 年을 생각해서 쓰는 분이 있습니다. 이것을 가라쳐 瞑想的인 思索的(이 말은 恒常 卽興的이란 말은 對比해서) 作家라고 이름니다. 音樂家 가운데서 슈-벨트와 모찰-트란 사람은 卽興的 作家의 代表的 人物이오 베토-벤은 非卽興的 作家로 瞑想的인 思索的인 作家의 代表的 人物로 생각됩니다. 흔히 創作에 있어서 卽興的인 것이 思索的인 것보다 몯하니 나흐니 하고 是非를 하는 것 같으나 이것은 그 作家에 天性에 따라 歸結되는 것이오 絶對로 卽興的인 것이 思索的인 보다 몯하거나 낫다거나 하고 是非를 걸 것이 몯 됩니다.

웨 이런 말을 하느냐 하면 最近 몇 달 동안에 『아이생활』 讀者 여러분(이상 34쪽)의 童謠, 童話, 作文 等을 考選하는 데 여러분이 기픈 생각도 없이 아무런 創作的 苦憫이거나 努力도 없이 나쁘게 말하면 아무렇게나 써 보내는 분들이 많기 때문입니다. 좀 더 생각에 생각을 더하고 이 생각이

나흔지 저 생각이 나흔지 도무지 比較도 研究도 思索도 瞑想도 없이
構想하는 것 같고 또 表現에 있어서도 아무런 努力과 研究가 없는 듯
한마듸 말에도 自己의 마음이 自己의 感情이 저저 들려면 비록 한 글字
한 글자에도 生命을 불어넣키 위해서는 努力을 해야 하겠고 苦惱을 해야
하겠습니다. 嚴密한 立場에서 본다면 한 글字에도 陰陽이 있고 重輕이
있고 意味의 大小가 있고 觸感의 差度가 다른 것입니다. 비록 卽興的인
作家이라도 그 瞬間瞬間에 기픈 思索과 瞑想이 있겠고 그 表現에 있어
서도 많은 努力과 苦惱이 있습니다. 그것이 그 作者의 先天的으로 타고
난 素質이 卽興的으로 빨리 構想하고 表現한다 뿐이지 모다가 嚴肅한
態度에서 思索하고 瞑想하여 創作하고 있습니다.
天才가 안인 우리 創作 選手가 안인 여러분은 特히 이 點에 注意하서서
한 篇의 글이나 한 篇의 노래를 지으실 때 心血을 傾注하여 敬虔한 態度
에서 創作해 주시기를 바랍니다. 누구보다 나는 이렇게 敬虔하고 眞實
한 態度에서 創作한 作品을 높게 評價하고 싶고 그 분의 精神과 態度를
尊重히 생각하겠습니다.

(九月 三日 서울서) (이상 35쪽)

**編輯者, "執筆者 消息", 『아이생활』, 제15권 제8호, 1940년 9-10월 합호.**

○ 林同恩 君  오랫동안 本 『아이생활』에 아름다운 揷畵를 熱心으로 그려 주든 林 君은 이번에 高敵中學 四學年에 入學하여 다시 工夫를 계속하게 되었답니다.

○ 尹石重 君  東京에 계시면서 그동안 지어 두셨든 재미있는 童謠 全部를 모와 아름답고 예쁜 童謠集 『어께동무』를 出版하셨습니다.

○ 姜小泉 氏  今番 『호박꽃초롱』이라는 童謠 · 童話集을 漢圖에서 出版하기로 되었답니다. 예쁜 책이 어서 나오기를 손꼽아 기다립시다.

○ 任元鎬 氏  도 그동안 여러 곳에 發表하였든 아름다운 童話만을 추려서 깨끗한 童話集을 만드신다고 준비 중이랍니다.

○ 尹福鎭 氏  는 여름 동안 귀병으로 苦生하시다가 요지음은 좀 났다고.

○ 崔仁化 氏  는 三千里社에서 일을 보시게 되어 아조 奔走 奔走 多事라고.

○ 宋昌一 氏  이번에 上京하셨다가 너무 奔走하여 本社에 들리지 못하셨다고.

○ 朴泳鍾 氏  慶州의 가을 景致에 취하여 날 가는 줄을 몰으며 맑고 깨끗한 글을 쓰시고 계신답니다.

○ 康承翰 氏  甕津小學校에서 어린동무들과 즐거운 날을 보내신다고.

○ 金英一 氏  할빈에서 이따금 좋은 글을 써 주시겠다고.

○ 崔秉和 氏  달달이 長篇을 써서 讀者 여러분의 마음의 피를 끌케 하는 氏는 더 좋은 글을 쓰기 위하여, 생각, 생각.

○ 十一月號는 크리쓰마쓰 準備號로 劇本 其他 童話를 滿載할 豫定. (이상 49쪽)

## 李龜祚, "後記", 『까치집』, 藝文社, 1940.12.

이 小著는 徹頭徹尾 作品의 年代順으로 整理 配列하였읍니다.

그런 關係上 童話와 少年小說을 區分할 수 없게 되였으므로, 이것을 갈라놓기 爲해서 目次를 黑色과 靑色, 두 빛깔로 印刷했읍니다. 前者는 童話이고 後者는 少年小說입니다.

童話(廣義)로 槪括해 놓은 가운데에는 幼年童話가 八篇 童話가 九篇 口傳童話가 一篇이 들었읍니다. 煩雜을 避하기 爲해서 篇마다 一一히 表示해 넣지 않았읍니다.

이 小著가 세상에 나오게 된 것은 오로지 英詩 創作에 精進하시는 金炳瑞[419] 형의 激勵해 주심과 推敲에서부터 '타이틀'을 定하는 것이며 其他 온갖 雜務에 이르기까지 돌보아 주신 德澤입니다. 金 형의 友情에 무엇이라고 謝意를 表해야 좋을넌지 모르겠읍니다.

　　　　昭和 十五年 十一月　　日

　　　　　　　　　　　　　　　李　龜　祚 (이상 203쪽)

---

419 김병서(金炳瑞)는 1932년 연희전문학교 문과 본과(文科本科)에 입학하였다.(「延專校 入學試驗 合格者 氏名」, 『중앙일보』, 32.4.5) 이후 연희전문 도서관에 근무하며 조선 시가를 영역(英譯)하는 정인섭(鄭寅燮)을 보조하기도 하였다.(鄭寅燮, 「朝鮮 詩歌의 英譯, Translate in English」, 『삼천리문학』, 제1집, 1938년 1월호, 222쪽)

鄭寅燮, "(新刊評)李龜祚 著 『까치집』을 읽고", 『매일신보』,
1941.1.11.

李龜祚 氏라면 兒童文學界에서 모르는 사람이 업다. 옛날에는 童謠도
썻고 新詩도 發表햇고 그리고는 童話에 能熟한 분 特히 創作童話에 天才를
가진 분이라는 것 그뿐만 아니라 新聞이나 雜誌에서 少年小說이라면 먼저
李龜祚 氏를 聯想하게 되는 것 其中에도 長篇에서 넓게 알려진 분… 이러
게 생각되는 분이다.

그런데 氏는 天性이 얌전한 新婦 갓어서 普通 男性으로는 드문 보드러웁
고도 淸雅한 消極的인 印象을 준다. 그래서 過去 功蹟을 본다면 발서 童話
集 갓흔 것은 여러 개를 냇을 만적 한데 이째까지 隱忍自重하야 修養에
修養을 거듭한 結果 비로소 이번 이 單行本을 世上에 내노케 되엿다. 이
冊에는 幼年童話가 八篇, 普通童話가 九篇, 口傳童話가 一篇 合해서 十八
篇이 들어 잇다. 內容에 잇서서 李龜祚 氏의 特質은 그 藝術的 高雅性과
實話的 健全性에 잘 調和되어 잇는 点이라고 하겟다. 普通 藝術童謠라면
너무나 幻想的인 冗漫에 흐리기 쉽고 쏘 敎育童話라면 너무나 人爲的인
不自然性이 過多하기 쉽다. 그런데 李龜祚 氏의 『까치집』에 나오는 모든
作品의 內的 價値는 이 두 가지의 缺点을 업시 하면서 藝術과 實利를 잘
살린 데 잇다고 하겟다.

그리고 表現形式에 잇서서도 亦是 그 內容의 特質에 調和되엿다고 할가.
一面에는 審美的 表現이 잇는 同時에 他面에는 簡潔明朗한 文體味를 보이
고 잇다. 「뫼쟁이 토끼」의 첫줄은 ──

까마득한 아주 옛날에 호랑이도 토끼도 말할 줄 알던 그런 옛날 이야깁니
다……

이러케 되엿고 「꿈」에서는 "돌이는 꿈을 꾸엇습니다. 돌이의 꿈꾼 꿈이
야기올시다"…… 이런 투다. 그리고 「전등불」 가튼 二行一節式의 童謠體
童話는 새로운 試驗으로 特히 注目할 만하다.

이리하야 童話와 生活이 한 덩어리가 되여 藝術의 리듬이 곳 生活의 리듬이 되고 生活의 實感이 곳 藝術의 製作이 되여 한 곳에서 두세 개가 얼화둥둥 춤을 추는 것 갓다.

一例를 「소꿉질」과 가튼 데서 들면 마지막으로 매저진 노래는 이러하다.

밥은 이마에써다대고 냠냠냠
찬은 턱아리에 갓다대고 냠냠냠
국은코잔등에올려대고훌적훌적
행낭아범도 훌적훌적 ——
갓난이도 훌적훌적 ——
창순이도 훌적훌적 ——
행낭아이도 냠냠냠
도련님도 냠냠냠

나는 이 以上 더 例證을 아니 하고 李龜祚 氏의 性品으로 보아서 高度의 "얌전한 선비"임으로 해서 그가 짓는 作品도 모든 家庭과 學校에 責任지고 推薦할 수 잇다. 그는 決코 世上에 흔이 보이는 "兒童藝術 브로커"가 아니요 眞實한 意味에 잇서서 참된 童心의 開拓者다.

쯔트로 하나 添加해서 特記할 것은 이 冊에는 이야기마다 沈載鳳 氏의 挿畵가 들어 잇다는 것이다. 讀者로 하여금 이야기의 實盛을 무척 爛漫하게 한다. 菊版으로 二百餘 頁나 되는 美本인데 編纂에는 圖書館 硏究에 알려진 金炳瑞 氏의 努力이 만타는 바 新春 讀書界의 조흔 선물로 確信하는 바이다. 發行所는 京城府 延禧町 三三九 番地 一〇號 藝文社

白石, "『호박꽃 초롱』序詩", 姜小泉, 『(童謠詩集)호박꽃 초롱』,
博文書舘, 1941.2.[420]

한울은
울파주가에 우는 병아리를 사랑한다.
우물돌 아래 우는 돌우래를 사랑한다.
그리고 또
버드나무밑 당나귀 소리를 임내내는 詩人을 사랑한다.

한울은
풀 그늘밑에 삿갓쓰고 사는 버슷을 사랑한다.
모래속에 문잠그고 사는 조개를 사랑한다.
그리고 또 (이상 8쪽)
두틈한 초가집웅밑에 호박꽃 초롱 혀고 사는 詩人을 사랑한다.

한울은
공중에 떠도는 힌구름을 사랑한다.
골자구니로 숨어흐르는 개울물을 사랑한다.
그리고 또
안윽하고 고요한 시골 거리에서 쟁글쟁글 햇볓만 바래는 詩人을 사랑한다.

한울은
이러한 詩人이 우리들 속에 있는 것을 더욱 사랑하는데
이러한 詩人이 누구인것을 세상은 몰라도 좋으나
그러나
그이름이 姜小泉 인것을 송아지와 꿀벌은 알을것이다. (이상 9쪽)

---

420 '白石'은 백기행(白夔行, 1912~1996)의 필명이다.

尹福鎭, "尹福鎭先生 評選－選後感", 『아이생활』, 제16권 제4호,
1941년 4월호.


　　童謠 꽃주막
　　　　　　　尹童向
노오란 장배기
꽃주막에는
나비손님 하나 둘
쉬고 가지요.

　하얀나비 한-쌍
　길저므러 쉬고.
　노랑나비 한-쌍
　다리아파 쉬-고.

노오란 장배기
꽃주막에는 (이상 24쪽)
나비손님 하나 둘
쉬고 가지요.


　　동요 길마중
　　　　　　　尹童向
엄마는 십리길
읍내장에 가고

누나는 오리길
공장에 가고.

－이길은 엄마 오는길.
－저길은 누나 오는길.

붉은 놀 해질녁
나무에 옵나[421] (이상 25쪽)

엄마가 몬저 오시나
누나가 몬저 오시나

**選後感** 이 분은 앞으로 構想을 좀 더 鍊磨하고 表現에서 좀 더 詩的인 것을 取하게 되면 훌륭한 童謠詩人이 될 수 있다고 생각합니다. 着想이 좋고 健全한 童心을 잘 잡어 오군 합니다. 그리고 누구보다 貴여운 童心世界를 알고 그 속에 呼吸하는 분입니다. 오다가다 表現이 넘우 강뚱강뚱해서 그 呼吸이 숨차게 하는 僻風이 없잔아 있읍니다. 좀 流暢한 부드러운 呼吸法을 생각해 주었으면 합니다.

### 동요 흙손이고나 「봄바람」

平原 尹信孝

봄바람 솔ㅡ솔ㅡ
동리에 솔ㅡ솔ㅡ

동리애들
옹기종기 (이상 26쪽)
손곱노리에

고흔손이
흙손이고나

고흔옷이
흙옷이고나

**選後感** 前半이 散文的이라기보다 넘우나 說明的이기 때믄에 조곰 修正

---

421 '올라'의 오식이다.

했음니다. 모든 文學이 다 그렇하지만 詩란 說明이 되여 못 씀니다. 暗示的이요 像徵的인 것이야 함니다. 남의 作品에 손을 데이는다는 것은 좋지 못한 일이나 "讀者童謠"란 觀念에서 어떤 때는 손을 데이지 않을 수 없는 때도 있음니다.

### 童謠 함박눈

李允善

꽃잎같은 함박눈이
포송포송 내립니다.(이상 27쪽)
포송포송 함박눈은요
하늘나라 천사가
가슴에 품고놀든
눈꽃이래요.

포송포송 함박눈은요
하늘나라 천사가
아가에게 보내는
선물의래요.

꽃잎같은 함박눈은
앙깃앙깃 춤을추며
포송포송 내립니다.

### 童謠 눈아츰

李允善

앞집의 강아지
숫눈을 밟고
옴폭옴폭 뒷꼬리
싸리문에 달렸다.

검둥이도 짝저서

뜀박질 한다.
타달타달 강아지
춥지도 않은게야.

**選後感** 이 분은 表現 用語에 있어서 그의 特有한 個性이 빛나고 있읍니
다. 나는 恒常 이 분의 노래를 對할 때마다 그의 特有한 個性的인 用語에
내 눈이 誘惑되고야 맙니다. "타다고타다고 강아지"이니 "포송포송"이
"앙깃앙깃"이니 하는 것 다 그렇안 것입니다. "앙깃앙깃"과 같이 때로는
넘우나 個性的이여서 우리와 共通되지 않는 念慮도 없잔아 있읍니다.
그러나 詩란 그었보다 作者의 特有한 個性이 꿈틀거려야 하고 그 表現
에 있어서도 特有한 個性이 움즉야 한다는 眞理를 무었보다 높이 高揚
하여야 하겠읍니다.
이 분은 앞으로 內容를 充實히 하는 工夫를 하고 表現을 좀 더 簡潔하게
하는 工夫를 햇으면 합니다. 압날에 적지 않은 期待를 가지는 童謠詩人
의 한 사람으로 생각하고 있읍니다.

(尹福鎭 先生 評選) (이상 29쪽)

宋南憲, "明日의 兒童演劇-童劇會 一回 公演을 보고",
『매일신보』, 1941.5.12.[422]

最近 萎縮沈滯에 빠젓던 兒童文化運動이 時局의 轉換에 따러 새로운
進展의 機運을 釀成하고 잇다는 것은 兒童文化에 對한 社會的 關心이 漸次
로 노파 가는 것을 意味하는 것이며 時代의 動搖 가운데서 國家는 國家로
서 團體는 團體로서 "다음 世代의 支柱"가 될 兒童을 保護하고 組織을 해야
되겟다는 必要性을 痛感하는 데에 그 根據가 잇다. 〈京城童劇會〉가[423] 創立
되고 第一回 公演을 가지게 되엿다는 것은 朝鮮兒童文化運動史에 飛躍的
인 發展이라고 아니 할 수 업다. 西洋서는 十四世紀頃에 벌서 兒童劇團이
組織되엇고 이것이 娛樂的인 意味를 떠나서 敎育과의 融合下에 兒童의
遊戲心을 演劇的으로 善導하고저 提唱한 것은 十八世紀 佛蘭西에서 이러
나서 이것이 一般으로 社會的으로 된 것은 兒童의 世紀인 今世紀에 들면서
漸次로 實施되게 되엇다.

兒童演劇은 兒童 自體가 成人으로 成長發展하는 重要한 時期인 만치
演劇의 使命이 一層 重大하며 데리게-트하다. 그러니만치 特別히 훌륭한
演技를 目的하고 가르킬 必要는 업고 兒童 自身의 集團的 自主的 創造性을
抽出하여 그들 自身으로서 純眞한 表現을 發揮하도록 하여 觀客을 感動식
히고 同化식히는 것이 兒童演劇의 一般的 任務인 同時에 兒童演劇 指導者
의 指導精神이 아닌가 한다.

여러 가지 不利한 環境과 條件 아래서 이번 童劇會의 公演이 成功이라고

---

422 원문에 '齋洞國民學校 訓導 宋南憲'이라 되어 있다.
423 1941년 2월 11일 '기원가절(紀元佳節)'에, "新體制下의 少國民文化運動으로서 兒童藝術
의 純化와 그 振興을 期하며 아울러 國語의 普及 內鮮一體의 具現을 힘쓰는 健全한 童劇을
樹立코저 이번 京城童劇會를 結成"하였고, "發起人은 石川秀三郎 楊美林 咸世德 洪銀杓
大石運平 金永壽 朴興珉 諸氏이며 創立顧問은 夏山在浩 寺田瑛 牧山瑞求 諸氏"였다.(「京
城童劇會 創立-今日 府民館에서」, 『매일신보』, 41.2.11)

는 할 수 업스나 明日의 兒童演劇의 方向을 規定한다던지 具體的인 푸란을 提示한다는 積極性을 가지고 잇섯다는 대에 重大한 意義가 잇다고 볼 수 잇섯다. 「어리인 愛國班」(열세동무)(盧良根 作, 洪銀杓 脚色)은 다 아는 바와 가티 某報에 連載되엿든 少年小說이다. 兒童劇의 建設을 爲한 具體的인 作品은 아니다.

演出에 잇서 時代를 銃後[424]農村의 少年들을 背景으로 生産場面을 나타낸 點에 注目되엿스며 少年들의 生活이 必然的으로 時代에 對한 覺醒과 集團 勤勞奉仕에의 親近에다 引導되여 「어린이 愛國班」이란 農村少年의 一群을 通하여 特定한 銃後農村의 少年社會가 나타낫고 銃後農村으로서의 特定한 時代와 社會의 本質 剔擇이 明確한 點에 對하여서는 比較的 成功하엿다고 볼 수가 잇섯다. 그러나 個々의 性格이 鄭燦朝 君의 時煥 役을 빼노코서는 極히 皮相的으로 取扱되엿스며 統一的인 內容充實한 美가 업시 空虛한 絶叫가 만타. 더욱 한 가지 演技意識의 排除라던지 弄藝意識의 抹殺을 말하고 십다. 兒童劇은 어린이의 五體를 驅使하여 空間에다 그리는 人間精神의 全的 表現이며 어디까지든지 敎育上의 一方法으로서 有意義하기 째문이다.

兒童演劇이 이제 겨우 萌芽狀態에 잇는 現狀에서 過大한 要求는 할 수 업다. 明日의 兒童劇 建設을 爲하여 健康한 敎訓을 包含한 兒童演劇을 그리고 아름다운 한 幅 그림으로서 볼 수 잇는 形式 達成과 로맨티시즘을 담은(偉大한 리얼리즘은 結局에 로맨티시즘에 通한다.) 兒童演劇을 要望한다. 그리고 兒童의 正當한 再評價 時代의 本質剔擇 今日의 새로운 轉換期에서 본 兒童生活의 修正 이것들은 明日의 本格 兒童演劇이 가저야 할 本質이 아닌가 한다. 童劇會 第一回 公演이 여러 가지 不利한 環境과 條件 아래서 모든 것을 물리치고 그만한 成果를 내엿다는 것은 童劇會員들의 兒童文化에 對한 情熱이 그 모든 不利한 條件을 克服한 바로서 敬意를 表하며 明日의 本格的 兒童演劇의 建設을 爲하여 奮鬪를 빈다. (五月 六日)

---

424 일본어 'じゅうご[銃後]'로 "(전장의)후방, 후방의 국민"을 뜻하며 "전선(前線)"의 반대말이다.

尹福鎭, "選後感", 『아이생활』, 제16권 제5호, 1941년 5월호.

童謠 우리집
　　　　　　　咸州 李世保
우리집은 초가집
조고마해도
낮에는 햇님이
빛쳐주고요
밤에는 달님이
빛어줍니다

**選後感** 퍽이나 平和스러운 마음입니다. 平和스러운 노래임니다. 조고마한 초가집이라도 낮에는 햇님이 밤에는 달님이 잊이 않고 빛어 주겠지요. 얼는 쏘면 平凡한 듯도 하나 平凡한 가운데 平凡치 않은 데가 있어서 좋음니다. 이분은 앞으로 노래을 많이 지어 習作하는 것도 좋으나 한 노래를 가지고 오래 생각하고 생각에 생각을 더 하며 表現에 있어서도 좀 平凡한데 흐르지 않게 工夫를 햇으면 함니다. "平凡"과 "簡潔"이 四寸 兄弟와 같이 생각되나 그 精神과 方向은 아주 다름니다.(이상 20쪽)

童謠 참새한쌍
　　　　　　　金城景默
참새한쌍
포르르
울타리넘어
보화네집으로
잠자러가네

**選後感** 아무런 꾸밈이 없고 卽興的인 데서 이 노래를 取했음니다. 어던

분의 노래는 內容도 없는 것을 바갓만 粉칠만 하고 기름질 밀해서 쓸때 없는 虛飾에 主力하는 분도 적지 않었읍니다. 詩(동요)는 무었보다 紙粹한 詩的인 感情, 感覺, 思想 等의 內容을 主로 생각하야 하겟고 그것의 完全한 準備와 設計가 充分이 선 後에 表現方法과 表現技巧에 힘을 써야 하겠읍니다.(이상 21쪽)

### 童謠 애가자치구[425]

張鳳顏

우리애가 자앵구 셰발자앵구
신작로랑 도랑이랑 막우달니죠
이웃집 할아버지 막떨거놓고
뜰에노는 강아지를 막떨거놓코
꽃밭이랑 풀밭이랑 막떨거놓고

**選後感** 두 聯으로 된 노래를 第二聯은 除去하고 第一聯만으로 좀 곤처서 실였읍니다. 詩에 있어서 對眼法은 여간 잘 善用해야지 까닥하면 失敗하기 쉬웁고 平凡한 데 흐르기 쉬웁니다.(이상 22쪽)

### 동요 산골시내

咸州 李世保

산골시내 돌─돌
꽃잎실고 돌─돌
골작골작 돌아서
어데까지 가─나.

가랑잎이 동─동
어서어서 동─동
골작골작 돌아서

---

425 동요의 본문과 맥락으로 보아 '애가자앵구'의 오식으로 보인다.

바다까지 가잔다.

**選後感** 사람의 생각이란 때로는 같을 때도 없잔아 있읍니다. 「산골시내」의 第一聯에서 보듯이 시내에 對한 사람의 생각이 비슷비슷할 때가 많음 봄니다. 그러나 獨創性과 創造性을 잃어버리면 詩로써는 머리 없는 사람과 같을 겜니다. 잘되던 못되던 곱던 밉던 自己의 것으로 自己의 생각대로 自己가 느끼는 바를 적는 詩의 禮儀를 알어야 하겟음니다. 이 노래는 第二聯에 "가랑잎이 동―동 어서어서 동―동"이 좋와서 取햇읍니다.(이상 23쪽)

### 童謠 뜀뛰기
李盛奎

복동이가 껑충
조끼 주머니 에서
동전 두푼이 짤―랑.

복순이가 껑충
아버지 사다 준
빨간 댕기가 팔랑.

**選後感** 前聯과 後聯의 第二行 "한발자욱뛰면은" 아모리 作用이 없다기보다 도로혀 이 노리에 障碍가 됨니다. "껑충"만으로 훌륭함니다. 그래 그 行을 아주 뽐해 바렷음니다. 이만한 것은 作者도 노래를 지어 놓고 몇 番 읽어 본다면 이만한 缺點을 곧 알 수 있을 것임니다. 詩想이나 表現에 있어서 넘우 彫啄하는 것은 않 되나 그래도 어떤 程度에까지는 彫啄하고 彫하고 해야 하겠음니다.(이상 24쪽)

### 童謠 봄바람
張成根

봄바람 솔―솔

아가불든 싱々이
　　불어보구요,
봄바람 솔—솔
처마끝에 풍경을
아가노는 종이배
　　밀어줍니다.

봄바람 솔—솔
처마끝에 풍경을
　　흔들어보고,
봄바람 솔—솔
마르끝에 도르램
　　돌녀봄니다.

**選後感**　고흔 想과 부드러운 呼吸에서 取했읍니다. "봄바람이 살—랑 불어
　왔어요"보다 "봄바람 솔—솔"이 좋을 뜻합니다. (이상 25쪽)

尹福鎭, "尹福鎭 先生 選", 『아이생활』, 1941년 6월호.


童謠 딱따귀
　　　　　梁淳摸

딱－딱－ 딱따귀
빨간모자 쓰고서
나무구멍 판－ㄴ다

딱－딱－ 딱따귀
송굿입 가지고
나무구멍 판－ㄴ다


**選後感** 퍽이나 나이브(素朴)한 想에다 簡潔한 表現으로 아모런 꾸밈과 誇張이 없는데 좋읍니다. 作者 아주, 어린 幼年인 듯합니다. 이러한 直觀的인 노래는 생각이 複雜하고 表現에 있어서 技巧를 쓰려는 大人에게는 찾어 볼 수 없을 겁니다.(이상 20쪽)


童謠 꽃망울
　　　　　平壤 李泰善

울안에 꽃망울
애기 꽃망울
연주칠 곱게곱게
꽤도 이쁘다.


**選後感** 긴 노래 가온데 첫재 聯에서 二行을 추린 것이 이 노래입니다. 긴 說明이 必要가 없을 듯합니다. 여기 실린 二行만으로 훌륭한 童謠가 될 수 있읍니다.(이상 21쪽)

童謠 **아기**

定平 張童近

아기는 울다가도
엄마젖만 물면
그만이지요
그만그만 뚝끈치고야 말지요

아기가 잠들땐
자장자장하면
그만이지요
그만그만 소롯이 잠들고야말지요

**選後感** 着想은 퍽이나 귀엽고 좋은데 表現이 詩의 焦點에 集中되지 못하고 散漫했읍니다. 그래서 많이 修正을 했읍니다. 詩는 될 수 있는 데까지 簡潔하게 焦點을 찾어 그 焦點을 土臺해서 그 우에 詩란 建築을 세워야 하겠읍니다.(이상 22쪽)

童謠 **토끼**

朴龍珠

엄마토끼 낮잠잘때
애기토끼 자지않고
빨간입을 호물호물
엄마젖을 몰래먹지

애기토끼 낮잠잘때
엄마토끼 옆에앉어
솜털같은 하얀발로
우리애기 자장자장

**選後感** 後聯은 略했읍니다. 前聯의 想이 귀엽고 前聯만으로 좋은 노래가 되기 때문입니다.(이상 23쪽)

## 楊美林, "戰時下 兒童問題(1)", 『매일신보』, 1942. 1. 29.

北支事變에서 支那事變으로 支那事變에서 다시 大東亞戰爭으로 戰線은 擴大되고 戰期는 長期로 들어갓다.[426]

戰線이 擴大되고 戰期가 길어젓슬 뿐만 아니라 戰術이 쏘한 武力戰에서 經濟 文化 思想 等의 綜合的 總力戰으로 進化하엿다.

즉 前線의 兵士와 銃後의[427] 國民이 한 덩어리가 되어 全力을 기우려서 싸워야 하는 國家總力戰으로 되엇다.

그리고 이 大東亞戰爭은 單純한 軍事的 破壞戰이 아니고 大東亞共榮圈의 新秩序를 세우려는 建設戰인 만큼 戰期가 長期化할수록 重要性을 加해 가는 根本課題가 될 것은 人的資源 問題가 안일 수 업다.

무엇이 必要하다 무엇이 貴하다 하지만 사람보다 귀한 것이 업스며 사람의 힘보다 必要하고 所重한 것은 업다.

國力의 根幹이 되는 것은 만흔 國民의 豊富한 힘이다. 單純히 만흔 國民의 豊富한 힘일 뿐만 아니라 優秀한 國民의 旺盛한 智力과 體力이야만 한다.

그러면 이 重大한 問題의 根底가 되는 것은 무엇일까? 그것은 두말할 것도 업시 育兒 榮養[428] 保健 敎育問題는 勿論 私生活 孤兒 不良兒童 問題를 包含한 廣意義의 所謂 兒童問題이다.

事變 以來 國民의

厚生 問題가 重大性을 加해 옴에 짜라서 厚生局의 創設을 보게 되여

---

426 1931년 9월 18일 "滿洲事變"을 기점으로 하여, 1937년 7월 7일 "中日戰爭"으로 확전되었다. 중국은 "제2차 중일전쟁"이라 하였고, 일본은 당초 "北支事變"이라 했다가 뒤에 "支那事變"으로 개칭하였고, 1941년 12월 태평양전쟁 개시 후 미국, 영국 등 연합국과의 전쟁 및 지나사변을 포함하여 "大東亞戰爭"이라 호칭하였다.

427 일본어 'じゅうご〔銃後〕'로 "(전장의)후방, 후방의 국민"을 뜻하며 "전선(前線)"의 반대말이다.

428 일본어 'えいよう(榮養, 營養)'로 우리말로는 '榮養'이 아니라 '營養'으로 표기한다.

兒童問題의 一部分도 當然히 解決되여 갈 것으로 밋는다.

그러나 아직 한 개의 國家的 社會問題로 取扱하여 體系的 硏究가 미처 잇지 못한 것만은 事實이다. 이 事實은 絶對로 看過치 못할 刻下의 喫緊事가 아닐 수 업다.

이 機會에 諸 問題의 重大性을 國民 압헤 提言하며 그 一端을 槪觀하야 社會全般의 關心을 깁게 하며 問題解決에 多少라도 寄與하여 國力伸張의 根本課題를 强調하려는 바이다.

緖論에서 한마듸 더 附言할 것은 最近 兒童들에게 至大한 影響을 미치는 映畵 圖書 音樂 玩具 遊戲 等의 文化 部面을 總括하여 兒童文化라고 하게 되엿스며 舊臘 二十三日 社團法人〈日本少國民文化協會〉가 誕生하여 쭈렷한 指導理念下에 모든 兒童文化運動을 推進케 된 것이다. 그리하여 지금까지

**單純**한 家庭의 子女라는 觀念에서 훌륭한 少國民으로서의 育成을 指標로 나아가게 되엿다. 쏘 한 가지 어린이들에게 關聯해서 記憶에 새로운 것은 지난 一日 大東亞戰爭 第二年 勝捷의 元旦 東條 首相이[429] 全國少年少女들에게 힘찬 새해 人事를 보낸 것이다. 이것은 前例가 업는 일이다. 이것을 보드라도 다음 世代에게 國家가 待望하는 것이 얼마나 큰가를 알 수 잇는 일이다. 抽象的인 序言이 좀 길어젓스나 以下 姙産婦의 登錄 産婆의 巡廻診察 乳幼兒의 榮養 保健 等을 中心으로 한 "育兒問題" 玩具 圖書 映畵 遊戲 善導를 中心으로 한 保敎育問題 不良兒 孤兒 私生兒 問題를 中心으로 한 所謂 兒童 社會問題를 槪觀하고 다시 紙面이 許하는 範圍에서 兒童文化 問題에도 簡單히 言及해 보련다. (계속)

---

[429] '東條首相'은 도조 히데키(東條英機, 1884~1948)를 가리킨다. 일본의 육군 군인이자 정치가이다. 1941년 12월 8일 하와이의 진주만(眞珠灣)을 기습 공격함으로써 태평양전쟁을 일으켰다. 종전 후 A급 전쟁범죄자로 극동국제군사재판에 회부되어 1948년 교수형에 처해졌다.

## 楊美林, "戰時下 兒童問題(2)", 『매일신보』, 1942.2.2.

上述한 바로서 長期戰下의 兒童問題는 벌서 單純한 한 家庭問題에서 喫緊한 國家社會 問題로 登場케 된 것을 알 수 잇다. 國運의 盛衰는 오로지 다음 世代를 繼承할 少國民의 健否 如何에 잇다.

그러므로

現在의 兒童을 心身이 健全闊達한 國民으로 育成하여 참으로 大東亞의 盟主國民이 되도록 하지 안허서는 아니 될 것이다. 그러려면 從來와 가튼 無關心 乃至 自由放任에 갓가운 兒童觀과 兒童保育, 文化運動으로서는 到底히 아니 된다. 이 重大問題에 對해서는 國家社會의 連帶責任으로 하로바쎄 社會立法이 進步整備되며 敎育과 厚生이 倂行하여 着着 그 對策과 解決이 나타나야 할 것이다. 또 兒童文化 問題에 對해서는 文敎當局과 文化人들과의 緊密한 提携下에 組織化 되지 안흐면 볼 만한 成果를 거두기 어려울 것이다.

以下 主要한 戰時下의 兒童問題를 管見해 보기로 하겟다.

健全한 兒童을 바라려면 먼저

健全한 母體가 아니면 엇기 어려운 일이다. 따라서 姙産婦의 登錄保護와 醫師 産婆의 巡廻診察(受産) 制度를 하로바쎄 實施하여야 할 것이다. 現在로 말하면 醫師와 産婆의 人員數가 全鮮을 通하여 겨우 醫師 三三九二名 醫生 三六八四名 産婆 一八五九名박게 안 되는데 거이 그 全部가 都市에 偏在하며 더구나 費用이 적지 안흔 關係로 農村과 都市 庶民階級의 大部分 姙産婦는 一生에 한번도 醫師 産婆의 손으로 出産해 보는 일이 업는 現狀이다.

다음으로 가는 큰 問題는 어머니들의 育兒知識의 向上普及이다. 一朝一夕에 큰 成果를 거두기는 어렵다고 하드라도 講習 出版物 新聞 라디오 等에 依하여 兒童의 生理 衛生 榮養 遊戱 等에 對한 母性으로서의 育兒常識을 咸陽케 해야 할 것이다. 한편 이에 竝行하여 必須한 社會施設로서는

兒童健康相談所 兒童研究所 兒童相談所 榮養研究所 等의 街頭 進出이며 幼稚園 托兒所 國民學校 等의 새로운 兒童觀 미테 再出發한 保教育이여야 할 것이다. 從來와 가튼 消極的 保教育方針에서 積極的 鍊成保教育으로 躍進하지 안어서는

**時運**에 뒤써러진 無用之物이 될 것이다. 일즉히 國民教育에 國力을 傾注하여 世界에서 가장 進步된 教育哲學을 樹立한 盟邦 獨逸에서는 幼兒教育의 重要性을 認識하고 幼兒教育의 先祖이며 幼稚園의 創設者인 프레-벨 先生의 百年祭 되는 再昨年(一九四〇年)부터 幼稚園教育을 義務教育年限에 編入하엿다. 쏘 한편 人口政策의 根本 厚生施設로서 托兒所를 國策的으로 獎勵하며 運營에도 特別한 用意를 기우리여 勤勞女性들의 銃後活動을 遺憾업시 할 쑌만 아니라 社會에서 차듸찬 差別待遇에 머리를 들지 못하는 私生兒들을 國家의 아들이라는 責任으로 保育하는 現狀이다. 孤兒의 國家的 保護와 아울려 私生兒保育問題도 從來와 갓치 道德的 見地에서만 固執될 것이 아니라 貴한 人命이며 國民인 以上 社會的으로 짜쯧한 保護가 當然한 義務다.

다음으로 가장 數가 만흠에도 不拘하고 一般이 그리 重大視하지 안는 問題는 不良少年少女 問題다. 近年 여러 가지 原因으로 漸增의 一路를 밟어오던 不良少年少女 特히 大都市와 産業都市가 事變 以來 內外地를 通하여

**激增**하는 統計를 보히고 잇슴은 寒心한 事實이다. 筆者는 年前에 感化院과 少年刑務所를 두세 곳 探訪하여 實情을 보앗스며 當局者의 說明도 듯고 收容兒童과 一問一答을 해 본 일이 잇는데 極히 少數의 遺傳性 不良兒童을 除外하고는 거이 全部가 그릇된 教育과 不健全한 環境으로 말미아마 길을 잘못 든 그들로서 참으로 憐憫의 情을 禁치 못하엿다. 理想的으로는 當初부터 不良少年少女를 내지 안토록 家庭, 學校, 社會가 三位一體로 힘쓸 것이며 萬一 不幸히 不良少年少女를 내엿슬 境遇에는 空然히 어버이의 盲目的 愛情에 얼키여 煩惱하면 社會에 害毒을 流布케 할 것이 아니라 專門家에게 指導相談을 하거나 感化院에 보내여 그 改悛 更生을 꾀하지 안어서는 아니 된다.

前面에서 略述한 것은 社會政策上 見地에서 본 所謂 兒童社會 問題이며 그 解決과 對策은 하로바삐 社會立法의 整備로 비로소 所期의 成果를 거둘 수 잇는 問題다. 다음으로 一考해 볼 問題는 所謂 兒童文化 問題란 것이다.

文化가 漸進함에 짜라서 兒童을 爲한 文化財의 生産 文化運動의 形態가 적지 안타. 近年 內地에서는 이 問題에 對한 論議가 쩌-날리즘의 寵兒가 되다시피 하엿스며 未曾有의 큰 國難을 當한 오늘 國家의 將來를 雙肩에 질머지고 나아가며 大東亞建設의 일꾼이 되여야 할 少國民들에게 至大한 精神的 影響을 주는 이 兒童文化에 對하야 再檢討가 必要하게 되엿다. 그래서 昭和 十三年 가을 內務省의 發案으로 된 兒童圖書의 淨化 統制를 비롯하여 各種의 指導對策이 續々 樹立되엿다. 舊臘 二十三日에는 情報局의 發案으로 된 兒童文化의 一元的 統合 指導機關인 社團法人 〈日本少國民文化協會〉가 設立되엿다.[430] 이 方面에 多少라도 關心이 잇는 사람의 눈으로 볼 째 이것은 決코 些少한 일이 아니며 實로 國家的인 文化政策의 하나라고 말할 수 잇다.

그러면 朝鮮에 잇서서 이 兒童文化의 過去와 現狀은 어써한가. 一考할 必要가 잇는 問題다.

新文化의 輸入과 同時에 兒童들에게도 兒童雜誌 兒童圖書 等의 發刊 童話 童謠會 等의 開催로 '엘렌·케이' 女史가 말한 그야말로 "兒童의 世紀" 出現한 感이 잇섯다. 우리가 永遠히 잇지 못할 故 方定煥 先生이 朝鮮의 그 功勞者이다. 그러나 그 後 社會情勢의 變遷과 兒童觀의 變革으로 所謂

---

430 "다음 시대의 대동아를 질머질 소국민들을 씩々하고 바르게 길르기 위하야 황도에 입각한 소국민문화의 확립을 목표"로 1941년 12월 23일 도쿄(東京)의 군인회관에서 창립총회를 가졌던 것을 가리킨다.(「小國民文化協會 發足」, 『매일신보』, 41.12.24)

童心主義의 兒童文化運動은 漸次로 衰退하게 되엿다.

內地에서도 最近까지 童心主義 兒童文化運動의 殘陣이 겨우 消極的인 活動을 하고 잇섯스나 支那事變의 勃發과 同時에 一大 轉換을 하게 되엿스며 참으로 볼 만한 活氣를 씌게 되엿다. 한편 朝鮮으로 눈을 도리켜 볼 째 너무도 貧弱하고 低調 不健全한 데 놀라지 안흘 수 업다. 그 原因을 한둘로 說明할 수 업스나 文敎當局의 理解 잇는 積極的 指導와 奬勵가 업섯스며 商品性이 적은 關係로 生活과 精力을 이 方面에 기우리는 사람이 나오지 못한 것이 主要한 큰 原因이라고 볼 수 잇다.

그러나 到底히 이대로 看過할 수 업는 重大問題다. 內地의 淨化 統制 指導에 對하여 朝鮮에서는 振興 建設 指導가 되여야 할 것이다. 여기서 한 가지 銘記할 것은 當局이 언제까지나 從來와 가튼 消極的 取締 監視 態度에서 벗어나 大乘的 見地에서 用語問題 가튼데 拘泥치 말고 積極的 指導로 進出할 것이며 兒童文化人으로서는 이 機會에 從來의 不健全한 分子를 一掃하는 同時에 水準을 끌어올려 참으로 오늘 半島兒童들에게 精神的 糧食이 될 만한 支化財의[431] 制作과 運動을 活潑히 展狀해야 될 段階이 이르럿다. 各 部門에 亘하여 詳細히 論及할 紙面이 업스나 次代의 健全한 國民을 育成하며 國家의 將來에 決定的인 影響을 가질 兒童文化 問題를 愼重히 생각하여 그 健全한 發達을 꾀하지 안흐면 아니 될 것은 누구에게나 首肯될 줄 밋는다. 常識的으로 一瞥하드라도 兒童文學을 中心으로 한 健全 明朗한 兒童讀物을 비롯하여 畫本,[432] 映畫, 紙芝居(畫劇),[433] 玩具, 音樂, 舞踊 等 所謂 藝能은 勿論 兒童의 保健衛生, 遊戱의 淨化 善導 等을 통틀어 一貫한 指導理念의 確立과 各 方面 關係者와 各種 團體 施設 사이의 協助를 強化하며 一元的으로 統合指導하기에 足한 關係 官民으로 되는 한 強力한 組織體가 絶對로 必要하다. (끗)

---

431 '文化財의'의 오식이다.

432 가혼(がほん[畫本])이라 읽으며, "그림책"이란 뜻의 일본어이다.

433 가미시바이(かみしばい[紙芝居])라 읽으며, "그림 연극(하나의 이야기를 여러 장의 그림으로 구성하여 한 장씩 설명하면서 구경시킴)"을 가리키는 일본어이다.

**尹福鎭, "選後感", 『아이생활』, 제17권 제1호, 1942년 1월호.**

童謠 서리나린아침
尹童向

한얀서리,
장독대에
소북이 나린아침.

장독대,
엄마닭이
옹크리고, 꼭, 꼭.

옹기종기 병아리
찬서리를 밟ㅡ고,
발시렵다 비용비용.

【評】 조용한 가을 아츰입니다. 서리는 나려 치운 아츰이나 퍽으나 平和스
럽고 따듯한 아츰입니다. "발시렵다 비용비용"에 "어서어서 엄마품안
에" "넣어달내요"는 지워 바렸읍니다. 이것은 "발시렵다 비용비용"을
說明하는 것은 넘우나 장황한 說明이였기 때문에⋯⋯.(이상 32쪽)

동요 꽃구두
平壤 咸處植

애쁘장
꽃구두
애기 꽃구두

서지도
몯하는
우리 애기가

손에다
신고서
바알발 기지요

【評】 直觀的인 귀여운 着想입니다. 나이브(素朴이랄가)한 表現임니다.(이
상 33쪽)

### 동요 가을낮
　　　　　　林仁洙
빨강감 조롱조롱
꼭대기에 달렸다.

단풍닢 팔랑팔랑
뜰에뜰에 날인다.

아가와 바둑이
집보는 한낮

가을볕은 따스하다.
가을낮은 한가롭다.

【評】 童謠이라기보다 詩에 갓갑다. 아름다운 童謠라고 생각한다. 全體로
靜的인 世界요 따라서 表現도 靜的인 表現이다. 한 가지 언짢은 것은
第三行과 第四行은 動的인 表現으로 "살랑살랑"은 靜的인 가을 낮을
넘우나 騷亂케 하는데 게다가 "뜰에뜰에"라는 反復的 表現的으로 조
용한 가을 낮을 混亂케 하는 念慮가 잇지 안나 생각된다.(이상 34쪽)

### 동요 구름
　　　　　　滿洲 鄭君信
구름은 작난 꾸러기
산을 가렷다. 덮엇다.

지도를 그렷다. 지윗다.

◇

구름은 작난 꾸러기
무엇을 그리는지
왼종일 그렷다. 지윗다.

【評】第一輯은 조왔읍니다. 第二輯에 "무엇을그리는지 뾰죽뾰죽 봉오리를
자꾸만 그리고있지"는 第一輯과 어울리지 안습니다. 어울리지 않음
뿐 안이라 詩歌의 論理가 서리지 안습니다. 그래 第二輯을 全部 곧처
놓았음니다.(이상 35쪽)


### 童謠 피라미트

朴和穆

멀고먼 애급나라 피라미트 뒤에는
금궤를 훔처온 도적이 숨었다.

피라미트 뒤에다 큰구멍을 파고서
금궤를 묻고서 몰래몰래 숨었다.

크다란 피라미트는 그것을 봣―다.
크다란 피라미트는 그것을 안―다.

【評】이 동무의 노래는 「피라미트」와 「노랑꽃」 두 篇으로 처음 對한다.
아름다운 幻想을 가진 詩人이라고 생각된다. 「피라미트」는 實로 朴
和穆 동무만이 逍遙할 수 있는 그의 特有한 世界로 童話 世界에 새로
운 世界로 들어가는 城門에 案內하였다고 생각된다. 이 點에는 나는
이 노래를 높게 評價하고 싶다.(이상 36쪽)

## 選後感

여러 동무의 情다운 노래를 對하기는 한 해가 되나 봅니다.

올해는 正初부터 滿洲로 東京에 가 있어 몇 番이나 큰샘 韓錫源 先生님의 約束을 직히지 못해서 韓 先生님도 韓 先生님이려니와 여러분을 對할 面目이 없어졌읍니다. 한 해만에 보는 여러 동무의 노래는 놀날 만큼 進步했읍니다. 이것은 恒常 工夫를 하고 詩想을 가다듬고 思索하고 冥想한 結果로 생각됩니다. 이곳에 三百篇 갓가운 노래를 읽어 가는데 切實히 느낀 것은 여러분의 詩想이 넘우나 典型化 되고 더구나 表現에 있어서 마치 한 사람의 詩作과도 같이 넘우나 近似하고 髣髴한 手法이 많앗읍니다. 사람마다 各自의 特有한 個性이 있는 것 같이 사람마다 個性的 表現法이 있을 것입니다. 앞으로 特히 留意하실 點은 여러분이 各其 自己의 個性의 돌아가 여러분의 各自의 特異한 世界를 찾어 世界에서 밭을 갈며 씨를 뿌리며 때로는 꽃도 심고 피리를 부시기를 ──.

十二月 十日 貞洞町에서 尹福鎭

(이상 37쪽)

## 睦海均, "(戰時兒童問題)兒童과 文化－戰時兒童文化의 實踐方向①", 『매일신보』, 1942.3.7.

大東亞戰爭의 勃發과 함께 將來 國家를 雙肩에 질머지고 나아가며 大東亞 盟主國民으로서의 後續部隊가 되여야 할 兒童問題 卽 少國民 指導方針은 刻下에 當面한 喫緊事가 안일 수 업스며 짜라서 未曾有의 國難을 當한 오늘 長期戰下에 잇서 兒童問題는 벌서 單純한 家庭問題에서 喫緊한 國家社會 問題로 登場케 된 것은 再言할 餘地가 업는 것이다.

그러므로 國家의 將來를 雙肩에 질머지고 나아가며 大東亞 建設의 일꾼이 되여야 할 少國民들에게 至大한 精神的 影響을 주는 兒童文化問題 卽 少國民文化問題는 刻下에 當面한 重大問題가 아닐 수 업다.

이에 國家는 昭和 十三年 가을 內務省의 發案으로 된 兒童圖書의 淨化統制를 비롯하여 舊臘 二十三日에는 情報局의 發案으로 된 兒童文化의 一元的 統合 指導機關인 社團法人〈日本少國民文化協會〉[434]가 設立되여 쑤렷한 國家指導理念下에 모든 兒童文化運動이 推進케 된 것은 이제 새삼스러이 再言할 必要를 느끼지 안는다.

이와 가치 쑤렷한 國家指導理念下에 모든 兒童文化運動이 續續 樹立되여 그 對策과 解決이 着着 進捗[435] 整備되며 짜라서 國家가 兒童指導理念下에 所謂 兒童文化 問題에도 얼마만큼 用力하고 關心하는가를 여기서 窺知할 수 잇는 諸 現狀인 것이다.

그럼으로 이는 決코 些少한 일이 아니고 多少라도 이 方面에 關心이 잇는 사람의 눈으로 볼 째 實로 國家的인 文化政策의 하나라고 아니할 수 업다.

이러틋 兒童文化 問題가 實로 國際的인 重大性을 加해 옴에 짜라 國家와

---

[434] "다음 시대의 대동아를 질머질 소국민들을 꿋々하고 바르게 길르기 위하야 황도에 입각한 소국민문화의 확립을 목표"로 1941년 12월 23일 도쿄(東京)의 군인회관에서 창립총회를 가졌던 것을 가리킨다.("小國民文化協會 發足", 『매일신보』, 41.12.24)

[435] '進陟되여'의 오식이다.

社會가 連帶責任으로 着々 그 進捗 整備는 勿論이어니와 한便 兒童文化 制作 及 兒童文化運動人으로서의 潑剌한 兒童文化財와 아울러 健全明朗한 國家的인 兒童文化運動을 展開시키여야 할 것이다.

그러나 于今껏 兒童文化 問題에 잇서 한 個의 體系的인 所謂 兒童文化史的 傳統을 보여 주지 못함은 實로 遺憾이다. 所謂 兒童文學을 中心으로 한 兒童讀物 童話 童謠 童劇 等 兒童文化를 中心으로 한 映畵 紙芝居[436](畵劇) 玩具 等 兒童 藝能을 中心으로 한 音樂 遊戱 律動 舞踊 等의 所謂 兒童 諸 文化 部面을 통터러 一瞥하드라도 거의 全部가 다 健全 明朗性이 貧弱한 데다가 볼 만한 成果를 거두지 못할 뿐만 아니라 兒童文化 運動人으로서의 潑剌한 精進과 活潑한 制作의 精神的 糧食이 乏絶되엿다는 것이 여기에 重大 原因이 아닐 수 업다.

그러면 兒童文化制作 及 兒童文化 運動人으로서의 所謂 兒童文化運動을 어쩌케 展開식히여야 할 것인가? 그건 두말할 것도 업시 文敎當局과 文化人들과의 緊密한 提携下에 多分히 國民的인 兒童文化運動을 着々 進展식히는 한便 健全明朗한 兒童讀物을 비롯하여 童話 童謠 童劇 畵本[437] 映畵 紙芝居(畵劇) 玩具 音樂 遊戱 律動 舞踊 等의 所謂 兒童 諸 文化 部面의 水準을 끌어올려 참으로 오늘 半島兒童들에게 至大한 精神的 糧食이 될 만한 兒童文化財의 制作과 生産이야만 한다.(계속)

---

**睦海均, "(戰時兒童問題)兒童과 文化—戰時兒童文化의 實踐方向②", 『매일신보』, 1942.3.10.**

한때는 朝鮮에도 新文化의 輸入과 함께 兒童들에게 兒童雜誌 兒童圖書

---

436 일본어 가미시바이(かみしばい〔紙芝居〕)로, "하나의 이야기를 여러 장의 그림으로 구성하여 한 장씩 설명하면서 구경시키는 그림 연극"을 뜻한다.

437 일본어 가혼(がほん〔畵本〕)으로, "그림책, 화집, 화첩 곧 그림을 모은 책"을 뜻한다.

의 發刊 童話, 童謠會의 開催 等 所謂 兒童文化財의 多産的인 生産高를 보게 되어 그야말로 '엘렌·케이' 女史가 말한 "兒童의 世紀"가 出現한 感도 업지 안허 참으로 볼 만한 活氣를 씌엇스나 朝鮮의 그 功勞者로서 永遠히 잇지 못할 故 方定煥 先生이 作故한 以後론 통이 그러한 兒童世紀的 全盛期를 보지 못할 뿐만 아니라 兒童文化는 漸次 衰退하여 加一步的 漸衰期를 當한 오늘 다시금 그째가 記憶에 새롭다.

그러나 只今이야말로 "兒童의 世紀"가 再出現한 感이 업지 안타. 그건 오로지 國力伸張의 根本課題인 人的資源 問題에 잇서 現世代 國民이란 보다 더 다음 世代 즉 第二世 國民으로 國家는 當然히 主眼點이 아닐 수 업스며 切實히 待望하는 人物들로 뚜렷한 國家指導理念下에 모든 兒童文化運動이 推進케 되엇다.

그러므로 從來의 低調 不健全한 兒童文化運動을 一掃하여 至大한 精神的 影響을 주는 國民的인 健全明朗한 兒童文化運動으로서의 兒童文化의 水準을 좀 더 끌어올려 참으로 精神的 糧食이 될 만한 文化財의 生産과 아울러 一元的 統合 指導機關으로서의 兒童文化運動을 展開식히야만 한다. 筆者는 이 機會에 以下 "兒童과 讀物", "童話와 口演"을 槪觀하고 다시 다음 機會에 紙面이 許하는 範圍에서 畫本, 映畫, 紙芝居(畫劇), 玩具 等의 所謂 兒童文化 部面과 音樂 遊戲 律動 舞踊 等의 所謂 兒童藝能 問題에도 簡單히 論及해 보련다. 上述한 바와 가티 國家가 兒童文化 政策에 잇서 急々히 그 對策과 解決을 講究 進行하기에 足한 兒童圖書의 淨化統制를 비롯하여 各種 兒童讀物을 取締 監視하고 街頭에 氾濫하든 不良 兒童圖書 不良 兒童讀物 等은 斷然 一掃의 鐵槌를 던진 것은 누구나 周知하는 바이다.

그럼으로 事變 以後 모든 不良圖書 不良讀物 等의 一般書籍도 取締 監視는 勿論이어니와 特히 兒童圖書 兒童讀物 等의 所謂 不良 兒童書籍은 斷然 여기에 容許치 못하는 現狀에 이르럿다.

事變 以前만 하드라도 冊子의 內容 好不好는 姑捨하고 兒童書籍物이 漲溢하다시피 各 書店 圖書街에 充滿햇고 따라서 兒童讀者들도 相當히

만흔 數字의 影子를 各 書店 圖書街에 나타냇다.

그러나 그런 兒童圖書 兒童讀物 等의 發行部數만은 相當한 數字를 대엿스나 참으로 볼 만한 成果를 거두고 읽을 만한 體制를 가춘 讀物은 劇히 少部數의 數字를 대인 것만은 事實이니 常識的으로 一瞥하드라도 누구에게나 首肯될 줄 밋는다.

그러면 이 兒童讀物에 對하야 어쩌한 對策을 講究를 할 것인가? 所謂 兒童讀物은 兒童文化의 첫재 要素가 되는 文化政策의 하나이니 兒童들에게 重大한 精神的 影響을 주는 것은 두말할 것도 업다.

이러케 兒童들에게 所重한 讀物인 만큼 첫재로 文敎當局과 文化人들과의 緊密한 提携下에 이를 愼重 協議와 아울러 兒童中心主義 童心主義的 世界를 把握하고 兒童心理的 見地에서 多分히 國民性을 씌우며 興味津津한 兒童讀物을 硏究 編纂치 안허서는 到底히 볼 만한 讀物을 엇기가 어려울 것이다.

한째는 內地에서도 兒童文化 問題에 잇서 兒童中心主義 童心主義的 世界에서 兒童讀物을 비롯하여 兒童圖書 兒童雜誌의 發刊 等 各種 兒童讀物이 '쩌-낼리즘'으로 되엇스며 積極的 硏究 製作下에 모든 兒童讀物이 續續 發行 入手되엇다.

그러나 그것도 近頃에 와서 消極的인 活動을 하고 兒童讀物도 볼 만한 成果를 거두지 못햇다. 한편 도리켜 朝鮮으로 볼 째 所謂 兒童讀物이란 통이 饑饉狀態이다. 이는 決코 兒童讀物이 饑饉이 아니라 兒童文化人에 對한 文化人들의 全面的 關心이 饑饉이엇다는 것을 알 수 잇다.

---

**睦海均, "(戰時兒童問題)童話와 童話作家 － 兒童文化의 實踐方向③", 『매일신보』, 1942.3.11.**

그러므로 兒童文化人들은 하로바쎄 나서야 한다. 한便 當局으로서도 이

兒童文化의 첫재 要素가 되는 兒童讀物을 좀 더 獎勵하는 同時에 兒童讀物 機關 가튼 國民的인 健全闊達한 强力한 組織體가 絶對로 必要하다.

더욱이 現下 非常時局에 잇서 將來의 健全한 大東亞 盟主國民으로서의 堂々 國家的 일꾼으로 後續部隊가 되여야 할 少國民들에게 至大한 精神的 糧食이 될 만한 兒童讀物的 機關이 업다는 것은 너무나 消極的인 低調 不健全한 兒童文化 狀態가 아닐 수 업다.

한편 昭和 十三年 가을 兒童圖書의 淨化 統制와 아울러 舊臘 二十三日에는 兒童文化의 一 元的 統合 指導機關인 社團法人〈日本少國民文化協會〉가 設立되여 쭈렷한 國家指導理念下에 모든 兒童文化運動이 漸增의 一路를 보여주고 잇지만 現下 兒童文化 狀態로는 到底히 이대로 看過치 못할 現狀이다.

이에 當局은 좀 더 積極的인 兒童文化運動으로서의 健全明朗한 兒童讀物을 보여지[438] 안어서는 到底히 兒童文化의 볼 만한 成果를 엇기 어려울 것이다. 더욱이 兒童文化人으로서는 아직껏 兒童讀物에 對하여 體系的인 研究가 미처 잇지 못햇다. 少數의 兒童讀物을 보드라도 거의 다 低調 不健全한 狀態이니 心身이 闊達하고 精神이 颯然할 만한 兒童讀物이 아니면 그건 時運에 뒤떨어지는 無用之物에 屬할 것이다.

그럼으로 國家, 社會, 文化人은 三位一體로 健全闊達한 兒童讀物을 制作 發行하기로 힘쓸 것이며 反面에 不良 兒童圖書, 不良 兒童讀物 等은 斷然 여기서 逐放시키지 안어서는 안 될 것이다.

한마듸 더 附言할 것은 各 書店 圖書街에서 或如 不良 兒童讀物 等이 入手되면 空然한 愛書와 藏書의 거리낌으로 그 害毒이 讀書兒童들에게 流布되지 안토록 힘써야 할 것이다.

★

以上 兒童文化 問題에 잇서 兒童圖書 兒童讀物 等이 全面的 饑饉狀態로 一般은 그리 이에 對한 關心이 薄弱할 쑨만 아니라 兒童文化人으로서의

---

438 '보여주지'의 오식으로 보인다.

熾烈한 活動力이 停止되엿다는 것을 알 수 잇스며 이와 並行하여야 할 兒童
文化의 하나로서 童話 問題가 쏘한 刻下에 當面한 喫緊事가 안일 수 업다.

　兒童들에게 무엇이 必要하다 무엇이 貴하다 하지만 그들에게 直接的 關
聯下에 吸收的 影響을 주는 것은 무엇보다도 童話와 口演(話術)이 안일
수 업다.

　웨냐하면 前者 兒童圖書 兒童讀物 等의 所謂 兒童書籍物은 精神的 影響
을 주는 間接的 兒童文化이라면 後者 童話와 口演(話術)의 所謂 話術的
方面은 吸收的 影響을 주는 直接的 兒童文化라 하겠다.

　그럼으로 前者 後者가 並行하야 兒童들에게 至大한 精神的 影響과 吸收
的 影響을 주는 것은 두말할 것도 업지만 筆者가 直接 經驗해 보드라도
後者 童話와 口演(話術)갓치 兒童들에게 絶對한 歡迎下에 그야말로 拍手
喝采의 大歡迎을 밧는 것은 업다.

　이러틋 童話의 活躍이 全幅的으로 兒童들에게 至大한 吸收的 影響을
주는 것은 勿論이어니와 한便 童話人으로서의 潑剌한 兒童中心主義 童心
主義的 童話體가 아니면 그건 兒童들에게 吸收的 影響을 주지 못할 뿐만
아니라 反面에 한갓 支離한 一種 倦怠性을 느끼게 하는 客談에 不過할 것
이다.

　그럼으로 언제까지나 童的 心理를 把握하고 짜라서 兒童들의 日常用語
가튼데 拘泥치 말고 兒童用語主義的 立場에서 多分히 童心的 明朗性을
씌게 하며 興味津々한 吸收的 話體라야만 한다.(게속)

---

**睦海均, "(戰時兒童問題)童話와 童話作家－兒童文化의 實踐方
向④", 『매일신보』, 1942.3.12.**

　그러면 童話에 잇서 內容이냐? 口演(話術)이냐? 이것이 요즘 童話界에
擡頭하고 잇는데 이 兩者에서 어느 것을 指標로 하여 나아갈 것인가? 쏘한

童話人으로서의 終是 岐路點이 아닐 수 업다.

內容이냐?

口演이냐?

無論 童話에 잇서 內容을 重要視 아니 할 수 업고 쪼한 이와 並行하여야 할 口演(話術)도 여기에 重大 要點이 아닐 수 업다.

그러므로 童話人으로서의 첫재 指標는 內容이 健全明朗함은 勿論이어니와 '스토리'가 쪼한 終是 一貫的 構成으로써 口演(話術)이 쪼한 能難하지[439] 안허서는 童話의 全面的 體制가 成立되엿다고 말할 수 업다. 한켠 朝鮮으로 도리켜 볼 째 兒童文化의 童話的 向上普及은 全혀 凍結하다시피 된 現狀이 나즈윽히 차즐 수 잇는 것은 朝鮮日報社出版部 發行인 『世界傑作童話集』『兒童文學集』의 一部分을 비롯하여 朴英晩 氏의 『朝鮮傳來童話集』 李龜祚 氏의 『까치집』 盧良根 氏의 『물레방아』 等의 極히 少數의 單行 童話集을 보게 되어 貧弱하나마 朝鮮 童話界에 寄與한 바 컷다.[440]

그러나 한便 口演(話術)에 잇서 아직껏 "童話의 叔"(童話の叔さん)이라고 할 만한 口演의 童話人이 나서지 안은 것만은 事實이다. 單行本 等으로 童話集을 社會 兒童들에게 寄與한 諸氏는 잇지만 口演的으로 훌륭한 效果를 社會 兒童들에게 寄與한 사람은 업다.

國家가 兒童文化 問題의 重要性을 加해 옴에 짜라 '라듸오'의 兒童放送 時間도 異彩的 活動을 보여 주고 잇는데 大體로 "童話 프로"에는 朴仁範 氏 高在天 氏 鄭英轍 氏 全尙鎭 氏 吳世昌 氏 白華善 氏 李順伊 氏의 諸氏가 만흔 活躍을 보여주는데 口演으로는 朴仁範 氏를 歡迎하겟스며 그 外 諸氏는 別로히 歡迎할 수 업는 口演의 現狀이다. 이 얼마나 童話口話

---

**439** '能爛하지'의 오식이다.

**440** 장혁주(張赫宙) 외 14인의 『世界傑作童話集』(朝光社, 1936.10; 제4판: 1940.9)과, 『朝鮮兒童文學集』(朝鮮日報社出版部, 1938), 박영만(朴英晩)의 『朝鮮傳來童話集』(學藝社, 1940), 이구조(李龜祚)의 『까치집』(藝文社, 1940)을 가리킨다. 노양근(盧良根)의 작품집 가운데 『물레방아』는 확인이 되지 않아 착오가 아닌가 한다.

의 饑饉狀態이냐.

이에 當局은 좀 더 兒童文化의 積極的인 活動을 促進하여 將來 皇國臣民
으로서의 鍊成體得하기에 足한 童話會 童話巡廻會 等의 童話 開催 機關
가튼 것을 하로밧비 看過치 못할 現狀에 이르럿다.

　　　　☆

上述한 바와 가치 兒童과 讀物 童話와 口演(話術) 等의 所謂 兒童文化로
서의 社會 兒童들에게 至大한 精神的 影響을 주는 것은 勿論이어니와 이와
携手하여 當然히 前行하여야 할

童謠 問題가 쏘한 刻下의 喫緊한 兒童文化 問題가 아닐 수 업다.

前者 童話와 口演(話術)을 兒童들에게 直接的인 吸收的 影響이라면 後
者 童謠와 作家는 天眞的인 所謂 明朗快活的 影響을 준다 한 것이다.

그러므로 이 童謠 問題를 單純한 한 "노래"라는 祖先으로부터의 道德的
關心에서 固執할 게 아니라 한거름 나아가서 大乘的 見地에서 이를 獎勵
普及식히지 안흐면 안 될 것이다. 從來의 假定的 觀念에서 이를 壓迫 阻害
하여 온 것만은 事實이다. (게속)

---

睦海均, "(戰時兒童問題)童謠와 童謠作家－兒童文化의 實踐方
向⑤", 『매일신보』, 1942.3.14.

그러나 歷史는 흐르고 時代는 一變하얏다. 從來의 兒童文化에 對한 無
關心 乃至 自由放任에 가싸운 兒童文化 狀態로는 到底히 看過할 수 업는
現狀으로 國家社會 一般은 이에 重要 認識하고 兒童文化에 着着 進捗되여
兒童들에게 多大한 影響을 주고 잇는 것이다. 特히 兒童文化의 하나로서
童謠 問題에도 만흔 活躍을 보여 주엇스니 한째는 童謠會 童謠發表會 等의
그야말로 '헬렌·케이' 女史가 말한 "兒童의 世紀" 갓흔 感도 업지 안엇스나
그 後 社會情勢의 變遷과

時運의 變革으로 漸次 衰退하여 近頃에 와선 통히 兒童中心主義 童心主義的 童謠의 生産이 □□□ 饑饉狀態로 이 아니 寒心한 일이 아닐가 보냐.

이제 내가 말할랴는 것은 兒童中心主義 童心主義的 童謠의 製作生産이 饑饉되엇다는 것보다도 이에 對한 作家가 饑饉이엇다는 것이다. 作家는 하로밧비 나서야 한다. 反面에 當局은 좀 더 積極的인 兒童文化 機關으로서의 童謠會 童謠發表會 等 갓흔 것을 하로밧비 보여 주지 안허서는 國民的인 童謠의 成果를 엇기가 어려울 것이다.

더욱이 未曾有의 國難을 當한 오늘 國家가 兒童文化에 積極的인 活動을 보여 줄 것은 勿論이어니와 이와 並行하여야 할 作家도 좀 더 積極的인 活動下에

從來의 低調 不健全한 童謠는 一掃하고 참으로 大東亞 盟主國民으로서의 明朗快活한 製作童謠라야만 한다.

도리켜 只今까지의 朝鮮 童謠界를 본다면 貧弱하기 짝이 업다. 尹石重 氏 外 諸氏의 童謠作家가 相當히 輩出하여 만흔 活躍을 보엿스나 童謠集으로는 單行本이나마 尹石重 氏의 『어깨동무』[441]가 잇슬 뿐 그 外엔 朝鮮日報社出版部 發行인 『兒童文學集』[442]에서 少數의 各氏의 童謠를 吟味할 뿐 그다지 歡迎할 만한 童謠集은 어더보기 어렵다.(게속)

---

睦海均, "(戰時兒童問題)童謠와 童謠作家 – 兒童文化의 實踐方向⑥", 『매일신보』, 1942.3.18.

過去의 朝鮮을 볼 째 高麗歌詞 李朝歌詞 朝鮮民謠 等의 所謂 成人的 色彩를 씌고 불리운 것은 歷史 其他 文獻上으로 볼 수 잇스나 兒童을 爲하

---

441 尹石重의 『어깨동무』(博文書舘, 1940)를 가리킨다.
442 方應謨를 "著作 兼 發行者"로 한 『朝鮮兒童文學集』(朝鮮日報社出版部, 1938)을 가리킨다.

여 참으로 兒童中心主義 童心主義的 色彩를 씌고 불리운 所謂 兒童歌詞 兒童歌謠 等의 그 製作과 向上普及의

精神的 糧食이 全然之絶 狀態라고 아니할 수 업다.

要컨대 이는 決코 過去 朝鮮에 잇서 兒童文化에 對한 文化人들의 製作力이 不足한 게 아니고 한갓 道德的 固執에서 兒童的 歌詞 歌謠 가튼 것은 絶對로 收納치 안흘 뿐 아니라 童謠的 色彩를 가진 制作이라면 作者까지도 無條件하고 一般社會에서 容許치 안헛던 까닭이엇다.

이러케 兒童들에게까지 "노래"를 容認할 수 업다는 美名的 見地에서 道德的 觀念으로 固執 阻害한 것은 兒童敎育上 크나큰 指標라 하겟지만 兒童文化의 向上普及까지 阻害할 必要가 어데에 잇는 것이랴.

例컨대 全南 務安 地方에서 불리우는 「강강수월래」(『朝鮮民謠選』[443] 參照) 가튼 것은 傳來童謠라고 一般兒童들이 불르기는 하지만 그건 벌서 民謠로 粧飾化 하엿고 童謠로는 조곰도 注目할 만한 價値가 업고 그 後 所謂 傳來童謠라고 이름할 것은 한 篇도 업스니 이로써 그째의 國家

社會가 兒童文化에 對한 全面的 關心이 업슬 뿐만 아니라 文化人들의 製作力을 阻害 取締하엿다는 것을 쑤렷하게 證明할 수 잇다.

이와 갓치 朝鮮의 童謠界는 極히 寒散하엿다. 百濟 新羅 高句麗를 비롯하여 高麗와 李朝를 통틀어 一瞥하드라도 童謠로서의 眞價를 가진 作品은 하나도 업고 間或 巷間僻村에서 꼿피는 봄 달쓰는 밤에 어여쁜 색시들이 携手連肩하여 高聲齊唱하든 所謂 童謠라는 것은 民謠의 正體로서 童謠의 假面을 쓴 民謠體로 童謠로는 絶對로 歡迎할 수 업는 假面의 童謠로서 一般 處女들에게 愛唱되엇던 것이다. (게속)

---

443 같은 이름의 책으로, 임화(林和) 편, 이재욱(李在郁) 해제의 『朝鮮民謠選』(學藝社, 1939)과 김소운(金素雲)의 『朝鮮民謠選』(岩波書店, 1927)이 있다.

睦海均, "(戰時兒童問題)童劇과 童劇作家 - 兒童文化의 實踐方
向⑦", 『매일신보』, 1942.3.19.

前述한 兒童과 讀物 童話와 口演

童謠와 作家 等은 所謂 兒童文學으로서의 兒童文化의 寵兒가 되다시피
하엿스며 現下 國家非常時局에 잇서 將來 部隊에 至大한 精神的 影響을
주는 第二世 文化 問題로 國家, 社會, 文化人은 三位一體로 非常한 活動力
을 보여 줄 것은 刻下에 當然한 急務가 아닐 수 업다.

헌데 當然히 이와 竝行하야 兒童들에게 至大한 影響이며 快活한 精神을
주워야 할 童劇 問題가 쏘한 刻下의 喫緊 問題가 아닐 수 업다.

過去의 朝鮮에 잇서 麗末의 佛敎文學이 漸衰함에 따라 程朱學을 核心으
로 한 儒敎가 勃興하여 國敎的 地位를 確保하던 佛敎를 排除하고 新國敎
즉 新國學으로 發壇하엿다.

이러케 儒敎(漢文學)가 國家社會의 一般文化的 領域을 獨차지 하든 그
째 儒敎(特히 程朱學을 中心한 理論 及 形式至上主義) 敎理에 反한 假面亂
舞의 劇 自體를 容認할 理 업섯다.

더욱이

敎養이 잇는 層에서는 劇運動은커녕 觀劇도 羞恥로 여겻든 것이 李朝
前半期 三世期를 亘한 우리 文化社會의 實情이엇다.

이러케 儒敎(漢文學)를 尊崇하야 國政을 把握하고 社會를 搖籃하든 그
째 뉘 敢히 劇運動에 參與할까부냐. 쑨만 아니라 前者 童謠에서도 말햇거
니와 所謂 劇運動을 일삼는 사람이면 "花郞"輩로 取扱하야 一種 花郞人으
로[444] 一般社會에서 이를 賤待 蔑視해 왓든 것이다.

그러나 文化의 發展이란 停止令 價格인 '넷테루' 標示가 아닌 以上 벌서

---

[444] 신라(新羅) 때의 '화랑'이 아니라. "광대와 비슷한 놀이꾼의 패. 옷을 잘 꾸며 입고 가무와
행락을 주로 하던 무리로 대개 무당의 남편"을 뜻하는 "花郞이"를 가리킨다.

巷間 僻村에선 時代의 潮流와 社會의 情勢를 演劇化 하엿스니 主로 朝鮮의 舞踊的 假面劇이 그것이다.

例컨대 "假面劇" "人形劇"(『朝鮮演劇史』[445] 參照) 等의 所謂 朝鮮 古代劇을 보겟는데 假面劇은 "山臺劇"(山臺都監劇)을 볼 수 잇스며 人形劇은 "꼭두각시劇"(朴僉知劇)을 볼 수 잇는데 더욱이 "人形劇"(꼭두각시劇)은 그 脚本까지 잇서 朝鮮 古代劇 脚本으로서 眞價를 가진 泥中白玉이 아닐 수 업다.

그 後 新文化의 輸入과 함께 漸々 演劇의 本質性과

社會의 影響性을 重要 認識하고 漸次 向上普及되여 只今의 國民演劇의 樹立까지 이르게 되엇스니 文化의 發展이란 停止令이 아닌 것이다. 그래서 참으로 皇國臣民으로서 國民的인 健全明朗한 演劇과 脚本을 劇人 及 劇作家는 勿論이어니와 一般 觀客들도 健全闊達한 國民劇을 要求하게 되엿다.

그러면 過去의 朝鮮에 잇서 童劇이란 것이 잇섯던가? 이 質問은 너무도 啞然失色하지[446] 안흘 수 업다. 所謂 成人劇도 이를 阻害 容認치 안헛거늘 하물며 童劇이란 아여 夢中夢이 아닐 수 업다.

그리자 그 後 新文化의 輸入과 함께 學校敎育이 熾烈히 發展함에 싸라 兒童劇도 이에 收納하엿스니 學校學藝會 兒童劇 가튼 것이 漸次로 展開되엿다. 이러한 狀態로 所謂 兒童劇은

不振의 形態로서 거의 停止하다시피 된 이째 國民演劇 樹立의 뒤를 이어 勃然히 처음으로 童劇會가 誕生되엇스니 客年 二月 十一日 날 紀元節[447]을 祝賀하여 創立한 〈京城童劇會〉가 그것이다. 楊美林 氏가 이 童劇會 幹事長으로 만흔 活躍을 보여주는데 昨年 五月에 盧良根 氏 原作 洪銀杓 氏 脚色인 「少年愛國班」(열세동무)을 中央公演 第一回 公演으로 萬人

---

445 김재철(金在喆)의 『朝鮮演劇史』(朝鮮語文學會, 1933; 學藝社, 1939)를 가리킨다.

446 '啞然失色하지'의 오식이다.

447 기겐세쓰(きげんせつ〔紀元節〕)로 "일본의 건국 기념일(神武天皇이 즉위했다고 하는 날)"을 말한다.

企待下에 府民館에서 開幕되엿다. 實로 文化的인 兒童文化運動이 아닐 까부냐.

大體로 童劇의 體制는 이로써 形成되엿다고 볼 수 잇스나 압흐로의 熾烈한 活動 如何가 注目되지 안흘 수 업다. 同時에 劇術이란 보다 더 '레파-토리-'가 쏘한 重大問題가 아닐 수 업다. 그러므로 이에 짜라 健全明朗한 少國民의 體制로서의 兒童劇作家가 나서야 한다.

現今에 잇서 兒童劇으로 金泰哲 氏 金相德 氏 玄在德 氏 朴興珉 氏의 諸氏가 熾烈한 活動을 보여주는 것은 참으로

**慶喜**할 일이나 終是 體制가 室內劇本에 그첫고 所謂 街頭劇本(大衆劇)으로는 歡迎할 수 업는 現狀이다. 이에 兒童劇作家 諸氏는 좀 더 積極的인 活動下에 참으로 小國民으로서의 體制를 가춘 童劇 脚本을 製作 生産하고 아울러 當局으로서의 絶大한 支持下에 積極的인 援護을 切實히 企待하여 마지안는다. (쯧)

尹福鎭, "尹福鎭 先生 選", 『아이생활』, 1942년 6월호.

童謠 호박넝쿨주막
                        張鳳顔
호박넝쿨 주막에 불이켜졌다
노란노란 초롱에 불이켜졌다

산넘어 들넘어 나그네짱아
박넝쿨 주막에 자고가-고

강건너 들넘어 범나비한쌍
박넝쿨 주막에 자고가-고

호박넝쿨 주막에 불이켜졌다
노란노란 초롱에 불이켜졌다

【評】 全五聯으로 된 노래를 後三聯을 아주 없애버리고 前二聯의 想을 取
하야 많은 修正을 加하였다. 이러한 對照 風의 表現, 羅列法은 길어
지면 길어질사록 散漫해지고 길어지는 그만큼 效果가 적어지는 法이
다. 넘우 慾心을 부리지 않고 원만한 程度에서 事情없이 잘나 버려야
한다.(이상 24쪽)

尹福鎭, "尹福鎭 選", 『아이생활』, 1942년 8월호.

### 단풍닢

李世保

조고만
단풍닢
우리아가
손같다

【評】 귀엽고 산뜻하다. 한잔의 소다-水를 마신 같다. 넘우나 산뜻하여 뒷
맛(後味)을 알 수 없다. 한잔의 소다-水이라기보다 한 방울의 소다-
水이라는 게 適當할 듯.

### 호박꽃

同人

호박꽃은
지붕우로
나팔꽃은
□주우로 (이상 26쪽)
누가누가
먼저오르나

### 짐차

同人

짐차에
짐차에
소가탔구나
말이탔구나
짐차에

짐차에
소가우는구나
말이우는구나

【評】 멀-니, 팔녀가는 소이겠지요. 팔녀가는 말이겠지요. 정든 고향 山川
을 두고 떠나는 것이 서러워 울겠지요. 꾸밈없는 素朴한 詩想! 꾸밈없
는 나이브한 表現! 아모런 재조와 技巧을 부리지 않은 點이 좋읍니
다.(이상 27쪽)

睦海均, "朝鮮 兒童文化의 動向", 『春秋』, 1942년 11월호.

## 一. 兒童文化의 過去와 待遇

1. 兒童文化의 歷史的 考察  일직이 朝鮮에 있어 馬韓, 弁韓, 辰韓 三韓을 거처 百濟, 新羅, 高句麗 三國을 지나 그 뒤 高麗와 李朝를 통틀어 一瞥하드라도 所謂 文化란 成人文化에 그쳤고 참으로 童的 心理를 자아낸 兒童文化 發達은 全혀 찾을 수 없는 狀態이다.

뿐만 아니라 이와 反對로 成人文化에 있어서는 벌서 新羅 때부터 멀리 支那의 唐나라 文化를 輸入하여 唐詩를 비롯하여 詩歌記文에 唐나라 文化를 숭내 냈고 그리 踏襲하려고 애써 왔던 것이다.

그러메도 不拘하고 이렇게 成人文化엔 너나 할 것 없이 急々히 究明 鍊磨하여 왔고 反面에 所謂 兒童文化에 있어서는 이렇다고 할 만한 文獻이 한 篇도 없으니 이로써 實로 그때 社會가 兒童文化에 關聯하여 얼마만큼 차디찼던 것을 推知할 수 있다.

그 뒤 麗末의 佛敎文學이 漸衰함에 따라서 國敎的 地位를 確保하던 佛敎를 排除하고 程朱學을 核心으로 한 儒敎 漢文學이 勃興하였으니 이로써 李朝에 이르러는 完全히 儒敎가 制霸되여 新國敎 즉 新國學으로 發壇하였다.

2. 兒童文化의 社會的 批判  이렇게 儒敎(漢文學)를 尊崇하여 國政을 把握하고 國家社會의 一般 文化的 領域을 獨차지하든 그때 오로지 國學엔 儒敎(特히 程朱學을 中心한 理論 及 形式至上主義)가 있을 뿐이요 儒學엔 程朱가 있을 뿐이다. 그러므로써 政治, 經濟, 文化, 思想을 왼통 이로써 支配하였나니 사람들은 儒敎(漢文學)에 急々하였던 것이요 어찌 다른 餘念이 있을까부냐.

웨하면 그때의 國家社會制度가 그러하였던 것이다. 儒敎(이상 88쪽)가 있으므로써 國敎的 地位를 確保하고 儒學이 있으므로써 國學的 地盤을 獲得하였던 것이다. 뿐만 아니라 이것으로써 科擧制度를 創設하고 人品의 陶冶와

人選의 嚴正을 꾀하였으니 오직 사람의 富貴榮譽가 여기에 있는 것이다. 그런데다가 더욱 그때의 文物制度 즉 政治, 經濟, 文化, 思想이 거의 다 하나하나가 全部 이것으로써 옮겨지는 한便 사람도 또한 幼時로부터의 여기(漢文學)에 專力함이 過히 어긋난 수작도 아닐 것이다.

이러므로써 儒敎(漢文學)이 뻐칠 대로 뻐치여 成人文化는 익을 대로 익어지고 그와 反面에 兒童文化는 敢히 엄도 돋지 못한 것이다. 그까진 兒童文化는 問題꺼리가 아니었다. 그저 遠近을 莫論하고 負笈從師하여 儒學만 專攻하고 科擧만 꾀하였으면 그것으로 滿足하였고 고만이었던 것이다.

3. 兒童文化의 致命的 打算  이리하여 國家社會는 儒敎(漢文學)로써 完全히 統轄되어 왔고 사람사람이 그리 힘써 왔던 것이다. 그리해서 "學優登仕"[448]란 말대로 배움이 넉넉하면 벼슬에 오른다는 意圖에서 무릇 어느 사람을 莫論하고 儒敎를 母胎로 삼아 程朱學을 외처 왔던 것이다.

그리하여 名門子弟들은 말할 것도 없지만 山林文章家들도 文藝的 價値를 尊重히 넉여 時代의 潮流와 社會의 情勢를 그 能文達筆로써 그려 왔다가도 或如 自己보다 越等히 나은 色다른 文章家를 보면 그를 凝視하는 한便 새삼스러이 程朱學을 외치면 斯文亂賊(異端學)으로 몰아 一種의 疾妬에[449] 가까운 鐵槌를 들어 終乃엔 그들(色다른 文章家)의 生命까지도 뺏는 것이 種々 있었던 것이다.

그러나 時代의 潮流와 社會의 文化란 막을스록 몰려드는 것이요 몰려들스록 퍼저지는 것이다. 벌서 新羅 때부터 文藝的 價値를 豊富히 가진 成人文化의 向上 發達은 끊일 사이 없이 湧出하였으니 우리가 只今 新羅에 있어 가장 有名한 『三代目』 鄕歌를 보게 된 것이 그것이며 그 뒤 나라가 박귀일스록에 詩歌記文, 隨筆, 漫筆, 雜文, 雜記 等을 비롯하여 高麗歌詞, 李朝歌詞, 그것이 다 成人文化의 가장 珍貴한 代表的 作品이 아니고 무었이랴.

---

448 "學優登仕 攝職從政"은 "배우면서 남은 힘이 있다면 벼슬에 오르고, 관직을 맡아 나라 다스리는 일에 종사한다"는 뜻이다. 논어 자장(子張)과 옹야(雍也)편에 나오는 이야기인데, 천자문(千字文)에도 나온다.
449 '嫉妬에'의 오식이다.

이토록 이 成人文化는 피여날대로 피여났으나 한편 兒童文化 狀態로 볼 때 참으로 寒心한 노릇이 아닐 수 없다. 所謂 成人文化에 있어서는 벌서 新羅 때부터『三代目』鄕歌 같은 國寶的인 作品이 있음에도 不拘하고 所謂 兒童文化에 있어서는 그러한 作品이 하나도 없다는 것은 너무도 놀라지 않을 수 없다.

허기야 그때의 文化人들이 兒童文化의 關心이 없었다는 것은 아니다. 設使 關心이 있다 하드래도 一般社會에서 이를 承認치 않았던 것이다. 뿐만 아니라 兒童文化에 關聯하여 作品을 製作할 勇氣조차 갖지 못하였으니 그것은 그때의 國家社會에서 이러한 作品은 作者까지도 無條件하고 取締 監視하여 이것이 兒童文化人과 兒童文化 作品의 不振 되는 主要한 큰(이상 89쪽) 原因이었던 것이다.

## 二. 兒童文化財의 生産力 不足의 性格的 特徵

1. 國家的 指導의 展望 이리하여 그때의 國家社會는 全面的으로 이를 歡迎치 않을 뿐만 아니라 作品까지도 그러하였고 한거름 나아가서는 作者까지에도 그러하였던 것이다. 이것이 李朝 前半期 三世紀를 亘한 우리 文化社會의 實情이였는데 여기서 우리는 李朝에 있어서의 兒童文化와 그 뒤 西歐文化를 輸入한 後 兒童文化의 國家的 指導를 말할려 한다.

上述한 바와 같이 李朝에 있어서는 全面的으로 成人文化를 助長하였고 反面에 兒童文化는 彈壓하였으니 그건 말할 것도 없이 國家的으로 程朱學을 主唱하였고 그 外 다른 學說 같은 것은 容認치 않았거니와 더욱 子女들의 對한 指導觀念이 薄弱할 뿐만 아니라 子女들을 敎育함에 오직 程朱學(儒學)이 있을 뿐이요 兒童文化 같은 것은 國家的으로 이를 收納치 않았고 도리여 束縛에 가까운 取締를 嚴重히 하여 왔던 것이다.

그 後 西歐文化의 輸入과 함께 時代의 潮流와 社會의 文化가 一變하였으니 一般 成人文化에도 驚嘆하리만큼 一大 新發足을 보여 주웠고 特히 兒童文化 問題에도 一大 解放期를 보게 되였다. 그래서 한때는 國家的으로 이를 奬勵 普及하여 兒(이상 90쪽)童文化에도 많은 心力을 傾注하여 積極的인 援護下에 一大 畵期的 兒童文化의 全盛期를 보게 되였다.

이제 우리가 그 恩人으로서 故 方定煥 氏를 손꼽지 않을 수 없으며 永遠히 잊지 못할 朝鮮 兒童文化界의 一大 功勞者로 敬意를 表하지 않을 수 없다.

2. 學校敎育의 指導와 要望  西歐文化의 輸入과 함께 兒童文化의 重要性을 加해 옴에 따라서 學校敎育이 熾烈히 發達하고 있음은 참으로 慶喜할 일이나 現今에 있어 敎育難의 狀態에 陷하여 있는데 이건 學校當局이 如干한 緊急事가 아니다. 將來 國家의 中心人物을 涵養함에는 그들을 引受 敎育하는 登場人物로 자못 敎育 養成이 絶對 重要하다.

그러타면 먼저 師範學校 또는 師範學校 講習科(或은 練習科) 等의 內容 刷新이 絶對 必要하고 特히 兒童觀의 硏究書籍이 絶對 必要하다. 客八月에 內閣(文部省) 提案으로 師範學校를 專門學校制로 昇格하여 一部 實施함에 따라서 朝鮮에도 京城 外 地方 二個所의 師範學校를 專門學校로 昇格 식힌다는 말을 들었는데 이것은 現今 敎員難의 狀態로 보아 가장 適合한 創案이라고 아니할 수 없다.

이렇게 師範學校를 專門學校로 昇格함에는 많은 企待와 所望을 아니 가질 수 없다. 첫째 兒童觀의 心理學 硏究가 무엇보다도 切實히 要請되는 바이며 모든 科目의 部門的인 體系的(이상 91쪽) 硏究가 第一 條件의 하나이다. 要컨대 이는 當局者의 指示 狀況도 있으려니와 當者가 또한 自進하여 硏究해야 할 것이다. 뿐만 아니라 좀 더 視野를 넓히 하여 兒童文化의 關係 書籍을 吸收치 않아서는 아니 될 것이다.

더욱이 現今 國民學校 制度에 있어 兒童敎育의 諸 藝能에 亘하여 遺憾 없이 할 뿐만 아니라 天眞爛漫한 兒童들이만큼 그들의 心理狀態를 잘 分析하여 조곰도 心理變動의 異狀이 없도록 하는 한便 그들의 理智의 發達 과 體力의 健全을 꾀하는 것이 또한 現下의 當然한 敎育策이 아닌가 한다.

뿐만 아니라 兒童文學을 中心한 童話, 童謠, 童劇, 讀物, 兒童藝能을 中心한 音樂, 遊戱, 律動, 舞踊, 兒童文化를 中心한 畵本, 映畵, 紙芝居 (畵劇)[450] 玩具 等 所謂 兒童 諸文化部面에 있어서도 遺憾없이 指導하여 그들의 視野를 좀 더 넓히여 주는 것이 또한 刻下의 妥當한 敎育力이 아

닌가 한다.

3. 獎勵 普及의 精神的 缺乏  이와 같이 國民學校의 指導力이 兒童 諸
文化面에 이르기까지 宗全히[451] 到達했다고 말하기 어렵다. 뿐만 아니라
그들을(兒童) 指導하는 敎員 自身으로도 여기에 關心하는 이가 稀少한 까
닭도 있으려니와 設使 이에 關心이 있다 하드래도 어떠한 一個人의 疾視로
써[452] 硏究의 페이지를 집어치우는 이가 많다. 이건 實로 一個人의 硏究力
을 挫折식힐 뿐만 아니라 國家的으로 兒童文化 向上의 根本的 方針을 어긋
나게 하는 것이 많음을 볼 수 있다.

이렇게 國民學校의 指導力이 兒童文化 部面에 不足한 以上 當今에 있어
少國民文化 問題를 提唱하여 뚜렷한 國家指導理念下에 着々 그 進捗 整備
됨을 보게 되려니와 이와 反하여 더욱 寒心한 것은 兒童文化人의 低減 傾
向일 것이다. 모름직이 兒童文化를 向上함에는 國家的 指導가 絶對 必要
하고 兒童文化人을 存續함에는 社會的 待遇가 絶對 必要하다.

將來의 國家社會를 雙肩에 질머지고 나아가야 할 그들의 文化財의 精神
的 糧食이 乏絶하였다는 말이다. 우리의 國家社會는 오래지 않어 그들의
손에 運轉되어 가는 것이다. 國家의 모든 文物制度 즉 政治, 經濟, 文化,
思想, 이 어느 것이 그들의 손에 옴겨지지 않는 것이 어데에 있으랴.

그러려면 먼저 그들의 人品陶冶와 文化向上을 꾀하지 않을 수 없으니
여기서 우리는 愼重 協議와 아울러 兒童文化의 向上發達을 꾀하여 이를
獎勵 普及치 않어서는 아니 될 것이다.

### 三. 戰時下 兒童文化의 再編成

1. 人的 資源의 根本的 問題  더욱이 現下 非常時局에 있어 未曾有의
國難을 當한 오늘 國力伸張의 根本課題로 人的資源 問題에 있어 少國民들
에게 企待되는 바 크다.

---

450 일본어 가미시바이(かみしばい〔紙芝居〕)로 "하나의 이야기를 여러 장의 그림으로 구성하
여 한 장씩 설명하면서 구경시키는 그림 연극"이란 뜻이다.
451 '完全히'의 오식이다.
452 '嫉視로써'의 오식이다.

어느 나라나 莫論하고 그 나라가 健全하려면 먼저 健全한 國民을 要求한다. 健全한 國民을 要求하려면 그건 두말할 것도 없이 現世代 國民이란보다도 다음 世代 즉 第二世 國民의게(이상 92쪽) 國家는 當然히 主眼點을두지 아닐 수 없다. 그건 오로지 國運의 盛衰를 雙肩에 질머진 그들이기때문이다.

國力을 保持함에는 많은 國民의 豊富한 힘이요 많은 國民의 豊富한 힘일뿐만 아니라 旺盛한 智力과 體力이야만 한다. 그러므로 事變[453] 以來 國民의 保健問題가 重要性을 加해 옴에 따라서 여기에 兒童問題에도 當然히一部分 解決되여 갈 것으로 믿는다.

그러므로 從來의 家庭的 觀念을 一掃하여 한 家庭의 子女라는 小乘的見地에서 볼 게 아니라 한거름 나아가서는 한 國家의 子女라는 大乘的 見地에서 育成해야 할 것이다.

더욱이 요즘 人的資源 問題에 있어 將來 部隊의 中堅人物로 堂々히 國家的 일군이 되여야 할 少國民들의 指導方針은 續々 그 對策과 實現을 보여주워야 할 것이다.

2. 兒童文化의 淨化 統制 무엇보담도 兒童文化는 즉 第二世 國民의 保敎育問題이니만큼 그리 容易히 兒童圖書를 刊行할 수 없는 것이다. 그 讀物을 읽으므로써 兒童의 心神을 颯然케 하고 兒童의 心神을 颯然케 하므로써 훌륭히 兒童의 精神的 糧食이 될 만한 兒童文化財의 生産이여야 할 것은 두말할 것도 없다.

客一月에 〈京城童話協會〉 幹事 大石運平 氏가 『京日』[454] 紙上에 「兒童の問題」라고 發表하여 말하기를 "恐ろしくきたない印刷隻眼隻手に三角

---

453 1937년 7월 7일 베이징[北京] 교외의 루거우차오[蘆溝橋]에서 일어난 작은 사건을 빌미로 일본이 일방적으로 중국을 침략한 "支那事變" 곧 "中日戰爭"을 이른다.

454 『京城日報』를 가리킨다. 이토 히로부미(伊藤博文)가 1906년 9월 1일 통감부 서기관 이토 스게타나(伊東祐侃)로 하여금 『漢城新報』와 『大東新報』를 합병시켜 창간한 신문으로 국한문판과 일문판으로 발행하다가, 1907년부터 일문판만 발행하였다. 1910년 국권 침탈 후에는 『大韓每日申報』를 흡수하여 『每日申報』로 개제하여 『京城日報』의 자매지로 발행하였다.

頭巾の丹下左膳が大きな刀を振りあげて'イケネエイケネエ'と大見榮を切つてゐる繪に, 間違ひだらけの假名遣ひをし, 說明附の安漫畫本が姿を消しただけでも一安心である."[455] 이러한 말을 했다. 이런 따위 部類에 屬한 兒童圖書는 도리혀 讀書兒童들에게 惡影響을 끼치는 材料에 不過할 것이다.

그러므로 事變 以後 各 書店 圖書術에[456] 充滿했던 兒童書籍物은 再檢討의 視野를 넓히는 同時에 內閣 文部省 選定圖書를 비롯하여 兒童文化의 淨化 統制를 보게 되였으니 內地의 淨化統制 指導에 對하여 朝鮮에는 新興 建設 指導가 되여야 할 것이다.

3. 兒童文化人의 再興과 活動. 이리하여 從來의 兒童觀을 一掃하고 참으로 有爲人物을 培養하도록 國家, 社會, 文化人은 三位一體로 힘쓸 것은 勿論이어니와 舊臘 二十三日에는 兒童文化의 一元的 統合 指導機關인 社團法人〈日本少國民文化協會〉를 設立하여 뚜렷한 國家指導理念下에 모든 兒童文化運動이 推進케 되였다는 것은 客三月에 筆者가『每新』紙上에 말했거니와[457] 여기에 더 附言하려 하지 않는다.

그러나 戰時下 兒童文化 問題에 있어 첫째 要素가 되는 兒童讀物을 좀 더 獎勵하는 同時에 鍊成體得하기에 足한 兒童讀物的 機關 같은 것을 보여주지 않어서는 到底히 兒童文化의 成果를 거두기가 어려울 것이다.

또한 當局에서도 좀 더 積極的인 援護下에 兒童文化運動을 推進케 하는 同時에 兒童文化人에 對하여도 從來의 視野를 一掃하여 참으로 오늘 半島 兒童文化의 先驅者로서 구김 없이 나아갈 수 있는 活動力을 助長하여 주는

---

455 "우려할 만큼 더러운 인쇄 외눈 외팔에 삼각두건의 단게사젠(丹下左膳)이 큰 칼을 치켜들고 '안돼 안돼' 하고 과시하는 태도(가부키에서 배우가 취하는 포즈)를 보이는 그림에, 오류 투성이의 가나(假名) 사용, 설명이 붙은 싸구려 만화책이 사라진 것만으로도 한시름 놓인다."란 의미이다.

456 '各 書店 圖書街에'의 오식이다.

457 『每日新報』를 가리킨다. 본래『每日申報』였는데 1938년 4월 29일『京城日報』에서 독립하여 주식회사가 되면서 제호도『每日新報』로 '申'을 '新'으로 고쳤다. 지난 3월에 발표했다는 글은, 목해균의 「(戰時兒童問題)戰時 兒童文化의 實踐方向」(전7회,『매일신보』, 42.3.7~19)을 가리킨다.

것이 또한 刻下의 妥當한 兒童文化運動의 一助가 아닌가 한다.

結論에 있어 한마디 더 附言할 것은 이 問題에 있어 「朝鮮兒童文化의 動向」이란 보다도 「朝鮮兒童文化의 方向」이라는 것이 文義와 合致的인 題目일 것이나 구타여 題目을 고치지 않으련다. 끝으로 編輯者의 許하는 紙面 範圍를 휠신 妄筆하였으므로 다시 다음 機會로 미루고 이만 붓을 던진다.

— 끝 — (이상 93쪽)

## 尹福鎭, "讀者 童謠選", 『아이생활』, 1943년 1월호.

### ◇ 選者의 말

몬저 여러분에게 謝過를 請한다. 東京을 가서 두 달 갓가이 있는 동안에 넉 달 동안에 몰인 노래를 考選치 못했다. 이제 四百餘首 노래 가운데 단 六篇을 뽑았다. 數에 比해서 마음에 드는 노래가 적어서 무엇보다 섭섭했다. 그러나 한平生 한 篇의 노래를 지어도 좋다.(이것은 讀者 詩人들에게 過한 請인지 몰으나) 마음에서 靈魂에서 울어나는 참된 詩想을 가다듬고 가다듬어서 表現에 心血을 傾注하여 自己의 生命에 피가 流通하도록 苦心해야 하겠다. 아즉도 센치멘탈한 노래가 많은 것은 섭섭한 現象이다. 時局을 볼진데 씩씩하고 明朗하고 웃줄웃줄 生命이 躍動하는 노래를 眞心에 苦待한다.

今番은 評이랄가 感想이랄가 作詩하는 여러분에게 多少 實際的인 課題를 念頭해서 다른 角度에서 적어 보았다. 나의 부탁은 내가 적은 感想이나 評이 絶對的인 것이 아니라는 것을 明言해 둔다. 넘우 내 一個人의 感想과 評에만 비위를 맞치려고 吸吸해서는[458] 못쓴다. 사람은 各其의 個性이 다르고 各自의 感情이 感覺이 다르다. 따라서 各自의 自然一觀이 人生觀이 조끔式 다르고 詩를 鑑賞하는 態度(尺度)가 다르다는 것을 잊어서는 안 된다.

　　　昭和 十七年 十一月 十六日

　　　　　　　　　　　　　　尹 福 鎭 (이상 26쪽)

　　　동요 강아지
　　　　　　　　李允善
　　꽁꽁
　　강아지

---

458 '汲汲해서는'의 오식이다.

엄마 부른다.
문턱에
턱을 괴고
잠이 들었다.

【評】 귀여운 風景이다. 아기자기한 情景이다. 아무런 꾸밈과 虛飾이 업이
素朴하게 읊은 點이 좋다. "턱을 괴고"에 "괴고"는 넘우 말이 돼다.
"괴고" 보다는 "고이고" 하는 것이 이 아기자기한 風景畵에 더 어울닐
것 갓고 語感도 좋을 듯하다.(이상 27쪽)


　　童謠 귀두라미
　　　　　　李鍾星
아츰 새벽에
언니는 간다.

부억에 밥만드는
등잔이 어둡다.

동리끗 주막까지
등불이 갓다와도

밧에는 아직밤이다.
귀투라미 쓸々히운다.


【評】 어듸라고 指摘하긴 어려우나 詩의 雰圍氣가 난다. 넘우나 ホヤツト
해서 內容을 잡을 수 없다. 좀 더 內容을 具體化햇으면 한다. 그 例로
"언니는 간다"고 하니 어듸로 가는지 工場에 가는지 工場에 간다면
이른 새벽 동리끗 주막까지 등불이 갓다 와도 事實 이 등불은 언니를
먼 工場까지 보내는 어머니가 가지고 등불인지 그것 確實치 안코 부
엌에 밥 짓는 등불과도 混同할 念慮가 없지도 안타. 아즉도 이른 새

벽이여서 귀두라미가 쓸쓸이 운다면 이 쓸쓸이 우는 귀투라미와 이
른 새벽에 한 집안 식구를 위 먼 工場으로 가 언니의 애처로운 心情과
도 무슨 有機的 連絡이 있어야 할 것이다. 그리고 첫 句에 "아츰 새벽
에 언니는 간다"는 句와 마즈막에 行에 "밖에는 아직 밤이다"라고 맺
는 것은 誇張이 넘우 甚하다. 그것으로 因해 矛盾이 생기게 된다.
내 생각에는 "아츰 새벽에"는 "이른 새벽에", "밖에는 아직 밤이다"는
"밖에는 아즉 새벽이다"고 햇으면 한다. "부엌에 밥 만드는" 句도 "부
엌에 밥 짓는"으로 곤치는 것이 뜻으로나 리즘으로나 다 좋을 듯 생각
된다.(이상 28쪽)

## 佛日瀑布
南曙宇

佛日瀑布는 무지개다
하늘에 맛다은 힌무지개다.

록음이 욱어진 벼랑사이로
폭포는 떠러저 구슬이 된다.

은구슬 조롱조롱 머리에 이고
무지개 다리타고 하늘에 오를가.

【評】 第一聯과 第二聯은 呼吸이나 表現이나 用語가 모다 童謠나 童詩로써
는 距離가 멀다. 詩歌 가운데도 가장 誇張이 甚한 詩調에 가깝다.
다못 第三聯의 "은구슬 조롱조롱……" 等으로 童詩의 世界로 뿌리키
를 돌녓으니 넘우나 갑작이 돌니는 뿌리키라 轉覆되기 쉽다. 무엇보
다 維機한 童心의 世界로 歸鄕할 것이요 童心의 故鄕으로 돌아가 童
心이 要求하는 天衣無縫의 童衣를 입펴야 할 껏이다.[459] (이상 29쪽)

---

459 '것이다.'의 오식이다.

## 雙磎寺

智異山 숲속에
고요한 雙磎寺
　간간이 염불소리
　도란도란 나구요
　　니엇다 끈첫다.
　　목탁소리 또닥또닥.

智異山 숲속에
쓸쓸한 雙磎寺
　간간이 새소리
　째째째째 들니구요
　　우수수 바람결에
　　풍경소리 댕그랭댕.

【評】「佛日瀑布」에 比해서 多少 童心의 世界를 憧憬하고 童詩의 表現으로
　　돌아왓다고 생각된다. 第二聯은 없어도 좋을 듯하다. 차라리 第一聯
　　와 靜閑한 古寺의 情緖와 좀 더 血統이 갓가운 것을 取題햇드면 한다.
　　더구나 第一聯에 "고요한 雙磎寺"와 第二聯의 "쓸쓸한 雙磎寺" 하-모
　　니가 不足한 듯하다. 그리고 "우수수 바람결에"에 "우수수"가 귀에 거
　　슬닌다. (이상 30쪽)

## 달

앞산은 평풍바위
뒷산은 화초봉

평풍바위에는
거문 구름이 뭉게뭉게

화초봉에는

쟁반같은 달님이 쏘사오릅니다.

【評】 제법 흉내를 내고 잇다. 어된지 古歌謠를 聯想케 한다. 南曙宇 됨과
　　　는[460] 달니 柳 君은 童心에서 어른 흉내를 낼라는데 차라치[461] 귀엽고
　　　取할 點이 잇다. (이상 31쪽)

---

460 '君과는'의 오식이다.
461 '차라리'의 오식이다.

**韓錫源, "序", 宋昌一, 『少國民訓話集』, 아이생활社, 1943.2.**

兒童을 가르쳐 少國民이라 한다. 國家가 繁榮하고 永續하려면 少國民을 健全하게 키워야 한다.

그 營養素로써는 비타민도 必要하겠지만 精神을 健全케 하는 良書가 또한 緊要하다.

이제 童話作家로써 이미 創作童話集 『참새학교』를 世上에 내어 定評이 있는 宋昌一 氏가 直接 敎鞭을 잡는 餘暇에 『少國民訓話集』을 내이게 됨은 慶賀할 만한 일이며 實로 兒童世界에 金字塔을 세움이 아닐 수 없다.

數百萬 少年少女의 必讀할 만한 寶訓集이 될 뿐 아니라 子女를 둔 父母나 兒童指導者들의 一大 參考가 될 만한 良書라고 믿는다.

願컨대 이 『少國民訓話集』이 많은 兒童의 心琴을 울려 大東亞戰爭下의 少國民을 좀 더 明朗하고 正直하고 勇敢하게 만들 수 있는 큰 役割을 가져주기를 빌어 마지않는다.

昭和 十七年 七月

아이생활社 主幹　韓錫源

金英一, "選評", 『아이생활』, 제18권 제6호, 1943년 7-8월 합호.

### 안개긴아츰(推薦)

鄭曙村

보오얗게
안개포장한 아츰

마음은 안개속에서
숨기내기 한다.


### 골목길(推薦)

禹曉鐘

꼬마 夜學生
휘파람 불고
도라갈 골목길에 (이상 38쪽)
고양이
三兄弟
숨기낙 한다.


### 하늘(推薦)

張東根

호수가에도
조고마한
하늘 있지요

구름이 동동 뜨고
새가 포르르 나라가고.(이상 39쪽)


이 세 편의 詩는 지금까지에 볼 수 없었든 自由型의 詩다.
종래는 말을 무리로 쌓어 놓았기 때문에 말에 모순이 많어섰고 그렇지 않으면 무슨 이야기책이나 읽는 듯한 복잡한 감이 드렀으나 이 세 편의 詩(나는 이런 詩를 自由詩라 부른다)는 그러한 무리가 조곰도 보이지 않을 뿐더러 어느 곳을 찔러 보아도 조곰도 공간이 없고 音律에 헛되임이 없다.

兒童의 귀여운 감정에서 우러나은 참된 詩요 또 그의 觀察力과 理智와 思念이 예민한 데는 놀라지 않을 수 없다.

나는 이 세 편의 詩를 대할 때 마치 어머니가 어린애에게 젖을 물리고 자장가를 불러 주는 아늑한 꿈속으로 끄을려 드러가 나도 모르게 "어서 자라거라" 하고 머리를 쓰다듬어 주었다.

鄭曙村 君의 「안개낀아츰」은 얼마나 아기자기한 꿈길이랴. 평화에 잠들고 평화에 밝는 마을의 아늑한 풍경을 잘 그려 놓았다. 이만하면 조곰도 손색이 없으리만큼 익숙한 詩風이다. 詩의 내음새가 곳잘 풍긴다.

"안개포장"도 좋으려니와 "안개속에서 숨기내기한다"(이상 38쪽)는 것은 어른으로서는 도저히 상상도 못할 어린이만이 가질 수 있는 詩國이다. 장래를 기대한다.

禹曉鐘 君의 「골목길」은 귀엽고 아롱진 詩다. "꼬마夜學生"과 "고양이"는 잘 맞는다. "골목길에서 숨기내기" 하는 고양이 三兄弟에 아롱진 모양이 잘 나타난다. "三兄弟"를 끄러넣은 것이 좋다. "꼬마夜學生"도 좋다. 많은 연구 있기 바란다.

張東根 君의 「하늘」은 좀 고처 보았다. 作者에 참고하기 바란다.

"동동"과 "표르르"를 넣는 것이 좋을 상 싶다. "구름이 뜨고" "새가 나라갑니다" 하는 것보다 이렇게 넣으면 한결 詩에 맛이 난다. "나라갑니다"보다 "기고" 하면 다음에 또 무엇이 따르나 하고 생각을 주게 된다. "갑니다" 하면 그 이상은 없다는 것이 되고 만다.

作者는 "세수물"의 하늘을 그렸지만 그런 너무 억지가 되여 호수가의 하늘을 그려 보았다. "세수물"보다 "호수가"가 詩의 맛이 더 날 것 같다.

"구름이 동동 뜨고 새가 표르르 나라가고"를 "애기별 동동뜨고 엄마달 한아름뜨고" 해도 좋을 것 같다. 參考하기 바란다. 좀 더 말재주를 배우기 바란다.(이상 39쪽)

林仁洙, "兒童의 明心寶鑑 — 宋昌一의 『少國民訓話集』 讀後感",
『아이생활』, 1943년 7-8월 합호.

決戰의 秋인 이 지음 半島 少國民文化도 强力한 鐵壁陣을 構築함이 우
리의 使命임에도 不拘하고 極히 閒寂한 形態를 볼 때 眞實노 寒心한 일
이다.

여기 한 분 몸은 肉彈, 붓을 銃 삼어 이 閑寂한 陣頭에 나선 분이 있으니
그가 閒[462] 곳 宋昌一 先生이시다.

이번 그의 訓話集의 出現은 實노 豫想 以外의 묵직한 彈丸이엿다.

事實대로 告白하거니와 本書는 讀破하신 다음 비로소 그 價値의 絶大함
을 發見하실 것이다.

그 內容은 少國民의 크게는 信仰, 적게는 日常生活 禮儀凡節에 이르기
까지 網羅한 一大 修養訓의 精華다. 特히 文章의 簡潔明瞭함, 一言半句
헛놓인 데 없이 筆者 特有의 童話作家的 筆致며 良心에서 스스로 울어난
眞味로운 訓話의 꽃다발은 삷히건대, 扁扁히 感動되는 信仰의 偉人 乃至
高名한 聖者들의 逸話며 ── 이 筆者의 간곡한 勸告와 訓話는 그의 良心
巡禮者的 抒事錄이 않인가 한다.

이 稀貴한 修養講話는 戰時에도 가장 適應되는 바 即 訓話 中「황군의
은혜」「위문대(慰問袋)」 等……볼 수 있으니 現代의 少國民 諸君은 勿論
現國民學校 及 日曜修鍊會(主校) 敎師의 貴重한 敎材로써 나아가서는 敎
會說敎者의 例話로 引用되여 빛날 수 있는 縱橫實際의 良書이다.

實노 百花(話)爛漫!

아이들의 明心寶鑑이요 良心의 指針書다.

이 부드러운 이야기體의 自然스러운 말씀이야말노 가장 善하신 아버지
의 音聲인 것이니 即 가장 애끼고 사랑하는 子女에게 向한 하나하나 피와

462 '閒'은 가외로 들어간 글자이다.

살이 될 수 있는 教訓이요 指示다.

게다가 읽기 쉬운 이 말씀은 千秋에 들어 실치 않코, 모-든 아이들에게 아버지의 着實한 말씀 "사랑의 목소리"로 永遠히 살어지지 않코 남어 있을 것이다.

그럼으로 나는 나의 가장 사랑하는[463] 少國民 諸君과 그들의 家庭 및 그들을 指導하시는 江湖諸氏에게 本書를 至速히 必讀하심으로 收穫이 클 것을 믿어 疑心치 않코, 기뿐 마음으로 이 冊을 推薦하는 것이다.

六. 二九 (이상 46쪽)

---

463 '사랑하는'의 오식이다.

金昌勳, "宋昌一 著 少國民訓話集 讀後感", 『아이생활』, 제18권 제6호, 1943년 7-8월 합호.

子女를 기르는 父母, 어린이를 가르키는 先生, 이들은 從來로 純童話가 아니면 純訓話의 어느 편에 기우러지기 쉬웠다. 純童話인 때는 고수한 맛에 조으러 바리기 쉽고 純訓話인 때는 매워서 재채기하기 쉽다. 時代는 언제나 實用的인 것을 要求한다. 지금과 같은 非常時에는 더욱 그러하다.

內容에 있어서 童話와 訓話를 兼用한 卽 한번 보고 한번 먹으면 눈이 열니고 마음이 열여 피가 핑핑 도라가고 熱이 부글부글 끄러나는 이러한 글을 오날의 家庭과 敎壇은 찾어 헤멘다.[464]

昌一 氏는 잘 이 點에 着眼하야 百篇의 珠玉을 少國民의 銀盤에 구을니고 있다. 그 아름답고 맑은 소래는 보고 들어야 알 수 있다. 이 『少國民訓話集』은 나 自身 매우 滋味있게 읽고 敎訓 받었다.

나는 自信하고 大東亞를 질머지고 나아갈 來日의 일꾼들에게 산 敎訓으로써 이 冊을 읽히고저 한다.(이상 47쪽)

---

464 '헤멘다'의 오식이다.

## 金英一, "私詩小論(一)", 『아이생활』, 제18권 제6호, 1943년 7-8월 합호.

藝術은 敎示가 아니다. 暗示다.

    ×

藝術의 價値를 決定하는 것은 多數의 讀者가 아니다. 大衆이 아니다. 讀者의 한 사람인 大衆의 한 사람인 讀者 自身이다.

    ×

짧(短)다는 것이 單純한 情操의 表現이 되여서는 안 된다. 卽 從來는 보다 더 잘 表現하기 爲하여 長惶하게 表現하여섰다.

그러나 나는 보다 더 잘 表現하기 위하여 더 짧게 쓴다.

    ×

사람은 더 잘 表現하기 위하여 抽象的으로 構成하고[465] 말을 무리로 삶어 놓기만 한다.

그러나 그는 그곳에 構成한 것만을 構成한 것에 불과하다는 것에 생각이 가지 못한다. 卽 說明할 수 있는 것을 說明한 것에 불과하다는 것을 아지 못한다.

지금까지의 藝術은 모다 그러한 矛盾을 가지고 있다. 說明하지 못할 것을 피하여 說明할 수 있는 것을 說明하고 있었다.

지금부터의 새로운 藝術은 어리석은 努力을 뒤푸리해서는 안 된다.

그들이 回避한 或은 보지 못하고 있는 說明할 수 없는 것을 表現하고 쓰지 안으면 안 된다.

그 方法으로 나는 더 많은 말을 필요치 않는 形式과 藝術을 갖었다. 그것이 卽 "短詩"다.

    ×

---

465 '構成하고'의 오식이다.

大體 짧은 말로 表現한다고 事物 그 自體가 單純한 까닭은 결코 아니다. 事物 그 自體가 너무나 크고 複雜한 까닭이며 微妙한 까닭이다.

×

一律로 될 일이라면 一律로 마치는 것이 좋다. 그 단 一律로 말하지 못하는 —— 단 一律로 말하면 모른다고 한다면 그 사람은 藝術의 價値를 云云할 資格이 없다고 하겠다. (이상 40쪽)

×

나의 作品은 單純히 描寫로 보일는치 모른다. 그러나 如何한 單純치 아니한 描寫라 해도 그 裏面에 伏在해 있는 것을 追求할 힘과 理解가 없다고 한다면 亦是 單純한 描寫라고 處置해 버릴 것에 틀림없다.

×

나의 自由詩에 있어서는 그 말에 있어서 그 內容을 制限하는 것을 시려 함으로 그 形에 나타나는 것을 언제나 描寫의 形을 取한다.

平然하게 放出한다. 획 — 내 던진다.

×

잘되엿다는 것은 아무것도 안 된다. 잘 안 되엿드래도 그 사람이 아니고 는 생각지 못할 또한 쓸 수 없는 그러한 것이 보고 싶다.

누구든지 쓸 수 있는 것이라면 차라리 쓰지 안는 것이 났다.

×

나의 詩를 모르겠다고 하는 사람이 많다. 가령 「달밤」이란 題로 달밤다운 것을 안 쓰고 뚱딴지같은 것을 썼다는 理由에서다. 참 그러한 觀察로서는 나의 詩를 모를 것이 당연하다.

內地에 新童謠運動이 이러난 것은 大正 七年頃 北原白秋 先生의 『赤い鳥』서부터 始作되였다고 하겠다.

그는 그때 여러 가지 困難과 칭찬을 물리치고 그가 생각해 온 行動해 온 自由詩를 몸을 받처 主唱하였다.

"兒童自由詩의 確立과 統一 이 一大事에 關하여서 나는 自己 童謠 創作 以外에 畢生의 事業으로 하고 只今까지 나왔으며 나의 精魂을 만들고 從事

해 왔다. 적으나마 나의 熱誠은 보람이어서 나의 主張은 達成되고 있다. 現在에 있어서는 日本 全國의 學齡 以上의 兒童은 詩가 무엇인가를 알고 詩를 짓는 기쁨과 스스로 깨달은 우에 있어서 그들은 日常生活을 높이고 그들의 自由詩型을 낳고 있다. 世界 어느 곳에 그 全國의 小學生이 詩를 알고 詩의 作者인 國家가 있는가고 北原白秋 先生으로 말미암아 日本 全國의 兒童들이 깨끗이 맑게 그리고 푸른 꿈을 안고 生活의 기쁨을 맛보고 있다는 事實에 비치어 北原 先生이 얼마나한 努力과 指導가 담기여 있는가를 가이 알 수 있을 것이다.

그는 『赤い鳥』 雜誌 우에 新童謠運動을 展開하여섰고 指導하여섰다.

北原白秋 先生 編著인 『兒童自由詩集成』은[466] 그가 鑑賞 指導한 集成으로 『赤い鳥』에 실엿든 自由詩 數百篇을 모아 評과 아울러 新童謠運動을 提唱하여섰다.

　　　　× (이상 41쪽)


　**冬の月**
　石がぬれてゐる
　いつもで黒い
　冬の空暗黒
　　　　×
　**朝**
　かつて鳥の聲に
　白く光る障よ
　　　　×
　**海**
　芝原で足をのばと
　足の先に海が見える

---

**466** 기타하라 하쿠슈(北原白秋) 편저인, 『兒童自由詩集成:觀賞指導』(アルス, 1933)를 가리킨다.

×

## とんぼの目
とんぼの目光る午後
山吹の花白くなる


×

이것이 모다 小學生들의 自由詩라는 事實을 보면 그들의 想과 觀察力이 어떻다는 것을 가이 상상할 수 있는 동시에 또한 그 뒤에서 指導해 온 北原白秋 先生의 꾸준한 努力과 熱誠에 머리 숙이지 안을 수 없다. (未完)

(이상 42쪽)

---

## 金英一, "私詩小論(二)", 『아이생활』, 제18권 제7호, 1943년 10월호.

◇

從來의 朝鮮에 있어서의 童謠運動이라면 말할 수 없이 貧弱하였다.

童謠가 어떻한 것인가 七五調로 억지로 마추어 쓰기만 하면 그것이 童謠인 것같이 생각해 왔으며 또한 七五調 提唱이 많어섯다. 그리고 그때 環境이 그러햇드래도 좀 더 兒童들을 위한 兒童生活의 詩를 보여 주고 指導해 왔어야 할 것이다.

絶望的이고 寂々한 힘이 없는 童謠가 眞實한 兒童들을 위한 詩였엇는지 疑問이다. 成人이 個人的의 表現에 불과하였으며 不自由하고 不自然的인 童謠 아닌 童謠를 兒童들에게 알리여 주엇고 또한 兒童들도 그들 따라가기 때문에 只今까지도 그 傾向이 많은 것을 본다.

"눈물진다"는 種類의 謠가 大部分이엿으니 兒童들의 明朗性과 希望과 自由의 굵은 情緒가 어데서 찾어볼 수 있엇는가? 도로혀 寂々하고 우울한 아조 絶望的의 兒童을 만드러 놓코 말었엇다.

兒童들은 어른을 닮는다. 우리 成人의 一擧一動이 곧 兒童들의 行動으로 옴기여지며 곧 實踐이 된다.

지금까지도 옛날의 때를 벗지 못한 詩人이 눈에 띠우게 되는 것은 퍽 섭々한 일이다.

그뿐이 아니라. 모다 어떤 사람의 詩인지 거진 다 같은 詩를 自己의 것으(이상 16쪽)로 만들고 "내가 썼다" 하고 배를 내미는 것은 볼 수 없이 딱한 일이다.

只今까지에 自己의 詩를 建設하고 뚜렷이 나아가는 作家는 尹福鎭 氏와 朴泳鍾 氏 두 분밖에 없다고 斷定한다.

尹福鎭 氏는 想이 아름다워 그의 詩는 늘 보드럽고 곱고 귀엽고 아롱지다. 그리고 옷을 잘 입히기에 어느 謠나 失敗가 적다.

그러나 언제나 한결같고 새로운 맛이 없다고 본다. 進步도 後退도 없이 늘 한결같은 詩를 보여준다.

大部分의 作家가 그의 作品을 模倣하고 있는 것은 事實이다.

너무 甚한 편으로는 옛날의 그가 發表한 謠를 멧 年 後에 그대로 自己謠를 만드러 發表하는 것을 볼 때는 놀래지 안을 수 없다.

朴泳鍾 氏는 아마도 내가 第一 좋와하는 作家의 한 사람이라고 하겠다. 그의 作品은 只今까지의 詩型을 깨트리고 朴泳鍾 詩國을 建設하여 나아가고 있다. 朴泳鍾만이 가질 수 있고 또 想像하고 쓸 수 있는 獨特한 筆法의 所有者이며 새로운 詩型이라 아니할 수 없다.

처음에 그도 自己의 詩를 建設하기에 얼마나한 研究와 困難을 격것는지 잘 알 수 있다.

七五調만을 童謠로 알고 無理라도 七五調를 만들야고 애를 써 온 옛날의 作家의 影響이 아직도 남어 있는 것은 퍽 遺憾이다.

그렇기 때문에 우리의 童謠界에 이서서 얼마나 뒤떠러젓으며 後退해 가고 자리를 못 잡고 갈팡질팡하는지 이것도 다 無理로 詩를 쓰고 研究도 없이 그저 模倣만 해 온 까닭이라 아니할 수 없다.

좀 더 兒童世界에 드러가 兒童心理를 硏究하고 探究하고 兒童을 좀 더(이상 17쪽) 잘 理解하지 않으면 안 되리라고 믿는다.

兒童作家라 하면 어쩐지 幼稚하게 여기는 感이 있다. 그러나 兒童作家로써 얼마나한 重大한 責任과 使命과 硏究가 드러 있는지 알 사람만이 알 것이다.

우리는 좀 더 愼重이 兒童問題를 생각하고 檢討하고 硏究하고 잘 理解하지 않으면 안 될 때라고 믿는다.

只今이야말로 朝鮮에 이서서도 義務敎育令, 徵兵制 實施에 따라 이 兒童問題가 얼마나 重大한 責任을 가지고 있는지 똑바른 指導와 理解와 鑑賞이 必要하다.

童謠에 이서서는 두 가지 種類가 있다고 생각한다.

노래로 불려질 謠와 읊어야 할 謠 두 가지가 있다고 본다.

朴泳鍾 氏의 詩는 大部分이 읊고 읽어서 좋은 詩요 부르게 하면 그 想이 어그러질 뿐만 아니라. 無意味할 것이다.

나의 詩 역시 그러하다. 불러지기 위하야 일브러 글자를 마추어 쓰지는 안는다. 自由롭게 한가닭을 따서 描寫한다. 詩에 이서서 事物 全體를 描寫할 수는 도저히 不可能한 일이다. 第一 獨特한 것을 따서 表現하고 무엇보다 事物 그 自體를 잘 觀察함이 좋다.

藝術에 滿足이란 것은 있을 리 없다.

滿足이 잇는 곳에는 藝術이 誕生할 수 없다. 藝術의 完成은 있을 리 없다. 不斷의 未完成이 있을 뿐이다.(이상 18쪽)

어떤 일이든지 "試作" 아닌 것이 없다. 이것으로써 足하다 하는 일은 없다. 죽을 때까지 —— 아니 죽어서라도 "完成"은 바랄 수 없다.

사러 있는 그 自身이 "試作"이다. 그러나 이 마음을 이저버리고 잇는 사람이 많다.

오로지 名刺에 カタカキ를 얻기 위하야 精進하고 잇는 사람이 많다.

그러나 나의 精進은 自己의 內生活을 더 잘 擴充하기 위함이 되기를 바란다. 世評의 善惡은 第二義로 하고 "試作"을 쌓어 가겠다고 나는 생각한다. (完) (이상 19쪽)

## 朴浪, "(隨想)兒童文壇 小感", 『아이생활』, 제19권 제1호, 1944년 1월호.

무릇 作家의 손을 거처 生産되는 作品이 讀者에게 무엇을 주지 않어서는 안 된다. 讀者로 하여금 그들의 日常生活을 反省하게 하고 새로움을 느끼는 同時 삶의 즐거움을 안겨 줘야 될 것이다. 生活의 歡喜와 生長의 노래가 아니여선 안 될 것이다.……이렇듯 作品이 讀者에게 주는 바 影響은 큰 것이다.

하물며 요즘의 우리 兒童文壇을 보건댄 大部分이 몽당연필로 작난질 친 落書요 값싼 粉으로 더덕을 해 논 꼴불견들이다.

왜 써야 하느냐? 무엇 때문에……쓰지 않구는 못 견딜 內的인 衝動과 絶對에 가까운 動起가 없이 과연 敢히 붓 들 쑤 있을 것인가?

피가 흐르지 않는 作品은 人形이요 산(生) 藝術은 못 된다. 피가 躍動하는 것이래야만 作品으로써의 價値評價에 值할 수 있는 것이다.

技巧에만 置重하고 內容을 돌보지 않는 폐단, 이건 하루바삐 때려부서야 할 惡風이다. 作者는 讀者가 먹어 消化할 수 있고 그러므로 利할 수 있는 糧食을 주는 農夫에 比할 수 있을 것이다. 늘 같은 틀에 넣고 못을 치는 구두職工은 아닐 것이다. 作家는 생각하는 사람이요 創造하는 사람이요 表現하는 사람이다. 아무런 個性을 엿볼 수 없는 作家, 몇 十年 傳해 내려오는 틀을(傳統이 아니다.) 되푸리하는 作家, 內容이고 뭐고 써서 發表하기에만 바뿐 作家, 이런한 作家는 湖口에 汲汲해 늘 같은 틀에 넣고 못을 치는 구두職工과 무엇이 다를 것인가?

製作하는 意味에선 구두職工과 같을지 모르나 作家는 생각하고 그리고 體驗에서 오는 느낌을 思想을 傳達하는 創造의 人이 아니여선 안 될 것이다.

兒童作家로 立身하려는 者 모름직이 붓을 놓고 反省해 보라. 왜 써야 하는가?

우리들의 머리 위로는 수없는 思潮가 흘러갔다. 아니 흘러가고 있다. 새로운 個性의 樹立, 새로운 兒童文學의 創造, 이것이야말로 우리가 하지 않으면 안 될 急先務인 것이다.

이제 다 지나고 난 感傷을 뇌까리고 남이 먹다 뱉은 寫實을 感覺을 아무런 創造의 加味도 없이 제것이로라 들고 나서는 厚顔輩들 그들을 위해서 우리는 우리의 쌌트고 있는 文壇의 門을 開放할 必要가 없다. 意味 없는 일이요 害毒만이 있겠음으로….

제의 눈을 갓지 못하고(갓즈려 하지 않고) 제의 主觀을 갓지 못하고 남이 싫건 써먹든 무근 판을 우려먹는 可憎스런 作家가 있음을 나논 甚히 슲어하는 者이다.

제가 써 놓은 作品에 對해서도 아무런 責任을 지려 하지 않고 作品을 이야기하면 꽁문이부터 빼랴 드는 敎養 없는 作家, 도대체 그들은 무엇 때문에 글을 쓰는지 도시 알 수 없다. 勞力하려 들지 않고 自我도취에서 헤매이며 現在에 滿足하고 未來를 바라볼 줄 모르는 친구들 自己들의 作品이 二三次 연달아 揭載되기만 하면 벌써 그들은 大家然하기에 바뻐 本域이 아닌 修身 講義까지 하려 든다.

모름직이 眞實로 文學과 生을 가치 하려는 者면 一生一代에 단 한 篇을 내놓아도 부끄럽지 않을 良心 있는 作品을 쓰기에 勞力할 것이다. 不朽의 作을 쓰기에 獻身할 것이다.

끝으로 文學을 무슨 道樂이나 심심푸리로쯤 생각하는 厚顔輩들의 退却과 함께 만네리즘 속에 허덕이는 文友 諸兄의 깊은 反省을 바라며 서툴은 붓을 놓는다. 妄言多謝.(이상 13쪽)

崔常壽, "序", 『現代童謠·民謠選』, 大同印書館, 1944.8.[467]

　나는 여기에 南北을 通하야 童謠詩人 民謠詩人 여러 글벗의 眞珠와 같은
童謠와 民謠를 줏어 걷우어 추리고 또 추려서 한데 모으고 여기서 지난날의
얼굴을 보고저 한다.

　昭和 十七年 三月

崔 常 壽 (이상 3쪽)

---

**467** 이 책에는 최상수(5), 이원수(李元壽)(5), 윤석중(尹石重)(5), 서덕출(徐德出)(6), 한정동
(韓晶東)(5), 허삼봉(許三峯, 許文日)(2), 윤극영(尹克榮)(1), 박노아(朴露兒)(1), 윤복
진(尹福鎭)(1), 주요한(朱耀翰)(1) 등 10명의 동요 32편과 최상수(3), 을파소(乙巴素, 金
鍾漢)(3), 고마부(高馬夫)(1), 박계홍(朴桂弘)(1), (李英惠)(1)의 민요 9편을 수록하고
있다.

## 趙豊衍, "人形劇 運動(上)", 『매일신보』, 1945.6.5.

最近의 일이지만 〈總力人形劇協會〉[468]가 誕生되어 街頭에서 試演을 하야 相當한 成果를 거두엇다는 말을 듯고 朝鮮에서도 人形劇 運動이 느젓스나마 發足한 것을 기뻐한다.

우리가 人形劇 運動에 期待하는 바는 藝術運動의 一分野이기보다는 苛烈한 政局에 對處하야 國民 士氣昂揚을 爲한 宣傳 或은 慰安 娛樂의 手段으로서의 文化財의 使命을 지닌 그것에 잇다. 그러므로 예전부터 나려오던 鄕土人形이나 內地의 淨瑠璃[469] 或은 泰西의 여러 種類의 人形 等은 잠시 제처노코 새로 登場한 "指人形"[470]이다. 이것은 이미 先進 內地의 〈大政翼贊會〉[471]를 筆頭로 〈移動劇協會〉 等에서 實踐하야 그 實力을 確認한 바이다.

이에 말하는 "指人形"은 첫재 만들기가 매우 簡單하고 둘재 材料를 아무 것으로도 充當할 수 잇스며 셋재 어느 때 어데서든지 곳 할 수 잇스며 넷재로 무척 재미잇는 것이다. 이 박게 가지고 다니기 편한 것 等이 長點일 것이다.

工場 學校 病院 常會 保育所 家庭 等 어쩌한 場所에라도 移動 公演을 할 수 잇고 그 當場에서 演技 製作의 指導 講習을 할 수 잇다.(人形劇은

---

468 "戰意의 昂揚과 時局의 認識을 容易하게 透徹시키기 爲하야 總力人形劇協會가 今番 翼贊人形劇協會 派遣員 大谷興模 氏의 來城으로 本府 情報課 及 聯盟의 支援을 어더 誕生하게 되엿다."(「總力人形劇協會-本府 支持下에 發足」, 『매일신보』, 1945.4.21)

469 'じょうるり〔淨瑠璃〕'는 "음곡에 맞추어서 낭창(朗唱)하는 옛이야기"를 말한다. 조루리(淨瑠璃)는 노(能), 가부키歌舞伎)와 더불어 일본 3대 전통연극의 하나로 근세 초에 성립된 서민을 위한 인형극이다. 처음에 조루리라는 서사적 노래 이야기에 재래의 인형극이 시각적 요소로 더해졌는데, 16세기 후반 샤미센이 조루리의 반주 악기가 되어 성립된 인형(人形), 조루리(淨瑠璃), 샤미센(三味線)에 의한 삼자일치의 연극이 되었다.

470 'ゆびにんぎょう〔指人形〕'는 "손가락 인형(꼭두각시)"을 가리킨다. 몸통을 헝겊으로 주머니처럼 만들고 그 속에 사람이 손을 넣고 손가락으로 놀리는 인형을 말한다.

471 1940년대 들어 일본은 신체제준비회(新體制準備會)에서 대정익찬운동(大政翼贊運動)을 하기로 하고 회명은 〈대정익찬회(大政翼贊會)〉로 하였다.

單 一日의 講習을 밧고 곳 實演에 옴길 수 잇다.) 그러나 무엇보다도 人形
劇의 生命은 職業的인 劇場에 依하지 안코 아무나 自給自足할 수 잇는 素
人劇으로 가장 强力한데 存在할 것이다.

---

### 趙豊衍, "人形劇 運動(中)", 『매일신보』, 1945.6.6.

우리는 人形劇을 所有하기 爲하야 먼저 完全한 人形劇을 보고 십다. 專
門的인 人形劇團이 업는 朝鮮에서는 現在 獨步的 地位에 잇는 〈總力人形
劇協會〉에 힘입을 바가 적지 안흔데 同協會는 當初의 出發이 營利的인 劇
團으로서 〈總力聯盟〉[472]의 後援을 어더 몃 사람의 同志가 人形劇의 普及을
爲하야 盡力하고 잇다. 이것은 大端히 純粹한 態度라고 생각한다.

그러나 純全히 處女地인 朝鮮에 잇서서는 前述한 바와 가치 完全한 人形
劇 ― 卽 ― 그 性能을 遺憾업시 發揮하는 人形劇의 出現이야말로 人形劇
에의 關心을 喚起시킬 것이며 普及을 迅速化할 것이 아닐까. 人形劇이 容
易히 "素人"으로 消化할 수 잇다는 것은 "素人"的 人形劇 達成의 過程일
짜름이오 이것으로 人形劇 自體를 規格 지을 수는 업다. 다시 말하면 普通
劇藝術에 水準이 잇고 짜로 素人劇이 잇드시 人形劇에도 水準이 잇고 다음
에 素人 人形劇이 잇는 것이다. "指人形劇" 統稱 '마리오넷트'[473]를 世界的
水準에서 볼진대 이미 다른 文化財에 조금도 遜色이 업슬 만한 地盤을 確保

---

472 〈국민총력조선연맹(國民總力朝鮮聯盟)〉을 가리킨다. 1940년 10월 조선총독부 차원에서
조직된 친일 단체로 1945년 7월 10일 해체되었다. 1940년 제2차 고노에 후미마로(近衛文
麿) 내각은 신체제운동(新體制運動)을 제시하면서 만민익찬(萬民翼贊: 만백성이 천황을
도와서 봉사한다)의 국가중심주의 체제를 완성하자는 취지로 〈국민정신총동원중앙연맹〉
을 해소하고 재조직한 것이 〈대정익찬회(大政翼贊會)〉이고 조선에서는 〈국민총력조선연
맹〉이 되었다.
473 마리오네트(marionette)로, "인형의 마디마디를 실로 묶어 사람이 위에서 조정하여 연출하
는 인형극. 또는 그 인형"을 말한다.

하고 잇다.

그러므로 人形劇을 將次 大衆에게 浸透시키기 爲하야 職業的인 人形劇團의 形成이 要求되지 안허서는 안 된다.(職業的이란다고 반드시 營利的인 것은 아닐 것이다.) 이것은 〈總力人形劇協會〉에서 所有해도 조흔 것이요 쏘한 짜로 誕生해도 조흔 것인데 要는 "人形劇은 이런 것"이라는 最高의 水準을 세워야 할 것이다.

---

**趙豊衍, "人形劇 運動(下)", 『매일신보』, 1945.6.7.**

人形劇도 □□ 演劇의 하나임에 틀림업다. 規模가 적고 登場하는 것이 사람이 아니고 人形이지마는 人形을 操作하는 것은 結局 사람이며 臺詞를 하는 것도 사람이다. 企劃, 脚本, 演出, 音樂, 美術, 照明, 效果 等도 演劇의 境遇와 매한가지로 사람의 技術을 必要로 함은 勿論이다.

이에 提言하고 시픈 것은 人形劇 運動이 一個의 硏究 團體의 손에 외로히 發育하기를 기다릴 새 업시 劇專門家들도 이에 對한 기픈 關心과 더불어 積極的인 協力을 아끼지 말라는 것이다. 移動劇團 가튼 데서 人形劇部라든가 人形劇班이라든가 (名稱은 아모러커나)를 두어 農村 鑛山에 巡演할 째에 演劇과 함께 보혀주고 練習을 實施하는 것도 效果的일 것이다. 쏘 劇作家나 演出家가 適當한 脚本을 提供하고 쏘는 演技를 指導하는 等 方法은 얼마든지 잇다.

다만 念慮되는 것은 人形劇이 確固한 地盤을 닥기 前에 未熟한 것을 가지고 다니며 短期講習에 滿足한다면 人形劇이 가진 性能을 充分히 發揮 못한 채 한갓 "人形"의 普及에서 그치고 말지 안흘까 하는 것이다. 가령 前番 試演에서 喝采를 바든 것만으로 人形劇의 成功을 樂觀한다는 것은 速斷이다. 지금까지 못 보든 것에 對한 單純한 好奇心과 驚異야말로 人形劇 本來의 使命 完遂를 阻害하는 것이니 觀衆에게 傳하고자 하는 目的 思

想이 透徹히 □□되지 안허서는 안 되기 째문이다.

그리고 人形劇이 그 簡便性 그 移動性의 長點만으로 그 大衆의 것 卽 쉽사리 大衆들이 自己 손으로 能히 할 만큼 消化되리라고는 생각되지 안는 다. 짜라서 大衆으로 하여금 人形劇에 對하야 食慾을 도둘 만큼 人形劇 公演을 充實化하고 한便 指導者들은 指導의 幹旋을 아끼지 말어야 할 것이 다. (完)

# 소년운동

鄭聖采, "朝鮮의 '뽀이스카우트'", 『신동아』, 제5권 제3호, 1935년 3월호.

一九〇七年 여름에 英國 어느 적은 地方에서 처음으로 뽀이스카웃트라는 組織이 始作되니 少年 八名으로 된 적은 團體가 뻬-덴, 파우엘 氏 손으로 組織됨으로부터 始作되여 그 이듬해 一九〇八年 一月 二十四日에 뻭큰헤드 YMCA 大講堂에서 正式 發會式이 있은 以後로 英國 全土를 비롯하야 歐米海外 各國이 發展되여서 世界的 少年運動이 되(이상 120쪽)여 가는 그 途中에 그 波力은 우리 朝鮮에까지도 미치였다.

大正 十一年 九月 九日에 〈朝鮮中央基督敎靑年會〉 少年部 內에 少年 八名이 뽀이스카웃트 유니폼을 입고서 〈少年斥候隊〉라는(뽀이스카웃트를 卽譯함) 名稱下에 組織되니 이것이 朝鮮에 少年斥候運動이 始作된 最初 組織인 것이다. 이 적은 組織이 생기여 난 데 對하야 動機를 말하자면 이러하다. 내가 YMCA 少年幹事로 被任되기는 一九二一年 四月 一日이였는대 年少未熟한 나로서 어떻게 하면 少年들에게 有益과 도움을 줄 수가 있을까 하고 硏究하든 中 當時 〈中央基督敎靑年會〉 名譽 總務인 巴樂萬[1] 氏에게 뽀이스카웃트에 關한 參考書의 有無를 무른 바 多幸하게도 氏는 그 이튿날 自己 書庫로부터 한 권의 뽀이스카웃트 參考書를 찾어내여 나에게 주었는대 그 冊名은 『米國少年斥候敎範(Hand Book for Boys, Boyscout of America)』이다. 이 冊을 읽은 나는 독갑이 방망이를 얻은 것보다도 더 기쁘고 반가웠다. 지금보다도 더 서투른 英文冊이였으나 字典과 씨름하면서 밤 깊도록 第一章 理論 곧 內容說明을 뜯어보았다. 뽀이스카웃트 運動이 어떠한 것이라는 그 內容을 짐작하게 된 나는 이 運動이 朝鮮 少年에게

---

1  브록크만(Frank M. Brockman, 1878~1929)은 미국 버몬트(Vermont) 주에서 태어나 다트머스대학교(Dartmouth Univ.)를 졸업하고 유니온 신학교 재학 중 1886년 7월 내한하였다. YMCA를 창립하여 1903년 초대 의장으로 선출되었다.

眞實히 必要한 것이라는 斷定을 가지는 同時에 斷然코 나도 朝鮮 少年에게 對하야 뽀이스카웃트 運動者 中 一人이 되겠(이상 121쪽)다는 決心을 품고 卽時 前日에 熱心히 志願튼 少年들과 함께 뽀이스카웃트隊 組織에 着手하고 夏期間에 服裝과 其他 若干의 備品을 準備한 後에 위에 말한 바와 같이 九月 九日에는 八名이 少年을 一團으로 一齊히 유니폼을 입고서 뽀이스카웃트의 訓練을 實施케 되였으나 鍾路 大路上에 前에 보이지 못하던 뽀이스카웃트의 服裝이 나타나기 처음이다. 그 後 한 달이 지낸 十月 中에 〈朝鮮少年軍〉이란 名稱으로 亦是 뽀이스카웃트 유니폼을 입은 少年團體가 組織됨을 보게 되며 따라서 〈仁川少年斥候隊〉, 〈太華少年斥候隊〉, 〈協成少年斥候隊〉 等이 組織되고 地方에도 水原, 宣川, 元山 等地에 뽀이스카웃트를 標榜한 少年團體들이 組織됨으로써 各各 그 內容上 相異點과 誤謬되는 點은 있을 망정 外面上 同一視하게 되는 뽀이스카웃트 組織이 군데군데 나타난 것만은 事實이였고 그 現狀은 今日까지도 繼續되는 것도 事實이다.

　大正 十三年에 이르러서 우리 朝鮮에도 外國에서 하는 바와 같이 또는 發展과 事業 統一上의 必要 國際的 聯絡上 必要로써 各各 分離된 細胞대로만 지낼 것이 아니고 全 朝鮮的으로 聯絡統一할 만한 聯盟 機關을 가지자는 意見이 나게 되여 드디어 同年 三月 一日에 中央基督敎靑年會舘 內 社交室에서 第一回 發起會를 開會키 비롯하야 同年 三月 十九日에 第五回 發起會 兼 總會로 모히여 故 月南 李商在 先生을 總裁로 推戴하고(現在(이상 122쪽)는 尹致昊 博士로 推戴함) 〈少年斥候團朝鮮總聯盟〉이란 名稱下에 〈中央基督敎靑年會〉, 〈少年斥候隊〉, 〈仁川少年斥候隊〉, 〈太華少年斥候隊〉, 〈協成學校少年斥候隊〉 等이 加盟되고 遺憾되히 〈朝鮮少年軍〉만은 自體 內容上 合置되지 안는 바 있음을 理由로 聯盟 組織 中에 脫退하야 今日까지 別個 組織으로 進行 中에 있으며 이에 模倣하야 京城 市內에는 幾多의 自立된 少年軍의 組織을 볼 수 있는 바 少年軍이란 三字上에 다 各各 다른 固有名稱을 부친 少年軍 團體는 互相 聯絡 없는 分立된 別個의 組織들이며 〈少年斥候隊〉라는 名稱을 使用하는 團體들은 머리에 다 각기 固有名稱을 부첬을지라도 全部 〈少年斥候團朝鮮總聯盟〉에 加盟된 團體들노써

## 社說, "어린이날", 『조선일보』, 1935.5.5.

一

오늘 五月 첫잿 공일은 어린이날이다. 이날 京鄉을 勿論하고 盛大한 祝賀式이 잇는 것은 例年과 갓거니와 今年에는 特히 京城에서 祝賀式, 記念式 旗行列 外에 處處에서 記念集會가 잇고 밤에는 福燈行列이 잇서 從來에 업는 大盛觀을 이루리라 하며 海外에서도 이날을 紀念코저 盛大한 會合이 잇다 한다. 朝鮮에서 온갓 集會가 制限되어 잇는 此際에 어린이들의 會合에 잇서서만 比較的 自由로운 것은 어린이들의 會合이 何等 思想的, 政治的 意味를 가지지 안흔 데 原因하겟지만 如何間 우리의 未來의 主人公의 名節날에 그들로 하야금 하루를 마음껏 뛰놀게 된 것만은 깃버할 現象이다.

二

무릇 兒童은 家庭의 꽃이고 社會의 未來의 主人公으로 貴여운 存在다. 이 꽃이오 貴여운 存在를 사랑하고 엡버하고 尊重히 여김은 當然한 일이다. 何必 날을 定해 가지고 이날을 紀念할 必要조차 업슬 뜻하되 實際로는 그러치 못한 것이 事實이다. 子女를 사랑하되 所有物視하며, 어린이를 貴여워하되 人格을 尊重치 안는다. 父母는 子女에게 暴言, 暴行, 甚至於 賣買를 하되 사랑하는 것으로 생각하고, 社會는 어린이에게 不敬語를 쓰고, 말에 參與할 權利를 안 주고도 貴여워한다 한다. 이것이 무슨 사랑함이요, 귀여워함이뇨. 사랑함이요, 귀여워함은 그 人格을 尊重하고 그 意思를 尊重히 여김이다. 長幼有序란 그릇된 倫理觀念은 어린이에 對한 認識錯誤를 如實히 말하고 잇다. 이런 錯覺을 矯正키 위하야 이날을 作定하고 이날을 記念함은 斷然 意味깁흔 일이다.

## 社說, "第十四回 어린이날-어린이날의 再認識", 『동아일보』, 1935.5.5.

一

우리에게 가장 큰 希望을 주는 날이 어느 날이냐. 또 우리에게 가장 큰 慰安을 주는 날은 무슨 날일가. 우리의 어린이날은 五月 하눌에 피어나는 新綠과 같이 해마다 해마다 우리에게 가장 큰 希望과 慰安의 膳物을 가저다 주엇으며 또 해가 지날스록 이날은 더욱더욱 우리에게 빛나는 希望과 새로운 慰安을 가저다 주는 것이엇다. 우리는 앞날의 希望에서 살 수밖에 없으매 希望은 우리의 生命이라 하겟고 希望이 우리의 生命이 된 만큼 그 希望의 權化인 이 땅의 어린이들은 우리에게 잇어서 몹시도 貴여운 存在가 아니면 아니다. 누가 어린이를 貴찮케 녁이고 괴롭게 생각하는가. 이는 곧 生命을 侮蔑하는 自己矛盾인 것을 다시금 밝게 깨달아야 될 것이다.

二

생각건대 결래를 가지고 繁榮을 찾는 者는 다 가치 어린이의 貴함을 알 것이로되 生活에서 사는 사람은 그만큼 生活意識을 달리 가지는 것이라 그 어린이들에게 부치는 希望까지 따라서 서로 같은 것도 알 수 잇나니 우리가 남보다 어린이들을 더 사랑하고 더 貴엽게 길러야 될 所以도 여기에 잇는 줄 안다. 그러므로 우리의 어린이를 祝福하는 이 어린이날이 마련된 것은 다 가치 慶賀하지 안흐면 안 될 일이요 또 그것의 열네 돌재인 이날의 어린이날을 맞이하여는 더욱 意義를 宣揚하고 기쁘게 이 하로를 보내지 안흐면 안 될 줄 안다.

三

그러나 우리는 이때까지 이 어린이들을 爲하야 果然 얼마만한 精力을 밯어 왓느냐. 어린이를 어룬에게 따리게는 해 왓으되 어룬이 어린이에게 따르랴 한 적은 거의 없엇다 할 것인즉 어린 生命의 그 自由 健實한 발육을 어찌서 期待할 수 잇엇으리요. 從來까지의 어린이에 對한 우리의 態度는 너무나 그 個性의 獨自的 尊嚴을 몰라 주엇고 또 甚히 그 發育의 合理的 條件을 無視하여 온 것은 아닐가. 이 慶事로운 어린이날을 맞이하얀 父兄 되는 各自는 스사로 깨달음이 잇어야 될 것이며 앞으로 더욱 마음을 다하리란 決心을 다시금 가다듬어야 될 줄 믿는다. 人口 統計에 依하면 朝鮮은 多産多死의 人口法則에 類屬되고 잇는 것이 事實인 바 이것이 어찌 반가운 現象이라 할 것이냐. 그러므로 우리는 "量에서 質로"라는 優生主義에 한 번 더 배움이 잇어야 될 일이며 이미 난 어린이들을 爲하얀 이날을 契機로 삼아 더욱 精誠을 다하도록 하지 않흐면 안 될 것이다.

四

이런 意味에서 이 어린이날은 우리에게 만흔 敎訓을 주는 同時에 어린이에게 아름다운 名節이 되어 주는 것임을 깨닷는 바이지마는 이날을 지키는 데 잇어서 반드시 熱誠的이라고는 할 수 없는 것이 不誣할 事實이니 이날의 意義를 再認識, 再宣揚할 必要도 여기에 잇다. 이날은 하나로부터 열까지 어린이를 爲한 어린이날이나 어린이가 모힌 곳이면 다 이날을 차지할 것이요 이날을 盛大히 기쁘게 보낼 수 잇는 것이다.

그러메도 不拘하고 어느 一部分의 年中行事인 것같이 모처럼 이 意義 잇는 날을 그대로 지내 버린다는 것은 다시 한 번 생각해 볼 만한 일이 아닐가. 오직 熱誠과 突進! 이것만이 모든 荊棘을 헤치고 나갈 수 잇는 武器인 것을 다시금 깊이 깨달아야 될 줄 믿는 바이다.

社說, "어린이의 總動員—가정에서 깨달어야 할 일",
『조선중앙일보』, 1935.5.6.

一

　조선의 어린이날은 새로 생긴 명절이다. 전조선은 물론이오 해외 각지에
서도 우리 동포가 가서 있는 곳이면 어대에서나 이 기뿐 날을 성대하게
긔럼하게 되엿다. 오늘의 서울에서는 팔천여 명의 어린이들이 모여서 긔행
렬과 축하식 그 박게 여러 가지로 어린이들의 좋아할 재미스러운 모임이
많다. 우리는 인간의 새싹으로써 더욱 조혼 사람이 되고 더욱 아름다운
과실을 맺을 터이니 모든 가정과 사회에서 우리들을 잘 길느고 잘 북도와
달라는 것이니 그들의 바라는 바는 우리 민족을 위하야서나 사회를 위하야
서나 매우 기뻐할 만한 바람일 것이다.

二

　우리 사회에서는 어린이들을 잘 길느며 사랑하며 귀여워할 줄을 모른다.
사람에 딸아서는 아이들을 천대하기까지 한다. 그 잘아나는 의긔를 잘 펴기
에 힘쓰기 전에 그를 누르고 꺽고저 힘쓰며 또 사랑한다는 것이 그 잘못된
수단으로써 아이의 장래를 그릇치는 수까지 없지 아니하며 늘 어른만의
편리와 복락을 꾀하는 까닭에 어린이를 수단으로 쓰기도 하고 거긔에 누즐
리기도 하니 이리하고서야 어떠케 우리 사회와 민족의 장래를 축복할 수
있으랴. 어린이들은 그 자체가 사람의 새로운 싹이 될 뿐 아니라 우리의
다음 대를 이을 민족의 새싹이다. 그들을 어릴 때부터 잘 길너서 우리 사회
를 더욱 좋은 길로 발전시길 만한 사람이 되게 해야 될 것이니 이러한 의미
에서 어린이날을 다만 어린이들의 노는 날로 알지를 말고 일반 가정에서
어른들이 이날이 어떠한 날인가를 깊이 생각하고 어린이들을 잘 길느기에
더욱 힘써야 할 것이다.

金末誠, "朝鮮 少年運動 及 京城 市內 同 團體 紹介", 『四海公論』, 제1권 제1호, 1935년 5월호.

最近 朝鮮少年運動이 沈滯狀態에 놓여 있다는 것은 가릴 수 없는 事實임 니다.

이것은 現 朝鮮社會의 있어서 不可避한 事情이 없는 바 않이게지만 이 重大한 原因은 오날날까지 이 運動에 關係해 오신 분들이 너머나 모-든 일에 對해서 다만 外飾에 理論과 形式으로 또는 依賴的으로 지내 왓기 때 문이며 各其 團體 責任者들의 指導精神이 確立되지 못햇든 까닭이라 하겟 습니다.

每年 五月 어린이날이 되면 天眞爛漫한 어린이들의게 기ㅅ때를 들이여 가지고 街頭行進을 하면서 어린이를 사랑하자 어린이를 잘 키우자! 어린이 는 來日 社會의 主人公이다!

이같치 여러분은 오래동안 부르지즈며 또한 雜誌와 라듸오를 通해서 글 로 或은 말로 싸와 오치 않으섯습니가.

그러나 오날날 여러분은 어린이들에게 무엇을 이루워 주섯습니가?

보십시요! 우리 어린이運動이 얼마나 理論과 形式에 끝치고 만 것을!

더구나 最近에 少年運動은 그 全部가 藝術研究運動으로 指導方(이상 54쪽) 向을 轉換싫이고 있으나 이도 도모지 感心할 만한 業跡이 보이지를 않을 뿐만이 않이라 그 團體는 다만 그 指導者들의 아모 값없는 作品에 發表機關 박게 아무것도 보이지 안읍니다.

"가" 字 한 字 몰으는 어린이의게 藝術이란 무엇임니가?

배곱하 허기진 사람들의게 노래란 무엇임니가? 그 사람들로부터 울려 나오는 노래 소리가 完全할 수 잇습니가?

이것이 오날날 어린이運動에 낫하난 現象입니다. 만약 이것을 筆者의 誤見이라면 오히려 多幸한 일이겟읍니다. 그러나 그 各 모임에 指導精神이 다시 말하면 目的과 理想이 確立되여 잇지 못함의 잇다고 생각합니다.

이와 같은 허술한 모임과 指導方法으로서는 朝鮮少年運動의 滿足한 發展을 到底히 期할 수 없는 것입니다.

◇

少年運動의 滿足한 發展을 期할야면 무엇보다도 第一 먼저 그 모임이 뚜렷한 目標下에 目的과 理想이 嚴然이 確立되여야 할 것이며 이 運動에 關係하시는 분도 좀 더 積極的으로 모-든 일에 對하야 外飾의 理論과 形式을 버리고 나와서 꾸준한 熱誠과 努力으로 統制된 健全한 團結이 있슴으로써 어린이 運動의 이러타 할 만한 終始一貫된 業跡을 이루워 주셔야만 되겠읍니다.

"가" 字 한 字 몰으는 어린이에게 藝術 그것보다도 글을 가르켜 주십시요. 배곱하 허기진 사람에게 노래 그것보다도 일을 부즈런이 함으로써 밥 먹을 수 잇다는 것을 가르처 주십시요.

－(끝)－ (이상 55쪽)

京城 市內 現在 重要한 어린이 모임을 紹介합니다.

◎ 朝鮮少女藝術硏究協會　　　代表者 金英鎭 京城府 鐘路 五丁目
◎ 朝鮮童謠硏究會[4]　　　　　代表者 高長煥 京城府 堅志洞 八〇
◎ 朝鮮兒童藝術硏究協會　　　代表者 元裕珏 京城府 社稷洞
◎ 童友會　　　　　　　　　　代表者 李貞姬 京城府 外
◎ 信友會　　　　　　　　　　代表者 李鍾遠 京城府 昌信洞
◎ 旺信童謠硏究會　　　　　　代表者 金泰哲 京城府 外 旺新學院 內
◎ 新設어린이會　　　　　　　代表者 金文星 京城府 芳山町(이상 56쪽)
◎ 金蘭會　　　　　　　　　　代表者 趙光鎬 京城府 靑葉町
◎ 綠星童謠硏究會　　　　　　代表者 柳基興 京城府 昭格洞
◎ 게수나무會　　　　　　　　代表者 尹石重 京城府 崇三洞
◎ 꾀꼬리會　　　　　　　　　代表者 尹喜永 京城府 旺新里

---

4 〈朝鮮童謠硏究協會〉의 오식이다.

◎ 醇和어린이써—클            代表者 鹽飽訓治 京城師範學校 內
以外에 여러 곳이 있음니다만은 紙面關係로 略합니다.

··· 끝 ··· (이상 57쪽)

趙喆鎬, "娘子軍(꺼-ㄹ스카울)에 對하야", 『新家庭』, 제3권
제11호, 1935년 11월호.

아이들의 장래를 지배하는 자는 대개 모친(母親)의 감화 여하에 있다는
것을 생각할 때 어머니 된 사람의 책임(責任)은 참으로 큰 것이다. 이러한
큰 책임을 두 어깨에 질머진 어머니라면 다만 자기의 아들딸의 성격(性格)
을 완전히 지도교양(指導敎養)할 뿐 아니라 연하야서는 한 민족(民族), 한
국가(國家)에 대하야 크고도 귀중한 봉사(奉仕)라 하겠다.

물론 직업(職業)으로 성공하야 부인으로서의 성공하는 것도 현대 여성
으로서의 필요한 조건의 하나요 자기 가정으로서의 좋은 배우(配友) 되는
남편을 얻는 것도 행복스러운 생애(生涯)라고 하겠으나 사랑스러운 자녀
(子女)를 길러서 민족에게 보수(報酬)하는 것처럼 좋은 보수는 없다고 생
각한다. 그러므로 우리 조선의 모성은 훌륭한 자녀를 교양하야 조선 민족에
봉사(奉仕)해야 하겠다.

직업선상(職業線上)에 나서 자기 개인의 생활을 도모하며 평상시(平常
時)에는 좋은 기술(技術)을 연마(硏磨)하야 일반에 봉사하며 일단 유사지
추(有事之秋)에는 전진(戰陣) 뒤의 일에 헌신적(獻身的) 봉사를 하자는
것이 현하 실역평화(實力平和)를 유지(維持)하고 있는 열국(列國) 부인들
의 운동이다. 우리 조선의 모성들도 이러한 정신을 가진 직업선상의 여성이
되여서 사회에 봉사하자. 이제 간단하나마 세계각국에서 실행하고 있는
걸까이딩(娘子軍運動)이 우리 조선 모성에게 큰 참고(參考)가 될가 하야
대략(大略)만을 들어 제창(提唱)하노니 참으로 장래(將來) 조선이 히망
(希望)하는 모성의 책임을 다하랴 하자면 이 운동에 공명(共鳴)하야 구정
신(舊精神) 구탈(舊脫)을 벗고 또다시 현대 일부 여성들의 외식 허영심(外
飾虛榮心)을 버리여 실질투쟁(實質鬪爭)에의 준비선상(準備線上)에 나서
는 여성이 촉출(簇出)하기를[5] 바란다.

**그의 필요(其必要).** 다대수의 좋은 시민을 가진 민족이라야 우월(優

越)한 국민이 되는 것이다. 이 우(이상 44쪽)월한 국민의 가질 좋은 성격(性格)은 소수 지도자(少數指導者)의 힘으로 되는 것이 아니고 사위(四圍)의 상황(狀況)과 훌련(訓練)과 장구한 시간에 얻는 경험(經驗)으로부터 되는 것이다. 그런 중에도 모친(母親)의 성격의 감화(感化)는 자녀에게 최초(最初)의 성격에 주는 큰 감화이다. 어머니는 자기 자신이 가진 바 밖에는 더 줄 수 없는 것이다. 지금까지의 소녀들 중의 미래(未來)의 어머니들 중에는 우리가 장차 바라고 있는 자녀들이 가질 만한 성격을 지도할 어머니가 있느냐 없느냐 모성이 가질 바 인격(人格)이라는 것은 자기 신뢰(自己信賴), 자기 절제(自己節制), 쾌활(快活), 의무 관념(義務觀念), 애국심(愛國心), 가정에서의 행실(行實) 등 도덕상의 성질을 가르킴이다. 이런 인격을 가진 모성은 특히

가. 수공예(手工藝)이나 모-든 일을 잘할 것.

나. 신체가 건강하고 일반 위생 상식이 있어야 할 것.

다. 의무의 관념과 다른 사람을 위하야 봉사(奉仕)할 것.

이 우의 세 가지를 가지게 하자면 껄까이딩에서 얻게 하자는 것이다.

**편성(編成).** 이상의 목적을 달하기 위하야 아래와 같이 낭자군(娘子軍)대를 조직한다.(자세한 것은 대개 少年軍 組織體와 같다.)

유년군      八歲～十一歲까지

낭자군      十一歲～十六歲까지

장녀군      十六歲 以上者

각부는 일대(一隊) 三十二명 이상 三十六명을 넘어서는 아니 된다. 만약 이상이 된다면 지도 훈련하기가 곤란한 까닭이다. 일대는 六명 또는 八명으로 한 반을 조직한다. 각 반에는 반장(班長), 부반장(副班長)을 두어서 대장의 지도를 받어 자기 반의 훈련과 풍기(風紀) 상의 모-든 책임을 진다. 또 각부에는 예비반(豫備班), 인도우(引導友), 정의우(正義友), 자유우(自由友)(정한 訓練을 받고 나간다)의 계급(階級)이 있어서 각급에서 정한

---

5 '족출(簇出)하기를'의 오식이다.

과목에 급제한 자가 진급하는 것이다.

**대장(隊長)(指導者).** 낭자군의 대장이 되려면 총본부(總本部)의 추천한 부인으로 三개월 간 지도방법을 견습(見習)을 해야 한다. 그 부인(이상 45쪽)은 낭자군 사업의 요령(要領)과 규측(規則)을 잘 알고 소녀들에게 선량한 도덕(道德)적 감화(感化)를 줄 만한 인격과 신분(身分)을 가저야 한다. 년영으로는 二十一세 이상자라야 한다.

**소녀의 심리(心理).** 다음에 알어 두어야 할 것은 이것이다. 확연한 변화는 없지만 八세~十세까지의 소녀는 十세 十五세까지의 소녀에 비하야 심리상 차이(差異)가 많은 것이다. 소녀는 어린 때가 큰 사람보다 맘이나 몸의 성장이 빨은 것이다. 여자는 十세 전후가 모-든 것이 박귀이는 때다. 범죄 소녀의 통게(統計)로부터 본다면 그들의 타락(墮落)은 十세~十一二세라 하니 나이 어린 때가 많은 것을 알 수 있다. 그리하야 十二세~二十세까지 범죄가 게속된다. 그런고로 八세~十세 사이 즉 품성(品性)의 싹이 틀 때요 나뿐 길로 들어가기 쉬운 때요 또 바른 길로 인도하기도 쉬운 이 시기를 이용하야 까이딩의 목적을 달해야 할 것이다.

**지도방법(指導方法).** 우리들의 교육방법은 의무로부터 교수(敎授)하는 것보다 차라리 내부(內部)로부터 훈육(訓育)한다는 것이다. 소녀들이 질겨 하는 유히(遊戲)나 운동(運動)을 하여서 도덕적(道德的) 정신적(精神的) 또는 육체적(肉體的) 훈련(訓練)을 하자는 것이다. 우리들이 목적하는 바는 지식을 준다는 것보다 차라리 지식을 얻을라고 하는 히망(希望)과 능력(能力)을 향상(向上)시키는데 있는 것이다. 박구어 말하면 소녀로 하여금 바른 길로 세우자는 것이다.

소녀로 하여금 학자(學者)가 되게 하는 것보다는 유용(有用)한 재능(才能)을 갖게 하고 박식(博識)자가 되게 한다는 것보다 인격(人格)을 향상시키기를 힘쓰자는 것이다.

물에 빠질라 물가에 가지 마라 호랑이에게 물려 갈라 산에 가지 마라 하는 것은 구식에 얽매인 소극적(消極的) 교육이다. 차라리 진취적(進取的) 정신 그대로를 장려(獎勵) 고취(鼓吹)시키느니만 같지 못하다. 정신이 공고(鞏固)하고 능동(能動)적이라야 그의 행하는 바 일이 또한 클 것이다. 그런고로 외식(外飾)이 기려(奇麗)한 것보다 안으로 굳세인 정신적 인격 (人格)이 아리따워야 한다는 것이다.

아동의 본성(本性)은 선(善)한 것이다. 교육의 목적은 적당한 연습으로 말미아마 이 천부(天賦)의 도덕적 본능(道德的 本能)을 조장(助長)시키자는 것이다. 다시 말하면 수동적(受動的) 조선 여성이 되지 말게 하고 능동적(能動的)인 미래(未來)의 조선이 요구하는 여성이 되게 지도하자는 것이다.

이상의 목적을 달하기 위하야 각부에서 실행할 교육과목(敎育科目)의 일람표(一覽表)를 참고로 제시(提示)한다.(이상 46쪽)

## 年齡에 다른 까이드 敎育의 科目

| | 一. 品性과 智能 | 二. 熟練과 手細工 | 三. 健康과 그의 增進 | 四. 奉仕觀念 |
|---|---|---|---|---|
| 幼女軍<br>(八歲~<br>十一歲) | 宣誓(綱領) 準律<br>團旗 及 團歌, 結繩法<br>基本信號法, 羅針盤<br>植物採集, 觀察法<br>信號, 記號, 技能章 | 裁縫 及 整頓法<br>人形衣服의 裁縫<br>點火法, 家庭接待<br>美術, 機織工, 木工 等<br>의 技能章 | 爪 及 齒의 保護, 呼吸<br>投繩<br>體操<br>運動家 游泳家 等의 技<br>能章 | 基本救急法<br>口頭命令傳達法<br>救急者<br>家庭, 地方案內者<br>等의 技能章 |
| 少女軍 | 綱領, 準律, 自然研究<br>追跡法, 班指導法<br>節候, 美術, 星學<br>動植物愛護, 音樂<br>通譯 等의 技能章 | 野營 及 家庭料理, 바<br>누질, 看護法, 木手, 兒<br>孩看護法, 電氣, 洗濯,<br>漁師, 庭園, 洋服裁縫,<br>寫眞 等의 技能章 | 競走, 跳躍, 跳繩法<br>自己 及 家庭의 衛生法<br>兒童의 衛生, 乘馬, 自<br>轉車, 開拓者 等의 技<br>能章 | 事變處理法<br>地方案內法<br>救急, 火災救助<br>道路案內, 病人看<br>護 等의 技能章 |
| 長女軍 | 討論, 樂隊<br>合唱 等의 會合隊 事<br>務 及 指導法 | 美術, 手工<br>製造, 職業, 商業<br>家內外의 모-든 일을<br>能히 할 일 | 競技, 旅行, 自轉車<br>散步, 體操, 漕艇<br>美術展覽會 及 陳列舘<br>等의 見學 | 事變救護<br>病院援助<br>女警察, 醫藥分配<br>兒童保健, 假小屋<br>作法, 托兒所事業 |

(이상 47쪽)

社說, "兒童保護와 社會立法", 『동아일보』, 1936.4.24.

一

兒童은 次代 社會의 構成員으로서 그 精神的 及 生理的 健否는 곳 社會의 福祉에 至大한 影響이 잇는 것이다. 그러나 兒童은 스사로 그 權利를 主張하고 保護를 要求하는 힘이 없는 까닭에 늘 社會的 弱子의 地位에 잇다. 그런 故로 兒童保護에 對한 道德的 責任을 高調하여야 될 것은 勿論이요 法律的 義務를 規定하야 그 保護의 徹底를 期하여야 될 일이다. 그러나 一般社會 立法이 不備한 朝鮮에 잇어서 兒童에 對한 社會立法만이 發達될 까닭은 없는 故로 八百三十萬의 兒童大衆은 그 貧困과 不幸과 無知와 無保導의 荒野에 제대로 버려두지 안흘 수 없게 되엇으니 이 어찌 危險한 일이 아니며 殘忍한 일이 아니라 하랴.

二

英國은 幼年法이란 統一 法規가 잇고 佛國은 兒童保導, 保育에 關한 十餘種의 實體法이 잇으며 獨逸은 兒童保護法이란 統一 法規가 잇고 米國은 母子扶助法이 잇으며 白耳義는 兒童敎導保護法이란 統一法規가 잇어서 兒童 及 少年의 保護, 保育, 保導에 萬全을 期하고 잇다. 그리고 日本 內地에서도 兒童虐待防止法[6]과 工業勞働者最低年齡法과 工場法과 少年法과 矯正院法과 未成年者喫煙禁止法과 未成年者飮酒禁止法과 少年敎護法 等이 잇어서 兒童社會 立法으로서 完璧하다고는 하기 어려우나 또한 誠意 잇는 企圖를 窺知하기에는 足한 것이 잇다.

三

그러나 朝鮮에 잇어서는 그 무엇이 잇든가. 不良少年을 收容하는 感化院

---

6 '아동학대방지법'은 일본에서 1933년 4월 1일 법률 제40호로 공포되어 1933년 10월 1일부터 시행되었다. 조선에서는 1935년 연말까지 조선총독부의 실태를 조사하여 입법 실시한다고 하였으나, 1938년에 이르도록 제정되지 못했다는 기사가 있는 것으로 보아 흐지부지되고만 것으로 보인다.

에 對한 法令이 잇는 것뿐이니 兒童社會 立法의 不備라는 것보다 缺如라 함이 適當한 말이다. 兒童保護는 반드시 社會立法을 기다려 開始되는 것은 아니로되 公의 誠意 잇는 施設이 없고 私의 自覺 잇는 保護가 없는 以上 이에 對한 社會立法은 거의 이 事業의 出發을 意味하게 되는 것이라 이는 朝鮮에 잇어서 더욱 그러할 것을 믿는다. 보라! 朝鮮에 잇어서 兒童保護를 爲한 可觀할 施設이 그 무엇인가를 或은 不具兒를 爲한 濟生院과 永興의 感化院 等을 指摘하며 其他 몇몇 孤兒院 託兒所를 말할 것이나 이것이 八百卅萬 兒童大衆에게 끼치는 影響이란 말할 꺼리조차 못 되는 것이니 先進文明國의 그것을 準則한 兒童社會 立法이 先行하야 참으로 誠意 잇는 社會施設을 實施할 準備를 차리지 안흐면 안 될 일이다.

四

우리의 "어린이날" 五月 첫 空日날도 멀지 안헛다. 十三道로 우리들의 귀여운 어린이들은 旗를 들고 노래를 부른며[7] 街頭로 進出하야 어린이 朝鮮의 萬歲를 부를 것이다. 따라서 이날을 지음하야 우리들은 어린이들에 對한 우리의 關心이 더욱 喚起될 것도 事實이지만 關心이 道德的으로만 局限되어 兒童保護 行爲가 어디까지 權利 領域을 超越치 못한다면 兒童保護의 徹底를 期하기는 어려울 것이니 나아가 그것이 公과 私의 義務가 되도록 하지 안흐면 안 될 것인 中 兒童社會 立法을 緊急히 要求하여야 될 것이다. 兒童虐待防止法은 現在 立案 中에 잇을 것을 믿는 바이거니와 이것만으로 兒童 虐待가 完全히 防止될 것으로는 믿게 어려운 것이라 日本內地에서 兒童保護에 準用되는 모든 法規를 實施하도록 하여야 할 것은 勿論이요 거기에 朝鮮 兒童의 보담 低劣한 社會的 地位를 考慮하야 더욱 進步的인 保護立法이 생겨나야 될 일이다.

---

7 '부르며'의 오식이다.

## "(어린이날 特輯)어린이날-어른들에게", 『동아일보』, 1936.5.3.

一

오늘은 五월 첫재 공일입니다. 따스한 햇볕, 피어나는 꽃과 함께 이날을 마지하는 것은 어른들에게도 즐거운데 하물며 이날을 "어린이날"로 정하야 저이들의 명절로 지켜 오는 이 땅의 어린이들이야 얼마나 기쁘겠습니까. 더구나 금년은 이날을 어린이날로 정한 지 열다섯 햇재 되는 해인즉 다른 해와도 달러서 더욱 성대히 기렴하고 축하하여야 할 것입니다. 이날 어린이들은 서울은 물론이오 지방의 각 도시와 농촌과 산촌과 어촌에서도 글로, 말로, 행렬로 모딤으로 이 명절을 축하합니다. 그러면 어른들은 저 어린이들에게 이날 무엇으로써 선물하야 그들의 기쁨을 더해 줄까요.

二

첫재 우리는 그들이 단지 이날을 즐거운 날로 축하할 뿐만 아니라 이날을 기회 하야 그들 자신의 요구를 부르짖고 잇는 줄을 알어야 하겟으며 그 부르짖음이 무엇임을 귀 기울여 들어주어야 하겟습니다. 이 땅의 내일을 질머지고 나갈 그들이 이 땅의 꽃이오 보배인 저이들을 가장 자연스럽게 가장 완전히 성장시키기 위하야 어른들에게 청하는 것은 이제부터 가정에서나 사회에서나 모든 일을 어린이 본위로 하여 달라는 것입니다. 사실 조선에서는 종래로 너무도 어른 본위로 하엿기 때문에 어린이들은 어른들의 지나친 압박과 몰리해 밑에서 눌리고 굽혀지고 졸아들고 하지 안헛습니까. 하눌을 찌를 나무들을 얼마나 졸망하게 길럿엇습니까. 그 결과는 이 땅의 운명에까지 큰 영향을 준 것입니다. 그러므로 오늘 어른들이 어린이에게 주어야 할 선물은 이제부터 집안일이나 사회의 일을 어린이 본위로 한다는 것을 마음속에 결정하고 곧 실행에 옮겨야 할 일입니다.

三

그러나 어린이 본위란 말은 결코 어린이를 어른같이 모시란 말은 아닙니다. 어린이를 어린이로서 대접하되 종래와 같이 어린이를 어른의 소유물이나 작난감으로 생각하던 태도와 관념을 버리고 어린이의 소중함을 깊이 깨닫는 동시에 모든 히망을 부처 가면서 정성으로 길러 가야 한다는 것입니다. 그러타고 그들의 잘못도 용서하고 그들의 하는 대로 내버려 주어서는 안 됩니다. 잘한 일을 칭찬하고 잘못한 일을 책망하야 그들로 하여곰 자유로 뛰놀고 자유로 배우되 책임 잇게 게획하고 책임 잇게 실행하도록 하여야 합니다. 종래에야 그들의 잘못은 책망하엿엇지마는 그들의 잘한 일에 참으로 그들의 마음속에 새 힘이 솟을 만치 칭찬해 주는 일은 우리 가정에서는 업지 아니하엿습니까. 그러나 이제부터는 상벌을 분명히 하야 그들로 하여곰 봄바람과 찬 서리가 다 그들의 성장에 필요한 것이 되게 하여야 합니다.

四

이러한 말은 오늘 처음으로 하는 것이 아니오 해마다 이날이 오면 되풀이하다싶이 하는 바입니다. 무슨 일이던지 한 해 두 해 거듭하는 동안에 그저 심상히 보아 넘기는 수가 만하집니다. 어린이날도 이제 열다섯 번이나 왓으니 습관화가 되어 별로 신통한 느낌이 없을는지도 모르겟습니다. 그러나 우리가 그들의 부르짖음을 듣는 체 마는 체한다면 이것은 곧 우리 자신의 명일을 어둠과 실망 속에 던저 버리는 것과 다름없는 것입니다. 우리의 어린이들은 우리들 어른보다 적어도 한 걸음 더 향상하고 더 전진한 사람이 되도록 해야 한다는 것을 우리가 잠시인들 잊어서야 되겟습니까. 그러므로 오늘 하로뿐만 아니라 오늘을 기점으로 하야 이날의 의의와 효과가 더욱 뚜렷하게 나타나도록 어른들도 힘써 주어야 할 것입니다.

## 南基薰, "뜻깊이 마지하자 '어린이날'을! — 五월 첫 공일은 우리의 명절", 『동아일보』, 1936.5.3.

만물이 소생하는 오월! 죽은 듯 잠자는 듯하든 나무에서도 새싹이 트기 시작하는 오월에도 첫 공일인 오늘은 우리 어린이날이 해수로 열다섯 해를 맞이하는 즐거운 우리의 명절 "어린이날"입니다. 그러치만 기쁘고 좀거운[8] "어린이날"만이 아니라 졸 더[9] 깊이 생각하면 이날은 여러 어린 동무들이 도회에서나 농촌에서나

__길거리__ 에서나 방 안에서나 들에서나 산에서나 어디에 모혀서든지 여러 가지 문제를 부모들에게 알리고 외치는 때이라 하겟으니 첫재로는 우리 어린이도 어른이나 다름없이 사람이니 사람다운 사람으로 알아 달라는 것과 둘재로는 우리 어린이는 가정의 꽃이요 사회의 순이니 오히려 어른보다 새로운 사람이란 말입니다. 그야 어른은 키가 크고 기운이 세고 아는 것이 많으닛가 우리 어린이와는 댈 것이 아니라고 생각할는지 모르나 우리는 하루하루 갈수록 빛나는 앞날을 바라보고 걷는 것이니 장차 오는

__압에__ 는 오늘의 어른들보다 더 나은 사람들이 될 수 잇는 우리들입니다. 어른들은 이런 것 저런 것도 모르고 어린이라면 그저 심부름이나 시키고 더 심하면 구박까지 하는 일이 잇으니 이것은 잘못된 일입니다.

그러나 어린 동무 여러분은 더퍼놓고 그러타고 가정과 사회에 욕심것 바라고 외칠 것만이 아니라 어른이 지지 못할 새로운 짐을 지는 날이 또한 오늘이라는 것을 알어야 할 것입니다. 그러므로 어른들은 우리가 참으로 사회의 새 일꾼이 되어서 새로운 짐을 지는지 보실 량으로 우리 어린이의 모든 것을 유심이 보고 잇는 것입니다. 그러니

---

8  '즐거운'의 오식이다.
9  '좀 더'의 오식이다.

우리는   남이 한 자를 배우거든 두 자를 배우려 하고 남이 한 층을 올라가거든 우리는 두 층을 올라가려 하고 어른들은 해를 못 보드라도 우리는 해를 보고 앞날의 히망을 약속하는 어린이가 되어야 할 것입니다. 지금 다른 나라 사람들은 대단히 바쁨니다. 이것을 발견하랴 저것을 발명하랴 다시 말하면 남보다 똑똑한 사람 남에게 칭찬 받는 사람이 될려고 너 나 할 것 없이 바쁘고 바쁜 중에 잇읍니다. 어린 동무 여러분 우리를 위하여 바른길로 인도하고

 오른 일 을 가르처 주는 것이 잇으면 우리도 남에게 지지 안키 위해서 열심으로 공부하지 안흐면 안 될 것입니다. 만일에 바른길과 오른 일을 듣지 안고 한가로히 하루하루를 보내며 그릇된 길을 밟아 나간다면 여러분은 물논이요 우리를 바라고 지내는 가정과 사회도 멸망할 것이니 이 얼마나 아깝고 분한 일입닛가. 그러므로 우리는 다시 한번 뜻깊이 생각하는 가운대 학교에서 공부하는 사람은 배우는 대로 작고작고 머리속에 간직할 것이며

 공장에 서 일하는 사람은 기계에 대한 이치를 틈틈이 알도록 힘써야 할 것이며 농촌에서 괭이와 호미를 들고 농사짓는 사람은 농사에 대한 새로운 발견을 하여야 하겟읍니다. 이것이 여러분의 자신을 위하여서 뿐만 아니라 우리 사회가 새로운 길을 것고 잇는 것입니다. 그러므로 "어린이날"을 맞이하는 여러 동무는 지난날에 그릇된 생각이 잇으면 그런 것은 뿌리째 뽑아 버리고 아름답고 새로운 싹이 자라도록 힘쓰기 바라며 여러 어린 동무들의 건강은 곧 우리 조선의 건강이니 운동하고 배우고 활동함이 끈이지 안키를 바라는 것입니다.  ― (끝) ―

## 崔泳柱, "어린이날―희망의 명절 생명의 명절―", 『조선중앙일보』, 1936.5.3.

"어린이날"은 조선의

**새명절**이다. 조선이 가지고 있는 명절 중에서 가장 빛나는 아니 가장 값나는 새명절이다. 누백천년 동안 눌리고 길 못 펴고 길리워나든 어린 사람들을 보다 씩씩하게 보다 자유스럽게 보다 참되게 인도하고 자라나게 하자는 아름다운 뜻에서 생겨난 새 명절이다.

　　　×

"어린이날"을 우리는 열다섯번째 마지한다. 삐라를 돌리고 포스터를 걸고 행진을 한다.

**그러나** "어린이날"은 그보다도 우리 조선 사람의 집집에서 "명절"이 되어야 한다. 떡을 만들고 국을 끓리고 잔치처럼 음식을 작만해도 좋다. 어린 사람을 위하야 새옷을 입히고 나드리를 다녀도 좋다. 복등(福燈.)을 달고 이름을 써붙힌 풍선(風船)을 날려도 좋다. "어린이날"을 부모들과 어린 사람이 질겁게 지켜야 한다.

내 어린 것의

**압날**을 축복하야 주는 명절이 되고 또 어린이들이 가장 기뻐할 "명절"이 되게 하여야 한다.

　　　×

문자(文字)의 명절 대신에 실제의 명절이 되어야 한다.

집집의 가운을 보다 더 빛나게 하고 앞날의 홍망을 혼자 질머지고 있는 어린 사람들을 축복해 주는 새명절 하나를 우리 조선 사람이 가지게 되었다는 것은 참말

**기쁜** 일이오 유쾌한 일이다.

무슨 일이 있고 어떤 사정이 있던지 이날만은 집집에서 "명절"로 지키자.

금년에 못지켰다면 명년부터라도 이 "명절"을 집집마다 지키자.

×

나는 이 "명절"을 집안에서 이렇게 지켰으면 어떨가 한다. 새 음식을 만든다. 어린이들이 먹고 싶어 하는 그들의 비위에 맞을 새 음식을 작만한다. 그리고 집안 식구가 들로리를 나간다. 꽃도 있고 새잎

**새싹이** 돋든 들 밖으로 노리를 나간다. 할아버지 할머니 아버지 어머니 아즈머니 아저씨 집안 식구가 모다 들로리를 나간다.

몇집이 같이 가도 좋고 따로따로 나가도 좋다. 운동회처럼 뜀박질로 하고 춤도 추고 노래도 불르고 또 아버지 어머니 할머니 할아버지들도 뜀박질을 하고 옛날 얘기를 하고 아모튼 어린이들과 같이

**질겁게** 하로를 논다. 꽃쌈도 하고 나물뜯기도 한다.

그리고 고무풍선(風船)을 떼워 보낸다. 하늘로 둥둥 떼워 보낸다. 풍선 꼭지에다는 아기들의 이름과 주소와 나이를 써서 날려 보낸다. 축복해 주는 말을 써서 둥둥 떼워 보낸다.

五월 하늘로 떠올라가는 풍선의 모양은 어린이들의 마음을 한껏 기쁘고 아름답게 할 것이다. 그리고 그것이

**그들의** 아름다운 전설(傳說)이 될 것이다.

지리한 一년 동안에 어린이들을 위하야 또 부모들을 위하야 이런 하루를 갖는 것이 "어린이날"이란 것을 붙이지 않고라도 있어서 좋을 것이 아닐가 한다.

×

"어린이날"이다. 열다섯 번째의 어린이날이다.

一년 중에 가장 아름답고 가장 싱싱한 五월

**첫 공일** 어린이날이다. 조선의 집집마다 조선의 곳곳마다 이날을 지켜주고 이날을 축복할 날이다. 어린이날! 우리들의 이 새로운 명절은 조선이 가진 모든 명절 중에서 가장 빛나고 가장 희망 있는 아름다운 명절이다. (끝)

尹石重, "입 꼭 다물고 하낫둘 하낫둘－오늘은 즐거운 어린이날", 『조선중앙일보』, 1936.5.3.

여러분 참새나 까치나 솔개미나 닭이나 비들기의 주둥이를 구경하신 일이 게십니까? 그들은 울 때와 무엇을 먹을 때 말고는 주둥이를 늘 꼭 다물고 있습니다. 주둥이를 늘 꼭 다물고 있기 때문에 더러운 먼지가 입에 들어가지를 아니 해서 나쁜 병에도 아니 걸리고 또 남 보기에도 영악스러워 보입니다.

그런데 나는 여러분이 입을 헤－ 벌리고 다니지나 안나 합니다. 입을 헤－ 벌리고 다니는 분은 정말이지 참새나 까치나 솔개미나 닭이나 비둘기가 "먼지먼지 들어간다 저런 바-보" 하고 놀려도 암말도 못할 것입니다.

여러분 먹을 때 말고는 말할 때 말고는 울 때나 웃을 때 말고는 입을 꼭 봉하십시오. 자면서 입 버리는 사람 먹을 것을 보고 입 버리는 사람 길을 가면서 입 버리는 사람 이런 이들은 대문 열린 집 모양으로 허전하고 뚜껑 안 덮은 주발 밥 모양으로 식은 사람입니다.

둘재로 나는 여러분이 길을 가면서 한눈을 파지나 안나 합니다. 방아쇠를 잡아다린 총알이나 줄을 놓은 화살은 한눈을 파는 법이 없습니다. 곳장 곳장 내빼기 때문에 눈 깜짝할 사이에 저 갈 곳에 덜컥 가 백히는 것입니다. 그런데 가개를 기웃거리는 사람 이야기하는 이 입을 처다보며 걷는 사람 사방을 두리번거리는 사람 전차에 치는 이 자동차에 치는 이는 다 이런 사람들입니다. 여러분 앞만 보고 곳장 가십시오. 앞만 보고 곳장 가면 가는 길이 한 반은 가까와질 것입니다.

셋재로 나는 여러분 손이 어떤가를 알고 싶읍니다. 코를 힝－ 풀어 담벼락에다가 쓱쓱 문대는 손은 고흔 손이 아닙니다. 멱살을 잡는 손, 따귀를 붙이는 손은 착한 손이 아닙니다. 꽃을 꺾는 손, 새를 잡는 손은 이쁜 손이 아닙니다. 나는 여러분이 모두모두 곱고 착하고 이쁜 손들을 가지시기를 바랍니다.

그리고 끝으로 드릴 말슴은 말공대입니다. 잘 입은 사람, 돈 많은 사람에게는 존재를 하고 못 입은 사람, 가난한 사람에게는 반말을 하는 분을 나는 가끔 봅니다.

그러나 우리가 존대할 사람은 잘 입은 사람이 아니요 못 입은 사람입니다. 여러분, 생각해 보서요. 인력거꾼이 인력거를 탈 수는 있지마는 인력거만 타고 다니던 이가 갑자기 인력거를 끌 수는 없습니다. 첫대 숨이 차서요. 그러니 누가 더 용합니까. 모군꾼이 집에 들 수는 있지마는 집쥔이 갑자기 모군꾼 노릇을 할 수는 없습니다. 첫대 어깨가 백이서요. 그러니 누가 더 용합니까. 인쇄직공이 사장은 될 수 있지마는 사장이 갑자기 인쇄직공이 될 수는 없습니다. 첫대 눈이 시고 손이 떨려서요. 그러니 누가 더 용합니까. 참으로 용한 사람은 윗사람이 아니요 아랫사람입니다. 왜 그런고 하면 윗사람은 돈만 있으면 누구나 다 될 수 있지마는 아랫사람은 돈만 있어 가지고는 소용이 없읍니다. 재주와 뚝심과 노력이 있어야 됩니다.

여러분, 욕, 반말, 해라를 애여 입에 담지 마십시오.

그리고 아랫사람일수록 가난한 사람일수록 불상한 사람일수록 우리는 더욱 그분들을 섬기고 존경하고 감사합시다.

나는 오늘 여러분께 네 가지 당부을 했읍니다.

입 버리고 다니지 말 것.

한눈파지 말 것.

착한 손을 가질 것.

아랫사람을 섬길 것.

오늘이 무슨 날이길래로 이런 당부를 합니까. 오늘은 오월 첫 공일 어린이날입니다. 어린이날이면 여러분의 깃대행렬이 있읍니다. 손에 손에 깃대들을 들고 만세-만세-를 부르며 거리거리를 도는 여러분! 그러나 입 버린 아이 한눈파는 아이 깃대를 꺾어버리고 맨손으로 가는 아이 앞에 가는 구루마꾼을 "비켜 비켜" 하고 반말로 쫓는 아이 이런 아이들 때문에 우리들의 어린이날이 해마다 해마다 얼마나 부끄럽고 섭섭했는지 모릅니다.

입 꼭 다물고 하낫 둘! 하낫 둘! 오늘은 오월 첫 공일. 아으 우리들의 행진 날입니다.

## 高長煥, "'어린이날'을 직히는 뜻과 지나온 자최(上)", 『매일신보』, 1936.5.3.[10]

□오월 삼일 이달의 첫 공일을 잡아서 매년처럼 "어린이날"의 긔렴과 모든 행사를 하게 된다. "어린이"는 □□□를 발브며 사회에 나서는 첫거름이오 그들이 뭉치는 세계는 장래를 결정하는 자라가는 세계이니 "어린이" 째부터 잘 길르고 잘 가르키어 시대와 사회의 □□□ 마음과 뜻과 멋 그 기운을 길러 주는 것이 매우 긴절한 일이다. 조선의 사회는 어린이의 양육에 잇서서도 아즉 올흔 표준이 서지를 못하야 수만흔 이른들은 지금도 아이들을 자긔들의 가정물건처럼 역이며 "어린이"를 "어린이" 자신의 처지대로 소중하게 대접하지 안코 그를 인도하고 가르치는 데도 상식에 버스러저서 욕하고 째리는 좀 놀래하는 일처럼 하니 이것은 사회의 문제로도 크게 깨닷고 고칠 바이오 또 "어린이의 날"에 칠백만 어린이들에게 깨우처 줄 일이니 더구나 온 세상 어머니 아버지 언니 누이 된 이들에게 새로히 외처서 더 한번 깨다름과 고침이 잇기를 재촉하며 또는 두고두고 서로 일르고 정신 차려 갈 일이다.

×

조선의 "어린이"처럼 가여운 이들은 업다. 그것은 모다 조선 그것이 말하고 잇는 사정 째문에 그러한 것이지만 딱이 이것을 "어린이" 압흐로 보건대 조선 짱의 조선 형편과 조선의 □□ 내려오는 이야기와 우리의 사회를 지금까지 지켜 오고 부지해 오고 조케도 하고 고생도 하고 깃버도 하고 근심도 하여 오든 사정을 듯고 말하고 노래하면서 먼□ 것을 바더 오늘날이 어간 마음의 늣김과 긔운을 차려 가도록 할 수 잇게 되니 이것도 힘 되는 일이며 "어린이날"에 맛처서 조선 "어린이"들이 또 몇□ "조선 어린이"인 자리에서 마음과 늣김과 깨다름으로 꼿꼿이 서서 나아갈 수 잇도록 그 새 눈이 새

10 원문에 '"어린이날" 中央準備會 高長煥'이라 되어 있다.

귀와 새 머리 새 가슴을 넣어 주도록 하여야 할 것이다. 단 한번에 이것을 철저히 할 수 업는 바이면 두고두고 째와 틈과 지□를 쏘처가면서 이 째문에 힘써야 할 것이다. (게속)

---

## 高長煥, "'어린이날'을 직히는 쯧과 지나온 자최(中)", 『매일신보』, 1936.5.4.

조선의 "어린이"는 어려운 자리에 잇다. 어려운 이들은 어린 째부터 쪽바로 어려운 자기들 신세를 째닷고 그 대신에 애당초부터 밧작 정신 차려 나아감이 조흘 것이다.

조선의 모든 "어린이"들이여. 이 조선은 옛날옛날부터 우리의 보금자리이오 또 넓고 넓은 세상에서 누구에게로 의탁하거나 기대서 지날 바가 아니오 오즉 우리 "어린이"들이 자라 갈수록 먼저 간 이와 압서서 해치고 나간 이들과 모든 쯧, 늣김, 긔운이 서로 맛는 자라 가는 동무들과 함께 힘에 벅차도록 힘썻 일해 나아가기에 새로운 결심을 가저야 할 것이다. 그리고 우리들 어른 된 이들은 언제나 이 "어린이"날을 우리들 자신으로 쪽바로 쥐고 나아가도록 하는 이것이 "어린이날"의 의의외다. 깃거운 명절 "어린이날"이 생기기는 지금부터 십오년 전 一九二二년인대 그째는 조선에 소년운동이 생긴 지 이삼년 뒤로 조선의 장래를 생각하야 지금은 이러케 못살지만 오는 날에 아름답게 잘살자면 오즉 지금에 자라는 어린이들을 잘 키우고 북도다 주는 데 잇다 하야 여기에 쯧 둔 몃몃 분들이 〈조선소년운동협회〉를 조직하고 만물이 소생하야 새싹이 무력무력 자라고 일년 중 제일 깁분 째인 오월 히랍 력사에 오월 일일은 꼿이 피고 닙이 나고 세상이 새로워지는 날이라 하야 "어린이"들이 종달새보다도 일즉 이러나 새날을 마즈러 나갓다는 말도 잇지만 웃잿든 오월은 자연으로 깁쑴을 마지하는 달이고 하야 이달 첫날을 잡어 비로소 처음 '어린이날'이 생기게 되엇섯다. (게속)

高長煥, "'어린이날'을 직히는 뜻과 지나온 자최(下)", 『매일신보』,
1936.5.5.

그 후 一九二六년부터는 〈오월회〉라는 곳과 양처에서 그 준비의 임을
당하얏는대 모든 준비를 다해 노코 불과 몃칠을 경하야 불행히 이왕 전
하께서 흥거하사[11] 근신하는 뜻으로 이 한 해만은 쉬이게 되엇섯다. 그 후
一九二七年 十月에 〈조선소년총련맹〉이 생기자 왼 조선소년운동자들이
운집하야 대회를 열고 〈소년운동협회〉와 〈오월회〉는 해체를 식히며 쏘
"어린이날"을 오월 일일에 거행함은 '메-데-'와 "상공협회운동회"와 한날
이라 이 관게도 잇고 여러 가지 정세로 보아 조치 못하다는 의미 아래서
일일을 첫 공일로 개정하고 다음해부터는 〈소년총련맹〉이 준비의 책임을
맛고 오월 첫 공일마다 거행해 내려오게 되엇다. 그째는 왼 조선 방병곡
곡에 실제 소년운동단체가 수백 곳이나 잇서 일제히 이날을 썰처 외우첫
든 것이다.
　一九三〇년도에 드러가서부터는 소년운동의 최고 긔관인 〈조선소년총
련맹〉도 내부적 사정과 사회의 제반 사정으로 일어나질 못하고 중앙에 잇
는 각층 소년운동자들도 규합하야 "어린이날중앙준비회"를 임시 임시 조직
하고 모든 거행에 관한 임무에 당하게 된 것이다.
　이리하야 금년까지 나려오며 "제십오회"를 마지하게 된 것이다.
　아무튼 이날을 치르기에 열다섯 해를 내려온 것이라 그동안의 준비상
모든 쓰라림과 앞흠은 얼마나 만헛겟는가? 그러나 쏘 한편 사회에 끼친
바 공헌과 수학은 얼마나 만앗느냐. 이제는 어듸에 가든지 누구한테 뭇든지
"어린이날"이라면 그 대강의 의미를 다 알고 완전한 조선 "어린이"의 새 명절
이 되고 만 것이다. 쑨만 안이라 해외에 가 잇는 각지 동포들도 다 직히고

---

11　조선 왕조의 마지막 왕인 순종(純宗)이 1926년 4월 25일에 승하한 것을 가리킨다. '흥거'는
　'홍거(薨去)'의 오식이다.

알고 잇다.

축복 바들 이날은 한이 업시 쩌더 날 우리 칠백만 소년들에게 다시업는 우슴의 날이며 행복의 자리를 정하는 날일 것이다. (끗)

## 社說. "어린이날의 意義", 『조선일보』, 1936.5.4.

### 一

五月 第一 日曜의 朝鮮 어린이날은 今日 조흔 天候에 祝福되면서 그 日程을 無事히 마첫다. 朝鮮에 잇서서 現在 社會的으로 公然히 表出되는 屋外集會로써 宗敎의인 것을 除하야 唯一의 것인 어린이날은 朝鮮 社會의 未來의 主人公들을 集團的 精神으로 誘導하는 訓練의 形式으로써도 意味가 클 분 아니라, 平素에 經濟的 家庭的 모든 事情으로 他 先進國에 比하야 比較的 不幸한 地位에 잇는 部分이 만타고 할 朝鮮의 어린이들의 압길을 祝福하야 주는 同時에 그들의 自由로운 發展에의 希望을 도아주는 點으로도 意味가 深長하다 할 것이다. 어린이날을 契機로 하야 社會의 압날의 生長하는 힘이 될 少年少女의 敎養과 訓練問題를 一層 父兄들에게 强調하고 敎育者로 하여곰 그 責任이 더욱 重大함을 再認識하는 것은 우리 社會의 明朗한 示威가 되지 아니하면 안 될 것이다.

### 二

아즉도 多分히 封建的 色彩의 殘滓가 만흔 朝鮮의 家族制度에 잇서서는 兒童은 嚴格한 父兄下의 無條件的인 從屬物처럼 되여 잇는 傾向이 만흠으로, 朝鮮의 兒童은 先進社會의 兒童에 比하야 明朗하여야 할 그 少年期에 잇서서 憂鬱한 狀態에 노혀 잇는 편이 만코, 이 때문으로 그들의 自由로운 發展과 生命力의 伸張이 萎縮되는 例도 만히 잇는 것을 否認할 수가 업다. 兒童에 對하야 嚴格한 一面에, 더욱 그들을 貴愛하고, 그들의 自由로운 伸張을 爲하야 社會의 進運을 爲하야, 一層 留意할 必要가 잇는 것을 此際 거듭 强調한다. 低調의 社會, 後進的인 社會일수록, 그곳에 잇서서의 少年少女의 善良한 發展 如何는 그 社會의 盛衰와 關聯되는 바가 더욱 크다는 것은 누구나 共認할 事實이다.

社說, "어린이날-指導方針을 樹立하라", 『조선중앙일보』,
1936.5.4.

一

五月의 첫재 日曜日인 今 五月 三日은 十五個年間의 歷史를 通하야 記念
되고 祝賀되어 온 이 땅 朝鮮의 "어린이"들의 기쁨과 즐거움의 날이다. 이리
하야 京城을 爲始하야 全 朝鮮 各地에서는 勿論 멀리 上海와 布哇[12] 等의
異域山川에서 뛰놀고 있는 우리의 "어린이"들도 모다 이날을 盛大하게 記念
히며 이 "어린이"運動을 보담 意義있게 發展케 하려는 것이다. 일즉이 萬國
靑少年의 아버지로서 끝까지 靑少年運動에 忠實하여 오다가 마츰내는 이
로 因하야 殉死까지 當한 저 '리북크네히트'[13]가 힘 있게 부르짖은 바인 "未
來는 靑少年의 것이라"는 主張의 眞實한 意義를 우리는 가장 正當하게 理
解하고 또 肯定하는 바이며 딿아서 우리들의 周圍와 環境이 아모리 崎嶇하
고 險難하며 또 今日 朝鮮의 現實이 아모리 우리들 朝鮮人의 理想과 距離
가 멀다 할지라도 朝鮮과 朝鮮人의 將來가 오직 이 "어린이"들의 두 억개
우에 실려 있음을 明白히 알고 있기 때문에 우리는 雙手를 들어 滿腔의
誠意를 가지고 이날을 祝賀하여 마지않는 바이다.

二

그러나 우리가 한 가지 깊이 憂慮하여 마지 못하는 바는 아모리 紀念式
을 盛大히 擧行하며 또 이 紀念式에 參列하는 어린이들의 數가 年年이 增
加하고 있다 할지라도 이 "어린이"들의 運動을 眞實로 正當한 路線을 向하

---

12 '上海'는 중국 상하이를, '布哇'는 하와이(Hawaii)를 가리킨다.

13 카를 리프크네히트(Karl Liebknecht, 1871~1919)는 독일의 공산주의자, 혁명가, 사상가
이다. 사회주의청년운동의 좌파를 이끌고, 1907년 청년인터내셔널의 간부를 지냈다. 독일
사회민주당(SPD)에서 같이 탈퇴한 로자 룩셈부르크(Rosa Luxemburg), 클라라 체트킨
(Clara Zetkin), 프란츠 메링(Franz Mehring) 등의 극좌파 인사들과 함께 베를린에서 스파
르타쿠스단(團)을 설립하였다. 1919년 1월에 일어난 스파르타쿠스 운동에 참가하였다가
로자 룩셈부르크와 함께 학살당했다.

야 이끌고 나아갈 수 있는 참된 指導精神이 없다 하면 如何히 壯嚴한 外觀을 가진 記念式이라 할지라도 한 개의 生命 없는 '넌센스'劇에 지나지 못하고 말 것이며 또 如何히 힘차게 부르짖는 豪言壯語의 雄辯도 한 개의 無內容한 譫語에 不過할 것이다. 그러므로 이 "어린이" 運動을 指導하고 있는 人士들의 가장 重大한 任務는 實로 이 참된 指導精神과 또 具體的인 指導方針을 明確히 樹立하고 또 貫徹함에 있을 것이다. 이에 反하야 다만 "生命의 날"이니 또는 "깃뿜과 希望의 날"이니 云云의 空虛한 標語만을 反復함으로써 이 重大하고 困難스러운 任務에 代置하려 한다면 우리는 이러한 指導方針에 關한 限 決코 贊意를 表할 수 없는 것이다.

三

그러면 今日 朝鮮의 "어린이"들을 正當한 歷史的 方向에로 引導할 수 있는 具體的인 方針은 어떠한 것이여야 할 것이냐. 첫재로 우리는 오늘의 이 땅을 휩쓸고 있는 淺薄하고 放逸한 小市民的 潮流에서부터 그들을 힘 있게 防禦하여야 할 것이며 또 그들의 純潔한 精神을 흐리는 모든 迷信的이며 反動的인 惡影響에 對抗하야 그들로 하여금 "未來의 主人公"이 됨에 가장 適合한 指導와 訓鍊을 하지 아니하면 안 될 것이다. 低級하기 짝이 없는 世紀末的 頹廢 思想에서 울어나오는 가지가지의 少年劇과 活動寫眞 그리고 淺薄莫甚한 '룸펜'小說들이 洪水같이 밀려들어 靑少年들의 善良한 精神을 誘惑하고 있는 것을 볼 때애 이 點에 對하여도 우리는 우리 "어린이"들을 爲하야 힘있게 隔禦하는[14] 同時에 近年 世界各國에서 흔히 보는 바와 같은 靑少年들에 對한 '나치스'的 訓鍊에 對하야도 우리는 크게 警戒하지 아니하면 안 될 것이며 또 그들을 참된 藝術과 科學的 意識 밑에 指導하도록 努力하여야 할 것이다. 그러므로 今年度의 "어린이"날을 當하야 이 分野의 指導者들이 이러한 指導方針의 樹立과 貫徹에 對하야 倍加의 努力이 있기를 吾人은 期待하여 마지 못하는 바이다.

---

14 '防禦하는'의 오식이다.

## 南基薫, "어린이날을 당하야 조선 가정에 보냅니다", 『조선중앙일보』, 1936.5.4.

해마다 오월 첫 일요일은 칠백만 조선 소년 소녀의 생명의 쌌을 일층 빛나게 하자는 새 명절입니다. 그러나 어린이의 생활은 한 시간 일 분이라도 가정과 떨어질 수 없는 관련성을 다분이 가진 것이며 또한 사회적 생활의 첫 출발인 가정에 있어서 심히 중대한 시기라고 보겠읍니다. 그러므로 부모가 어린이에게 대할 의무는 결코 자신에 대한 부모의 의무가 아니오 원 사회의 새로운 쌌인 어린이를 맡어 본다는 사회적 책임이 있는 것입니다. 과거에는 어른 중심의 제도이었든 만큼 모든 생활에 표준이 어른에게만 있었읍니다. 그래서 어린이라면 어른의 시키는 대로 심부름이나 하고 조곰 나희만 먹으면 직장으로 가서 부모나 잘 봉양하는 것이라고 알어 왔읍니다. 그래서 어린이의 고유한 성품을 발휘할 수 없이 되고 다만 어른의 부속물로 알어 왔든 것입니다. 그러나 오늘에 와서 이런 잘못을 생각한다면 얼마나 한심할 일이었으며 남부끄러운 일이었읍니까. 인류의 역사는 어느 때나 앞날을 향해 나가는 것이니 "인생의 쌌이요" "사회의 순"인 다시 말하면 앞날의 주인 될 어린이인 것입니다. 그러므로 첫재 부모 되시는 분은 이렇게 사회의 중대한 사명을 가진 어린이! 사회의 새로운 일군인 어린이를 내 자식이라는 단순한 관념을 떠나서 사회의 어린이라는 것을 생각하는 가운대 어찌 어린이를 학대하고 멸시하는 생각이 나겠읍니까. 근래에 와서는 일반 가정에서도 비교적 어린이를 존중하는 경향이 점점 느늘어[15] 가는 것은 기쁜 일이고 지금에 어린이를 존중한다는 것은 예전에 어린이를 귀여워하든 것과 다른 것입니다. 그야 예전엔들 어린이를 귀여워하지 않었든 것은 아니나 예전에 어린이를 귀여했다는 것은 결코 어린이의 의사를 존중한 것이 아니라 내가 늙으면 나를 먹여 줄 사람이 내 아들이니까 하는 따위에

---

15 '늘어'의 오식이다.

귀여워하는 것이었읍니다. 더 자세히 말한다면 예전에 어린이를 귀여워했다는 것은 오히려 어린이의 독특한 개성을 무시하고 어른 맨들려고 "점잔어저라" "웃는 것이 아니다" "우는 것이 아니다" "뛰노는 것이 아니다" 이렇게 어린이의 세계를 망각하고 어려서도 어른이 되도록 하는 것이 어린이를 귀여워하는 것인 줄 알았읍니다. 만일에 팟(豆)을 보고 콩(太)이 되란다든가 조(粟)를 보고 쌀이 되란다면 이는 큰 모순이겠지요. 그러면 과거의 어린이를 귀여워했다는 것은 이런 것이 아니면 무엇이겠읍니까. 그래서 어린이의 건강에 대한 것과 더욱이 교육은 어린이를 위한 교육이 아니오 장차 어른을 위할 한 무기로 알려 왔든 것입니다. 기쁘다 오늘날 어린이날은 다 같이 이 질거운 어린이날을 맞으며 우리는 다시 한번 일반 가정에서 참으로 어린이를 존중하는 가운데 우리의 가정은 아른다운[16] 가정이 될 것이며 우리의 사회는 빛나는 사회가 될 것이니 어린이날은 오즉 어린사람의 질거운 날뿐이 아니라 누구나 다 같이 직혀야 할 질거운 명절입니다.

---

16 '아름다운'의 오식이다.

## 趙喆鎬, "第十五週年 어린이 名節을 마지하며", 『新家庭』, 제4권 제5호, 1936년 5월호.

지금 조선 사람의 처지에서 제일 힘 있고 순결(純潔)한 운동이 무엇이냐 하면 나는 서슴지 아니하고 어린이의 교양사업(敎養事業)이라고 하겠고 제일 기쁘고 기념할 만한 날이 어느 날이냐 하면 五월 첫재 공일 즉 "어린이 날"이라고 생각한다.

五월 단오(五月端午)도 八월 추석(秋夕)도 정월 초하루날도 다― 어린 이들에게 대하야 기쁜 명절임은 사실이나 그러나 이 등의 명절은 일년 절게 (節季)에 따른 그것이며 다른 사람들이 정하야 놓은 명절에 지나지 못한다.

오즉 이 "어린이날"만은 우리의 창작인 동시에 신흥 기분(新興氣分)의 우리 민족이 새 힘과 새 토대(土臺)에 새로운 건설(建設)을 하랴고 하는 획기적(劃期的) 운동의 기념일인 바 금년은 제 十五주년 기념일에 당함으 로 경향(京鄕)을 물론하고 이날 준비에 주로 일 보시는 여러 어른들의 힘으 로 례년(例年)보담 더욱 성황(盛況)이 더욱 의미 있게 이 강산(江山)의 초목(草木)까지라도 기뻐할 만큼 이 땅 사람들의 정신(精神)의 뿌리에 깊 이 사무치도록 인류(人類) 평화(平和) 운동에 무한한 도음이 되도록 기념 하야 주시기를 기대(期待)하여 마지아니한다.

아래에 이 기념을 거행(擧行)에 관하야 다시금 음미(吟味)하야 주는 동 시에 몇 가지 기대(期待)와 희망(希望)을 부탁하고자 한다. 기념식 절차에 대하야

一. 경성과 외향(外鄕)을 물론하고 그 소년단체가 있는 곳에서는 그 소년 단체가, 소년단체가 없는 곳에서는 각 신문사(新聞社) 지국(支局) 또는 다른 단체의 주최 혹은 후원(後援)으로 기어(期於)히 이 기념일 을 거행(擧行)하야 주자.

一. 식차(式次)를 거행하야 주지 못하는 곳에서나 혹은 사정에 의하야 식차에 참례하지 못한 아동을 가진 가정(이상 13쪽)에서는 잠간 시간이

라도 빌어서 이날에 대한 의미와 정신을 얘기하야 아이들의 기억을
새롭게 하야 주자.

一. 사정이 허락(許諾)하면 연필이나 작란감이나 저금(貯金)이나 어떠
한 형식으로든지 기념상을 주어서 기억을 굳게 하야 주자.

一. 단체로서 주최하야 식을 거행할 적에 기행열(旗行列) 제등행열(提灯
行列) 등을 행하야 아동을 유쾌하게 하며 일반 민중에게 인식(認識)
을 주는 것도 좋으나 큰 도회지에서는 수만(數萬)의 아동들의 장사
진(長蛇陣)이 됨으로 첨에는 자미있고 유쾌하게 여기든 것도 나종에
는 피곤(疲困)하야 실증이 나게 하야 전적(全的)으로 효과(効果)를
잃어버리게 되는 일이 많은 것 같다.
대개 十五세 이하의 소년들의 무리니만큼 모-든 절차를 간단하게 하
야 주자.

一. 례년의 경험으로 보면 식 행렬 영화회(映畵會) 동화회(童話會)와
동시에 어머니회를 개최하야 왔다. 이후에는 사정이 허락하면 체육
을 겸한 운동회나 원유회(園遊會) 같은 집회도 거행하야 주자.
이상에 말한 바와 같이 그 식차(式次)는 어떠하든지 피곤하지 아니
하고 실증이 나지 아니하게 유쾌하게 과연(果然) 이날이 자기네들의
명절이라는 기쁨을 갖도록 하야 주자.

## 어머니들께 향하야

아동들이 즉접 감화(直接感化)를 많이 받기는 가정에서의 어머니의 일
거일동(一擧一動)에 다대(多大)한 영향이 있는 것이다. 따라서 아래에 어
머니로서 주의하야 달라는 몇 가지 부탁을 참고로 제공한다.

一. 너무 무골충(無骨虫)으로 기르지 마자. 여러분의 자질(子侄)인 동시
에 장래 조선의 굳세인 일꾼들임을 깨달어야 할 것이다.

　가. 위대(偉大)한 사랑의 힘으로 지도감화(指導感化)시키자.

　나. 소위 영양(榮養)에 주의한다 하야 너무 난의호식(暖衣好食)으로
만 길르면 풀솜에 싸 길르는 격이 될 념녀가 있다.

다. 가급적(可及的) 규측적으로 기거(起居)시키자.

라. 약속리행(約束履行)에 좋은 실천(實踐)을 보이자.(이상 14쪽)

마. 상벌(賞罰)을 상반(相伴)하게 하자.

바. 자기가 할 만한 일은 자기자력(自己自力)으로 행하는 습관을 길르자.


결국 말하기는 쉽고 쓰기는 쉽고 실행하기는 어려운 것이 사람의 일이다. 더욱 우리의 가정형편으로 보아 곤난한 점이 많다. 그러나 지금은 세계적으로 비상시기(非常時機)라 하는이만큼 이 비상시기에 처한 조선의 어머니들께서도 깨닫고 각오하는 바 있는가 없는가 새 각오(覺悟) 새 정신(精神)을 가지고 새 조선을 건설(建設)할 새 일꾼을 백난(百難)을 물리치고 나아가 싸울 만하게 씩씩하게 길러내야만 하겠다.


## 어린이날의 표어(標語)

一. 어린이를 보담더 넓게 대접하자.

一. 모-든 힘과 사랑을 어린이에게.

一. 어린이를 애호함은 사회의 책임이다.

一. 어린이 제일 어린이를 잘 키우자.

一. 잘살랴면 어린이를 위하자.

一. 아모리 어려워도 어린이만은 잘 가르키자.


### 어린이날 노래

一. 기뿌도다오늘날어린이날은
　　우리들어린이의명절날일세
　　복된목숨기리품고뛰여노는날
　　오늘이어린이의날

후렴

동무여동무여손을잡고서

앞으로앞으로나아갑시다

아름다운목소래와기쁜맘으로

노래를부르며나一가세


二. 기뿌고나오늘날어린이날은

반도정기타고난우리어린이

기리기리뻗어날이목숨품고

즐겁게뛰여노一는날

　　　　　　　　一 끝 一 (이상 15쪽)

黃聖準, "延吉敎區 少年運動 一瞥", 『가톨릭靑年』, 제4권 제10호, 1936년 10월호.

間島 域內에 가톨릭의 씨가 떠러진 지 今年이 바로 四十週年이며 延吉敎區가 創設된 지는 八年에 이르럿다. 그동안 急進的으로 勃興하는 여러 가지의 運動이 이 敎區 않에 있거니와 그中에도 가장 特書할 만한 자랑거리의 運動 아니 이 地方住民을 爲하야 이 敎區의 將來를 爲하야 가장 幸福 되고 또한 過重한 運動으로는 이 少年運動을 들고저 한다.

少年은 그 社會 그 宗敎 그 國家의 싹이며 希望이며 힘 그것이다. 少年이 健實하고 씩씩함에 따라서 그 社會 그 宗敎 그 國家의 興亡盛衰가 直接 달린 것이다.

그러무로 少年을 잘 培養하고 培養치 못하는 그곳에 直接 社會 宗敎 國家의 運命이 달럿다는 것은 贅言할 必要조차 없는 것이다.

이제 延吉敎區의 將來性이 如何한가를 打診해 보기에는 爲先 그 敎區 않에서 展開되는 少年運動이 如何한가를 一瞥하는 것이 捷徑일가 한다. 그래서 여기 簡略하게 延吉敎區 內 少年運動을 紹介하려 한다.(이상 56쪽)

　一. 탈시시오少年會

一九二八年 今年으로부터 八年 前에 創設된 延吉敎區는 果然 이 앞날에 크나큰 光明이 번득이며 鞏固한 柱礎가 確立되여 있다고 뵈여진다. 그것은 將來에 무르익은 結實을 내일 꽃이 滿發하야 있기 때문이다. 이 꽃 이 열매는 곳 少年運動에 있다는 것을 氣運차게 唱導하야 第一線에서 少年運動의 烽火를 든 이가 곳 現在 가톨릭少年社 社長 裵光被 神父와 故 副監牧 朴神父 이 두 분이었다.

裵光被 神父는 朴 神父와 握手하야 爲先 地方的으로 龍井과 大領洞에 少年運動을 이르켜 탈시시오少年會장 名稱으로 少年들을 한데 團合식히는 會合을 이루었다. 이 會合을 全 敎區的으로 더욱 擴大식혀 敎區 內 少年 全體를 善良하고 勇敢하고 忠誠스런 가톨릭的 少年으로 涵養식히고저 하

야 一九三一년 八月 三日에 大領洞에서 第一次 全間島가톨릭少年會聯合大會를 召集하고 三日間에 亘하도록 精神的으로 또한 肉體的으로 많은 衝動과 實益을 주는 日時에 鞏固한 少年會聯合會를 結成하였으니 이것이 今日에도 우렁차게 씩々한 存在를 웨치고 있는 로마府 탈시시오母會에 加盟된 延吉敎區 〈탈시시오少年會聯合會〉이다.

一九三四年 八月 六日부터 三日間 第二次 탈시시오少(이상 57쪽)年聯合大會를 龍井에서 開催하고 修養會의 形式으로 溝話[17], 祈禱, 敎理說明, 禮典練習 等 順序 外에도 陸上競技 蹴球大會 等 體育에 關한 種目으로 二百餘名 會員 參加 아래 盛況을 이루었었다. 이 大會 中에 新入한 會員 四十六名을 加하야 當時 總會員數가 三百三十六名이었다.

이와 같은 偉大한 힘이 움즉이고 있는 동얺[18] 今日에 이르기까지에 나타낸 成果는 果然 얼마나 컷던가!

　　　(가) 탈시시會의[19] 精神

羅馬[20]에 처음으로 탈시시오會가 創立되기는 一九〇五年이다. 에질리오왈젤리라고 하는 神父가 몇々 少年을 引率하고 가다쿰바에 參拜하고 도라온 뒤에 예수 聖體께 對한 끌른 情이 暴發되는 그 少年들을 한데 모두어 가지고 한 會를 이룬 것이 곳 이 탈시시오會의 始創이다. 人間을 爲하야 犧牲이 되여 게시는 사랑 自體이신 예수 聖體를 熱切한 愛情과 表面에 發露되는 美妙한 禮節로써 欽崇하며 敬拜하는 것으로써 그 精神을 삼은 것이다. 그래서 聖體를 爲하야 붉은 피를 쏟아 목숨을 犧牲한 점은 殉敎者 탈시시오聖人을 主保로[21] 奉戴하고 이 會를 名稱하야 탈시시오會라고 한 것이다.

　　　(나) 탈시시오會의 綱領

　1. 聖體의 首先 殉敎者 탈시시오 成人을 主保로 奉戴하고 그를 効法함

---

17 '講話'의 오식으로 보인다.
18 '동안'의 오식이다.
19 '탈시시오會의'의 오식이다.
20 '로마(Roma)'의 음역어이다.
21 '主保'는 "수호성인(守護聖人)"의 전 용어이다.

2. 總裁部, 指導部, 禮典部, 德, 智, 體育部, 圖書部 等을 置함
3. 會員들은 各 重要한 祝日 모든 禮節에 規律 있게 團體로 參席하야 定한 經文과 禮典 祈禱經과 聖歌를 和唱할 일
4. 彌撒聖祭의[22] 奧義를 默想하면서 委員들은 精誠을 極致하야 彌撒에 參與하며 자조 領聖體할 일
5. 個人으로나 團體로나 자조 聖體台前에 나가 朝拜[23]함으로써 예수의 傷하신 마음을 慰勞해 드릴 일
6. 會에서 定한 날에 熱心으로 敎理를 배워 敎會 智識을 넓힐 일
7. 身體의 保健을 爲하야 快活하게 運動하며 때를 따라 旅行과 遠足을 갈 일

　　　(다) 立會規約

本會에 立會코저 하는 者는 먼저 三個月 동안 本會의 規則대로 修練을 받어 마음과 行實을 맞갖게 預備한 뒤에 總裁 神父의 指導대로 聖體 뫼신 聖光 앞에 恭順히 꿀어 領洗許願을[24] 更發하면서 아래 經文대로 誓約함으로써 立會함

　　아모는 救世主 吾主 예수 臺前에 盟誓하옵나니 이後 살아 있슬 동안에 각금각금 領聖體함으로써 내 靈魂을 기르려 하나이다. 大抵 永遠한 福樂을 주는 天主의 이 恩寵 外에는 내 靈魂을 기르고 내 生命을 保存할 다른(이상 58쪽) 길이 없음이로소이다. 그리고 少年聖 탈시시오의 表樣을 本받고 天主의 도으심을 依支하야 그 嚴威하시고 사랑하옵신 聖體를 언제까지든지 辨證하기를 許願하나이다.

　　　(라) 탈시시오會 大赦

一九二〇年 四月 二十五日에 敎宗분도 第十五世 聖下께서 탈시시오少

---

22 '彌撒聖祭의'의 오식이다. "彌撒"은 라틴어 "미사(missa)"를 한자를 빌려 적은 것이다.
23 '朝拜'는 "가톨릭에서, 예전에 예배(禮拜)를 이르던 말"이다.
24 '許願'은 "보다 선하고 훌륭하게 살겠다고 하느님에게 약속하는 행위"라는 뜻의 "서원(誓願)"의 전 용어이다.

年會에 나려주신 大赦는 下와 如함

1. 立會當日과 예수聖誕, 三王來朝, 예수復活, 예수昇天, 聖體, 聖神降臨, 聖母無染始胎, 聖母聖誕, 聖母就潔禮[25], 聖母蒙召昇天[26] 聖요셉 聖베드루바오로祝日 等에 告解 領聖體하고 聖體朝拜한 後 敎宗의[27] 願意대로 祈求하는 會員

2. 臨終時에 告解 領聖體하거나 上等痛悔를[28] 發하고 예수 聖名을 입으로나 마음속으로 불으는 會員

3. 聖탈시시오 祝日에 그 聖人을 恭敬하는 뜻으로 擧行하는 禮節에 參與하는 會員

4. 聖탈시시오 聖堂에서 미사에 參與하는 會員
   以上 會員은 全大赦를[29] 입음

5. 敎宗의 뜻대로 主母經[30] 다섯番을 외우는 會員은 三年 大赦를 입으며

6. 聖體께 朝拜할 때마다 회원은 三百日 大赦를 입음

        (마) 탈시시오會의 成長

以上과 같은 精神과 綱領과 主의 寵恩 밑에서 構成된 本會는 地方的으로 또한 聯合的으로 追日成長하고 있는 것이다. 會員은 每日 彌撒에 勤實하고 熱情 있게 參禮하며 聖體朝拜를 자조 함은 勿論이어니와 每月 數三次式 團體로 告解領聖體하며 重要한 祝日에는 '베니페라스'(夕課經) 日課를 團體로 唱하며 特히 四旬節과 將臨節 같은 때에는 모든 禮節을 完整하게 擧行하야 一般 敎友들에게 큰 感觸을 주는 것이다.

---

25 '聖母取潔禮'의 오식이다. 그러나 '就潔禮'로 적는 경우도 더러 있다.
26 '성모승천(聖母昇天)'의 다른 말이다. "성모 마리아가 하느님의 부름을 받아 승천한 일"이란 뜻이다.
27 '敎宗'은 교황(敎皇)을 예전에 이르던 말이다.
28 '上等痛悔'는 "마땅히 사랑해야 할 하느님께 순종하지 않은 일을 슬퍼하는 태도"란 뜻의 가톨릭 용어이다.
29 '全大赦'는 "대사의 하나로 잠벌(暫罰)을 모두 없애 주는 일"을 뜻하는 가톨릭 용어이다. 반면 "한대사(限大赦)"는 "죄로 말미암은 잠벌(暫罰)의 일부를 면제하는 일"을 뜻한다.
30 '主母經'은 "주의 기도와 성모송을 아울러 이르는 말"이란 뜻의 가톨릭 용어이다.

그리고 敎理學習에 熱中하며 童話會, 討論會, 歌劇 聖劇 等을 隨時로 開催하며 旅行 遠足 같은 少年에게 가장 趣味 있는 見學과 陸上競技도 각금 있는 것이다.

이와 같이 精神的으로나 肉體的으로 指導에 盡力하는 탈시시오會는 四百餘名의 씩씩한 少年들을 맑고 빛나는 會旗 앞에서 뭉으고 흩으기를 今日에까지 게을리 아니 했나니 氣勢衝天할 뜻한 이 勇敢한 가톨릭의 어(이상 59쪽)진 忠君들이야말로 이 敎區의 힘이오 쌌으며 希望이 아니고 무었이랴! 이 앞날에 빛날 光明이며 저릴 소곰이 아니고 무었이랴!

## 二. 데레샤少女會 세시리아處女會

少年들의 指導機關으로는 神父와 修女가 合同하야 指導運轉하는 天使처럼 美麗하고 어여뿐 아가씨들의 會合이 이 敎區 內 各地方에 있으니 곳 데레사少女會이다. 그리고 中等學校에 通學하는 女生徒의 그 年齡에 達하는 處女들노서 組織된 세시리아會가 龍井 外 數個所에 있다.

그 어느것이나 德育, 智育, 體育의 向上과 信仰生活의 徹底를 目的함은 勿論이요 탈시시오少年會와 男妹間이 되는 會로서 亦是 '례투르지아'[31](禮典)運動에 補助協力에 盡力하는 것이다.

이들 少年少女들의 씩々한 움즉임을 눈앞에 볼 때에 果然 延吉敎區의 前途와 將來는 樂觀되는 것이다.

不遠한 앞날에 힘찬 가톨릭의 後軍들이 팔을 걷고 나설 때야말로 萬民의 앞에 가톨릭의 灯臺가 될 것이며 腐敗한 主義思想을 豫防하는 소곰이 될 것이다.

## 三. 月刊雜誌 가톨릭소년

〈탈시오少年會聯合會〉[32]가 誕生되자 日時에 本會의 機關紙의 役割을 할 會報가 謄寫版으로 出版하게 되엿스니 그것이 『가톨릭少年』의 前身인 『탈시시오會報』이다. 처음에는 謄寫하든 會報가 發展되여 活字로 出版하게

---

31 라틴어 '리투르지아(liturgía)'이다.
32 '탈시시오少年會聯合會'의 오식이다.

되니 龍井에서 其後는 德源神學校印刷所에서 隔月 出版하게 되였섰다.

그리다가 今年 四月부터는 이 會報가 자랄대로 자라서 八百萬 朝鮮少年 少女 全體의 文化向上을 爲하야 『가톨릭少年』이란 一大 月刊 少年雜誌로 昇進되여 萬餘名의 讀者를 獲得한 가장 權威있는 雜誌로 出版하게 되여 延吉에 大印刷所까지 附設되였다.

끝으로 바라고 또 祝願하는 바는 부디 이 여러 가지 少年運動이 나날이 자라고 또 크거라! 그리하야 企待에 저버림이 없이 크나큰 收獲이 있서지 거라! （끝）(이상 60쪽)

## 南基薰, "어린이날을 뜻잇게 마지하자", 『매일신보』, 1937.5.2.[33]

오늘은 우리 어린이날이 해ㅅ수로 열여섯 해를 마지하는 즐거운 우리의 명절입니다. 이날은 여러 어린 동무들이 길에서나 들에서나 산에서나 어듸에 모혀서든지 여러 가지 문제를 부모들에게 알리고 외치는 때이니 우리 어린이는 가정의 쏫이요 사회에 순이니 오히려 어른들보다 새로운 사람이란 것입니다. 그야 어른은 키가 크고 기운이 세고 아는 것이 만으니까 우리 어린이와는 대일 것이 아니라고 생각할는지 모르나 우리는 하루〳〵 지날수록 빗나는 압날을 바라보고 것는 것이니 더 훌륭한 사람이 될 수 잇는 것이란 말입니다. 그러치만 우리는 더퍼노코 그러타고 가정과 사회에 욕심썻 바랄 것뿐만 아니라 남이 한 자를 배거든 우리는 두 자를 배려 하고 남이 한 층을 올라가거든 우리는 두 층을 올라가려 하고 언제나 압날을 기약하는 사람이 되여야 할 것입니다. 다시 말하면 남보다 쑥々한 사람 남에게 칭찬 밧는 사람이 되기 위하야 열심으로 공부하지 안으면 안 될 것입니다.

33 원문에 "'어린이날'中央準備會 南基薰"이라 되어 있다.

## "(우리의 명절)어린이날", 『조선일보』, 1938.5.1.

지금부터 十七년 전 조선서 처음 "어린이날"이라는 것을 맹그럿습니다. 왜 이런 날을 맹그럿느냐? 하면 그때까지 조선서는 어린이라는 즉 여러분과 가튼 소년소녀를 귀애하기는 하면서도 아직도 철업고 다 자라지 못한 인간으로만 생각하고 아모러케나 여러 어린이를 대해도 조코 말을 할 때도 함부로 하고 그뿐만 아니라 어린애는 때려도 조코 마음대로 해도 조타고 생각해 왓습니다. 그랫는데 조선에도 새로운 학문이 드러오고 또 어린이라는 것은 결코 그러케 깔보고 나무랠 께 아니라 우리러보고 처다보고 해야 하며 귀여워하고 애껴야 한다고 하는 생각을 가지고 일어낫습니다.

다시 말하면 어린이는 결코 어른의 노리개는 아니다. 어린이도 당당하게 사람의 한목슬 차지하고 나아가야겠다는 생각으로 어린이의 명절을 맹그러 이날을 직혀서 어린이의 인격과 또 어린이의 보육에 대하야 사회와 가정이 새로운 책임을 가저야 하겟다는 주장을 가지고 나온 것이 곳 "어린이날"이올시다.

"어린이날" — 즉 어린이의 명절날이 곳 五月 一日이엿습니다. 그리든 것이 그 후 五月 一日이 혹시 공일이면 몰라도 다른 날이면 학교를 쉬일 수도 업는 까닭에 드듸여 五월 첫 공일날을 어린이날로 정해 왓습니다.

이러케 어린이의 생활을 옹호해 주고 주장해 주고 따라서 어린이의 교육 문제를 널리 이 조선 사회에 알녀 준 가장 여러분들이 기념할 어린이날이 금년은 여러 가지 사정으로 쉬이게 되엿습니다.

여러분 더욱 씩씩하고 튼튼하고 활발한 어린이가 되여 주십시요.

社說, "少年 少女를 愛護하자 - 그들은 明日의 主人이다",
『동아일보』, 1938.5.4.

一

明五日부터 一週日 동안은 兒童愛護週間이다. 다시 말하면 兒童愛護週間이라는 것은 어린이를 어떠케 사랑할 것이며 또는 어떠케 기를 것인가 等에 對하야 여러 가지 目標를 내걸고 特히 이 一週日 동안은 이대로 꼭 勵行하자는 週間이다. 그런데 朝鮮에서 五月初의 하로를 特히 "어린이날"로 定하야 어린이 名節처럼 지내게 되기는 今年이 第十六回째이다. 그런데 朝鮮 兒童의 死亡率은 三割에 가까운 數字이다. 只今 一例를 들자면 昭和 十年에 出生 兒童 數는 六十四萬五百六十八人인데 死亡 兒童 數는 十七萬 六千三百三十九人으로서 死亡率이 出生數의 二十七・五%라는 놀라운 高率이다. 이것은 勿論 그 主要 原因이 醫療機關의 不充分, 兒童에 對한 施設・用意의 不徹底에 잇다고 아니 할 수 없다. 어쨋던지 兒童 死亡率의 近三割이란 數字로써 朝鮮의 어린이들이 平素에 얼마나 忽待, 無視를 받고 잇는가를 可히써 짐작할 수가 잇다. 참으로 寒心한 일이다.

二

두말할 것도 없이 어린이는 家庭의 꽃이며 社會의 보배이다. 그러므로 어느 社會나 어느 國家를 勿論하고 將來의 健全한 發達을 爲하야는 어린이들의 健全한 生長을 圖謀하기에 萬全의 策과 最大한 힘을 쓰는 것이다. 그러나 從來 우리 朝鮮의 倫理 道德은 어른을 第一로 하는, 즉 長老 中心主義이엇다. 가령 말하면 家庭에서는 父母가 中心이 되고 社會에서도 어른을 第一로 앞세우는 것이 家庭에서나 社會에서나 그 秩序를 維持하는데 가장 올코 또 第一 조흔 일로 되어 왔다. 이리하야 朝鮮의 어린이들은 이러한 因襲과 倫理의 밑에서 自然스럽고 또 自由로운 成長을 하지 못하고 항상 그 智覺과 德性과 體力이 모도 눌림을 받고 不自然, 不自由하게 자라 왔다. 이것이 社會의 發展을 爲하야 決코 조흔 現象이 아님은 只今 두말할 것도 없는 바가 아닌가?

　　三

　近世의 女流 思想家 엘렌·케이[34] 女史는 二十世紀는 어린이의 世紀라고 하엿거니와 人類는 어린이가 어떠케 소중한 것인지 또는 한 民族의 將來가 얼마나 어린이에게 달린 것인지를 우리는 痛切히 깨달아야 할 것이다. 우리는 우리의 어린이들을 적어도 現在의 우리보다는 더 나은 사람으로 길러내기 爲하야 가진 機會와 모든 精力을 바처야 한다. 우리의 어린이들 中에는 밥에도 주리고 知識에도 주려 잇는 者가 決코 적지 안흔 現狀인즉 우리는 그들에게 肉體的, 精神的 榮養을 均等하게 넉넉히 주도록 萬難을 헤치고 最善을 다하지 안흐면 안 될 責務를 徹底히 自覺하여야 할 것이다. 우리는 이 땅의 明日 主人이 될 어린이들에게 가장 忠實히 '써비스'하는 사람이 되어야 한다. 그리한 然後에야 비로소 우리에게 우리의 家庭, 社會가 幸福, 光榮 隆盛을 마지할 빛나는 明日을 企待할 權利가 잇는 줄로 생각한다. 그러므로 우리는 이제부터 從來의 그릇된 觀念과 態度를 고치어 어린이를 좀 더 소중히 알며 좀 더 극진히 待遇하자. 그러나 이것은 어린이를 "어른"처럼 모시라는 말은 決코 아니다. 山野의 草木이 자라는데 비, 바람, 눈, 서리 等이 다 가치 必要한 것처럼 어린이의 成長에도 때로는 봄비와 같은 慈愛와 아울러 눈, 서리와 같이 嚴肅한 책망도 必要한 적이 잇다. 다만 從來처럼 絶對的의 어른 本位主義를 버리고 어린이도 한 "사람"으로 치고 그 自由로운 成長發達을 爲하야 항상 잘 指導 援助하자는 말이다. 이러케 하여야만 비로소 우리의 明日은 可히써 볼 만한 것이 잇게 될 것이다.

---

34 엘렌 케이(Key, Ellen Karoline Sofia, 1849~1926)는 스웨덴의 여성 사상가로 근대 여성 운동의 선구자로 휴머니즘 입장에서 남녀평등, 여권 신장을 주장하였다. 저서에 『생활선』, 『아동의 세기(世紀)』, 『여성 운동』 등이 있다. 특히 『아동의 세기』(1900)는 각국의 언어로 번역되어 신교육운동의 지침서가 되었다.

## 凡人, "兒童問題의 再認識", 『批判』, 1938년 12월호.

萬若 내가 이곳에서 새삼스러웁게 兒童은 第二의 國民이니 所重한 것이라고 쓰기 始作하면 아마 어느 누구를 莫論하고 그런 陳腐한 論議는 그만두라고 역증을 내일지도 모른다. 그러나 眞理는 平凡한 것이다.

내가 生覺하는 限 한 社會가 그 품에 안은 兒童들을 어쩌케 取扱하나 —— 하는 것으로 곳 그 社會의 文化 程度를 測定할 수 잇는 것이다. 이러한 意味에서 生覺해 볼 때 우리 朝鮮은 實로 遺憾이나마 스스로 북그러하지 안으면 안 되지 안흘가? 나는 野蠻人의 生活을 알지 못한다. 또 그리고 此際에 野蠻人과 朝鮮사람을 比較할 생각은 秋毫도 업다. 이러한 範圍에서 본다면 아마 朝鮮과 가치 兒童이 虐待 받는 곳은 차저보기 드물지 안흘가? 이것이 나의 速斷에 그친다면 千萬多幸일 것이다.

첫채 이 짜에는 兒童의 存在를 너무나 蔑視하는 아름답지 못한 傳統이 잇다. 層層侍下의 大家族 안에서 兒童은 개나 고양이 取扱을 받는다. 勿論 人間은 種族保存의 本能을 가젓스니까 귀여워도 하지만은 귀여워한다는 것은 정말 人間의 原始的 感情의 한 發露일 쑨이요 아모런 文化的 意義가 업는 것이다. 萬若 고양이가 색기를 나어 노코 귀여워라고 혀ㅅ바닥으로 할른 것을 比喩로 끌어온다면 善良한 아버지 어머니는 눈살을 찌프릴 것이다.

그러나 다시 한번 뭇노니 果然 얼마만치나 달은가. 封建的인 家族制度에다가 朱子學의 그릇된 影響으로 말미아마 家庭에 들어가면 아이들은 가위 存在가 업다. 家長의 專制 미테서 戰戰兢兢하면서 느는 것은 눈치 보는 것박게 업다. 果然 그래도 조흘까?

朝鮮의 近代的 發展이라고 하는 것이 極히 畸形的인데다가 그 또한 極히 짧은 歷史박게 못 가진 緣故로 모든 社會的 關係가 그러하게 되엿스니 何必 兒童問題만이 아(이상 56쪽)니나 世代의 差異는 너무나 懸隔하다. 한 個가 아닌 두 個의 世代가 完全히 融合한다는 것은 엇저면 永遠의 希望에 不過

하는 것일지도 모른다. 그러나 멀지 안하서 지나간 世代가 자라는 世代에 對해서 理解하려고 努力하고 새 世代의 步調에 對해서 寬大하여질 날은 와야만 할 것이다. 우리 朝鮮은 이 點에 만흔 缺陷이 잇다. 勿論 그것은 어느 한 사람의 罪가 아니고 社會의 歷史가 나은 한 個의 必然 現象이나 오늘날 젊은 世代까지가 自己 解放을 爲하야서는 多少間 頭腦와 勞力을 쓰면서도 兒童에 對해서 傳統的인 것을 默認하고 兒童問題와 自己完成 問題를 한 問題로서 結付하지 못하는 것은 너무나 딱한 일이다. 이곳에서 一一히 例를 들고 십지는 안흐나 우리가 日常 듯는 兒童에 對한 用語라든가 其他의 取扱을 生覺해 보자. 어느 것이 蔑視와 侮辱 虐待 아닌 것이 업다. 여기에 짤막한 이야기 한 개를 끼워 둘 必要가 잇다. 그래도 都會地 生活 속에서 자라난 이는 想像하기가 困難하리라만은 지금 시골 農村으로 가면 그날의 糧食을 爲하야 일터로 품파리 가지 안흐면 안 되는 어머니가 돌이 지날낙 말낙 한 어린 애기를 추운 겨울에 몸에 걸처 줄 것도 업서 발가벗긴 채 房에다가 집을 깔고 아이들을 집 속에 무든 後 콩 복근 것을 한줌 맥겨 두고 웬종일 내버려 두는 일이 얼마든지 잇다. 물론 이것은 다시 말할 수 업는 虐待다. 그러나 내가 이곳에 말하는 것은 이러한 것이 아니다. 이것은 社會的으로 當然히 問題되여야 하지만 그 父母를 罪 삼을 수 업기 까닭이다. 可能한 範圍 內에 잇서서도 어른 中心의 우리 家庭에서는 兒童은 한 개의 玩弄 動物이다. 귀여운 생각이 나면 품에 안고 어루만지기도 하나 每樣 號令과 威嚇 속에서 자란다. 勿論 이러한 家庭的 抑壓과 不滿 속에서 그 反撥로 反逆的 精神의 所有者가 생겨나기도 하지만 이러한 經路를 밟어 자라난 人間에서 偉大한 性格의 所有者가 생겨나기 힘들고 自己 天分을 바루 發展시킬 수 잇슬 理 업다. 나폴레온이 웬 歐洲를 震憾시키고[35] 世界의 英雄 標本처럼 崇拜를 바드나 그의 幼時 貧寒한 家庭의 쪼라진 小市民 根性을 平生 버서나지 못한 것을 史家는 안타까워 한다.

帝國을 물여줄 嫡子를 엇고자 여러 번 不幸한 結婚을 해 가며 애를 쓴

---

35 '震撼시키고'의 오식이다.

나폴레온을 그리는 傳記 作者는 알렉산터 - 大王이 그 臨終에 "大王의 歿 後 누구에게 國政을 막기럿가" 하는 臣下들의 무름에 "强한 者 이를 가지라" 고 釋然히 對答한 場面을 想起하고 다시 한번 나폴레온의 成長을 回顧치 안흐면 안 되는 것이다. 偉人의 素地를 가젓고 째(時)까지 맛난 그에게 잇서서도 어릴 째의 環境 條件의 影響이 그러틋 컷다면 우리들 凡人에게 잇서서 얼마나 간장에 조려 노흔 인간이 될 것인가. 잘 生覺해 보자. 소으름 이 끼치는 일이 아니냐? 더욱이 封建社會는 우리네의 어머니들을 知識의 王國으로부터(이상 57쪽) 멀니 하기에 餘念이 업섯스니 그들에게는 未安스러 운 말이나 判斷의 能力이 업서 어쩌케 하는 것이 子息을 사랑하는 것인지 더욱 알지를 못한다. 子女의 敎育이라는 것이 아버지보담도 어머니에게 더 만흔 關聯이 잇슴을 생각하면 안타가웁기 그지업는 일이다. 一般的으로 보아 이믜 이러하니 水準 以下의 敎養과 生活 基礎 或은 完全(?)한 無敎養 과 完全히 基礎 업는 生活을 하는 이들에 對해서는 말할 餘地도 업다.

兒童敎育이라는 것이 글字를 가르킴과 어른 제멋대로의 "命令"을 하는 것이라고 생각한다면 反對가 잇겟지만 정말 그러치 안흔가를 생각해 볼 餘地는 업슬까?

어떤 한 개의 '타입'에다 몽처 넛기 爲해서 命令의 連續을 그 手段으로 삼는 것이 오늘날까지의 常習이 아니엇든가?

이러한 가업슨 狀態의 家庭的 條件 미테 잇는 한便 所謂 近代敎育을 한다는 學校敎育도 한 社會階級의 成熟期에 잇서서 항용 잇는 例와 가치 善良한 小人型을 만들기에 바쁜 傾向을 가젓스므로 家庭敎育과의 關係에 잇서서 대수롭지 안흔 問題로는 學校와 家庭 間에 여러 가지로 齟齬를 가 저오면서도 이러한 根本態度에 잇서서 封建的인 家庭敎育과 一脈相通하 는 點이 잇서 더욱더 命令에 盲從할 줄박게 모르는 爲人이 되고 만다. 그러 나 이런 것을 가령 다 뭇지 안는다고 하고 다른 角度에서 兒童問題를 살펴 본다면 진실로 焦燥와 絶望의 늑김이 가슴을 조린다. 집 속에서 새색기처 럼 자라나는 애기들 學校라고 바라도 못 보는 少年들 不足한 母乳로 자라 나고 營養不足의 누른 얼골로 남의 집사리 하는 아이들… 우리 家庭에 營養

조흔 얼골을 가진 애기를 가진 家庭이 몇이나 되는가?

伊太利 旅行에서 도라온 某 氏가 뭇솔리니 治下 伊太利의 어썬 代表的 小學校를 參觀한 이야기를 하면서 그 學校 設備의 完美에 爲先 讚辭를 드리고 學校 內의 크고 훌융한 食堂에 言及하야 이 數만흔 食卓은 무엇에 쓰느냐고 물으니 缺食兒童에게 點心을 提供할 쌔 使用한다 함으로 食卓의 數가 하도 많으니 疑訝해서 다시 "缺食兒童이 몇이냐"고 하니 校長이 得意 然하게 七百餘名이라고 對答을 하드래서 "代表的 小學校가 이래서야…" 하고 숭을 잡엇섯다만은 果然 朝鮮에는 缺食兒童이 얼마나 되며 그들을 爲하야 食卓 한 個를 準備해 본 일이 잇는가? 勿論 제 處地를 조곰도 生覺 치 안코 金가마 타고 싀집갈 生覺에 잠 못 이루는 철업는 시악시와 가치 생각에만 들쩌서는 안 되고 쏘 事實 所用도 업는 일이지만은 이러케 생각해 보면 우리네의 兒童들은 너무나 不幸하다.

一面二校制가 끝낫고 五年間에 倍加할 計劃이 進行 中이기는 하나 이 學校나마도 學令兒童의 二三割박게 收容할(이상 58쪽) 수 업스며 義務敎育이 實施될 期約이 漠然하다. 朝鮮 全體를 通하야 몇 個의 兒童遊園地가 잇스 며 몇 個의 托兒所가 잇고 朝鮮말로 된 그림冊 한 卷이 잇는가? 依支할 곳 업는 兒童을 收容 指導하기 爲해서 몇 個의 施設이 잇섯는고? 見聞이 좁은 탓인지 罪 지은 幼少年을 爲하야 感化院과 少年刑務所가 잇는 外에 쏘 무엇이 잇는지 記憶에 오르지 안는다.

勿論 이러한 모든 것을 어썬 個個의 父母에게나 한두 사람의 政治家에만 責任을 지울 수는 업슬 것이고 쏘 그中의 어썬 細細한 點을 具體的으로 들추어 穿鑿하면 더 만히 엇던 個人이나 小그룹에 特히 責任을 무러야 할 것도 잇겟스나 全體로 보아서는 亦是 社會 全體 ── 卽 歷史的 存在로서 의 社會 全體의 責任일 것이다.

兒童에 對한 모든 必要한 施設의 卽 遊園地 施療院 浮浪兒童收容所 有 益한 玩具 繪畫 레코-드 等의 廣汎한 頒布 積極的 健康 增進을 爲한 運動 施設 等의 ── 整備와 아울러 成人敎育의 一部分으로서의 兒童養育 及 敎育에 必要한 모든 可能하고 效果的인 活動이 要請되는 것이며 이에 對해

서는 國家와 社會가 共同責任을 저야만 할 것이다.

今般 總督府에서 立案한 兒童保健法은 반가운 消息이요 時宜를 어든 것이나 그 範圍의 過狹이 저윽히 不滿을 자아내기도 한다. 그러므로 이러한 機會에 우리는 社會에 잇서서의 兒童의 地位를 再檢討 再認識하고 또 同時에 그에 相副하기 爲해서는 어쩌한 方法으로서 나아가야 할 것인가를 깊히 생각해볼 必要가 잇다고 생각한다.

故 山本宣治 博士처럼 "子孫崇拜"를 主張하고 期待 안는다손 치든래도 亦是 그러한 熱意로서 兒童에 對하여야 할 것만은 틀님업는 일이 아닐까?

近來에 와서 敎育事業에 巨額의 財産을 던지는 篤志家가 적지 안흐나 小學校 特히 幼少年들을 爲한 社會施設에 그것을 쓰는 일이 稀貴한 것은 兒童에 對한 우리의 社會一般의 無關心 狀態를 그대로 反映한 것 가타서 農繁期托兒所를 만드는 일이 잇는데 이는 비록 幼稚하나마 一般에게 만흔 歡迎을 받고 잇다.

朝鮮에 단 한 個라도 훌융한 兒童王國을 꾸미고 兒童을 爲한 社會施設의 中心機關을 만들어볼 特志家는 업는지?

—끝— (이상 59쪽)

楊美林, "兒童問題 管見(一)", 『동아일보』, 1940.6.2.

## 緒 言

有名한 女流 思想家 '엘렌·케이'[36] 女史는 일즉히 그의 名著 『兒童의 世紀』에서 將來 兒童의 幸福을 豫言(?)하엿다.

그러나 그 幸福은 自然發生的으로 齎來될 것이 아니고 文化의 進步와 竝行하야 全 人類가 兒童을 더욱 愛護해야 될 것을 主張한 것이다.

우리가 過去 兒童의 生活史를 살펴보면 누구나 다 首肯할 바이나 참으로 愛護에서는 그 距離가 매우 멀엇다.

近世의 한 가지 特記할 社會的 文化的 現象으로 우리는 서슴지 안코 兒童愛護 觀念의 擡頭를 들 수 잇다.

泰西 文明 諸國에서는 十八世紀 末葉부터 敎育學者 醫學者 慈善家들의 兒童研空[37] 乃至 兒童愛護運動이 顯著히 나타나기 시작하여 볼 만한 實績(團體, 機關, 施設, 事業)을 보혀 왓다.

그러나 그 大部分은 宗敎的 乃至 慈善的 事業에 不過하엿으며 國家 社會的 見地에서 法律的으로 制度化하야 한 개의 重要한 社會政策으로 取扱해 오기는 十九世紀 末葉으로부터 今世紀 初葉에 屬한다.

我國에서도 未成年者喫煙禁止法(明治 三十三年 三月 七日 法律 第三十三號)과 感化法(明治 三十三年 三月 十日 法律 第三十七號) 發布를 비롯하여 未成年者飮酒禁止法(大正 十一年 三月 三十日 法律 第二十號) 少年法(大正 十一年 四月 十七日 法律 第四十二號) 矯正院法(大正 十一年 四月 十七日 法律 第四十三號) 兒童虐待防止法(昭和 八年 三月 三十日 法律 第四十號) 少年敎護法(昭和 八年 五月 四日 法律 第五十五號) 救護法(昭

---

36 엘렌 케이(Ellen K.S. Key, 1849~1926)는 스웨덴의 여성 사상가로, 1900년 『아동의 세기』를 스웨덴에서 출간하고 2년 뒤 독일에서 번역 출간한 후 "국제적으로 주목 받는 여성 작가"로 명성을 얻게 되었다. 우리나라에서는 현재 『어린이의 세기』로 번역되어 있다.
37 '兒童研究'의 오식이다.

和 四年 四月 二日 法律 第三十九號)(改正) 昭和 十二年 法律 第十八號)
母子保護法(昭和 十二年 三月 三十一日 法律 第十九號) 映畵法(最近 發布
實施) 等의 兒童保護法令이 뒤를 이여 制定 發布되엇다.

그러나 이것은 內地를 말한 것이고 朝鮮은 特殊事情으로 매우 뛰떠러저
그中의 두세 가지만이 겨우 近年부터 實施케 된 形便이다.

法治國家에 잇어서는 먼저 法令의 完備와 아울러 모든 國家社會的 政策
乃至 社會事業이 健全히 成長될 것은 呶呶할 餘地가 없는 것이나 法令의
制定만으로 能事가 아님을 또 잊어서는 아니 된다.

見解 如何로는 오히려 形式的 乃至 報告的 結果에 끝이기 쉬운 法規의
일을 참으로 實質的 社會的 具現의 일로 함에는 모든 文化人이 總動員體制
로 이 問題의 硏究 乃至 解決에 加擔하지 안흐면 아니 될 것으로 믿는다.

封建的 家族制度와 社會制度가 거이 그 殘滓도 보기 어렵게 된 우리네
눈앞에는 새로운 여러 가지 社會的 課題가 널려 잇다. 그것을 이루 列擧
함은 本稿의 脫線이므로 롬하겟거니와 그중에서도 가장 큰 現象의 하나
는 經濟機構의 變革으로 말미암아 派生한 여러 가지 問題다. 그것을 詳論
할 紙面이 없으나 家內(手)工業(工業뿐 아니고 다른 一般産業에도 어느
程度까지)에서 大工場工業으로 變革된 結果에 잇어서는 賃金勞働者로서
의 婦女와 兒童이 加速的으로 登場하엿으며 이 밖에 職業婦人의 增加로
말미암은 兒童問題 等은 現下 朝鮮의 兒童問題를 더 豐富(?)케 하는 新
課題다.

兒童問題가 單純한 論客의 이야기거리나 一部 社會思想家의 硏究對象
으로 끝일 것이 아니고 한 民族 한 社會 한 國家의 生活과 生命에 有機的
關聯을 가진 것인 만큼 社會, 國家의 責任으로서 마땅히 硏究하고 對策을
講究하고 解決에 힘써야 할 重大한 問題다.

硏究方法에 잇어서 一般問題와 特殊問題의 두 部門으로 나눔이 便宜할
것이나 筆者는 獨特한 觀點으로 出發하야

一. 兒童의 保健問題(즉 體位 問題)

二. 兒童의 敎育問題(즉 精神 問題)

三. 兒童의 社會政策的 問題(즉 特殊社會 問題)

見解를 조금 달리 해서는

一. 家庭과 兒童

二. 學校와 兒童(반드시 學校를 말하는 것은 아니고 幼稚園, 感化院 같
　　은 모든 敎育機關을 包含함)

三. 社會와 兒童

의 六 項目을 交互關聯시켜 가며 좀 더 具體的으로 論考해 보련다.

　　兒童研究 乃至 兒童問題 研究의 文獻資料, 機關, 施設이 貧弱한 이 땅에
잇어서는 거이 獨創的이 아니고는 거이 不可能하므로 以下 引用하는 統計
나 固有名詞 等(團體 또는 機關)에 正確을 期하기 어려우니 그런 點은 미
리 諒解를 求한다. (계속)

---

## 楊美林, "兒童問題 管見(二)", 『동아일보』, 1940.6.5.

### 兒童觀의 確立

― 兒童愛護의 目標를 찾자 ―

　「現下 朝鮮의 兒童問題 管見」과는 적지 안케 脫線하여 抽象的 一般論을
널어놀 것같이 보일 듯하나, 事實은 이런 角度에서부터 出發하지 안코는
問題의 全貌를 알 수 없기 때문이다.

　都大體, 우리 社會에서 兒童에 對하여 얼마나 關心을 가지고 잇으며 民
衆이 兒童을 어떤 程度까지나 理解하고 兒童問題의 重大性을 얼마만큼
評價하는지가 根本問題이기 때문이다.

　더구나 우리는 여러 가지 남다른 難問題를 거이 幾何級數的으로 비저내
고 잇으며 그중에서도 가장 큰 問題(質的으로나 量的으로나)가 間接 直接
의 兒童問題이나 이것을 憂慮하는 志士가 果然 몇일까.

　우리는 過去에 빛나는 兒童愛護運動의 人物과 歷史를 가젓다.

그것은 雜誌 『어린이』를 中心으로 한 故 小波 方定煥 氏의 少年文化運動이엇다. 兒童을 尊敬해 부르는 어린이란 새말을 創始하엿다고 해도 過言이 아니다. 이제 지난 일과 사람을 말하고 싶지 안으나 確實히 朝鮮에 잇어서 近代的 文化運動의 하나이며 兒童愛護의 嚆矢이고 또 오늘까지 남긴 바 功勞와 功績이 決코 적지 안타.

그러나 小波 先生이 한번 他界로 가신 뒤 너무도 急激히 衰退햇음은 遺憾千萬이며 怪訝하기 짝 없는 現象이다. 勿論 그 後로 社會의 客觀的 情勢가 變化함에 따라서 不得已하엿다고 代辦할 人士가 잇을지 모르나 純粹한 文化精神에 立脚하여 政治性을 띠지 안는 限 그러케 萎縮치는 안엇을 것이다.

그러면 그 因果의 核心이 어데 잇엇는냐 하면 그것은 兒童觀이 確立치 못햇엇고 兒童愛護의 目標가 不分明하엿기 때문이라고 斷言할 수 잇다. 大多數가 그저 抽象的으로 兒童愛護 云云 또는 兒童藝術 云云하며 歸할 바를 모르고 또 兒童學的 基本敎養과 人間的 修鍊 없이 一時的 氣分(?)으로 出發햇기 때문이엇다.

그러므로 오늘 우리로서 兒童問題를 檢考하는 데의 先行條件과 根本課題가 되는 것은 먼저 兒童觀의 確立과 兒童愛護의 目標를 認識할 것이다.

또 爲政當局으로서는 이 땅의 兒童을 위한 近代的 進步的 社會立法과 施設을 急速히 施行 完備하여 民衆을 啓蒙敎導하며 達識有爲의 兒童文化運動家와 提携하야 積極的으로 兒童愛護 思想의 普及 向上을 圖謀하기에 힘쓰지 안흐면 아니 될 것이다.

近代國家에 잇어서 社會政策의 如何는 곧 그 國力과 文化의 消長과 不可分的 因果律을 가진 것인즉 社會問題 中에서도 가장 根本的 重要性을 가진 兒童問題를 疎忽히 取扱하야 模糊하거나 彌縫的 對策으로 지나처서는 絶對로 아니 된다.

그러므로 將來의 榮華를 約束하는 民族, 社會, 國家에 잇어서는 從來의 消極的인 兒童保護에서 다시 積極的인 兒童愛護에로 質的 轉換을 보이고 잇다.

마땅히 兒童에게도 人格과 權利를 賦與하고 모름직이 그것을 愛護 尊重하는 根本精神에서 兒童의 모든 問題를 생각해 나가야 할 것이다.

---

**楊美林, "兒童問題 管見(三)", 『동아일보』, 1940.6.9.**

### 問題의 種類와 限界

漠然히 "兒童問題"라고 해서는 事實 問題가 되지 못한다.

그 種類와 限界를 밝히고 다시 그 各者의 原因을 個別的으로 또는 關聯的으로 究明하지 안코는 그 對策을 講究할 수 없다.

觀點에 따라서 一般 —— 特殊 正常 異常, 身體(保健 衛生) —— 精神(品性 情操), 養育 —— 敎育, 家庭 —— 社會, 個人 —— 集團, 一時 —— 恒久 等의 對蹠的 角度로 觀察할 수 잇다.

그러나 이것은 問題를 槪觀하기에는 매우 便利할지 모르나 적어도 科學的 角度로 볼 때는 너무 粗雜하며 따라서 具體的 對策을 樹立할 수는 없다.

筆者는 가장 單純하고도 科學的인 方法으로

A. 兒童의 養育(身體) 問題

B. 兒童의 敎育(精神) 問題

C. 兒童의 社會 問題

또는

가. 兒童과 家庭

나. 兒童과 學校(敎育機關 全般을 包含함)

다. 兒童과 社會

의 六項으로 全 問題를 分析 觀察할 수 잇으며 實際的 對症策을 베플 수 잇으리라고 믿는다.

勿論 各各 孤立한 問題는 아니고 相互間에 緊密한 有機的 關聯性이 內

在함은 두말할 必要도 없다.

【A】

(1) 姙産婦 保健問題

(2) 乳幼兒 保健問題

(3) 學齡兒童 保健問題

(4) 虛弱兒 保健問題

(5) 優生問題

【B】

(1) 家庭敎育 問題

(2) 幼稚園敎育 問題

(3) 學校敎育 問題

(4) 感化敎育 問題

(5) 貧兒敎育 問題

(6) 不具兒敎育 問題

(7) 兒童을 위한 社會敎育 問題

【C】

(1) 不良兒童 問題

(2) 精神異常 及 不具兒 問題

(3) 孤兒 及 貧兒 問題

(4) 託兒問題

(5) 兒童 虐待 防止

(6) 兒童의 職業指導 及 勞働 問題

以上으로 大畧 兒童問題의 類와 種別로 鳥瞰할 수 잇으며 結論에 들어가서

(가) 兒童과 家庭

(나) 兒童과 學校(敎育機關 全般)

(다) 兒童과 社會

의 세 角度로 對策과 希望을 말하려고 한다.

그러면 먼저 前記의 三類 十八種 問題 順次로 좀 더 現狀 其他에 對해서 詳論해 보겠다.

(A) (1) 朝鮮의 現狀은 一部 都市의 知識階級이나 有産階級을 除外하고는 아직도 거이 原始狀態 그대로라고 해도 過言이 아니다. 첫째로 民度가 엳다는 것으로 模糊할 사람이 잇을지 모르겟으나 그것은 輕率한 判斷이고 지금의 制度와 施設을 一瞥하면 明瞭하다. 有料無料를 不問하고 常設의 社會施設이 全鮮을 通하여 不過 四個所이고 每年 兒童愛護週間에 臨時로 開設한다 하더라도 都市 偏重일 뿐만 아니라 그 實績은 未知數다. 그리고 開業醫나 綜合病院의 産院 産室이 잇으며 또 全鮮을 通하야 約 二千名의 産婆가 잇으나 거의 都市 偏在이고 또 分娩費用이 여간 비싸지 안허서 到底히 大衆으로서는 그 惠澤을 받을 수 없는 形便이다.

그리고 妊娠 中의 健康相談도 여러 가지 理由로 거의 없다고 할 수 없다.[38]

精神的으로나 肉體的으로나 健全한 兒童은 健全한 母體에서 生産되며 衛生的으로 分娩해야 됨을 느낄 때 그저 잇을 수 없는 重大問題다.

(A) (2) "健全한 精神은 健康한 身體에서"란 말은 獨逸의 格言으로만 외일 것이 아니라 우리가 當面한 現實이다. 一般으로 아직도 女子敎育의 水準이 엳은 것과 在來 家族制度의 弊習으로 兒童의 地位를 끌어올리기 어려우며 따라서 心身 兩 方面으로 充分한 發育을 바라기 어려운 現象이다.

또 敎育을 받은 母性 乃至 兩親이라고 滿足한 育兒知識을 갖후엇느냐 하면 반드시 그런 것도 아니며 또 知而不行에 이르러서는 참 큰일이다. 對策에 對해서는 다시 말할 機會가 잇겟거니와 育兒知識의 普及과 實行을 위한 一大 國民運動을 일으키지 안코는 아니 될 問題다.

(A) (3) 兒童이 學齡에 達하야 校門을 들어서면 世上 大多數의 父母는 兒童을 學校에 一任한 듯 더욱 無關心하다. 一理 잇는 듯하나 그런 無責任한 일이 또 없으며 오히려 더 關心을 가저야 할 것이다. 더구나 敎育(精神)

---

38 문맥으로 볼 때, "~할 수 있다."의 오식으로 보인다.

問題에만 치우치는 것은 近來의 入學難 其他에서 오는 듯하나 決코 疏忽히 볼 問題가 아니다.

全鮮의 學齡兒童(初等學校)은 約 百三十萬을 算하는 데 그들의 健康敎育 如何는 兒童問題의 中核이라고 할 수 잇다.

敎育政策에 關한 部分만은 더 말하기를 避하겟다. 그러나 이 問題에서 한마디 바라고 싶은 것은 學童들로 하여금 먼저 씩씩한 身體와 氣象을 갖도록 健康醫學的 施設을 擴充할 것이다.

(A) (4) 國民이 體位가 해마다 低下된다고 듣는다. 그것은 여러 가지 原因이 잇겟지만 그중에서도 虛弱兒童이 찾이하는 率이 높기 때문이다. 醫學者 아닌 筆者로서 더 깊이 말할 수는 없으나 虛弱兒童의 幾何級數的 增加는 國家的 施設 없이는 到底히 防止 乃至 救濟할 수 없다.

(A) (5) 이 問題는 가장 根本的인 兒童問題라고 할 수 잇다. 오늘의 進步된 遺傳學이 證明하는 者 반드시 健全한 結婚을 中心으로 한 優生問題를 等閑視할 수 없다. 近來 더욱 顚落해 가는 性道德과 不健全한 結婚이 兒童問題의 가장 根底인 것을 한 번 더 强調하고 本項을 막는다.

---

**楊美林, "兒童問題 管見(四)", 『동아일보』, 1940. 6. 12.**

(B) (1) "童心如鏡"이다. 어린이는 그 兩親, 그 家庭의 "거울"(鏡)이다. 兩親의 敎養, 家庭의 品性이 바로 그 子女에게 言動으로 들어난다. 이것을 볼 때 우리는 家庭敎育의 重大性을 再認識하게 되며 現在 朝鮮家庭에서 家庭敎育을 얼마나 等閑視하며 또는 關心을 가진 家庭이 잇드라도 그 大部分이 그릇된 方法을 取하고 잇는가 疑心치 안흘 수 없다. 家庭은 敎育의 道場이다. 말과 글을 超越하야 生活을 通해서 敎化되는 것이다.

(B) (2) 幼稚園이 朝鮮에 들어와 이미 半世紀를 넘엇으며 幼稚園敎育의 必要를 高調하는 人士가 적지 안엇건만 現在 園數로 겨우 三百五十 園兒數

로 二萬餘에 不過한다.

不振의 理由는 大畧 둘로 볼 수 잇는데 그 하나는 오늘의 幼稚園이 保育理論에 잇엇서나 經營方法에 잇어서 朝鮮 實情에 맞지 안흐며 또 하나는 아직 一般이 幼兒敎育의 重要性을 모르기 때문이다. 따라서 幼稚園의 根本精神을 理解치 못하며 識者 間에서는 間或 幼稚園 無用論을 吐하는 데는 加重의 難問題다.

幼稚園敎育과 不可分의 問題를 論究할 것으로 保育學校의 敎育方針 再建이 切實한 急問題인데 過去는 勿論 現在와 같은 保育敎育의 卒業生으로는 到底히 幼稚園敎育의 振興을 期待하기 어렵다. 幼稚園敎育이야말로 集團敎育의 基本敎育이며 그 效果는 자못 큰 것인데 이것을 現狀대로 버려둘수는 업는 큰 問題다.

(B) (3) 이것은 (A) (3)과 根本原理에 잇어서 같은 問題나 敎育(精神)에 좀 中心을 두고 評論한다면 現在의 形式的 觀念的 敎育方針에서 實際的科學的 敎育으로 多少 改組할 必要가 없을까 한다.

(B) (4) 以上의 問題는 嚴正한 意味에서 所謂 兒童(社會)問題는 아니고 本 問題 以下부터가 本格的 問題다.

感化敎育은 쉬웁게 말하면 不良兒童의 特殊敎育이다. 매우 寒心한 事實이나마 해마다 不良兒童이 늘어 가고 잇다. 特히 人口의 都市集中으로 都市에 만히 생긴다. 따라서 感化敎育 事業은 刻下의 急務다. 不良兒童이란 그런 種類가 따로 잇는 것이 아니고 언제 어느 家庭에서 나올지 모른다. 이 問題를 一般이 吾不關의 態度로 보는 것은 큰 잘못이며 또 國家的 見地에서도 이 人的資源을 更生시킴은 여간 緊要한 일이 아니다.

그러나 現在 朝鮮에는 永興과 木浦에 官立 感化院이 잇고 小規模의 公私設 感化敎育 機關이 잇으나 그 收容力이라든지 方針에 잇어서 再考할 餘地가 적지 안타.

(B) (5) 社會經濟 機構의 變革으로 말미아마 近代的 無産階級은 相當히 多數다. 아직 義務敎育 制度가 퍼지지 안코 또 私學의 貧兒 敎育機關이 볼 만하게 發達치 못한 朝鮮에 잇어서는 이 亦是 輕少한 問題가 아니다.

基本教育이 없이는 職業도 가지기 어려운 것이고 自然之勢로 浮浪, 乞食, 犯罪 等으로 顚落하게 된다.

(B) (6) 遺傳으로 오는 先天的 不具兒도 잇지만 後天的 社會的 條件 그中에서도 貧困에서 오는 不具兒도 적지 안타. 自古로 盲, 啞 等의 不具兒를 家族 間에서도 蔑視 虐待하엿으며 敎育을 시킨다고는 아주 近來에 볼 수 잇는 現象이다.

現在 朝鮮에는 京城의 總督府 濟生院 盲啞部와 平壤의 私立盲啞學校들이 잇을 뿐으로 收容力이 매우 적고 또 一般이 아직 不具兒童의 敎育을 잘 理解치 못하여 盛況을 이루지 못하니 將來 期待할 바 가장 큰 問題다.

(B) (7) 兒童은 훌륭한 社會의 한 成員이고 또 다음 時代를 도맡은 世代다. 그러므로 兒童敎育을 家庭敎育 乃至 學校敎育으로만 滿足할 것이 아니고 社會的으로 敎育하며 敎育이라기보다도 訓練하며 生活시킴이 가장 必要한 일이다.

이것은 가장 進步한 敎育學의 提唱이며 事實 現在 朝鮮의 實情으로 보드라도 衛生, 交通道德, 集團生活 等의 公德을 體得케 할 것이 적지 안타.

그러케 또 功利的으로만 생각지 안트라도 家庭과 學校 以外의 時間과 空間은 社會生活이며 또 兒童 相互 間도 한 社會生活인즉 適當한 進步的 社會敎育을 하지 안어서는 아니 될 일이다.

그러나 現在 아무런 兒童의 社會敎育 乃至 訓練機關이 없다. 出版 集會, 團體, 施設 等의 여러 가지 形態로 이것을 展開하야 '엘렌 케이' 女史가 말한 所謂 "兒童의 世紀"는 實現될 것이다. (게속)

---

楊美林, "兒童問題 管見(五)", 『동아일보』, 1940.6.14.

以下의 諸 問題야말로 純正한 兒童社會 問題다. 그러타고 以上 論考한 諸 問題와 아무런 關聯性이 없다는 것은 아니고 오히려 前述의 여러 가지

問題가 社會的 形態로 나타난 것이 이 問題들이다.

(C) (1) (B) (4)와 關聯된 問題다. 所謂 不良兒童이란 것은 常識으로
그 限界를 말하기는 어려운 것이나 司法保護 乃至 感化敎育을 必要로 할
程度의 性品不良한 兒童인데 年年增加를 보이고 잇다. 그 原因의 첫째는
家庭의 不健全이고 둘째로는 오늘 都市 兒童의 周圍環境이 매우 조치 못한
것을 들 수 잇다. 家庭敎育의 重要性과 環境의 影響을 等閑視할 수 없음을
느끼게 한다.

(C) (2) 이것은 (B) (6)과 어떤 程度까지 關聯된 問題인데 精神異常
及 不具兒(所謂 異常兒)는 先天的으로 遺傳에 依한 것과 後天的(社會的)
條件인 貧困 其他로 되는 것인데 前者에 對해서 우리는 優生學的으로 어떤
程度까지 將來 解決을 지을 수 잇으리라고 믿는다.

(C) (3) 이것은 (B) (5)와 關聯性을 가진 問題인데 孤兒 及 貧兒의 發生
原因이 거이 다 社會經濟的인 條件인 즉 原因으로 말할 수 잇으나 最近의
새로운 原因으로 登場한 것은 孤兒에 잇어서 반드시 原因이 아닌 것이 잇
다. 性道德의 崩壞에서 온 私生兒 其他의 棄兒인데 이것이 해마다 늘어
가는 것은 매우 寒心한 일이다. 貧兒들의 浮浪, 乞食, 犯罪 等을 언제까지
든지 放置할 수 없다. 現在 總督府 濟生院 養育部 外 二十個 處의 私設
收容機關(所謂 孤兒院)이 잇으나 그 收容力의 僅少로 보나 消極的 保育方
針으로 보아 對策을 硏究할 餘地가 만타. 이 問題와 다음의 託兒所 問題에
對해서는 다른 機會에 詳論하려고 하나 좀 더 積極的으로 經營할 수 잇으
며 또 生産力을 넉넉히 相伴할 수 잇는 것으로 믿는다.

(C) (4) 가장 進步된 近代的 幼兒의 保育機關으로 우리는 먼저 말한
幼稚園과 지금 말하려는 託兒所를 들 수 잇다. 社會經濟 機構의 한 要求로
託兒所의 必要는 더욱 切實해 간다. 都市, 農村, 常設, 臨時의 네 角度로
論考할 수가 잇다. 婦人의 勞働能率을 올리고 兼하야 兒童의 心身을 保護
할 수 잇는 理想的 託兒所가 都市, 農村, 常設, 臨時를 勿論하고 適當히
助長해야 되겟다. 今年부터는 特히 山眛增加計劃에 따라서 農繁期의 農村
臨時託兒所를 五千餘 個所를 開設한다고 하나 過去의 實績과 託兒所 經營

理論의 貧弱으로 보아 硏究할 餘地가 매우 만타.

(C) (5) 常識으로는 얼른 알기 어려운 問題나 等閑視할 수 없는 것이다. "누가 사랑하는 自己의 子女를 虐待하랴!?"고 反問할 사람이 잇을지 모르나 가진 形態로 엿볼 수 잇으며 强制 勞働, 買賣, 曲藝 같은 것이 모두 虐待가 아니면 무엇이랴.

適當한 立法과 아울러 防止가 必要하다.

(C) (6) 兒童이 成長하여 靑年期에 들어가게 될 때는 勿論 그 以外에 잇어서도 相當히 重要한 問題다.

職業問題에 잇어서 平素부터 適性敎育에 立脚한 適性職業을 選擇 指導케 하며 兒童勞働에 잇어서는 適當한 社會立法에 基準하며 少國民의 精神과 身體를 保護해야 될 것이다.

特히 現在 같은 戰時 經濟體制下에 잇어서는 生産力의 擴充만을 위하여 近視眼的으로 兒童勞働을 强要하게 되기 쉬우나 참으로 永遠한 大計로 볼 때 適當히 保護의 길을 講究할 問題다. 單純히 保護한다는 데 끝일 것이 아니라 積極的으로 敎化와 趣味를 並行한 對策을 樹立해야 될 것이다.

### 結 論

個個의 問題에 對한 原因, 現狀, 對策을 簡略히 말햇다. 그러나 그中의 問題 단 하나를 論하려도 여간 紙面을 要할 것이 아니며 그 하나를 解決하려도 여간한 힘과 돈으로 되기 어려운 일 아니다.

그러므로 이 小稿에서 그 根本策을 論議함은 避하기로 하고 一般의 關心을 多少라도 喚起하며 父母敎育家, 社會事業家, 社會政策 當路者로서 日常 銘心하여 쉬웁게 實行할 수 잇는 몇 가지 提案을 던저 보련다.

一. 兒童과 家庭. 家庭은 兒童에게 잇어서 가장 重要한 곳이다. 또 兩親은 가장 偉大한 敎育者요 醫學者다. 그러므로 먼저 健全한 家庭을 만들며 모든 것을 兒童本位로 하여 地位(人格과 權利)를 向上시켜 즉 愛護해야 할 것이다. 여기에는 다시 또 基本的으로 解決할 問題가 적지 안흐나 進步的 育兒知識을 中心으로 한 兩親의 啓蒙 乃至 再敎育이 必要하다.

二. 兒童과 學校. 家庭에 다음 가는 兒童의 生活場所는 學校(廣義의

教育機關)다. 그러므로 學校는 家庭의 延長이야 하며 敎師는 父母의 延長이여야 할 것이다. 너무도 家庭의 實情과 먼 敎育方針이나 空然한 觀念的 形式敎育은 極力 避할 것이며 또 單純히 知識만을 授與함에 끝일 곳이 아니고 最近에 提唱되는 所謂 生活敎育을 해야 될 것이다. 따라서 身體와 品性에 對해서 從來보다 훤신[39] 關心을 기우리지 안허서는 아니 될 것이다.

三. 兒童과 社會. 所謂 識者라고 하는 人士 中에도 間或 兒童과 社會에는 아무런 有機的 關係가 없는 것으로 尋常히 여기는 이가 적지 안타. 緖言에서도 말햇거니와 아직 우리 社會에 兒童觀이 서 잇지 안기 때문이며 오히려 가장 큰 範圍의 問題라고 아니할 수 없다.

(C)에서 個個의 問題를 말햇거니와 兒童問題에서는 社會政策的 性質을 가진 이 兒童과 社會와의 關聯은 한 民族 國家社會 時代의 文化的 水準을 測定한 根本的 課題다. (끝)

---

**39** '훨신'(훨씬)의 오식이다.

## "(少年少女)오늘은 어린이날 - 二세 국민의 기세를 노피자", 『매일신보』, 1941.5.5.

五월 五일, 오늘은 특별히 여러분을 위하야 어린이날로 되여 잇다는 것은 다들 아실 줄 압니다.

말하면 오늘은 여러분이 이 세기의 주인공이요 나라의 보배로서 기렴된 날입니다. 그러나 이날을 기렴한다는 것은 다만 어린 여러분을 그저 귀여워하고 사랑하자는 의미만은 아닙니다. 여기에는 어린이가 언제나 미래의 세상을 건설해 가는 의미가 잇는 것입니다. 그러기에 이 어린이날을 당하야서 무엇보다도 여러분 자신이 그 점에 대하야 큰 책임을 느끼서야 합니다. 그리고 무엇보다도 여러분께서는 이번 어린이날을 마지하는데 잇서 우리나라가 사변을 치르기 시작한 뒤 제五년채 되는 한가운데서 마지하는 어린이날이라는 것을 머리속에 기피 기억해 두어야 합니다. 지금 우리나라는 사변을 처리하고 새로운 동아를 건설하는 도중에 잇는데 이 신동아를 건설하는 것은 결코 하로아츰에 되는 일이 아니요 압날을 기다려서 차차 실현되는 일인 이상 이것은 현재의 국민들이 힘을 다하는 것은 물론이지만 그보다는 제二세 국민으로서 미래의 우리나라를 쩌메고 잇는 여러분 어린이들의 책임이 더욱 중대합니다. 여기에 대하야 여러분께서는 자신들의 큰 책임을 느끼시며 자중하서야 하는 의미에서 오는 어린이날은 여러분에게 교훈이 기푼 날입니다. 어린이날은 단순한 어린이의 명절로 의미 업시 보내지 마시고 제二세 국민으로서 국가에 대한 어린이의 충성을 맹서하는 기념일로서 뜻잇게 보내시오.

# 찾아보기

民村(민촌) → 李箕永(이기영)

엮은이

## 류덕제 柳德濟, Ryu Duckjee

경북대학교 대학원 문학박사(1995)
대구교육대학교 국어교육과 교수(1995~현재)
The State University of New Jersey(2004),
University of Virginia(2012) 방문교수
대구교육대학교 교육대학원장(2014~2015)
한국아동청소년문학학회 회장(2015~2017)
국어교육학회 회장(2018~2020)

**논문**

「『별나라』와 계급주의 아동문학의 의미」(2010)
「일제강점기 계급주의 아동문학의 방향전환론과 작품적 대응양상 연구」(2014)
「윤복진의 아동문학과 월북」(2015)
「송완순의 아동문학론 연구」(2016)
「일제강점기 아동문학가의 필명 고찰」(2016)
「김기주의 『조선신동요선집』 연구」(2018) 외 다수.

**저서**

『한국 아동청소년문학연구』(공저, 2009)
『학습자중심 문학교육의 이해』(2010)
『권태문 동화선집』(2013)
『현실인식과 비평정신』(2014)
『한국아동문학사의 재발견』(공저, 2015)
『한국현실주의 아동문학연구』(2017) 외 다수.

E-mail : ryudj@dnue.ac.kr

1935.2~1945.6

# 한국 아동문학비평사 자료집 6

2019년 10월 30일 초판 1쇄 펴냄

**엮은이** 류덕제
**발행인** 김흥국
**발행처** 보고사

**책임편집** 황효은
**표지디자인** 손정자

**등록** 1990년 12월 13일 제6-0429호
**주소** 경기도 파주시 회동길 337-15 보고사 2층
**전화** 031-955-9797(대표), 02-922-5120~1(편집), 02-922-2246(영업)
**팩스** 02-922-6990
**메일** kanapub3@naver.com / bogosabooks@naver.com
http://www.bogosabooks.co.kr

ISBN 979-11-5516-924-7 94810
      979-11-5516-863-9 (세트)
ⓒ 류덕제, 2019

정가 50,000원